CLASSIC
现代学术
经典精读

中国文学史经典精读

ZHONGGUO WENXUESHI JINGDIAN JINGDU

主 编 陈文新

高等教育出版社·北京
HIGHER EDUCATION PRESS BEIJING

内容简介

本书选取近代以来的30位学术名家的29篇有关中国文学史研究的经典代表作，根据权威版本校录。读者可从本书所选文章中把握“中国文学史”的建构和学术发展脉络及该领域著名学者对“中国文学史”撰写问题的研究、思考与实践。本书还配以“经典导读”对所选“经典原文”进行简要点评，介绍原作者其人、其学及其学术贡献，并列出“延伸阅读文献”，指导读者拓展阅读。

本书可供文学专业研究生和青年学者阅读参考，也可供学有余力的高年级本科生及对中国文学史有兴趣的社会读者阅读。

图书在版编目（CIP）数据

中国文学史经典精读 / 陈文新主编. -- 北京 : 高等教育出版社，2014.1（2022.11重印）
ISBN 978-7-04-038451-2

Ⅰ. ①中… Ⅱ. ①陈… Ⅲ. ①中国文学－文学史研究 Ⅳ. ①I209

中国版本图书馆CIP数据核字(2013)第215390号

策划编辑 杨亚鸿　责任编辑 孙 璐　封面设计 李小璐　版式设计 赵 阳
插图绘制 郝 林　责任校对 李大鹏　责任印制 朱 琦

出版发行 高等教育出版社
社　　址 北京市西城区德外大街4号
邮政编码 100120
印　　刷 保定市中画美凯印刷有限公司
开　　本 787mm×1092mm 1/16
印　　张 27.25
字　　数 430千字
购书热线 010-58581118
咨询电话 400-810-0598
网　　址 http://www.hep.edu.cn
http://www.hep.com.cn
网上订购 http://www.landraco.com
http://www.landraco.com.cn
版　　次 2014年1月第1版
印　　次 2022年11月第2次印刷
定　　价 68.00元

物 料 号 38451-A0

学术经典的文化使命
——“现代学术经典精读”系列丛书总序

张岂之

高等教育出版社组织编写一套“现代学术经典精读”系列丛书，邀请我写几句话。我觉得，通过高等教育出版社推出一些有新意的经典读物，有助于传承、弘扬和创新优秀的中华文化，我乐意承担撰写序言的工作。

中华民族拥有源远流长的文明史。中华文化凝结成为丰富的文化经典，亘古弥新，值得后来者不断发掘探讨。在中国思想文化史上，有一系列类似的著作带有研究的性质，比如研究《老子》的《解老》、《喻老》(见于《韩非子》)，研究先秦诸子的《庄子·天下》、《荀子·非十二子》、《韩非子·显学》、《吕氏春秋·不二》、《尸子·广泽》、《史记·论六家之要旨》，后来更有系统探讨学术源流与道统的《伊洛渊源录》、《近思录》、《宋元学案》、《明儒学案》等著作。这些成果一方面在梳理中国思想学术发展演变的脉络，另一方面在传承和弘扬中华学术精神，比如和而不同的学术精神，在中华学术史上作出了重大贡献。中华文化之所以能够五千多年连绵不断，最主要的原因在于文化传承与创新得以世代相传。这也叫做文化的“道统”，这个道统在今天应当发扬光大。

时至今日，学人们在学术园地辛勤耕耘，视野更加开阔，资料更加周详，方法更加新颖，文字更加平实，形式更加多样，文风更加规范，所凝聚的学术成果，同样也是人们传承和创新文化的重要参考。正是在这种意义上，我认为，高等教育出版社组织编辑出版“现代学术经典精读”系列丛书是有价值的。

当然，这不意味着本丛书所选著作、论文都是臻于完美、无以复加了。实际上，有研究经历的人就能明白，学术研究本是一个不断传承、推进的过程，不可能一劳永逸，在个人或团队的努力下，前后相继，共同促进学术的繁荣和创新，是学术研究中的常态，所以往往难以用僵化的思维去考量丰富多彩、不断发展的学术研究本身。这启示我们，面对现代思想学术史上的名著名篇，我们应尽可能发挥它们的榜样和示范作用；这些研究成果为后来者提供参考和借鉴，使它们在承传文化精神、创新研究成果方面发挥更加重要的作用，这意味着不能仅仅从研究形式或规范方面去估价这些成果，尽管规范和形式也是很重要的层面。

我有这样的体会，在学术研究方面，需要有包容与会通的精神，这样就给新课题、新探讨提供了可能，使学术的薪火能够代代相传。中国古代也很重视这种相互辩驳的学术精神和理念，明清之际著名思想家黄宗羲在《明儒学案》的《发凡》中明确地指出：“有一偏之见，有相反之论，学者于其不同处，正宜着眼理会，所谓一本而万殊也。以水济水，岂是学问！”

学术研究，文化传承，均要继往开来，不断推动学术创新与进步。中国古代学术著作，在梳理学术流变的过程中，侧重学术的继往开来，袭故弥新，“以复古为解放”（梁启超：《清代学术概论》），穷本溯源，辨别考证，展现了学术研究的发展脉络和成果。正是这种订正增补，反复斟酌，使中华文化长河滔滔不息，绵延不绝。即使在民族遭遇重创的危急关头，中华文化中卓著的学术精神依然能够鼓励世人勇挑重担，成长为民族发展的脊梁。因为，学术研究和文化经典承载有不朽的文化精神，所以学术兴替往往被视作民族精神生死存亡的大事。因此，引导人文学科的研究生阅读以往的经典和名著，不仅仅在于丰富专业知识，而且在潜移默化中使自己的精神受到优秀文化精神的熏陶，这将是更加重要的教育目标。

以上写了这么多的话，无非是想说明在学术研究的作品的研读中，应注意凸现其中所隐藏的文化精神，以此作为大学文化传承和创新的基础。我想，对“现代学术经典精读”系列丛书的宗旨和意义应有这样的理解。

“现代学术经典精读”系列丛书，旨在向研究生传播文化知识和科研经验，提高研究生的学术鉴别能力和学术素养，为研究生以及青年教师从事学术研究提供帮助。

这套丛书内容涵盖国务院学位委员会、教育部最新公布的《学位授予和人才培养学科目录（2011年）》所涉文、史、哲、艺术等学科。每卷主编都是该学科领域学有专长的专家，选文尽可能突出学生必读的著名论文（或经典著作的节选），侧重20世纪的研究成果，其中不少是读者较难获得的论著。丛书编者希望所选论著大体上能反映学科研究的学术史体系，简要展现学科研究的发展历程、代表人物及其成果。前言由分卷主编撰写，主要介绍该领域学术史概况及论著遴选标准等，并对所选作品进行介绍和点评。每篇选文后附延伸阅读文献篇目。这使该丛书具有提纲挈领、扩展延伸的双重功能，编选应是有特色的。可见，高等教育出版社编辑出版的这套系列丛书，经过深思熟虑，又由在人文学科方面具有丰富教学、科研经验的专家学者主持，不但有益于大学人文学科的建设发展，而且为大学在文化传承创新方面提供了一种实施的途径，值得支持。

在浩如烟海的现代学术作品中甄别筛选出有代表性的精华论文或著作，的确并非易事，也难以避免吞舟是漏、取舍失当的不足。希望这套丛书能为研究生和年轻老师提供文化和研究的滋养，也希望读者朋友能为本丛书的编写提供更多的建议和意见。

是为序。

2012年12月

目　录

中国文学史研究的"古今"视野与"古今"问题
——代前言

陈文新

中国文学史研究的"古今"视野与"古今"问题，大体可以从四个层面加以描述："中国文学史"这样一种著述方式是伴随着古今文学的转型而产生的；现代的纯文学观深刻影响了20世纪90年代以前"中国文学史"的撰写；对古今文学之异的清醒认识是编年体文学史兴起的契机；中国文学史研究中的"古今"问题，其核心是如何处理主体性与客观性的关系。我们的讨论即从这四个方面展开。

一、"中国文学史"这样一种著述方式是伴随着古今文学的转型而产生的

从晚明开始，在诗、文继续保持正宗地位的同时，以长篇章回小说为代表的白话文学兴起，并受到一些文人才子的关注，小说评点之风大盛。19世纪末20世纪初，小说的地位和作用进一步提高。随后的"新文学运动"从根本上动摇了传统的文学观，白话文学受到极度推崇，古代文学加快了向现代文学的转型。"中国文学史"这种著述方式便是在这个背景下产生的。

古代与"文学史"最为切近的是"文苑传"，但"文学史"与"文苑传"在如下

五个方面显示出了迥然不同的特征。

首先，“文学史”是现代学术体制的产物，而“文苑传”是传统历史著述方式的产物。19 世纪末 20 世纪初，科举废除，新式学堂建立，文、史、哲分科格局取代传统学术分经、史、子、集四部之学的格局，逐渐形成了具有西方背景的现代学术体制，“中国文学史”在这种情况下被催生出来。“文苑传”则是史书“列传”体例下的一个门类，与“儒林传”、“列女传”等并列。自从曹丕倡言“文章经国之大业，不朽之盛事”，专以文章名世的才俊开始受到史家的关注，范晔撰《后汉书》，专设“文苑传”，并为后世史家递相沿袭。其二，“文学史”特别重视历代作家之间的纵向联系，并且通常贯以进化的历史观，强调前代文学对后代文学的影响与启示，以及后代文学对前代文学的继承与创新。而“文苑传”只是作为一个朝代政治、经济、文化史的一部分，注重的是历史人物之间的横向联系。把一些历史人物同归于“文苑传”这一做法本身，就是注重横向联系的结果，“互见法”则是显示历史人物之间横向联系的一种常见的撰写方法。其三，在著述方式上，“文学史”以展示各个时代有代表性的文学成就为中心，重在演绎某种“规律”统领下的文学发展进程。而“文苑传”则以排列传主关乎天下治化的生平行事为主，秉笔“实录”史实，不强调“规律”的统领作用。其四，在著述内容的安排上，“文学史”也显示出与“文苑传”的不同。“文学史”通常对不同文体、不同作家、不同作品按文学成就的高下排出先后，安排篇幅大小，文学之外的生平事迹以及那些被确定为文学成就不高的文体、作家、作品，只是与社会政治制度、思想文化状况一起作为背景被提及，那些与文学成就相悖反的内容则被消解。而“文苑传”则按史家的标准而非文学的标准进行安排，所著录的文章与传主生平事迹之间也没有主体与背景的分别。其五，“文学史”具有现代学术著作的品格，其物化形态是专著和论文。“文苑传”是史家的著述方式，是列传的一部分，不具有独立的品格。

二、现代的纯文学观深刻影响了20世纪90年代以前“中国文学史”的撰写

20 世纪初，我国第一部“中国文学史”诞生，它是清末林传甲任京师大学堂国文教习时撰写的讲义。随后，各种“中国文学史”陆续撰写出版。虽然都名为“中国文学史”，但早期的文学史与现在已经基本定型的文学史很是不同。1931 年，胡云翼在为他的《新著中国文学史》所作的《自序》中说：“在最初期的几个文学史家，

他们不幸都缺乏明确的文学观念，都误认文学的范畴可以概括一切学术，故他们竟把经学、文字学、诸子哲学、史学、理学等，都罗致在文学史里面，如谢无量、曾毅、顾实、葛遵礼、王梦曾、张之纯、汪剑如、蒋鉴璋、欧阳溥存诸人所编著的都是学术史，而不是纯文学史。”① 这表明，虽然古代文学向现代文学转型的序幕早已拉开，传统学术和古代的“文学”观念却还保持着极大的惯性，影响着最初的“中国文学史”撰写。20 世纪二三十年代以降，带有近代西方文化色彩的纯文学观被广泛认可，“中国文学史”中纯文学的比重逐渐加大，最终成为“文学史”的主体。1935 年出版的刘经庵的《中国纯文学史》即明确以“纯文学”为关注焦点。

20 世纪，中国文学史研究者大规模地采用纯文学观衡估古代文学，在文学史的撰写中表现出了两方面的特点：其一，强调诗、文、小说、戏曲为文学所特有的样式，文学史要以这四种文体为主要的叙述对象。符合现代文学观念的古代文体被划分到相应的领域，如诗、词、散曲属诗歌，古文、骈文、小品文属散文，等等。并按照“一代有一代之所胜”的思路，格外突出《诗经》、楚辞、汉魏乐府、唐诗、宋词、元杂剧、明清小说在文学史中的位置。其二，在著述方式上，强调文学史规律，大量采用现代文学理论的术语对古代作家作品进行分析评价，论述注重条理化和逻辑化。有一个现象值得一提：早期的文学史不太看重绪论、导论之类，而越到后来，绪论、导论越受重视，对文学史的统领作用也越来越强。注重绪论和导论，是注重条理化和逻辑化的表现。

纯文学观深刻影响了近百年间的中国文学史研究和撰写，“大大推动了研究工作的现代化进程”，一些“在研究工作方面有创新和开辟局面的大学者”，“用新的眼光、新的时代精神、新的学术思想和学术方法照亮了他们所从事的具体研究对象”②。如果要举例的话，一个引人注目的典型个案是，章培恒、骆玉明主编的《中国文学史新著》以新的眼光发现了晚明诗人王彦泓。王彦泓在明清时颇有名气，他的诗受到不少人的欢迎和激赏，如袁枚就认为“香奁诗，至本朝王次回，可称绝调”③。到了现代，冰心、钱锺书等也都给予王彦泓以很高的评价。但在中国文学史的撰写中，

① 胡云翼：《胡云翼重写文学史》，刘永翔、李露蕾编，华东师范大学出版社 2004 年版，第 4 页。

② 陈平原：《中国文学研究现代化进程 · 小引》，见王瑶主编《中国文学研究现代化进程》，北京大学出版社 1996 年版，第 2 页。

③ 袁枚：《随园诗话补遗》卷三第一九条，顾学颉校点，人民文学出版社 1982 年版，第 632 页。

王彦泓长期受到冷落。《中国文学史新著》则从文学表现人性的角度肯定了王彦泓的文学史地位，安排了相当篇幅对他的创作加以论述。这可以说是纯文学观带给中国文学史研究的一个重要收获。

三、对古今文学之异的清醒认识是编年体文学史兴起的契机

纯文学观对中国文学史研究的主导局面直到 20 世纪 90 年代才因编年体文学史的兴起被逐渐打破。

编年体文学史之所以兴起，在于有些学者清醒地认识到了古今文学的差异，认识到了现代的纯文学观虽然给中国文学史研究带来了显而易见的好处，但同时也带来了不可避免的缺憾。其缺憾表现为两个方面：其一，纯文学观遮蔽了杂文学的重要性，大量为古代文人所看重的文章在中国文学史研究中却被摒除在视野之外。比如，人们常说，“唐宋八大家”的“散文”写得好。可是，让“唐宋八大家”这一称谓定型下来的明代人茅坤，在编《唐宋八大家文钞》时，选的却是他们的表、策、疏、状、书、启、劄、序、引、传、记、论、说、赞、碑铭、墓志、祭文、行状、本纪、世家等类文章。如果以纯文学的标准来衡量，这些文章绝大多数不应成为被关注的对象。其二，采取纯文学观对古代文体的美感特征进行概括，不可避免地产生了偏颇。比如，我们将诗（古诗、近体诗）、词、散曲都划入诗歌一类，而三者的差异之大远远超出许多人的想象。中国的古典诗（古诗、近体诗）以面向重大的社会人生为宗旨，私生活感情是受到排斥的题材，宫体诗和香奁诗即因以女性为描写重心而成为众矢之的。而词的题材重心则是私生活感情，重大的社会人生题材反而被认为不宜用词来写，或者，在用词来处理时必须予以适当的软化，如苏轼《念奴娇·赤壁怀古》在写到周瑜的风采时有意用“遥想公瑾当年，小乔初嫁了，雄姿英发”来加以点缀，即属于典型的软化处理。散曲的题材重心是“隐逸”和“风情”，其“隐逸情调”与古典山水田园诗有相通之处，其“浪子风流”与恋情题材的婉约词有相通之处，但相互之间的差异仍不容忽视。一般说来，古典的山水田园诗和婉约词注重表达上的含蓄，而散曲则以“说尽”“老辣”为主导风格，讲究含蓄就不可能成为散曲正宗。因此，以纯文学四分法的诗歌理论，“一视同仁”地解读古代的诗、词、散曲，出现阐释错误就是理所当然的了。

纯文学观主导下的纪传体文学史掩盖了中国文学的丰富性，并在相当程度上失去了客观性，而编年体文学史则以客观地记录事实见长，可以较为有效地阻止西

方文学观念对中国文学事实的简单阉割，于是，文学编年史从20世纪90年代开始兴盛。傅璇琮主编的《唐五代文学编年史》是较早问世的编年体文学史，它与通行的文学史的显著区别是：就体例而言，全书完全由丰富翔实的原始资料按年月顺序编排而成，而没有连篇累牍的分析性、评价性文字。就选材而言，以唐人的文学观念为尺度，而不以现代文学观念为尺度。尽管被记录的“历史事实”绝不只是“事实”，而是包含了记录者的判断和加工，但《唐五代文学编年史》用事实本身来呈现文学史进程，而不是阐释编著者的研究结论，仍明确显示出对客观性的尊重。用事实来构成历史，并将事实具体化，这是《唐五代文学编年史》的特点。

四、中国文学史研究中的“古”“今”问题，其核心是如何处理主体性与客观性的关系

如上所述，中国文学史研究与古今文学演变之间存在着互动关系。一方面，古代文学向现代文学的转型促成了“中国文学史”这一著述方式的产生，并深刻影响了近百年间“中国文学史”的建构。另一方面，基于纯文学观的“中国文学史”对古代文学的抽取与切割，引起了一批学者的反思，他们清醒地认识到了古今文学之异，并呼吁学术界充分尊重古代文学作为研究对象的客观特征。这种复杂情形启发我们进一步思考中国文学史研究中的主体性与客观性问题。

中国文学史研究中的主体性主要是指对文学史实的阐释。“一切历史都是当代史”，是当代人做出的研究，当然不能没有阐释。但是进行阐释时应当以“同情之了解”的方式接近对象，阐释要与客观性、丰富性结合，而不能以否定客观性和丰富性为前提，这样才能构建出反映中国文学发展真实状态的文学史体系。如何恰当地处理阐释与客观性的关系，这是文学史写作必须解决的一个问题。

笔者曾在这一领域作了认真尝试。笔者所主编的十八卷本《中国文学编年史》（湖南人民出版社2006年版）致力于阐释与客观性的有机结合，从三个方面对编年体作了改进。首先，在时间段的设计上，在采用以年为基本单位、年下辖月、月下辖日这种向下时间序列的同时，设计了一个向上的时间序列，即以年为基本单位，年上设阶段，阶段上设时代。阶段与章相对应，时代与卷相对应，分别设立引言和绪论，重点揭示文学发展的阶段性特征和时代特征，目的是在事实之间建立联系，得出有意义的结论。其二，历史人物的活动包括“言”和“行”两个方面，“行”（人物活动、生平）往往得到足够重视，“言”则通常被忽略，而这部编年史在重

视历史人物“行”的同时，对“言”也给予了重视，酌情收入了若干包含重要文学流变信息的作品序跋、友朋信函等。其三，较之政治、经济、军事，文学与思想文化的联系往往更为内在，因此《中国文学编年史》更加关注思想文化活动，有意加强了如下三个方面材料的收录：重要文化政策，对知识阶层有显著影响的文化生活（如结社、讲学、重大文化工程的进展、相关艺术活动等），思想文化经典的撰写、出版和评论。这样处理，目的在于用编年的方式将中国文学进程及与之密切相关的中国思想文化变迁一并展示在读者面前。作为第一部编年体中国文学通史，《中国文学编年史》的这些尝试，为妥善处理文学史研究中主体性与客观性的关系提供了一种新的范型。如邓绍基先生所说：“这部《中国文学编年史》实际上已不局限于传统编年体的古旧格式而有所变化乃或有所突破。如果考虑到近百年来文化风习的变异，文学史观念之更新，文学史体式之增加，这种变化当是不可避免的，古旧的体式不能框住新的变异，这是客观形势的促使，也是编著者们的自觉改进。最终又是一个古旧的编年体格式的发展变化问题。也就是说，在新的历史时期，在我们的文学史研究实践中，沿用编年体这种古老体式，而又有变化和发展，这是十分可贵的尝试，也是这部《中国文学编年史》的一大收获。”[1]

① 邓绍基：《我观十八卷本〈中国文学编年史〉》，《光明日报》2006 年 12 月 12 日第 10 版。

黄人与《中国文学史·总论》

经典导读

黄人（1866—1913），原名黄振元，字慕庵，一作慕韩，中年以后改名黄人，字摩西，别署蛮、野蛮、野黄、梦闇、诗虎。江苏昭文（今常熟）浒浦问村人。30岁时，应友人之约，寓居苏州，结交吴中名流吴梅、金松岑、吴湖帆、范烟桥等。光绪二十六年（1900），与庞树松、树柏兄弟在苏州组织“三千剑气文社”（1909年南社在苏州虎丘成立，黄人旋偕所有成员并入），以文会友，评说时事，并创办了苏州历史上最早的报纸《独立报》，后终因“借明讽清，语多謷辟”，“言词犯上”而于次年被苏州知府彦秀封禁。光绪二十七年（1901）农历二月，东吴大学正式成立开学，聘黄人任国学教习（教授），直至辞世。

光绪三十年（1904），东吴大学校长孙乐文商请黄人编辑《东亚文化史》、《中国文学史》、《中国哲学史》等教材。起初“随编随课”，“用誊写版油印”，3年之后，“因由黄先生将《文学史》整理一过”刊行。[①]《中国文学史》是黄人在东吴大学任教时的教材，这是中国学术史上第一部真正具文学史意义与规模的巨著。全书洋洋洒洒三十册，凡一百七十余万言，“创论层出，冠绝时贤”（钱仲联《南社吟坛点将录》），“阐述中国文学的发展，不但多石破天惊的议论，发前人所未发，也多今人所

① 徐允修：《东吴六志·志琐言》，民国十五年苏州利苏印书社刊，苏州大学档案馆藏。

未言，而且力倡文学自由之说。”（钱仲联《辛亥革命时期进步文学家黄人》）

学界常将黄人的《中国文学史》与京师大学堂林传甲的《中国文学史》并举，视为《中国文学史》研究与著述的开端，其中也不乏前后之争。与林传甲“仿日本笹川种郎《中国文学史》之意，以成书”（林传甲在卷首的自叙）形成鲜明对比的是，黄人则完全是“自谋编著”，故而其著“体大思精，议论宏通”，中多“独创之见”。[①] 黄人在无所依傍的情况下，精心结撰，机杼独出，故而书中时时闪现精警独辟之见。香港科技大学陈国球教授在《“国文讲义”与“文学史”之间——林传甲〈中国文学史〉考论》一文中有详细的考论，并在最后的结论中这样说道：“我们以为‘中国文学史’之题，只是摭拾的观念之一；林传甲的主要目标是编‘国文讲义’多于撰写‘中国文学史’。”[②] 其实，早在 1922 年，郑振铎先生就对林著《中国文学史》有过更为激烈的批评。任清华大学“中国文学史”课程教职的浦江清先生，在评说郑著《插图本中国文学史》时，追溯文学史撰述之渊源，就对黄人的《中国文学史》给予了高度的评价，评骘公允：“关于中国文学史之著作，数年来所出虽多，惬心满意之作实少。最早当推已故之黄慕西氏在东吴大学所编讲义，始具文学史之规模，以骈文出之，文词隽妙。然议论固有独见，考证非其所长。”[③] 比较黄、林二著之后，浦先生竟以为黄著“始具文学史之规模”，而与黄人同时着手的林著却并未得此定评。

“世界之观念，大同之思想”，是黄人《中国文学史》最为显著的特点。在对传统文学研究的审视中，黄人发现其中的诸多弊端，因而对它的批判亦堪称激烈之至，其中有谓：“所持者又甚狭，既失先河后海之旨，更多朝三暮四之弊……各守畛域而不能交通。……而乃画地为牢，操戈入室，执近果而昧远因，拘一隅而失全局，皆因乎无正当之文学史以破其锢见也。盖我国国史，守四千年闭关锁港之见，每有己而无人；承廿四朝朝秦暮楚之风，多美此而剧彼，初无世界之观念，大同之思想。历史如是，而文学之性质亦禀之，无足怪也。”（《中国文学史·总论·历史文学与文学史》）“盖他国之文学有限，而吾国之文学无限；他国之文学，此文学与彼文学有

① 陈旭轮：《关于黄摩西》，上海《文史》半月刊 1934 年第 1 期。

② 朱栋霖、范培松主编：《中国雅俗文学研究》第一辑，上海三联书店 2007 年版，第 25 页。

③ 浦江清：《郑振铎〈中国文学史〉》，原载 1932 年 8 月 1 日《大公报·文学副刊》第二百三十九期，署名“君练”；又见于《浦江清文史杂文集》，清华大学出版社 1996 年版，第 130 页。

关系，而吾国之文学，分划疆畛，几若老死不相往来。一言蔽之，则此文学者，可谓不通之文学，业不适矣！”（《中国文学史·文典》）正是有了这样的理性反思，黄人遂在文学史的研究中引入了西方的“文法”、“文典”的概念。所谓“文典”，黄人在其主编的《普通百科新大辞典》第107页中有过这样明确的解释：“于同一系统二国以上文学性质，就其用法，参互比较而得其异同连合之故，谓之比较的文典。”而黄人对马建忠《马氏文通》、龙志泽《文字发凡》、商务印书馆刊行《汉文典》、严复《英文汉诂》、章太炎《文学释例》等早期能“贯通中外，上下古今”的“文典”之著，给予了较高的评价，以为这些著作对于“已有学识者读之，诚足以破拘墟之见，得反隅之益”，但其弊在于，“若以供束发受书学子之用，终苦奥衍”。（《中国文学史·文典》）所以，黄人自己在编撰《中国文学史》教材时，就尽可能深入浅出地以“文典”研究的方法，“愿其于文字之性质，学生之感情，所以离合迎拒者，而一加意焉；更愿其于文学性质之成分，与学生感情之原素再加意焉。”他自觉地借鉴包括大田善男等多位国外学者对于文学的理论思辨成果，成功地将比较文学的研究方法与中国文学研究的传统学问嫁接，开创了有别于以文学家列传、目录、选本、批评为主要形态的传统文学研究的新路径。

对于文学史研究的新路径，黄人有明确的阐述：“要而言之，文学从两要素而成：（一）内容，（二）外形也。内容为思想，重在感情的；外形为文词，重在格律的，而格律仍须流动变化，与他种科学不同。外形不论，而就其实体（即内容）言之，其人之思想有三方面：即真、善、美是也。”一则强调“真、善、美”作为一个统一标准，视为文学的基本属性和评价标准，这与传统的偏执一端衡铨文学不同，标志着具有世界眼光的批评标准在中国文学研究中的确立。再则，黄人更强调“文学史”之实质，“盖精神上之文学史，而非形式上之文学史；实际上之文学史，而非理想上之文学史也”，故而“文学史研究自然尤不妨破成格而广取”。（《中国文学史·魏晋文学绪论》）黄人的这部《中国文学史》，使中国的文学研究由经验式的品评转向辨别种类、源流、正变、沿革的历史研究，这正是黄人自己所言：“就既往之因，求其分合沿革之果”（《中国文学史·总论·文学史之效用》），所以，全书无论选材、体例，还是叙述、评论，无不鲜明地体现出中西合璧的特色。

随着“真、善、美”统一标准的确立，黄人对文学范围的界定也就诚如他自己所说的那样“破成格而广取”之，远远超越于传统文学的藩篱，体现了博通的学术视野和通达的文学史识见。

首先，神话、小说、戏曲等一直以来被轻忽的文体也自然成为黄人在《中国文学史》中极力彰显的对象。他结合上古先民生活状态，解说上古神话的真实性，并从文学美感的角度论述神话，黄人有曰："古时神话，颇多不足训世，故孔子删之，而史起于以伦理治世之尧舜，然智识上固宜屏之，而美感上则足以助文学之兴味，且事非尽无根据，惟在半开化时代，虽常事亦必神奇其说，非是则不足起信也。""凡一切古时神奇之说，皆可以是推之，则不致迷信，而可借以壮我文学之藻采（《易》、《诗》及《楚辞》多奇语，即得此），彼《庄》、《列》寓言，即由此变化而出，则并可增进高尚之思想，在能善自审择耳。"（《中国文学史·上世文学史·文学之胚胎》）

对于古代小说的评价，黄人在《中国文学史》中的论说虽不多，而与其《小说小话》相得益彰："若夫社会风俗之变迁，人情之浇漓，舆论之向背，反多见于通俗小说。且言禁方严，独小说之寓言，十九手挥目送，而自由抒写。而内容宏富，动辄百万言，庄谐互行，细大不捐，非特可以刍荛补简册，又可为普通教育科本之资料。虽或托神怪，或堕猥亵，而以意逆志，可为人事之犀鉴。"尤其是他对以《金瓶梅》为代表的家庭小说，评价很高。

其次，黄人以多学科视阈的融合渗透，来全方位地观照中国文学的发展，更进一步体现了其"破成格而广取"的原则。黄人主张将语言文字（包括文字、音韵），进而将书法、美术纳入他广义的文学研究视阈之中，有曰："以广义言之，亦未始不可统之于文学；即以文学狭义言，亦讨论文学者所不可不知也。"（《中国文学史·略论·文学之起源》）中国古典诗、词、曲不但讲究辞情，更讲究声情，所谓"声情并茂"、"声情摇曳"方可称美，因而讲述中国古典文学岂可略音韵、文字乎？至于与金石、书法的关系，黄人在相关部分的论说也有涉及，如他将秦代的《岣嵝禹碑》等刻石，视为秦代文学的代表，并说："故石刻为秦之特别文体，亦即秦之惟一文体，且其文尤为小篆之祖，可供六法家研究。"（《中国文学史·文学全盛期·秦之刻石》）在详述王羲之《兰亭》法帖之后，黄人又从文学角度评之曰："尝与同志宴集于会稽山阴之兰亭，羲之自为之序，以申其志。或以潘岳《金谷诗序》方其文，羲之比于石崇，闻而甚喜。"（《中国文学史·中世文学史·两晋文学代表》）对金石、法帖中的文字做文学史的审视，不唯在清末，就在今天亦堪称宏识。

再次，黄人以"天演论公例"考察中国文学史，紧密结合社会历史的演进，动态地阐释中国文学的发展。他反对一味地厚古薄今："人心与世运进化同途，宁有社会之万事皆进，而文学独衰退者？”（《中国文学史·分论·文学之起源》）但他所持的“天演论公例”又绝不是机械、简单的进化论，在《中国文学史·略论·文学华离期》中独具慧眼地说道：“文治之进化，非直线形，而为不规则之螺旋形。盖一线之进行，遇有阻力，或退而下移，或折而旁出，或仍循原轨。故历史之所演，有似前往者，有似后却者，又中止者，又循环者，及细审之，其范围必扩大一层，其为进化一也。以吾国文界言之，其理尤明确。”黄人认为，文学的发展与社会时运、政治的关系密切，所谓“夫世运无不变，则文学亦不能不随之而变”（《中国文学史·上世文学史·文学之胚胎》）也，这在黄人对词与戏曲、小说等文学样式的论述中表现得淋漓尽致。

—— 延伸阅读文献

1. 章太炎：《国故论衡》卷首篇《文学总略》，商务印书馆 2010 年版
2. 郭绍虞：《试从文体的演变说明中国文学之演变趋势》，《小说月报》1921 年第十二卷
3. 曾毅：《中国文学史纲·序例》，湖南文艺出版社 1998 年版
4. 黄人：《中国文学史》，1911 年前后国学扶轮社铅印本
5. 黄人：《黄人集》，上海文化出版社 2001 年版
6. 王永健：《“苏州奇人”——黄摩西评传》，苏州大学出版社 2000 年版
7. 龚敏：《黄人及其〈小说小话〉之研究》，齐鲁书社 2006 年版
8. 黄钧达：《黄人年谱》，见朱栋霖、范培松主编《中国雅俗文学研究》第一辑，上海三联书店 2007 年版

（杨旭辉撰稿）

—— 原文：《中国文学史·总论》

经典原文

中国文学史·总论

黄 人

■ 文学之目的

人生有三大目的：曰真、曰善、曰美。而所以达此目的者，学是也。真也者，求宇宙最大之公理，如科学、哲学等。善也者，谋人生最高之幸福，如教育学、政法学、伦理学、宗教学等。而文学则属于美之一部分。然三者皆互有关系，故求真之学，有叙述的，即有模范的，有实质的，亦有形式的。而慈善家、伦理家、政治家之手段方针，亦莫不推及自然，由现象而知原则，力求进步，薄补苴而重完全。至于文学，何独不然？语云："文质相宣。"又云："修辞立其诚。"则知远乎真者，其文学必颇。又云："文以载道。""立言必有关于风教。"则知反乎善者，其文学亦亵。且文学之范围力量，尤较大于他学。他学不能代表文学，而文学则可以代表一切学。纵尽时间，横尽空间，其藉以传万物之形象，作万事之记号，结万理之契约者，文学也。人类之所以超于一切下等动物者，言语为一大别；文明人之所以胜于野蛮半化者，文学为一大别。故从文学之狭义观之，不过与图画、雕刻、音乐等；自广义观之，则实为代表文明之要具，达审美之目的，而并以达求诚明善之目的者也。吾非谓重视文学，即可置一切学于不问也。文学之责任愈重，则所以达此文学之目的者，愈见其难。无三才万象为之资料，则虽穷高骛远，而无异贫儿之说金；无德慧术智为之结构，则虽盈篇累牍，而仍同鹦鹉之学语。是则不能求诚明善，而但以文学为文学者，亦终不能达其最大之目的也。

■ 历史文学与文学史

以体制论，历史无文学，亦不能组织。然历史所注重者，在事实不在词藻，界限要自分明。惟史之成分，实多含文学性质，即如《六经》皆史也，而《书》为政府之文学，《诗》为社会之文学，《易》为宗教之文学，《礼》与《春秋》似乎纯为史裁，而附属之传记，仍表以文学。班、马以下，类别渐繁，登录文学亦綦详。盖一代政治之盛衰，人事之得失，有文学以为之证佐，则情实愈显，故曰文胜则史。虽然，有具体必有抽象，有通力必有专行。文学之演进，诚散见于历史中，而历史只能吸收之，而不能包括之，且就一方面观，历史又仅为文学之一部分。故史之分类，有自然的，有精神的，前者为种族、地理、物产等，政治、宗教、经济、教育诸史，则属于后者，文学史亦其一也。文学之分类，有模范的，有叙述的。前者为文谱、文论等，而文学史则属于叙述。盖非是将终身由之而不知其道，更不免数典忘祖之诮矣。

我国旧学，唐宋以下，大率分为性理、考据、词章三派。而最录简册者，又分为经、史、子、集四部，独以词章与集部属诸文学，其余则闭门自贵，不屑就文学之范围。独班氏之书，则百家著述，概志以艺文，其见解固高于后世之入主出奴者。盖我国之学，多理论而少实验，故有所撰著，辄倾向于文学而不自知。文之优者，虽排斥其学，而心殊笃好；文之劣者，虽推崇其学，而隐生厌苦。即如庄、列、申、韩及西竺诸书，儒者久视为鸩毒。试取其书与霁雰之语录、饾饤之经解并陈之，而反叩其本心之憎爱，苟非逐臭之夫，食蓼之虫，断无不能辨别其妍媸者。否则非违心以欺人，即毫无知识者耳。即如二十四氏之史文，首推盲、腐，而一则讥其谬于是非，一则疑为泄其冤愤，所以见重于世者，特文学之空前绝后耳。《春秋》非圣人之书哉，何以有断烂朝报之诮也？然文学虽如是其重，而独无文学史。所以考文学之源流、种类、正变、沿革者，惟有文学家列传（如文苑传，而稍讲考据、性理者，尚入别传），及目录（如艺文志类）、选本（如以时、地、流派选合者）、批评（如《文心雕龙》、《诗品》、诗话之类）而已。而所持者又甚狭，既失先河后海之旨，更多朝三暮四之弊，故虽终身隶属于文学界者，亦各守畛域而不能交通。屈、宋之徒，罔识高、赤，韩、柳之裔，摈斥曹、刘，此尚因造诣之各异也，甚而一门之中，亦分水火，宗两汉则祧六朝，崇三唐则薄两宋，信古者则嗤近习为俳优，趋时者则讥陈编为刍狗。而不知奇偶华质，因于自然，本原未尝或异；甲乙丙丁不过符号，界线终未分明。而乃画地为牢，操戈入室，执近果而昧远因，拘一隅而失全局，皆因乎无正当之文学史以破其锢见也。盖我国国史，守四千年闭关锁港之见，每有己而无人；承廿四朝朝秦暮楚之风，多美此而剧彼，初无世界之观念，大同之思想。历史如是，而文学之性质亦禀之，无足怪也。

■ 文学史之效用

文学史者，不仅为文学家之参考而已也，凡欲谋世界文明之进步者，不数既往，不能知将来，不求远因，不能明近果。历史之应用，其目的不外乎此。故他国之文学史，亦不过就既往之因，求其分合沿革之果，俾国民有所称述，学者有所遵守。而我国文学史之效力，尚不止此，大要有数端如下：

（一）三皇之书，为文学权舆。时全世界方居草昧，同时文明程度可与抗颜行者，独有巴比伦与埃及耳；若印度、犹太，则子姓矣；希腊、罗马，直以云仍视之耳。而此诸国，当时之文学，虽极发达，要其继续，不过百年。蜾蠃螟蛉，他人入室，前仆后起，迭为兴替，其新者不过暴富之贫儿，其旧者已成化石之蜕骨。今之英、法、德、美，虽以文物睥睨全球，而在千百年前，方为森林中攫噬之图腾，乌有所谓文学者？故以文学之谱牒言，独我国可谓万世一系瓜瓞相承，初未尝稍杂以非种，即间或求野求夷，吸收新质，要为文学生活上营养之资，而不能乱文学生殖上遗传之性。今虽过华屋而叹凌夷，窥明镜而羞老大，然一息犹存，当有待盖棺而论定。百足相辅，安见不一旅之中兴。正未容崛起之白板，顾影之乌衣，遽加轻蔑也。则有文学史，而厌家鸡爱野鹜之风，或少息乎？

（二）或谓进化之公理，不行于支那，故世界各国，皆后来居上，独我国则有今不如古之叹。似也，而实不然。夫苟在天演界中，安有能生存而不能进化者？换言之，则不进化又安能生存者？即有之，亦不过取幸于一时，而断难持续。故就我国现象之一二部观，非特不进化，且有退化者；统全局论之，则进化之机固未尝少息也。（详见《分论》中。）然进化之道，虽曰优胜劣败，适者生存，而优劣之程度无算，竞争之方法亦无算，其机甚微，虽明智不能尽析，而惟以其适存为验，此固无待烦言也。而所不可不知者，较然之优劣，其竞争浅，而同在优级，必以竞争而后定其高下者，其竞争之机乃益剧烈。派的利亚之与人类，其优劣相去，何止千万。然人类初不注意，至近日知其为害之烈，始从事竞争。若人猿一族，非与人类血系最近，而优于一切动物者乎？何世界上寥寥不数见也？红、黑二种，更优于人猿矣，何亦如秋后之叶，日见其少也？非人类灭之，而谁灭之耶？盖其优劣之程度，相去不远，则所以供给其生存者亦相等，此盈则彼绌，乙丰则甲啬，势不能两立，则其竞争亦不得不烈。植二木于方寸之地，则必一枯一荣，而交加之藤，翳生之苔，则无恙焉。前者程度相若，而后者则因其过劣而竞争反不剧也。今黄祸之说，溢于白民之口耳，何不曰赤祸黑祸也？则其所谓祸者，为其劣而祸欤？抑为其优而祸欤？固无待解决矣。夷人之国灭人之种者，必先夷灭其言语文字。夫国而有语言文字，此其国必不劣，而国亦有待之而立者，故夷灭之恐不及也。若犹是侏离格磔之俗，结绳投砾之治，亦无容多此一举矣。我国民之优点，其足以招入宫之嫉而必不能免当门之锄者，尚不止文学，而文学则势处于至危者也。所幸吾国之文学，精微浩瀚，外人骤难窥其底蕴，故不至如矿产、路权遽加剥夺。然乳臭之学子，甫能受课，见蟹形之文，则欢迎恐后，一授以祖国之字，辄攒肩掉首，如不欲闻。而号为老师宿儒者，犹复匿其珍错，执土饭尘羹，强使入咽。以此现象观之，则不待人之灭我而我行将自灭矣！示之以文学史，俾后生小子，知吾家故物不止青毡，庶不至有田舍翁之诮，而奋起其继述之志。且知其虽优而不可深恃，今日之鼎铛玉石，几世几年经营收藏，而逦迤弃掷，视之不甚爱惜者，一旦他人入室，付诸焚溺，欲觅一丝寸砾而不可复得，则守护不可不力。故保存文学，实无异保存一切国粹，而文学史之能动人爱国保种之感情，亦无异于国史焉！

（三）我国有最奇之两大现象，则外形常为统一，而内容则支离破碎也。如政体，虽数千年来常统于一君主、一法律之下，其实百里之内，即自为风气，尔疆彼界，阂于胡越；即一户一族一团体，而亦互分党派。伦理道德，亦常统于一先生之说，所谓天经地义无敢或逾者。而以实际言之，则巫蛊之毒，夷虏之陋，常盘踞其中，且各有所师尚。（其普通者如选日占验之类，特别者如礼斗禳星之类，至伦理上沉痼之点，若强兄弟同餐及妇女守节之类。）至于一切职业，莫不皆然，而文学为尤甚。盖统之者本无实力，受统者又非出于真意，不过悬一尊号，苟且相安，而其中不规则之动机，无时或息，遂有种种之结果，种种之方面，犹强投无数之液质于容积不大之一器中，听其各自结晶，则其外虽若一体，而其内质之混杂，几有不胜分析者。言文学者，无不推原于大道，根柢于“六经”。其实道非一端，杨、墨之是，有时贤于孔、孟之非，樵牧之俚，有时过于图书之秘。“六经”虽云载道之书，而考其实质，惟《诗》、《书》为正则之文学；且《国风》、《雅》、《颂》，旨趣各殊，典谟训诰，体裁迥异。苟细为分析，皆可自成一家，别为初祖。若五德之代兴，忠质一视所尚，若九土之分域，埴坟咸有所宜。而演进益深，则繁赜纷纭，已尽革其故，而别生新种。论报本追远之厚意，不妨谓同出于一原；识乘除消息之化机，则断难强驱于同轨。且奉一神者宗教之主体，而旧宗新派，已分裂于坛宇之间；明一尊者君主之大权，而九夷八蛮，尚羁縻于职方之外。文学为言语思想自由之代表，而刻木为主而听命之，画地为牢而谨守之，不亦慎乎！至若诗歌、小说，实文学之本色。故三代典籍，每多有韵之文，而《虞初》、《齐谐》，亦为最古之史乘。前者所以生音乐之精神，后者所以穷社会之状态。体制虽有变更，而目的未尝或异。馀若《客嘲》、《宾戏》，呈诡辩之才；《石鼎》、《锦图》，极文心之巧；典午清谈，为两宋南宗、北宗之滥觞，舒王经义，树有明甲科乙科之正鹄。此皆文学之不循故辙而独辟一区者，虽无当于大道，要不失审美之旨。而述文学系统者，往往摈不与列。由前而言，则失之太广；由后而言，则又失之太狭。广则不能通者而强求其通，狭则本可通者而屏不使通，而其极均至于不通。虽曰政治、习俗实使之然，此言语思想之自由，政治、习俗固未尝明为制限，而亦不能为之制限也。示以文学史，庶知返乎？

（四）我国社会之弊，莫大于不诚。一切事物，往往表里绝殊，名实相反，而文学其尤甚者焉。夫文之为义，虽若与质对待，然固相辅而非相反者，乃至其流极，而所谓文者，几若诈伪曲饰之代名。推其原因，盖有二焉：一由于佞。下之事上，贱之事贵，以反逆为大恶，以媚兹为义务，歌功颂德，既便于口吻，掩过饰非，遂流于记载。壁麟二经，为史家之职志，亦为文学之朝宗，而孔氏著尊亲之讳，孟氏有书不尽信之疑。于是后世之纪事、纪言者，益袭为揄扬，罔顾事实；虽直笔间存，而南史、董狐，固难胜于众咻。谥法具在，而文武圣神，岂尽出于公道？其始则对于君亲，或者出于劫制，其继则施诸侪辈，已若习为自然；其始但以奉人，犹不免阳谀而阴毁，其继则以之私己，并至久假而忘归。册府裔皇，满纸惟陈令德；简笺往复，临颖辄颂清芬，至于祝嘏诔墓，最泛滥而无纪。昔人所谓“华封之祝，箕畴之福，尽人皆有”，及

"人虽极恶，必有一篇极好文字送归泉下"者，非刻论也。甚至篡杀大恶，而必饰以美词；兵刑凶事，而常文以吉语。愈郑重则愈失真，愈冠冕则愈无当，官样文章，真如葫芦依样焉。夫俳优之谐悦主家，止求饮食醉饱；尸祝之供媚神鬼，洵为邀福禳灾。文学为名山不朽之业，而顾与之若佩剑之左右乎？长此不变，则人事可以执符而验，但易其岁月，而文学亦可刊板而成，仅填以姓氏足矣。此不诚之自上而下者焉。一由于诞。铺张扬厉，神奇变化，固为文学家之能事，然必肆而能敛，奇不诡正，斯有所征信而垂后。我国民好夫迷信之习，相沿不改，而其中于文学者尤深。文字则有雨粟鬼哭之祥，图书则矜河马洛龟之秘。初民智识未开，傅会诚无足怪。宣尼为群言之宗，立辞必衷真理，言不雅驯，不登记录，然微言传述，已病浮夸，教外别传，尚流谶纬。周、秦诸子，人抱哲理，文学亦际其最盛。然师法必托诸皇古之神明，援引必参以域外之灵怪。两京困雅，选义陈词者，奉为圭臬，而以五行禨祥为大道，以符命封禅为高文。至若鲁壁丝竹，汲冢光芒，凌虚传河上之书，持禁出枕中之记。舍苍生而问鬼神，伤哉王佐；托奇事而行讽谏，谲矣岁星。仲舒大儒，而侈陈五龙之术；中垒硕学，而深信《万毕》之方。故秦坑之儒，即是方士；汉学之授，不出家人。延及叔季，益多夸饰。兜率遮须，才子之死必生天；长庚奎宿，文人之生皆应运。甚至工部诗编，入夜发星月之光；庐陵阡表，落水有蛟龙之护。大抵谓古籍流传，必与清虚合德，而名流撰述，常有神物相随。若六丁下寻，九厄成例，则文学又几成为释提桓因之阿修罗、耶禾华之撒但矣！此则不诚之自下而上者也。盖佞者虽屈于威力，而阿谀以取容，其心实有所不甘，遂别出一术，以隐为抵抗，或挟最高之天权，或挟最尊之师权，或挟最信仰之鬼神权，上与君主分席。其始或出于不得已，虽明知其诡谲，而姑用以自振，日久成习，则渐多无病之呻吟，且以不经为矩矱；而君主之黠者，反利用之以为粉饰太平之具，以塞觊觎非分之萌。既佞既诞，愈诞愈佞，指鹿之术，日起于下，而养狙之方，益工于上。上与下互售其欺，而遂成为文学第二种性质。尚词藻者，固当矜雕镂而务神奇，而寻常清言，皆杂以迂怪；居殿阁者，诚当徇忌讳而申颂祷，而一切人事，亦出以丐词。夫文学既为载道垂训之具，而先导举国以不诚，安望国民之有进步乎！史者，人事之鉴也。美恶妍媸，直陈于前，无所遁形，而使人知所抉择。观于世界文学史，则文学之不诚，亦初级进化中不可逃之公理。创世之记，默示之录，《天方夜谭》，希腊神话，未尝非一丘之貉，不当独为我国诟病。惟彼之贤乎我者，华与实不相掩，真与赝不相杂，而除一上帝外，无赞美之文，除几种诗歌、小说外，无神怪之说，即间有之，而语有分寸，尚殊奴隶之卑污；事有依据，不等野蛮之迷信。故其国民，皆以诚为至善，以诳为极恶，外交内政昭如划一，以固其国础，文学未始无功焉。而文学之能去不诚而立其诚者，则有所取鉴而能抉择也。天下事惟能知然后能行，有知而不行者矣，未有能不知而行者也。不知而行，谓之盲行，彼以欺售欺者，实以盲引盲耳。人情非好为佞也诞也，奴隶野蛮，固稍有识者所不乐居也，而卒不免于佞诞者，正苦其不自知也。惟其不自知，故以媕婀淟涊为义所当然也，以穿凿附会为理所必有也。甚且以不佞行其佞，学胡语而骂人；以不诞行其诞，向痴人而说梦。苟鉴乎陈迹，知岛夷索虏之丑词，仅等市伧之相诟；吞卵履武之故事，实有中冓之难言。则反而自省，必有愀然不安而生其羞恶者。虽矫枉治标，或恐有损文学典重雄奇之本质。究之志趣高，则立言愈形遒上；理解富，则下笔益见权奇。今古中外，苟以文学名家者，未有不具不羁之气概，爱智之精神者。障翳抉则光明生，糟粕漉则精华出，夫何有因噎废食之疑乎?

■ 结论

然则不统现象而研究，则实际不明；不就对象以权衡，则主观不立。采十五国之风，而后有兴、观、群、怨之资；修二百四十年之史，而后有进退黜陟之枋；蒐集百二十国之宝书，而后“六艺”大明，百家退治，诚敻乎莫尚矣。若夫彦和《雕龙》，子玄抽象，皆足衍向、歆之家，为游、夏之功臣。变迁至今，可无后盾。则文学史者，又不仅为华士燃犀之照，且可为朴学当壁之征矣！故文学史之一多离合状态，与各科学略同，文学史之与兴衰治乱因缘，亦与各种历史略同，其特别之效用则如右。

（据 1911 年前后国学扶轮社铅印本《中国文学史》校录）

附录：

中国文学史·自序[1]

林传甲

右目次凡十六篇，每篇十八章，总二百八十八章。每篇自具首尾，用纪事本末之体也。每章必列题目，用通鉴纲目之体也。《大学堂章程》曰：日本有《中国文学史》，可仿其意，自行编撰讲授。按：日本早稻田大学讲义尚有《中国文学史》一帙，我中国文学为国民教育之根本，昔京师大学堂未列文学于教科，今公共科亦缺此课。传甲于优级师范生分类后，始讲《历代文章源流》，实为公共科之补习课也。然公共科文学每星期三小时，分类科文学每星期六小时，此半年之程度，实足与公共科全年程度相符。《大学堂研究文学要义》，原系四十一款，兹已撰定十六款，其余二十五款，所举纲要已略见于各篇，故不再赘。传甲更欲编辑《中国初等小学文典》、《中国高等小学文典》、《中国中等大文典》、《中国高等大文典》，皆教科必需之课本。否则仍依《大学堂章程》编辑《历代名家论文要言》，亦钜制也。或曰《中国文学史》义取简约，古今一律。然国朝文学昌明，尤宜详备甄采，当别撰《国朝文学史》，以资考证。传甲不才，今置身著述之林，任事半年，所成止此。昔初编讲义时，曾弁短言，为授业豫定书。今已届一学期，爰辑期内所授课为报告书，由教务提调呈总监督察核焉。光绪三十年十二月朔侯官林传甲记。

（据时代文艺出版社 2009 年版《中国文学史通论·中国文学史》校录）

①《中国文学史》是林传甲（1877—1921）为京师大学堂编写的讲义，1904 年印行，一向被视为中国人自著的最早的文学史著作。

谢无量与《中国大文学史·绪论》

经典导读

20世纪20年代初，郑振铎写过一篇短文《我的一个要求》，说他尽其所能，也只找到了九部《中国文学史》，即谢无量的《中国大文学史》(中华书局出版)、曾毅的《中国文学史》(泰东图书局出版)、朱希祖的《中国文学史要略》(北京大学印)、日本古城贞吉的《中国五千年文学史》(王燦译，私人出版)、林传甲的《中国文学史》(奎垣学校发行)、王梦曾的《中国文学史》(商务印书馆出版)、张之纯的《中国文学史》(商务印书馆出版)、葛祖兰的《中国文学史》(会文堂出版)、刘申叔的《中古文学史》(北京大学出版部出版)。"而就此寥寥可数的几本书中，王梦曾、张之纯及葛祖兰三人所编的是中学师范的用书，浅陋得很，林传甲著的，名目虽是'中国文学史'，内容却不知道是些什么东西！有人说，他都是抄《四库提要》上的话，其实，他是最奇怪——连文学史是什么体裁，他也不曾懂得呢！王燦的一本是翻译日本人的，朱希祖的一本则太简略，他自己说，这书'与余今日之主张，已大不相同……且其中疏误漏略，可议必多，则此书直可以废矣'。只有谢无量与曾毅的二书，略为可观。曾毅的较谢无量的还好些。然二书俱不完备，也没有什么自己的主张与发见。刘申叔的一本则是一个朝代的，且也没有什么新的见解。”[①] 郑振铎没有列出黄人的《中国文学史》，大概是因为无缘寓目。

曾毅的《中国文学史》与谢无量的《中国大文学史》，与20世纪最初20年间其他的中国文学史著述相比，有几个显著的特点。其一，这两部中国文学史都在卷首专设绪论。曾毅的绪论讨论了“文学史上之特色”、“文学与文字”、“文学与学校”（订正本改为“文学与科学”）、“文学与科举”（订正本改为“文学与学校”）、“文学与儒释道三教”（订正本改为“文学与思想”）、“文学之分类”（订正本改为“种类”）、“文学史上之时代区划”（订正本删除此章）等问题。谢无量的绪论讨论了“文学之定义”（含中国古来文学之定义、外国学者论文学之定义、文学研究法、文学之分类等细目）、“文字之起源及变迁”（含总论、字音之变迁、字形之变迁、字义之变迁、字类分析与文章法等细目）、“古今文学之大势”（含总论、时势与作者、精神上之观察等细目）、“中国文学之特质”（含文字最古之特质、美之特质等细目）、“古来关于文学史之著述及本论之区分”等问题。曾毅和谢无量讨论的具体问题不尽相同，但二者的宗旨是一致的，都试图说明中国文学的特色、中国文学史著述的源流以及著述体例。

关于中国文学史著述的源流以及著述体例，谢无量在《中国大文学史》第一编《绪论》第五章《古来关于文学史之著述及本编之区分》中指出：古来关于文学史之著述的体例共有七种，即流别（如《文章流别》《文章缘起》《文体明辨》《诗体明辨》《文心雕龙》《史通》《文史通义》）、宗派（如《诗品》《诗人主客图》《江西诗派图》《词品》《曲品》）、法律（如《诗式》《风骚旨格》《声调谱》）、纪事（如《本事诗》《唐诗纪事》《宋诗纪事》）、杂评（如《典论》《诗话》）、叙传（如《文章叙录》《文士传》《唐才子传》、文苑传）、总集（如《文章志》《文选》《玉台新咏》）。谢氏在追溯源流的基础上设计出他自己的文学史体例。

其二，曾毅和谢无量的中国文学史都没有采用朝代分期的方式，而试图根据文学本身的变化发展来划分时期。曾毅分为四段：上古文学（上古至秦），中古文学（两汉至隋），近古文学（唐至明），近世文学（清代）。谢无量也分为四段：上古文学（上古至秦），中古文学（两汉至隋），近古文学（唐至明），近世文学（清代）。

---

① 郑振铎:《我的一个要求》，原文刊于《文学旬刊》1922年9月，后收于《郑振铎古典文学论文集》，上海古籍出版社1984年版，第36~37页。

两者的分期完全一样，而曾毅的《中国文学史》初版于 1915 年，谢无量的《中国大文学史》初版于 1918 年，曾毅在前，这就提高了其重要性。1932 年出版的胡云翼《新著中国文学史》，其自序说：20 世纪初期的几本文学史著述，“就中以曾毅的《中国文学史》为较佳，然系完全抄自日人儿岛献吉郎之原作，又未能更正儿岛献吉郎之错误处，故亦不足取”。然乎，不然乎？

重视绪论和放弃朝代分期，表明作者的文学史理念日趋明确，这也是郑振铎所认可的两个特点。

可以一提的是，谢无量以“大文学史”为书名，并非信手拈来，而是确有其见地。他指出：“文学分类，说者多异。吾国晋宋以降，则立文笔之别，或以有韵为文，无韵为笔，然无韵者有时亦谓之文。至于体制之殊，梁任彦升《文章缘起》，仅有八十三题，历世踵增，其流日广。自欧学东来，言文学者，或分知之文、情之文二种，或用创作文学与评论文学对立，或以实用文学与美文学并举。顾文学之工，亦有主知而情深利用而致美者，其区别至微，难以强定。”他没有遵循狭义的文学义界和文学分类，而是认同章太炎有句读文、无句读文的分类方法：“大抵无句读文，及有句读文中之无韵文，多主于知与实用；而有句读文中之有韵文，及无韵文中之小说等，多主于情与美，此其辨也。”这种“大文学史”观，现在看来，真有其特殊价值，但在 20 世纪 20 年代，却难逃被非议的命运。1926 年由上海梁溪图书馆出版的胡怀琛《中国文学史略》第四版，其序言就批评谢无量等人的文学史著述：“举凡字学，哲学，史学等，无不纳之文学史中；名曰‘文学史’，实不啻‘中国学术史’。取材富而分界不清，在前辈以文学概括中国一切学术，盖其观念如是，无怪其然。今人治学，多用科学方法，方法不同，观念自异；对于前人之作，辄觉其划界分类之不精审也。”1931 年 8 月，胡云翼写《新著中国文学史》自序，主要说了三点“意思”，第一点“意思”就是：“文学向有广狭二义，广义的文学即如章炳麟所说‘著于竹帛之谓文，论其法式谓之文学’，即是说一切诸作皆文学。这样广泛无际的文学界说，乃是古人对学术文化分类不清时的说法，已不能适用于现代。至狭义的文学乃是专指诉之于情绪而能引起美感的作品，这才是现代的进化的正确的文学观念。本此文学观念为准则，则我们不但说经学、史学、朱子哲学、理学等，压根儿不是文学；即《左传》《史记》《资治通鉴》中的文章，都不能说是文学；甚至于韩、柳、欧、苏、方、姚一派的所谓‘载道’的古文，也不是纯粹的文学（在本书里之所以有讲到古文的地方，乃是借此以说明各时代文学的思潮及主张）。我们认定只有诗歌、辞赋、词曲、小说及一部美的散文和游记等，才是纯粹的文学。”“大文学史”观的生存空间，自 20 世纪 20 年代起日益缩小。

—— 延伸阅读文献

1. 郭英德等:《中国古典文学研究史》，中华书局 1995 年版
2. 戴燕:《文学史的权力》，北京大学出版社 2002 年版
3. 董乃斌、陈伯海、刘扬忠:《中国文学史学史》，河北人民出版社 2003 年版
4. 陈国球:《文学史书写形态与文化政治》，北京大学出版社 2004 年版
5. 董乃斌:《近世名家与古典文学研究》，上海大学出版社 2005 年版

（陈文新撰稿）

—— 原文:《中国大文学史 · 绪论》

经典原文

中国大文学史·绪论

谢无量

■ 一、中国古来文学之定义

今以文学为施于文章著述之通称。自《论语》始有文学之科，其馀或谓之文，或曰文章，其义一也。

《易》曰:“物相杂，故曰文。”《说文》曰:“文，错画也。”又:“彣，䂂也。”“䂂，彣彰也。”论者或谓文理、文字、文辞，皆谓之“文”；状其华美，当谓之“彣”，然错画相杂，本含华美之义，称“文”已足，“彣”则孳乳之辞，是以后罕承用也。

《释名》曰:“文者，会集众彩，以成锦绣；会集众字，以成辞义，如文绣然也。”彩绣之美，是文本义，属辞美同彩绣，亦命曰文，盖人之表志，始用言语，继有文辞。孔子曰：言以足志，文以足言，言之不文，行之不远。清阮元《文言说》曰:

> 许氏《说文》:“直言曰言，论难曰语。”《左传》曰:“言之无文，行之不远。”此何也？古人以简策传事者少，以口舌传事者多；以目治事者少，以口耳治事者多。故同为一言，转相告语，必有愆误。是必寡其词，协其音，以文其言，使人易于记诵，无能增改，且无方言俗语，杂于其间，始能达意，始能行远。此孔子于《易》所以著《文言》之篇也，古人歌诗、箴铭、谚语，凡有韵之文，皆此道也。《尔雅·释训》主于训蒙，“子子孙孙”以下，用韵者三十二条，亦此道也。孔子于《乾》《坤》之言，自名曰文，此千古文章之祖也。为文章者不务协音以成韵，修词以达远，使人易诵易记，而惟以单行之语，纵横恣肆，动辄千言万字，不知此乃古人所谓“直言之言，论难之语”，非言之有文者也，非孔子之所谓文也。《文言》数百字，

几于句句用韵，孔子于此发明乾坤之蕴，诠释四德之名，几费修词之意，冀达意外之言，要使远近易诵，古今易传。

阮元之说，颇能明言文之原，惟泥于晋宋下文笔之分，故仅以有韵为文。至于标仲尼《文言》为文章之祖，则自刘勰发之，《文心雕龙·原道》曰：

文之为德也大矣，与天地并生者何哉？夫玄黄色杂，方圆体分，日月叠璧，以垂丽天之象；山川焕绮，以铺理地之形，此盖道之文也。仰观吐曜，俯察含章，高卑定位，故两仪既生矣。惟人参之，性灵所钟，是谓三才。为五行之秀，实天地之心，心生而言立，言立而文明，自然之道也。傍及万品，动植皆文：龙凤以藻绘呈瑞，虎豹以炳蔚凝姿；云霞雕色，有逾画工之妙，草木贲华；无待锦匠之奇，夫岂外饰，盖自然耳。至于林籁结响，调如竽瑟；泉石激韵，和若球鍠：故形立则章成矣，声发则文生矣。夫以无识之物，郁然有彩；有心之器，其无文欤？人文之元，肇自太极，幽赞神明，《易》象惟先。庖牺画其始，仲尼翼其终。而乾坤两位，独制《文言》，言之文也，天地之心哉。

综彦和之论，则文之广义，实苞天地万物之象。及庖牺始肇字形，仲尼独彰美制，而后人文大成。《文言》多用偶语，为齐梁声律所宗。齐梁文士，并主美形，切响浮声，著为定则。文人之为义愈狭而入乎艺矣。唐世声病之弊益甚，学者渐陋狭境，更趣乎广义，论文必本于道，而以词为末。至宋以下，其风弥盛，周元公曰："文所以载道也。"又曰："文辞，艺也；道德，实也；不知务道德而第以文辞为能者，艺焉而已。"且又以治化为文，王荆公曰："礼乐刑政，先王之所谓文也。书之策，引而被之天下之民，一也。"于是文学复反于广义，超乎艺之上矣。

虽然，文学之所以重者，在于善道人之志，通人之情，可以观，可以兴，可以群，可以怨，言天下之至赜而不可乱也。虽天地万物礼乐刑政，无不寓于其中，而终以属辞比事为体。声律，美之在外者也；道德，美之在内者也；含内外之美，斯其至乎。

二、外国学者论文学之定义

欧美皆以文学属于艺（Art），柏拉图曰："雕刻、绘画，艺之静也；诗歌、音乐，艺之动也。"亚里士多德所说亦同。至黑格尔，则分目艺、耳艺、心艺，以诗歌属诸心艺。至于文学之名，实出拉丁语之 Litera 或 Literatura。当时罗马学者用此字，含文法、文字、学问三义，以罗马书证之，用作文字之义者，塔西兑（Tacitus）是也；用作文法者，昆体卢（Quntianus）是也；用作文学者，西塞罗（Cicero）是也。要至近世，而后文学成为美艺之一种耳。

今略举欧洲诸家论文学之定义如下：

白鲁克（Stopford Brooke）曰："文学云者，所以录情，发男女之英思，使读者易娱，故其行文尤贵典秩，而散文非文学之至也。"

亚罗德（Thomas Arnold）曰："文学者著述之总称，非以喻特殊之人，及仅为事物之记识而已，在会通众心，互纳群想，于是表诸言语，而得人人智情中之所同然，斯为合矣。"

戴昆西（De Quincy）于诗人蒲白（Pope）论中，尝释"文学"曰："文学之别有二：一属于知，一属于情。属于知者，其职在教；属于情者，其职在感。譬则舟焉，知如其柁，情为帆棹；知标其理悟，情通于和乐，斯其义矣。"

前三说中，戴氏之说较为明了，然所谓"知"之文学，未定其范围，及庞科士（Pancoast）著《英国文学史》，论文学定义最详审，其言曰：

文学有二义焉。（甲）兼包字义，统文书之属，出于拉丁语之 Litera。首自字母，发为记载，凡可写录，号称书籍，皆此类也，是谓广义。但有成书，靡不为文学矣。（乙）专为述作之殊名。惟宗主情感，以娱志为归者，乃足以当之。文学虽不规规于必传，而不可不希传，故其表示技巧，同工他艺。知绘画、音乐、雕刻之为艺，则知文学矣。文学描写情感，不专主事实之智识，世之文书，名曰科学者，非其伦也。虽恒用历史科学之事实，然必足以导情陶性者而后采之，斥厥专知，撷其同味，有以挺不朽之盛美焉。此于文学，谓之狭义，如诗歌、历史、传记、小说、评论等是也。

■ 三、文学研究法

凡研究诸学，各有定类，惟文章之事，主博涉而不拘一方。又非精思，无以致其巧。古来名家，因所尚或殊，则其讨究之法，亦遂不同，诚不能悉数也。约而言之，则思不积不至，词不习不成。广习而约取，审思而慎出，则亦庶矣。为学之始，尤重于习，荀子曰："诵数以贯之，思数以通之。"扬子云曰："巧者不过习者之门。"又曰："阅赋千首，自善为赋。"皆其义也。至刘勰《文心雕龙》，所论致力文学之术益详。唐宋以下，谈者稍异。今仅掇一二要论，可以考焉。

《文心雕龙·神思》曰：

神居胸臆，而志气统其关键；物沿耳目，而辞令管其枢机。枢机方通，则物无隐貌；关键将塞，则神有遁心。是以陶钧文思，贵在虚静。疏瀹五藏，澡雪精神。积学以储宝，酌理以富才，研阅以穷照，驯致以绎词，然后使玄解之宰，寻声律而定墨；独照之匠，窥意象而运斤。此盖驭文之首术，谋篇之大端。

是以临篇缀虑，必有二患：理郁者苦贫，辞溺者伤乱。然则博闻为馈贫之粮，贯一为拯乱之药。博而能一，亦有助乎心力矣。若情数诡杂，体变迁贸。拙辞或孕于巧义，庸事或萌于新意，视布于麻，虽云未贵，杼轴献功，焕然乃珍。至于思表纤旨，文外曲致，言所不追，笔固知止。至精而后阐其妙，至变而后通其数。伊挚不能言鼎，轮扁不能语斤，其微矣乎！

韩愈《答李翊书》曰：

愈之所为，不自知其至犹未也；虽然，学之二十余年矣。始者，非三代两汉之书不敢观，非圣人之志不敢存。处若忘，行若遗，俨乎其若思，茫乎其若迷。当其取于心而注于手也，惟陈言之务去，戛戛乎其难哉！其观于人，不知其非笑之为非笑也。如是者亦有年，犹不改。然后识古书之正伪，与虽正而不至焉者，昭昭然白黑分矣，而务去之，乃徐有得也。当其取于心而注于手也，汩汩然来矣。其观于人也，笑之则以为喜，誉之则以为忧，以其犹有人之说者存也。如是者亦有年，然后浩乎其沛然矣。吾又惧其杂也，迎而距之，平心而察之，其皆醇也，然后肆焉。虽然，不可以不养也，行之乎仁义之途，游之乎诗书之源，无迷其途，无绝其源，终吾身而已矣。气，水也；言，浮物也。水大而物之浮者大小毕浮。气之与言犹是也，气盛则言之短长与声之高下者皆宜。虽如是，其敢自谓几于成乎？

四、文学之分类

文学分类，说者多异。吾国晋宋以降，则立文笔之别。或以有韵为文，无韵为笔。然无韵者，有时亦谓之文。至于体制之殊，梁任彦昇《文章缘起》仅有八十三题，历世踵增，其流日广。自欧学东来，言文学者或分知之文、情之文二种，或用创作文学与评论文学对立，或以实用文学与美文学并举。顾文学之工，亦有主知而情深，利用而致美者，其区别至微，难以强定。今人有以有句读文无句读文分类者，辄采其意，就吾国古今文章体制，列表如下：

文学各科表

- 无句读文
  - 图书
  - 表谱
  - 簿录——簿录与表谱殊者，以不皆旁行缀系故
  - 算草
- 有句读文
  - 有韵文
    - 赋颂——无韵之颂即入符命类述序类中
    - 哀诔——祭文附此
    - 箴铭——无韵之铭即入款识类中
    - 占繇——如《周易》《易林》《太玄》《灵棋》之属
    - 古、今体诗
    - 词曲——戏曲、弹词均属此
  - 无韵文
    - 学说
      - 诸子——九流及近世科学诸说并附于此
      - 疏证——凡随文解意及著书考古者，皆属此
      - 平议——如《史通》《文心雕龙》及一切文评、史评之属
    - 历史
      - 纪传——《尚书·帝典》之类皆属此
      - 编年
      - 纪事本末
      - 国别史——如《国语》之属
      - 地志
      - 姓氏书
      - 行状
      - 别传
      - 杂事——报章中纪事亦属此
      - 款识——如鼎、彝、碑志之属
      - 目录——书目之无说者，别入簿录科
      - 学案

- 有句读文
  - 无韵文
    - 公牍
      - 诏诰——《尚书·康诰》《酒诰》之类亦属此
      - 奏议——《尚书》谟、训之类亦属此
      - 文移
      - 批判
      - 告示——一切教令皆属此
      - 诉状
      - 录供
      - 履历
      - 契约——如条约、地契、引帖之属，其私立者，即入书札类中
    - 典章
      - 书志——如正史各志及通典、通考之属
      - 官礼——如《周礼》六典、会典之属
      - 律例
      - 公法
      - 仪注——如《仪礼》江都集礼书仪之属，其经学家专门说礼者，即入疏证类中
    - 杂文
      - 符命——如封禅、告天、《剧秦》典引之属，不皆有韵
      - 论说——连珠之类亦属此
      - 对策
      - 杂记
      - 述序
      - 书札——私订契约不关公牍者亦属此
    - 小说——文言、俗语诸体均属之

如上所说，分无句读文、有句读文为二，下分十六科，即图书、表谱、簿录、算草、赋颂、哀诔、箴铭、占繇、古今体诗、词曲、学说、历史、公牍、典章、杂文、小说是也。其中学说、历史、公牍、典章、杂文，又当区为各类，经典亦散入各科中:《周易》，占繇科也;《诗》者，赋颂科也;《尚书》者，历史科之纪传类纪事本末类公牍之诏诰类奏议类告示类也;《周礼》者，典章科之官礼类也;《仪礼》者，典章科之仪注类也;《礼记》者，典章科之仪注类。书志类，学说科之诸类。疏证类，历史科之纪传类也。《春秋》者，历史科之编年类，世本则表谱科，《国语》则历史科之国别史类，二传则学说科之疏证类也，《论语》《孝经》者，学说科之诸子类也。《尔雅》《说文》者，学说科之疏证类也。经史以下，及后人文集，可各就其体制所近，以类相从矣，大抵无句读文，及有句读文中之无韵文，多主于知与实用，而有句读文中之有韵文，及无韵文中之小说等，多主于情与美，此其辨也。

（据中国人民大学出版社 2011 年版
《谢无量文集》第九卷《中国大文学史》校录）

附录：

中国文学史纲·序例

曾 毅

一、造述之私意

文学史，近代之产物也。仆于民国四年，参以东邦所制，撰为一书。其时国中所作尚少，邀学术界不弃，多采为教本。然纂组寻常，无甚深意。近岁继踵云起，闻有五十余种之多。或就某一部而叙之者，若韵文文学史，白话文学史，妇女文学史之类；或就某一时而叙之者，若宋文学史，辽、金、元文学史，近三十年文学史之类。其他有所谓大纲，有所谓本纲，有所谓要略，名目杂出，难以偻指。仆所寓目，约不过七八种，度其余，不甚相远也。然不可谓非学术界之进步矣。惟近代人士，喜持新说以难古人，因批评而缪其事实，其弊也诈；究搜讨之力，发见一小小事故，因而扩大之，以资叫嚣，变小枝为干流，其弊也荒；不务循其大体，而支蔓于苛细，略事实而骋评量，其弊也滥；其或摘挦传记，搜采旧闻，而于一代源流变迁之形，眯焉而弗及，则其弊也琐。仆窃不自量，颇欲奋力于此，以蕲掩覆旧著之芜陋。蕴藉以来，既有年矣。而生事所驱，常恨不得其间。迩以从公之故，因三余之暇，手挥目营，略偿素愿。非以求名，庶几不朽，聊杜无谓交游，当格塞博弈之娱，藉消寂闷而已。

文学史，与讲文学不同，文学以适用现在为目的，文学史之任务，则在使人得明现在之文学，如何演变而成之知识也。盖言文学，单纯止于其身；而文学史，则广及于其时代相关之现象。因其时代之现象，颇多与文学事实，发生直接或间接之影响。苟不加揽察，即于其演变之关系，诸多扞格。故讲文学史，每及于其当时之政教、文物、风土，及文人之遭际、素养等等。然如此叙说，未免过繁。一切刊落，则又观察不具。且文学史既属古来演变的过程，有古博而今约者，有甲有而乙无者，则不得以此为限界，划彼之范围。然一切并包，则大而无当。断鹤续凫，抑又违其本性。贵在透视其自然成行之迹，无劓无遗，以顺其事实。本篇未敢自是，窃尝用心于此焉。

今人尚科学，治学而循用科学方法，宜可愈于古。然窃观今之普通历史，讲贯有年，沿之者尚未尽条理，编之者亦无一完著，更何论于分支之文学？文学原不易适合科学，然自吾国文学史上论之，亦有未尽然者。文学实源于诗、书两派，齐、梁间文、笔之说，名异而实同也。此后《文选》一派，《文章正宗》一派，诗与书之主、奴，恰若史载上之编年与纪传。今则《文选》一派张矣。惟吾人叙史，但宜循已成之迹，固无庸轩轾于其间也。兹之所为，即根此为出发点。

文学史，以文学作品为质料者也。去质料，而摭述断片之沿革，杂碎之事象，与夫空阔之品目，宜无当也。然或麻列此质料，如汇纂总集，粗施评语。或杂引文评、诗话，以资填塞，亦无足取焉。今假有人焉，就古今之诗文苑，而贯以昔人之所论，能善其事否乎？知必有邻于冗杂，而不能会其通者矣。本篇所采作品，不徒其人其时之代表，抑亦于其前后变迁因袭之迹，每藉之以为叙论之资。此与选家纯以文为对象者不同。又历史之本身，不杂乎原因、现象、结果。文学之现象，昔人每以评目概之，未尝剖析其状。本篇则就其通而举其要，此与昔之文评、诗话，堕于一枝一节者，抑又不同。

前贤谓史家宜有“三长”，曰：“才”、“学”、“识”。识之所至，在著其失得之源，即隐示以来者之方辙。仆于“才”、“学”无似，“识”尤不足以言。然窃有意焉。但以见于叙述之中，不欲多所赘论，以搀主位。

本篇别立新裁，与仆旧作，略不相袭，几经更易，始成今式。盖多剖示作品之内容，以寻文学之迁变。一代大势，举其重以见其余，征其同以判其异。妄欲探元考本，排索虚逐响之谈，在个人为自凿椎轮，在学术为欲充筚路。若第一篇之第三章、第四章，第二篇之第十四章、第二十章、第二十一章，本极寻常，然不可不明其状，非苟为填塞也。篇中多立表系，作之虽未精，于学者或不无资益。叙述贵乎简当，欲令眉目厘然，首尾裁净，千端万缕，按索易明，至为难事。史中纲目之法，虽可嗤议，亦有足多。今放之而加变通，先举纲要，后加说明。自我作古，取便寻绎。篇幅虽冗，或不嫌多。枝叶虽繁，期使无滥。又为说既已畅发，然或为便考览，往往略为注释。在达者固见谓芜杂，而在初学，或转益多师。

古书难读，就目前之简策，而观其会通，已为不易。况轻于评断，自诬诬人。本篇时有创论，出自研寻。其或不知而同于古人或今人者，不得谓必无之。然苟知之，必著所本，决不剽窃他人一字。

人之识见有偏主，学术有浅深，原难期其备惬。彼能者贯串百氏，而仆则生长偏隅，少以贫窭，记诵有限。长营家室，四方游走，虽借书于人，多所涉览，究鲜心得。老又苦忽忽忘失，什不能一二。加成此篇在旅中，插架无书，考索不易。中有纰缪，亦惟明达君子，谅而正之。

■ 二、区分法

文学史与普通史不同，似不宜适用普通区分法。然就文学上之见地，执定一事象，亦得有种种之区分法焉。假如以文具为事象，则有文具粗笨时期，与纸笔发明以后，印刷通行以后之不同。如执定文学本身，则战国以前，诗书陶熔时代；自汉至魏、晋辞赋盛兴时代；自齐、梁至唐，诗歌发达时代；自宋至清，散文、词曲并盛时代。若以一代杰出者之影响言之，战国以前为孔、老；汉、魏则屈、宋；六朝至中唐为曹、王、徐、庾；中唐以后，则李、杜、韩、苏；元以降，则有施、罗、关、王。然或失之隘，或失之偏，均无当也。今始划分“文学混合时期”、“文学分化时期”、“文学发达时期”、“文学专别时期”。

第一，所谓“文学混合”者，谓“文”与“学”混同，即《论语》所称，“文学，子游、子夏”是也。其特征:（一）凡有学者莫不能文;（二）斯时之学术，为上所独操，故文学亦为上所独具，今人斥之曰贵族文学，考其情势，实不得不然也;（三）其文章大都元气淋漓，多供为政者之鉴察，大抵西汉以前属之。

第二，“文学分化”，谓“文”与“学”分。学有专门，文亦有专擅。其特征:（一）有学者不必能文;（二）文学之涵养，逐渐广遍，已有所谓平民文学;（三）始渐倾于“文”的研究，大抵唐以前属之。然源其所自，秦灭后，汉经师与文学家，已有分流之势。即谓自汉以来，亦无不可也。沿历史上演变，因沿蜕化，初无显然划断之期，要不过揽其较著者云尔。

第三，所谓“文学发达”者，盖指各方面之作品，皆已有显著之进步。其特征:（一）“文”之事多，而“学”之成分少;（二）“文”的研究，更深且备;（三）“文”事更广播于民间。大抵自唐至清属之。

第四，“文学专别时期”，谓民国以后是也。以前虽若专攻，然与为探讨者，若经、若史、若哲理，皆与文学糅杂兼治。今则科学之壁垒严矣，文学亦自厘为专业也。本篇援此叙述，而于分章解说时，仍因以著见其梗概焉。

三、系统图

凡一事象之演进，虽多所曲折，似无不顺理成章。苟细察其枝干之相生，要具有自然成行之妙，矧在文学之本性尤合。兹本此，以述吾国文学史演变之情况，视若牵附周内，然实按之发生之程序，故无缪也。

中国文学源流系统图

（周以前）（先秦以来）（汉以下）（六朝）（唐以下）（最近）

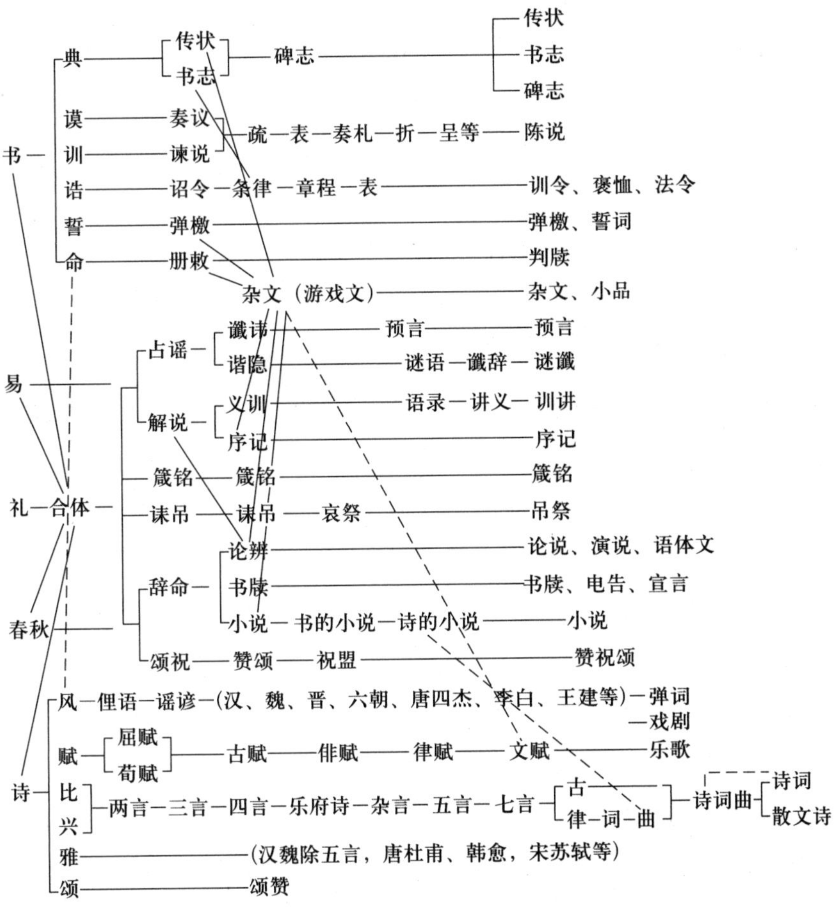

（据湖南文艺出版社 1998 年版《中国文学史纲》校录）

陈中凡与《中国文学演进之趋势》

经典导读

陈中凡（1888—1982），原名钟凡，字觉元，号斠玄，别署觉玄，室名“清晖山馆”，江苏盐城上冈镇（今属建湖县）人，著名文史学家。陈中凡出自书香门第，幼随叔父（玉澍，任盐城尚志书院山长）读经，打下了坚实的国学基础。1903年，进镇江承志学校，参加章太炎的光复会。1907—1911年就读于两江师范学堂，1914年考入北京大学哲学系，师承刘师培，专攻经史。1921年，东南大学创办国文系，受聘为首届系主任和教授。先后在广东大学、金陵大学、暨南大学、大夏大学、中山大学、金陵女子文理学院任教。新中国成立之初，又回到金陵大学任文学院院长。1952年院系调整，转入南京大学。

陈中凡于哲学、史学、文学、文字学、教育学、思想史、艺术史等方面均有建树。1923年在《国学丛刊》上发表《从文字学上所见的初民之习性》等系列论文，影响巨大。1927年写出我国第一部《中国文学批评史》，蜚声海内。又有《经学通论》、《汉魏六朝文学》、《清晖集》、《中国韵文通论》、《两宋思想述评》等著作。

19世纪末至20世纪初，世界范围内掀起了一股讨论文学演进的热潮，较为一致的看法是，文学乃由风谣进为诗歌，又由诗歌变为散文。持此观点的，国外如英国学者摩尔顿（Moulton，1849—1924），撰有《文学之近代的研究表》，贯彻了这一观点。国内如章太炎，认为：“世言希腊文学，韵文完备乃有笔语，史诗功善后有舞诗，韵文先史诗，次乐诗，后舞诗。笔语先历史、哲学，后演说……征之吾党，秩序亦同。”（《检论》卷五附录《正名杂义》）在这种思潮的影响下，1922年，陈中凡撰写《中国文学演进之趋势》（以下简称《趋势》）一文，发表在《文哲学报》第一期，开篇云：“晚近言文学者莫不谓世界文学之演进，率由讴谣进为诗歌，由诗歌而为散文。今征诸夏文学演进之趋势，其历程亦有可得而言者。爰征其流变之迹，著之于篇。”对中国文学的演进展开专门讨论。

《趋势》从原始风谣谈起，总结风谣构成的三个要素：“一曰语言，二曰音乐，三曰动作。”并以《吕氏春秋》所载葛天氏之乐为例，认为“虽其名目仅存，遗文逸句，莫可尽睹；然其为原始文学之风谣，则昭然易见矣”。将其视为原始风谣的最早且较为典型的例子，并认为是“一切骈散文之萌蘖矣”。明确中国文学的源头之后，陈中凡又从不同方面对中国古代诗歌、抒情诗、剧诗依次举例分析，由此得出结论：“由风谣而为诗歌，乃古代文学演进之初步矣。”认为风谣为中国文学的源头，并由此变为诗歌。又通过对《虞夏书·尧典》“舜涉方乃死”的分析，结合其他材料，得出“纪事文后于纪事诗”的观点，认为：“是篇纪事虽用散体，而‘克明俊德，以亲九族；九族既睦，平章百姓；百姓昭明，协和万邦；黎氏于变时雍’一节，仍多韵语，明其体出于诗歌。大体虽属散行，而字里行间，犹露韵文之迹象也。”以文中残留韵语作为论证材料。《趋势》又对由抒情诗而进为推理之文、由剧诗而进为演说的过程进行论证，并总结出该文的核心观点：“散文出于韵语，其迹甚明。是故古代文学，韵文发达居先。古人操笔为文，亦以韵语为众。试观老庄荀墨孟轲韩非之作，莫不杂有韵语，则知其时文体，骈散无划然之界域矣。然而人事演进，思辨日深，名物日繁，即文章之用日广。必修词协韵，出言有章，势非常人所优为，亦且士夫所不便；散体乃日益繁衍，韵文乃有‘散体化’之趋势焉。”对由韵文变为散文的演变过程及原因进行简要概述，认为这种趋势乃“世界文学演进之趋势，无间瀛海内外，莫能外是例也”，表现出宏通的视野。

《趋势》的理论框架大体立足摩尔顿的《文学之近代的研究表》，但并未生搬硬套，而是通过对中国传统典籍的引证，以总结概括的方法，得出属于中国本土的文学演变规律。同时在选择材料时，能够辨别真伪，而非不加选择地使用。如在论述由纪事诗到纪事文时，作者否定《尚书纬》中的记载，而采纳《虞夏书·尧典》的材料。对于只存其目的“黄帝有渡江之歌”，认为“莫识其词，其为记事诗与否，靡得而识别之矣”，表现了科学审慎的态度。由于中国文学演进的时间跨度较大，涉及文体众多，所以试图以一篇数千字的文章来阐释其中的问题，显然无法做到委曲详尽，面面俱到。正因如此，郭绍虞认为《趋势》“语焉不详”，故另作同名文章加以补充。但我们看到，《趋势》尽管较为简略，却已基本勾勒出了中国文学演进的大体面貌，并得出不少颇具启发性的结论。这些成果，不少都为后人所认可并借鉴，可谓筚路蓝缕，功不可没。

《趋势》是陈中凡较早的一篇论文，而后他的相关著述也或多或少地体现了其中的核心观点，如《中国文学批评史》（中华书局 1927 年版）、《中国韵文通论》（中华书局 1927 年版）、《周秦文学》（暨南大学出版社 1928 年版）、《汉魏六朝文学》（商务印书馆 1929 年版）等。与《趋势》相关的其他学者之著述，除上文所引摩尔顿《文学之近代的研究表》、章太炎《正名杂义》外，还有刘师培《论文杂记》，这些都产生在陈文之前。之后的主要是郭绍虞的两篇文章：《中国文学演进之趋势》与《中国文学演化概述》（后郭将二文合并改写为《试从文体的演变说明中国文学之演变趋势》）。

—— 延伸阅读文献

1. 梁启超：《中国之美文及其历史》，东方出版社 1996 年版
2. 傅斯年：《中国文学史分期之研究》，见《中国古代文学史讲义》附录，上海书店出版社 2008 年版
3. 罗根泽：《我怎样研究中国文学史》，见《罗根泽古典文学论文集》，上海古籍出版社 1985 年版
4. 王瑶：《中国文学研究现代化进程》，北京大学出版社 1996 年版

（杨华坤撰稿）

—— 原文：《中国文学演进之趋势》

经典原文

中国文学演进之趋势

陈中凡

晚近言文学者莫不谓世界文学之演进，率由讴谣进为诗歌，由诗歌而为散文。今征诸夏文学演进之趋势，其历程亦有可得而言者。爰征其流变之迹，著之于篇：

■ 一、原始文学

世人推文学之缘起，莫不肇始于风谣（Ballad Dance），诸夏古代风谣之可考见者，《吕览》载葛天氏之乐曰：

> **三人持牛尾，投足以歌八阕：一曰，载民；二曰，玄鸟；三曰，遂草木；四曰，奋五谷；五曰，敬天常；六曰，建帝功；七曰，依帝德；八曰，总草木之极。（《大乐》）**

张楫《上林赋注》云："葛天三皇时君号也。"虽其名目仅存，遗文逸句，莫可尽睹；然其为原始文学之风谣，则昭然易见也。何以言之？盖风谣之构成，其要件不外三事：一曰，语言（Speech）；二曰，音乐（Music）；三曰，动作（Action）。葛天之乐适备此三者而无或缺也。试详言之：庄周云："昔者容成氏大庭氏伯皇氏中央氏栗陆氏骊畜氏轩辕氏赫胥氏尊卢氏祝融氏伏羲氏神农氏，当是时也，民结绳而用之。"（《胠箧》）是神农以前，书契未兴。葛天为三皇时君，其入乐之曲，必属口语，不加缘饰，可以推知。此其构成之要件一也。次言音乐：《古史考》谓："伏羲作瑟。"《礼·明堂位》载："女娲之笙簧。"《礼运》云："夫礼之起始诸饮食，蒉桴而土鼓。"《明堂位》云："土鼓、蒉桴、苇籥，伊耆氏之乐也。"《郊特牲》曰："伊耆氏始为蜡。"郑玄亦以伊耆氏为古天子号。

准是，足征文字未备，音乐已兴，故当时直称“乐曲”。此其构成之要件二也。次言动作：考《吕览》所谓持牛投足，是手足舞蹈，仪态孔繁。则风谣构成之要件三也。总是以观，乃知谣舞发生，远在上皇之世。其所从来，历世绵邈，诚一切骈散文之萌蘖矣。

毛公《诗序》论诗歌之起原曰：“诗者志之所之也。在心为志，发言为诗。情动于中而形于言；言之不足，故嗟叹之；嗟叹之不足，故永歌之；永歌之不足，不知手之舞之，足之蹈之也。”此其言诗歌之起，本于心志，动于性情，形于语言，助以舞蹈。于诗歌构成之序，言之至明。较之近人推艺术之起原，由于本能之冲动者，详略虽差，大端可相印证也。

近人推艺术之起原，不外本能之冲动。究其类别，约有数因：一、游戏动机（Play Impulse）。英斯宾塞（Spencer，1820—1902）谓艺术发生之动机，由于人类精力之过剩（Surplus of Energy），乃寻游戏之途，以调剂其实际生活者也。《吕览》亦谓：“陶唐之始……民气郁阏而滞著，筋骨瑟缩不达，故作为舞以宣导之。”（《古乐》）适符游戏动机之说矣。二、模仿动机（Initative Impulse）。主此说者，谓艺术之兴，始于模仿。《吕览》言：“黄帝令伶伦听凤凰之鸣，以别十二律。颛顼令飞龙作效八风之音。帝尧命质为音，质乃效山林溪谷之音以歌。”（《古乐》）是太初乐曲，本多规昉山川风雨鸟兽之音；故节奏天然，非由工巧。此艺术起于模仿动机之说也。三、自身表现之动机（Self-exhibiting Impulse）。谓艺术冲动，原于自身表现之本能也。观孔颖达言：“乐之所由起，发于人之性情。性情之生，斯乃自然而有。故婴儿孩子，则怀嬉戏踊跃之心；玄鹤苍鸾，亦合歌舞节奏之应。”（《诗正义》）是故人生有欲，感物而兴。乐歌之作，本以取表中情。虽在孩提，理无二致。此自身表现动机之说也。

据是，知尚世朴略，思虑单纯；故其文学之表现，不出讴谣之域也。

■ 二、古代文学

由讴谣而进为诗歌；乃演语言（Speech）之质素而为记事诗（Epic Poetry）；演音乐（Music Poetry）之质素而为抒情诗（Lyric）；演动机之质素

而为剧诗（Drama）焉。试分述之：

古代诗歌之可考见者，王逸《楚辞注》谓："伏羲造驾辨之曲。"（《大招注》）夏侯玄谓："伏羲教渔而制网罟之歌，神农氏教民食谷而有丰年之咏。"（《辨乐论》）其词句并不可闻。惟《吴越春秋》载《弹歌》之词曰：

断竹续竹，飞土逐宍（肉）。

刘勰曰："黄歌断竹，质之至也。"（《通变篇》）此畜牧社会之记事诗也。《帝王世纪》载尧时老人击壤之歌曰：

日出而作，日入而息，凿井而饮，耕田而食，帝力于我何有哉！

则农业社会之记事诗也。他若《庄子》述有焱之颂（《天运》），《水经注》言"黄帝有渡江之歌"，王嘉于《拾遗记》称其哀龙之颂，则仅存其目，莫识其词，其为记事诗与否，靡得而识别之矣。

夫人情所动，感物造端。悲愉之怀，随兴触发。其见于咏歌者亦有哀痛愉快之别焉。《汉志》著《黄帝铭》六篇，《后汉书·朱穆传》注载《巾几铭》之目，《说苑·敬慎篇》载其《金人铭》之词，多忧勤惕励之语，此抒情诗之属于戒惧者也。若夫明良喜启之歌，卿云之什（见《尚书大传》），南风之咏（《尸子》），普天之诗（《吕览》），大唐之歌（《尚书大传》），则抒情诗之属于愉乐者也。又《古今注》言："黄帝作短箫铙歌，又建扬武德，风劝战士。"《初学记》亦载黄帝棡鼓曲十章，则抒情诗之属于宏壮者。凡此皆古代Lyric Poetry之确可征信者也。

剧诗起源，本于祀神。王国维《宋元剧曲史》言之綦详，其说曰：

歌舞之兴，其始于古之巫乎？巫兴在上古之世，《楚语》"古者民神不杂，民之精爽不携二者，而又能齐肃衷正。……如此则明神降之，在男曰觋，在女曰巫。……及少皞之衰，九黎乱德，民神杂糅，不可方物。夫人作享，家为巫史。"然则巫兴在少皞之前，盖此事与文化俱古矣。

巫之事神，必用歌舞。《说文解字》："巫祝也，女能事无形，以舞降神

> 者也。象人两袖舞形。与工同意。”故《商书》言:“恒舞于宫,酣歌于室,时谓巫风。”……郑氏《诗谱》亦云:“古代之巫,实以歌舞为职,以乐事人者也。”商人好鬼,故伊尹有“巫风”之戒。

此其说明戏剧之起源,言至昭晰。然则刘勰《文心雕龙》所谓:

> 昔伊耆始蜡,以祭八神……舜之祠田云:“荷此长新,耕彼南亩,四海俱有。”至于商履圣敬日跻,玄牡告天,以万方罪己,则郊禋之词也。素车祷旱,以六事责躬,则云荣之文也。及周有太祝,掌六祝之词。是以庶生咸生,陈于天地之郊;旁作穆穆,唱于迎日之拜;夙兴夜处,言于祔庙之祝;多福无疆,布于少牢之馈;宜禷宜祃,莫不有文。

凡此祀祷之词,半出巫祝之手。故周官太祝掌六祝之词,一曰顺祝,二曰年祝,三曰吉祝,四曰化祝,五曰瑞祝,六曰筴祝。凡是诸文,皆所以事鬼神祇,祈福祥,求永贞,犹宗教之圣歌(Hymn),并古代剧诗之滥觞乎?王氏又设宗庙之尸,以子弟而饰先祖;《楚辞》之灵,以巫兼尸之用者也。其说曰:

> 《楚辞》谓巫曰灵,谓神亦曰灵。盖群巫之中,必有象神之衣服形貌动作者,而视为神之所凭依,故谓之灵。或谓之灵保。……《诗·楚茨》曰:“鼓钟送尸,神保聿归。”知诗之神保为尸,则《楚辞》之灵保可知矣。至于浴兰沐芳,华衣若英,衣服之丽也。缓节安歌,竽瑟浩唱,歌舞之盛也。……是则灵之为职,或偃蹇以象神;或婆娑以乐神,盖后世戏剧之萌芽已有存焉者矣。

此其谓尸及灵保者,匪独歌咏祝词,且盛服象神,式歌且舞,其与剧中之化身(Characterization)相去益近。特其歌词靡得而纪,故古代之剧诗不足征耳。

综是言之,由风谣而为诗歌,乃古代文学演进之初步矣。复次,由纪事诗而有传纪之文(History)。宋衷曰:“黄帝之世,始立史官。”(《世本注》)其时记事之作,不可考见。虽《尚书纬》言:“孔子求书,得黄帝玄孙帝魁之书,迄于秦穆公,凡三千二百四十篇。”(《尚书·叙》孔疏引)纬候之言,未足征信。古代史传之文，今可据者，有虞夏商周四代之书。而虞夏书《尧典》中已有“舜涉方乃死”之语，明为后史追述之词。且其文中所载：尧在位七十载，舜登庸三十载，在位五十载，前后凡百有五十载，自非一时所得称述（用段玉裁说）。是尧舜二典，马郑虽题为虞夏之书，必出于虞夏之后，则纪事文后于纪事诗之明证也。且是篇纪事虽用散体，而“克明俊德，以亲九族；九族既睦，平章百姓；百姓昭明，协和万邦；黎氏于变时雍”一节，仍多韵语，明其体出于诗歌。大体虽属散行，而字里行间，犹露韵文之迹象也。

次言由抒情诗而推为推理之文，哲学（Philosophy）于以生焉。古人言理之文，如《大禹谟》人心道心之辨，惟精惟一之训，乃东晋古文袭取《道经》之语，未足为据。（他若《说命》之言学，《伊训》之言诫，咸有一德之言，一并属东晋古文，不足据）可据者莫如《洪范》一篇，为先民言理之专著。观其全篇纲领，“初一日，五行；次二日，敬用五事；次三日，农用八政；次四日，协用五纪；次五日，建用皇极；次六日，乂用三德；次七日，明用稽疑；次八日，念用庶徵。”其“事”“纪”协韵，“极”“德”协韵，“疑”“徵”协韵，则又说明文出于韵文之明征也。

次言由剧诗而进为演说（Oratory）也。辞令之学，出于行人。《周官》“大行人掌协词令，谕言语，听声音。”而孔子言：“诵诗三百，使于四方，不能专对，虽多亦奚以为！”曰：“不学诗无以言。”明乎言语之与诗歌，关系至切。故古人词令，藻饰居多。若《越语》载范蠡对越王之词，《史记·龟策传》载卫平对宋元之语，洋洋洒洒，全篇成韵，则彼时话言，皆能合节。此又演说出于韵文之明征也。

由是观之，散文（Prose）出于韵语（Poetry），其迹至明。是故古代文学，韵文发达居先。古人操笔为文，亦以韵语为众。试观老庄荀墨孟轲韩非之作，莫不杂有韵语，则知其时文体，骈散无划然之界域矣。然而人事演进，思辨日深，名物日繁，即文章之用日广。必修词协韵，出言有章，势非常人所优为，亦且士夫所不便；散体乃日益繁衍，韵文乃有“散体化”之趋势焉。请申论之：

韵文之化散者。近余杭章氏《国故论衡》曰：

《典论》云：“奏议宜雅，书论宜理。”得其辜较。若夫诏书之作，自武帝以后，时称诗书，润色鸿业，始为诗之流矣。武帝册三王，上拟《尚书》。

> 至潘勖册魏公，为枚颐《尚书》本。晋以下代用其律。比于《松高韩奕》，徒无韵耳。……秦汉间上书，为李斯谏逐客，邹阳上梁孝王，其后别名为表。至今尚辞，无取陈数。亦无韵之风也。檄之萌芽，在张仪檄楚相，述口语，不见缘饰。及陈琳、钟会以下，专为恣肆，亦无韵之赋也。(《论式》)

其推寻诏册、章表、檄移之文，原于辞赋。说至精审。推之两京魏晋论说之文，若司马谈之述六家要旨，班叔皮之论王命，王粲之论三辅，应玚之论文质，曹冏之六代，陆机之辨亡，骈词韵语，什居三四，直与辞赋无殊。又当时序录之文，若赵岐《孟子题辞》，张氏《伤寒论序》，郭象《庄子序》，亦几与颂赞不别。足征论说序录之文，亦属诗歌变体（参用海盐朱君说）。此韵文化散之说也。

抑有体例不变而解散为言者。如诗歌流为赋颂，赋颂本以协韵为常，而屈原之对渔父，宋玉之对楚王，渐多散语。推之东方朔之《答客难》，扬雄之《解嘲》，班固之《答宾戏》，体例不殊，则皆散行之赋也。《周颂》文多无韵，至汉董仲舒之《山川颂》，王褒之《圣祖得贤臣颂》，司马相如之《封禅文》，扬雄《剧秦美新》论，班固《典引》，则并无韵之颂也。故章学诚尝言：

> 传曰："不歌而颂谓之赋。"班固曰："赋者古诗之流。"刘勰曰："六艺附庸，蔚为大国。"盖长言咏叹之一变，而无韵之文，可通于诗者，于是而益广也。屈氏二十五篇，刘班著录，以为屈原赋也。渔父之辞，未尝谐韵而入于赋，则文体承用之流别，不可不知其渐也。文之敷张而扬厉者，皆赋之变体；不特附庸之为大国。抑亦陈完之后，离去宛丘故都，而大启尔宇于东海之滨也。(《诗教下》)

由是言之：明乎诏册、表章、檄移以及论说、序录之出于辞赋也，则散文为韵文之变体可知；明乎赋颂之趋无韵也，则韵文之倾向"散体化"可知。是故六代而降，文笔之界画綦严，文格之卑靡日甚；散文乃日臻繁富，散行之辞赋亦日多，其势然也。

综上所述：诸夏文学，原于风谣，进为诗歌，更进而为散体。斯固世界文学演进之趋势，无间瀛海内外，莫能外是例也。

爰列表于次，著其流变之迹焉。

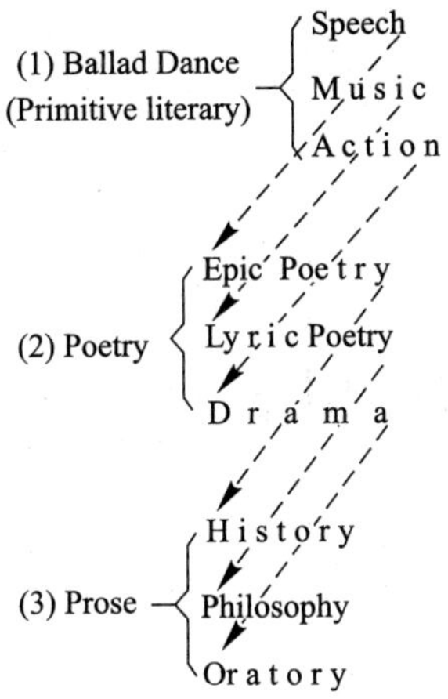

（据中华书局 1922 年版《文哲学报》第一期校录）

胡适与《白话文学史·引子》

经典导读

胡适（1891—1962），安徽绩溪人。原名嗣穈，学名洪骍，字希疆，后改名胡适，字适之，笔名天风、藏晖等。因提倡文学改良、提倡白话文而成为新文化运动的领袖之一，对现代中国文化产生了深远的影响。曾任北京大学校长、台湾“中央”研究院院长等职。著述丰富，在文学、哲学、史学、考据学、教育学、伦理学、红学等诸多领域都有重要成就和巨大影响。

胡适的《白话文学史》写成于1927年，1928年由新月书店出版。原拟写上中下三卷，但最终仅完成了上卷，是胡适著名的半部书之一（另一部著名的半部书是《中国哲学史大纲》）。

“五四”时期曾经流行“选学妖孽，桐城谬种”这样一个口号。所谓“桐城谬种”，是针对唐宋八大家一脉的古文而言的。这一脉古文，以承载周公、孔子之道为宗旨，是“孔家店”的门面之一，当然在打倒之列。所谓“选学妖孽”，是针对辞赋、骈文以及与辞赋骈文一样讲求声律、对偶、辞藻的律诗而言的，这一类作品，被认为没有清楚明白的内容，只适宜于应制和应酬，没有社会意义。无论是“选学妖孽”，还是“桐城谬种”，都是用文言写成的。从打倒“选学妖孽，桐城谬种”，到打倒“文言的死文学”，到推崇“白话的活文学”，可以说是顺理成章的事。所以胡适理直气壮地说：“白话文学史就是中国文学史的中心部分。中国文学史若去掉了白话文学的进化史，就不成中国文学史了，只可叫做‘古文传统史’罢了。”“‘古文传统史’乃是模仿的文学史，乃是死文学的历史；我们讲的白话文学史乃是创造的文学史，乃是活文学的历史。”“换句话说，这一千多年中国文学史是古文文学的末路史，是白话文学的发达史。”

胡适的《白话文学史》反复强调民间文学在文学史进程中的作用。第三章说：“一切新文学的来源都在民间。民间的小儿女，村夫农妇，痴男怨女，歌童舞妓，弹唱的，说书的，都是文学上的新形式与新风格的创造者。这是文学史的通例，古今中外都逃不出这条通例。”“《国风》来自民间，《楚辞》里的《九歌》来自民间。汉魏六朝的乐府歌词也来自民间。以后的词是起于歌妓舞女的。弹词起于街上的唱鼓词的，小说起于街上说书讲史的人——中国三千年的文学史上，哪一样新文学不是从民间来的。”胡适关于民间文学的文学史价值的论述，在1926年的《词选·自序》中表述得更为完整系统：“文学史上有一个逃不了的公式。文学的新方式都是出于民间的。久而久之，文人学士受了民间文学的影响，采用这种新体裁来做他们的文艺作品。文人的参加自有他的好处：浅薄的内容变丰富了，幼稚的技术变高明了，平凡的意境变高超了。但文人把这种新体裁学到手之后，劣等的文人便来模仿；模仿的结果，往往学得了形式上的技术，而丢掉了创作的精神。天才堕落而为匠手，创作堕落而为机械。生气剥丧完了，只剩下一点小技巧，一堆烂书袋，一套烂调子！于是这种文学方式的命运便完结了，文学的生命又须另向民间去寻新方向发展了。”从此以后，“一切新文学的来源都在民间”就成了文学史的通例了。谁不强调民间文学的地位，谁就会处于被动地位。例如胡云翼初版于1932年的《新著中国文学史》，其自序在评到胡小石的《中国文学史讲稿》时就说：“叙述周密，持论平允，是其特色；其缺点则亦嫌忽视民间文学的发展。”《新著中国文学史》第二编讲汉代文学，还特别补加一个说明：“我们讲汉代文学当然不仅只注意到文人方面，也许真正能代表汉代的还是民间文学，也许汉代的民间歌儿比文人的辞赋更有价值，更有优美的影响于后世文坛呢。”《白话文学史》在学术史上的地位由此可见一斑。

《白话文学史》重建了文学的正统，从前“不登大雅之堂”的小说、戏曲等文类成了学术研究的主题，与传统的经学、史学等平起平坐，学术研究的格局大为改变。胡适说：“我们要知道，一千八百年前的时候，就有人用白话做书了；一千年前，就有许多诗人用白话做诗做词了；八九百年前，就有人用白话讲学了；七八百年前，就有人用白话做小说了；六百年前，就有白话的戏曲了；《水浒》《三国》《西游》《金瓶梅》是三四百年前的作品;《儒林外史》《红楼梦》是一百四五十年前的作品。我们要知道，这几百年来，中国社会里销行最广，势力最大的书籍，并不是《四书》《五经》，也不是程朱语录，也不是韩柳文章，乃是那些‘言之不文，行之最远’的白话小说！”《白话文学史》作为一部开风气的学术著作，开创了一种新的学术范例，它在20世纪文学史研究领域的影响，几乎没有一部文学史著作可以和它相提并论。

胡适重视民间文学，因而特别重视乐府。不仅重视“古乐府里的汉时民歌”，也重视文人仿作的乐府和新乐府。他在第三章里说:“从汉到唐的白话韵文可以叫做‘乐府’时期。乐府是平民文学的征集所，保存馆。这些平民的歌曲层出不穷地供给了无数新花样，新形式，新体裁，引起了当代的文人的新兴趣，使他们不能不爱玩，不能不佩服，不能不模仿。汉以后的韵文的文学所以能保存得一点生气，一点新生命，全靠有民间的歌曲时时供给活的体裁和新的风趣。”同样的论述在第五章和第十二章中还有。一句话，没有民间的乐府，没有文人的仿作乐府，没有新乐府，从汉到唐的韵文文学就不值一提。

重视乐府，必然重视叙事诗，或胡适所说的“故事诗”。中国的叙事诗传统较为薄弱。《诗经・大雅》中的《生民》《公刘》《绵》《皇矣》《灵台》《大明》《文王有声》等，依次排列下来，俨然一部周部族的开国史诗。但这些作品虽有记事性，情节却往往极为简单，重血缘谱系而轻戏剧情境，多直述事件结果而少冲突描写，还不能说是纯粹的叙事诗。早期的汉代五言乐府，如《陌上桑》《羽林郎》《东门行》《病妇行》《上山采蘼芜》等，标志着中国纯粹叙事诗的成立，其特征是：创造戏剧情境，并作客观的呈现。作为早期叙事诗，其不足主要表现在：诗呈现的核心基本上只是一场对话，是用铺陈手法展示对话情境中的人物。情节的叙述未能成为全诗的主导面。由展示戏剧情境到展示戏剧情节，由关注一个场景到关注事件的发展变化，这是叙事诗臻于较高阶段的两个必要条件。以这样的标准来衡量，《古诗为焦仲卿妻作》和蔡琰《悲愤诗》是当之无愧的。但二者体现的方式有所不同:《古诗为焦仲卿妻作》用第三人称叙事，蔡琰《悲愤诗》用第一人称自叙，构成中国古代叙事诗的两种类型。北朝时代的《木兰诗》以第三人称叙事，与《古诗为焦仲卿妻作》属于同一类型。杜甫的叙事诗和元白新乐府诗大体上是沿着上述两种类型而创作的。所以胡适始终关注的是故事和故事的讲述方法。

胡适对叙事诗的故事讲述方法的分析，与他对短篇小说的分析方法是完全一致的。1918 年胡适在北京大学发表《论短篇小说》的演讲。在这篇演讲中，胡适强调：懂得《孔雀东南飞》的好处，方才可谈短篇小说的好处；唐代杜甫的《石壕吏》，也可以说是一片绝妙的韵文短篇小说。“这首诗写天宝之乱，只写一个过路投宿的客人夜里偷听得的事，不插一句议论，能使人觉着那时代征兵之制的大害，百姓的痛苦，丁壮死亡的多，差役捉人的横行：——都在眼前。”胡适还说，白居易的《新丰折臂翁》和《琵琶行》，也是很好的短篇小说。“胡适打破小说与诗、文间的界限，把韵文、散文统统归纳到同一个短篇小说系统，他的本意，固然在于要用一些切近的本土的例子，来向人们演示怎样理解西方的短篇小说概念，以瓦解和替代当日流行的中国传统小说观，但在另一方面，他借了这些韵文、散文来做分析，便也等于宣布，旧时的韵文、散文也是可以当短篇小说来读的，说明短篇小说的阅读方式不止适用于小说，还适用于中国几乎所有的传统文学。”（戴燕《文学史的权力》第五章，北京大学出版社 2002 年版）重横断面的细节，重故事的讲述，胡适这种解读诗文的方式，构成了中国文学史编写的又一个传统。

在对白话诗兴盛原因的分析中，胡适注意到了宗教的传教，注意到了“佛教的翻译文学”。他认为“译经文学在中国文学史上的影响，至少有三项”：1. 佛寺禅门是“白话文与白话诗的重要发源地”；2.“佛教的文学最富于想象力”，“对于那最缺乏想象力的中国文学却有很大的解放作用”；3.“印度的文学往往注重形式上的布局与结构”。“这种悬空结构的文学体裁，都是古中国没有的；他们的输入，与后代弹词、平话、小说、戏剧的发达都有直接或间接的关系。”（《白话文学史》第十章）胡适《白话文学史》的这些意见，加上他的章回小说考证等成果，奠定了中国文学史编写中注重外来文化影响的传统。

胡适的《白话文学史》一向被视为文学史著述中的里程碑。1947 年 5 月，朱自清为林庚《中国文学史》作序，就说：“这二十多年来，从胡适之先生的著作开始，我们有了几部有独见的中国文学史。”朱自清所说的“几部有独见的中国文学史”，除了胡适的《白话文学史》外，还有郑振铎的《插图本中国文学史》和刘大杰的《中国文学发展史》上卷。

《白话文学史》撰写之时，思想文化领域仍然存在反对“五四”新文化运动的声音，故胡适这部著作并非纯粹的学术著作，而是带有“托古改制”的论战色彩。因其著述性质的特殊性，所以，如果要挑毛病的话，也是非常容易的一件事。1931 年 8 月，胡云翼写《新著中国文学史》自序，说：“胡适先生的《白话文学史》，论其眼光及批评的独到，实是最进步的文学史；只可惜过于为白话所囿，大有‘凡用白话写的都是杰作’之概，这未免过偏了。如王梵志的诗究竟有什么了不得之处，竟劳胡先生在珍贵的篇幅上大书特书而加以过分的赞美呢？这真令我百读百思都不得其解！”朱光潜、郑振铎、骆玉明等对《白话文学史》也有过批评。这些批评都没有委屈《白话文学史》，当然也不影响《白话文学史》在学术史上的地位。

延伸阅读文献

1. 胡适：《中国章回小说考证》，安徽教育出版社2006年版
2. 周作人：《中国新文学的源流》，江苏文艺出版社2007年版
3. 胡云翼：《新著中国文学史》，华东师范大学出版社2004年版
4. 余冠英：《胡适对中国文学史“公例”的歪曲捏造及其影响》，《文艺报》1955年第17期
5. 陈平原：《胡适的文学史研究》，见王瑶主编《中国文学研究现代化进程》，北京大学出版社1996年版

（陈文新撰稿）

原文：《白话文学史·引子》

白话文学史·引子

胡　适

我为什么要讲白话文学史呢?

第一，我要大家知道白话文学不是这三四年来几个人凭空捏造出来的；我要大家知道白话文学是有历史的，是有很长又很光荣的历史的。我要人人都知道国语文学乃是一千几百年历史进化的产儿。国语文学若没有这一千几百年的历史，若不是历史进化的结果，这几年来的运动决不会有那样的容易，决不能在那么短的时期内变成一种全国的运动，决不能在这五年内引起那么多的人的响应与赞助。现在有些人不明白这个历史的背景，以为文学的运动是这几年来某人某人提倡的功效，这是大错的。我们要知道，一千八百年前的时候，就有人用白话做书了；一千年前，就有许多诗人用白话做诗做词了；八九百年前，就有人用白话讲学了；七八百年前，就有人用白话做小说了；六百年前，就有白话的戏曲了;《水浒》、《三国》、《西游》、《金瓶梅》是三四百年前的作品；《儒林外史》、《红楼梦》是一百四五十年前的作品。我们要知道，这几百年来，中国社会里销行最广，势力最大的书籍，并不是《四书》《五经》，也不是程朱语录，也不是韩柳文章，乃是那些“言之不文，行之最远”的白话小说！这就是国语文学的历史的背景。这个背景早已造成了,《水浒》、《红楼梦》……已经在社会上养成了白话文学的信用了，时机已成熟了，故国语文学的运动者能于短时期中坐收很大的功效。我们今日收的功效，其实大部分全靠那无数白话文人白话诗人替我们种下了种子，造成了空气。我们现在研究这一二千年的白话文学史，正是要我们明白这个历史进化的趋势。我们懂得了这段历史，便可以知道我们现在参加的运动已经有了无数的前辈，无数的先锋了；便可以知道我们现在的责任是要继续那无数开路先锋没有做完的事业，要替他们修残补缺，要替他们发挥光大。

第二，我要大家知道白话文学在中国文学史上占一个什么地位。老实说罢，我要大家都知道白话文学史就是中国文学史的中心部分。中国文学史若去掉了白话文学的进化史，就不成中国文学史了，只可叫做“古文传统史”罢了。前天有个学生来问我道：“西洋每一个时代有一个时代的文学；一个时代的文学总代表那一个时代的精神。何以我们中国的文学不能代表时代呢？何以姚鼐的文章和韩愈的文章没有什么时代的差别呢？”我回答道：“你自己错读了文学史，所以你觉得中国文学不代表时代了。其实你看的‘文学史’，只是‘古文传统史’。在那‘古文传统史’上，做文的只会模仿韩柳欧苏，做诗的只会模仿李杜苏黄：一代模仿一代，人人只想做‘肖子肖孙’，自然不能代表时代的变迁了。你要想寻那可以代表的时代文学，千万不要去寻那‘肖子’的文学家，你应该去寻那不‘肖子’的文学！你要晓得，当吴汝纶、马其昶、林纾正在努力做方苞、姚鼐的‘肖子’的时候，有个李伯元也正在做《官场现形记》，有个刘鹗也正在做《老残游记》，有个吴趼人也正在做《二十年目睹之怪现状》。你要寻清末的时代文学的代表，还是寻吴汝纶呢？还是寻吴趼人呢？你要晓得，当方苞、姚鼐正在努力做韩愈、欧阳修的‘肖子’的时候，有个吴敬梓也正在做《儒林外史》，有个曹雪芹也正在做《红楼梦》。那个雍正乾隆时代的代表文学，究竟是《望溪文集》与《惜抱轩文集》呢？还是《儒林外史》与《红楼梦》呢？再回头一两百年，当明朝李梦阳、何景明极力模仿秦汉，唐顺之、归有光极力恢复唐宋的时候，《水浒传》也出来了，《金瓶梅》也出来了。你想，还是拿那假古董的古文来代表时代呢？还是拿《水浒传》与《金瓶梅》来代表时代呢？——这样倒数上去，明朝的传奇，元朝的杂剧与小曲，宋朝的词，都是如此。中国文学史上何尝没有代表时代的文学？但我们不该向那‘古文传统史’里去寻，应该向那旁行斜出的‘不肖’文学里去寻。因为不肖古人，所以能代表当世！”我们现在讲白话文学史，正是要讲明这一大串不肯替古人做“肖子”的文学家的文学，正是要讲明中国文学史上这一大段最热闹，最富于创造性，最可以代表时代的文学史。“古文传统史”乃是模仿的文学史，乃是死文学的历史；我们讲的白话文学史乃是创造的文学史，乃是活文学的历史。因此，我说：国语文学的进化，在中国近代文学史上，是最重要的中心部分。换句话说，这一千多年中国文学史是古文文学的末路史，是白话文学的发达史。

有人说：“照你那样说，白话文学既是历史进化的自然趋势，那么，白话文学迟早总会成立的，——也可以说白话文学当《水浒》、《红楼梦》风行的时候，早已成立了，——又何必要我们来做国语文学的运动呢？何不听其自然呢？岂不更省事吗？”

这又错了。历史进化有两种：一种是完全自然的演化；一种是顺着自然的趋势，加上人力的督促。前者可叫做演进，后者可叫做革命。演进是无意识的，很迟缓的，很不经济的，难保不退化的。有时候，自然的演进到了一个时期，有少数人出来，认清了这个自然的趋势，再加上一种有意的鼓吹，加上人工的促进，使这个自然进化的趋势赶快实现；时间可以缩短十年百年，成效可以增加十倍百倍。因为时间忽然缩短了，因为成效忽然增加了，故表面上看去很像一个革命。其实革命不过是人力在那自然演进的缓步徐行的历程上，有意的加上了一鞭。白话文学的历史也是如此。那自然演进的趋势是很明了的；有眼珠的都应该看得出。但是这一千多年以来，元曲出来了，又渐渐地退回去，变成贵族的昆曲；《水浒传》与《西游记》出来了，人们仍旧做他们的骈文古文；《儒林外史》与《红楼梦》出来了，人们仍旧做他们的骈文古文！甚至于《官场现形记》与《二十年目睹之怪现状》出来了，人们还仍旧做他们的骈文古文！为什么呢？因为这一千多年的白话文学史，只有自然的演进，没有有意的革命；没有人明明白白的喊道："你瞧！这是活文学，那是死文学；这是真文学，那是假文学！”因为没有这种有意的鼓吹，故有眼珠的和没眼珠的一样，都看不出那自然进化的方向。这几年来的“文学革命”，所以当得起“革命”二字，正因为这是一种有意的主张，是一种人力的促进。《新青年》的贡献只在他那缓步徐行的文学演进的历程上，猛力加上了一鞭。这一鞭就把人们的眼珠子打出火来了。从前他们可以不睬《水浒传》，可以不睬《红楼梦》，现在他们可不能不睬《新青年》了。这一睬可不得了了。因为那一千多年的哑子，从此以后，便都大吹大擂的做有意的鼓吹了。因为是有意的人力促进，故白话文学的运动能在这十年之中收获一千多年收不到的成绩。假使十年前我们不加上这一鞭，迟早总有人出来加上这一鞭的；也许十年之后，也许五十年之后，这个革命总免不掉的。但是这十年或五十年的宝贵光阴岂不要白白地糟蹋了吗？

故一千多年的白话文学种下了近年文学革命的种子；近年的文学革命不过是给一段长历史作一个小结束：从此以后，中国文学永久脱离了盲目的自然演化的老路，走上了有意的创作的新路了。

（据上海古籍出版社 1999 年版《白话文学史》校录）

鲁迅与《魏晋风度及文章与药及酒之关系》

经典导读

鲁迅（1881—1936），浙江绍兴人。原名周树人，字豫才，以笔名鲁迅闻名于世。新文化运动重要先驱者之一、中国现代文学的开山巨匠、左翼文化运动的支持者，被毛泽东誉为伟大的文学家、思想家、革命家。其作品包括杂文、短篇小说、评论、翻译作品等类型，杂文和短篇小说尤负盛名，对于“五四”以后的中国文学产生了深远影响。《中国小说史略》是其学术研究的代表作。

1927 年 7 月，鲁迅应国民政府广州市教育局的邀请，在学者云集的“广州夏期学术演讲会”上，作了题为《魏晋风度及文章与药及酒之关系》的演讲。这篇演讲，后收入《而已集》。

许寿裳《亡友鲁迅印象记》曾说，鲁迅拟写而未完成的《中国文学史》共分六章，前三章为《从文字到文学》《思无邪》和《诸子》，其眉目略见《汉文学史纲要》一书；后三章为《从〈离骚〉到反〈离骚〉》《酒·药·女·佛》和《廊庙与山林》，较前三章而言，更能见出鲁迅文学史研究的个性和深度。王瑶《中古文学史论·重版题记》说：“鲁迅把他拟写的六朝文学的一章定名‘酒·药·女·佛’，这四个字指的都是文学现象；关于‘酒’和‘药’同文学的关系我们已在《魏晋风度及文章与药及酒之关系》一文中得知梗概，‘女’和‘佛’当然是指弥漫于齐梁的宫体诗和崇尚佛教以及佛教翻译文学的流行。这些现象既同时代背景和社会思潮有联系，又同文人的生活和作品有联系，是可以反映和概括文学史的历史特征的。又如他把唐代文学的一章定名为‘廊庙与山林’，那是根据作家在朝或在野而对现实采取不同的态度和倾向加以概括的，其意盖略近于他的一篇讲演的题目《帮忙文学与帮闲文学》，目的是由作家的不同的社会地位来考察作品的不同倾向。”[①]

这里提及许寿裳和王瑶的话，目的是作为参照，以加深对于《魏晋风度及文章与药及酒之关系》一文的理解。许寿裳是鲁迅的老朋友，王瑶是深受鲁迅影响的学者，他们所提供的信息，无疑是极有价值的。

陈平原曾写过《作为文学史家的鲁迅》一文，该文收入王瑶主编的《中国文学研究现代化进程》一书，1996 年由北京大学出版社出版。陈平原指出：鲁迅的研究虽然也不脱“知人论世”一路，但并不拘泥于经济关系、阶级矛盾、生产力、生产关系等时髦角度，而是由文化现象切入士人心态，以揭示一个时代、一个作家的文风特点。鲁迅艺术感觉敏锐，故所论切中肯綮。陈平原所说，足与许寿裳、王瑶的话相互映发。

鲁迅的《魏晋风度及文章与药及酒之关系》一文，在“知人论世”的研究方法被用滥、用俗之后，尤其值得细读。

讨论作为文学史家的鲁迅，不能不提到他的《中国小说史略》。这部中国小说史的奠基之作，成就是多方面的，仅就小说类型的划分而言，断制谨严，已足以显示其深邃的学术眼光。

曾有学者批评鲁迅《中国小说史略》划分类型的标准不够统一。照我理解，他们实际上说的是命名方式不够统一。比如，“讲史”、“神魔小说”、“人情小说”乃是依照题材命名，而“讽刺小说”、“谴责小说”则据作品艺术表达的特色立名，“清之以小说见才学者”则着眼于作者“以小说见才学”的动机及由此形成的写作特点。浙江古籍出版社 1997 年至 1998 年间出版的“中国小说史丛书”，其中据题材特点设计的四部分别为《历史小说史》《神怪小说史》《世情小说史》《侠义公案小说史》。《世情小说史》的著者向楷在绪论中讨论了《中国小说史略》的分类问题。他指出：“最早接触到世情小说精神实质的”是鲁迅《中国小说史略》第十九篇《明之人情小说》（上）“描摹世态，见其炎凉”二语，“然而在论述的实践中，《中国小说史略》又将‘描摹世态’、‘见其炎凉’，揭其奸弊情伪颇力的《儒林外史》、《官场

---

① 王瑶：《中古文学史论》，北京大学出版社 1986 年版，第 2 页。

现形记》、《二十年目睹之怪现状》等小说从‘世情书’中剥离出去，另立‘讽刺小说’‘谴责小说’等目，既见出全书分类标准的不统一，更反映出其对世情小说界说的不严密和界说范围与论述实践的相分离。”他认为，“从题材的角度看问题，中国的小说，约言之可分为两类：一曰叙鬼神，写的是宗教的幻化世界；二曰记人事，写的是现实世界的真实生活。叙鬼神者，鲁迅称之为‘志怪书’、‘神魔小说’，亦有人称‘志怪’、‘神怪’、‘灵怪’。记人事者则颇为复杂，写军国大事的称‘讲史’，崇英雄的或称‘侠义小说’，或谓‘英雄传奇’，重断狱的叫‘公案’，兼断狱与英雄的则曰‘侠义公案’小说。”“世情小说应该是指那些以描写普通男女的生活琐事、饮食大欲、恋爱婚姻、家庭人伦关系、家庭或家族兴衰历史、社会各阶层众生相等为主，以反映社会现实（所谓‘世相’）的小说。具体地说，世情小说应该是记人事者一类中‘讲史’、‘公案’、‘英雄传奇’（侠义）、‘公案侠义’之外的所有其他小说的总称，它包括鲁迅《中国小说史略》中列入‘人情’、‘讽刺’、‘谴责’、‘狭邪’等篇目中的诸多小说在内。”①

《中国小说史略》分类标准之不统一，更准确地说，类型命名方式之不统一，这是一个客观存在的事实，故向楷所说，并非苛论。但换一个角度看，鲁迅这样处理自有其内在的原因。其一，从明清章回小说的演变情形来看，明代的章回小说例如《三国演义》《水浒传》《西游记》《金瓶梅》，相互之间的题材畛域甚为分明，而清代的章回小说如《隋唐演义》《绿野仙踪》《镜花缘》等，其间的题材畛域确已相当模糊。《隋唐演义》从书名看自是一部历史演义，但小说的故事主体实含三个方面：第一是关于单雄信、秦琼、尉迟敬德、罗成等英雄的故事，乃传统的英侠传奇题材；第二是关于隋炀帝的宫廷生活。他在那帮“夫人”、“美人”身上用情的故事实为才子佳人题材的改头换面；第三是关于唐玄宗和杨贵妃的故事，与历史演义的宗旨较为吻合。《绿野仙踪》从书名看自是一部神魔小说，但小说以冷于冰求仙访道为线索，集中展示官吏之贪残、儒生之迂腐、妓女帮闲之可恶、市井细民之窘迫，其故事主体实为世态人情。《镜花缘》从书名看也是一部神魔小说，但与《西游记》相比，历险故事所占的比重很小，与《封神演义》相比，作者无心将百位花仙的故事处理成为热闹平庸的神魔斗法；李汝珍继承子部小说的传统，津津有味地在小说中

① 向楷:《世情小说史》，浙江古籍出版社1998年版，第2~3页。

展示博物知识和其他学问，与汉魏六朝的博物体小说一脉相承。[1] 在清代章回小说已泯灭了题材特征的背景下，从其艺术表达的特征入手加以界定或命名乃是顺理成章的事。其二，类型划分的终极依据是风格。风格类似且在谱系上有明确关联的若干作品聚集在一起，便形成了我们所说的类型。但风格的把握不及题材的把握那样较易达成共识，因此，在题材畛域分明的明代，鲁迅《中国小说史略》以题材为依据划分类型；清代的《红楼梦》继承世情书和才子佳人小说的传统，在题材上谨守人情小说的畛域，故鲁迅仍以“清之人情小说”冠名；至于《儒林外史》和《官场现形记》等，其题材固有与传统的人情小说部分重合之处，但男女之间的感情纠葛在诸书中已退居末座，故鲁迅以艺术表达的特色冠名，充分突出其风格特征。

从以上的探讨可以看出，以题材命名类型，虽然有其不容忽略的长处，但其适用范围之有限也是显而易见的。明白了这一点，我们也就可以有把握地得出结论：鲁迅在适当的时候以题材命名类型，但并未不问情由地一律以题材命名类型或自始至终地以题材命名所有类型，因为，这既不必要，也无法做到。鲁迅的做法确有其合理性。

—— 延伸阅读文献

1. 鲁迅：《汉文学史纲要》，江苏文艺出版社 2008 年版
2. 鲁迅：《中国小说史略》，上海古籍出版社 1998 年版
3. 王士菁：《谈鲁迅编写中国文学史的方法》，《文学遗产》1980 年第 2 期
4. 陈平原：《作为文学史家的鲁迅》，见王瑶主编《中国文学研究现代化进程》，北京大学出版社 1996 年版
5. 刘跃进：《文学史研究的多种可能性——从木斋〈古诗十九首与建安诗歌研究〉说起》，《社会科学研究》2010 年第 2 期

（陈文新撰稿）

—— 原文：《魏晋风度及文章与药及酒之关系》（节录）

① 参见陈文新《〈镜花缘〉：中国第一部长篇博物体小说》，《明清小说研究》1999 年第 2 期。

经典原文

魏晋风度及文章与药及酒之关系（节录）
——九月间在广州夏期学术演讲会讲

鲁　迅

…………

汉末魏初这个时代是很重要的时代，在文学方面起一个重大的变化，因当时正在黄巾和董卓大乱之后，而且又是党锢的纠纷之后，这时曹操出来了。——不过我们讲到曹操，很容易就联想起《三国志演义》，更而想起戏台上那一位花面的奸臣，但这不是观察曹操的真正方法。现在我们再看历史，在历史上的记载和论断有时也是极靠不住的，不能相信的地方很多，因为通常我们晓得，某朝的年代长一点，其中必定好人多；某朝的年代短一点，其中差不多没有好人。为什么呢？因为年代长了，做史的是本朝人，当然恭维本朝的人物了，年代短了，做史的是别朝人，便很自由地贬斥其异朝的人物，所以在秦朝，差不多在史的记载上半个好人也没有。曹操在史上年代也是颇短的，自然也逃不了被后一朝人说坏话的公例。其实，曹操是一个很有本事的人，至少是一个英雄，我虽不是曹操一党，但无论如何，总是非常佩服他。

…………

董卓之后，曹操专权。在他的统治之下，第一个特色便是尚刑名。他的立法是很严的，因为当大乱之后，大家都想做皇帝，大家都想叛乱，故曹操不能不如此。曹操曾自己说过："倘无我，不知有多少人称王称帝！"这句话他倒并没有说谎。因此之故，影响到文章方面，成了清峻的风格。——就是文章要简约严明的意思。

此外还有一个特点，就是尚通脱。他为什么要尚通脱呢？自然也与当时的风气有莫大的关系。因为在党锢之祸以前，凡党中人都自命清流，不过讲"清"讲得太过，便成固执，所以在汉末，清流的举动有时便非常可笑了。

比方有一个有名的人，普通的人去拜访他，先要说几句话，倘这几句话说得不对，往往会遭倨傲的待遇，叫他坐到屋外去，甚而至于拒绝不见。

又如有一个人，他和他的姊夫是不对的，有一回他到姊姊那里去吃饭之后，便要将饭钱算回给姊姊。她不肯要，他就于出门之后，把那些钱扔在街上，算是付过了。

个人这样闹闹脾气还不要紧，若治国平天下也这样闹起执拗的脾气来，那还成甚么话？所以深知此弊的曹操要起来反对这种习气，力倡通脱。通脱即随便之意。此种提倡影响到文坛，便产生多量想说甚么便说甚么的文章。

更因思想通脱之后，废除固执，遂能充分容纳异端和外来的思想，故孔教以外的思想源源引入。

总括起来，我们可以说汉末魏初的文章是清峻，通脱。在曹操本身，也是一个改造文章的祖师，可惜他的文章传的很少。他胆子很大，文章从通脱得力不少，做文章时又没有顾忌，想写的便写出来。

所以曹操征求人才时也是这样说，不忠不孝不要紧，只要有才便可以。这又是别人所不敢说的。曹操做诗，竟说是“郑康成行酒伏地气绝”，他引出离当时不久的事实，这也是别人所不敢用的。还有一样，比方人死时，常常写点遗令，这是名人的一件极时髦的事。当时的遗令本有一定的格式，且多言身后当葬于何处何处，或葬于某某名人的墓旁；操独不然，他的遗令不但没有依着格式，内容竟讲到遗下的衣服和伎女怎样处置等问题。

陆机虽然评曰“贻尘谤于后王”，然而我想他无论如何是一个精明人，他自己能做文章，又有手段，把天下的方士文士统统搜罗起来，省得他们跑在外面给他捣乱。所以他帷幄里面，方士文士就特别地多。

孝文帝曹丕，以长子而承父业，篡汉而即帝位。他也是喜欢文章的。其弟曹植，还有明帝曹叡，都是喜欢文章的。不过到那个时候，于通脱之外，更加上华丽。丕著有《典论》，现已失散无全本，那里面说：“诗赋欲丽”，“文以气为主”。《典论》的零零碎碎，在唐宋类书中；一篇整的《论文》，在《文选》中可以看见。

后来有一般人很不以他的见解为然。他说诗赋不必寓教训，反对当时那些寓训勉于诗赋的见解，用近代的文学眼光来看，曹丕的一个时代可说是“文学的自觉时代”，或如近代所说是为艺术而艺术（Art for Art's Sake）的一派。所以曹丕做的诗赋很好，更因他以“气”为主，故于华丽以外，加上壮大。归纳起来，汉末，魏初的文章，可说是：“清峻，通脱，华丽，壮大。”在文学的意见上，曹丕和曹植表面上似乎是不同的。曹丕说文章事可以留名声于千载；但子建却说文章小道，不足论的。据我的意见，子建大概是违心之论。这里有两个原因，第一，子建的文章做得好，一个人大概总是不满意自己所做而羡慕他人所为的，他的文章已经做得好，于是他便敢说文章是小道；第二，子建活动的目标在于政治方面，政治方面不甚得志，遂说文章是无用了。

曹操曹丕以外，还有下面的七个人：孔融，陈琳，王粲，徐幹，阮瑀，应瑒，刘桢，都很能做文章，后来称为“建安七子”。七人的文章很少流传，现在我们很难判断；但，大概都不外是“慷慨”，“华丽”罢。华丽即曹丕所主张，慷慨就因当天下大乱之际，亲戚朋友死于乱者特多，于是为文就不免带着悲凉，激昂和“慷慨”了。

七子之中，特别的是孔融，他专喜和曹操捣乱。曹丕《典论》里有论孔融的，因此他也被拉进“建安七子”一块儿去。其实不对，很两样的。不过在当时，他的名声可非常之大。孔融作文，喜用讥嘲的笔调，曹丕很不满意他。孔融的文章现在传的也很少，就他所有的看起来，我们可以瞧出他并不大对别人讥讽，只对曹操。比方操破袁氏兄弟，曹丕把袁熙的妻甄氏拿来，归了自己，孔融就写信给曹操，说当初武王伐纣，将妲己给了周公了。操问他的出典，他说，以今例古，大概那时也是这样的。又比方曹操要禁酒，说酒可以亡国，非禁不可，孔融又反对他，说也有以女人亡国的，何以不禁婚姻？

其实曹操也是喝酒的。我们看他的“何以解忧？惟有杜康”的诗句，就可以知道。为什么他的行为会和议论矛盾呢？此无他，因曹操是个办事人，所以不得不这样做；孔融是旁观的人，所以容易说些自由话。曹操见他屡屡反对自己，后来借故把他杀了。他杀孔融的罪状大概是不孝。因为孔融有下列的两个主张：

第一，孔融主张母亲和儿子的关系是如瓶之盛物一样，只要在瓶内把东西倒了出来，母亲和儿子的关系便算完了。第二，假使有天下饥荒的一个时候，有点食物，给父亲不给呢？孔融的答案是：倘若父亲是不好的，宁可给别人。——曹操想杀他，便不惜以这种主张为他不忠不孝的根据，把他杀了。倘若曹操在世，我们可以问他，当初求才时就说不忠不孝也不要紧，为何又以不孝之名杀人呢？然而事实上纵使曹操再生，也没人敢问他，我们倘若去问他，恐怕他把我们也杀了！

与孔融一同反对曹操的尚有一个祢衡，后来给黄祖杀掉的。祢衡的文章也不错，而且他和孔融早是“以气为主”来写文章的了。故在此我们又可知道，汉文慢慢壮大起来，是时代使然，非专靠曹操父子之功的。但华丽好看，却是曹丕提倡的功劳。

这样下去一直到明帝的时候，文章上起了个重大的变化，因为出了一个何晏。

何晏的名声很大，位置也很高，他喜欢研究《老子》和《易经》。至于他是怎样的一个人呢？那真相现在可很难知道，很难调查。因为他是曹氏一派的人，司马氏很讨厌他，所以他们的记载对何晏大不满。因此产生许多传说，有人说何晏的脸上是搽粉的，又有人说他本来生得白，不是搽粉的。但究竟何晏搽粉不搽粉呢？我也不知道。

但何晏有两件事我们是知道的。第一，他喜欢空谈，是空谈的祖师；第二，他喜欢吃药，是吃药的祖师。

此外，他也喜欢谈名理。他身子不好，因此不能不服药。他吃的不是寻常的药，是一种名叫“五石散”的药。

“五石散”是一种毒药，是何晏吃开头的。汉时，大家还不敢吃，何晏或者将药方略加改变，便吃开头了。五石散的基本，大概是五样药：石钟乳，石硫黄，白石英，紫石英，赤石脂；另外怕还配点别样的药。但现在也不必细细研究它，我想各位都是不想吃它的。

从书上看起来，这种药是很好的，人吃了能转弱为强。因此之故，何晏有钱，他吃起来了；大家也跟着吃。那时五石散的流毒就同清末的鸦片的流毒差不多，看吃药与否以分阔气与否的。现在由隋巢元方做的《诸病源候论》的里面可以看到一些。据此书，可知吃这药是非常麻烦的，穷人不能吃，假使吃了之后，一不小心，就会毒死。先吃下去的时候，倒不怎样的，后来药的效验既显，名曰“散发”。倘若没有“散发”，就有弊而无利。因此吃了之后不能休息，非走路不可，因走路才能“散发”，所以走路名曰“行散”。比方我们看六朝人的诗，有云：“至城东行散”，就是此意。后来做诗的人不知其故，以为“行散”即步行之意，所以不服药也以“行散”二字入诗，这是很笑话的。

走了之后，全身发烧，发烧之后又发冷。普通发冷宜多穿衣，吃热的东西。但吃药后的发冷刚刚要相反：衣少，冷食，以冷水浇身。倘穿衣多而食热物，那就非死不可。因此五食散一名寒食散。只有一样不必冷吃的，就是酒。

吃了散之后，衣服要脱掉，用冷水浇身；吃冷东西；饮热酒。这样看起来，五石散吃的人多，穿厚衣的人就少；比方在广东提倡，一年以后，穿西装的人就没有了。因为皮肉发烧之故，不能穿窄衣。为豫防皮肤被衣服擦伤，就非穿宽大的衣服不可。现在有许多人以为晋人轻裘缓带，宽衣，在当时是人们高逸的表现，其实不知他们是吃药的缘故。一班名人都吃药，穿的衣都宽大，于是不吃药的也跟着名人，把衣服宽大起来了！

还有，吃药之后，因皮肤易于磨破，穿鞋也不方便，故不穿鞋袜而穿屐。所以我们看晋人的画像或那时的文章，见他衣服宽大，不鞋而屐，以为他一定是很舒服，很飘逸的了，其实他心里都是很苦的。

更因皮肤易破，不能穿新的而宜于穿旧的，衣服便不能常洗。因不洗，便多虱。所以在文章上，虱子的地位很高，“扪虱而谈”，当时竟传为美事。比方我今天在这里演讲的时候，扪起虱来，那是不大好的。但在那时不要紧，因为习惯不同之故。这正如清朝是提倡抽大烟的，我们看见两肩高耸的人，不觉得奇怪。现在不行了，倘若多数学生，他的肩成为一字形，我们就觉得很奇怪了。

此外可见服散的情形及其他种种的书，还有葛洪的《抱朴子》。

到东晋以后，作假的人就很多，在街旁睡倒，说是“散发”以示阔气。就像清时尊读书，就有人以墨涂唇，表示他是刚才写了许多字的样子。故我想，衣大，穿屐，散髮等等，后来效之，不吃也学起来，与理论的提倡实在是无关的。

又因“散发”之时，不能肚饿，所以吃冷物，而且要赶快吃，不论时候，一日数次也不可定。因此影响到晋时“居丧无礼”。——本来魏晋时，对于父母之礼是很繁多的。比方想去访一个人，那么，在未访之前，必先打听他父母及其祖父母的名字，以便避讳。否则，嘴上一说出这个字音，假如他的父母是死了的，主人便会大哭起来——他记得父母了——给你一个大大的没趣。晋礼居丧之时，也要瘦，不多吃饭，不准喝酒。但在吃药之后，为生命计，不能管得许多，只好大嚼，所以就变成“居丧无礼”了。

居丧之际，饮酒食肉，由阔人名流倡之，万民皆从之，因为这个缘故，社会上遂尊称这样的人叫作名士派。

吃散发源于何晏，和他同志的，有王弼和夏侯玄两个人，与晏同为服药的祖师。有他三人提倡，有多人跟着走。他们三个人多是会做文章，除了夏侯玄的作品流传不多外，王何二人现在我们尚能看到他们的文章。他们都是生于正始的，所以又名曰“正始名士”。但这种习惯的末流，是只会吃药，或竟假装吃药，而不会做文章。

东晋以后，不做文章而流为清谈，由《世说新语》一书里可以看到。此中空论多而文章少，比较他们三个差得远了。三人中王弼二十余岁便死了，夏侯何二人皆为司马懿所杀。因为他二人同曹操有关系，非死不可，犹曹操之杀孔融，也是借不孝做罪名的。

二人死后，论者多因其与魏有关而骂他，其实何晏值得骂的就是因为他是吃药的发起人。这种服散的风气，魏，晋，直到隋，唐，还存在着，因为唐时还有“解散方”，即解五石散的药方，可以证明还有人吃，不过少点罢了。唐以后就没有人吃，其原因尚未详，大概因其弊多利少，和鸦片一样罢?

晋名人皇甫谧作一书曰《高士传》，我们以为他很高超。但他是服散的，曾有一篇文章，自说吃散之苦。因为药性一发，稍不留心，即会丧命，至少也会受非常的苦痛，或要发狂；本来聪明的人，因此也会变成痴呆。所以非深知药性，会解救，而且家里的人多深知药性不可。晋朝人多是脾气很坏，高傲，发狂，性暴如火的，大约便是服药的缘故。比方有苍蝇扰他，竟至拔剑追赶；就是说话，也要胡胡涂涂地才好，有时简直是近于发疯。但在晋朝更有以痴为好的，这大概也是服药的缘故。

魏末，何晏他们之外，又有一个团体新起，叫做“竹林名士”，也是七个，所以又称“竹林七贤”。正始名士服药，竹林名士饮酒。竹林的代表是嵇康和阮籍。但究竟竹林名士不纯粹是喝酒，嵇康也兼服药，而阮籍则是专喝酒的代表。但嵇康也饮酒，刘伶也是这里面的一个。他们七人中差不多都反抗旧礼教的。

这七人中，脾气各有不同。嵇阮二人的脾气都很大；阮籍老年时改得很好，嵇康就始终都是极坏的。

阮年青时，对于访他的人有加以青眼和白眼的分别。白眼大概是全然看不见眸子的，恐怕要练习很久才能够。青眼我会装，白眼我却装不好。

后来阮籍竟做到“口不臧否人物”的地步，嵇康却全不改变。结果阮得终其天年，而嵇竟丧于司马氏之手，与孔融何晏等一样，遭了不幸的杀害。这大概是因为吃药和吃酒之分的缘故：吃药可以成仙，仙是可以骄视俗人的；饮酒不会成仙，所以敷衍了事。

他们的态度，大抵是饮酒时衣服不穿，帽也不带。若在平时，有这种状态，我们就说无礼，但他们就不同。居丧时不一定按例哭泣；子之于父，是不能提父的名，但在竹林名士一流人中，子都会叫父的名号。旧传下来的礼教，竹林名士是不承认的。即如刘伶——他曾做过一篇《酒德颂》，谁都知道——他是不承认世界上从前规定的道理的，曾经有这样的事，有一次有客见他，他不穿衣服。人责问他；他答人说，天地是我的房屋，房屋就是我的衣服，你们为什么钻进我的裤子中来？至于阮籍，就更甚了，他连上下古今也不承认，在《大人先生传》里有说："天地解兮六合开，星辰陨兮日月颓，我腾而上将何怀？"他的意思是天地神仙，都是无意义，一切都不要，所以他觉得世上的道理不必争，神仙也不足信，既然一切都是虚无，所以他便沉湎于酒了。然而他还有一个原因，就是他的饮酒不独由于他的思想，大半倒在环境。其时司马氏已想篡位，而阮籍名声很大，所以他讲话就极难，只好多饮酒，少讲话，而且即使讲话讲错了，也可以借醉得到人的原谅。只要看有一次司马懿求和阮籍结亲，而阮籍一醉就是两个月，没有提出的机会，就可以知道了。

阮籍作文章和诗都很好，他的诗文虽然也慷慨激昂，但许多意思都是隐而不显的。宋的颜延之已经说不大能懂，我们现在自然更很难看得懂他的诗了。他诗里也说神仙，但他其实是不相信的。嵇康的论文，比阮籍更好，思想新颖，往往与古时旧说反对。孔子说："学而时习之，不亦说乎？"嵇康做的《难自然好学论》，却道，人是并不好学的，假如一个人可以不做事而又有饭吃，就随便闲游不喜欢读书了，所以现在人之好学，是由于习惯和不得已。还有管叔蔡叔，是疑心周公，率殷民叛，因而被诛，一向公认为坏人的。而嵇康做的《管蔡论》，就也反对历代传下来的意思，说这两个人是忠臣，他们的怀疑周公，是因为地方相距太远，消息不灵通。

但最引起许多人的注意，而且于生命有危险的，是《与山巨源绝交书》中的"非汤武而薄周孔"。司马懿因这篇文章，就将嵇康杀了。非薄了汤武周孔，在现时代是不要紧的，但在当时却关系非小。汤武是以武定天下的；周公是辅成王的；孔子是祖述尧舜，而尧舜是禅让天下的。嵇康都说不好，那么，教司马懿篡位的时候，怎么办才是好呢？没有办法。在这一点上，嵇康于司马氏的办事上有了直接的影响，因此就非死不可了。嵇康的见杀，是因为他的朋友吕安不孝，连及嵇康，罪案和曹操的杀孔融差不多。魏晋，是以孝治天下的，不孝，故不能不杀。为什么要以孝治天下呢？因为天位从禅让，即巧取豪夺而来，若主张以忠治天下，他们的立脚点便不稳，办事便棘手，立论也难了，所以一定要以孝治天下。但倘只是实行不孝，其实那时倒不很要紧的，嵇康的害处是在发议论；阮籍不同，不大说关于伦理上的话，所以结局也不同。

但魏晋也不全是这样的情形，宽袍大袖，大家饮酒。反对的也很多。在文章上我们还可以看见裴頠的《崇有论》，孙盛的《老子非大贤论》，这些都是反对王何们的。在史实上，则何曾劝司马懿杀阮籍有好几回，司马懿不听他的话，这是因为阮籍的饮酒，与时局的关系少些的缘故。

然而后人就将嵇康阮籍骂起来，人云亦云，一直到现在，一千六百多年。季札说："中国之君子，明于礼义而陋于知人心。"这是确的，大凡明于礼义，就一定要陋于知人心的，所以古代有许多人受了很大的冤枉。例如嵇阮的罪名，一向说他们毁坏礼教。但据我个人的意见，这判断是错的。魏晋时代，崇尚礼教的看来似乎很不错，而实在是毁坏礼教，不信礼教的。表面上毁坏礼教者，实则倒是承认礼教，太相信礼教。因为魏晋时代所谓崇奉礼教，是用以自利，那崇奉也不过偶然崇奉，如曹操杀孔融，司马懿杀嵇康，都是因为他们和不孝有关，但实在曹操司马懿何尝是著名的孝子，不过将这个名义，加罪于反对自己的人罢了。于是老实人以为如此利用，亵黩了礼教，不平之极，无计可施，激而变成不谈礼教，不信礼教，甚至于反对礼教。——但其实不过是态度，至于他们的本心，恐怕倒是相信礼教，当作宝贝，比曹操司马懿们要迂执得多。现在说一个容易明白的比喻罢，譬如有一个军阀，在北方——在广东的人所谓北方和我常说的北方的界限有些不同，我常称山东山西直隶河南之类为北方——那军阀从前是压迫民党的，后来北伐军势力一大，他便挂起青天白日旗，说自己已经信仰三民主义了，是总理的信徒。这样还不够，他还要做总理的纪念周。这时候，真的三民主义的信徒，去呢，不去呢？不去，他那里就可以说你反对三民主义，定罪，杀人。但既然在他的势力之下，没有别法，真的总理的信徒，倒会不谈三民主义，或者听人假惺惺的谈起来就皱眉，好像反对三民主义模样。所以我想，魏晋时所谓反对礼教的人，有许多大约也如此。他们倒是迂夫子，将礼教当作宝贝看待的。

还有一个实证，凡人们的言论，思想，行为，倘若自己以为不错的，就愿意天下的别人，自己的朋友都这样做。但嵇康阮籍不这样，不愿意别人来模仿他。竹林七贤中有阮咸，是阮籍的侄子，一样的饮酒。阮籍的儿子阮浑也愿加入时，阮籍却道不必加入，吾家已有阿咸在，够了。假若阮籍自以为行为是对的，就不当拒绝他的儿子，而阮籍却拒绝自己的儿子，可知阮籍并不以他自己的办法为然。至于嵇康，一看他的《绝交书》，就知道他的态度很骄傲的；有一次，他在家打铁——他的性情是很喜欢打铁的——钟会来看他了，他只打铁，不理钟会。钟会没有意味，只得走了。其时嵇康就问他："何所闻而来，何所见而去？"钟会答道："闻所闻而来，见所见而去。"这也是嵇康杀身的一条祸根。但我看他做给他的儿子看的《家诫》——当嵇康被杀时，其子方十岁，算来当他做这篇文章的时候，他的儿子是未满十岁的——就觉得宛然是两个人。他在《家诫》中教他的儿子做人要小心，还有一条一条的教训。有一条是说长官处不可常去，亦不可住宿；官长送人们出来时，你不要在后面，因为恐怕将来官长惩办坏人时，你有暗中密告的嫌疑。又有一条是说宴饮时候有人争论，你可立刻走开，免得在旁批评，因为两者之间必有对与不对，不批评则不像样，一批评就总要是甲非乙，不免受一方见怪。还有人要你饮酒，即使不愿饮也不要坚决地推辞，必须和和气气的拿着杯子。我们就此看来，实在觉得很希奇：嵇康是那样高傲的人，而他教子就要他这样庸碌。因此我们知道，嵇康自己对于他自己的举动也是不满足的。所以批评一个人的言行实在难，社会上对于儿子不像父亲，称为"不肖"，以为是坏事，殊不知世上正有不愿意他的儿子像他自己的父亲哩。试看阮籍嵇康，就是如此。这是，因为他们生于乱世，不得已，才有这样的行为，并非他们的本态。但又于此可见魏晋的破坏礼教者，实在是相信礼教到固执之极的。

不过何晏王弼阮籍嵇康之流，因为他们的名位大，一般的人们就学起来，而所学的无非是表面，他们实在的内心，却不知道。因为只学他们的皮毛，于是社会上便多了很没意思的空谈和饮酒。许多人只会无端的空谈和饮酒，无力办事，也就影响到政治上，弄得玩"空城计"，毫无实际了。在文学上也这样，嵇康阮籍的纵酒，是也能做文章的，后来到东晋，空谈和饮酒的遗风还在，而万言的大文如嵇阮之作，却没有了。刘勰说："嵇康师心以遣论，阮籍使气以命诗。"这"师心"和"使气"，便是魏末晋初的文章的特色。正始名士和竹林名士的精神灭后，敢于师心使气的作家也没有了。

到东晋，风气变了。社会思想平静得多，各处都夹入了佛教的思想。再至晋末，乱也看惯了，篡也看惯了，文章便更和平。代表平和的文章的人有陶潜。他的态度是随便饮酒，乞食，高兴的时候就谈论和作文章，无尤无怨。所以现在有人称他为“田园诗人”，是个非常和平的田园诗人。他的态度是不容易学的，他非常之穷，而心里很平静。家常无米，就去向人家门口求乞。他穷到有客来见，连鞋也没有，那客人给他从家丁取鞋给他，他便伸了足穿上了。虽然如此，他却毫不为意，还是“采菊东篱下，悠然见南山”。这样的自然状态，实在不易模仿。他穷到衣服也破烂不堪，而还在东篱下采菊，偶然抬起头来，悠然的见了南山，这是何等自然。现在有钱的人住在租界里，雇花匠种数十盆菊花，便做诗，叫作“秋日赏菊效陶彭泽体”，自以为合于渊明的高致，我觉得不大像。

陶潜之在晋末，是和孔融于汉末与嵇康于魏末略同，又是将近易代的时候。但他没有什么慷慨激昂的表示，于是便博得“田园诗人”的名称。但《陶集》里有《述酒》一篇，是说当时政治的。这样看来，可见他于世事也并没有遗忘和冷淡，不过他的态度比嵇康阮籍自然得多，不至于招人注意罢了。还有一个原因，先已说过，是习惯。因为当时饮酒的风气相沿下来，人见了也不觉得奇怪，而且汉魏晋相沿，时代不远，变迁极多，既经见惯，就没有大感触，陶潜之比孔融嵇康和平，是当然的。例如看北朝的墓志，官位升进，往往详细写着，再仔细一看，他已经经历过两三个朝代了，但当时似乎并不为奇。

据我的意思，即使是从前的人，那诗文完全超于政治的所谓“田园诗人”，“山林诗人”，是没有的。完全超出于人间世的，也是没有的。既然是超出于世，则当然连诗文也没有。诗文也是人事，既有诗，就可以知道于世事未能忘情。譬如墨子兼爱，杨子为我。墨子当然要著书；杨子就一定不著，这才是“为我”。因为若做出书来给别人看，便变成“为人”了。

由此可知陶潜总不能超于尘世，而且，于朝政还是留心，也不能忘掉“死”，这是他诗文中时时提起的。用别一种看法研究起来，恐怕也会成一个和旧说不同的人物罢。

…………

（据人民文学出版社2005年版《鲁迅全集》第三卷《而已集》校录）

傅斯年与《中国古代文学史讲义》

经典导读

傅斯年（1896—1950），字孟真，生于山东聊城，著名的文史学家、语言学家和教育家。先后就读于北京大学、英国爱丁堡大学、伦敦大学、德国柏林大学，回国后历任中山大学国文系、历史系主任兼文学院院长。1928 年应中央研究院蔡元培院长之聘，筹办历史语言研究所，出任所长。1949 年随史语所迁往台北，兼任台湾大学校长。著有《诗经讲义稿》《中国古代文学史讲义》《性命古训辨证》《民族与古代中国史》等。

晚年的胡适先生，在题为《傅孟真先生的思想》的演讲中，明确承认，1926 年巴黎聚会时，傅斯年关于“中国一切文学都是从民间来的，同时每一种文学都经过一种生、老、病、死的状态”的设想，“影响我个人甚大”。值得注意的是，胡适所说的这两个设想，尤其是第一个设想，既是傅斯年《中国古代文学史讲义》的核心理念，也是胡适作于 1927 年的《白话文学史》的核心理念。由此可见，《中国古代文学史讲义》虽然是傅斯年 1928 年在中山大学任教期间所留下的讲稿，其最终出版远在《白话文学史》之后，在学术界的影响也比《白话文学史》小得多，但就学术的创见而言，这确是一部值得重视的著作。

“中国一切文学都是从民间来的。”围绕这一核心观点的论证，傅斯年提出了两个术语：“文言”和“古文”。

所谓“文言”，即文饰的语言，即“语言的艺术化”。先秦至汉初的著述和文章主要是用这种艺术化的语言写成的，还保持着口语的鲜活和生命力，是活的作品。“‘诗三百’篇中的话言，如《国风》，大体上自应是当时的俗话；如《小雅》，大体上自应是当时的官话；如《鲁颂》、《商颂》及《大雅》的大部分，自应是当时的制作中标准点，已渐有文语之趋势。把这些略去枝节而论，并无大别于战国初年以来著书者。”“春秋战国时，各国都有方言，但列国间却有标准语，这个标准语中哪国的方言占成分多，现在无可考了。儒是鲁国人的职业，孔子弟子及七十子后学者散在四方设教，或者因这层关系鲁国的方言加入这个里面者不少，也未可知。”“《国语》是很修饰了的文言，《论语》不至这样，但语法之整齐处也不免是做过一层工夫的。至于战国子家以及《战国策》所著录的书辞，和说辞，都是据标准语而成之文言。其中文言的工夫也有浅深的不同，如《孟子》整齐铺张，犹甚近于言，《战国策》比较文些了，《荀子》更文，这都不能是纯粹的口语，因为在它的文辞中看出曼衍雕琢来。”

所谓“古文”，就是“死了的文言”，已没有口语的鲜活和生命力。“古文”与“文言”的区别在于：文言虽然是文饰的、艺术化的，但还是从口语提炼出来的；古文却类似于欧洲中世纪学者所用的拉丁文，它不是从汉武帝以降的口语提炼出来，而是仿效先秦至汉初的古文。所以，尽管“文言”和“古文”外在的形态相似，但本质不同，先秦至汉初叫“文言”，汉武帝以降的叫“古文”，文言是有生命力的，古文是没有生命力的。“自昭宣后，王子渊、刘子政、谷子云的文章，无论所美在笔札，所创作在颂箴，都是以用典为风采，引书为富赡。依陈言以开新辞，遵典型而成己体。从此话言和文辞断然的分为两途，言自言，文自文。从这时期以下的著作我们标做‘古文’，古文没有话的生命。”有趣的是，胡适的《白话文学史》，第一章就是“古文是何时死的”。他的结论是：古文在汉武帝时已死了。这跟傅斯年的见解也是一致的。《白话文学史》以“白话文学的进化史”与“古文传统史”相对而言，说“‘古文传统史’乃是模仿的文学史，乃是死文学的历史；我们讲的白话文学史乃是创造的文学史，乃是活文学的历史”，都可与傅斯年的表述相互印证。

傅斯年关于“文言”和“古文”的区分，先是直接影响了胡适，又经由胡适的《白话文学史》广泛地影响了学术界。可以引一个具体例证。胡云翼初版于1932年的《新著中国文学史》，第二编第三章论“汉代文学的倾向”，论“汉代文学所受当代的影响”，第一条就是，“用古文写的贵族化的古典文学”确立于汉代。其论述基本上是傅斯年相关部分的提要。

与对“文言”和“古文”的区分相联系，傅斯年所划定的“中国古代文学”并非先秦至 1840 年的文学，或先秦至 1911 年间的文学，而是先秦至隋末的文学，唐以降则是近世文学。在古代文学部分，“自殷商至西汉末为古代文学之正身”，而东汉魏晋南北朝隋则“为古代文学之殿军”。“正身”和“殿军”的区分，理由很多，其中的一个重要理由是，“正身”用的是“文言”，“殿军”用的是“古文”。至于近世文学，其特征是白话文学的兴起。“虽新文学历代多有萌芽，而成正统大风气之新文学，至唐代方才见到滋长。”以小说、戏曲为主体的白话文学是否兴盛于唐代，学术界容或有不同看法，但傅斯年以白话文学的兴起为分期依据这一理念本身在学理上的价值是毋庸置疑的。

“中国一切文学都是从民间来的。”傅斯年以此为基点，还从发生学的角度提出了文体的生命类似于有机体的观点，认为每一种文体都要经历一个由生而少而壮而老而死的过程。其原因何在呢？所有的文体，“都是开头来自民间，文人借用了，遂上台面，更有些文人继续的修正扩张，弄得范围极大，技术极精，而原有之动荡力遂衰，以至于但剩了一个躯壳，为后人抄了又抄，失去了扩张的力气：只剩了文字上的生命，没有了语言上的生命。”在傅斯年看来，语言上的生命是活的，文字上的生命是死的。文字带给文学的副作用，远过于它带来的正面作用。“文字发明以后，反而给大力量的一种文学一种打击，使得它离去人们对于文学最自然的要求，而给文学若干的桎梏，使它做畸形发展。诚然，若没有文字的发明，把口中的文学变做纸上的文学，若干文体是不可能的，若干文体虽可能而也不能充分发展的，文学的技术不能有我们现在所见的那样细密的，文学的各种作用不若有我们现在所得的那样周到的，但也不至于失去语言之自然，性情之要求，精灵之动荡，一切人们之所共觉，而徇于这些小小精巧，那些小小把戏。”

傅斯年不是一个历史唯物主义者，但他显然是了解历史唯物主义的。他说：“我并不想把这一部讲义写成一个唯物史观的文学史，且我反对这样无聊的时髦办法，但在讨论许多文学史的问题时，若忘它的物质方面的凭借，是不能辟入的。”他尤其关注两个方面：文人的时代和文人的职业。就时代而言，“文学因时代的不同，每每即是文人的地位因时代的不同。”就职业而言，“自从五言诗成诗体正宗的时候——建安——算起，文人的地位多数是在朝做侍从供奉，在外作一薄宦或靠府主为生的。他们虽不全是这样，然多数是这样。”其具体分析十分精彩，这里就不多引了。

延伸阅读文献

1. 傅斯年:《诗经讲义稿》，中国人民大学出版社 2004 年版
2. 陆侃如:《什么是中国文学史的主流》,《文史哲》1954 年第 1 期
3. 刘大杰:《文学的主流及其他》,《光明日报·文学遗产》1959 年 4 月 19 日
4. 李泽厚:《美的历程》，广西师范大学出版社 2001 年版

（陈文新撰稿）

原文:《中国古代文学史讲义》（节录）

经典原文

中国古代文学史讲义（节录）

傅斯年

第一讲 拟目及说明

一 思想和语言——一个文学界说

二 语言和文字——所谓文言

三 成文的文学和不成文的文学

四 文人的职业

五 文学的环境“全”的意义

六 文体之演化

七 文人的天才

八 工具的和艺术的

九 论文艺批评之无意义

十 翻译

十一 史料论略

十二 泛论中国古代文学

第一篇 殷商遗文

一 汉文起源之一说

二 殷文书之直接材料

三 殷文书之间接材料

第二篇 著作前之文学

一 殷周列国文化不是单元之揣想

二 西周的时代

三 周诰 金刻文附

四 泛论“诗”学 《周颂》附韶武说 《大雅》

十四　五言诗之起源

十五　汉乐府

十六　刘向

十七　扬雄

十八　所谓古文学

十九　泛论八代之衰

这一科目里所讲论的，起于殷周之际，下到西汉哀平王莽时。别有补讲若干篇，略述八代时新的方面，和唐代古今文学之转移关键。这样断代的办法，或者需要一个很长的解说，才可不使人觉得太别致，但将来全部的讲义写完，才是把这样断代的意思写完，现在只能说几句简直的话。我们总不便把政治的时代作为文学的时代，唐朝初年的文学只是隋朝，宋朝初年的文学只是唐季，西汉扬子云的古典主义和东汉近，反和西汉初世中世甚远；东汉的文章又和魏晋近，和西汉远。诸如这样，故我们不能以政治的时代为文学的时代。若不然者，不文的汉高祖，成了我们分别时代的界限，岂不支离？即便把秦始皇之年作为断代所据，我们也还免不了感觉秦之李斯实是战国人，战国之荀卿却实是在思想上为秦之开端者，即汉代初年吴梁诸王客依然是战国风气。文学时代之转移每不在改朝易代之时，所以我们必求分别文学时代于文学之内，不能出于其外，而转到了政治之中。以这层意思为标准，则我们断代的宗旨如下所说。第一，以自殷商至西汉末为古代文学之正身，以八代为古代文学之殿军者，正因周汉八代是一线，虽新文学历代多有萌芽，而成正统大风气之新文学，至唐代方才见到滋长。例如从韵文一边说，七言诗，新乐府，绝句，词，曲，杂剧，传奇；从散文一边说，文言小说，俚言小说，以开宋之平话，明清之长篇小说者，又若纯在民间的文学，如流行的各种唱本弹词（这些里面尝有绝好的文章，惜未整理过，我们现在看去，觉得披沙拣金之苦），乃至尚未著文的传说歌曲。或者我们将来得见的材料多了之后，也可以在八代中为这些东西找到一个远端绪。不过这些东西，除七言及新乐府以外，到底在八代后才能大体滋衍，至少我们现在所得见到之材料如此。使近代文学成就得以异于古代者，是这些东西，不是八家的古文及其继续者，摹拟八代的五言诗、西昆、西江、三杰、前后七子等等。因为学古文摹古诗至多做到了古人之后劲；若新的端绪，新的生面，必用新体，必有异于古的感觉及理想，方才可以别开世代。我们既以这些色彩标别近世，则古代断代应在唐世。时间是自然的，断代是不自然的，所以不同世代的换移，尝经好几百年，才见得完全成就了。若果有人问我们断自何年，我们只好说无年可断。分别时期之时，还应标明时期不能分别之意。

至于以古代文学之盛，断自哀平王莽，而以其下之八代为“乱”者，乃因周秦西汉是古代文学的创作期，八代之正统文学则不然（此处所谓八代指东汉至隋，西汉不在内。苏子瞻称昌黎“文起八代之衰”者，正如此意也）。扬子云而前，中国只有文学，没有古文，虽述作并论，究未若东汉魏晋六朝之正统文学中典型观念之重。八代的东西若不是有自民间而上达的五言诗及乐府，和佛教的影响，恐怕竟没有什么可以说是这时候自己创造的东西；而骈文律诗，都是典型文学中（俗译古典文学）之极端趋势，翻新花样而已（骈文律诗之为典型文学，待后论）。骈文家之李申耆固认八代为周汉之流裔，而古文家自韩退之而后，都抹杀八代，八代之所以为八代，与其所以不为周汉者，正以他实自周秦盛汉出来，而不能平空另起一线（五言诗等除外，但五言到晋宋以后，典型既成，与文同趋矣）。试看自扬子云开始，求整，用古，成为文学之当然风气。文章愈趋愈骈，直到庾子山晚年的赋，唐四杰的文辞，差不多是一个直线。若长篇著作，也是愈后愈觉形式先于骨肉，在文风上都是向“文笔”之分一个作用上进化。我们可以说这是进步，假如我们欢喜这个；也可说是每况愈下，假如我们不欢喜。转看周秦西汉，头绪繁多，作体自由，并不见有限制自己的典型。以这个理由，八代但可为周汉之殿。

至于周秦西汉之中，又分“著作前”、“著作大成”两时期者，乃因春秋及战国前半之文书，官籍而外，记言而已，方技而已。虽《国语》在这个时期内成就，但这书究竟还是记言文之引申，敷衍文词者多，记录成事者少，当不同于楚汉春秋之多历史性质。若诸子之文，前期但记言，至荀卿吕不韦韩非等方才据题著文，抽象成论（《史记》明谓荀吕等始作）。且著作前期有文学而无文人，“奚斯颂鲁”之说，既不尽可靠；《小雅》中又只有一篇标作者。楚辞宋赋既不消说是和汉赋为一气，而远于战国前半的文学，且又是指名作者之文学；著作出来，文人出来，自然必是开新世纪的事。

不过我们究竟不要把分期一件事看得太固执了，譬如八代为周秦西汉文学之殿，本不能包括五言诗而论，即盛于唐代的七言诗也是造胎于八代的。由一个观念可以这样分，另由一个观念可以另一样分，这里分时期本不是作科学的计量，只是愿将一切看来好像散漫的事实，藉一种分时期法，略使我们看得一种比较扼要的“视线形”（Perspective）而已。

十六年十月拟目，十七年十月改订。

第三讲　泛论

有些事件，并不附丽于任何一时或任何一人或任何一书，而这些事件又恰是文学史上不可忽略者，于是提到前端来，写成十篇泛论，以当我们的文学界说。

一　思想和语言——一个文学界说

从来治哲学而谈心理的人，每每把思想当做内体，把语言当做外用，以为思想是质，语言是具，语言是所以表思想者，思想却不即是语言。我们在很多地方早已为这一说所化了，所以时时感觉着文辞之用是先想着，后说出，虽然有些平常事实已经和这个“成见”反背，例如我们“冲口而出”的话，还不是我们先说出来后来再想到呢？我们想时还不是等于不说出口，自言自语呢？然而决然断然以思想为语言之收缩，不以语言为思想之表达者，初不曾听到，直到一些人扩充生理学的方法于心理学之界域，才有一个人直以思想为语言之内敛习惯。（看J. B. Watson：*Psychology from the Standpoint of the Behaviorist* 及其 *Behaviourism*）这本是心理学中一个实验问题，解决和发展应是实验室中的事，不消我们去谈论，但有一点却和我们做文学的定义时相涉，这一点如下。假如语言是思想之向外者，则思想是大名，或前名；语言是小名，或后名。文学纵是以语言为质料，却实在以思想为体。假如思想是语言之向内者，则语言是大名，或前名；思想是小名，或后名。文学纵不免时时牵连到思想的特殊范域，却自始至终，一往以语言为体。由前一说，文学与语言之“一而二二而一”之作用不显，也许竟把文学界说做“即是思想之著于竹帛者”。

如是，则动感情的文辞与算学又何以异？而一切文学中之艺术的作用，原是附丽于语言者，由此说不免一齐抹杀。由后一说，则文学与语言之“一而二二而一”之作用甚显，文学所据，直据语言。语言向内的发展，成所谓内敛习惯，固然也是文学时常牵涉到的，但究竟不是直接的关系。“文言”之艺术是由自然语言而出之一种的特殊发展，算学亦是由语言而出的一种特殊发展，然而文言究竟还是语言，故仍是文学中的事件，而算学是直由思想之中写于纸上者，已经辗转的出去了一切与语言之直接的关系，故断然不是文学中的事件，至与一切关涉逻辑的文辞，或曰论，或曰义理之文，虽亦是语言之一种特殊发展，且与内敛习惯关涉尤多，然究竟可以直自口出，故仍不失其在文学的界域中，且正凭其去自然语言之远近定其文学的质素之浅深。总而言之，文学是根据语言的，不是根据思想的，至多是牵涉及于思想的。不管语言与思想在心理学中如何解决其关系，我们在此地且用这一个假定的解说。

文辞是艺术，文辞之学是一种艺术之学。一种艺术因其所凭之材料（或曰“介物”[Medium]），而和别一种艺术不同。例如音乐所凭是“金石丝竹匏土革木”等等，以及喉腔所出之声音；造像所凭是金属、石、石膏、胶泥等等所能表示出来的形体；绘画所凭是两积空间上光和色所能衬出之三积的乃至四积的（如云飞动即是四积）境界；建筑所凭乃是土木金石堆积起来所能表示的体式。文辞所凭当是语言所可表示的一切艺术性。我们现在界说文学之业（或曰文词之业）为语言的艺术，而文学即是艺术的语言。以语言为凭借，为介物，而发挥一切的艺术作用，即是文学的发展。把语言纯粹当做了工具的，即出于文学范围。例如，一切自然科学未尝不是语言，然而全是工具，遂不是文学；若当做工具时，依然还据有若干艺术性者，仍不失为文学，例如说理之文，叙事之书，因其艺术之多寡定其与文学关系之深浅。这个假定的界说，似乎可以包括文学所应包括的，而不添上些不相干的。

各种艺术因其所凭借之介物不同，故不能同样的发展，又因其同是艺术，故有类似的发展。文词之中，有形体，这是和造像同的；有章法，这是和建筑及长篇音乐同的；有声调，这是近于音乐的；有境界，这是同于绘画的；有细密而发展不尽的技术（Technique），这是和一切艺术同的；有排荡力，为所感者哀乐动于中，“不知手之舞之足之蹈之也”，这是和一切大艺术之作用同的。著文等于谱乐，只是所用的单位不同，著文者用语言之词，谱乐者用音韵之节。著文等于绘画，意境为先，有时诗与画可作丽比，正由诗境画境同者实多。著文等于建筑，建筑时“意匠惨淡经营”，成就一段“天似穹庐”之体。文辞中之结构，俗学者谈得只是八股，然雅颂汉赋以来之韵文，及子家、史传以来散文，无不有构造，以成形体之力量。文辞中有“态”，“态”是与造像绘画同的，文辞中有“势”，“势”是与建筑同的。一切艺术都是以材料为具、人性为宰，人之性灵运用在一切材料之赋给和限制上，所以各种艺术，因人之性灵而有沟通，因材料之赋给和限制而有独立，述说一切艺术之集合，未尝不可为“成均”之论也。必以文学为艺术，然后文辞之品德和作用有可见其大体者。

有通达的文学，有鄙陋的文学，有大文学，有小文学；正和音乐中有通达的音乐，有鄙陋的音乐，有大音乐，有小音乐一样；正和其他大艺术有这些品类分别一样。疏通致远者为达，局促于遗训或成体或习俗而无由自拔者为鄙，能以自己之精灵为力量以运用材料者为通，为材料所用者为陋，能自造千寻华表者为大，从固有之成就，更复一腔一面堆积者小。八股不能成大文学，因为大文学之品质在这一体中无所附丽；连珠箴铭不能成大文体，因为这些体裁里只有微末的小技可以施展。一种文学之高下即等于在此文学中艺术作用之大小而已。

写文学史应当无异于写音乐史或绘画史者。所要写的题目是艺术，艺术不是一件可以略去感情的东西，而写一种的史，总应该有一个客观的设施做根基。所用的材料可靠，所谈到的人和物有个客观的真实，然后可得真知识，把感情寄托在真知识之上，然后是有着落的感情。不过所谈者仅是一切考核比例，也不算完全尽职的，必有感觉，才有生命。宋人谈古代，每每于事实未彰之先，即动感情，这是不可以的；若十足的汉学家，把事实排比一下就算了事，也不是对付文学的手段，因为文学毕竟是艺术。必先寻事实之详，然后成立说者与所说物事相化之情感，如此方能寡尤，方能遂性。

我在这里本不是著文学史，只是作些文学史题之卮言，但也希望诸君能发乎考证，止乎欣感，以语学（大陆上谓之 Philologie）始，以“波涛动荡（Sturm und Drang）”终。

二　语言和文字——所谓文言

把语言和文字混做一件事，在近代欧洲是不会有的，而在中国则历来混得很厉害。例如，中国和朝鲜和安南和日本是同文，不是同语，英德以及各拉丁民族是同文，即是同用拉丁文书，不是同语。西洋有国语而无国文，文书都是在一个时期向文化较久的别个民族借来的，而中国却有一个自己国人为自己语言用的文书，虽说这种文书后来也为外国人用了，如朝鲜、安南、日本，不过这些外国人是把汉语汉化一齐搬去的，所以他们实在是以文化的原故借汉语，只是读音有些变迁，到很后才有把汉字表他们语言的，如日本文中的训读。汉字既专为汉语用，而汉语也向来不用第二种工具来表他，只到近代耶稣教士才以罗马字母作拼音字，以翻译《旧、新约书》，中国人自己也有了各种的注音字母，所以汉字汉语大体上是"一对一"的关系，历史上的事实如此。其实汉字和汉语并没有什么生理上的关系，我们固然可以汉字写英语（假如为英语中每一音设一对当之汉字），也可以拉丁乃至俄罗斯字母写汉语，这里只有一个方便不方便的较量，没有不可能性。古来人尚知文语两件事的分别，譬如说，"老子著作五千言"，这是和五千文不同的，五千言是指读起来有五千个音，五千文是指写下来有五千个字。这个分别汉后才忽略，正因汉后古文的趋向益盛，以写在书上的古人语代流露口中的今人语，于是这层分别渐渐模糊，文即是言言即是文了。

把文字语言混为一谈，实在是一个大误谬。例如所谓"文字学"分为形体、声音、训诂三类，这三类中只有形体是文字学，其余都是语言学。又如只有《说文解字》是字书，后来的如《干禄字书》等乃是纯粹字书。《广韵》、《释名》、《玉篇》等等在大体上说都是语书，而后人都当做字典看。我们现在所习的外国语是英语、法语、德语等，并不是英文、法文、德文等，而误称做"文"。这一层误谬引起甚多的不便，语言学的观念不和文字学分清楚，语言学永远不能进步；且语、文两事合为一谈，很足以阻止纯语的文学之发展，这层发展是中国将来文学之生命上极重要的。

先谈中国的语言。世界上的语言不是各自独立的，而是若干语言合起来成一语族，另有若干语言合起来成另一语族等等。现在的世界上有多少语族，我们不能说，因为世界上大多数的语言是没有详细研究过的。也许后来找出完全孤立的语言来，但这样情形我们只可去想，它的亲属灭亡，仿佛世界上有若干甚孤立的物种样的。能认识语言的亲属关系，是一件很近代的知识，古来没有的。譬如汉语和西藏语的关系之切，有些地方很可惊人的，但自唐太宗时代中国和吐蕃文化上大交通，没有人提到这一层。又如希腊、罗马语言之关系密切。现在更不消详说，而罗马文法家天天在转译希腊语学，却不认识它们是兄弟。又如罗马使者塔西吐斯到了日耳曼境，不特不认识它这一个兄弟语，反而以为这些北欧蛮族的话不像人声。近来所谓“比较言语学”者，就是这一个认识语言亲属之学问，到了十八九世纪之交，因梵语学之入欧洲才引生。德意志、丹麦两地的几个学者，经数十年的努力，又因印度、希腊、拉丁三种语学以前各有很好的成绩，可以借资，而欧洲又很富于各种方言的，于是所谓“印度日耳曼语学”（或曰印度欧洲，因东起印度西括欧洲）成为一种很光荣的学问。到现在欧洲各国的大学多有这一科的讲座，各国大家辈出，而这一族的语言中之亲属关系，大致明白了。比较言语学在性质上本像动物或植物分类学，以音素及语法之系统的变迁，认识在一族中，不同的语言之联络。印度日耳曼语族以外，尚有赛米提系比较语言学也还发达（包括古埃及、亚西里亚、希伯来、叙利亚，以及中世以来阿拉伯各方言，厄提欧波各方言等等），芬兰、匈牙利系语学也有成绩。此外之作比较言语学者，虽在黑人的话也有些动手的，不过现在都在很初步的状态，远不如上述几族的比较语言学之发达。中国语所属的一族，现在通常叫做印度支那族，因为西至印度之中心，东括中国全境之大部。在这一带中的语言差不多全属这一族。这一族里比较有迹可寻的，有两大支，一西藏缅甸支，这一支中保存印度支那系之古语性质稍多；二中国暹罗支，中国语的各方言和泰语（暹罗语所自出）的各方言，成这一枝的两叶。这是以语法音素名词等为标准去分类的；这样分法已经是成立事实。但其中若干事件，现在的知识正在茫无头绪中，且有好几支的语言，如孟大（在印度中东部）、孟散、克摩（克摩在交趾西、柬埔寨北及暹罗南境。孟散在缅甸境中）、安南（合以上通称东亚洲滨支）虽知道是和这一族有些关系，或在内，或在外，但目前的知识还太稀薄，不够下稳固断语的。这印度支那语系之特质，即以汉语为例而论，第一是单音：这层情形，在各语各方言中也颇不同。中国东南各方及语音尚富，故单音词尚多，至于北方的“官话”，语音的原素甚少了，古来不同音现在变为同音的字很多，因而有用双音词之要求。这个“单音”的性质，未必是印度支那语系的原始性质，藏缅语支中尚保存些词前节（Prefix），有人说，这些词前节在七世纪以来虽已只剩了声，没有了韵，而不成一独立音，但古来是成独立音的，至于各种泰语中有些甚复杂的不独立音的词前节，只有汉语才把词前节从甚早的时代落得干净。第二是：无语尾变化，而以“虚字”代印欧语中流变作用（Inflexion）。但西藏语之动词有类似流变者。汉语在春秋战国时，代名词亦偶有“吾我”、“尔汝”之别（“吾”、“尔”主位，“我”、“汝”受位，《论语》、《庄子》各书中例甚多，此系胡适之先生及珂罗倔伦先生不谋而合之发见），西藏语之语尾追加词亦有很不像是虚字追加者。第三是韵色：韵色在齐梁时始有四声之标明，现在中国北部有四，中部有五，广东有九（或云尚多，此须细研究后方可论定者），西藏语在始著文字时尚没有这个，而现在的方言中有，但用以别古来本不同音，而现在变做同音之词，大约这个性质之发展，正是因为音素趋少而生的。就以上三事看去，我们已经可以约略看出汉语是在这一族中进步最剧烈的，固有的若干文法质素现在尚可在西藏等语中找到者，在汉语均早消灭了痕迹。现在的汉语几乎全以虚字及“语序”为文法作用，恰若近代英语在印欧语中一样，改变得几不是印欧语旧面目了。中国语言的位置大致这样。

中国文字完全另是一回事。古来研究中国文字学者，常常好谈造字之本，这是非常越分的举动。文字的发明和其进化成一个复杂而适用的系统，是世界文化史上顶大的事件之一，虽以印加斯（南美文化最高之国，美洲发现后灭亡）文化之高，有很多地方和旧大陆相埒，竟没有文字。离它不远在中美洲的墨西哥故国虽有文字，而甚朴质。至于旧大陆上文字之起源，目下的知识全在暗中，我们现在所能找到的最早的埃及古文、美索不达米亚古文（苏末古文），虽然现在人以自己的观点看去是些朴质的文字，其实这些古文已经是进化上许多世代之产物了。西方文字的起源虽无材料可考（此指埃及美索二地论，如希腊多岛海及西班牙各地遗留原始文字，应另论），然我们知道历史上及现在世界上的一切字母，除甚少例外如日本等，皆出于一源，白赛米提族出来的一源。虽现在各系字母如此不同，然学者业经证明印度各字母以及从它分出的西藏南亚洲各字母皆出自南赛米提，畏兀儿、蒙古、满洲皆是叙利亚文教东来带来的，而希腊、意大利各字母之出于腓尼基等人民之殖民，更不消说。独自凭空创造文字，发明字母，历史上竟无成例，可见文字创造之艰难。至于中国文字是否也在这个世界的系统中，或者是一个独立的创作，我们现在全没有材料证实证虚。如保尔（O. S. Ball）之论，以文字及语音证汉字与苏末在远古的关系，其中虽有几个颇可使人惊异的例，不过此君的亚叙里亚学未必属第一流，而又不识中国古音，且用了些可笑的所谓中国古文，故弄得此书上不了台场。但这层关系并不能断其必然，且近年安得生君在北方发见新石器时代物中，许多式和西方亚细亚近中出现者绝同，是史前时代中国与西方亚细亚有一层文化接触的关系，或民族移动的事实，非常的可能，因此而有一种文字系统流入，迁就了当地语言，成一种自己的文字，也不是不许有的，不过这层悬想只是悬想，目下还没有供我们入手解决这个问题的材料。中国文字最早看到的是殷朝的甲骨刻文，近年在安阳县出土者，这里边的系统已是很进步的了，所谓“物象之本”之文，及“孳乳寖多”之字，都有了。果真这系统不是借自他地，而是自己创的，这真要经过数百年乃至千余年了。从这么进步的一个系统中求文字之始，和从秦文中求文字之始，差不多是“以五十步笑百步”，因为殷文、秦文中之距离还要比殷文和文字原始之距离近得多着呢。

中国文字本有进步成一种字母之可能，盖形声假借都是可由以引出字母之原动力（即以欧洲字母第一个论，A［∀］形则牛头，读则阿勒弗，赛米提语“牛”之义。这个象形的字后来为人借来标一切的“阿”音，以下字母均仿此。又如楔形文字用以记亚叙里亚波斯古语者，每每一面记声，一面附以类标，颇似中国之形声）。或者当时没有这层需要，又因这个非字母的文字发达到甚完备的地步，且适宜于笼罩各方的读音，所以虽然梵文入了中国便有反切，却不生字母（三十六字母实非字母，乃声类而已）。这个非标音的文字（只就大体言其非标音）最初自然也是用来记言，但以非标音之故，可以只记言辞之整简而不记音素之曲者。更因这个原故，容易把一句话中的词只拣出几个重要的来记下，而略去其他，形成一种“电报语法”。又或者古来文书之耗费甚大，骨既不见得是一件很贱的东西，刻骨的镞石或铜刀尤不能是一件甚贱的器具。不记语音之一件特质，加上些物质的限制，可以使得文书之作用但等于符信，而不等于记言。

中国最早文书之可见者，是殷代甲骨文，文法甚简。我们断不能从这里做结论，以为当时的语言不复杂，因为甚多的文法助词及文法变化可因这种记载法省略了去。又假如殷商之际是一个民族的变化，殷周非同一的民族。不说一种的语言，周人固可把殷人的文字拿来写自己的话，只要向殷人借用了若干文化名词，如日本语中之音读字，便可把这层文同语异的痕迹在千年后研究书缺简脱者之心中泯灭了。这个可能的设定，固是研究中国最早语言的一大难题，且这样文字的记言，大可影响到后来著述文中之公式及文法。譬如《春秋》一书，那样的记事法，只是把一件事标出了一个目；又如《论语》一书，那样的记言法，只是把一片议论标出了一个断语，岂是古人于事的观念但如《春秋》之无节无绪，古人于言的观念但如《论语》之无头无尾，实在因为当时文书之用很受物质的限制，于言于事但标其目，以备遗忘，其中端委，仍然凭托口传以行。所以事迹经久远之后，完全泯灭，而有公羊之各种推测；话言经流传之后，不能了解，而有“丧欲速贫死欲速朽”之直接解释，成了“非君子之言”，须待有若为之说明原委（此节出《檀弓》，然与《论语》“礼与其奢也宁俭，丧与其易也宁戚”应有关系）。这正因《春秋》之著于竹帛，作用等于殷人之刻事于骨片之上，《论语》之记录方法，等于子张之书所闻于绅，绅上是写不出长篇大论的。若我们因为看到《论语》甚简，以为当时话言便如此简，是错误的：第一，语言本不能如此简，简到无头无尾，不知所指。第二，孟子生去孔子时不及二百年，孟子的话已经有那样的鱼龙曼衍，二百年中，并无民族的变化，语言决不会有这样大的剧烈变化。所以战国的文书之繁，当是由于文书工具必有新开展，竹帛刀漆之用比以前贱得多，所以可以把话语充分的写下。若春秋时，除去王公典诰之外，是不能享受这种利益的。最初的文书因受物质的限制而从简，这种文书为后人诵习之故，使得后人的文言中竟模仿这一种的简法，于是早年物质的限制，及非标音之性质，竟成了影响后人文法的大力量。试看《尚书》中比较可信的几篇，语法甚复杂，战国时专记语言的子家，语言也很漫长（如《庄子》中数篇及《孟子》等），只有从荀卿子起，才以诵习诗书经传成文章，汉儒更甚，荀卿汉儒的文章在语法上是单简得多了。这岂不是古来因受各种限制而成的文书上之简词，影响到后人，变为制作的模范呢？虽直接所影响的本来不过是文言，然文言散入一般语言内之一种趋势，随时都有，于是这个影响以这样的间接作用而更散入一般语言中，成为一种使语成简之力量。汉字虽和汉语是两事，然汉字之作用影响到汉语，有如这样子的（如《论语》“君君、臣臣、父父、子子”，上一词是动词，下一词是名词。又如《荀子》“信信信也”，第一字是动词，第二字是名词，第三字是容词而为“指言”［Predicate］之用，如果当时人说话便把这三个字读成一样，恐怕没有人懂。然书写上既无分别，后来至少在文言中见其合同的影响）。

如上所说的，我们已经可以看到，中国文学和中国文字的关系甚少，虽有不过是间接的，而和中国语言竟可说是一事。虽有时觉得文自文而言自言，但这究竟是蒙在上层的现象。文学的生命即是语言的生命，若文学脱离语言而求生命，所得尽多是一个生存而已。我们既推到这一层，则语言中有几种要分别的事件，为作文学定义之前提，应先叙说一下：一、方言；二、阶级语；三、标准语；四、文言；五、古文。

语言永远在变动之中，儿女学父母到底学不全像，而口和喉又有甚多个细密而极复杂连贯着的筋肉，可以助成一套一套层出不穷的“物质习惯”。又因环境的不同，及人类处理环境之手段有进步，各族的语言都有趋于表面简易，内涵充丰之形势，而这形势所由表示者却不同路，所以百年之内，千里之间，一个语言可以流成好些方语。语言永远是分化的，只靠交通、政治、教育来抵抗这个自然趋势罢了。语言自己先不能成刻板样的，再加上古往今来，各民族离而合，合而离。亲属隔远了，弄到彼此不了解，至于两个民族的接触或混合尤其容易使语言作深远的改变。若不有这几层事实，世上那有若许多语言？在一族中，今之所谓不同之语，在本来也仅是方言之差别而已。方言之别与语言之别本没有严整的界限，我们现在解释方言如此：一种语言循地理的分配表示差别者，而这样差别使人感觉到语言或名词系统上颇不相同，各为一体，然并非独立太甚者，则这些不同的一体皆是方言。这不是一个新观念，扬子云之所谓方言大略亦只如此。语言之变不仅因地，亦且因人，从人类有政治的历史以来，直到现在，把苏俄算在内，永远是阶级的社会，虽然东风压倒西风，或者西风压倒东风，古今中外颇不是一个公式，不过永远有在上层者，有在下层者。现在寻常指摘人的话没道理，便说：那是“下等人的话”，其意若曰，上等人的话自另一样。又如“乡下人的话”、“买卖话”、“洋泾浜话”、“流氓话”，乃至那个又像郑重又觉好笑的“官话”一个名词，都显然表示语言因人之阶级而不同，我们自己说的话断然和我们不同职业的邻人不同。譬如，我们和一个人谈上一刻钟，差不多要知道他的职业之类别了，这都是显然指示语言因阶级而生差别的。有个西洋人说，男人的话和女人的话家家不同，这固是象征主义的说法，然男子的话朴直些，女子的话感情的成分多些，是颇显明的（看Jespersen所著*Language*）。又就文学史的史实说，何以词的话和诗的话不同？挪诗中话做词，或挪词中话做诗，何以均不算合规则？欧阳永叔、苏子瞻等在诗里和在词里何以不说一种话？这正因为诗里的话，是诗人奉之于先、持之于己的话，词在原始是当年歌妓的话。欧阳永叔、苏东坡做起诗来，是自己，做起词来，每每免不了学歌妓的话，或者是对歌妓说的话。语言既因人之阶级而不同，则不同阶级的人聚在一块儿说话，何以折衷呢？于是自然有一种标准语的要求。这种标准语也许即是一种纯粹的方言，并是一个阶级中话，如所谓“京话”，即是北京的方言，又差不多是北京的中上流社会所说者。也许并不是纯粹的方言，又不是一个特殊阶级的话，而是一种就某某方言混合起来，就某某阶级打通起来的话，如德国现在所谓“受过教育的德意志话”，既非维也纳，又非柏林，更不能是撒克森、西南方等，只是以文学与教育的力量，造成的一种标准语：舞台的话，教书匠的话，朝廷的话，拿来以为凭借而生者。虽然，这种标准语也自高地德意志方言出，当年且“不下庶人”，不过现在已经看不出它的方言性，并且不甚看得出它的阶级性了。制造标准语之原动力，第一是政治，朝廷的话永易成为标准话。不过若一个国中统治者与被统治者异族，而统治者之族文化低，人数又少，则统治者难免以被征服者之话为朝廷话，所以中国的“官话”，虽是清朝皇帝也用这话，究竟是明朝北方的汉话，不是满洲话，只有太平洪天王才以“启示”知道满洲人造了“官话”（见他的诏书）。或者一个朝廷太不和人民接近，则朝廷的话也不能成为标准话，清后叶赫那拉氏和李莲英的话何尝有影响在宫外呢？但是，虽有上几项之限制，统治者阶级的话，总是易成标准话之根据的，所以今之普通话，在当年叫做官话。第二是宗教，如罗马教于拉丁语，喇嘛教于吐蕃语，竟把他们的标准语加到异族身上。第三是教育，教育匠的话容易成为标准话者，正因为这。例如中国各地的语音，均有话音和读音的不同，在西南各方言中，话音甚和官话不同者，读音每每较近。正因为话音是在一个方言中之直接传受，读音乃是受多数教书匠出产地的方音之影响的（如我家乡［山东西部］读无字如 wu，读未字如 wei，在说话里无如 mu，未如 mie，犹未随明微二母之分，于古尚为接近。在比较纯正的“官话”区域中尚如此，其他可知）。近年来南洋的中国学校儿童能说普通话，正是此层的例证。第四是文章，漂亮的社会中所说的话，时髦的人们所说的话，容易引起人的模仿，尤其在年少的人中，所以戏剧的话，在法、德、英等国均有重大的影响，吴语中上海、苏州两个方言所有之名词，也能四布，从清朝末年，吴语即有势力了。标准语之创造者，不仅是社会的力量，也每每是个体文人之功绩。人们通常知道摩李耶对近代法国语言如何重大贡献，十八世纪晚年几个德国大作者如何形成次一世纪的德国话，斯盆沙、莎士比亚等如何完成艺术的英国语。大诗人、大剧家、大著作者，不把语言化得不成了语言，而把语言化得既富且美，既有细度，又有大力，当时人和后人免不了把这些华表作为典型。于是个人的话，成为标准话了。

标准话还纯然是口中流露的话，再进一层，成为一种加了些人工的话（即是已经不是自然话），乃有所谓文言者。此处所谓文言即如德国人所谓Kunstsprache，Kunstprosa（然此处所论自当不以无韵文为限）即是文饰之言，亦即和《易翼》中所谓“文言”一个名词的意思差不多，并非古文，这是要预先声明的。一个民族有了两三百年的文学发生，总有文言发生，一面是文饰之言，一面又是著作之文，如谭摩斯登诺斯之希腊语演说，西塞路之拉丁语演说，并不是雅典和罗马的普通话，或标准语，而是他们造作的文言。这些都是拿来说的，所以文言还是言，然而不是纯粹的言，自然的言，而是有组织的言了。又若罗马大将军恺撒东征凯旋入罗马，告元老及众人说Veni，Vedi，Veci（我往矣，我见之，我克之）三言既属双声，又是叠韵，这和齐梁间有人嫌床小，说：“官家恨狭，更广八分”，连用叠韵，有甚么分别？自然流露的话不会这样子的！大凡标准语之趋为文言，由于三项要求：一、音声之和谐，所以散文里有了韵文的规律，韵文里更极端用声调的布置。《诗经》的词语本不是甚修整的，然日照丁以此发见其中很多细密双声叠韵及他样音声的和谐，诗歌本有这个自然要求的。又若沈休文对于诗要求的四声八病，并非古文的要求，乃是文言的要求。二、形式之整齐。字的数目要多少相当，不能长短差别太支离了，又不能完全一般长以成单调，而又要有些对仗，以为层层叠叠的作用，若有音乐然。三、词句之有选择。文言不是肯把一切话语都拿来用的，而要选择着以合于作者自己的“雅正”。这当选择不必是用成语，虽然在中国因为诵书为文之故，有这个要求，而在欧洲之文言中，每每恰和这个要求相反，把成语和俚语一体洗刷的。四、文辞的铺张和文饰。在自然语言中所不能下的这些工夫，在这里边因为艺术化之重，可得发展，使人们觉得文自是文，话自是话者正因为这层。这个文和话分别的感觉，在西洋近代各大国都有的，他们和中国所差者，只缘中国文中的铺张和文饰是承汉赋骈文的统绪，范围甚狭，而又把这个狭的范围做到极度罢了。统括以上所说的四层，我们可以说：由标准语进为文言，浅的地方只是整齐化，较深的地方便有同于诗歌化者，诗歌正是从一般话语中最早出来最先成就的一种艺术，一种文言。

语言变到文言还不止，还有古文一层。古文和文言的分别如下：文言虽文，到底还是言，所以人们可以拿文言作讲话的资料。西塞路、恺撒、齐梁间人（如上举例）、李密对窦建德的话（窦建德对李云“与论相杀事，奈何作书语耶？”）、近代萨笼中的善知识、善男人、善女子，好把话语中说成格调语（Epigrams）者，一切等等。然而古文的生命只在文书及金石刻上，虽有时也有以古文讲话的，如罗马加特力教的神父以拉丁语讲话，但这样的话实在不是和一般话语同作用的话，所以这事并不能破这例。西洋的古文每是别国古代的语言，经不少的流变而成者，亚西里亚的古文是苏末语，拉丁文自嘉洛林朝而后渐渐成所谓“腐败拉丁”，这样拉丁恰是中世纪以来学者公用之古文，若把西塞路、恺撒唤活来，不懂得这是什么话。又如蒙古的古文是吐蕃经典语，而这语又是造作来翻译梵经的一种文言。因为中国语言的寿命极长，在所谓禹迹九州之内，三千年中，并没有语言的代换，所以中国古文在来源上仍是先代的文言，并非异国的殊语。然而自扬子云以来，依经典一线下来之文章变化，已经离了文言的地步而入古文了。

以上泛说这五个重要名词的分别，以下单说中国语言文学中这五件不同的事。方言和阶级语是不用举例的，方言和阶级语可以为文学的工具，并且已经屡屡为文学的工具，也是不待说的。至于标准语进而为文言，文言的流变枯竭了而成古文，要循时代的次叙去说明白。中国语最早写成文字，现在尚可得而见者，有殷刻文，金刻文，有《尚书》。殷刻文至多举一事之目，不能据以推到丰长的话言。《尚书》中之殷盘尚有问题，若《周诰》则多数可信，《周诰》最难懂，不是因为它格外的文，恰恰反面，《周诰》中或者含有甚高之白话成分。又不必一定因为它是格外的古，《周颂》有一部分比《周诰》后不了很多，竟比较容易懂些了，乃是因为春秋战国以来演进成的文言，一直经秦汉传下来的，不大和《尚书》接气，故后人自少诵习春秋战国以来书者，感觉这个前段之在外。《周诰》既是当时的话言之较有文饰者，也应是当时宗周上级社会的标准语，照理《诗经》中的《雅》、《颂》，应当和它没有大分别，然而颇不然者，固然也许西周的诗流传到东周时字句有通俗化的变迁，不过《周诰》、《周诗》看来大约不在一个方言系统中，《周诰》或者仍是周人初叶的话言，《周诗》之中已用成周列国的通话（宗周成周有别，宗周谓周室旧都，成周谓新营之洛邑，此分别春秋战国时尚清楚）。为这些问题，现在只可虚设这个假定，论定应待详细研究之后。“诗三百篇”最早者大约是在康昭之世（《周颂》之一部分和《大雅》之一部分），最迟者到春秋中世，虽《诗经》的语法，大体上自成一系统（其中方言差异当然不免），并不和后来的《论语》、《国语》等全同，但《诗经》和《论语》、《国语》间似乎不有大界限。《论语》中引语称《诗》很多，举《书》颇少，虽说《诗》《书》皆是言，究竟有些差别。《诗》在儒家教育中之分量，自孔子时已比《书》大得多了，这也许是使《书》的辞语更和春秋战国的标准话言相违的。春秋末战国初，始见私人著述，现在可得见之最早者，有《论语》，有《国语》（《左传》在内，其分出是在西汉末的事，此问题大体可从“今文”说。详论《国语》节中）。《论语》称曾参曰曾子，大约成书在孔子死后数十年。《国语》称毕万之后必大（今已割入所谓《左传》中），记事下至智伯之灭，又于晋国特详，大约是魏文侯时人，集诸国之语而成之一书，故曰《国语》（说详后）。这两部书的语言，我们对之竟不佶屈聱牙了。虽然《论语》里还许保存些古式，或方语式的语法，如吾、我，尔、汝之别（《庄子》亦有此别），但大体上究无异于战国的著述中语言。虽然《国语》中（合《左传》言）也保存了些参差和孤立语质，但《国语》既与战国末著作无大不相通之处，且又已经是很发达的文言了。继这两部书而后者，如《庄子》中若干可信之篇，如《孟子》，凡是记言之篇，略去小差别不论，大体是一种话。这时节出来的书策，无论是书简中语，如乐毅报燕惠王书，鲁仲连遗燕将书，或是简策上著录的口说，如苏秦、张仪、范雎等人的话言，也和《国语》、《论语》及记言的子家，是一系。战国晚年，有了不记言而著作的子家，文言的趋势因不记言而抽象的著作之故，更盛了，但究竟还和战国初年著作在言语上是一绪的。这样看来，在春秋战国时，中国黄河流域的语言，西括三晋，东包鲁卫，南乃影响到楚北鄙，中间招着周、郑、陈、宋，已成一个大同，必有一种标准语，为当时朝廷大夫士所通用，列国行人所共守，而著于书策上的恰不免是这一种标准语，于是文言凭借这标准语而发达。《国语》、《老子》固是文语发达之甚者，一切子家也都带些文语的气息，可于他们的文辞之整齐、修饰、铺张上看出。中国的经传多属这个时代，所以这时代著文时所用之语言竟成了后代当作仪型的传统语，是不能见怪的。现在把这段意思分为下列几个设定（Hypothesis），盼诸君读书时留意其证据或反证：

一、《周诰》中所用的话，在春秋战国著书中语言所承之系统之外。

二、“诗三百”篇中的话言，如《国风》，大体上自应是当时的俗话；如《小雅》，大体上自应是当时的官话；如《鲁颂》、《商颂》及《大雅》的大部分，自应是当时的制作中标准点，已渐有文语之趋势。把这些略去枝节而论，并无大别于战国初年以来著书者。

三、春秋战国时，各国都有方言，但列国间却有标准语，这个标准语中哪国的方言占成分多，现在无可考了。儒是鲁国人的职业，孔子弟子及七十子后学者散在四方设教，或者因这层关系鲁国的方言加入这个里面者不少，也未可知。

四、《国语》是很修饰了的文言，《论语》不至这样，但语法之整齐处也不免是做过一层工夫的。至于战国子家以及《战国策》所著录的书辞，和说辞，都是据标准语而成之文言。其中文言的工夫也有浅深的不同，如《孟子》整齐铺张，犹甚近于言，《战国策》比较文些了，《荀子》更文，这都不能是纯粹的口语，因为在它的文辞中看出曼衍雕琢来。

五、为什么战国时的著述都是艺术语（Kunstprosa）而不是纯粹的口语呢？这因为古来的文书，除去政府语诰只是记话言，书写之作用只是做一种传达及遗留的“介物”外，凡涉及文书者，不论国家的辞令或个人的述作，都有“言之而文”的要求，所以在述作开端之时，即带进了艺术化，“文言”正可解作“话言的艺术化”。

六、且不止此，春秋时大夫的口语调及国际间的词令，也有“文”的倾向。如《论语》，“诵‘诗三百’……使于四方，不能专对，虽多，亦奚以为”，“不学诗无以言”。《左传》僖二十三，“子犯曰：吾不如衰之文也，请使衰从。……公子赋河水，公赋六月”。这些地方，都可看出当时在口辞也要文饰的，至于写下的必更甚。《论语》“为命，裨谌草创之，世叔讨论之，行人子羽修饰之，东里子产润色之”，这竟成了佳话。而屈原以娴于辞令之故，议号令，对诸侯。所以在《左传》、《战国策》上所载各种的应对之辞，书使之章，有那样的“文”气，虽不免是后来编书者整齐之，然当时话言固已“文”甚。然则在这风气中，诸子百家开始著作，所写者必是一种艺术化了的语言，又何可怪？

七、汉初年的词令仍是《战国策》中调头，上书者和李斯没有什么分别，作赋者和楚辞齐讽不能不算一气。且西汉方言之分配仍可略以战国时国名为标（见《方言》），而西汉风土仍以战国为分（见《汉书·地理志》）。邹阳之本为战国人者，可不待说。即如贾谊、枚乘，战国气之重，非常明显；虽至司马长卿，文辞仍是楚辞之扩张体；至司马子长，著作还不是《战国策》、楚汉、《春秋》一线下来的么？这些仍然都是文言，都不是古文，因为他们在文词上的扩张，仍是自己把语言为艺术化的扩张而已，并不是以学为文，以古人之言为言。即如司马长卿的赋，排比言词，列举物实，真不算少了。虽多是当代的名物，引经据典处真正太少了。这样的文词，并不曾失去口语中的生命，虽然已不能说是白话（汉赋中双声叠韵联绵词皆是语的作用，不是文的作用，又长卿用屈宋语已多，但屈宋去长卿时仅及百年，不为用古）。

八、自昭宣后，王子渊、刘子政、谷子云的文章，无论所美在笔札，所创作在颂箴，都是以用典为风采，引书为富赡。依陈言以开新辞，遵典型而成己体。从此语言和文辞断然的分为两途，言自言，文自文。从这时期以下的著作我们标做“古文”，古文没有话的生命。此说详见第三篇《扬雄》章中。

附论　语言之变迁与文学之变迁

假如语言起了重大的变化，会不会文学随着起重大的变化呢？自然会的。且就目前的形势而论，近年来白话文学之要求，或曰国语文学之要求，实在因为近数百年北方话中起了重大的变化，音素剧烈的减少，把些原来绝不同音的字变做同音了，于是乎语言中不得不以复词代单词了，而汉语之为单音语之地位也就根本动摇了。这么一来，近代语已不能保存古代语法之简净（Elegance）而由传统以来之文言，遂若超乎语言之外，则白话的文学不得不代文言的文学以兴，无非是响应语言的改变。若语言不变化到这么大，恐怕人们以爱简净（Elegance）和爱承受的富有之心，决不会舍了传统所用既简净又丰富的工具。文学与语言之距离，既要越近越好，即是不如此要求，也免不了时时接近，偏偏语言变化得如此，对于遗物遂有不得不割爱之势。若不是语言有这么大的变化，恐怕现在的白话文学也不过是唐宋人词的样子，词单而质素丰富的话，读出来能懂，又为什么不用它呢？说所谓官话的人，感觉国语文的要求最大，因为官话和中世纪话太远了，粤语之变并不如此远，或者说粤语的人感觉这种需要也不如北方人之甚。“若是大家可以拿着广韵的音说话，文言

即是白话，用不着更有国语的文学。”（赵元任先生谈）

假如文学起了变化，会不会影响到语言，文学影响语言只是一种“文化的影响”，这个影响是较浅的。文学凭借语言，不是语言凭借文学，所以语言大变，文学免不了大变，文学大变，语言不必大变。

三　成文的文学和不成文的文学

假如我们只看中国的文学史，免不了去想文学自然是文明的出产品，民族有了文字以后才有了文学的要求，愈演愈富，皆是借文明的进步供给它资料、感觉、方式和主率力的。又假如我们去看埃及、巴比伦一带地方早年文学的发生，也免不了觉得文学之生出于有了文字以后，先凭文字为工具，为记载，为符信，而后渐渐有艺术的文辞从官家文章巫师文章中出来。那么，我们或者要作一个结论，去说，文学是文明的出产品了。然而假如我们把范围推广些看，看几个印度、日耳曼民族的早年文学，这样子就全两样了。印度最早的文辞是维代诗歌，那时节白印度人尚在迁徙游牧时代，未曾有文字。这些东西虽然宗教性很大，却已是成熟而有动荡力的文学。希腊见存文学开始于荷马的两篇歌诗，都是有文字以前的口中作品，写下来是后来的事，这两篇诗永远是欧洲文学的一个至大宝藏，每一次的好翻译总发生一段影响。又看北欧民族在中世纪的样子，他们带着好些从东北，从伊斯兰岛，从极北的芬兰，从中欧洲的树林，乃至从莱茵河两岸，出来的无限神话和故事拼合起来的长诗，野蛮供给他们这些文学，文明在当年即是基督教，却只供给他一部经，而摧灭这些文学。又看中世纪的欧洲文明尚不曾感化了野蛮人时，各地的新来入寇的北狄和本地人合起来出好些侠歌，南至意大利、西班牙、法兰西，一律作这些义侠情爱的诗篇，基督教在当年即是文明的代名词，并管不了他们什么。甚至后到十七八世纪所出产的《风歌》（*Ballad*），还不都是早年野气的遗留吗？史诗固因文明演进早已下世，这些《风歌》也随科学商业共和民主国而亡了，且这现象不仅限于诗歌，即如小说，像当西哥特那样题目，近代当然也没了。再下一世论，十八九世纪之交出来一个所谓浪漫运动，这个运动至少在德国可以清清楚楚看出来是要求返于文明以前的感觉的。甚至到了十九世纪之中年，中世野诗《矮子歌》（*Nibelungenlied*）仍给黑伯儿（Friedrich Hebbel）、易卜生（Henrik Ibsen）、瓦歌纳（Richard Wagner）一个新动荡。这样看来，岂不是大文学反是野蛮时代感觉的出产品，随文明而消失它的大力吗？上面两个相反的现象，实在靠着一个民族自己发明文字与否而差别。自己发明文字的民族最初只用那文字当实用的工具，不曾用他当做书写文学的材料，到了文字之用可以被波及记录文学时，早年“野蛮”时代的真文学已经亡了。而印度、希腊、北欧民族是向先进民族借来文字的，待借来的文字用到记录这些先于文字的文学时，这些文学还不曾全散失。《周书》、《周颂》之前中国总应有些神话故事歌词，后来随文明而湮灭，这是自己发明文字者之吃亏处。

这样看来，文字之施用不是文学发生的一个必要条件，前乎文字固有大文学，当有文字的期间一切民歌故事也都在民间为不成文的文学。

且不止此。文字发明以后，反而给大力量的文学一种打击，使得它离去人们对于文学最自然的要求，而给文学若干的桎梏，使它作畸形发展。诚然，若没有文字的发明，把口中的文学变做纸上的文学，若干文体是不可能的，若干文体虽可能而也不能充分发展的，文学的技术不能有我们现在所见的那样细密的，文学的各种作用不若有我们现在所得的那样周到的，但也不至于失去语言之自然，性情之要求，精灵之动荡，一切人们之所共觉，而徇于这些小小精巧，那些小小把戏。文字固曾给文学一个富足，然也曾向文学取去些实质，算起账来，是得是失尚不易作为定论。那么我们若说文字发明是世间文学史上一个不幸事，虽像矛盾，或者过度，也或还成一调罢！

那些前于文字的“野蛮”文学究竟有些什么好处？这本是些主观的事，各人的欣赏原不同，但在这里也不妨说我的几句主观话。文化只增社会的复杂，不多增加社会的质实。一个民族蕴积它的潜力每在享受高等的物质文化之先，因为一个民族在不曾享受高等的物质文化时，单简的社会的组织，即是保留他的自然和精力的，既一旦享受文化之赐，看来像是上天，实在是用他早岁储蓄下的本钱而已。中国的四邻和中国接触无不享受文化，结果无不吃亏，只有日本人不曾吃了不救的亏，或者因为日本人到底未曾为中国化入骨髓。日耳曼人和罗马人接触，便吃了一个大亏，突厥人和东罗马人接触更吃了一个大亏。一个新民族，一旦震于文化之威，每每一蹶不振。若文化只能化了他的外表，而他的骨肉还能保存了他早年的“野蛮”，然后这个民族必光大。凡事皆然，文学其一。在不文时的文学中，力胜于智，重胜于巧，直胜于曲，质胜于表，斗力者人道之厚，斗智者世道之薄，重而直者可为刚大，巧而曲者难有后世。人情不以文不文分，则不文时之文学固犹是这个人情，粗细却以文不文分，则既文时之文学固然以细而失其直，以妙而失其壮，职业的文人造作上些不自然的物事，乃以微妙（此语系译英语之 Subtleties）布置之，完成之，而说这是深远，这是精练。这样至多可以为《哈母烈》（*Hamlet*），固可以为《佛斯特》（*Faust*），而不可以为荷马的两大歌诗和北欧各族的史诗。这些初年文学中，人情本真，而有话直说，铺排若夸，而大力排荡，以神话为灵，以不文之人性为质，以若不自然者为自然，人生之起伏扬落固已备，世间之波荡离合固已显，若要说道理，说本义，便直说出来，如早年基督教画图。这已是大文学，又何取乎清谈客室（译"沙龙"一词）中之妙语，精妙小小的舞台上之巧技，以成其全？犹之乎建筑金字塔者，不取乎塔影以成建筑术之美，制和乐者，不模仿一切物之声以成音乐家之备。若在文学成统，文人成业，文章成法，"文心"成巧之后，所增加者总多是些诡情曲意，细工妙技。刻工细者每失一物之轮廓，绘画细者，每遗一像之神采，其能在后来繁杂精工的技术大海中摆脱了不相干，依旧振作不文前之意气，不拘束于后来之樊笼者，即是天才，即是大作家。然则不特不文前之文学是真文学，即文后之文学还不免时时返于故地，以为精神，其能在文了的文学中保持不失不文时的意气者，乃有最大排荡力。文学进化不是等于建筑上天之台，一往的后来居上，乃是时时要从平地盖新屋，这平地还须最好是天然的土田，如果在一片瓦砾古迹之上，是没有法子打地基的。

那些在已"文明"了的社会中之不成文的文学有些什么好处？这又是个主观的事，各人的欣赏原不同，但我也就此说几句主观的话。小儿在母亲和奶妈手中，最欢喜听神话鬼话，稍大些，最欢喜父母长者讲故事。更长则自己探奇闻去了。教育他的，强以例如陆士衡文、李义山诗一流的东西给他欣赏，恐怕大多数人在这样情景之下是永远格格不入的，很少的"可儿"渐渐上了这一套，所谓雅正的欣赏乃开始了，其实这真是戕贼杞柳以为杯棬，他们在先的好听神话故事奇闻乃是真的文学要求，无名的诗人和艺术家，十口相传，供给这个要求，以存于一切古文、今文的压迫之下。文学不离众人，则文学不失众人之伦，文学用于赤子，则文学不失其赤子之心。原来欧洲的文学界也不留意这些东西的，及前世纪之中，哥里母兄弟始集德国一带的家庭和小儿故事，从此各国效仿，在俄东所得的尤多且可宝，丹麦人安得生又自造些小儿故事，继之者不止一方面。如果文人要卖弄聪明的话，何不择这样的地域去制作。

中国古代必不少绝好的神话故事，但现在多半只可凭《天问》、《山海经》知道些人名地名和题目而已，其中的内容久已不见，如鲧禹故事，地平天成，正是中国的创世纪，今则有录无书，多么可惜！

至于民间故事童话，尚有很多可搜集者。搜集固是大业，若能就故题目作新创作，也是佳事。现在的文风每是描写中国人的劣根性，或是模仿西洋人的恶习气，有能付给那些固有的神话故事题目一个新生命，付给那些尚在民间的童话俗语一个新运动者吗？我醒着睡着都找他！

四　文人的职业

有歌曲必有歌者，有绘画必有画师，有文学必有文人，歌者，画者，文人，以及一切的艺术家，虽他自己要表达客观的境界，要说"实在"的话，但总是他自己的境界，他自己的话，这都是一个无量数方面的。物理学者虽然只有一个境界，而诗人和艺术家则因自身和环境互相反应之错综，有无量数之境界。惟一的然后是客观，多方面的必定由主观。所以谈一种文学，便等于谈该一种文人，拿文苑传当做文学史看，未尝不是，只是历来的文苑传都是依最形式的方法写的，正不能借此看出这些文人的实在罢了。

一个文人的成分是无限东西凑合的，以前的祖祖宗宗好些零碎，同时的东西南北又好些零碎。姑且约略来说，第一，他是个人；第二，他是个当时的人；第三，他是个在职业中的人。第一，文可不必谈，因为太普泛了，但我们还要提醒一句，因为文人是人，所以文学中最大的动荡力是情爱和虚荣心了；第二，我们在下一节中商量；第三，正是我们在这一节中说的。

文人的职业是因地有些不同的。譬如中国历代的文人大多数是官吏，西洋近代的文人，好些个不过是个国王或贵族的清客相公，而大多竟是优倡或江湖客而已。他们的职业成就他们的文学。十七八世纪的文学是贵族养他，近百年中是社会养他，所以十七八世纪的书籍，每每致于贵族，最近的书每每致于他的妻和友。又如唐诗和宋诗，真正不是一样的风格，也不是一样的题目。中晚唐的诗人，除韩、白几个人以外，都是枢臣节使的掾史或清客，所以所做的诗无论是藻饰的或抒情的，自咏的或赠给人的，每每带着些书记翩翩的样子，现出些华贵的环境，露一点逢场俯仰的情绪。在这个情景中，我们显然看出当时的文人不是贵族社会的自身，而是在贵族式的社会中做客。风气先已如此了，便是真的贵族，做起文辞来，便也不免是这个样子了。所以唐诗在大体上说去是说客人的话，为别人作诗的话（杜少陵大体不这样，然李太白却不免）。到宋朝便没有诸侯式的方镇了，没有食客做了，文人多要去做皇帝的官了，做官比做客在当时实在独立得多，自由得多，所以用不着说话给府主听，只由着自己的性儿，说自己的话好了。文人自成一个社会，在这社会里文人是主人。所以像山谷后山，那类的诗，那类文人社会中的诗，绝难出现于中晚唐时府主的社会中，所以宋诗在大体上说是说主人的话，作自己的诗。举这一个例，以概括其他无数的例。

在中国，古往今来文人的职业大略有四种：一、史掾；二、清客；三、退隐；四、江湖客。

中国文学的开头是官的。这句话仿佛像答晋惠帝的傻问，但，文学确有官的、有私的。中国的典册高文，例如箴、铭、颂、赞、符、命、碑、志等，是官的，西洋的荷马等是私的，近代的文学尤其是私的。官文不必即是当官者之言，只是一经沿袭一个官文的来源，便成一个官文的质实，所以历来所谓大手笔者，所做多是些官文，这些人有的也不过是布衣的。官文的来源起于史掾，这个名词本不很好，但一时想不出更好的来。经典时代所谓史之一职，与八代所谓掾之一职，合起来以概后世，故用这个名词。经典时代中所谓史，八代所谓掾，皆是给人做书记的。史掾的文辞，在原始上不过是工具的文辞。不能说是艺术的文辞，但公文有时也很有艺术性，特别在中国文学史中这个情形尤其显著。不特六朝的大文多是官文或半官文，即开中国文学史的《尚书》、《雅》、《颂》又都是官文。史掾的职业是执笔的臣仆，这个情形在最早的记载上已经看得很清楚，周代金文刻辞中常有下列一个公式：“王立中庭，呼史某册命某为某官。王若曰。……”所以史掾说的话是别人的话，他的作用不过是修饰润色而已。因为这样的职业是如此，所以这样的文章在最好时不过是“如黄祖之腹中，在本初之弦上”（汪中《吊马守贞文》）。这个职业在汉武帝以后尤大发达，枚乘司马相如的时代，文人的职业还只是清客，不是史掾（司马长卿曾为郎官使蜀，然还是清客的浪漫把戏，到王褒乃是个有秩位的官）。到王褒、谷永，文学改宗古典一派，而职业已不是客而是官；赋（此处但就京都一类之赋言）、诔、碑（私文而官气者）、论（此处但就符命一类之论言之，如“剧秦美新”，

“王命”等)、颂、赞、箴、铭等等体裁，都是在这个时候始发达官的文学，扬子云正是古典文学的大成就，同时也是官气文章的十足发达,《剧秦美新》之论,《十二牧》之箴，可以为例。东汉一代的文学，除诗乐府（民间文学）及史书（工具文学）以外，几乎皆是这一类的文，而文人也是在上则为列大夫，在下则举孝廉，辟郎官，直到蔡邕便是这一线的最高点。魏晋六朝大手笔固然多是些国家的典制，即到了排除八代以归秦汉之韩文公手中，如《平淮西碑》之“点窜《尧典》、《舜典》字，涂改《清庙》、《生民》诗”者，看看这个大文中之衣冠礼乐气象思路，又何尝不是官样文辞呢？不过散文谈官话究竟没有骈文谈官话之便当，坏事说成好事，寻常事说得有风度，所以诏令制诰永远是以骈文行之。直到了骈文的创造性早已消失之后，骈文中官文之一部尚能有花样可翻，如宋之四六，正是好例。而宋代的散文，得有骈文包办了官文去，自身还可免说官话，较自由些，故差有新生命了（其实宋代散文之进展依科举者甚大，这虽然也是一种官文，而与做史掾之官文不同)。

文人的第二种职业是清客。清客也是在王庭或诸侯卿相乃至富家士族之家中供奉的。但史掾与清客有个大不同处，史掾是用自己的本领做别人的工具，清客是把自己的艺术供别人之欣赏，所以同样是个做奴才，史掾表达的是别人，清客表达的还是自己，史掾是僚属，清客仍不失其为客人，史掾是些官，清客还不失其为艺术或方术之士。

战国时，梁朝稷下的那些先生们，大约都是些清客，其中固有专以方术见长的，也有特别以文辞见长的，例如邹衍、淳于髡。到汉朝则梁朝与淮南朝的清客最多，果然楚辞的好尚就在这个环境中成就，歌辩的体制就在这个环境中演进。司马长卿、东方曼倩在汉武朝中也只是清客，不能算做官，虽然不免于“主上所戏弄优倡所畜”，但究竟比执笔说官话的人可以多多自显性灵些。中国文学的好多缺陷，每每由于文学大多不自清客或江湖客来，这是比起近代欧洲来相形见绌的。本来清客只靠诸侯及世家贵族来蓄养，专制帝王的朝廷是比较难容较有自由的艺术家的，即使容许，一个朝廷也养不了许多，且一个朝廷更难得有两样的风气，而艺术风气统一了，每每即是艺术的死症。

文人的第三种营生是退隐，退隐虽不是“职”，却在甚多文人身上已经成了一种“业”，这一业与业官实在是一件事情的两面，进则为官，退则归隐，归隐仍是士大夫的身份。自然，隐居的人们也不全是一类，虽大多是退到林泉的，然也有退到林泉竟真归农的，也有是一生布衣未出过茅庐的。中国文学中甚发达的山林文学自然是这些人们成就的，这些山林文学的意境有的很是宁静的，有的很是激昂的，真隐士多是真激昂的，因为真的隐遁，非“带性负气”不可，这是朱文公说对了陶渊明的话，假的隐遁也可以认识些山林中的性灵，例如杜子美误认做高人的王摩诘之在辋川。

在中国，山林文学之发达和帝政很有关系，因为有这样的帝政，然后官多，然后退位的官多，然后官家子弟之在林下田间，可以凭借基业以欣赏文学者多，然后对于世务起了反感而深藏遗世者多，一统的帝政时代，清客之少，隐逸之多，当是一个原因；封建制度之下，正是相反的。

文人的第四种生活是做江湖客。江湖上的诗人文人，自古以来是很多的，只是因他们的文辞多上不了统治阶级之台面，所以我们不感觉着这些人的存在。虽时时代代多有这样的作者，而世过代迁每每留不下多少踪迹。敦煌石室卷子中给我们好些李陵、苏武的故事和诗歌，而不告诉我们以它们的作者；又给我们好多唐代的小说，汉土的佛曲，都不知作者。宋人的平话杂剧，亦不知作者；元明以来的长篇小说很多不知作者，我们所见近代的一切民间文学亦不知作者。这些东西中，自然也有些是好事的官们，清闲的绅士们作的，然大多总当是在江湖上吃闲、卖艺、说书、唱故事的人们所作的。这些众人中真有艺术家，因为只有他们乃是和倡优——这都是艺术家——同列的，乃不是士大夫，他们曾经以众人的力量创造了好些大文体，如楚辞、五言、七言、词、曲、杂剧、传奇、弹词、章回小说（详论在本书《文体之演化》一章中）。又出产了好些有力量的文辞，例如“古诗十九首”，所谓苏李诗、东汉乐府、唐人无名氏的词，以及直到近代一切通俗文学中的佳作。

其实上述四类也都互有出入，我们不能指每一文人单独的属于某一类。这样四种生活的交错，有个对称的样子，做官和做隐士原来只是一件事的两面，都是士大夫阶级，分别只在一进一退而已。做清客和做江湖客也只是一种营生的高低，都是方技的职业，分别只在一有府主而在上、一无府主而在下而已。做官和做清客又有相同处，便是他们都在上层。做隐士和做江湖客也有相同处，便是他们都在民间。这很像一个四角形的关系。

我并不想把这一部讲义写成一个唯物史观的文学史，且我反对这样无聊的时髦办法，但在讨论许多文学史的问题时，若忘它的物质方面的凭借，是不能辟入的。

因文人的职业之不同，故文人的作品有的为人，有的为己，有的为多，有的为少，职业是在客位者为人，在主位者为己，在上层社会者为少，在下层社会者为多。文人和其他人一样，焉能自脱于他在社会中所处的地位呢？

文学因时代的不同，每每即是文人的地位因时代的不同。在了解很多文学史题上，这个观点很重要，现在姑举一个例，即上文已经提出过的唐诗、宋诗不同之一事。

自从五言诗成诗体正宗的时候——建安——算起，文人的地位多数是在朝做侍从供奉，在外作一薄宦或靠府主为生的。他们虽不全是这样，然多数是这样。这个情形，到了唐朝更甚，唐代的社会是贵族的社会，唐代的政治是在门阀手中的。中唐以来，地方割据的势力分了中朝的政权，各节度使又每成一个小朝廷，能养清客。这时候的书生，自是书生，不像宋朝人可以随便以天下事自任。这时候的书生正多出身清门的，然而与统治阶级每不是一事。他们所处的社会是华贵的社会，而他们正多是在这样的华贵社会中做客。譬如李白、杜甫的时代，主人自是杨家兄弟姊妹，及其环境中人乃外至严武等等，李白只是中朝的客，杜甫只是节度使的客。中晚唐诗人的客人生活尤其表显这情形，直经五代不会改，因此之故，唐代诗人除杜、韩几个大家而外，都是为这件事实所范围的。经五代之乱，世族社会扫地以尽，到了北宋以后，文人每以射策登朝，致身将相，所以文风从此一变，直陈其事，求以理胜者多，诗风从此一变，以做散文的手段做诗，而直说自己的话。这个转移，庆历间已显然，至元祐而大成就。以前读书人和统治者并非一事，现在差不多是一类了，以前的诗人寄居在别人的社会中，现在可以过自己的生活了。以前诗人说话要投别人的兴趣，现在可以直说自己的话了，总而言之，以前的诗多是文饰其外，现在的诗可以发挥其中了。以前是客，现在是主了。社会组织之变迁影响及于文人的生活，文人的生活影响及于文章之风气。诚然，最大家每每有超越时代的形迹，如韩昌黎的诗，在他当时是独立的，反而下与宋诗成一线，又如陆放翁的诗，在他当时是能高举的，反而与唐诗联一气，然而大多数诗人总是完全受时代之支配，依环境以创作者，即此第一等之最大诗人，一经深者，仍不脱离其时代，不过占得最在前耳。世人每以为庆历以降之变唐风，由于范、欧诸公之提倡，王、苏诸人之继作，然若北宋中世文人的生活依旧如唐时，这提倡正未必能成立，即成立也不得发展绵长，自然不至于依旧局促于西昆诸体，然仍当是凭唐人之遗绪，在这个外范中一层一层翻些花样而已，大前提是变动不了的，数百年之绪是不能一下子转的，如欧阳公之《明妃曲》者是做不出来的。下边对举温飞卿、黄鲁直诗各一首，以为这一节所说的意思之形容，我们不说这两首诗可以分别代表晚唐、盛宋，然把这两首诗对着看一下，看看他们的身世之不同主或客，出词之不同内或外，境界之不同文或质，意态之不同清或醇，则时代之异，环境之别，再显然不过。

温飞卿《过陈琳墓》：

曾于青史见遗文，今日飘蓬过此坟。词客有灵应识我，霸才无主始怜君。石麟埋没藏春草，铜雀荒凉对暮云。莫怪临风倍惆怅，欲将书剑学从军。

黄鲁直《池口风雨留三日》：

孤城三日风吹雨，小市人家只菜蔬。水远川长双属玉，身闲心苦一舂锄。翁从旁舍来收网，我适临渊不羡鱼。俯仰之间已陈迹，暮窗归了读残书。

宋朝庆历以来诗虽不接唐人，而宋朝的词反接唐人，唐人诗中的体质、情感、言语，到了北宋盛时不传入诗，反而转入词，这件事实我们几乎可以在一切北宋大家中看出的。这为什么，这因为宋诗人做词时的环境转与唐人做诗时的环境偶似，这便是说，在华贵的社会中作客。北宋的诗人作词还多是替歌妓做的，试着学说歌妓的话。南宋的词人做词便渐渐替自己做了，称心去说自己的话。唐诗人的环境同于倡，宋诗人的地位近于儒。北宋人制辞多是临时的解放，因而最富风趣，不说自己的职业话，而去代歌者表她自己的世界。即如欧阳公，在诗中是大发议论的老儒，在辞中香艳得温、李比不上，岂不以欧阳公当时在词在诗之社会的身份各不同，所以诗和词不像一个人的话吗？

（据北京大学出版社 2009 年版傅斯年著《中国古代文学史讲义》校录）

胡小石与《中国文学史讲稿·通论》

经典导读

胡小石（1888—1962），名光炜，字小石，以字行。号倩尹，一号夏庐，晚年又号子夏、沙公。著名学者、书法家。原籍浙江嘉兴，生长于南京。父亲胡季石，清代举人，先于上海龙门书院师从刘熙载，后移居南京。胡小石幼秉父训，5 岁即从《尔雅》入手，系统学习中国传统文化。12 岁时，父亲病殁，家道中落。1906 年，胡小石考入两江师范学堂预科，翌年插入农博分类科学习生物、矿物、地质、农学等知识。因能作《仪礼》之文而被时任学堂监督的著名学者、书画家李瑞清（字梅庵，号清道人）赏识，亲自传授传统国学知识。后经梅庵介绍，又学诗于陈三立（字散原）。1918 年，在上海与梅庵先生悬格鬻书时结识了沈曾植、劳乃宣、郑文焯、徐乃昌、刘世珩、王国维等著名学者。1920 年任教于北京女子高等师范学校，此后又转至武昌高等师范学校、西北大学、金陵大学等学校。1952 年全国高等学校院系调整，南京大学与金陵大学文理学院合并，仍称南京大学，胡小石任职于此，直至去世。

胡小石研究领域极为广泛，任教时所开设的课程也极为丰富，如书法史、甲骨文、修辞学、文学史、诗歌创作、古器物研究等，而其成就也是多方面的，均卓然成家。他的诗歌，诗情甚美，神韵绵邈，散原老人尝赞曰："仰追刘宾客，为七百年来所罕见。"1933 年发表《古文变迁论》，论述了书学发展之轨迹，晚年又撰《书艺略论》一文，对“古文”之辨明、字体的区别与流变进行讨论。文字学方面，著有《甲骨文例》《金文释例》《说文古文考》等。在文学史研究方面也成就卓越，著有《中国文学史讲稿》（以下简称《讲稿》）。

《讲稿》最初由学生笔记付印，虽只从上古文学截止到宋代文学，但言简意赅，见解独到，不失为中国文学的一部信史。第一章“通论”高度赞扬清代大儒焦循在《易馀籥录》中提出的“一代有一代之所胜”的文学观点，认为“这是中国人最先所著的一部具体而微的文学史”，并将其主要观点总结为四个方面：（一）阐明文学与时代之关系；（二）认清纯粹文学之关系；（三）划立文学的信史时代；（四）注重文体之盛衰流变。

胡小石以“一代有一代之所胜”的思想来建构自己的文学史体系，其中较为突出的是继承焦循“汉则专取其赋”的主张，进一步确立了汉赋在中国文学史上的地位。“文学”一词，本为援引西方概念而提出，但西方文学向以小说、诗歌、戏剧作为文学的主体，所以一些主张贯彻西方文学理念的人势必难以接受把赋划入文学的观点。如曹聚仁所编《中国平民学概论》，仅取小说、诗歌、戏剧三种；刘经庵编《中国纯文学史纲》，也在“例言”中说：“本编所注重的是中国的纯文学，除诗歌、词、曲及小说外，其他概付阙如。”《讲稿》问世之后，一些著名文学史家冯沅君、胡云翼、刘大杰等人，均采纳他的观点，最终使这一体系在学界成为共识。周勋初评价说：“小石先生的文学史观符合中国国情，既能克服前此学人墨守成说者之拘执，又能破除后起学人纯依西学而立论者之偏颇，他对中国文学史这一新兴学科的建设作出了巨大贡献。”（《胡小石文史论丛·导读》）

中国史学研究源远流长，然于文学史研究则一直付诸阙如。清末日本受西方学术思想影响，出现过一些中国文学史的著作。当时任教于京师大学堂的林传甲认为：“日本有中国文学史，可仿其意，自行编撰教授。”其所编著的《中国文学史》，内容上分章分节进行论述，完全不同于传统史书中《文苑传》的形式，可以算是中国人编撰的真正意义上的第一部文学史。但林著文学史内容驳杂，包括文字、音韵、训诂、文章作法及演变等，传统的经史子集皆囊括在内。与林著文学史性质相似的还有黄人、谢无量等人的著作，虽题作文学史，但实为学术史著作。直至1920年，胡小石在北京女子高等师范学校讲授中国文学史时，这种情况仍在持续。陈中凡曾对这一时期的学科情况介绍说：“其时北京大学开有文学史课，由朱逖先先生主讲。看他的讲稿，分经、史、辞赋、古今体诗等篇，近于文学概论。读其内容，实则是学术概论，非文学所能包括。”可见当时在人们的观念中，文学与学术仍混为一谈。而《中国文学史讲稿》则摆脱了这一形式的束缚，以文学为论述的对象，而将非文学的经史子部分摒弃不论，从而将文学从学术中分离出来。

关于文学的界定，自古以来一直争论不休，从最初的文笔之争，到后来的骈散之争，均各执己见，无有定论。阮元云：“昭明所选，名之曰文，盖必文而后选也，非文则不选也。经也，史也，子也，皆不可专名之为文也。”《昭明文选》把经、史、子排除在文学之外，胡小石较为赞同这种文学观，故而对章太炎那种广义的文学观，“凡著于竹帛者，谓之文。论其形式，谓之文学”，表示反对：“照他说来，太无限定，凡公司之股票，神庙之签条，均可称之为文，讲来实不胜其烦。现在若要讲文学的界限，与其失之太宽，不如失之太狭。故宁宗阮氏之说而不取章氏之论。”《讲稿》云：“文学是由于生活之环境上受了刺激，而起情感的反应；藉艺术化的语言而为具体的表现。”认为文学必须具备“情感的反应”、“艺术化的语言”和“具体的表现”，这种专注于文学本质的界定，有别于传统学术中的经、史、子部，从而划定了纯文学的范围。同时我们还应注意到，胡小石对中国纯文学的界定，也并非照搬西方或日本的理念，而是能够结合中国文学实际发展状况，借鉴传统文学研究的成果，从而建构出独具特色的纯文学框架，具有垂范后世的重要意义。

此外，《讲稿》还特别强调外在环境对作家作品的作用。《通论》以《毛诗序》“情动于中而形于言”为例，认为“情动于中”是文学的动机，也是内容，但这种情感并非无中生有，而是由外界环境的刺激所生发。“而形于言”则兼及外表。并总结说：“论列一种文学，对于作者的环境更当特别注重，在讲文学史的人，尤其应该如此。”这一点，显然也极具意义。

沈曾植云：“嘉兴前辈学者，非有真知灼见，不轻落笔，往往博洽群书，不著一字。”胡小石颇受其影响，故虽学识淹博，但许多观点只在授课时提出，公开发表的却不多。且经“文革”十年浩荡，所著文稿大都散失。1982年以来，才由其弟子辈陆续编成《胡小石论文集》《胡小石论文集续编》《胡小石论文集三编》，由上海古籍出版社出版。南京大学出版社又出版了《胡小石文史论丛》，周勋初选编并导读。作为中国文学史研究里程碑式的著作，《讲稿》泽被后世，后出的文学史著作几乎均受其影响，如冯沅君、陆侃如《中国文学史简编》、苏雪林《中国文学史略》、胡云翼《中国文学史》、刘大杰《中国文学发展史》等。

延伸阅读文献

1. 胡云翼:《新著中国文学史》自序，见《新著中国文学史》卷首，华东师范大学出版社 2004 年版
2. 陈文新:《中国文学流派意识的发生和发展》，武汉大学出版社 2003 年版

（杨华坤撰稿）

原文:《中国文学史讲稿·通论》

经典原文

中国文学史讲稿·通论

胡小石

■ 引 言

中国虽说是一个富有文学宝藏的古国，文学作品的数量颇不在少数，而且各体皆称完备。每代都有新文体产生，但是提起笔来将历代文学的源流变迁明白地公正地叙述出来而能具有文学史价值一类的书，中国人自己所出的反在日本及西洋人之后。这是多么令人惭愧的事！不过从前虽无整个的文学史出现，许许多多的文人，倒有不少谈到关于文学流变的种种问题，散见于零篇碎简之内。而且此中颇有合乎近代论文的旨趣，及应用演进的理论以说明过去历代文学的趋势的人，我们在这里要举一位清代大儒焦里堂的论文名著为代表。这篇也可以说这是中国人最先所著的一部具体而微的文学史。焦君的话，引在下面（见《易馀籥录》十五）：

> 商之诗仅存颂。周则备风、雅、颂，载诸三百篇者尚矣。而楚骚之体，则三百篇所无也。此屈、宋为周末大家。其韦玄成父子以后之四言，则三百篇之馀气游魂。汉之赋为周、秦所无，故司马相如、扬雄、班固、张衡为四百年作者，而东方朔、刘向、王逸之骚，仍未脱周、楚之窠臼。其魏、晋以后之赋，则汉赋之馀气游魂也。楚骚发源于三百篇。汉赋发源于周末，五言诗发源于汉之十九首，及苏、李而建安，而后历晋、宋、齐、梁、陈、周、隋，于此为盛。一变于晋之潘、陆，宋之颜、谢。易朴为雕，化奇为偶。然晋、宋以前，未知有声韵也，沈约卓然创始，指出四声。自时厥后，变蹈厉为和柔。宣城（谢朓）、水部（何逊）冠冕齐、梁，又开潘、陆、颜、谢所未有矣。齐、梁者，枢纽于古、律之间者也。至唐遂专以律传。杜甫、刘长卿、孟浩然、王维、李白、崔颢、白居易、李商隐等之五律七律，

六朝以前所未有也。若陈子昂、张九龄、韦应物之五言古诗，不出汉魏人之范围。故论唐人诗，以七律五律为先，七古七绝次之。诗之境至是尽矣。晚唐渐有词，兴于五代，而盛于宋。为唐以前所无。故论宋宜取其词，前则秦（观）、柳（永）、苏（轼）、晁（补之），后则周（密）、吴（文英）、姜（夔）、蒋（捷），足与魏之曹、刘，唐之李、杜，相辉映焉。其诗人之有西昆、西江诗派，不过唐人之绪馀，不足评其乖合矣。词之体，尽于南宋。而金元乃变为曲，关汉卿、乔梦符、马东篱、张小山为一代巨手，乃谈者不取其曲，仍论其诗，失之矣。有明二百七十年，镂心刻骨于八股，如胡思泉、归熙父、金正希、章大力数十家，洵可继楚骚、汉赋、唐诗、宋词、元曲，以立一门户。而李（梦阳）、何（大复）、王（世贞）、李（攀龙）之流，乃沾沾于诗，自命复古，殊可不必者矣。夫一代有一代之所胜，舍其所胜，以就其所不胜，皆寄人篱下者耳。余尝欲自楚骚以下，至明八股，撰为一集，汉则专取其赋，魏、晋、六朝至隋则专录其五言诗，唐则专录其律诗，宋专录其词，元专录其曲，明专录其八股，一代还其一代之所胜，然而未暇也。偶与人论诗，而纪于此。

从上面所引的焦君的文章，可得到下列种种观念：

（一）阐明文学与时代之关系。他最能认清在什么时代，就产生什么文学。"一代有一代之所胜"，"汉则专取其赋，魏、晋六朝至隋则专录其五言诗，唐则专录其律诗，宋则专录其词，元专录其曲，明专录其八股。一代还其一代之所胜"。

（二）认清纯粹文学之范围。中国人自来哲学与文学相混，文学又与史学不分，以致现在一般编文学史的，几乎与中国学术史不分界限。头绪纷繁，了无足取。焦君此篇所举的历朝代表文学作品，如楚骚、汉赋、唐诗、宋词、元曲等，均属于纯文学一方面。文学的面貌既被他认清楚，讲起来才不至于夹杂不清。

（三）划立文学的信史时代。文学为感情之表征。有人类即有感情，有感情即有文学。"虽虞夏以前，遗文不睹；禀气怀灵，理无或异。"但我们要讲的是文学的信史，须以文学之著于竹帛而且能够确实证明是真的作品为断。因此，我国文学的信史时代，不得不因之而缩短。焦君所讲断自商代，因为他相信经古文家之说，以《商颂》为商代作品。他并不远取《击壤》、《南风》、《卿云》等歌谣，甚至于葛天、伏羲时的选著，这是他的一种尊崇信史的谨严态度，很可供后来讲文学史者所取法。

（四）注重文体之盛衰流变。每种文体，都是最初时候很兴盛，以后渐渐衰败，终于另外出一种新文体来代替旧的地位。但新文体既产生之后仍然有一般人保存着旧的文体，这种人“舍其所胜以就其所不胜，皆寄人篱下者耳”。这种论调，是从前一般过于贵古贱今的文人所不敢出口的。

至于这篇中偶有误点，如相信《商颂》的时代及苏、李诗，且把韦玄成祖孙误为父子等。但大体的主张，是很值得我们注意的。

■ 文学的意义之各种解释

先从“文”的字义来说，《说文》载有二字：

（一）“文，错画也，象交文。”按此即现今流行的图案画之类。

（二）“彣，䰰也。从彡从文。”此字每与彰字同用。

“彰，文章也。从彡从章，章亦声。”

第二的一个彣字与第一个不同之点，是多一个彡字。《说文》：“彡，饰画毛文也。”凡与毛饰有关的字，如“须”“颡”等字，均从彡。而且从彡之字，多含有美意。如“修”字，从彡，引申为修美。文学也自然与美脱不了关系。不过美是一种超实用之物，正如吾人面上的须眉之类，有之却无大用，然缺之，便觉丑陋不堪。

且古来对于“文”字涵义最泛，略分以下各种解释。

（一）文字叫做文：

《左传》：“有文在其手曰友。”

《说文序》：“依类象形谓之文。”

（二）口语叫做文：

《左传》：“言之不文，行之不远。”

（三）文物叫做文：

《易经·贲卦》：“刚柔交错为天文，文明以止为人文。”

（四）华美叫做文：

《论语》："周监于二代，郁郁乎文哉。"这里是与质并举的。

（五）礼乐制度称为文：

《论语》美尧之词："焕乎其有文章。"又："文王既没，文不在兹乎？"

（六）典籍称为文：

《论语》："文献不足征也。"

《孟子》："其文则史。"

以上所举的，都只是"文"字单用。最早书籍中将文学二字连用的，有《论语·先进》"文学：子游、子夏"一语。试看这两位的文学怎样，子游事迹及学问，不多见于古代篇籍，但在《檀弓》上可见到他的种种轶事，大概是一位礼学家。子夏著述之多，为孔门弟子中的第一人，实为后代经师的远祖。如此看来，《论语》中所讲的文学，正和后世《史记》、《汉书》说的"彬彬多文学之士"一样，乃是泛指一切学术而言。与现今要谈的文学的意义完全不同。今人所说的文学的意义，正与古人所举的诗的定义很合。

《尚书》："诗言志。"

《乐记》："诗，言其志也。"

《诗大叙》："诗者，志之所之也。在心为志，发言为诗。情动于中而形于言，言之不足，故嗟叹之；嗟叹之不足，故咏歌之；咏歌之不足，不知手之舞之，足之蹈之也。"

关于《大叙》真伪的问题，三家诗均不曾道及。子夏作过《诗大叙》，或者为毛公伪托。然而此篇虽不出于子夏之手，至迟也不出于西汉的初年。其中的"情动于中而形于言"两句，不是绝妙的文学定义吗？

《诗》三百篇，汉人尊之为经，视为高文典册，并不敢用文学的眼光去对待它。汉人以词赋为文学，但此种事业不见尊贵，当时皇帝每以俳优蓄文学之士，所以扬子云说"童子雕虫篆刻，壮夫不为"。曹子建亦深以当一文人为大耻，尚不及乃兄曹丕，知道文学的重要，称为"不朽之盛业"。

自魏、晋直到盛唐，一般人对于文学的界限，都看得明晰，分得清楚。至于六朝人，更长于"文""笔"之分，故界说亦颇中肯。略举几条：

陆机有名的《文赋》大半讲的是文之修辞，并找不到文之定义，只得勉强抽出二句："思涉乐其必笑，言方哀而已叹。"于是可见他正以为文乃由情而生的。

至于修史书，特辟文苑一门的，当以作《后汉书》之范晔为第一人。前乎此的《史记》，只在屈原、贾谊、司马相如等列传内选载了他们所作的词赋。《汉书》把严助、朱买臣、吾丘寿王、主父偃、徐乐等人的传，都归入一卷之中。

《三国志·王粲传》附载了同时的许多文人，却并没有为文人特立一栏。至于谢、沈等的《后汉书》久已失传，内中有无文苑一门，不得而知。

当时因为文笔之分很谨严，所以《文苑传》所收的文人，都是韵文的作者。且看范晔的《文苑传赞》上说："情志既动，篇辞为贵。抽心呈貌，非雕非蔚。殊状共体，同声异气。言观丽则，永监淫费。"按情志二句，显然是受《诗大叙》"情动于中而形于言"的影响而发生的。

直到齐、梁之间，才有论文之专书出现。最著者如刘勰之《文心雕龙》、钟嵘之《诗品》。

《文心雕龙》："昔诗人篇什，为情而造文。……盖《风》《雅》之兴，志思蓄愤，而吟咏情性，以讽其上，此为情而造文也。"

《诗品叙》："气之动物，物之感人，故摇荡性情，形诸舞咏。"

《南齐书·文学传后论》："文章，盖性情之风标，神明之律吕也。"

《梁书·文学传后论》："夫文者，妙发性灵，独拔怀抱。"

我们再看梁代昭明太子所撰的一部总集，所谓文学的标准又是怎样？他认为不是文学而不入选者，有下四种：

（一）经——姬公……之籍，孔父之书。

（二）子——老、庄……之作，管、孟之流。盖以立意为宗，不以能文为本。

（三）忠贤谋夫之说辩。

（四）史乘。

必要合于"沈思翰藻"的条件，方得称之为文，而后入选。阮元《读〈文选序〉》解释此段最精，节抄如下：

昭明所选，名之曰文，盖必文而后选也，非文则不选也。经也，史也，子也，皆不可专名之为文也。故昭明《文选序》后三段，特明其不选之故。

必“沈思翰藻”始名之曰文，始以入选也。

萧绎《金楼子·立言篇》：“至如不便为诗如阎纂，善为章奏如伯松，若此之流，泛谓之笔。吟咏风谣，流连哀思，谓之文。”

综合以上诸说，可见六朝所下“文”的定义，即前人对于“诗”的定义。不惟当时文笔之分甚严，而所称为文者，除内涵之情感以外，还注重形式一方面，必求其合乎藻绘声律的各种条件。

自汉至唐，文学之界域大略如此。首先改变这种风气的人，即唐代韩愈。他每以“笔”为“文”。他善于作散文，然而他同时的人，也只称之曰笔。但看刘禹锡替他死后作的祭文，有“子长在笔，余长在论”，及杜牧的诗中所称“杜诗韩笔”之说，并不承认他所作为文学正宗。及至宋代，文笔之界更混淆不清。苏轼作《潮州韩文公庙碑》，把唐人所说的笔，亦名之曰文，谓退之“文起八代之衰”。嗣后更把文学的本体，弄得不明不白。且看：

周敦颐说：“文，所以载道也。”

王安石说：“礼乐刑政，先王之所谓文也。”

最后直到清代，对于文学有明显主张的，约分三派：

（一）桐城派　主单语，重散文。即古之所谓笔，此派以方苞为首。

（二）扬州派　主偶体，重骈文。即古之所谓文，以阮元为首。

（三）常州派　调和文笔之说，如张惠言等均骈散兼工。

以上三派，论信徒之多，必推桐城派。若论立论之精准，却数扬州派。

近来的章太炎氏，又主张极广义的：“凡著于竹帛者，谓之文。论其形式，谓之文学”。照他说来，太无限定，凡公司之股票，神庙之签条，均可称之为文，讲来实不胜其烦。现在若要讲文学的界限，与其失之太宽，不如失之太狭。故宁宗阮氏之说而不取章氏之论。

■ 什么是文学

无论甚么道理，只要不故意去追寻一种很玄妙的解释，都能得着普通的意义。文学，这件东西，并非从天上掉下，只是由人造的。从根本上说来，人就不是一个甚么玄妙的东西，不过是生物之一种。所以我们最好是从生物学上去给文学的起源，下相当的解释。

一切生物的生存，都具有两种目的。一为个体的维持，一为种族的维持。要求达到第一种目的为“食”，要求达到第二种目的为“色”。人们自然不能算为例外，故生活问题与配偶问题，为人类往古来今之两大事件，正如中国古人所谓“饮食男女，人之大欲存焉”，西哲所说的“饥与爱”。

但这两种欲望，不一定人人都能够满足。有时个体生活，偏偏不能维持，种族生活更说不上。于是因种种不满，而发出欲望之呼号，甚至酿成战争的惨剧。

人类因求生意志的不遂，和欲望的不能如愿以偿，且同时又受社会上的风俗习惯的束缚，法律舆论的制裁，不能为所欲为，所以就发明一种“移情”的方法，在实际生活上所获得的许多烦恼，转而向空虚的地方去求安慰。照这一点看来，文学与宗教恰有相似之处。然而二者发生的情形虽同，而最后的结果颇不一致。宗教造幻想以安慰将来，所希望的幸福却在身后。而文学则造幻想以安慰现在，正欲求得眼前之陶醉或解脱。

因文学与宗教在某点上有相同的作用，故宗教兴盛之时，亦即文学发达之日。如建安之世，五斗米教盛行，而邺中七子生于此时。东晋时有沙门慧远倡净土宗，当时彬彬文学之士最多。南北朝佛教势焰不小，骈俪的作家可车载斗量。五代时人多崇信佛法，有大批词人散居十国之中。概由于时局纷扰，一般人生活失去常态，深感觉现世的不满足，想另外寻一块理想之乐土以自适。不钻入宗教之圈套，便逃入文学的领域。

有人说，文学的创造，为人生之艺术化，或又名之曰美化。我看也未必尽然，反不如说创造文学，是使人生活虚化较为确切些。以上所说的，都是关于“移情”一方面。

除了移情以外，还另外有一种作用。文学家最不爱说直话，美人芳草之词，风雨鸡鸣之喻，表现的语辞和内涵的意义不一定是那一回事，这可名之曰“移象”。即如模山范水，游仙谈玄，何尝又不是言在此而意在彼呢？

因文学是逃往于虚境者的产品，故文学说不上有些甚么大的实用。又因为文学多产生于不满足之际，故文学每多愁苦悲叹之声。如“《诗》三百篇，大底圣贤发愤之所为作也”，“屈原之作《离骚》，盖自怨生也。”然而文学一方面虽由穷愁而起，一方面又可以安慰穷愁。文人虽形容憔悴，亦能怡然自得。正如《诗品》所说:“穷贱易安，幽居靡闷，莫尚于诗。”

个体的维持与种族的维持，是一般生物和全人类的共同的要求。把这两种要求表现在文学里面，所以一种民族里的作品，能博得任何民族的同情。这就叫作文学的普遍性。即《诗叙》所说“言天下之事，系一人之本，谓之风”。这一人非是别人，就是作诗之人呀！

又从另一方面看去，文学是逃实入虚，而发泄不足之感的利器。然同时因种种关系，又不容作者尽量发泄，所谓极浪漫之能事。尤以自来儒家之伦理观念，极为文学之大障碍。所以《诗序》上有“发乎情，止乎礼义”的话，就是要制止极奔放的热情，使过于浪漫的情感有所节制。

日本厨川白村在他的《苦闷的象征》一书中解释文学的起源，由于创造生活力之压抑。创造生活所包者广，即如消遣亦即其中之一种。如公子或隐士之养鸟莳花，兴趣十分隆厚，至如猎人之天天捕鸟，园丁之日日栽花，反成苦境。又与其说马之拉车，不如说车之推马。因为马并不愿意自己拉车，乃由人驾车子催着马走，而此拉车的马，已失去他的创造生活了。

但是创造生活的被压抑，由于实际生活之不满足。如实际生活满足以后，则创造生活力之受压抑必不如是其甚。文学之产生，是因于创造生活之被压抑而生之反响。如是说来，凡是境遇充裕之人，必皆不能成为著名的文人了。其实不然，人永无满足现状之一日，生活一天，总要求向上一天。纵然一己的境遇虽感觉得好，若对于其他境遇不如己的人表同情，自然便发生同感，亦能创造文学。如魏之贵为皇亲之曹子建，唐之早年科第之白香山，作诗多陈民间疾苦。清人中如纳兰容若之大贵，项莲生之大富，而读《饮水词》与《忆云词》，可以不断的得见他的悲哀的情调，不像大富贵人家的口吻，所谓“伤心人别有怀抱”。是不是?

从以上的种种说法，可以知道文学是一样甚么东西了。在此“未能免俗”，聊为文学下一种界说:

文学，是由于生活之环境上受了刺激，而起情感的反应；藉艺术化的语言而为具体的表现。

今人多谓文学为人生之表现，此乃指文学之对象，而忽略他的动机。或又谓文学所以指示人生之途径，又把文学弄成伦理学之奴隶。指示途径，可说是他的副产品，与文学之本身无关。“情动于中”，正是文学的动机，也正是其内容，但这情感，不是白白发生出来的，乃由受环境之刺激而反应出来的。若如此说，则人生已包括在内。“而形于言”，乃兼及外表。这种语言，又和寻常日用的不同，是被艺术化的，有声有色的。因纯文学自然有他的音节，又不能用音乐以表现之。因音乐太抽象了，故贵乎用一种具体的语言。且文学最忌抽象的表现，与其空说春景鲜明，不如说“杂花生树，群莺乱飞”。与其空说秋容惨澹，不如说“嫋嫋兮秋风，洞庭波兮木叶下”。

所以论列一种文学，对于作者的环境更当特别注重。在讲文学史的人，尤其应该如此。有人又以为文学纯为天才产物，本不受环境的限制。其实两说都言之成理，然又各有所偏。古已有之，列举于下：

（一）先天说　曹丕《典论·论文》:“文以气为主，气之清浊有体，不可力强而致。譬诸音乐，曲度虽均，节奏同检，至于引气不齐，巧拙有素。虽在父兄，不能以遗子弟。”我国文人，最喜谈“气”，解释各不相同。这里所指的气，即是“才性”。后来清代姚鼐、曾国藩一般人所倡的阳刚阴柔之说，即从此生出。

（二）后天说　司马迁《报任少卿书》:“《诗》三百篇，大抵贤圣发愤之所为作也。屈原放逐，乃著《离骚》。……”

谢灵运《拟邺中集诗小叙》论王粲:“家本秦川贵公子孙，遭乱流寓，自伤情多。”论陈琳:“袁本初书记之士，故述丧乱事多。”

钟嵘《诗品》论李陵:“使陵不遭遇辛苦，其为文亦何能至此？”

两说不为无理，然先天、后天必兼而有之，始能卓然成文学名家。创造文学，必须天才，是不消说的。譬如天才是水，天才不丰富的，正如涸池浅沼；富有天才的，好比长江大河。然若水不遇风，则波平浪静，毫无奇观。或微风乍起，吹皱一池春水；或狂风怒号，卷起万顷波涛。后天的修养及其刺激，亦正如风一样，既受先天之惠，复得后天之助，文学不患不成。若专恃天才，而无相当修养，不惟怠人志气，即早成熟的亦多华而不实。故讲文学史的人与其重先天，不若重后天还好些。

文学史之研究

文学史与文学本身之关系与其他学术史与学术本身之关系迥然不同。因为他种学术史与其所叙述之学术的本身，都同是客观的。文学史固然也是客观的，然而被他叙述的文学的本身，并不是客观的。文学家之所以异乎常人的，就是能将一切客观的事象，加以主观之解释。明明是空气流荡而成之风，竟说它在怒号；明明是由高就下之泉响，又说他在呜咽。以数目来论，“虽九死其犹未悔”，一个人怎能死到九次？“白发三千丈”，古今中外，那有若长的头发？“南风吹山作平地”，“南山塞天地”，试问天下何处去寻如此之大风与峻岭？然而无害其为最优美之文学。以文学之创造，不妨完全掺入主观的成见。可是拿这同样的态度来研究文学史，那就糟透了。故研究文学史，要纯粹立于客观地位。“言之非艰，行之维艰。”谈文学史的人，多半是爱好文学之士。凡人有所爱，必有所憎。如喜欢汉、魏的人，每骂八家为浅薄。而崇拜后者的人，又骂前者为假古董。不过我们要极力免除此种弊端，虽不敢说成消减至于无，总要求能减至最低的限度。

因此，研究文学史应注重事实的变迁，而不应注重价值之估定。所应具的态度，应与研究任何史的态度应具的一般。

（一）冷静的态度　不染任何宗派色彩，不拥护何派，亦不诋毁何派。

（二）求信的态度　只问作品之真不真，不问作品之美不美。

（三）求因果的关系之注意　每种文学之产生，非突然的，必有其来因。既发生以后，必有其相当的影响，与其后来的效果。

（据南京大学出版社 2008 年版《胡小石文史论丛》校录）

钱基博与《中国文学史·绪论》

经典导读

钱基博（1887—1957），字子泉，号潜庐、老泉，江苏无锡人。历任私立上海圣约翰大学、国立北京清华大学、私立无锡国学专门学校、国立浙江大学、私立武昌华中大学等校国文系教授，后任华中师范学院教授。钱基博在《自传》中谈到个人的治学成就时，“自谓集部之学，海内罕对”①。1905年，钱基博在《国粹学报》上发表《说文》。此后，他围绕“集部之学”撰写了大量论著、论文，代表成果有《中国文学史》《现代中国文学史》《〈文心雕龙〉校读记》《韩愈志》等。

《中国文学史·绪论》以《现代中国文学史·绪论》为基础，稍作改动。1933年，《现代中国文学史》由上海世界书局首次出版。1938年，钱基博赴任湖南蓝田国立师范学院教授、国文系主任，1939年起，《中国文学史》作为湖南蓝田国立师范学院教材在蓝田陆续印行，1993年由中华书局出版。在《中国文学史·绪论》中，钱基博深入中国本土的学术谱系内部，探寻、把握近现代的文学学科与传统的集部之间的赓续、同构关系，他还参会西方的学术观念，回答了“何谓文学”的问题②，并探讨了如何书写中国文学史等问题。

① 钱基博:《钱基博自传》,《江苏研究》1935年第1卷第8期。

② 钱基博:《中国文学史》，华中师范大学出版社2011年版，第3页。以下引文出自《中国文学史》一书者，均不再注明版本。

19、20 世纪之交，中国知识体系由传统向近现代转型，“上自国家，下及社会，无事无物，不呈新、旧之二象”①，其中，“最大者为孔教与文学问题”②。有学者提出，“集部之名可不立也”③，他们开始使用“文学”一词指称传统集部所涵盖的知识要素。传统的集部衍生、转换成为近现代学术体系中的文学学科。如何贯通传统与现代，融会国故与西学，重新界定文学的概念、区划文学的范畴，是一个非常重要的问题。在思考“何谓文学”时，钱基博在历时态的框架中从理论上对中国的文学观念进行了梳理和整合，从事实的层面上对“今之所谓文学者”进行了描述和总结，阐明了中国本土知识体系由集部到文学学科赓续的必然性以及转型的可能性。

从中国的文学观念上看，历代关于“何谓文学”的认知，是动态的、不断演化的过程。钱基博深入中国本土的学术传统，考察了历代关于文学的界定：

> 大抵六朝以前，所谓文学者，著述之总称，所包者广。六朝以下，则文学者，有韵之殊名，立界也严。

钱基博既关注各代文学观念之间丰富的差异性，也深入地体察这些观念之间内在的连续性。他指出，中国的文学观念于“代变之中，亦有其不变者存”，那些“积久而著”的“不变者”保持着内在的延续性，最终成为文学最基本的、核心的要素，为 20 世纪文学学科的建构奠定了坚实的基础。

六朝以前，人们认为，文学是“著述之总称”。这一界定明确了文学的外在形式特征：文学是以文字的方式留存、传播的。到了近现代，这一界定产生的衍生义，确定了文学的基本内核，标明了文学与语言文字之间本质的关联关系：近现代文学学科的研究本体——文学作品——能而且只能以语言文字的形式而存在。④ 六朝时期，中国主流的文学观念是“无韵者笔也，有韵者文也”⑤。这意味着，魏晋以后，人们进

---

① 汪叔潜：《新旧问题》，《新青年》1915 年第 1 卷第 1 期。

② 隐尘：《新旧思想冲突平议》，《每周评论》1919 年第 17 期。

③ 马一浮：《论六艺该摄一切学术》，见《马一浮集》，浙江古籍出版社、浙江教育出版社 1995 年版，第 17 页。

④ 相比之下，其他学科的研究成果虽然需要借助语言文字表述出来，但其研究本体可以与语言文字无关。如，历史学科的研究本体，可以是用文字的形式记载的知识，但也可以是其他类型的载体，如金石或断井残垣等承载的信息。

⑤ 钱基博引《文心雕龙》语，见钱基博《中国文学史》，第 3 页。

一步探寻“文”在语言层面上的特殊属性。钱基博说，“有韵者文”标明“文”具有“美”的特质，“所谓美的文学者，论内容，则情感丰富，而或不必合义理；论形式，则音韵铿锵，而或出于整比，可以被弦诵，可以动欣赏”。魏晋前后的文学观念延续到近现代，“文”在功能层面上的本质特征得以突显——“文学之大用在表情”，“文学之本质在美，其大用在感兴”[①]。到了20世纪初期，学人在讨论“何谓文学”时，不仅关注文学基本的存在形式——语言文字，关注文学在语言层面上的特质——音韵铿锵，而且将功能问题纳入“何谓文学”的界定之中。钱基博等近现代学人归纳出文学的核心功能是，“用以会通众心，互纳群想，兼发情智”。

从中国文学的事实构成来看，在集部发展、延续的近两千年里，中国主流的文学观念一般将赋、诗、文视为核心的文体。钱基博在阅读经史子集四部，特别是集部的文献材料的基础上，把握住了“集部之学”的要义——“学文之道，首在辨体”[②]。从体类的角度展开研究，是集部之学核心的、也是独有的研究方法。在探讨“何谓文学”时，钱基博依照“首在辨体”的原则，立足于特定的时代，对传统的文体观念进行了调整，从事实层面确定近现代的文学学科包含的核心文体。钱基博申明：

> 今之所谓文学者，……有重于发智者，如论辨、序跋、传记等是也，而智中含情；有重于抒情者，如诗歌、戏曲、小说等是也。

钱基博将诗歌作为文学统序中重要的子系统。他说，“诗歌者，一切文学最初之方式也。无论何国，皇古第一部流传之文学作品，必为诗歌集。证诸周作人《欧洲文学史》、郑振铎《俄国的诗歌》、瞿世英《希腊文学研究》而可知也”[③]。在中国的学术传统中，从七略中的诗赋略到四部分类法中的集部，诗歌始终是根本的，也是“稳定的研究对象”，这表明中国文学“拥有足够清楚、自律和坚固的历史逻辑”[④]。

---

① 钱基博:《江苏省立第三师范学校国文科教授进程之说明书》,《无锡县教育会年刊》1922年版。

② 钱基博:《〈古文辞类纂〉解题及其读法》，见钱基博《国学要籍解题及其读法》，上海古籍出版社2012年版，第171页。

③ 钱基博:《我之中国文学的观察》，见钱基博编著《国学必读》，广西师范大学出版社2010年版，第262页。

④ 程光炜:《文学史研究的兴起》，福建教育出版社2009年版，第5页。

在英国，"'文学'已经在不知不觉中变成了'诗歌'"①。基于中西文学发展的共同之处，钱基博在确定近现代文学学科所包含的类例时，把诗歌作为核心的要素。钱基博也认同，戏曲、小说是20世纪文学学科研究的核心文体。钱基博说，"剧本诚亦文学之一种"②。宋元以后，戏曲大兴。到了清代，戏曲逐渐被纳入主流的学术架构之中。如，《四库全书》在集部之下设立词曲类，收录了周德清的《中原音韵》等书。小说也是中国传统知识体系的重要组成部分。自《隋书·经籍志》始，刘义庆的《世说新语》、殷芸的《小说》等就被归入子部小说类。到了明代，各官私书目大体沿《隋书·经籍志》的归类方法；但是，一些学者开始将小说与集部的诗、文等知识要素并列。如，王世贞的《弇州四部稿》分为赋部、诗部、文部、说部，将小说与诗、文纳入共同的架构之中。稍后，陈继儒将"说部"视为与经史子集并行的、独立的类目。③"说部"成为一个专用词语，用来指称文言小说。到了19世纪中后期，《三国演义》等白话小说被归于"说部"之中。④钱基博在从事学术研究时，自言"子部钩稽"，亦多尊重主流的学术建构，也尊重传统学术体系中包含的隐性的学术观念，果断地将子部小说类纳入文学的统序之中。钱基博的《中国文学史》描述了"以诗文为主，包括赋和词的文学史"，也梳理了中国小说、戏曲的发展历程，"在晋代文学里谈到干宝的《搜神记》，在唐代文学里谈到张说的《虬髯客》，谈到段成式《酉阳杂俎》中的小说"，"在明代文学里更谈到南曲，谈到高则诚的《琵琶记》、徐渭的《四声猿》"。⑤

钱基博在探明了"何谓文学"的问题后，进而剖析了书写"所谓中国文学史者"的具体方法。钱基博提出：学者梳理中国文学史，应该立足于特定的时间、空间交汇之处"切己体察"，不必"执古"，不可"骛外"。学者须晓得"有空间之己，有时间之己"——这个己是身处20世纪之己，"不是唐虞三代之己，也不是汉唐宋元明清之己"；这个己"是东洋大海中国之己，不是西洋之己"。⑥

钱基博立足于特定的"空间之己"，指出中国文学自有一套生发、形成的逻辑，

---

① 伊格尔顿：《文学原理引论》，文化艺术出版社1987年版，第21页。

② 钱基博：《国文》，中华书局1929年版，第2页。

③ 参见陈继儒《藏说小萃序》，见陈继儒《陈眉公集》，万历四十三年（1615）史兆斗刻本。

④ 参见黎汝谦《遣子祭次女兰姑文》，见黎汝谦《夷牢溪庐文钞》，光绪二十七年（1901）羊城刻本。

⑤ 周振甫：《对钱子泉师〈中国文学史〉的审读意见》，《中国出版》1987年第1期，第45页。

⑥ 钱基博：《治国学之意义及治国学方法之评判》，《清华周刊》1926年第25卷第7期。

"川谷异制，民生异俗，文学之作，根于民性"。书写中国文学史，必须尊重中国本土文学的逻辑建构。有些学者"衡政论学，必准诸欧；文学有作，势亦从同"，这些人根据"西洋文学，诗歌、小说、戏剧而已"的准则，把序、论等文排除在文学的统序之外。钱基博批评这种"骛外"的做法说，"比诸削足，履则适矣，足削为病"。事实上，在中国传统知识统序的建构过程中，诗、文已形成了"中土文学之秩序"①。自集部生成之时起，论辨、序跋等散文一直作为诗歌的参照系和对应物而存在。六朝之时，人们认为，有韵为文，无韵为笔。但是，《文选》《文心雕龙》等均将文、笔一同纳入讨论的范畴之内。从这个意义上看，"六朝的文笔，合之都算是文，分之始曰文笔"②。在集部中，有韵之文、无韵之笔作为两套子系统，共同建构起了集部这一体系。在集部中，文和笔既是对立的关系，文、笔在相互的参照中，见出各自的特点和内在规律性；同时，文和笔又是一种对应关系，它们之间是共生、并存的，也存在着相互转换、衍生的可能性。钱基博从集部的内在建构出发，将论辨、序跋、传记等纳入近现代文学学科的范畴之中。

尊重中国本土文学的发展逻辑，并不等于要回到古代，固守传统的学术路径，而是要"执古之道，以御今之有"③。钱基博在书写《中国文学史》时，立足于特定的"时间之己"，他既"知国性之有不可蔑"，尊重传统集部的原生属性和功能；同时，他又"知国性之有不尽适"④，进而探究这些原生的属性、功能在近现代学科构架下生发出的衍生意义和再生价值。20世纪初期，集部已无法适应诗、赋、文以及戏曲等知识要素的积累和扩张，钱基博等近现代学人积极参与到中国知识体系的重构之中。在文学学科建构的过程中，集部既是被改造的对象，也是近现代学人理解"当下"、对传统进行重构的条件和基础。在集部延续的近两千年中，诗赋文等被汇聚为一体，在相互参照、比较之下，这些知识要素渐渐生发、展现出多重的属性特征，包括诗文的语言属性、体类属性、功能属性以及时间属性、价值属性、效用属性、社会属性等。钱基博等近现代学人在建构近现代的知识体系时，在文学

---

① 钱基博引刘师培语。见钱基博《现代中国文学史》，华中师范大学出版社2011年版，第106页。

② 逯钦立《说文笔》，见逯钦立《汉魏六朝文学论集》，陕西人民出版社1984年版，第320页。

③ 钱基博引《道德经》语。见钱基博《中国古代学者治学的方法——江苏省立第三师范学校第三次国学演讲稿》，《南通报·文艺附刊》1925年3月。

④ 钱基博：《今日之国学论》，《国光》1929年第1期。

的各重属性交汇而成的、多元化的关系架构中，建构具有开放性的、动态的文学统序。

钱基博首先依据“文”抒情、叙事的功能属性，以集部为基础，从经、史、子各部中提取那些具有抒情、叙事功能的诗、文、小说、戏曲等，将之并置于“文学”这一结构体系中。他继而从时间属性、语体属性的双重维度着手，勾勒“文学”作为独立的知识体系，其自身的演变、发展进程。钱基博指出，诗、赋、文在时间上具有承递关系，构成了中国文学的基本统序。在这个统序内部，文学并非静态的存在，而是常常会发生“革命”：

> 中国最浓郁最古老的一种革命韵文，要算《楚辞》。……因为中国古而又古的第一种韵文，是《诗》三百篇，句多四言，现在屈原变以长短句，解除了句格的束缚，化典重为激扬。……中国的第二次文学革命，要算唐朝的古文，就是把六朝骈文的韵律句格，种种拘束，一切解放。[1]

“文学革命是自古到今发生的事”[2]，中国的文学自发生之日起，就不断地酝酿并发生着变化，近现代的“文学革命”既有其在特定时代的合理性、必要性，又包含着历史的必然性以及合逻辑性。但是，“文学革命”并不意味着彻底否弃既有的知识要素。钱基博进而在价值属性、效用属性的构架下，考察文学存在的多重形态以及多元化的价值与意义。如，《诗经》《尚书》曾是经部之下的子系统。在新的文学学科的构架下，这两部著作并没有因为时间的久远而丧失存在的合理性，而是与集部中的文，以及诗、词等建构起全新的关联关系，衍生出新的、多元化的意义与价值：

> 总集之作，导源《诗》《书》。《诗三百》，周诗之总集也；《书》百篇，周以前文之总集也。……《诗》者，风、雅、颂以类分，而《书》则虞、夏、商、周以代次。盖《诗》者，开后世总集类编之先河，而《书》则后世总集

① 钱基博：《依据湘学先辈之治学方法以说明本院之一年级国文教学》，《国师季刊》1941年第9期。

② 钱基博：《依据湘学先辈之治学方法以说明本院之一年级国文教学》，《国师季刊》1941年第9期。

代次之权舆者也。[①]

《诗经》《尚书》可以视作总集的源头。在集部生成、发展、延续的近两千年中，《诗》《书》的编选方法形塑了集部总集类书籍的基本编撰义例。到了近现代，《诗经》《尚书》中包含的文类、代次等维度，又影响了学界以时间为经、以文体为纬建构文学谱序的方式。

钱基博从“文”的属性入手，构建文学的统序。他的目的是，发现知识自身内在的、复杂的秩序和统系。他不是把时间属性或功能属性作为唯一的基准，更不是简单地用文学的时间属性替代、推导或者涵盖文学的其他属性。在钱基博的《中国文学史》中，建构文学统序的关系架构是多元化的，可能是时间上的、空间上的，也可能是逻辑上的、现象上的；文学统序内部各要素之间的关联方式也是多质态的，可能是承续的、平行的，也可能是重叠的、交错的，抑或是转移的、替代的。胡适等“新文化”的倡导者同样以文学的属性特征为依据，重构文学的统序。但是，他们以文学的时间属性、语体属性为基本要件，建构文学统序。胡适等提出，“新文学就是白话文学”[②]。他们还以文学的时间属性为依据，直接推导出文学的价值属性、效用属性。胡适认定，白话文学是“平民的文学”，文言文学是“贵族的文学”[③]；“我们必须推倒那僵死的古文学，建立那有生命有价值的白话文学”[④]。胡适的《白话文学史》确立了“可以贯穿二千年中国文学发展的基本线索”[⑤]，但是，却将文学的发展、演变化约为线性的、单向度的，忽视了“今之所谓文学者”与传统之间复杂的、微妙的、动态的关联关系。为此，钱基博批评胡适“过重知识论”[⑥]。钱基博在参与建构近现代的文学学科时，坚持“辨章学术，条析流派……观其会通，明其关系”的原则和方法[⑦]，既指出新的文学统序中各个要素之间的联系，也阐明了新的统序与传统

---

① 钱基博：《〈古文辞类纂〉解题及其读法》，见钱基博《国学要籍解题及其读法》，上海古籍出版社 2012 年版，第 171 页。

② 傅斯年：《怎样做白话文》，《新潮》1919 年第 1 卷第 2 号。

③ 胡适：《白话文学史》，见《胡适文集》第 8 册，北京大学出版社 1998 年版，第 131 页。

④ 胡适：《中国新文学运动小史》，见《胡适文集》第 1 册，北京大学出版社 1998 年版，第 120 页。

⑤ 陈平原：《中国现代学术之建立——以章太炎、胡适之为中心》，北京大学出版社 2010 年版，第 165 页。

⑥ 钱基博：《文学通论》，见钱基博《国学必读》，广西师范大学出版社 2010 年版，第 8 页。

⑦ 钱基博：《〈古书治要〉之教材举例》，《新教育》1925 年第 10 卷第 3 期。

的知识体系之间内在的勾连。他的《中国文学史》等论著在多层级的、多类型的关系构架下，呈现了“今之所谓文学者”生发、形成、演化的全部面貌。

钱基博在参与文学学科的建构时，“放眼八表，时衡千古，……知古之何以不可不存，古之不可不存者又何在，须知古亦有不可存”①。同时，他也清醒地认识到，“用西洋的科学方法，来研究国学，自然给我们许多便利”②，但是，“要想把西洋的一切制度文物，硬搬来中国做，就不成功了”③。钱基博由中国学术传统自身的发展理路入手，“按照传统文学概念”④，参会西方学术观念，从理论和事实等层面上思考了“今之所谓文学者”的问题，对20世纪初期“集旧文学之大成而要其归，蜕新文学之化机而开其先”的情势，进行了深入的分析。经由钱基博对“今之所谓文学者”的剖析、阐释，我们可以看到，学术的转型并不等于学脉的断裂。近现代的文学学科是从传统的集部衍生而来，文学学科与集部之间并非简单的替换、取代关系，而是包括转换、偏离，也包括同构、循环、衍生、整合等多重关联关系。在近现代，中国文学学科合理性、合法性的确定，既不乏西学的佐证，更能够在中国本土学术中寻找到坚实的依据。

—— 延伸阅读文献

1. 钱基博：《中国文学史》，华中师范大学出版社2011年版
2. 钱基博：《现代中国文学史》，华中师范大学出版社2011年版
3. 钱基博著，傅宏星编：《集部论稿初编》（含《中国文法说例》、《文最》、《国文研究法》、《〈古文辞类纂〉解题及其读法》、《骈文通义》、《〈文心雕龙〉校读记》6种），华中师范大学出版社2012年版
4. 钱基博：《戊午暑期国文讲义汇刊·国文研究法》，广西师范大学出版社2010年版

---

① 钱基博：《某社存古小学教学意见书》，见钱基博《国学必读》，广西师范大学出版社2010年版，第355页。

② 钱基博：《中国古代学者治学的方法——江苏省立第三师范学校第三次国学演讲稿》。

③ 钱基博：《治国学之意义及治国学方法之评判》。

④ 周振甫：《对钱子泉师〈中国文学史〉的审读意见》。

5. 钱基博著，傅宏星编《韩愈志　韩愈文读》，华中师范大学出版社 2012 年版
6. 傅宏星:《钱基博年谱》，华中师范大学出版社 2007 年版
7. 王玉德编:《钱基博学术研究》，华中师范大学出版社 2008 年版
8. 周振甫:《对钱子泉师〈中国文学史〉的审读意见》,《中国出版》1987 年第 1 期
9. 王炜:《从“文苑传”到“文学史”——钱基博与近现代“文学”学科的生成》,《江汉论坛》2011 年第 3 期
10. 王炜:《不必“执古”，不可“鹜外”——钱基博论“集部之学”到文学学科的赓续与转型》,《文学评论》2013 年第 4 期
11. 魏泉:《从钱基博的“集部之学”到文学史》,《读书》2013 年第 5期

（王炜撰稿）

原文:《中国文学史·绪论》

经典原文

中国文学史·绪论

钱基博

■ 一、文学

治文学史，不可不知何谓文学；而欲知何谓文学，不可不先知何谓文。请先述文之涵义。

文之涵义有三：(甲)复杂，非单调之谓复杂。《易·系辞传》曰："物相杂，故曰文。"《说文·文部》："文错画，象交文。"是也。(乙)组织，有条理之谓组织。《周礼·天官·典丝》："供其丝纩组文之物。"(注：绘画之事，青与赤之谓文)《礼·乐记》："五色成文而不乱。"是也。(丙)美丽，适娱悦之谓美丽。《释名·释言语》："文者，会集众采，以成锦绣；会集众字，以成辞义。如文绣然。"是也。综合而言，所谓文者，盖复杂而有组织，美丽而适娱悦者也。复杂，乃言之有物；组织，斯言之有序。然言之无文，行之不远，故美丽为文之止境焉。

文之涵义既明，乃可与论文学。

文学之定义不一：(甲)狭义的文学，专指"美的文学"而言。所谓"美的文学"者，论内容，则情感丰富，而或不必合义理；论形式，则音韵铿锵，而或出于整比，可以被弦诵，可以动欣赏。梁昭明太子萧统序《文选》"譬诸陶匏为入耳之娱，黼黻为悦耳之玩"者也。"若夫姬公之籍，孔父之书……老庄之作，管孟之流，盖以立意为宗，不以能文为本。今之所撰，又以略诸。若贤人之美辞，忠臣之抗直，谋夫之话，辩士之端，冰释泉涌，金相玉振，所谓坐狙丘，议稷下，仲连之却秦军，食其之下齐国，留侯之发八难，曲逆之吐六奇，盖乃事美一时，语流千载，概见坟籍，旁出子史。若斯之流，又亦繁博，虽传之简牍，而事异篇章。今之所集，亦所不取。至于记事之史，系年之书，所以褒贬是非，纪别异同，方之篇翰，亦已不同。若其赞论之综辑辞采，序述之错比文华，事出于沉思，义归乎翰藻，故与夫篇什，杂而集之，……名曰《文选》云耳。”所谓“篇什”者，《诗》雅颂十篇为一什，后世因称诗卷曰篇什。由萧序上文观之，则赋耳、诗耳、骚耳、颂赞耳、箴铭耳、哀诔耳，皆韵文也。然则经姬公之籍，孔父之书非文学也，子老庄之作，管孟之流非文学也，史记事之文，系年之书非文学也，唯赞论之“综辑辞采”，序述之“错比文华”、“事出沉思”、“义归翰藻”，与夫诗赋骚颂之成篇什者，方得与于斯文之选耳。梁元帝《金楼子·立言》篇以“扬榷前言，抵掌多识者谓之笔；咏叹风谣，流连哀思者谓之文。”又云：“至如文者，唯须绮縠纷披，宫徵靡曼，唇吻遒会，情灵摇荡。”刘勰《文心雕龙·总术》篇曰：“今之常言，有文有笔；以为无韵者笔也，有韵者文也。夫文以足言，理兼《诗》《书》，别目两名，自近代耳。颜延年以为‘笔之为体，言之文也。经典则言而非笔，传记则笔而非言’。请夺彼矛，还攻其盾矣。何者?《易》之《文言》，岂非言文? 若笔果言文，不得云经典非笔矣。”持萧统之说以衡，虽唐宋韩、柳、欧、苏、曾、王八家之文，亦不得以厕文学之林，以事虽出于沉思，而义不归乎翰藻，盖以立意为宗，不以能文为本者也。颜延之以文限于韵文，此论最狭，萧统《文选》，文与笔皆称为文，所选已不限于韵文。刘勰著《文心雕龙》，则经史子皆称为文，又同于六朝以前所谓文学者著述之总称。然吾人倘必持颜延之之说以绳文学，则所谓文学者，殆韵文之专利品耳，与萧统之说即相背。

（乙）六朝以前的文学。“文学”二字，始见《论语》。“子曰：博学于文。”“文”指《诗》、《书》六艺而言，不限于韵文也。孔门四科，文学子游、子夏，不闻游、夏能韵文也。《韩非子·五蠹》篇力攻文学，而指斥及藏管、商、孙、吴之书者。管、商之书，法家言也；孙、吴之书，兵家言也；而亦谓之文学。汉司马迁《史记·自序》曰：“汉兴，萧何次律令，韩信申军法，张苍为章程，叔孙通定礼仪，则文学彬彬稍进。”举凡律令、军法、章程、礼仪，皆归于文学。班固撰《汉书·艺文志》凡六略：六艺百三家，诸子百八十九家，诗赋百六家，兵书五十三家，数术百九十家，方技三十六家，皆入焉。倘以狭义的文学绳之，六略之中，堪入艺文者，唯诗赋百六家耳。其六艺百三家，则萧序所谓“姬公之籍，孔父之书”也。至《国语》、《国策》与夫《楚汉春秋》、《太史公书》之并隶入《春秋》家者，则萧序所谓“记事之史，系年之书”也。诸子、兵书、方技、术数之属，则萧序所谓“老庄之作，管孟之流，盖以立意为宗，不以能文为本”者也，则文学者，述作之总称耳。

今之所谓文学者，既不同于述作之总称，亦异于以韵文为文。所谓文学者，用以会通众心，互纳群想，而兼发智情。其中有重于发智者，如论辨、序跋、传记等是也，而智中含情；有重于抒情者，如诗歌、戏曲、小说等是也。大抵智在启悟，情主感兴。《易》、《老》阐道而文兼韵语，《左》、《史》记事而辞多诡诞，此发智之文而智中含情，以感兴之体为之者也。后世诗人好质言道德，明议是非，作俑于唐之昌黎，极盛于宋之江西，忘比兴之指，失讽谕之义，则又以主情之文而为发智之用，亦不背于智中含情之意。譬如舟焉，智是其舵，情为帆棹，智标理悟，情通和乐，得乎人心之同然者也。是文学者兼发情智而以情为归者也。又近世之论文学，兼及形象，是经子史中之文，凡寓情而有形象者，皆可归于文学。则今之所谓文学，兼包经子史中寓情而有形象者，又广于萧统之所谓文矣。

文学与哲学、科学不同。哲学解释自然，乃从自然之全体观察，复努力以求解释之。科学实验自然，乃为自然之部分观察，以求实验而证明之。文学描写自然。科学家实验自然之时，必离我于自然，即以我为实验者之谓也。文学家描写自然之时，必融我入自然，即我与自然为一之谓也。

■ 二、文学史

文学之义既明，请论史之为物。

《说文·史部》:“史，记事者也，从又持中，正也。”然则史之云者，又，(《说文》:“又，手也。”) 持中以记事也。中者，不偏之谓。夫史以传信，所贵于史者，贵能为忠实之记载，而非贵有其丰厚之情绪也。夫然后不偏不党而能持以中正。推而论之，文学史非文学也。何也？盖文学者，文学也。文学史者，科学也。文学之职志，在抒情达意；而文学史之职志，则在纪实传信。文学史之异于文学者，文学史乃纪述之事，论证之事，而非描写创作之事，以文学为记载之对象，如动物学家之记载动物，植物学家之记载植物，理化学家之记载理化自然现象，诉诸智力而为客观之学，科学之范畴也，不如文学为抒写情志之动于主观也。更推是论之，太史公《史记》不纯为史。何也？盖发愤之所为作，工于抒慨而疏于记事，其文则史，其情则骚也。胡适《五十年来之中国文学》不纯为文学史。何也？盖褒弹古今，好为议论，大致主于扬白话而贬文言，成见太深而记载欠翔实也。夫记实者，史之所为贵；而成见者，史之所大忌也。于戏！是则偏之为害，而史之所以不传信也！史之云者，又持中以记事也。《周书·周祝》、《荀子·性恶》注："事，业也。"又《荀子·非十二子》注："事业，谓作业也。"然则记事云者，记作业也。史之云者，持中正之道，记人之作业也。文学史云者，记吾人之文学作业者也。然则所谓中国文学史者，记中国人之文学作业云尔。

三、中国文学史

中国无文学史之目，而"文史"之名，始著于唐吴兢《西斋书目》，宋欧阳修《唐书·艺文志》因之；凡《文心雕龙》、《诗品》之属皆入焉。后世史家乃以诗话、文评，别于总集，后出一文史类。《中兴书目》曰："文史者，所以讥评文人之得失。"盖重文学作品之讥评，而不重文学作业之记载者也，有史之名而亡其实矣。

自范晔《后汉书》创《文苑传》之例，后世诸史因焉，此可谓之文学史乎？然以余所睹记，一代文宗，往往不厕于文苑之列：如班固、蔡邕、孔融，不入《后汉书·文苑传》；潘岳、陆机、陆云、陈寿、孙楚、干宝、习凿齿、王羲之，不入《晋书·文苑传》；王融、谢朓、孔稚珪，不入《南齐书·文学传》；谢灵运、颜延之、鲍照、王融、谢朓、江淹、任昉、王僧孺、沈约、徐陵，不入《南史·文学传》；元结、韩愈、张籍、李翱、柳宗元、刘禹锡、杜牧，不入《旧唐书·文苑传》；欧阳修、曾巩、王安石、苏轼、苏辙、陈亮、叶适，不入《宋史·文苑传》；宋濂、刘基、方孝孺、杨士奇、李东阳，不入《明史·文苑传》。然则入文苑传者，皆不过第二流以下之文学家尔。且作传之旨，在于铺叙履历，其简略者仅以记姓名而已，于文章之兴废得失不赞一辞焉。呜呼！此所以谓之文苑传，而不得谓之文学史也。盖文学史者，文学作业之记载也。所重者，在综贯百家，博通古今文学之嬗变，洞流索源，而不在姝姝一先生说；在记载文学作业，而不在铺叙文学家之履历。文学家之履历，虽或可借为考证之资。欧西批评文学家尝言:“人物、环境、时代，三者构成艺术之三要素也。欲研究一种著作，不可不先考究作者之人物、环境及时代。”质而言之，即不可不先考证文学家之履历也。然而所以考证文学家之履历者，其主旨在说明文学著作。舍文学著作而言文学史，几于买椟还珠矣。

文学著作之日多，散无统记，于是总集作焉。“一则网罗放佚，使零章残什，并有所归；一则删汰繁芜，使莠稗咸除，菁华毕出”，是故“文章之衡鉴，著作之渊薮”矣。昔挚虞始作二书：一曰《文章志》，一曰《文章流别》。《文章志》四卷,《文章流别集》三十卷，见《晋书》本传。今其书佚不见，而体裁犹可悬揣而知。盖志如今之严可均《全上古三代秦汉三国六朝文》，以人为纲；而流别疑如姚鼐《古文辞类纂》，以文体为纲者也。尔后作者，代不乏人：梁昭明太子之《文选》，宋姚铉之《唐文粹》、吕祖谦之《宋文鉴》、真德秀之《文章正宗》，元苏天爵之《元文类》，明唐顺之之《文编》、黄宗羲之《明文海》，清严可均之《全上古三代秦汉三国六朝文》、姚鼐之《古文辞类纂》，姚椿之《国朝文录》、李兆洛之《骈体文钞》，曾国藩之《经史百家杂钞》、王先谦、黎庶昌之《续古文辞类纂》、王闿运之《八代文选》，其差著者也。然有文学著作而无记载，以体裁分而鲜以时代断，于文章嬗变之迹，终莫得而窥见焉。则是文学作品之集，而非文学作业之史也。独严氏书仿明梅鼎祚《文纪》，起皇古迄隋，博蒐毕载，是为总集家变例。然而与史有别者，以所孜矻者，不在文学作业之记载，而在文学作品之集录也。此只以与文史、文苑传，供文学史编纂之材料焉尔。

昔刘知幾谓作史有三难：曰才，曰学，曰识。而余则谓作史有三要：曰事，曰文，曰义。孟子谓“其事则齐桓晋文，其文则史，其义则丘窃取之”者也。夫文学史之事，据采诸史；文学史之文，滂沛寸心；而义则或于文史之属有取焉。然设以人体为喻：事譬则史之躯壳耳，必敷之以文而后史有神彩焉，树之以义而后史有灵魂焉。余以为作中国文学史者，莫如义折衷于《周易》，文裁则于马、班。《易·系辞传》曰:“圣人有以见天下之动而观其会通。”又曰:“《易》有圣人之道，……以动者尚其变；……通其变，遂成天下之文。”而文学史者，则所以见历代文学之动而通其变，观其会通者也。此文学史之所为取义也。至司马迁作《史记》，于六艺而后，周秦诸子，若孟、荀、三邹、老、庄、申、韩、管、晏、屈原、贾生、虞卿、吕不韦诸人，情辞有连，则裁篇同传；知人论世，详次著述；约其归趣，详略其品；抑扬咏叹，义不拘墟。在人即为列传，在书即为叙录。其后班书合传，体仍司马，而参以变化，一卷之中，人分首尾，两传之合，辞有断续。传名既定，规制綦密。然逸民、四皓之属，王贡之附庸也；王吉、韦贤诸人，儒林之别族也。附庸如颛臾之寄鲁，署目无闻；别族如田陈之居齐，重开标额。征文则相如侈陈词赋，辨俗则东方不讳谐言。盖卓识鸿裁，犹未可量以一辙矣。人分首尾，斯义分主从；传详著述，则文有征信。倘可取裁而以为文学史之文者也。然而世之能读马班书而通其例者鲜，读《周易》而发其义于史者尤鲜。太史公上稽仲尼之意，会《诗》、《书》、《左传》、《国语》、《世本》、《战国策》、《楚汉春秋》之言，通黄帝、尧、舜至于秦汉之世，可谓观其会通者矣。所惜者，观会通于帝王卿相之事为者多，观会通于天下之动者少，不知以动者尚其变耳。

试翻十九朝唐、虞、夏、商、周、秦、汉、魏、晋、宋、齐、梁、陈、隋、唐、宋、元、明、清之史，每一鼎革，政治、学术、文艺亦若同时告一起讫而自为段落。然事以久而后变，道以穷而始通。殷因夏礼，周因殷礼，其所损益者微也。秦燔诗书，汉汲汲修补，唯恐不逮，其所创获者浅也。六代骈俪，沿东京之流；北朝浑朴，启古文之渐。唐之律诗，远因陈、隋；宋之诗余，又溯唐季。唐之韩、柳，宋之欧、苏，欲私淑孟、庄、荀、韩以复先秦之旧也。元之姚、虞，明之归、唐，清之方、姚，又祖述韩、柳、欧、苏以追唐宋之遗也。是则代变之中，亦有其不变存。然事异世变，文学随之，积久而著，迹以不掩，而衡其大较，可得而论。兹以便宜，分为四期：第一期，自唐虞以迄于战国，名曰上古，骈散未分，而文章孕育以渐成长之时期也。第二期，自两京以迄于南北朝，名曰中古，衡较上古，文质殊尚。上古之文，理胜于词；中古之文，渐趋词胜而辞赋昌，以次变俳偶，驯至俪体独盛之一时期也。第三期自唐以迄于元，谓之近古。中古之世，文伤于华，而近古矫枉，则过其正，又失之野。律绝之盛而辞曲兴，骈文之敝而古文兴，于是俪体衰而诗文日趋于疏纵之又一时期也。第四期，明清两朝以迄于清，谓之近代。唐之韩愈，文起八代之衰，宋之言文章者宗之，于是“唐宋八大家”之名以起。而始以唐宋为不足学者，则明之何景明、李梦阳也。尔后治文章者，或宗秦汉，或持唐宋，门户各张。迄于清季，辞融今古，理通欧亚，集旧文学之大成而要其归，蜕新文学之化机而开其先。虽然，中国文学史之时代观，有不可与学术史相提并论者。试以学术言：唐之经学，承汉魏之训诂而为正义，佛学袭魏晋之翻译而加以华妙，似不宜与宋之理学比，而附于陈隋之后为宜。而自文学史论，沈宋出而创律诗，韩柳出而振古文，温韦出而有倚声，则开宋元文学之先河，而以居宋元之首为宜。故谓学术史之第二期，始两汉而终五代，与文学史同其始而不同其终。而第三期则始于宋而终于明，与文学史殊其终并不同其始。盖明之学术，实袭宋朱、陆之成规而阐明之，不如文学之有何、李、王、李复古运动轩波大起也。

民国肇造，国体更新，而文学亦言革命，与之俱新。尚有老成人，湛深古学，亦既如荼如火，尽罗吾国三四千年变动不居之文学，以缩演民国之二三十年间，而欧洲思潮又适以时澎湃东渐，入主出奴，聚讼盈庭，一哄之市，莫衷其是。榷而为论，其蔽有二：一曰执古，二曰骛外。何谓骛外？欧化之东，浅识或自菲薄，衡政论学，必准诸欧；文学有作，势亦从同，以为“欧美文学不异话言，家喻户晓，故平民化。太炎、畏庐，今之作者，然文必典则，出于《尔雅》，若衡诸欧，嫌非平民”。又谓“西洋文学，诗歌、小说、戏剧而已，唐宋八家，自古称文宗焉，倘准则于欧美，当摈不与斯文”。如斯之类，今之所谓美谈，它无谬巧，不过轻其家丘，震惊欧化，降服焉耳。不知川谷异制，民生异俗，文学之作，根于民性，欧亚别俗，宁可强同？李戴张冠，世俗知笑，国文准欧，视此何异。必以欧衡，比诸削足，履则适矣，足削为病。兹之为蔽，谥曰骛外。然而茹古深者又乖今宜，崇归方以不祧，鄙剧曲为下里，徒示不广，无当大雅，兹之为蔽，谥曰执古。知能藏往，神未知来，终于食古不化，博学无成而已。

余耽嗜文学，行年六十，诵记所及，辄有撰论。不苟同于时贤，亦无矜其立异。树义必衷诸古，取材务考其信。约为是编，观其会通，治国闻者，倘有取焉。

（据华中师范大学出版社 2011 年版钱基博著《中国文学史》校录）

刘永济与《十四朝文学要略·叙论》

经典导读

刘永济（1887—1966），字弘度，别号诵帚，晚年号知秋翁，斋名易简、微睇、诵帚，湖南省新宁县金石乡人。著名的古典文学研究专家、国家一级教授。1911年就读于清华大学。历任长沙中学教师，东北大学教授，武汉大学教授兼文学院院长。1955年加入中国作家协会。其著述涉及屈赋研究、《文心雕龙》研究、唐宋诗词研究等诸多领域，著有《文学论》《十四朝文学要略》《文心雕龙校释》等多种学术著作。

《十四朝文学要略》（上古至隋）原为刘永济在东北大学任教时（1927—1932年）的讲义，1928年9月起以《中国文学史纲要》之名在《学衡》月刊连载，1945年由中国文化服务社结集出版，更为今名。1984年黑龙江人民出版社再版，2007年中华书局《刘永济集》收录。卷首“叙论”乃当初为撰写全史而设，非专指十四朝。刘永济关于文学史的诸多理论，在此篇之中有集中阐述。今日读来，依然启人深思。

一、“史”之价值：“古人之糟粕”与“教育普及之用”

中国文学史的撰著，自20世纪初迄今，已然蔚为大观，有“百年千部”之谓。“文学史”的价值和意义似乎毋庸赘言，但有多大的价值，其实很难说。“叙论”于此深有体会。其谓中国传统学术之中，文学并无专史，“儒林”、“文苑”，“诗话”、

“文谈”之类又多有局限。“今代学制，仿自泰西，文学一科，辄立专史”①，然其弊端，亦甚明显：

> 大都杂撮陈篇，补苴琐屑，其下焉者，且稗贩异国之作，绝无心得之言，求其视通万里，心契千载，网罗放失，董理旧闻，确然可信者，尚无其人。夷考其实，盖由文之为物，广博精微，淹贯已艰，通识尤少，而时世悠久，名篇累万，作者林立，体制盈百，真赏实难，尚友非易。又或墨守一家，则入主而出奴；研精一体，则是丹而非素；造诣未深，则买椟而还珠；闻见未广，则弃真而赏滥。纷纭淆乱，何由折衷？

故而“文学史者，直轮扁所谓古人之糟粕已矣”。此论一出，不啻当头棒喝，直欲令撰著文学史者灰心丧气，弃字焚稿。不过，考虑到“学术之有史，非以期于天才特出之人，盖将求教育普及之用。务令区区一卷之中，得收知人论世之效。使览者粗明条贯，略涉藩篱，深造者自可渡河弃筏，浅尝者庶几窥豹得斑而已”，故文学史尚有存在之价值，只是不必将其过分抬高。据《刘永济先生年谱》1945年10月15日，由刘永济参与讨论、撰写的《调整大学课程意见》中，关于中国文学系两点意见，其一即是“注重基本要籍本文，凡通论、概论等课宜少设”②。这一理念，对于今天中文系的课程设置，仍具有重要的参考价值。

二、“史”之内容：体用之分与会通之学

“叙论”之体系，刘永济概括为四纲、经纬、三准、三训、二义。“四纲”旨在“统其纪”，包括名义、体类、断限、宗派；“经纬”旨在“究其变”，包括“赋比兴”和“真善美”；“三准”旨在“立其极”，即刘勰所谓“情、事、辞”；“三训”旨在“总其要”，指“承、志、持”，推衍为四端，即诗必有关于一代政教得失，有关于作者情思邪正，有感化之力，有追琢之美；“二义”旨在“释其惑”，包括“情”和“事”，前者属“公”，后者属“私”。这一体系涉及文学史理论的诸多方面，包括文学涵义、作品分类、历史分期、文学流派、作品生成、表现方法、鉴

① 本文所引“叙论”，皆据《十四朝文学要略》第1～40页，中华书局2007年版。不另出注。

② 徐正榜、李中华、罗立乾：《刘永济先生年谱》，见刘永济《诵帚词集 云巢诗存 附年谱 传略》，中华书局2010年版，第435页。

赏原则、评价标准等。其体大，其思精，远非本文所能详尽。此处且就文学史的内容略作阐发。

20世纪初期，“仿自泰西”的学科建制要求文、史、哲、政、经、教截然分流，不容混杂；而中国传统的“文学”主要指学术文化，即便与今之“文学”概念有些相通的“文章”，其实也是包罗万象。中西、古今文学观念的差异，在文学史撰著中表现得相当明显。早期的文学史著作，内容庞杂，小学、经史皆羼杂其中，今人称之为“杂文学”。为适应现代学术的潮流而兴起“纯文学”，以“四分法”为标尺，又忽略了学术传统，不免削足适履之讥。如何应对中西、古今文学观念的差异，对于文学史的撰著者来说，实为首要难题。

《叙论》从前人关于“文”的诠释出发，提出体用之说：

> 文之一名，涵义至广，昔贤诠释，约有六端：一者，经纬天地也。二者，国之礼法也。三者，古之遗文也。四者，文德也。五者，华饰也。六者，书名也，文辞也。……今兹讨论，若本斯旨，则举凡天文地理，物曲人官，胥应涵盖无遗，遑论体例太宽，亦非理势所许。正名定义，要以第六为体，以前五为用，庶几约而无漏于义，要而不违乎本，实文家之首务，而著述之大纲矣。

立足于传统诠释，又以体用之别辨其轻重。今人所论“大文学观”①，其发端实已蕴于其中。

三、赏文之道：“因人而异”与“亘古无殊”

文学史必然涉及具体作家作品的分析和评判，然而理解古人，殊非易事。其难一在读者：“神有会通，则古今可观于须臾；情有底滞，则咫尺亦邈若山海，此览者之难恃也。”二在时代：“代远则事多阙，事阙故有不可知者焉；世异则传易讹，传讹故有不可信者焉，此又述者之难征也。”三在作者：“作者之变，亦复多端。夫兴会成文，神来结采，思若风发，言若泉流，当此之时，虽作者亦有莫知其所以然者

① 杨义：《重绘中国文学地图与中国文学的民族学、地理学问题》：“大文学观吸收了纯文学观的学科知识的严密性和科学性，同时又兼顾了我们杂文学观所主张的那种博学深知和融会贯通，把文学生命和文化情态沟通起来，分合相参，内外互证。”（《文学评论》2005年第3期）

矣。”四在文本：“诗贵婉讽，文或隐避，语有本正若反，词有意内而言外。苟非生于同时，游于同处，学与同道，将何从探其用心，得其本事耶？”故具体情境之探究，人物本事之索隐，往往生无确证，死无对证。则文学史家又如何处理此一难题？“叙论“提出两点，其一曰细节真实，其二曰存疑。

要之，刘永济的文学史理论体系宏大，本文所论及者仅其一隅：刘永济于文学史之弊端深有感触，而于教育普及之用多所致意；于文学史之内容，注重体用之分，尤重会通之理，故多通达、平允之言；于鉴赏、评论之道，偏于“诗心”一路。

延伸阅读文献

1. 刘师培：《中国中古文学史讲义》，上海古籍出版社 1999 年版
2. 钱锺书：《谈艺录》（增订本），中华书局 1984 年版
3. 江俊伟：《“刘永济著述整理与研究学术研讨会”纪要》，见《人文论丛》2012 年卷，中国社会科学出版社 2012 年版

（鲁小俊撰稿）

原文：《十四朝文学要略·叙论》

经典原文

十四朝文学要略·叙论

刘永济

文学之有专史，征之往籍，不少概见。其近似者，则有若仲洽《流别》之俦，公曾《叙录》之类，虽名高往代，而零落殆尽，千载而下，莫由寻讨。其仅存者，厥惟彦和舍人《文心雕龙》，都五十篇，如精金美玉，称文苑之鸿宝焉。然自萧齐以下，至于逊清，世逾千祀，人盈百千，综比撰述，阙焉无闻。虽国史方志之中，有“儒林”、“文苑”之传，又皆限于时地，局而弗通，不足以考见古人之全，阐发兹事之美。其余“诗话”、“文谈”，率皆师友雅言，随手记录，纵片言赏会，而条贯靡存，至有挟私诬蔑、溢情颂美者，论其品格，又斯下矣。今代学制，仿自泰西，文学一科，辄立专史，大都杂撮陈篇，补苴琐屑，其下焉者，且稗贩异国之作，绝无心得之言，求其视通万里，心契千载，网罗放失，董理旧闻，确然可信者，尚无其人。夷考其实，盖由文之为物，广博精微，淹贯已艰，通识尤少，而时世悠久，名篇累万，作者林立，体制盈百，真赏实难，尚友匪易。又或墨守一家，则入主而出奴；研精一体，则是丹而非素；造诣未深，则买椟而还珠；闻见未广，则弃真而赏滥。纷纭淆乱，何由折衷？是以古之君子，玄览所得，莫不默契于寸心；钻讨既深，自能神遇于千古。是则文学史者，直轮扁所谓古人之糟粕已矣。尝思学术之有史，非以期于天才特出之人，盖将求教育普及之用。务令区区一卷之中，得收知人论世之效。使览之者粗明条贯，略涉藩篱，深造者自可渡河弃筏，浅尝者庶几窥豹得斑而已。今兹有述，亦本斯旨，先撰叙论，发其旨趣。旨趣既明，然后粗述源流，别为要略。但期不失当时之体，毋负古人之心云尔。

欲明旨趣，先立四纲。

（一）曰名义　文之一名，涵义至广。昔贤诠释，约有六端：一者，经纬天地也。

《尚书·尧典》：“钦明文思安安。”马融注曰：“经纬天地之谓文，道德

纯备之谓思。”

又《舜典》:“浚哲文明。”孔颖达《正义》曰:“经纬天地曰文，照临四方曰明。”

二者，国之礼法也。

《礼记·大传》:“考文章。”郑玄注曰:“文章，礼法也。”孔颖达《正义》曰:“文章，国之礼法也。”

《国语·周语》:“有不享则修文。”韦昭注曰:“文，典法也。”

三者，古之遗文也。

《论语·学而》(第一):“行有余力，则以学文。”马融注曰:“文者，古之遗文。”邢昺疏曰:“古之遗文者，则诗、书、礼、乐、易、春秋六经是也。”

又《雍也》(第六):“博学于文，约之以礼。”邢昺疏曰:“言君子若博学于先王之遗文，复用礼以自检约。”

四者，文德也。

《论语·颜渊》(第十二):“曾子曰：君子以文会友。”孔安国注曰:“友以文德合。”

《国语·周语》:“夫敬，文之恭也。”韦昭注曰:“文德之总名也。”

五者，华饰也。

《论语·雍也》(第六):“文质彬彬，然后君子。”皇侃疏曰:“文，华也。”

《荀子·礼论》:“贵本之谓文。”杨倞注曰:“文谓修饰。”

《庄子·缮性》:“文灭质，博溺心。”郭象注曰:“文博者，心质之饰也。”

六者，书名也，文辞也。

《礼记·中庸》："不考文。"郑玄注曰："文，书名也。"孔颖达《正义》曰："不得考成文章书籍之名也。"

《国语·晋语》："吾不如衰之文也。"韦昭注曰："文，文辞也，书名也。"

又《楚语》："则文咏物以行之。"韦昭注曰："文，文词也。"

《荀子·非相》："文而致实。"杨倞注曰："文谓辨说之词也。"

综上六端，文之涵义，可得而论矣。盖文之为训，本于交遣，故有经纬之义焉；文之为物，又涵华采，故有修饰之说焉。以道德为经纬；用辞章相修饰，在国则为文明；在政则为礼法；在人则为文德；在书则为书辞；在口则为词辨。五者大小不同，体用无二，所以弥纶万品，条贯群生者，胥此物也。故彦和称文之为德，与天地并生，亦言其围范之广而已。今兹讨论，若本斯旨，则举凡天文地理，物曲人官，胥应涵盖无遗，遑论体例太宽，亦非理势所许。正名定义，要以第六为体，以前五为用，庶几约而无漏于义，要而不违乎本，实文家之首务，而著述之大纲矣。

（二）曰体类　文无类也，体增则类成。体无限也，时久而限广。类可旁通，故转注而转新；体由孳乳，故迭传而迭远。旁通之喻，如琴瑟异器，而音理相贯，孳乳之喻，如祖孙共系，而骨相渐乖。自来论者，鲜明此理：知别者忘通，见同者失异，是以每涉体类，乖异殊甚。昭明选文，列目四十：

按梁昭明太子萧统《文选》有赋、诗、骚、七、诏、册、令、教、文、策问、表、上书、启、弹事、笺、奏记、书、移书、檄、难、对问、设论、辞、序、颂、赞、符命、史论、史述、赞论、连珠、箴、铭、诔、哀文、碑文、墓志、行状、吊文、祭文，共四十目。

舍人论艺，称类六三。

按梁刘勰《文心雕龙》论及之文有经、纬、骚、诗、乐府、赋、颂、赞、祝、盟、铭、箴、诔、碑、哀、吊、对问、七发、连珠（此三品总称杂文)、谐、讔、史、传、诸子、论、说、诏、策、檄、移、封禅、章、表、奏、启、议、对、书、记，共三十九品。而书记一篇附论有谱、籍、簿、录、方、术、占、试、律、令、法、制、符、契、券、疏、关、刺、解、牒、状、列、辞、谚，共二十四品。

而仲洽《流别》，已无以窥见其全；彦昇《缘起》，又非是当时之旧。揆其别类，谅不异于萧、刘，此总集文章，兼明体制之作也。

按晋挚虞《文章流别》已佚，残文见诸书称引者约有十二品，曰诗、颂、赋、乐府、七、箴、铭、诔、哀辞、对问、碑、图谶。

按梁任昉《文章缘起》一卷，隋时已亡，今本殆唐张绩所补，其书论文章名类所始，自诗赋离骚至势约，凡八十五类，所列颇疏。

至李昉等之《文苑英华》，姚铉之《文粹》，吕祖谦之《文鉴》，苏天爵之《文类》，程敏政之《文衡》，黄宗羲之《文海》，大都祖述萧选，体尤踳驳。

《四库全书·总目》，宋李昉、扈蒙、徐铉、宋白等奉敕编《文苑英华》一千卷，起于梁末，上续《文选》，分类编辑，体例略同，而门目更为繁碎。

按《唐文粹》一百卷，宋姚铉编，分目有古赋、古调、颂(雅附)、赞、表、奏、书、疏、状、檄(露布附)、制策、文、论、议、古文、碑(碣记碑阴附)、铭(铭阴诔表版文述附)、记、箴、诫、铭、书(启笺命附)、序、传、录、记事，共四十品。赋有古体，无四六，诗歌亦取古调，不取近体，其余类别，亦嫌繁碎。

按《宋文鉴》百五十卷，宋吕祖谦编，分目有赋、律赋、四言诗、乐府歌行(附杂言)、五言古诗、七言古诗、五言律诗、七言律诗、五言绝句、六言绝句、七言绝句、杂体、骚、诏、敕、赦文、哀册、御劄、批答、制诰、奏疏、表、笺、箴、铭、颂、赞、碑文、记、序、论、义、策、议、说、戒、制策、说书、经义、书、启、策问、杂著、对问、移文、连珠、琴操、上梁文、书判、题跋、乐语、祭文、谥议、行状、墓志、墓表、神道碑、神道碑铭、传、露布，共六十一品，亦不免冗杂。

按《元文类》七十卷，目录三卷，元苏天爵编，分目四十三。

按《明文衡》九十八卷，明程敏政编，分目三十八。

按《明文海》四百八十二卷，清黄宗羲编，分体二十有八，每体之中，又各为子目：赋之目至十有六，书之目至二十有七，序之目至五，记之目至十有七，传之目至二十，墓文之目至十有三，分体繁碎，而编类亦错亘不伦。

惟真景元《文章正宗》，立意谨严，析体宏大。然主理而不主文，矫枉未免过直，后贤病之，不相尊用。

按《文章正宗》二十卷，《续集》二十卷，宋真德秀编，分辞令、议论、叙事、诗歌四类。

明代文家，喜辨文体。虽立意可嘉，而于体类分合之故，未尽窥其本源，故来治丝而棼之诮。

《四库全书·总目》，明徐师曾取明初吴讷之《文章辨体》，损益成《文体明辨》八十四卷。讷书编五十四体，外编五体，师曾广之，正集之目一百有一，附录之目二十有六。如诏诰分古俗二体，书表古体之外添唐体宋体，碑则正体变体之外，又增别体，甚至墓志以铭之字数分体，其余亦莫不忽分忽合，忽彼忽此，体例无定，可谓治丝而棼。

迨至逊清，姚氏姬传倡导古文，"类纂"一书，号称精审，列类一十有三。

姚鼐《古文辞类纂·序目》曰：于是以所习闻编次论说，为《古文辞类纂》。其类十三，曰：论辨类，序跋类，奏议类，书说类，赠序类，诏令类，传状类，碑志类，杂记类，箴铭类，赞颂类，辞赋类，哀祭类，一类内而为用不同者，别之为上下编云。

李氏申耆，别钞骈体，与之抗衡，分目三十有一。是则各专一类，以相诠别，围范所及，隘而不周。

> 按《骈体文钞》分三编，上编列目十八：为铭刻、颂、杂飏颂箴、谥诔哀策、诏书、策命、告祭、教令、策对、奏事、驳议、劝进、贺庆、荐达、陈谢、檄移、弹劾，皆庙堂之制，奏进之篇，垂诸典章，播诸金石者也；中编列目八：为书、论、序、杂颂赞箴铭、碑记、墓碑、志状、诔祭，皆指事述意之作也；下编列目五：为设辞、七、连珠、笺牍、杂文，皆缘情托兴之作也。

其后曾文正公，杂钞经史百家之文，分类别体，至为矜慎。其三门十一目，以较彼二氏，已条理可观，而包罗尤富。

[附表一]曾国藩《经史百家杂钞》文体分类表（据序例编）

门	类	内容
著述门	论著类（著作之无韵者）	经——如洪范、大学、中庸、乐记、孟子皆是。
		子——（一）篇（二）训（三）览
		古文——（一）论（二）辨（三）议（四）说（五）解（六）原
	辞赋类（著作之有韵者）	经——如诗之赋颂，书之五子作歌皆是。
		后世文体——（一）赋（二）辞（三）骚（四）七（五）设论（六）符命（七）颂（八）赞（九）箴（十）铭（十一）歌
	序跋类（他人之著作序述其意者）	经——如易之系辞，礼记之冠义、昏义皆是。
		后世文体——（一）序（二）跋（三）引（四）题（五）读（六）传（七）注（八）笺（九）疏（十）说（十一）解
告语门	诏令类（上告下者）	经——如甘誓、汤誓、牧誓等，大诰、康诰、酒诰等皆是。
		后世文体——（一）诰（二）诏（三）谕（四）令（五）教（六）敕（七）玺书（八）檄（九）策命
	奏议类（下告上者）	经——如皋陶谟、无逸、召诰及左传季文子、魏绛等谏君之辞皆是。
		后世文体——（一）书（二）疏（三）议（四）奏（五）表（六）劄子（七）封事（八）弹章（九）笺（十）对策
	书牍类（同辈相告者）	经——如君奭及左传郑子家、叔向、吕相之辞。
		后世文体——（一）书（二）启（三）移（四）牍（五）简（六）刀笔（七）帖
	哀祭类（人告鬼神者）	经——如诗之黄鸟、二子乘舟，书之武成、金縢、祝辞，左传荀偃、赵简告辞皆是。
		后世文体——（一）祭文（二）吊文（三）哀辞（四）诔（五）告祭（六）祝文（七）愿文（八）招魂

- 记载门
  - 传志类（所以记人者）
    - 经——如尧典、舜典皆是。
    - 史——本纪、世家、列传皆是。
    - 以上二者皆记载之公者。
    - 后世文体——（一）墓表（二）墓志铭（三）行状（四）家传（五）神道碑（六）事略（七）年谱
    - 以上七目皆记载之私者。
  - 叙记类（所以记事者）
    - 经——如书之武成、金縢、顾命，左传大战记、会盟及全编皆是。
    - 史——通鉴。
    - 古文——如平淮西碑等是，然不多见。
  - 典志类（所以记政典者）
    - 经——如周礼、仪礼全书，礼记之王制、月令、明堂位、孟子之北宫锜章皆是。
    - 史——史记之八书，汉书之十志及三通皆是。
    - 古文——如赵公救灾记等是，然不多见。
  - 杂记类（所以记杂事者）
    - 经——如礼记投壶、深衣、内则、少仪，周礼之考工记皆是。
    - 古文——修造宫室、游览山水以及记器物、记琐事者皆是。

而近人章氏太炎，务恢弘文域，考其论列，一切皆文。颇亦远师舍人，可谓文家至大之域矣。

［附表二］文学各科表（谢无量据章太炎论文编）

- 无句读文
  - 图书
  - 表谱
  - 簿录——簿录与表谱殊者，以不皆旁行缀系故。
  - 算草
- 有句读文
  - 有韵文
    - 赋颂——无韵之颂即入符命类、述序类中。
    - 哀诔——祭文附此。
    - 箴铭——无韵之铭即入款识类中。
    - 占繇——如周易、易林、太玄灵棋之属。
    - 古今体诗
    - 词曲——戏曲、弹词均属此。
  - 无韵文
    - 学说
      - 诸子——九流及近世科学诸说并附于此。
      - 疏证——凡随文解意及著书考古者，皆属此。
      - 平议——如史通、文心雕龙及一切文评、史评之属。

- 有句读文
  - 无韵文
    - 历史
      - 纪传——尚书、帝典之类皆属此。
      - 编年
      - 纪事本末
      - 国别史——如国语之属。
      - 地志
      - 姓氏书
      - 行状
      - 别传
      - 杂事——报章中纪事亦属此。
      - 款识——如鼎彝碑志之属。
      - 目录——书目之无说者，别入簿录科。
      - 学案
    - 公牍
      - 诏诰——尚书康诰、酒诰之类亦属此。
      - 奏议——尚书谟训之类亦属此。
      - 文移
      - 批判
      - 告示——一切教令皆属此。
      - 诉状
      - 录供
      - 履历
      - 契约——如条约、地契、引帖之属，其私立者，即入书札类中。
    - 典章
      - 书志——如正史各志及通典、通考之属。
      - 官礼——如周礼、六典、会典之属。
      - 律例
      - 公法
      - 仪注——如仪礼、江都集礼、书仪之属，其经学家专门说礼者，即入疏证一类中。
    - 杂文
      - 符命——如封禅、告天、剧秦、典引之属，不皆有韵。
      - 论说——连珠之类亦属此。
      - 对策
      - 杂记
      - 述序
      - 书札——私订契约不关公牍者亦属此。
      - 小说——文言、俗语诸体均属之。

凡此诸家，因其用意不同，研究各异，故其分别，悬殊若此。大氐求通者不免于杂；务要者易失之隘；循名者鲜责诸实；得貌者常遗其神。盖文学之事，流动不居，作者随手之变，世风习尚之殊，息息与体制攸关，故汉代崇辞赋，则《过秦》以敷布成论。

项安世《家说》："予谓贾谊之《过秦》，陆机之《辨亡》，皆赋体也。"

江左贵黄老，则孙、许以平典为诗；

钟嵘《诗品·上品序》："永嘉时，贵黄老，稍尚虚谈，于时篇什，理过其辞，淡乎寡味。爰及江左，微波尚传，孙绰、许询、桓、庾诸公，诗皆平典似道德论。"

子瞻才高，则其词如诗；少游质秀，则其诗如词。

王直方《诗话》："东坡尝以所作小词示无咎、文潜曰：'何如少游？'二人皆对曰：'少游诗似小词，先生小词如诗。'"

且有韵者，不必皆吟咏风谣、流连哀思之文；散行者，不必定褒贬是非、纪别同异之作。若必执名鉴貌，求其毫发无爽，则虽神禹，无以为功。然人心自然之文，不外情理两端；文学固有之界，亦分虚实二境。抒情者凌虚，明理者摭实。抒情者以感化性灵为用，明理者以增进知识为归。纵曰变化万千，要不离此四事矣。

（三）曰断限　历史之有断限，所以纪一朝之兴废也。文学风会，亦有盛衰，故自来论者，恒以时代为标目：两汉以前，题品犹少；建安而后，名目渐多。盖作者日众，则同气有相求之雅；文体日新，则微尚有相感之力。穷变之会，则先后异趣；偏安之朝，则南北分镳；国势消长，则有初晚之不同；外力潜滋，则有新旧之互异。譬春秋之代谢，比寒暑之潜移，此中若有天焉，人力莫如何也。然而有三义焉，承学之士，不可不知：一者，文学者，情性风标，神明律吕，灵秀之所孕毓，材智之所发扬。虽时当叔末，未尝无特达之材；运际屯邅，岂可绝天地之秀。是以宏才硕彦，异代间生；丽制巨篇，后先辉映。而世俗之见，多贵古贱今；轻躁之夫，或是今非古。则断限之说，尤易生人疑障。二者，断限云者，特指目风尚相同之时，而为辜较概括之论耳。究之此中盈虚之数，消息甚微，岂必厘然若白与黑。譬之寒温异候，不无半冬半春之时；东西别向，亦有可东可西之地。故唐代分三四，诗家之争论不休。

按宋严羽《沧浪诗话》论唐诗有盛唐、大历、晚唐之分，后人谓之“三唐”。至元杨士弘编《唐音》，于盛唐以上增初唐，于是又有“四唐”之目。明高棅选《唐诗品汇》用其说，然分之过碎，反致界限不清。故钱谦益非之曰：“燕公、曲江亦初亦盛，孟浩然亦盛亦初，钱起、皇甫冉亦中亦盛。”王世懋亦曰：“唐律由初而盛，由盛而中，由中而晚，时代声调，故亦必不可同。然亦有初而逗盛，盛而逗中，中而逗晚者。何则？逗者，变之渐也，非逗故无由变。”又曰：“唐律之由盛而中，极是盛衰之界。然王维、钱起实相倡酬，子美全集，半是大历以后，其间逗漏，实有可言，聊指一二：如《右丞明到衡山》篇，嘉州函谷磻谿句，隐隐钱、刘、卢、李间矣。至于大历十才子，其间岂无盛唐之句，盖声气犹未相隔也。学者固当严于格调，然必谓盛唐人无一语落中，中唐人无一语入盛，则亦固哉其言诗矣。至冯班作《严氏纠谬》，以刘长卿亦盛亦中之类，力诋严氏之谬。然断限之说，原只论其大概，故严氏亦曰：“盛唐人诗亦有一二滥觞晚唐者；晚唐人诗亦有一二可入盛唐者。”是严氏未尝不知也。

宋金判南北，词坛之辨析匪易。

况周颐《蕙风词话》：“自六朝以还，文章有南北派之分，乃至书法亦然。姑以词论，金源之于南宋，时代正同。疆域之不同，人事为之耳，风会曷与焉，如辛幼安先在北何尝不可南？如吴彦高先在南何尝不可北？顾细审其词，南与北确乎有辨，其故何耶？或谓《中州乐府》，选政操之遗山，皆取其近已者。然如王拙轩、李庄靖、段氏遁庵、菊轩，其词不入元选，而其格调气息，以视元选诸词，亦复如骖之靳，则又何说？南宋佳词能浑至，金源佳词近刚方；宋词深致能入骨，如清真、梦窗是；金词清劲能树骨，如萧闲、遁庵是；南人得江山之秀，北人以冰霜为清；南或失之绮靡，近于雕文刻镂之技；北或失之荒率，无解深裘大马之讥，善读者抉择其精华，能知其并皆佳妙，而其佳妙之所以然，不难于合勘而难于分观，往往能知之而难于明言之。然而宋金之词之不同，固显而易见者也。”

三者，杜陵论诗，特重当时之体。

杜甫论诗绝句：“王杨卢骆当时体，轻薄为文哂未休。尔曹身与名俱灭，不废江河万古流。”

亭林谈艺，务明代降之势。

顾炎武《日知录》：“三百篇之不能不降而楚辞，楚辞不能不降而汉魏，汉魏不能不降而六朝，六朝不能不降而唐也，势也。用一代之体，则必似一代之文，而后为合格。”

曰体曰势，树义显然。盖可变者体格，而变之者势也；不可变者精神，而通之者理也。可变者，一代之中不妨胡越之分；不可变者，万世之后自可旦暮而遇。可变，故汉魏不可为战国；不可变，故李杜可以配风骚。知其可变，故古不必定胜今；知其不可变，故今非不可以复古。是以名世之作，虽用一代特著之体格，必具万古不磨之精神也。

（四）曰宗派　自讲学之风既盛，门户之争亦烈，流风及于文学，而宗派之说生焉。是故宗派非古也，成于后世；非本也，出于末流；非公也，生于私门；非通也，起于褊见。盖古者学在王官，人守世业，百家众技，异职同功，本数末度，百虑一致。东迁以后，大道始裂，诸子并出，异派分流。然漆园著论，尚无九流十家之目；韩非立说，渐有八儒三墨之名。

按庄子《天下篇》论诸子学术，但曰某某闻其风而悦之，不称家数。《韩非子·显学篇》，始有儒分为八，墨离为三。取舍不同，皆自谓真孔墨之语。

汉世崇儒，尤重师说，故天禄校书，独明流别。

按班固《汉书·艺文志》，乃删取刘歆《七略》而成，如称六艺一百二家，诸子百八十九家。又曰诸子十家，其可观者九家，诗赋百六家之类，而九流十家，又特著其出自王朝何官，皆所以明流别也。

魏晋之间，人竞品题，俗尚臧否，文人相轻，于斯为盛，宗派之渐，其在此乎？是时厥后，其风不衰。大氐党同伐异，崇己抑人，而学亦衰矣。故曰非古也，成于后世。昌黎文成破体，余波衍为奇诡之习。

李肇《国史补》："元和以后，为文则学奇诡于韩愈。"

西昆瓣香玉谿，当时即有挦撦之讥。

《古今诗话》："杨大年、钱文僖、晏元献、刘子仪为诗皆宗李义山，号西昆体。后进效之，多窃取义山诗句。尝内宴，优人有为义山者，衣服败裂，告人曰：'吾为诸馆职挦撦至此。'闻者大噱。"

诗派之图成，山谷遂领宗主之号。

按吕本中作《江西诗社宗派图》，列陈师道以下二十五人，皆诗法出自黄庭坚者。盖自宋初杨亿、刘筠辈尊崇义山，末流遂至雕缛。欧阳修起而矫之，至苏轼、黄庭坚而益大。庭坚弟子陈师道最著，故列为首，而以己殿其末，推庭坚为宗主，遂成一时风气。

八家之名立，班、韩乃分奇偶之疆。

曾国藩《送周荇农序》："自汉以来，为文者莫善于司马迁。迁之文，其积句也奇，而义必相转，气不孤伸，彼有偶焉者存焉。其他善者：班固则毗于用偶，韩愈则毗于用奇，蔡邕、范蔚宗以下，如潘、陆、沈、任等比者，皆师班氏者也。茅坤所称八家，皆师韩氏者也。转相祖述，源远而流益分，判然若黑白之不类，于是刺议互兴，尊丹者非素。"

凡此或出后学之变衰，或由异代之推许，非作者始料所及也。故曰非本也，出于末流。夫文，无难易也，惟其是，见于昌黎之答正夫；

韩愈《答刘正夫书》："又问曰，文宜易宜难，必谨对曰，无难易，惟其是尔。"

无古今也，惟其当，闻于惜抱之序类纂。

姚鼐《古文辞类纂序》："夫文无所谓古今也，惟其当而已。"

习之立言，则以文工为极；

李翱《答王载言书》："古之人，能极于工而已，不知其词之对与否、易与难也。诗曰：'忧心悄悄，愠于群小。'此非对也；又曰：'遘闵既多，受侮不少。'此非不对也；书曰：'朕堲谗说殄行，震惊朕师。'诗曰：'菀彼桑柔，其下侯旬，捋采其刘，瘼此下民。'此非易也。书曰：'允恭克让，光被四表，格于上下。'诗曰：'十亩之间兮，桑者闲闲兮，行与子旋兮。'此非难也。学者不知其方，而称说云云，如前所陈者，非吾之敢闻也。"

东坡论文，则以词达为归。

苏轼《答谢民师书》："孔子曰：'言之不文，行之不远。'又曰：'词达而已矣'。夫言止于达，疑若不文，是大不然。求物之妙，如系风捕影，能使了然于心者，盖千万人而不一遇也；而能使了然于口与手者乎？是之谓词达，则文不可胜用矣。扬雄好为艰深之词，以文浅易之说，若正言之，则人人知之矣。此正所谓雕虫篆刻者，其《太玄》、《法言》皆是物也，而独悔于赋，何哉？"

是则艰深之与平易，骈偶之与散行，有韵之与无韵，今体之与古体，一以工与达为衡，而求其是与当而已。此文家之通识，而艺苑之公言也。然而人莫圆赅，士多阿好：识鉴褊狭者，以一察自好；习染深锢者，以会己为美。故曰非公也，生于私门；非通也，起于褊见。准兹四义，宗派之说，违理可知矣。虽然，文非一趣，道有多门。其间如天资之禀赋，学术之陶镕，师友之薰习，时境之影响，亦有较然相异者。学者研味既永，衡鉴自明，故相如巧为形似之言；二班长于情理之说；子建、仲宣以气质为体，休文论之详矣。

> 沈约《宋书·谢灵运传论》："自汉至魏，四百余年，辞人才子，文体三变。相如巧为形似之言；二班长于情理之说；子建、仲宣以气质为体，并标能擅美，独映当时。是以一世之士，各相慕习。"

而子桓之论七子，标其短长；

> 魏文帝《典论·论文》："王粲长于辞赋，徐幹时有齐气，然粲之匹也；如粲之《初征》、《登楼》、《槐赋》、《征思》，幹之《玄猿》、《漏卮》、《圆扇》、《橘赋》，虽张、蔡不过也，然于他文，未能称是。琳瑀之章表书记，今之隽也，应玚和而不壮，刘桢壮而不密，孔融体气高妙，有过人者；然不能持论，理不胜辞，至于杂以嘲戏；及其所善，扬、班俦也。"

彦和之评诸家，明其体性；

> 刘勰《文心雕龙·体性篇》："若夫八体屡迁，功以学成。才力居中，肇自血气。气以实志，志以定言，吐纳英华，莫非情性。是以贾生俊发，故文洁而体清；长卿傲诞，故理侈而辞溢；子云沉寂，故志隐而味深；子政简易，故趣昭而事博；孟坚雅懿，故裁密而思靡；平子淹通，故虑周而藻密；仲宣躁锐，故颖出而才果；公幹气褊，故言壮而情骇；嗣宗俶傥，故响逸而调远；叔夜隽侠，故兴高而采烈；安仁轻敏，故锋发而韵流；士衡矜重，故情繁而辞隐。触类以推，表里必符，岂非自然之恒资，才气之大略哉？"

仲伟之撰《诗品》，著其源流。

按梁钟嵘《诗品》三卷，所品自汉魏至梁诗人一百有三，皆各著其所自，辄曰某人源出某人。虽未必一一皆然，要自有所见。后人生千载之下，遗篇旧制，什九不存，未可据今之所见，议古人之非也。

尤能平理若衡，照辞如镜，虽世远莫觌其面，而觇文辄见其心。派别之义，若斯而已。过此以往，亦文家之朋党也。君子周而不比，论文者其可忽诸。

四纲既立，次明经纬。

经纬者，取譬于组织，所以系纲维，贯网目，纪理文心，绸缪艺事者也。夫文章之道，散为万殊，执要御繁，当有总术，必使杂而有统，约而不孤，庶几可以裁量大雅，研阅精微矣。尝考昔贤传诗，厥有六义。说之者曰：赋比兴者，诗之所用。风雅颂者，诗之成形。用彼三事，成此三事也。推斯义也，实文学之大经矣。昔彦和《诠赋》，谓六义附庸，蔚成大国。

刘勰《文心雕龙·诠赋》："于是荀况礼智，宋玉风钓，爰锡名号，与诗画境，六义附庸，蔚成大国。述主客以首引，极声貌以穷文。斯盖别诗之原始，命赋之厥初也。"

实斋《通义》，称战代文体，源出《诗经》。

章学诚《文史通义·诗教上》："后世之文，其体皆备于战国，人不知；其源多出于诗教，人愈不知也。"又曰："战国之文既源于六艺，又谓多出于诗教，何谓也？曰：'战国者，纵横之世也。纵横之学，本出于古者行人之官。观春秋之辞命，列国大夫，聘问诸侯，出使专对，盖欲文其言以达旨而已。至战国而抵掌揣摩腾说以取富贵，其辞敷张而扬厉，变其本而加恢奇焉，不可谓非行人辞命之极也。'孔子曰：'诵诗三百，授之以政，不达，使于四方，不能专对，虽多奚为。'是则比兴之旨，讽谕之义，固行人之所肄也。纵横者流，推而衍之，是以能委折而入情，微婉而善讽也。"

二君之论，固已发其大凡矣。至其分合流变之间，则亦阙焉弗详，是有待于后学也。大氐三事之中，比之为义至明，赋之为用最广，兴则用精于赋而义隐于比，常感发于不觉，引物连类，以述己志，而不见其端。此毛公述传，所以独标兴体也。尝试论之，三事者固诗家之芍药，亦众制之规矩也。欲明此义，请陈一隅：孟子之巧譬，庄生之寓言，论宗之用比也。

赵岐《孟子题辞》：“孟子长于譬喻，辞不迫切，而意以独至。”

司马迁《史记·庄子列传》：“其学无所不窥，然其要本归于老子之言，故其著书十余万言，大氐率寓言也。作《渔父》、《盗跖》、《胠箧》，以诋訾孔子之徒，以明老子之术。畏累虚、亢桑子之属，皆空语，无事实。然善属书离辞，指事类情，用剽剥儒墨。”

宋玉之《风赋》，贾生之《鹏鸟》，赋家之用兴也。

按宋玉《风赋》，因风以明讽谕之志；贾生《鹏鸟》，见鹏而起生死之情，诗家之兴也。

《过秦》、《王命》、《六代》、《辨亡》，论之体也，而用则赋。

项安世《家说》：“予谓贾谊之《过秦》，陆机之《辨亡》，皆赋体也。”

章学诚《文史通义·诗教上》：“《过秦》、《王命》、《六代》、《辨亡》诸论，抑扬往复，诗人讽谕之旨。”

虬龙云蜺，美人香草，骚之文也，而用则比。

刘勰《文心雕龙·辨骚篇》：“虬龙以喻君子，云蜺以譬谗邪，比兴之义也。”

王逸《离骚经章句》：“离骚之文，依诗取兴，引类譬喻，故善鸟香草以配忠贞；恶禽臭物以比谗佞；灵修美人以媲于君；宓妃佚女以譬贤臣；虬龙鸾凤以托君子；飘风云霓以为小人。”

曰比者，附也，附理者，切类以指事。兴者，起也，起情者，依微以拟议，推阐其用，岂仅限于诗歌辞赋之文？赋者，铺也，布也，铺采布文，体物写志也，会通其旨，亦有合于说部戏曲之法。盖文家以三事为用，所用岂囿于一体？譬易牙以五味为用，百羞皆五味所成；师旷以五音为用，众乐待五音而举。是以一体之内，或比兴互陈；一篇之中，或赋比兼备。或以赋而包比兴；或本比而用敷陈。参伍错综，神变靡常，理固宜也。然而法有工拙，用有隐显，势有从违，体有小大。斟酌百变之间，取予寸心之内，作者之才艺系焉，一代之风会存焉。是在学者鉴别之精，要未可以一概而论也。

近世论文之士，喜为真美善之辨。严为之防，则有若水火之不容；偏有所主，则有若君臣之相洽，非探本之论也。今举斯三义，通其体用，别其名实，明其分合，详其异同，以纬文事而媲三经焉，倘亦当世之急务乎？夫道一而已，散为九流；儒一而已，析为八家。日耀月华，皆天象也；川渟岳峙，皆地文也，此总散之别宜也。东望者见沧海，西向者疑之；南辕者畏炎日，北辙者异之；蛙黾以池井为天地，蜉蝣以朝暮为春秋，此封域之见然也。明夫总散之别，祛其封域之见，而后可以论文学矣。夫三名比用，古无有也，传自西籍，其始盖外教之说也。

按明末利玛窦，传教至中土，初译彼宗之书，始有至美好之名，即真美善也。

考之故训，真之一文，不见六艺。其用出道家之书。观其不假于物而自然之训，殆即中庸至诚之义欤？

按真字不见于六艺。庄子书有真人至人圣人之名，盖指知自然至理之人也。郭象注曰："真，至也，不假于物而自然也。"即儒家至诚之义矣。《庄子·渔父篇》："真者精诚之至也。"《荀子·劝学篇》："真积力久则入。"杨倞注曰："真，诚也。"若《说文解字》，训真乃仙人变形而登天，乃后起之义，殆方士之为也。

至美之与善，意义本同。

按美善训同，皆从羊得义。故《说文解字》曰："美，甘也。从羊从大。"羊在六畜主给膳也。与善同意。譱，吉也。从誩从羊。此与义美同意。篆文譱从言。

是以先儒注书，每以互训。如美者在中，美训善；

《仪礼·士丧礼》："美者在中。"郑玄注曰："美，善也。"

以见其善，又善训美；

《吕氏春秋·古乐篇》："汤乃命伊尹作为大濩，歌晨露，修九招六列，以见其善。"高诱注曰："善，美也。"

善歌者，善训美；

《礼记·学记》："善歌者使人继其声。"孔颖达疏曰："善歌谓音声和美。"

美宫室，又美训善。

《周礼·地官司徒》："一曰媺宫室。"郑玄注曰："美，善也。"

又善美同训好训喜，同有福祥之义焉。

按善训好，见《吕氏春秋·长攻篇》："所以善代者乃万故。"高诱注曰："善，好也。"训喜，见《荀子·解蔽篇》："其为人也，愚而善畏。"杨倞注曰："善犹喜也。"训福，见《礼记·中庸》："善必先知之。"孔颖达疏曰："善为福也。"美训好，见《公羊传》庄公十二年："鲁侯之美也。"何休注曰："美，好也。"训喜，见《老子》："天下皆知美之为美，斯恶已。"王弼注曰："美恶犹喜恶也。"训福，见《周礼》："行夫媺恶而无礼者。"郑玄注曰："媺，福庆也。"

此皆先儒故训之足征者，然非可以释今世之惑也。今人之辨三名者，率以真属智，以善属行，以美属情，其分隶若有不可通者。而情之发为艺术，于艺术之中，又有主善主美之别焉。推原其故，盖以分析为学也。夫学问之道，分析综合，异用同功。合而不分，是曰侊侗，分而不合，是曰支离，离而不已，往而不反，则将终不可合矣。可不慎哉！窃尝论之，三名之生，生于人心；三名之分，分于所用。心之体一而用有三途，用之名三而实则一贯。何谓用三？有思考焉，有事为焉，有情感焉。用之思考，故有真伪之辨；用之事为，故有善否之分；用之情感，故有美恶之异。何谓一贯？人生而有思，思斯有为，为思有感。思之真伪，为之善否系焉，情之美恶别焉，一也；真理者，思考之鹄的，事为之权衡，而情感之归宿也。思得之则真，行符之则善，情止之则美，连连焉如环之无端也，二也。此分合同异之契，而名实体用之符也。且文学者，心艺也。心，有所思而世弗知；有所为而俗弗用；有所感而人弗通，则郁而求畅，怫而求申，发而为音声；形而为文章。人之读之者，或见真理焉；或见善行焉；或见美情焉，非作者所计及也。然则又何主善主美之相别异哉？经之以三义，纬之以三名，文用备矣，文理周矣，文道成矣，文心通矣。大矣哉！其词坛之总术，而笔苑之宗门乎？

经纬既明，次标三准。

昔孔子赞《易》曰："书不尽言，言不尽意。"其美子产也，曰："言以足志，文以足言，不言谁知其志？言之不文，行而不远。"孟子论《诗》，曰："不以文害辞，不以辞害志。"其称《春秋》也，曰："其事则齐桓、晋文，其文则史，其意则丘窃取之矣。"大哉！先圣之言，固已启斯文之秘钥矣。而庄生讥世，亦有贵语贵意之文；

《庄子·天道篇》："世之所贵道者书也，书不过语，语有贵也。"语之所贵者意也，意有所随，意之所随者，不可以言传也。

扬子好古，重申达心达言之义。

扬雄《法言·问神篇》："言不能达其心，书不能达其言，难矣哉。"

及至彦和，极论镕裁，始标三准。辞情终始，条理粲然，可谓述者之明矣。

> 刘勰《文心雕龙·镕裁》：“是以草创鸿笔，先标三准。履端于始，则设情以位体；举正于中，则酌事以取类；归余于终，则撮辞以举要。”

然而先哲宏旨，尚多蕴蓄，比类合谊，可得而详也。夫缀词之例，有通有别；位字之式，或只或双。土臧曰心，心识曰意，错画曰文，笔著曰书，别训之例也。

> 按《说文解字》：“心，人心，土臧也，意志也。”段玉裁曰：“志即识，心所识也。文，错画也，象交文。书，箸也，从聿者声。”

志意意义，互文而可通；文辞言辞，合用而无择，通释之例也。多文为富，修辞立诚，只用之式也。约其文辞，思其志意，双用之式也。由此观之，孔子之意与志，孟子之志与义也。孔子之书与文，孟子之文也。孟子之辞与事，孔子之言也。庄生之意语书，扬子之心言书，彦和之情事辞，亦即孔子之志言文，孟子之义事文也。其或不曰辞而曰事者，辞乃说事之言。

> 按《荀子·正名篇》曰：“辞也者，兼异实之名以论一意也。”杨倞注曰：“辞者，说事之言辞，兼异实之名，谓兼数异实之名以成言辞，犹若元年春王正月公即位，兼说异实之名以论公即位一意也。”王念孙《读荀子杂志》曰：“论当为谕字之误也。谕，明也，言兼说异实之名以明之也。”

诗人之所咏歌，文家之所论列，史氏之所传述，必有事焉。故变文称事也，名虽异而实则同也。综而论之，书不尽言，言不尽意，文理之当然也。言以足志，文以足言，作者之良法也。不以文害辞，不以辞害志，读者之要术也。所言同而所以言者异也，情感思想，志之属也。志托于事物而言为辞，辞寄于笔墨而见为文。情感之深微，思理之幽赜，有不能托之于事物者焉。能托之矣，其宅句位章，又有不能曲达毕见者焉。此子厚所以有作文不易之言，而东坡所以有辞达为难之语也。盖情思蕴于方寸，达之匪易；事物存于耳目，喻之不难。以难达之情思，托易喻之事物，宜若可矣。虽然，情思者，无形之至精者也；事物者，有形之至粗者也。于至粗之事物，寓至精之情思，而求其隐显无爽，内外玄同，岂非文家至难之事乎？故曰：不尽之义，文理之当然也。然而作者有不得不达之志，即有不得不言之辞；有不得不言之辞，即有不得不作之文。而明志达辞，自不得不有其法，孔子所举足之一义，其文家之玉律乎？足之训，成也。志成于所言之事，言成于所书之文，则不尽者可尽矣。足之训，止也。文止于辞达，辞止于志明，则可尽者不必尽矣。不尽者可尽，可尽者不必尽，枢机之妙，存乎寸心。不及非成也，太过非止也，文止于此而言成于彼，言止于此而志成于彼，则天下无不达之辞，人心无不明之志矣。作者之能事，孰有过于此哉？故曰：足志之说，作者之良法也。至于披文见辞，循辞得志，斯乃籀文之至乐，养性之神方也。望古而遥集者，由兹发轫焉。虽然，未易言也。必也，见文之异于常者而逆求其故焉，则将见其辞有异于吾之所谓者矣；见辞之异于常者而逆求其故焉，则将见其志有异于吾之所思者矣，此孟子意逆之旨也。若夫以吾之所谓所思，而武断之，曲解之者，害其辞与志者也；以异于吾之所谓所思，而轻诋之，非笑之者，亦害其辞与志者也。夫前修之懿美，后贤之师法也。虽形质不存，而精爽无忒。今乃读其书而害其志，害其志并弃其书，岂智者之所为哉？故曰：不害之旨，读者之要术也。然则二圣所论，理统于含毫之先，义赅于成篇之后，包精粗，贯表里，而无遗者矣。固圣谟之卓绝，亦神匠之准绳哉。

三准既举，更申三训：

古者文之涵义至广，诗之涵义至约，诂诗者有三训焉：一曰承也；

《礼记·内则》："诗负之。"郑玄注曰："诗之言承也。"

《仪礼·特牲馈食礼》："诗怀之。"郑玄注曰："诗犹承也。"

按此二诗字，盖由持义引申者。故孔颖达《诗正义》曰："以手维持而承奉之也。"

二曰志也；

《春秋详说·题辞》："在事为诗，未发为谋，恬憺为心，思虑为志，故诗之为言志也。”

《吕氏春秋·慎大览》:“若告我旷夏尽如诗。”高诱注:“诗志也。”

刘熙《释名·释典艺》:“诗之也，志之所之也。”

许慎《说文解字》:“诗志也，从言，寺声。訨古文诗省。”

三曰持也。

《诗纬·含神雾》:“诗者，持也，在于敦厚之教，自持其心;讽刺之道，可以扶持邦家者也。”

按诗与持皆从寺得声，古字通假，故诗有持义。

孔冲远申其义曰:“作者承君政之善恶，述己志而作诗，为诗所以持人之行，使不失坠，故一名而三训也。”斯言也，可谓精义入神矣。䌷绎其说，得四事焉:一者，诗必有关于一代政教得失也。昔贤序诗，论声音之喜怒，本于时政之和乖。

《诗大序》:“诗者，志之所之也，在心为志，发言为诗。情动于中而形于言，言之不足，故嗟叹之，嗟叹之不足，故永歌之，永歌之不足，不知手之舞之足之蹈之也。情发于声，声成文谓之音。治世之音安以乐，其政和;乱世之音怨以怒，其政乖;亡国之音哀以思，其民困。”

后儒记乐，称人心之欢戚，感于外境之苦乐。

《礼记·乐记》:“乐者，音之所由生也，其本在人心之感于物也。是故其哀心感者，其声噍以杀;其乐心感者，其声啴以缓;其喜心感者，其声发以散;其怒心感者，其声粗以厉;其敬心感者，其声直以廉;其爱心感者，其声和以柔:六者非性也，感于物而后动。”

按孔颖达《正义》曰:“物外境也，言乐初所起，在于人心之感外境也。心既由于外境而变，故有此下六事之不同也。噍，踧急也，若外境痛苦则心哀，哀感在心，故其声必踧急而速杀也。啴，宽也，若外境所善，心必欢乐，欢乐在心，故声必随而宽缓也。若外境会合其心，心必喜悦，喜悦在心，故声必随而发扬放散无碍也。怒，谓忽遇恶事而心恚怒，恚怒在心，则声粗以猛励也。直，谓不邪也；廉，廉隅也。若外境见其尊高，心中严敬，严敬在心，则其声正直而有廉隅，不邪曲也。和，调也，柔，软也，若外境亲属死亡，心起爱情，爱情在心，则声和柔也。”其言虽论乐理，实通于诗学，合于文心，所当参究也。

盖人生有情，不能无感。感有所郁，不能无言。诗者，言之精也，情之华也，君子以是见志焉，贤者以是观国焉。且诗用之大，存于讽谕；诗源之广，由于美刺。

郑玄《六艺论·论诗》：“诗者，弦歌讽谕之声也。自书契之兴，朴略尚质，面称不为谄，目谏不为谤，君臣之接如朋友，然在于诚恳而已，斯道稍衰，奸伪以生，上下相犯。及其制礼之后，尊君卑臣，君道刚严，臣道柔顺。于是箴谏者希，情志不通，故作诗者以诵其美，而讥其过。”

所谓将顺其美，匡救其恶，使闻之者足以塞违而从正也。故虽语关一己之幽忧，而情周万姓；感生一人之私室，而理洽众心。后之览者，且以是论其世焉。二者，诗必有关于作者情思邪正也。诗篇三百，义归无邪。诗思之邪，由来久矣。盖人之情性，不能分寸齐同，才学不能毫厘无爽，或才优而学劣，或理弱而情强，或激于世，或囿于时，喜怒哀乐之发，遂亦不能中节。是故诗虽明志，所志者必详其真伪焉；心非无之，所之者必论其是非焉。证之以行义，验之以事功，参之以同气之俦，稽之以当世之故，文之情伪，不难知矣。此孟子所以贵知人也。然而《离骚》忠愤，屈子来露才之讥；

班固《离骚序》：“今若屈原，露才扬己，竞乎危国群小之间，以离谗贼。然责数怀王，怨恶椒兰，愁神苦思，强非其人，忿怼不容，沉江而死，亦贬絜狂狷景行之士。”

王逸《楚辞章句序》：“若屈原膺忠贞之质，体清洁之性，直若砥矢，言若丹青，进不隐其谋，退不顾其命。此诚绝世之行，俊彦之英也。而班固谓之露才扬己，竞于群小之中，怨恨怀王，讥刺椒兰，苟欲求进，强非其人，不见容纳，忿恚自沉，是亏其高明而损其清洁者也。”

闲情高致，陶公蒙微瑕之诮；

昭明太子《陶渊明集序》：“白璧微瑕，惟在《闲情》一赋。扬雄所谓劝百而讽一者，卒无讽谏，何足摇其笔端？惜哉！亡是可也。”

尊酒论文之句，李、杜被交讥之嫌；

葛立方《韵语阳秋》：“杜甫、李白以诗齐名。韩退之云：‘李杜文章在，光焰万丈长。’似未易以优劣也。然杜诗思苦而语奇，李诗思疾而语豪。杜集中言李白诗处甚多，如‘李白一斗诗百篇’，‘清新庾开府，俊逸鲍参军。何时一樽酒，重与细论文’之句，似讥其太俊快。李白论杜甫，则曰：‘饭颗山头逢杜甫，头戴笠子日卓午。为问因何太瘦生？只为从来作诗苦。’似讥其太愁肝肾也。”

按《旧唐书·杜甫传》亦有：“白自负文格放达，讥甫龌龊而有饭颗山之嘲诮之语。”

莫倚善题之言，严杜受相疑之谤。

洪迈《容斋续笔》曰：“《新唐书·严武传》云：‘房琯以故宰相为巡内刺史，武慢倨不为礼。最厚杜甫，然欲杀甫数矣。李白为《蜀道难》，为房与杜危之也。’甫传云：‘甫尝醉登武床，瞪目视曰：“严挺之乃有此儿。”武衔之。一日欲杀甫，冠钩于帘者三，左右白其母，奔救得止。’旧史但云：‘甫性褊躁，尝凭醉登武床，斥其父名，武不以为忤。’初无所谓欲杀之说，盖唐小说所载，而新书以为然。”

仇兆鳌《杜诗详注》曰：“子美集中诗，凡为武者几三十篇。若果有欲杀之怨，不应眷眷如此，好事者但以武诗有‘莫倚善题鹦鹉赋’之句，故用证前说。”

斯则非古人之咎，而后学之责矣。三者，诗必有感化之力也。《诗大序》曰："正得失、动天地、感鬼神，莫近于诗。"刘彦和曰："诗总六义，风冠其首，斯乃化感之本源，志气之符契也。"故知歌咏之兴，以感人为极致矣。上古之世，诗乐相将。

孔颖达《诗正义》："五帝以还，诗乐相将，故有诗则有乐。"

乐主于声，有和同之美；诗主于辞，具鼓舞之神。二者同功，效乃无极。迨及后世，乐教沦亡，咏歌特盛，先圣化感之用，乃独寄于篇什。温柔敦厚之教，其化感之真谛乎？乐而至淫，哀而至伤，非温柔也；颂而近谀，讽而近谤，非敦厚也；何则？诗之感人，在显动之以情，而暗喻之以理。淫伤则过情矣，谀谤则损理矣。纵令感人，已失中道，况不然耶？且咏歌所抒之情，即作者所感之情也；篇什所寓之理，即作者所见之理也。感化之强弱，视为权衡焉。斯固才艺优劣之分，亦即志气高下之验也。可不慎欤？四者，诗必有追琢之美也。夫情致幽深，非朴辞所能尽，思理玄远，岂浅言可得宣。语必惊人，定非凡响；

杜甫《江上值水》诗："为人性僻耽佳句，语不惊人死不休。"

句可泣鬼，自异庸音。

范传正《李白新墓碑》："贺知章吟公《乌栖曲》云，此可以泣鬼神矣。"

杜甫《寄李十二白二十韵》："昔年有狂客，号尔谪仙人。笔落惊风雨，诗成泣鬼神。"

此古人所以刿目钵心，顿精爽而不顾也。诗曰："追琢其章，金玉其相。"此之谓欤？虽然，亦有辨也。春华铺棻，必有丰干，朱弦疏越，岂出庸工？故丽辞资雅情而立，妙语非拙手可成。本末之间，未容倒置；杼柚之外，别有神机，一也。雕虫篆刻，壮夫不为，扬子云之言也；

扬雄《法言·吾子篇》:“或问吾子少而好赋，曰然，童子雕虫篆刻，俄而曰：壮夫不为也。”

古今胜语，皆由直寻，钟仲伟之论也。

钟嵘《诗品》:“思君如流水，既是即目；高台多悲风，亦惟所见；清晨登陇首，羌无故实；明月照积雪，讵出经史。观古人胜语，多非补假，皆由直寻。”

尚质之士，资为口实焉。不知文人构思，何必楮墨之间？睿智观妙，每出意言之表。彼养之有素者，自可取之逢源，故子建如成诵，

杨修《答临淄侯笺》:“又尝亲见执事，握牍持笔，有所造作。若成诵在心，借书于手，曾不斯须少留思虑。”

仲宣若宿构也。

《三国志·魏书·王粲传》:“粲善属文，举笔便成，无所改定，时人常以为宿构，然正复精意覃思亦不能加也。”

古人所谓俯拾即是，岂易事哉？二也。由是观之，冲远三言，固已包举文家之能事矣。

三训既终，重以余义。

文学者，通先哲精神之邮，启后学情思之键者也。枢机所存，厥惟讽赏。夫作者授志于辞，授辞于文，其理顺；览者由文得辞，由辞得志，其势逆。顺者以内外同符为极；逆者以彼此合契为归。然而赏文之道，神有会通，则古今可观于须臾；情有底滞，则咫尺亦邈若山海，此览者之难恃也。且代远则事多阙，事阙故有不可知者焉；世异则传易讹，传讹故有不可信者焉，此又述者之难征也。而作者之变，亦复多端。夫兴会成文，神来结采，思若风发，言若泉流，当此之时，虽作者亦有莫知其所以然者矣。况诗贵婉讽，文或隐避，语有

本正而若反，词有意内而言外。苟非生与同时，游与同处，学与同道，将何从探其用心，得其本事耶？故《郑风》闵乱刺淫，说诗者至今聚讼；

按《郑风》二十一篇：如《将仲子》、《羔裘》、《箨兮》、《褰裳》、《风雨》、《有女同车》，古序皆指为闵乱，所言皆君臣之际。朱传概目为刺淫，所写皆淫奔者自道。其后宗传者疑序，信序者斥朱。争论至于今不休。

楚骚方经合传，辨骚者从来异辞。

按刘彦和《辨骚》曰："淮南作传，以为《国风》好色而不淫，《小雅》怨悱而不乱，若《离骚》者可谓兼之。蝉蜕秽浊之中，浮游尘埃之外，皭然涅而不淄，虽与日月争光可也。班固以为露才扬己，忿怼沉江。羿浇二姚，与左氏不合。昆仑玄圃，非经义所载。然其文丽雅，为词赋宗。虽非明哲，可谓妙才。王逸以为诗人提耳，屈原婉顺，《离骚》之文，依经立义。驷虬乘翳，则时乘六龙；昆仑流沙，则禹贡敷土。名儒辞赋，莫不拟其仪表。所谓金相玉质，百世无匹者也。及汉宣嗟叹，以为皆合经术。扬雄讽味，亦言体同诗雅。四家举以方经，而孟坚谓不合传。褒贬任声，抑扬过实，可谓鉴而弗精，玩而未核者矣。"彦和复陈四事，谓其同于风雅。摘四事，谓其异于经典。大氐以为骚辞虽奇华，而其旨则真实，非后代浮艳所可比附也。

嗣宗郁抑，咏怀难以情测；

李善《文选·阮嗣宗咏怀诗》注："嗣宗身仕乱朝，常恐罹谤遇祸，因兹发咏，故每有忧生之嗟，虽志在刺讥而文多隐避。百代之下，难以情测。故粗明大意，略其幽旨也。"

太白毫纵，蜀道匪可臆求。

按李白《蜀道难》一篇，自来论者约有三说：一为房杜危之也。其说出范摅《云溪友议》，钱希白《南部新书》，纪有功《唐诗纪事》、《新唐书·严武传》同。一为讽章仇兼琼也。沈存中《梦溪笔谈》、洪驹父《诗话》，并同。一为玄宗幸蜀作也。萧士赟《李白诗集注》主之。而顾炎武《日知录》曰："李白《蜀道难》之作，尚在开元天宝间，时人共言锦城之乐，而不知畏涂之险，异地之虞。即事成篇，别无寓意。"及玄宗西幸，升为南京。则又为诗曰："谁道君王行路难？六龙西幸万人欢，地转锦江成渭水，山回玉垒作长安。"一人之作，前后不同如此，亦时为之也。

他如苏州之独怜幽草；

按韦应物《滁州西涧》诗，谢叠山以为指小人在朝，贤人在野，亦属臆测。见徐釚《词苑丛谈》。

义山之锦瑟无端；

按李商隐《锦瑟》一首，解者纷纭，或以为寓意令狐青衣，或以为悼亡之作，或以为自伤之词。故王阮亭《论诗绝句》曰："獭祭曾惊博奥殚，一篇锦瑟解人难。千秋毛郑功臣在，尚有弥天释道安。"道安，指明末释道源，始注义山诗者。

飞卿之小山重叠；

按温庭筠《菩萨蛮》各阕，托意男女之词，张惠言谓乃感士不遇也。

东坡之缺月疏桐。

按苏轼《卜算子》词，鲖阳居士《词学筌蹄》，句句强解。王阮亭已讥其村夫子强作解事，令人欲呕。而王楙《野客丛书》，又有温女私慕之说，尤为可笑。见徐电发《词苑丛谈》。

事本无征，安能涂附。凡此之类，贵有准绳。今陈二义，以毕吾说。夫情，公也。事，私也。私者因人而异，公者亘古无殊。是故雁山辽水之间，锦帐熏笼之侧，江湖魏阙之地，蒹葭白露之时，荆棘禾黍之中，衡门宛丘之下，忧喜之事万端，而啼笑之情无两。所以思君怀友之作，可托之男女怨慕之词；爱国忧时之心，可寄之劳人思妇之事。然则作者之本事，虽不可知，而文中之公情，自不难见矣，此一义也。昔仲尼之告子张也，曰："多闻阙疑，慎言其余，则寡尤。"其诲子路也，曰："君子于其所不知，盖阙如也。"其疾时人之多穿凿也，曰："吾犹及史之阙文也，有马者借人乘之，今亡矣夫。"以仲尼之圣，二子之贤，平居讲道，犹谆谆以阙疑相戒者，何也？盖学问者，万世之公器；知识者，无涯之渊薮；人生者，有限之寿命，安可以有限之生，逐无涯之知？以一人之私，害万世之公哉？此思之所以贵慎，而辨之所以当明也。且阙在多闻，则必非寡学之事矣；阙乃君子，则必非小人所能矣；学而得疑，则必非沟瞀之儒矣；阙可寡尤，则必免愚陋之诮矣；喻如乘马，则必有得解之日矣。大哉，上圣之雅言，其不刊之鸿教哉！此又一义也。是二义者，所以济论世知人之穷，推之孟子不害之旨而皆准者也。览文之土，留意于此，庶几可以无大过矣。

恢之以四纲，以统其纪；错之以经纬，以究其变；建之以三准，以立其极；约之以三训，以总其要；辅之以二义，以释其惑。文学之道，不中不远矣。虽然，记有之曰："独学而无友，则孤陋而寡闻。"诗有之曰："嘤其鸣矣，求其友生。"区区之意，盖若此云。

（据中华书局2007年版《十四朝文学要略》校录）

林庚与《中国文学史·自序》

经典导读

林庚（1910—2006），字静希，原籍福建闽侯（今福州市），生于北京。著名的现代诗人、古代文学学者、文学史家。1928 年毕业于北京师范大学附属中学，考入清华大学物理系。1930 年转入清华大学中文系，1933 年毕业留校，是年秋出版了第一本自由体诗集《夜》。1934 年起在北京大学等校兼课，讲授中国文学史。“七七”事变后到厦门大学任教。1947 年返京任燕京大学中文系教授，1952 年院系大调整，改任北京大学教授。著有《春野与窗》《问路集》《空间的驰想》等六部诗集及《中国文学史》《诗人屈原及其作品研究》《天问论笺》《诗人李白》《唐诗综论》《新诗格律与语言的诗化》等多部学术著作。

《中国文学史》自序，作于 1947 年 5 月。这本已经绝版的《中国文学史》，1947 年由厦门大学出版。50 年代林庚着手改写这本文学史，更名为《中国文学简史》，1954 年由上海文艺联合出版社出版“上卷”。1988 年，北京大学出版社重印了《中国文学简史》上卷，并加以相应的修订。1994 年，《中国文学简史》下卷完成。1995 年北京大学出版社将《中国文学简史》上下卷合并印行，附录中收入了《中国文学史》的目录和朱自清为《中国文学史》所写的序以及林庚的自序，使我们得以管中窥豹。

林庚相信，“那能产生优秀文艺的时代，才是真正伟大的。没有文艺的时代，无论如何，离开那理想的社会必然还远”。林庚的这个态度很值得玩味，理解了他的这个态度，才能理解他的这部《中国文学史》。比如，他把数千年的中国文学史分为四个时代：启蒙时代、黄金时代、白银时代、黑夜时代。黄帝至建安为启蒙时代，东汉五言诗出现至韩愈为黄金时代，白居易至宋儒为白银时代，唐小说兴起至清为黑暗时代。显然的，所谓“黄金”、“白银”、“黑夜”的判定，所依据的不是社会状况，而是文学的状况。如果要说社会的状况，“西汉是一个史称承平富产的时代，甚至于我们至今还以汉人自豪，可是汉代就产生不出文艺的果实；所以汉代的社会也就最没有意义，最没有理想”。汉代被列入启蒙时代，原因在此。所谓“黄金时代”，是说五言诗和七言诗都在这个时期达到了极致，是说绝句、律诗、歌行都在这个时期达到了极致，这里有太康的纯美，有六朝的风流，有感情的解放，有唐诗中的少年精神。所谓“白银时代”，是说诗的鼎盛时期虽已过去，但词、曲兴起，又另开生面。“小令结束了北宋时期”，“慢调与律诗同其途径”，“马东篱的杰作”，“散曲中生活的速写”，这样一些标目，足以显示林庚的关注所在。需要质疑的是，明清时代的文学，有《牡丹亭》《长生殿》《桃花扇》，有《水浒传》《西游记》《红楼梦》……何以名为“黑暗时代”？这个问题其实不难找到答案。林庚是一个诗人，他偏爱诗，认为叙事文体比诗矮了一个等级。在小说、戏曲的研究正如日中天的 20 世纪中叶，这样明确地表示对诗的偏袒，足以见出林庚的诗人气质。甚至在评述唐以后的叙事文学时，林庚也克制不住他对诗的偏爱，对那些富于诗心的小说、戏曲，他讲起来也更为得心应手，精彩纷呈。例如他论《西游记》的游戏性和天真烂漫的儿童情趣，真知灼见，确能引发许多读者的会心一笑。

林庚这种对于诗的偏爱，后来他有意加以克制。北京大学出版社 1995 年版林庚《中国文学简史》，其导言以唐代为界，将中国文学分为两个大的时段，前一个时段以抒情文学为主体，可称之为寒士文学，后一个时段以叙事文学为主体，可称之为市民文学。“宋元以来，新兴的市民文学乃日益兴旺起来，而越来越居于创作上的主导地位。这寒士文学与市民文学之间的盛衰交替，也便是中国文学史上最鲜明的一个重大变化。”“宋元以来乃以小说、戏剧作为它中心的舞台，以故事的爱好，展开了全新的创作。当然，正统诗文中也并非没有故事的爱好，但往往是通过典故来满足这一要求。”这样的分析概括，是富于启发性和说服力的。

从《中国文学史》到《中国文学简史》，林庚的个人风格逐渐淡化，字里行间一个中规中矩的教授的身影不时可见。比如，《中国文学史》第四章《散文的发达》有这样一段：

> 从《盘庚》到《春秋》，是中国散文的第一个阶段。散文仅仅可以作为记忆的保留，语言的辅助。从《左传》之后，这才是散文另一时代的开始。它不仅是记忆，而且是发挥；不仅是语言，而且是思想本身。语言受了它的影响，才变为更高的语言；思想受了它的磨炼，才变为更锐利的思想。这时《诗经》的时代已经过去，散文的光芒，乃笼罩了整个思想界，那美妙的言辞，崇高的文化，都为这时代增加了光荣，从各方面启发了人们的智慧。

与之对应的《中国文学简史》第四章《散文时代》则是这样写的：

> 在战国时代以前，散文只是历史记载，只能执行简单记录的任务，文字是掌握在官家的手里，所谓《尚书》就是那样的作品；这时散文就是从那样一个局限中解放出来，文化与文字开始从官家贵族们的手里落到私人平民的手里，它就不仅仅是一个呆板的记录，而变成了活生生的思想，这就是一个智者的时代。……从语言文字上说，首先就是文字要接近口头的语言，因为这时文字既已不是贵族所专有，便必然接近于日常语言。……由于这口语的成分，先秦的散文才从呆板的史官文字中解放出来，成熟地进入一个全新的阶段。

两相比较，当然是《中国文学简史》更适合于做教材，它平稳周全，清晰明白。而《中国文学史》则无疑更受一部分无须应考的读者的喜欢，它的那种清新，它的那种个人化的才情，焕发出生命的色泽，能让读者进入一种惊异的兴奋状态。

朱自清为《中国文学史》写的序特别表扬了林庚关于《诗经》和《楚辞》的比较分析。在中国古典诗中，《诗》《骚》两大传统有着内在的紧张关系。“温柔敦厚，诗教也。”而屈原的《离骚》却以感情抒发的激烈为特点，以至于汉代班固在《离骚序》中批评屈原“露才扬己，竞乎危国群小之间，以离谗贼。然责数怀王，怨恶椒兰，愁神苦思，强非其人，忿怼不容，沉江而死，亦贬絜狂狷景行之士”。“谓之兼诗风雅与日月争光，过矣。”对《诗》《骚》两大传统，林庚所作《中国文学简史》

认为,《诗经》代表写实的“生活的艺术”,所歌咏的是一种“家的感觉”,后来变为儒家思想,却形成了一种束缚或规律。《离骚》代表“相反的浪漫的创造的精神”,所追求的是“一种异乡情调和惊异”,也就是“一种解放的象征”。[①] 朱自清的序一方面表扬林庚眼光独到:“这里推翻了传统的《诗》《骚》一贯论,否认《骚》出于《诗》。《骚》和《诗》的确是各自独立的,这是中国诗的两大源头。”另一方面也提醒他注意乐府与《诗经》的联系:“但是得在《诗经》后加上乐府,乐府和《诗经》在精神上其实是相承的。”诗人林庚,时有粲花之论,也时有疏忽之处。

林庚特别钟情于诗中的“少年精神”。“楚辞的少年精神直贯唐诗”、“唐诗中的少年精神”一类表述,在《中国文学史》中时有所见。1995 年版的《中国文学简史》依然延续了这种洋溢着诗意的史识。例如“盛唐时代的诗国高潮”一节这样写道:“唐人的生活实是以少年人的心情作为他的骨干”;“少年人没有苦闷吗?春天没有悲伤吗?然而那到底是少年的,春天的。”林庚对王维的独特定位,正是从这个角度作出的:“在盛唐解放的高潮中,王维主要的成就,正是那些少年心情的、富有生命力的、对于新鲜事物敏感的多方面的歌唱,那也就是当时诗歌的主流。”诗人林庚,即使是写学术著作,也别具风味。可以说,他的文学史著作的魅力,主要不在于讨论的范围与众不同,而在于那种与众不同的诗性书写。

—— 延伸阅读文献

1. 林庚:《唐诗综论》,商务印书馆 2011 年版
2. 徐公持:《文学史有限论》,《文学遗产》2006 年第 6 期

(陈文新撰稿)

—— 原文:《中国文学史·自序》

① 林庚《中国文学简史》附录《朱佩弦先生序》,北京大学出版社 1995 年版,第 724 页。

中国文学史·自序

林　庚

我计划写一部文学史，大约在十二年以前，那时我开始担任中国文学史这门功课。当时的感觉可以说有两方面：一方面觉得大学里中文系的课程，历来偏重于旧的，而中文系学生们的期望，却往往是新的；但实际上，就新文学已有的历史与材料上来说，的确又没有多少课程可开；这事实上的缺陷，催促着我发生了沟通新旧文学的愿望，这原来正是文学史应有的任务，所以这部书写的时候，随时都希望能说明一些文坛上普遍的问题，因为普遍的问题，自然就与新文学特殊的问题有关。书写到“五四”以前，也正是计划着，若将来能有机会写一部新文学史的时候，可以连续下去。

另一方面的感觉，是近世文坛上派别与纠纷之多，其所以有这许多纠纷的缘故，便因为缺少了一个主潮。自然一个主潮是不会凭空而来的。欧洲文学自写实主义，自然主义，象征主义，唯美主义，以至于稍后的新写实主义，新浪漫主义，都莫非在寻觅这主潮的努力中；而至今还是各是其所是，似乎仍没有一个大家可以公认的结果。非特文学如此；即在艺术的其他部门，如近世绘画上派别的奇特纷纭，音乐上之走向歌剧与利用不谐和的半音的尝试，凡此种种，也都还在寻觅这主潮的过程中。我们要知道这将来的主潮如何，自然要参照过去主潮的消长兴亡。我们应当与世界上寻觅主潮的人士，共同投身于探寻的行列中；我们不应当在人家还正在未可知的摸索着的时候，便已经开始模仿了。我们对于自己这一份寻觅的工作，不觉得太懒惰了吗？

我又常想，我们如果要获得一个大的答案，必须先要解决无数较小的答案；否则便不免流于主观、武断，与不完全。我因此开始注意中国文学史上许多没有解决过的问题。例如中国何以没有史诗？中国的戏剧何以晚出？中国历来何以缺少悲剧？《诗经》之后二百年文学上何以竟无诗篇产生？《天问》与《九歌》同为楚辞，何以前者与《诗经》反更为相似？词的长短句如果像历来所认为的，是解放的形式，则何以词的范围反较诗更狭小？李白有诗的复古韩愈有文的复古，何以后者成功而前者无结果？本同于《诗经》的四言诗在魏晋间何以又竟能复活？……这些乃都必须有一个一贯的解释，而要解释这一大串问题，又绝非一条线索所可以说明。把许多条线索拨成一根巨绳，这便是一个文学史上主潮的起伏；他虽在显示旧的，却正可以预言新的。我因此对于每一章，都用一个主题来写，借此使问题的核心得以更为清楚明白。我以为时代的特征，应该是那思想的形式与人生的情绪。盛唐之世，与北宋时期，同为太平盛世，在生活上可谓相差无几，然而唐人解放的情操，崇高的呼唤，与人生旅程的憧憬，在宋代都不可复见；这正是唐宋文艺的分野。我们如果希望一个伟大文艺时代的来临，便必须从那错误的思想形式与错误的人生情绪中醒觉。我在这里似乎又牵扯到许多文化上的问题，尤以谈思想的篇幅似乎占去太多，这是不得不首先声明的。

所谓伟大的文艺正如伟大的时代，人们常常有其不同的解释；热心于社会改造的人们，以为伟大的文艺就是有助于理想社会的文艺，但爱好文艺的人们，却正以为那理想的社会，必然的须是接近于文艺的社会。人生的意义是什么，社会的理想也就是什么；西汉是一个史称承平富产的时代，甚至于我们至今还以汉人自豪，可是汉代就产生不出文艺的果实；所以汉代的社会也就最没有意义，最没有理想。我很想说明这一点人生的憧憬，至少我在写文学史时，更使我相信，那能产生优秀文艺的时代，才是真正伟大的。没有文艺的时代，无论如何，离开那理想的社会必然还远；所以我正如一些社会学家之要求某一种文艺，我则只要求那能产生伟大的文艺的社会。

文艺是领导人生的，但它并不就是幸福，然而我们的幸福能有其他的保证吗？我们愈是想保证幸福，幸福就常常离我们而去，正如同我们如果紧抱住和平，战争不久就会走来一样。人类的文明，在这一点上几乎没有进步。中国的儒家思想一直想保证人生，于是在儒家的手里人生就愈弄愈糟。愈想保证的，最后便必须放弃；因为那放弃是不可避免的，而且是创造必具的条件。伟大的文艺时代，常产生在我们失去保证的时候；东周失去了西周从容的凭借，于是有了大量国风的歌唱与楚辞；建安以来失去了汉代平静的生活，于是有了从五七言诗到宋词这一段时期；这历史的事实，将显示给我们人类文明的又一阶段，那也便是社会要向文艺学习的时候。

我写这部文学史，只有这一点初衷，我以为在黑暗里摸索着光明的，正是文艺；有文艺就有光，就有活力，然后一切问题才可以解决。文学史正如其他的历史，虽然它不会再来，却可以给我们以更多的警觉。

这部书的前三编，民国卅年曾由厦大出版组，以油印本装订成书，当时是用来发给班上的学生，并分赠与友人的。去年厦大复员后，计划出版大学丛书，并愿先印这一部文学史，因把第四编一并写出。书成，又承朱佩弦先生厚意写序，尤其使我十二分的感谢。此外汪伯明校长与厦大出版委员会诸位先生对于这部书的好意，以及王云波先生在事务方面许多的帮忙，使得于印刷条件极端困难的情形下，终能让这部书与世人见面，都在此敬表谢忱。

三十六年五月在厦门

（据北京大学出版社 1995 年版林庚著《中国文学简史》之附录校录）

郑振铎与《中国文学史的分期问题》

经典导读

郑振铎（1898—1958），笔名西谛、郭源新，福建长乐人。早年从事编辑工作，曾主编《小说月报》《文学》《文学季刊》《文艺复兴》等刊物，1931年起先后任教于清华大学、燕京大学、暨南大学，中华人民共和国成立后历任文物事业管理局局长、考古研究所所长、文化部副部长等职。郑振铎是著名的藏书家、作家，也是著名的文学史家，著有《文学大纲》《插图本中国文学史》《中国俗文学史》等著作。他主编的《古本戏曲丛刊》，保存了大量的古代戏曲资料。所著《插图本中国文学史》是其代表作，1932年北平朴社初版，约70万字。1957年修订再版，多次重印。《插图本中国文学史》初版不久，就被朱自清列为可与胡适《白话文学史》、刘大杰《中国文学发展史》鼎立的“几部有独见的中国文学史”（见朱自清1947年5月为林庚《中国文学史》写的序）。朱自清所特别看重的，是这部文学史一以贯之地突出了“时代与民众”以及“外来的文学的影响”。

《中国文学史的分期问题》定稿于1958年2月12日，首刊于《文学研究》1958年第1期，后收入《郑振铎古典文学论文集》（上海古籍出版社1984年版）。这篇论文延续了他早年的一些基本观点，特别重视时代的文学主潮、民间文学的影响和外来文学的影响。在《插图本中国文学史》的绪论中，郑振铎曾指出：

有一个重要的原动力，催促我们的文学向前发展不止的，那便是民间文学的发展。原来民间文学这个东西，是切合于民间的生活的。随了时代的进展，他们便也时时刻刻的在进展着。他们的型式，便也是时时刻刻在变动着，永远不能有一个一成不变或永久固定的定型。又民众的生活又是随了地域的不同而不同的，所以这种文学便也随了地域的不同而各有不同的式样与风格。这使我们的“草野文学”成为很繁赜、很丰盛的产品。但这种产品却并不是永久安分的“株守”一隅的。也不是永久自安于“草野”的粗鄙的本色的。他们自身常在发展，常在前进。一方面，他们在空间方面渐渐的扩大了，常由地方性的而变为普遍性的；一方面他们在质的方面，又在精深的向前进步，由“草野”的而渐渐的成为文人学士的。这便是我们的文学不至永远被拘系于“古典”的旧堡中的一个重要原因。

此外，我们的文学也深受外来文学——特别是印度文学——的影响。这无庸其讳言之。没有了她们的影响，则我们的文学中，恐怕难得产生那末伟大的诸文体，像“变文”等等的了。她们使我们有了一次二次……的新的生命，发生了一次二次……的新的活动力。中国文学所接受于她们的恩赐是很深巨的，正如我们所受到的宗教上，艺术上，音乐上的影响一样，也正如俄国文学之深受英、法、德罗曼文学的影响一样。而在现在，我们所受到的外来文学的影响恐怕更要深，更要巨。这是天然的一个重要的诱因，外国文学的输入，往往会成了本国文学的改革与进展。这，在每一国的文学史的篇页上都可以见到。虽然从前每一位中国文学史家不曾觉察到这事实，我们却非于此深加注意不可。外来的影响，其重要性盖实过于我们所自知。

拿《插图本中国文学史》与《中国文学史的分期问题》比较，可以看出，关于“中国文学的发展”的“特殊之点”，20世纪50年代的郑振铎，依然强调民间文学的影响和外来文学的影响。所不同的是，在这两个影响之外，他还强调“少数民族文学的影响也给汉文学的发展以很大的推动力”。

戴燕《文学史的权力》（北京大学出版社2002年版）第二章曾经指出：《插图本中国文学史》对民间文学的强调，导致了文学史著述在叙事结构上的一个重要变化：“过去文学史的重头一般都在先秦，唐以前也总比唐以后讲得细致，但经过郑振铎的调整，现在大部分的篇幅都留在了唐代以后，即以现在的页面论，从殷商到北朝不过三百页，从隋唐到明末却多达九百多页。”郑振铎还为鼓子词、诸宫调等设了专章，直接从体例上改变了其边缘状态。

关于中国文学史的分期，《插图本中国文学史》与《中国文学史的分期问题》的看法有所不同。两者的具体分期有显著区别。《插图本中国文学史》将中国古代文学分为三个大时期：

（一）古代文学，从远古到西晋；

（二）中世纪文学，从东晋到明代中叶；

（三）近代文学，从明嘉靖到五四运动。

《插图本中国文学史》的这一分期，含有突出外来影响的意味。盖西晋以前的中国古代文学，“纯然为未受外来的影响的本土的文学”；东晋至明代中叶，本土文学“受到了不少印度来的恩惠”；近代文学又恢复了其纯然本土的特性。清末民初，欧洲文学大规模输入，文学史进入了现代时期。

《中国文学史的分期问题》一文，则根据史学界关于中国社会形态发展变化的看法，将中国古代文学分为四个大的时期：

（一）上古期，从邃古到春秋时代（公元前二千年左右—公元前四〇二年），这乃是奴隶社会文学的时期。

（二）古代期，从战国时代到隋（公元前四〇三年—公元后六一七年），这是封建社会文学的前期。

（三）中世期，从唐帝国的建立到鸦片战争（公元六一八年——八四〇年）。这是封建社会文学的后期。

（四）近代期，即半封建半殖民地时期（公元一八四〇年——九四九年）。

这一分期，更多着眼于社会形态的变化和社会生活对文学的影响。

郑振铎早年和晚年的两种不同分期，哪一种更有合理性？这是一个难有定论的问题。这也许正好说明，要在朝代分期之外，另立一种关于文学史的特殊分期，见仁见智，是很难达成共识的。胡云翼初版于 1932 年的《新著中国文学史·自序》曾说：“文学史的分期向无公认一致的说法。因为要把脉络一致的文学史硬化断为几个时期来叙述，本是很勉强的事。有许多人很反对用政治史上的分期来讲文学。他们所持最大的理由，就是说文学的变迁往往不依政治的变迁而变迁。此说固未尝全无理由，但我觉得中国文学与政治实有致密切而不可分离的关系。各种文体因得到政治的后援而发达，那是很明显的，如汉赋、唐诗、宋词、元曲皆然。我们又看，每一个比较长期的时代，其文学都形成一条与政治相呼应的初、盛、变、衰的起伏线。又每一个时代的初期的文学，都不免仍袭前代的旧作风（至秦、隋、五代等短促的时代，则完全浸没在前代的作风里）；每一个时代的中期，都能确立一种新的文学作风；每一个时代的末期，则都不免形成文派分歧的变格，或向后开倒车。各种文学盛衰变迁的关系，都可以从政治的时代背景去求解释。处处都可以看出文学受各不同的政治时代的推移而进化的痕迹。所以，我认定中国文学史的分期，最好还是以依据政治时代的分期较为妥当。此外，实更无较完善的分期法。”胡云翼的意见，代表了相当一部分文学史编写者的看法。

—— 延伸阅读文献

1. 郑振铎:《插图本中国文学史》，人民文学出版社 1957 年版
2. 范宁:《郑振铎对中国文学研究的杰出贡献》，见王瑶主编《中国文学研究现代化进程》，北京大学出版社 1996 年版

（陈文新撰稿）

—— 原文:《中国文学史的分期问题》

经典原文

中国文学史的分期问题

郑振铎

■ 一

我们在编纂或写作中国文学史的时候，首先要接触到的一个问题，就是中国文学史的分期问题。这个问题同中国文学的发展过程的研究和对于这个发展的应用马克思列宁主义的观点来进行研究是分不开的。我们既不能不顾“历史条件”，生硬地搬用欧洲各国的文学发展的规律，又不能违反马克思列宁主义的真理，应用着资产阶级的观点来研究中国文学的发展，或强调“文学”发展的特殊性，使文学的发展和历史的发展完全分离开来。我们既反对教条主义，也反对修正主义。这个中国文学史分期问题的讨论，正是及时地反映出我们在中国研究方面的正确与否的倾向。我很希望有更多的学者们参加这个重要的讨论。在这篇论文里，我只是发表我个人的意见。我欢迎大家的批评与纠正。

我在保加利亚科学院的保加利亚文学研究所、苏联的阿美尼亚科学院的阿美尼亚文学研究所，都和他们讨论过这个问题。他们也正在热烈地讨论这个文学史的分期问题。争论的焦点是：文学史的分期和一般历史的分期是否完全一致的？文学的发展是否有其特殊性？如果承认有，那末应否加以强调？阿美尼亚文学研究所的讨论，问题不大。他们对于古典文学的发展，对于十九世纪的文学发展，都没有什么很大的争论。他们完全同意于文学史的分期和一般历史的分期是一致的。但对于二十世纪以来的，特别是苏维埃时期的文学发展的分期，却有了好些不同的意见和主张。现在还在讨论中。保加利亚文学研究所的讨论，则已经告一个结束。其结论是：应该注意到文学发展的特殊性，但必须不忽视一般历史的发展。

在列宁格勒的东方研究所和列宁格勒大学的一部分关心中国文学研究的学者们，曾经要我向他们做一次“关于中国文学史分期问题”的报告。在这个报告里，我第一次提出了我的看法。现在在这里所发表的，主要是根据这个报告的提纲写出来的，在材料方面有些补充，但在论点上没有什么大的变动。

■ 二

首先要说明的是，在过去的若干时期里，中国的学者们曾写出了不少部中国文学史。从林传甲写的《中国文学史》到一九五六年出版的好几部中国文学史，都曾提出了对于分期的看法和实际上的运用。在一九一九年以前出版的若干中国文学史，主要是按照历史上的“朝代”即殷、周、秦、汉、三国、两晋、南北朝、唐、五代、两宋、元、明、清那末分法的。他们并没有明白地说出文学的发展和历史上各个“朝代”的兴亡具有如何的密切的关系，却按照着这个中国历史上的改朝换代的变革，而自然地划分着中国文学史的时代。这种分期法，可以称之原始的或自然的分期法。这是第一种。

在其间，有少数的几部中国文学史，则受到日本人著作的影响，把中国文学的发展，分为古代、中世纪、近代的三个大时期。古代的，往往是包括到前秦为止。中世纪的，则从两汉开始到唐五代为止。近代的则往往是从宋代开始到清末。他们也没有什么详细地说明这样分法的道理。但我们可以知道他们已经从原始的或自然的分期法向前走了一步，开始采用了资产阶级的文学观，着重在文学自身的发展的规律或过程了。这是第二种。

到了一九一九年五四运动以后所编写的若干部中国文学史，则不仅特别强调中国文学发展的特殊性而且也同时强调每一种“文体”的发展的特殊性。且举几个例吧。胡适的《白话文学史》，乃舍文学的本质上的发展，而追逐于文学所使用的语言的那个狭窄异常的一方面的发展之后，以为中国文学的发展，只是“白话文学”的发展。执持着这样的“魔障”，难怪他不得不舍弃了许多不是用白话写的伟大的作品，而只是在“发掘”着许多不太重要的古典著作。譬如，像叙述大诗人杜甫的诗篇，他只是烦琐地叙述着杜甫集子里的几篇带些诙谐性的小诗。这是魔道之一。陆侃如的《中国诗史》，抱着每个时代各有其特殊的文体的见解（唐诗、宋词、元曲），在宋就不言“诗”只言“词”，在元就不言“诗”“词”只言“散曲”，尽管宋、元二代有着不少的写作诗词的伟大诗人们存在着。论宋诗能够忽略了梅尧臣、陆游、杨万里们么？述元诗的，可以把元好问、虞集、范椁、杨载、揭傒斯和杨维桢他们的名字删去么？像他那样的《中国诗史》，究竟是一部怎样的半身不遂或肢体残缺的“诗史”呢？在那里，怎能看得出中国诗歌发展的全貌呢？这是第三种。

我写的《插图本中国文学史》虽包罗得比较全面些，但也是深受这个时代的影响，而将中国文学史分为三个大时期：

（一）古代文学，从远古到西晋；

（二）中世纪文学，从东晋到明代中叶；

（三）近代文学，从明嘉靖到五四运动；

（四）现代文学，五四运动以来。虽然已经注意到“时代”的影响，却过分强调每一种文体的兴衰，不会更好地把文学的发展和历史的发展结合起来。这乃是卷没于资产阶级的进化论的波涛里而不能自拔的。又论述印度文学对于中国文学的影响时，也有过分夸大之病。这是第四种。

鲁迅先生编的《汉文学史》虽然只写了古代到西汉的一部分，却是杰出的。首先，他是第一个人在文学史上关怀到国内少数民族文学的发展的。他没有像所有以前写中国文学史的人那样，把汉语文学的发展史称为“中国文学史”。在“汉文学史”这个名称上，就知道这是一个“划时代”的著作。其次，他包罗的范围很广，决不忽视真正的伟大作品，不管它是用古文写的或是白话文写的，不管它是用古代的文体写的，还是用当时流行的文体写的。这就同胡适和陆侃如的所作，有本质上的区别了。这是第五种，也是解放前最好的一种。

解放以来的若干中国文学史的新著，和这一二年内全国学者们关于中国文学史分期问题的讨论，有了比较新的看法。提出不同的意见有：

一、把中国文学史分为四段九期的。第一段从殷代到秦；这个时期，又分为二期：(1)殷代，(2)西周到秦。第二段从两汉到魏晋南北朝；它又分为二期：(3)两汉，(4)魏晋南北朝。第三段从唐到南宋末；它也分为二期：(5)唐五代，(6)两宋。第四段从元到民国初期；它又分为三期：(7)元代，(8)明清二代，(9)晚清到民国初期。这是第六种分期法。

二、把中国文学史分为三段八期的。第一段从殷代到秦汉；它分为三期：(1)春秋以前，(2)晚周，(3)秦汉。第二段从魏晋南北朝到唐五代；它又分为二期:（4）魏晋南北朝，（5）隋唐五代。第三段从宋代到五四运动；它又分为三期:（6）宋元二代，（7）明清二代，（8）鸦片战争到五四。这是第七种分期法。

三、把中国文学史分为六段十四期的。第一段，周以前，是萌芽时代，亦是第（1）期。第二段，周代，是少年时代；它分为二期:（2）西周及春秋，（3）战国。第三段，从秦到南北朝，是壮年时代；它又分为二期:（4）秦汉，（5）魏晋南北朝。第四段，从隋至元代，是丰收时代；它又分为:（6）隋及唐前期，（7）唐后期及五代，（8）北宋，（9）南宋及金，（10）元代。第五段，从明到清，是第二个丰收时代；它又分为三期:（11）明前期，（12）明后期，（13）清代。第六段从鸦片战争到五四运动，也就是第（14）期。这是第七种分期法，也就是陆侃如和冯沅君合著的《中国文学史简编》所采用的。

四、把中国文学史分为六期的。（1）从古代到春秋，亦称为上古文学史。（2）从战国到西汉，亦称为古代文学史一。（3）从东汉到隋，亦称为古代文学史二。（4）唐代和宋代，亦称为中世纪文学史一。（5）元明到清前期，亦称为中世纪文学史二。（6）从鸦片战争到五四运动，这乃是近代文学的时期。这是第八种分期法。

这些分期的论据，都有一部分是正确的，但也有很多自相矛盾的地方。要想解决这个问题，为时尚早。现在正展开讨论。可能在展开讨论时候，会产生更为正确的见解出来。

■ 三

我的见解是:

一、首先要确定“原则”。原则之一是，历史发展的过程是服从于社会基础的变化的。生产工具与生产力的进步，推动了生产关系的改变。而生产关系的改变，便影响了上层建筑的发展。从原始社会到奴隶社会，从奴隶社会到封建社会等等，人类的生产关系改变了，社会基础改变了，上层建筑的面貌也就随之而改变了。“历史”就是记录和表现这些“改变”或发展的。文学史乃是历史的一部分，乃是记录文学创作这种上层建筑的发展过程的，它乃是随着基础的变化而发生变化的。所以文学史的发展的过程，必须遵循一般历史的发展过程，别无和一般历史不同的发展过程。

原则之二是，人类历史的发展，既然是服从于基础的改变，故一般的发展规律，是没有例外的。历史是不会倒退的。但同时也要注意到一个国家或一个民族的发展的特殊性。人类的进展并不像田径赛似的，枪声一响，就一齐拔步向前跑去。各个不同的民族，除了遵循一般的历史发展过程之外，有他们自己的特殊性。像中国历史的发展，就有两个“与众不同”的特殊性。一是封建社会的时期特别长；从战国到鸦片战争，足足有两千二百多年（公元前四〇三年—公元后一八四〇年）。哪一个国家有这末长期的一个封建社会呢？二是，从鸦片战争到中华人民共和国成立之前，中国有一个“半封建、半殖民地”社会的时期（公元一八四〇年——九四九年）。这也是许多国家在他们的历史上所没有的。中国根本没有建立起资本主义社会的一个时代。而在长期的封建社会的历史里，我们又有了若干的可注意的变化。第一是，许多王朝的改变，都是由于农民大起义的结果。西汉末年的“赤眉”大起义，东汉末年的张角等的红巾起义，元末的农民大起义，明末的李自成、张献忠的大起义，都推动了历史的前进，都使长期的封建社会，起了新的波澜壮阔的变化。第二是，北方或东北方若干少数民族的南下并统治了中国全部分或一部分土地的结果，也给中国长期的封建社会以决定性的打击。他们或长或短时期地或多或少地破坏了中国的坚固的封建秩序和封建道德，使其在某一时期里产生出不同的或特殊的生活面貌，虽然其本质仍然是封建的。像南北朝时代的“五胡”，像唐末的契丹和宋代的辽、金二族，乃至蒙古族建立的元代，满族建立的清朝等，他们都使中国的封建社会的历史起了不少的变化和有了不同的面貌。第三是，从一八四〇年的鸦片战争开始，诸帝国主义者们的侵略势力，从沿海诸据点，一直伸入内地。他们的经济侵略，使中国的资本主义社会未曾诞生便夭折了。他们的政治、军事和宗教的侵略，同时，也和中国的封建统治阶级的勾结与“狼狈为奸”，使中国近百年来的社会，形成了一种特殊性质的半封建、半殖民地的社会。

这些中国历史发展的特殊性，在中国文学上都有极深厚的影响。中国有没有像西方或俄国所产生的“批判的现实主义”的作品呢？没有。中国在半封建、半殖民地社会的一百年之间，所产生的乃是魏源、林则徐、朱琦、谭嗣同、康有为、梁启超、黄遵宪、李宝嘉、吴沃尧、刘鹗、林纾、曾朴诸人和鲁迅先生的反帝、反封建的作品。李宝嘉、吴沃尧、刘鹗、曾朴诸人的小说，或反帝甚力，而对于封建社会却往往留恋未已，甚至加以歌颂。只有在五四运动（一九一九年）以后，以鲁迅先生为杰出的代表的一大部分作家们，方才全心全意地投入反帝、反封建的战斗里。一九四二年毛泽东主席《在延安文艺座谈会上的讲话》，则开辟了为工农兵服务的创作道路，其影响正一天一天地更加强大起来。

在一八四〇年鸦片战争之前的中国的奴隶社会时代和长时期的封建社会时代的文学，也是紧密地反映着和表现出时代的变化的。许多农民大起义，都在文学史上留下弘伟而深刻的足印，而北方或东北方若干少数民族的南侵，则激起了更多的汉族作家们的悲愤，倾吐出更多的美好的热情磅礴的作品出来；像西晋末年的刘琨，宋代的岳飞、陆游、文天祥诸人，明代末年的陈子龙、夏允彝、夏完淳、傅山诸人，一时数之不尽。他们的反映现实，是很敏捷的，很深入的。他们是和他们的时代生活同呼吸的。戏曲家们所反映的元朝统治之下的中国社会的生活不是最真切动人的画面么？明代小说家们所描写“世纪末”的明帝国的崩溃的面貌，像在《西游记》、《金瓶梅》里所见到的，不是最生动活泼的封建社会生活的刻画么？他们或快或慢地，或前或后地，反映或表现了他们的时代。他们是和中国的历史发展一块儿迈步前进的。他们的作品乃是中国历史和中国人民生活的最可靠、最翔实、最生动的记录与描写。所以，中国文学的发展和中国历史的发展是不可分开的。

二、但也还必须承认：中国文学的发展也自有其几个特殊之点。第一是，民间文学的影响，特别巨大。许多弘伟的文体和伟大的作家都是从民间文学那里受到影响，得到典范的。像建安时代的五言诗的诸作者，就是受到汉末民歌、民谣的影响的。又像明代的小说，也就是得到民间话本的感兴而发展起来的。第二是，少数民族文学的影响也给汉文学的发展以很大的推动力。同时，他们自己也产生了不少的好作品，为中国文学史上的光芒四射的明星。像南北朝时代的北方诸民族的文学，元代的蒙古族的文学，都在汉文学史上留下巨大的影响。第三是，外来文学的影响，特别是印度文学的影响，在我们文学史上也起了很大、很好的作用。没有一个国家的文学是“独往独来”，不受任何外来的影响的，同时，也没有不给予别的国家以影响的。所谓“文化交流”，是古已有之的。大唐三藏法师玄奘到印度去取经，却在那里听到中国流传到印度去的“小秦王破阵乐”。我们不应讳言那些外来的影响，当然也不应该过分夸大或过分强调那些影响。

这些因素，使中国文学的发展也有其若干特殊性或特点。

三、因之，中国文学史的分期的原则：

（1）是和一般历史的发展规律相同的；

（2）是和中国历史发展的规律的步调相一致的；

（3）同时也是有她的若干特殊性或特点的。

我们既要根据一般历史发展的规律，又要研究中国历史和文学史的特殊性。我们要结合社会发展的一般规律和中国文学史发展的实际情况。我们必须以马克思列宁主义的观点，实事求是地研讨中国文学史的发展过程。

■ 四

我想，依据了以上的论据，可将中国文学史分为下列的五个时期；在几个时期里，又可再划分为若干段落。

第一，上古期，以邃古到春秋时代（公元前二千年左右—公元前四〇二年），这乃是奴隶社会文学的时期。代表的作品是《诗经》和《尚书》、《论语》等。代表的作家是《诗经》里的几位大诗人和孔子。这个时期，开始表现出中国文学的辉煌成就。

第二，古代期，从战国时代到隋（公元前四〇三年—公元后六一七年）。这是封建社会文学的前期。我们在这一千多年里，看到了几次的历史大事件的发生，那就是秦的统一中国，汉的打败匈奴和寻求西方的据点，西晋末的北方少数民族占据了中国北部，和杨坚的统一南北，建立了短促的隋朝。这些历史上的大事件，都促进了文学上的大作品的产生。大江南北和四川等地的文学，开始在骚坛上驰骋着。“楚辞”、“楚歌”的流行和屈原的出来，乃是中国文学史上的一件大事。先秦诸子的出来，表现着中国散文的“百家争鸣”的一个大时代。贾谊同司马迁、枚乘、司马相如等大作家的产生，标志着初期封建社会的繁荣时代。刘向、扬雄、班固、张衡、王充、仲长统以至建安七子的出现，说明了这个时期的作家们对于各式各样文体的创造的努力，对于古代文学遗产的整理的成就，并因之在思想上有了跃进，和对于民间文学的形式和内容的吸取而有了“五言诗”的产生。嵇康、阮籍、左思、裴颜、郭璞、刘琨、陶渊明、鲍照、谢朓、萧衍、范缜、刘义庆、江淹、何逊、庾信、徐陵诸作者构成了南北分立时代的五彩缤纷的文坛。外来的佛教文学和民间文学，给予诗人们以不少的影响。批评文学在这个时期，也有了很好的成就。陆机的《文赋》和刘勰的《文心雕龙》其本身就是很美好的文学创作。隋代的杨广、薛道衡等，结束了古代文学的时代。据此，这个时代，又可分为三个阶段。（一）从战国到秦的统一（公元前四〇三年—公元前二二一年），这是屈原与楚辞的时代，先秦诸子的“百家争鸣”的时代。（二）从陈胜吴广的起义到晋的南渡（公元前二〇九年—公元后三一六年），这包括了两汉的大时代，包括了三国和西晋，乃是两司马、建安七子和嵇康、阮籍的时代。（三）从东晋到隋帝国的灭亡（公元三一七年—六一七年），乃是左思、郭璞、陶渊明、鲍照、庾信、徐陵的时代。

第三，中世期，从唐帝国的建立到鸦片战争（公元六一八年—一八四〇年）。这是封建社会文学的后期。这个时代比较地长，文学家产生得特别多；许多新的文体出现了，许多伟大的创作家们也就出现了。光辉灿烂的唐诗，有了以陈子昂、李白、杜甫、白居易、柳宗元许多大诗人作为代表，无愧地成为诗人的一个黄金时代。宋代的诗坛，有了以晏氏父子、范仲淹、欧阳修、梅尧臣、王安石、苏轼、柳耆卿、黄庭坚、秦观、周邦彦、李清照、辛弃疾、陆游、范成大、杨万里、文天祥、谢翱诸作家为代表，也决不比唐代寂寞。“词话”“诗话”和“戏文”的出现，表示着一个更新的大时代的行将到来。元、明二代乃是戏曲和长篇小说的两种新的文体驰骋文坛的大时代，关汉卿、王实甫、马致远、白仁甫、康进之、武汉臣、施耐庵、罗贯中、朱有燉、高则诚、杨慎、吴承恩、笑笑生、汤显祖等许多大作家陆续地挺生于世，创作了许多不朽的大作品。李自成、张献忠的大起义和清兵的入关，结束了“世纪末”的明帝国。清兵的入关，向文坛吹进了一阵严肃的寒冷的空气。许多大诗人为了反抗这个新的统治而殉难以死，或遁迹于深山荒谷之间。像陈子龙、夏完淳等等，其人不朽，其作品也是不朽的。李玉、朱素臣、蒋士铨诸大戏曲家和曹雪、吴敬梓诸大小说家，使清代文学的光芒，烛映天空。诗人们和散文作家们更是屈指难数。但鸦片战争的起来，和紧接着的太平天国的起义，却结束了这个封建社会的最后的一个繁荣时代。这一千二百多年的文学史，令我们如入“山阴道上”，好山好水，扑面而来，耳目应接不暇。因为时间长，又可分为下列的五个阶段:（一）唐五代（公元六一八年—九六〇年），（二）宋和金代（公元九六〇年—一二七九年），（三）元代（公元一二〇五年—一三六七年），（四）明代（公元一三六八年—一六四五年），（五）清代建立到鸦片战争（公元一六四四年—一八四〇年）。这五个阶段的文学发展是各有其特色的。她们紧密地应和着历史的前进的步调而一同前进。历史上产生的大事件，大变化，都深刻有力地，生动活泼地反映在各个阶段的许多文学作品里。

第四，近代期，即半封建半殖民地时期（公元一八四〇年—一九四九年）。这个时期的文学是应划为一个阶段的。时间虽只有一百十年，却产生许多大作家和许多大作品出来。他们和以前若干时代的文学具有不同的作风与思想感情。但有许多人对于这个时代的如何划分法，意见很多，特别是这个时代应该终止于什么时候呢？是否应该终止于一九一九年的五四运动之前，或终止于一九四二年《在延安文艺座谈会上的讲话》时期呢？为什么不再划分出一个“旧民主主义时代”来呢？鲁迅应该作为半封建、半殖民地的作家呢，还是应该作为社会主义现实主义作家的先驱者呢？这些话“说来话长”，在这里不能详论。将来将会有专题的讨论和辩论。但有一点必须明确，即“先驱者”常会走在“时代”的前面，常先期地鼓唱出或创导着未来时代的理想，或理论的。马克思的真理就是走在时代之前的。鲁迅的一部分作品也是如此。毛泽东主席的《在延安文艺座谈会上的讲话》更是烛照着一九四二年以后的时代，特别是现在，而成为文艺工作者们的指路明灯。所以，我和一部分同志们，都主张把半封建、半殖民地时期，划到中华人民共和国的成立之前为止。如上面所已举的，除了鲁迅、瞿秋白和其他一大部分五四运动以后的作家们，是全心全意地投身于反帝、反封建的实际斗争里的之外，在五四运动之前的作家们，常有认识不清，思想感情十分混乱、复杂的。像李宝嘉，既写了猛烈地攻击封建官僚统治阶级的《官场现形记》，却又写了讽刺新时代的人物的《文明小史》。他到底是反抗封建主义的呢，还是拥护封建主义的？其他若干作家，也都同样地有其进步的一面，同时，也有其落后甚至反动的一面。这可以说是“历史条件”使他们成为这样的既是进步又是落后的作家。假如在这个时期没有产生像这样的充满了自相矛盾、自相冲突的作家出来，那才是古怪呢。梁启超说得很好，“不惜以今日之吾与昨日之吾宣战”。两千多年的长期的封建社会的压力与熏染，怎能不会在这个时期的许多作家里，出现留恋或维护封建社会里的种种事物的思想感情来呢？梁启超的“今日之吾”如果是不断“进步”的，那末他就是一个不断进步的作家了。

第五，现代期，即一九四九年中华人民共和国成立以后，经过短暂的新民主主义时期而进入弘伟的社会主义改造和社会主义建设的时期。到今日为止，虽然只是短短八年，但已产生出不少好的作品出来，像赵树理的《三里湾》，老舍、曹禺的剧本，杨朔诸家的小说等等。这是一个方才开始的伟大时代，其成就将会远较以前的各个时代更为伟大的。

■ 五

把中国文学史分为以上的五个时期，即上古期、古代期、中世期、近代期和现代期的说法，只是个人的初步意见。是否妥当，要请研究这个问题的同志们讨论、指正。此外，有关于中国文学史上的许多分期的专门问题，大都是和中国历史的分期问题相同的，像中国的封建社会到底开始于何时呢？中国有没有所谓“资本主义的萌芽时期”呢？如果有，是在什么时代？如果没有，为什么原因？

这些种种问题，都是应该成为专门的讨论题目的。这些种种专门问题的讨论，也将是有助于中国文学史分期问题深入研究的。

一九五八年二月十二日写毕

（原刊《文学研究》一九五八年第一期，此据上海古籍出版社2009年版《郑振铎古典文学论文集》校录）

附录：

关于编写中国文学史的一些问题

陆侃如　冯沅君

我们曾合写过一部《中国文学史简编》。解放后，动手改写；曾用“中国文学史稿”的名称，在山东大学“文史哲”月刊上连载过。发表以后，承许多认识的或不认识的同志们写信来或写成文章，对这个“史稿”提供不少宝贵的意见，给了我们极大的帮助，使我们能够在这次交作家出版社付印的“简编修订本”里减少一些错误。这是我们永远衷心感谢的。

今年七月里，高等教育部邀请各综合大学的中文系教授们，一起讨论中国文学史的教学大纲，科学院和师范大学也有同志来参加。在这半个月的讨论会上，集思广益，也给了我们极其深刻的教育。

现在把我们在修订“简编”的过程中和讨论会中所感觉到的几个问题，提出一些不成熟的初步意见，供同志们参考。

■（一）

首先是关于中国古典文学发展历史的分期问题。

在从前的“简编”里，我们没有谈到分期；在“文学史稿”里，我们认为应该分成六个阶段：1.周以前,2.周代,3.秦至南北朝,4.隋至元,5.明清,6.鸦片战争至五四运动。

当时为什么这样分段呢？我们的理由是：周以前是古典文学的萌芽时期，传为此时的诗文大部分是假的，可信的恐怕只有卜辞与金文。鸦片战争以后是古典文学的尾声，一方面也预告着新时代的来到，那是古典文学与新文学的过渡时期。这两个时期应该各自成为独立的阶段。自周初至清中叶是古典文学历史的主要部分，根据文学的演变，可分为四个时期。周代八百年中，作品比较少，体裁变化也不多，而且作者姓名大都不可考，或者有问题。这显然是古典文学刚成长的时候，好比一个人的青少年。秦汉至南北朝的八百年中，作品渐多，样式也繁复起来；而且文艺创作渐渐成为专门的业务，专集与总集也大批出现了，文艺评论的专门著作也产生了。这时古典文学显然逐渐成熟，由青少年而跨进了壮年。隋唐到元的八百年，是古典文学的空前丰收的季节，历史上第一流的作家，大部分都活动于这个段落内。明清五百年是古典文学的第二个丰收的季节，特别在小说与戏剧方面的成就比较高。这些理由，以前在各段的“概况”里曾说明过。

当我们在《新建设》上读到范文澜先生《关于中国通史简编》一文时，感到很高兴。他把中国长期封建社会的历史分为四期，以“汉、唐、明三个大帝国”为分界，和我们所看到的古典文学演变的历史是相配合的。在《文学史稿》里，对于周初到鸦片战争的各时期的文学，分别冠以“封建初期”、“封建中期”、“封建后期”、“封建末期”等字样，也就是为此。

但是，在我们朋友中间，这种办法却引起两个不赞成的意见。一些研究历史的朋友认为，范先生的分期还有问题，我们站在文学的角度来支持这种分期，是不恰当的；因为历史分期的是与非，应该取决于社会基础的变化如何，而不应该根据某一种上层建筑的情况。另外一些研究文学的朋友认为，这样是拿历史的框子来套文学，而忽视了文学本身的发展。

就我们自己说，我们既没有打算凭文学的演变来对不同的历史分期下判断，也不是拿社会发展的分期来套文学，因为我们并不是不知道历史分期问题很多，而且目前也根本没有现成的框子可供套用。我们只是觉得范先生的分期和我们自己对于文学发展阶段的认识不谋而合，所以乐于引用。在《史稿》里，我们也曾说过“我们避免了经济唯物论的错误来看中国文学的发展”的话。为免上述两种误会起见，我们在这次付印的《简编（修订本）》里删去了封建初期、中期、后期、末期等名称。但是我们认为原来所分的六个阶段还是符合于文学发展的情况的，所以没有改动。

由于文学历史的复杂性，在几百年的大段落里，还可以分成若干小段落。除周以前及鸦片战争以后各自成为一个独立时期外，对于其余四个阶段，我们认为可以分为十二期：周代可以分为（1）西周及春秋，（2）战国两期；秦至南北朝可以分为（1）秦汉，（2）魏晋南北朝两期；隋至元可以分为（1）隋及唐前期，（2）唐后期及五代，（3）北宋，（4）南宋，（5）元五期；明清可以分为（1）明前期，（2）明后期，（3）清三期。一共是六段十四期。

这样划分是为了更好地体现文学进展的实际情况。春秋战国之际在文学上的变化，使周代八百年的文学很自然地分成前后两期。建安前后的变化也把秦汉和魏晋南北朝分开。此外，如天宝对于唐代文学，靖康对于宋代文学，嘉靖对于明代文学，各成为划分时期的标志，因为那是人所共知的，在文学上起变化的年代。隋代文学和初唐接近，五代文学和晚唐接近，所以可以合在一起。金代与南宋同时，在文学上和南宋及元代都有关联；但如元好问的诗词，董解元的诸宫调，似和南宋放在一起讲更为方便；而关汉卿、王实甫诸人经考定非金遗民后，金元分开也没有什么了。

在这次付印的《简编（修订本）》里，我们尝试了这六段十四期的划分。从《文学史稿》的六段，改成现在的六段十四期，在分期问题上也许是更细致了一点。这小小的收获不能不感谢朋友们对我们的批评与帮助。

当然，我们不能说这个六段十四期的分法是尽美尽善的了。分期问题是一个重大的问题，决不是学问浅，水平低，像我们这样的人，就能够一下弄得妥妥当当的。现在朋友们对于分期还有几种不同的看法。一种是四段九期：第一段包含殷商、周秦两期；第二段包含两汉、魏晋南北朝两期；第三段包含唐五代、两宋两期；第四段包含元、明清、晚清及民初三期。另一种是三段八期：第一段包含春秋以前、晚周、秦汉三期；第二段包含魏晋南北朝、隋唐两期；第三段包含宋元、明清、鸦片战争至五四运动三期。这些划分也各有理由。我们衷心盼望研究古典文学的同志们热烈参加分期的讨论，使这个问题能够逐渐获得正确的或比较正确的结论。

■（二）

其次是编写文学史的体例问题。

在高教部召开讨论文学史教学大纲的会上，同志们热烈地争论着“横切”、“竖切”的问题。所谓“横切”就是按照年代先后把文学史从横里切成若干片，来排定全书的篇章。所谓“竖切”就是按照不同的体裁，把文学史从竖里切成若干条。“横切”、“竖切”之称，当时在讨论会上流行过，现在姑且沿用一下。

（“竖切”的办法，有人称之为“分体合编”，但是“分体合编”仍参照年代来排列。）这种“切”法，在会中都有赞成者与反对者。

平心而论，以“横切”为主，要比以“竖切”为主强些。既然是要说明文学发展的历史，自然应该按照年代的先后来安排篇章。如果强调了体裁的区别，读者的注意力就会集中在文学不同样式的不同演进情况上，无形中会忽视了文学作为一个整体来考察的历史过程，也会不由自主地埋没了杰出作家在整个文坛上所起的全部作用。所以，在会上最后大家大都同意在教学大纲里以“横切”为主。

我们在《文学史稿》里原来是分年代以后再分体裁来论述的，现在付印的《简编（修订本）》里已改成完全按照年代先后来排列了。上文曾说，我们尝试用六段十四期的划分；所以在“修订本”里，每段为一篇，一篇中每期为一章。在文学史的编写体例上，这样似乎是更适合些。这也许是改稿中的第二个收获，同样得力于朋友们的指教与鼓励。

在报上发表了批评“分体合编”的文章以后，有不少读者写信给我们，对于批评表示不满意，希望我们不要改。这些写信的人，有的是我们所认识的，有的是不认识的。其中有一封信里还说，曾直接发信给报社，要求广泛征求意见。他们对于编写体例的热烈关怀，我们是非常感谢的，不过我们还是修改了。

既然按照年代来排列有显著的优点，为什么还有那么多同志主张分体裁来写呢？其中的原因，值得我们细细想一想。

我们认为，主张“横切”的人所举的理由有时可能不够圆满，对于“分体”的缺点有时指摘得可能不够恰当，因此就难于说服主张“竖切”的人了。

有些朋友说，所以要按年代的先后，而不要按体裁的区分，主要因为外国学者（包括社会主义国家的和资本主义国家的学者）的著作都是这样的。他们特别举两部已译成中文的苏联学者的著作为例：季莫菲叶夫的《苏联文学史》和布罗茨基等的《俄国文学史》。他们认为：应该照样来写中国文学史。反对者说，这两部原来是苏联中学的文学教科书，前者原名《现代文学》，后者原名《俄罗斯文学》，被译者擅加了“史”字。它们原来并不是“文学史”，怎能拿来做蓝本呢？

事实上，问题不仅仅在于这两部书是文学史还是文学教科书，而且在于：

这两部以外，外国学者写的文学史是否真的都没有分体裁的呢？当然，在这一点上，我们没有能力作全面的估计，因为我们懂得的外国文不多，读的外国著作也很少。解放前，我们曾浏览过一些用英文写的或用法文写的文学史，其中的确大部分是按照年代来叙述的，但也有一部分是分体的。解放后，学习了俄文，也看到几本苏联学者的书。例如苏联科学院比尔契可夫主编的多卷本的《俄罗斯文学史》可以说是以“横切”为主的，但莫斯科大学出版的索哥洛夫的《十八世纪及十九世纪上半期俄罗斯诗歌史略》就是以“竖切”为主的。诗歌史略分三编二十六章，第一编专讲古典主义史诗，第二编专讲浪漫主义史诗，第三编专讲浪漫主义长诗，因此普希金就被分割在第二编第八章及第三编第二章内论述。就在多卷本的文学史内，也不废弃体裁。如第二卷下册和第七卷内有几章是分论散文、戏剧、诗歌的；第八卷上册内也把评论性的论著、散文的作品和诗歌分别研究，所以车尔尼雪夫斯基的论文放在评论部分的第一章内论述，而散文小说则到散文部分的第五章内才讲到，杜勃罗留布夫的论文放在评论部分的第二章内，而诗歌则分割到第八卷下册第四章去了。此外，如高尔基世界文学研究所阿尼西莫夫等的《法国文学史》是按年代的，但同一研究所的索勃里夫斯基等的《希腊文学史》却又按体裁了；例如第二卷就专讲散文，其中第一部分专讲历史散文，第二部分专讲哲学散文，第三部分专讲雄辩散文。由此可见，苏联学者们所写的文学史，在体例上是多样化的。只凭两部中学教科书来判断，不一定能符合事实。

而且，只拿外国的文学史做例子，也是不易说服人的，因为不同的国家的文学可能在发展上有不同的历史情况，很难拿这一国的体例来限制那一国的著作。

另一方面，大家对于“分体”的优缺点，估计得不一定太恰当。为什么几十年来在中国文学史的著作和讲义里，大多数重视体裁呢？这不见得没有正面的理由。

远在一千几百年前的《昭明文选》、《文心雕龙》以前，学者们就开始重视文体的分类。这种对于体裁的钻研，不消说对于当时的文艺工作具有一定的意义。但也不容讳言，过去的分体有点烦琐，有时也不很合理。到清代末年输入了一些资本主义国家的文学作品与文学理论以后，大家才逐渐明确：论说、奏议、书信、序跋、碑传等都属于散文，律诗、绝句、词、散曲等都属于诗歌，传奇、话本、章回等都属于小说，杂剧、传奇等都属于戏剧。把复杂的分类归纳为散文、诗歌、小说、戏剧四种体裁，在五四运动前后不能不说曾经使我们对于文学样式的认识上有所提高，同时对于内容的体会与演变过程的看法上有所帮助。而且，由于这四种体裁取得了平等地位，渐渐地纠正了过去重视诗、词、古文，轻视小说、戏曲的偏见，渐渐地在文学史的著作与讲义里，散曲、话本、杂剧等等也获得了稳固的位置。王国维先生的《宋元戏曲史》，鲁迅先生的《中国小说史略》等书，就在这样情形之下产生的。正因为这四种体裁之分能在古典文学研究工作上起有益的作用，所以到今天还有不少人坚决拥护它。

同时，批评者对于分体的缺点，有时也说得不太令人信服。例如有的朋友写文章说，我们的《文学史稿》由于采用了分体的办法，就产生了四种不合理现象。现在不妨探讨一下这些现象究竟怎样不合理，它们和分体究竟有怎样的关系。

例如有一个所谓不合理现象，是“不伦不类的附论”；据说，我们因为辞赋是介乎诗文之间的东西，既不能放在诗里，又不能放在文里，没有办法只好来个“附论”。是的，我们在《史稿》里的确有一节“附论辞赋”，也的确说过赋的体裁介于散文韵文之间。但是要说我们因为难于安排才设附论，却只能说是批评者的猜想。证据之一：在《史稿》里还有第二个附论，是“附论地方戏”，难道地方戏也难于安排才设附论的吗？证据之二：过去选家一向把赋放在文里（例如《古文辞类纂》），我们在二十多年前写的《简编》里就把赋当作文的一种，这里根本没有什么难于安排的问题。那么我们为什么要用“附论”字样呢？因为，我们认为，辞赋和地方戏一样，文学的价值和别的作品比起来有所差别。一般说，辞赋中缺点比较多，而地方戏中不成熟的东西也不少。我们从前在《中国诗史》里附论石鼓诗，附论小曲，也因为它们是比较次要的。我们这样估价，可能不正确，大家不妨讨论；但是我们诚恳地希望，不要把猜想当做事实来增加“分体”的罪状，因为“附论”与“分体”实在是毫无关连的。

还有两个所谓不合理现象，是我们讲了古代的戏剧，却没有给文学批评以重要的地位；据说，我们因为四体中有戏剧而无文学批评，所以古代本无戏剧也要勉强凑数，而《文心雕龙》却不能占足够的篇幅。我们在《史稿》里，的确曾经系统地叙述了戏剧的起源与演进，但并没有系统地讲历代的文学批评。这是不是拘于四种体裁呢？老实说，这仍是批评者的猜想。我们这样做的真正的原因是，我们认为文学史应该包括戏剧文学史，而不应该包括文学批评史。文学史与文学批评史是两种工作，似乎应该有所区别；在文学史上对于某些重要的文学理论可以介绍一些，但文学史所能给予刘勰的篇幅和文学批评史所给予的恐怕不会一样多，也不应该一样多。至于戏剧的论述，有的朋友认为应该始于元代，正像有人对于小说认为应该始于晋代一样。这样写法，我们觉得不太妥当。因为这样做，会使人误会我们祖国古代既无小说，又无戏剧。事实上，并不是没有，不过作品有些失传罢了。而且，《诗经》、《楚辞》中有些就很可能是原始歌舞剧中的片段，周、汉散文中也有不少是小说性的。对于这些萌芽状态的小说与戏剧，正如对于卜辞金文中的原始作品一样，文学史家似乎不应该置之不理。当然，我们这些看法可能有错误，希望朋友们多多指教；但是假使有错误的话，这也不是"分体"所应负责的。我们现在付印的《简编（修订本）》已经改去了原来分体的办法，完全按照年代先后来分章了，但是我们仍然包括了历代戏剧的演变，却没有包括历代的文学批评；因为到现在为止，还没有足够的理由可以说服我们改变写法。

另一个所谓不合理现象，是某些不止在一种体裁上有贡献的作家被分配在不同的章节里论述了。一个作家是不是可以分在几处讲到？这是今年高教部召开的会议上所热烈争辩的问题之一。有的朋友说，苏联学者从没有把一个作家分割在几处讲的，所以我们也不应该这样做。这种理由，主要是根据那两部中学文学教科书的；上文我们已经说过，在某些苏联学者的文学史中，普希金、车尔尼雪夫斯基、杜勃罗留布夫等人的不同体裁的作品曾被分在不同的章节内论述。可是我们浅学，截至现在为止，还没有听说谁对这种办法提出疑问。我们认为，一般说来，一个作家的全部作品最好是放在一处讲，这样更易给读者以全面的认识。因此，原来《史稿》中诗文分讲的作家如欧阳修、苏轼之类，在这次付印的《简编（修订本）》中便都合在一起了；原来对明代前后七子、公安、竟陵诸人只讲了散文，现在也兼及诗歌，个别的作家如康海、王九思等还谈到了他们的曲。这可以说是这次改稿中的第三个收获，完全是朋友们的关怀与启发的功劳。不过我们最好不要"过于执"，在某些必要的时候也不妨酌量分开；不要一看见分开就马上指责，而且完全归罪于"分体"上去。

由此可见，这四个所谓不合理现象是否真的不合理，是有讨论余地的；而且，即使退一步说它们有不合理处，罪过也不见得应该完全由“分体合编”的体例负责。无怪乎这四点曾引起不少朋友的议论纷纷，而在高教部的会上决定以“横切”为主后，仍有不少同志在会外找我们谈，表示不同的看法。

我们在会上是赞成以“横切”为主的，我们修改付印的《简编（修订本）》也已经改去了原来“分体合编”的办法，因为一般说来，尽可能按照年代来排列，不要过于强调体裁，是比较适当的编写方法。但是我们认为，这里应该注意两点：第一，“横切”不能绝对化，在以“横切”为主的时候，也可以适当参用“竖切”。第二，在十部文学史中，不妨有一两部采用“竖切”的办法，供某一部分读者的参考。苏联学者在体例上的多样化，是值得我们学习的。

■（三）

最后是对于作家、作品的评价问题。

林默涵同志说得好：“现在是应该把批判庸俗社会学的问题提到日程上来了。”（《文艺报》一九五六年第八期）由于对于马克思列宁主义文艺理论学习得不够，就产生了简单化、机械化、概念化的毛病。这毛病侵蚀过出版工作、编辑工作、戏改工作等等，文学遗产的研究也不是例外。无论是学校里的文学史讲义，或是刊物上的古典文学论文，常常或多或少地沾染了这毛病。有人把李后主词说成具有深厚的人民性，有人对于《琵琶记》完全批判，有人在讲《长恨歌》与《长生殿》时不敢提到李杨恋爱等等，病根是一个。我们的《文学史稿》也是这样，对于古典杰作的人民性、现实性，理解得过于狭隘，说明得过于肤浅，因而对于白居易就忽视了他的讽谕乐府以外的作品，对于《三国演义》的人物就强调了他们的出身等等。党及时地给大家敲起了警钟，朋友们也诚恳地指出了我们的错误，使我们内心感到了陶渊明所说的“实迷途其未远，觉今是而昨非”的快乐。

不过，我们同时也要防止另一偏向。近来有些朋友不大敢提阶级，甚至不敢说作品反映现实，那显然是不必要的。这与刚解放时讲稿上一说到艺术技巧，人家就要提意见是同样的错误。

此外，对于某些作家、作品，我们也常常没有能够恰如其分地估计。例如对于宋玉，我们从前就估价太高，后来承郭沫若先生写文章纠正了我们。但是郭先生又不免把宋玉估价太低了，所以又有别的朋友提出不同的意见。经过这样反复讨论，最后才能获得一个不太高也不太低的比较正确的结论。

当然，我们不能说现在付印的《简编（修订本）》已完全没有毛病了。古典文学的研究是需要长期的刻苦的劳动的，很难一下就达到了理想的境地。不过，比起原来的《文学史稿》来，多少总有一些提高。这是我们改写工作中的第四个收获，我们对各方面的感激的心情是说不完的。

谈到作家、作品的评价，就要联系到"重点突出"的问题。对于"重点突出"这个原则，大家是一致同意的。但是一碰到具体问题，大家的看法就不免有差别。例如对于我们的《史稿》，有的朋友写文章批评，认为"重点的作家作品不够突出"；但有一位从事编辑工作的朋友给我们提出书面意见，又认为重点过于突出了，"其结果，好像我国文学史上仅仅只有那么寥寥可数的几个人，显得文学园地上那么贫乏、可怜"。同样一部稿子，为什么有这么相反的评语呢？也许这两位朋友的话都有一部分的道理，也许我们对于某些地方突出不够，而某些地方又过于突出了。如何突出得不太多又不太少，是文学史工作者应该重视的问题之一。

在高教部召集的会上，大家也讨论了如何"重点突出"的问题。对于某些作家、作品，怎样才算处理得恰如其分，真不是一件简单的事。首先必须评价得不太高也不太低，才能突出得不太多也不太少。这个问题一言难尽，唯有加强我们对理论的学习，对作品的钻研吧。

在"重点突出"问题上，还有一点应该慎重考虑。有些朋友看了布罗茨基等的《俄国文学教科书》，对于十八世纪文学只讲了罗蒙诺索夫等三四人，对于十九世纪上半期只讲了克雷洛夫、普希金等七八人，因而认为：写中国文学史只需讲屈原、司马迁、陶渊明……直到吴敬梓、曹雪芹等一二十人就够了。他们认为这样才叫"重点突出"，否则便是"罗列现象，平铺直叙"。其实，苏联学者所写的一般文学史，却并不是这样的。当然，如果在十部中国文学史中有一两部采用中学教科书的体例，我们也不必反对；但如果要求一切文学史都这样写，不这样就算违反了"重点突出"的原则，那么不同意的人恐怕不在少数。因为这样的文学史可真就像上文所引那位编辑朋友的话，显得祖国文学贫乏得只有寥寥可数的几个人，而且彼此间的脉络也不容易说清楚。

附带着谈一谈论述详简和举例节删的问题。我们现在写中国文学史，可以写成一二百万字的，也可以写成一二十万字的，甚至于五万字以下的。这要看不同的读者，不同的需要而定。对于作家、作品论述得恰当与否，和字数的多少不见得有必然的关系。用一千字来写屈原，不一定写得坏；用一万字来写屈原，也不一定就写得好；主要还看写的人对于屈原的认识是否深刻、正确。在高教部召集的会上，大家谈到了过去评论家对于王实甫所下的“花间美人”的评语。只就这四个字看，可以说简单之至；也许有人会给以空洞、抽象、笼统等批评。对于只看别人评语而自己不钻研作品的人，那的确会感到帮助不大的。但是如果我们对王实甫的作品亲自下过一番功夫，便会体会到这四个字的正确，便会承认这四个字能给我们以无穷的启发。因此，大家一致赞成在《教学大纲》里采用这评语。要知道，“简单”与“简单化”不是一回事。当然，我们不能说所有简单的文学史都能达到这四个字那么精当的水平，也不能要求每一位读者都费劲钻研古典杰作；但是有些朋友专从字数多少来判断优劣的办法，似乎是应该改变的。

举例也是这样。为了说明我们的意见，有时必须引用作品的原文；如果原文太长，有时不免要节录。在这里我们应该记住鲁迅先生的教导：“倘有取舍，即非全人，再加抑扬，更离真实”。（《且介亭杂文二集》，《题未定草》）如果原文大部分都讲“向东”，只有一二句讲“向西”；我们只引这一二句来证明作者主张“向西”，那就是歪曲真相了。但是如果全文都讲“向西”，我们摘录几句来说明“向西”的主张，那也未尝不可。因为文学史究竟不能代替作品选，抄录太多也不一定就是好办法。现在有些朋友一看见对原文有所节删，不先问是否符合作者原意，就一概说是“寻章摘句”，一概说是不全面。这也不能算合理吧？我们认为：举例的适当与否，要看是否能正确地说明问题，而不仅在于是否节删。

这些都是就一般文学史而论，并不专指我们的《史稿》。

以上就目前所想到的几个问题，简单的谈了谈我们的初步意见。

对于中国文学史的分期问题，我们认为可以分为六个阶段，十四个时期。

对于编写文学史的体例，我们认为按照年代先后来排列是好的，但不必绝对排斥体裁的区分；同时也可以容许有一小部分的著作，采用以分体为主的办法。对于一个作家的各种作品，原则上放在一处讲，必要时也可以分几处。对于重要的文艺理论，可以适当地提一提，但不能作为文学史的主要内容；而对于早期的小说与戏剧，哪怕还在萌芽状态，却是应该重视的。

对于作家，作品的评价问题，我们认为应该力避庸俗社会学的毛病，也要纠正估计过高或过低的偏向。有了正确的评价，就可以适当地处理“重点突出”的问题。但是不能够说，全部文学史上只讲一二十个第一流作家就算了。在论述和举例上，以正确为贵，不要以为字数越多就越好。

由于在马克思列宁主义文艺理论的学习上和古典文学的钻研上做得太不够，所以上述意见一定有许多错误的地方，在自己的写作中一定有更多的毛病。深望同志们和过去一样地继续指教。

（原刊于《光明时报·文学遗产》周刊132期，《文史哲》1957年第1期转载，此据《文史哲》1957年第1期校录）

刘大杰与《中国文学发展史·魏晋时代的文学思潮》

经典导读

刘大杰（1904—1977），湖南岳阳人，生于上海。1926年毕业于武昌师范大学中文系，1930年毕业于日本早稻田大学研究院。曾任上海大东书局编辑、安徽大学教授、四川大学中文系主任、上海临时大学文法科主任、暨南大学文学院院长。1949年后，历任复旦大学教授兼中文系主任、中国作家协会上海分会副主席、全国人大代表、全国政协委员、农工民主党上海市委副主任。1942年开始发表作品。有译著《德国文学概论》《野性的呼唤》《迷途》《高加索的囚人》《雪莱诗选》《苦恋》《一个无可救药的人》《两个朋友》，自传《三儿苦学记》，论著《中国文学发展史》《魏晋思想史》《中国古代大诗人》《中国文学史》等。

《中国文学发展史》，上卷成于1939年，约20万字，1941年由中华书局出版；下卷成于1943年，1949年出版，约38万字。1957年，《中国文学发展史》修订本由古典文学出版社出版，凡三册76万字。1962年至1963年间，中华书局出版《中国文学发展史》新一版，字数增至93万。导读所据系这一版本。1973年、1976年上海人民出版社出版的《中国文学发展史》第一、第二两册，以儒法斗争为主线，烙有特殊时代的政治印痕，与中华书局新一版差别很大。

《中国文学发展史》上册出版不久，就被朱自清列为可与胡适《白话文学史》、郑振铎《插图本中国文学史》鼎立的“几部有独见的中国文学史”（见朱自清 1947 年 5 月为林庚《中国文学史》写的序）。朱自清所特别看重的，是这部文学史“着眼在各时代的主潮和主潮所接受的文学以外的种种影响”，并且能一以贯之。1961 年秋天，中宣部和高教部联合召开了一个“文科教材编选计划会议”，会议上定了三套“部颁教材”，一套是游国恩等主编的《中国文学史》，一套是中国科学院文学研究所编写的《中国文学史》，一套是刘大杰的《中国文学发展史》。一部个人的著述被确定为“部颁教材”，其境遇有点类似于班固的《汉书》，在文化史上具有不同寻常的意义。20 世纪下半叶我国台湾地区各高校的中国文学史教学，也以刘大杰的《中国大学发展史》为主要教材。

关注各时代的文学主潮，一个曾经被采用的方法是，在体例设计上不按王朝顺序划分文学发展的阶段，而是另外划分为上古文学、中古文学、近古文学、近世文学，或者像王梦曾《中国文学史》（1914 年商务印书馆初版）那样划分为孕育时代、词胜时代、理胜时代、词理两派并胜时代，或者像林庚《中国文学史》那样划分为启蒙时代、黄金时代、白银时代、黑暗时代……但这种种分法，没有一种能够获得一致的认可，反不如朝代分期来得明晰而无争议。刘大杰《中国文学发展史》一方面采用了朝代分期，另一方面将对各时期主潮的关注放在每一章的显要位置加以论述，在体例上尽可能保持全书的一致。

如何确定各时代的文学主潮，一个不止一次被采用的思路是，把“一代有一代之所胜”的说法落实为文学史叙述。如陆侃如、冯沅君《中国文学史简编》（1932 年大江书铺初版），其上编目次是：中国文学的起源，古民族的文学，乐府古辞，三国六朝的诗，唐代的诗，散文的进展，戏曲小说的雏形；其下编的目次是：中国文学的新局面，宋代的词，元明散曲，元明杂剧，明清传奇，明清平话，明清章回小说，近代的散文，文学与革命。郑振铎曾在《中国文学史的分期问题》（1958 年）一文中批评说：“陆侃如的《中国诗史》，抱着每个时代各有其特殊的文体的见解（唐诗、宋词、元曲），在宋就不言‘诗’只言‘词’，在元就不言‘诗’‘词’只言‘散曲’，尽管宋、元二代有着不少的写作诗词的伟大诗人们存在着。论宋诗能够忽略了梅尧臣、陆游、杨万里们么？述元诗的，可以把元好问、虞集、范梈、杨载、揭傒斯和杨维桢他们的名字删去么？像他那样的《中国诗史》，究竟是一部怎样的半身不遂或肢体残缺的‘诗史’呢？在那里，怎能看得出中国诗歌发展的全貌呢？”

1931 年 8 月 4 日，胡云翼在《新著中国文学史》自序中，谈到了他对文学主潮的关注以及他的叙述方式："过去的文学史多偏重于死板板的静物叙述，只知记述作家的身世，批评其作品。至于各个时代的文学思潮的起伏，各种文体的渊源流变及关于各种文学的背景及原因的分析，皆非其所熟知。……我尽力的使我的文学史能够成为一部活的脉络一致的文学史，虽然这也许是我一个不胜任的妄想。"胡云翼的《新著中国文学史》确实是这样做的。

由上面的举例可以看出，"着眼在各时代的主潮和主潮所接受的文学以外的种种影响"，并不始于刘大杰，何以《中国文学发展史》格外受到朱自清的青睐呢？原因在于，刘大杰做得漂亮，几乎已臻于炉火纯青的境界。比如，胡云翼论唐代的诗歌，仅用两百字说明其兴盛的原因："我们分析唐诗之所以发达，其最大的原因，乃是由于君主的倡导。初唐的太宗，女主武则天及玄宗，都是提倡文学，奖励诗人最力的。此外如宪宗读了白居易的《讽谏诗》，便召为学士；穆宗喜欢元稹的诗，征为舍人；文宗则因为爱好五言诗，特置诗学士七十二人，简直变成诗迷了。唐代的考试制度，本是以诗赋录取进士的；又加上君主们的特别提倡。哪个文人不想做官？要做官就得努力于诗。因此便造成唐代三百年诗坛的盛况。"这样的分析，不免简略粗疏。而刘大杰则用了大约三千字来谈这个问题。刘大杰将唐诗兴盛的原因分为三点："诗人地位的转移"，"政治背景"，"诗歌形式的发展"。其中"政治背景"部分，与胡云翼的论述对应，但稳健周密的程度不可同日而语。刘大杰论"以诗取士"与唐诗兴盛的关系时说："加之唐代以诗取士，于是诗歌一门，成为文人得官干禄的捷径，与明、清两代的制艺相同，作为当日青年士子的必修科目。以诗取士，格于歌颂的内容与形式的限制，自然难得有精彩的作品。但这种考诗的制度，提倡作诗的风气，对加强诗歌技巧的训练，对诗歌的普及，有重要作用。杨慎《升庵诗话》引胡子厚云：'人有恒言曰：唐以诗取士，故诗盛……此论非也。诗之盛衰，系于人之才与学，不因上之所取也。'王世贞也说：'人谓唐以诗取士，故诗独工，非也。凡省试诗类鲜佳者。'（《艺苑卮言》）他们这些意见，似是而实非，因为都忽略了考试制度对于诗歌技巧普遍训练的作用。诗歌技巧的普遍训练，是诗歌繁荣的一项准备工作。《全唐诗》序说：'盖当唐开国之初，即用声律取士，聚天下才智英杰之彦，悉从事于六艺之学，以为进身之阶，则习之者固已专且勤矣。而又堂陛之赓和，友朋之赠处，与夫登临宴赏之即事感怀，劳人迁客之触物寓兴，一举而托之于诗，虽穷达殊途，悲愉异境，而以言乎抒写性情，则其致一也。'这样的说明，较之王、胡诸人的议论来就显得全面一些了。"刘大杰的论述，文笔畅达，从容不迫，化用了西方理论而不留痕迹，引用了古人的话而风度得体，确有其长处。

从社会环境的角度揭示文学主潮形成的原因，既与知人论世的传统吻合，又符合历史唯物主义，因此，无论是信奉马克思主义的学者，还是与马克思主义保持距离的学者，都乐于采用。20世纪30年代以来的文学史著述，几乎都要在这一领域一试身手，而一部著述的高下之别，这一部分常常占有极重的分量。可以说，刘大杰适逢其时地发挥了其长处，《中国文学发展史》以其文学主潮的阐释获得了一致好评，在海峡两岸被公认为文学史经典。

《中国文学发展史》的叙述方式标志着一种范式的成熟。陈国球在《中国文学史的省思》（香港三联书店1993年版）一书的导言中曾经指出：在中国自有文学史研究以来，就与教育机制密切难分。教育的主要功能是传授知识，文学的历史存在既然被视为学子必须掌握的知识，而以语言文字于另一时空重现，它的叙事体式必然具备了几个特征：1. 叙事者表明所叙述的不是谎言，乃是真相；2. 叙事者假设自己和读者对相关知识的掌握程度并不对等；叙事者访得了知识的火光，然后传递给蒙昧的读者；3. 基于不平等的地位，基于高度的自信，叙事者充满从上而下的指导语态，藏有嘉惠后学的自慰心理。陈国球所说的这种文学史的叙事体式，并非在每一种文学史中都有充分体现。比较而言，刘大杰的《中国文学发展史》体现得尤为自觉和自如。

罗素在他的《西方哲学史》美国版序言里曾说："关于任何一个哲学家，我的知识显然不可能和一个研究范围不太广泛的人所能知道的相比。我毫不怀疑，很多人对于我所述及的任何一个哲学家，——除了莱布尼兹之外——都比我知道得多。然而，如果这就成为应该谨守缄默的充分理由，那么结果就会没有人可以论述某一狭隘的历史片段范围以外的东西了。斯巴达对于卢梭的影响、柏拉图对于十三世纪以前基督教哲学的影响、奈斯脱流斯教派对于阿拉伯人以及从而对于阿奎那的影响、自从伦巴底诸城的兴起直到今天为止圣安布洛斯对于自由主义的政治哲学的影响，这都是一些只有在一部综合性的历史著作里才能处理的题材。"（商务印书馆1981年版罗素《西方哲学史》卷首）罗素的话提醒我们，哲学史或者文学史，不仅要关注一个一个的对象，尤其要关注对象之间的关系，影响与被影响的关系，以理清历史发展的脉络。在这方面，刘大杰确有其长处。比如《中国文学发展史》第十五章以"杜甫与中晚唐诗人"标目，所注重的就是杜甫与中晚唐诗坛的关系，尤其是杜甫的"即事名篇"的乐府诗对元白新乐府的影响，杜甫的"现实主义"精神对中晚唐诗人的影响。刘大杰称“从杜甫到张籍、白居易、元稹”是“杜甫的时代”，这一断语显示了深邃的文学史眼光。元稹《乐府古题序》说：“自风雅至于乐流，莫非讽兴当时之事，以贻后代之人。沿袭古题，唱和重复，于文或有短长，于义咸为赘剩，尚不如寓意古题，刺美见事，犹有诗人引古以讽之义焉。曹、刘、沈、鲍之徒，时得如此，亦复稀少。近代惟诗人杜甫《悲陈陶》《哀江头》《兵车》《丽人》等，凡所歌行，率皆即事名篇，无复倚傍。予少时与友人白乐天、李公垂辈谓是为当，遂不复拟赋古题。”其中，“讽兴当时之事”、“刺美见事”、“即事名篇”云云，强调的正是杜甫这类作品“缘事而发”的写实性。元白把握到了并有意识地加以继承的也是这个特征。白居易《新乐府序》说：“首章标其目，卒章显其志，诗三百之义也。其辞质而径，欲见之者易谕也；其言直而切，欲闻之者深诫也；其事核而实，使采之者传信也；其体顺而肆，可以播于乐章歌曲也。总而言之，为君、为臣、为民、为物、为事而作，不为文而作也。”“其事核而实”、“为事而作”云云，并非门面话，元白确实是努力躬行的。陈寅恪《元白诗笺证稿》第五章依次讨论《新乐府》各篇，表明元白新乐府所继承的的确是“缘事而发”的传统。刘大杰对元白新乐府的研究自不及陈寅恪精深，但他对杜甫与元白的关系的把握是到位的，作为一部文学史著作，这就够了。

—— 延伸阅读文献

1. 刘大杰：《批判胡适的唯心主义的文学史观点》，《复旦学报》1955 年第 2 期
2. 赵景深：《民间文学在文学史上的地位》，《解放日报》1959 年 3 月 24 日
3. 董乃斌：《刘大杰文学史研究的成就和教训》，见陈平原主编《中国文学研究现代化进程》二编，北京大学出版社 2005 年版

（陈文新撰稿）

—— 原文：《中国文学发展史·魏晋时代的文学思潮》（节录）

经典原文

中国文学发展史·魏晋时代的文学思潮（节录）

刘大杰

魏晋文学的社会环境

中国文学发展到魏晋，它的精神与作家的创作态度，都发生了变化。这期的文学，形成一种自觉的运动，重视文学价值和社会地位，探讨文学理论问题。在这转变的过程中，文学逐渐摆脱经学的束缚，得到比较自由的发展。

一、政治环境的混乱与恐怖　东汉末叶，政治上发生了激烈的动摇。由于封建统治阶级的腐朽专横，外戚宦官的争权夺利，兼并土地，压榨人民，水利不修，水旱连年，使得广大人民，陷入饥饿流亡的绝境，终于爆发了以黄巾为首的农民大起义。接着是董卓、曹操的举兵，三国的混乱局面，因以形成。农民起义虽然失败，但在那二十多年间，攻打豪强贵族，捕杀贪官污吏，向封建统治阶级展开了持久顽强的斗争，在历史上起了重要的推进作用。三国以后，接下去便是曹丕、司马两家的继续篡夺，贾后之乱，八王之乱，再加以北方外族的侵入，结果是怀帝、愍帝相继被虏，于是西晋便亡了。到了东晋，虽偏安一时，中经王敦、苏峻、桓玄之乱，造成了刘裕称帝的机会，东晋也就在这时告了结束。在这两百年中阶级矛盾与种族矛盾，非常尖锐。内祸外患，接踵而来，战乱饥荒，连续不断。人口锐减与人民流亡迁徙的情形，在古史上还可供给我们不少的材料。在政治派系对立与篡夺继续的专制政治环境下，文人是动辄得咎，命如鸡犬。东汉末年党祸的大屠杀，造成了极其恐怖的局面。再如孔融、祢衡、杨修、丁仪、丁廙、何晏、嵇康、张华、石崇、陆机、陆云、潘岳、刘琨、郭璞等人的遇害，都是很悲惨的。难怪郭泰、袁闳、申屠蟠之流，住的住土穴，躲的躲树洞，都做了《高士传》中的高士。难怪魏、晋文人，故意装聋卖哑、寄情药酒，或文尚曲隐，或诗杂仙心，或挥麈以谈玄理，或隐田园而乐山水。这种环境对于文学的转变是很有影响的。

二、儒学的衰微与玄学的兴盛　儒学在汉代虽盛极一时，到了魏晋，便呈现着极度衰微无力的状态。其原因：一面是因其本身的堕落，无法维持人们的信仰；其次是受了时代动乱的影响，已失去封建统治力量的支持，它既不是利禄之门，也不是养生之道，因此无法维系人心。曹操一当权，便采取法治政策，尚刑名。他所需要的人才，是有治国用兵之术的权谋之士，看不起那些讲德行学问、重礼义名节的儒生，接二连三地下着《求贤令》、《求逸才令》、《举士令》，都是这种思想的表现。“夫有行之士，未必能进取；进取之士，未必能有行也”（《举士令》）；又曹丕《又与吴质书》云：“观古今文人，类不护细行，鲜能以名节自立”，进取之士未必有行、文人不护细行，这都不合于儒家的思想。傅玄在《举清远疏》中说：“近者魏武好法术，而天下贵刑名；魏文慕通达，而天下贱守节。其后纲维不摄，而虚无放诞之论，盈于朝野。”又鱼豢在《儒宗传序》中说：“从初平之元至建安之末，天下分崩，人怀苟且，纲纪既衰，儒道尤甚。……正始中，有诏议圜丘，普延学士，是时郎官及司徒领吏二万余人，虽复分布，见在京师者尚且万人，而应书与议者，略无几人。又是时朝堂公卿以下四百余人，其能操笔者，未有十人，多皆相从饱食而退。嗟乎！学业沉陨，乃至于此。”（《全三国文》）在这些言论里，正反映出当代思想界变化的实况。由于儒学的衰颓，儒家的原道、宗经的文学观点，就失去了对于文学的指导作用。曹操的文风，尚清峻、通脱，曹丕、曹植的诗文，渐趋华丽，陆机探讨创作规律及修辞技巧，以及葛洪论文不以德行为主，反对贵古贱今等等，都与儒家的文学观念不同。正因如此，文学才能摆脱儒学的束缚，进入自觉的道路。

儒学衰微下去，继之而起的是老、庄思想。当时那些特权阶层的知识分子，面对着篡夺频仍、相互屠杀的政治环境，都想在老、庄的思想中寻求灵魂的寄托，寻求安身立命的理论。老、庄的虚无思想，也表现出对政治压迫、礼教束缚的反抗精神。他们看不惯也受不住那些人为的烦琐法度，和那种虚伪的忠孝仁义的儒家道德。他们梦想着回到原始的无争无欲的自然状态去，追求逍遥清静的生活。他们虽也反抗现实，批评现实，但在行动上却是消极地逃避现实，并不向黑暗现实作斗争。所以他们的学说，对于政治社会的改革，民生的救济，实际没有用处。然而这种思想，却成为晋代一般文人精神上的灵药，在理论上加以解释和发展，成为当代的玄学。当时的名士，无不是在无为、无名、逍遥、齐物几种名理上用功夫。一方面是把经书玄学化，另一方面是把老、庄书加以解释和阐扬。何晏的《论语集解》，王弼的《论语释疑》，郭象的《论语体略》，王弼、韩康伯的注《易》，钟会的《周易尽神论》，阮籍的《通易论》，或是诠释，或是发挥，都是一种经书玄学化的工作。至如老、庄书的注释和研究，那是晋代读书人的必修科目。据《世说新语》说，向秀、郭象们注《庄子》的时候，当时注《庄子》的已经有了几十家，到后来，那数目自然是更多了。到了东晋，支道林开始用佛学来解释《老》《庄》，一时传诵。我们试看当日史传中称扬某人的学问总是以"精《老》《庄》，通《周易》"为标准。因此《老》《庄》之学，一时披靡天下。当日名士，无不以谈玄成名，乃至父兄之劝戒，师友之讲求，都以推究《老》《庄》为重要事业。玄学的盛行，必然要影响到文学。在那一时期的诗文辞赋里，很多是表现玄风，或是辨析名理。如曹植的《玄畅赋》、《释愁文》、《髑髅说》，已开其端，嵇康的《秋胡行》、《酒会诗答二郭》、《与阮德如》、《述志诗》诸篇，倾向更为显明。再如张华、陆机、孙楚的诗篇，也时时露出道家的言语来。此后风气日盛，到了孙绰、许询，再加以佛理，诗就更枯淡无味了。《诗品》说："永嘉时，贵黄老，稍尚虚谈，于时篇什，理过其辞，淡乎寡味。爰及江表，微波尚传。孙绰、许询、桓、庾诸公诗，皆平典似道德论，建安风力尽矣。"《文心雕龙 · 时序》篇说："自中朝贵玄，江左称盛。因谈馀气，流成文体，是以世极迍邅，而辞意夷泰。诗必柱下之旨归，赋乃漆园之义疏。"檀道鸾《续晋阳秋》也说："正始中，王弼、何晏好庄、老玄胜之谈，而俗遂贵焉。至过江佛理尤盛。故郭璞五言，始会合道家之言而韵之；询及太原孙绰转相祖尚，又加以三世之辞，而《诗》《骚》之体尽矣。"（《世说新语 · 文学》篇注引）这些批评都相当确切。

在这种环境下，当代的名士文人，大都反对儒家的传统道德和礼教，追求任达旷放的生活。不是服药，就是饮酒，以此来麻醉自己的神经，在消极方面，表示向封建统治者的反抗，和毁弃礼法的叛逆精神。

寒食散之方虽出汉代，而用之者靡有传焉。魏尚书何晏首获神效，由是大行于世，服者相寻也。（《世说新语》注引《寒食散论》）

籍嫂尝归宁，籍相见与别。或讥之，籍曰："礼岂为我辈设耶？"邻家少妇有美色，当垆沽酒。籍尝诣饮，醉便卧其侧。籍既不自嫌，其夫察之，

亦不疑也。兵家女有才色，未嫁而死，籍不识其父兄，径往哭之，尽哀而还。其外坦荡而内淳至，皆此类也。(《晋书》本传)

刘伶恒纵酒放达，或脱衣裸形在屋中，人见讥之。伶曰："我以天地为栋宇，屋室为裈衣，诸君何为入我裈中？"(《世说新语·任诞篇》)

诸阮皆饮酒，咸至，宗人间共集，不复用杯觞斟酌，以大盆盛酒，围坐相向，大酌更饮。时有群豕，来饮其酒，咸直接去其上，便共饮之。(《晋书·阮咸传》)

何晏、王弼、阮籍、嵇康诸人，有自己的学问、见识，有自己的品质、精神，他们在各方面还有自己的成就，但那些徒有其表、华而不实的名士文人，必然流于放荡狂妄，丑态百出，造成不良的社会风气。

初至，属（胡毋）辅之与谢鲲、阮放、毕卓、羊曼、桓彝、阮孚，散发裸袒，闭室酣饮，已累日。逸将排户入，守者不听，逸便于户外脱衣，露顶于狗窦中，窥之而大叫。辅之惊曰："他人决不能耳，必我孟祖也。"遽呼入，遂与饮，不舍昼夜，时人谓之八达。(《晋书·光逸传》)

在这里正表现出所谓"八达"的真实面貌。所以干宝在《晋纪·总论》里说："学者以庄老为宗而黜六经，谈者以虚薄为辨而贱名检，行身者以放浊为通而狭节信，进士者以苟得为贵而鄙居正，当官者以望空为高而笑勤恪。"葛洪也说："蓬发乱鬓，横挟不带，或亵衣以接人，或裸袒而箕踞。朋友之集，类味之游，莫切切进德，訚訚修业，攻过弼违，讲道精义。其相见也，不复叙离阔，问安否，宾则入门而呼奴，主则望客而放狗。其或不尔，不成亲至，而弃之不与为党。及好会则狐蹲牛饮，争食竞割，掣拨淼折，无复廉耻，以同此者为泰，以不尔者为劣。终日无及义之言，彻夜无箴规之益。"(《抱朴子·疾谬》篇）这真是一幅晋代文人日常生活的漫画。文学是生活和思想的反映，在这样的生活思想基础上，文学必然离开现实，故当日作品，很少能反映出人民的生活和思想感情。

三、道教佛学的传布　道家道教这两个名词常有混淆，但意义很有区别。道家代表老庄一派的哲学，道教虽也奉黄老，却是一种宗教。道教的形成，始于汉末。一面因为结合当日阴阳迷信的思想，同时又袭取初期输入的佛教形式。所以在汉明帝时代，黄、老、浮屠还是一种混淆状态。明帝永平八年答楚王英的诏中说："楚王诵黄、老之微言，尚浮屠之仁祠，洁斋三月，与神为誓。"(《后汉书·楚王英传》）到了桓帝，在皇宫中正式设立了黄老、浮屠之祠。《后汉书·桓帝本纪》论说："饰芳林而考濯龙之宫，设华盖以祠浮屠老子。"适应着这种环境，于是译经的事业兴盛起来了。初期翻译经典的如支谶、安清之流，都是桓、灵时代的人。道教也因着社会动摇、人民困苦的环境，在乡村间宣传推动，张陵的五斗米道，张角的太平道，应运而生，形成道教的民间组织。

佛学初来中国，多系口传，国人尚难解其真义，于是与当日流行的道教，彼此混杂，互相推演。当时信教者都未能将佛道二教分辨清楚。因为当日那些托名黄、老的方术道士，除讲服食道养丹鼎符录之外，也讲神鬼报应祠祀之方，而佛徒最重要的信条为神灵不灭、轮回报应之说，又奉行斋戒祭祀，故双方容易调和，而成为一种佛道不分的综合形式。等到汉代末年，有安清、支谶、竺朔佛、康孟祥、竺大力诸人的译经，有牟子讨论佛义的《理惑论》，于是佛教本身的意义渐渐显明。同时，道教在民间很快地发展起来，基础也日趋稳固，成为民间信仰的宗教，对于当代的知识分子，也发生了影响。如葛洪我们不必说，就是嵇康、王羲之之流，也是感染着道教的。其势力的传播，可知不仅限于民间。在这种变化时期，佛学也与玄学相辅而行，大为清谈之士所爱好，佛学的发展，又进展到一个新阶段。

魏、晋是政治混乱、阶级矛盾尖锐，而人民生活非常痛苦的时代，也正是适合于宗教传布、发展的时代。遁世超俗之风日盛，出家为僧道的人也就日多了。那一时期的佛经翻译，造成极盛的状况。如支谦、竺法护、僧伽跋澄、昙摩难提、竺佛念、鸠摩罗什、昙无谶诸人，都有很好的成绩。再如道安、支道林、慧远之流，也都是当日有名的高僧。他们不仅宣扬佛理，并且精通中国的哲学，所以为时流所敬重。佛徒在汉末三国时代，在读书界并没有地位，西晋时，渐露头角，阮瞻、庾凯与沙门孝龙为友，桓颖与竺法深结交，开了名士僧人结交的风气。到了东晋，此风日盛，僧人加入清谈，士子研究佛理，当日成为美谈。这种情况，不仅助长当日的玄风，在文学精神上也起了一些作用。追慕隐逸，向往山水，神鬼变异之谈，因果轮回之说，对于诗文、小说，发生了不同程度的影响。

魏晋文学的精神，固然有反映现实、批判现实的积极意义（尤其是建安），但一般说来，特别是在晋代，文学呈现出比较浓厚的玄虚倾向，不少作品还表现着神秘虚无的色彩和高蹈消极的情绪。作家们大都浮在上层，不能深入观察社会民生，而又受到政治环境和玄学清谈的种种复杂的感染，执笔为文，大都不敢正视现实，常是采用隐蔽的象征手法，表露出他们的精神苦闷和追求解脱的心情，曲曲折折地表达对封建政治、传统礼法的不满。有不少作家，把老、庄的无为遁世，道教的神仙，佛教的厌世，各种思想一起糅杂起来，再借着古代许多神话、传说为材料，描出各种各样的玄虚世界。于是昆仑、蓬莱成了他们歌咏的仙境，人面兽身的西王母，变成了观世音，王乔、羡门、赤松子、河上公这些仙人逸士，都成为他们的人生理想。《山海经》、《穆天子传》变成了经典，招隐、游仙、饮酒、升天、采药、神女等等，成为当代文学中流行的题材。这种精神在晋代文学中，颇为显著，这是我们应当注意的。

（据中华书局上海编辑所1962年版《中国文学发展史》校录）

游国恩与《关于编写中国文学史的几点意见》

经典导读

游国恩（1899—1978），字泽承，江西临川（今抚州市临川区）人。毕业于北京大学中文系，历任武汉大学、山东大学、华中大学、西南联大和北京大学讲师、教授等职，1956年评为一级教授。以楚辞研究与中国文学史研究著称于世，被称为现代楚辞学的集大成者。中国人民政治协商会议中国委员会第三、四、五届委员，九三学社中央委员等。著有《楚辞概论》《先秦文学》和《游国恩学术论文文集》等多部著作。

游国恩自1931年任大学教职起，即与中国文学史这一学科有了关系。他的第一部文学史著作《先秦文学》是1933年在青岛写成的，同年由商务印书馆出版，收入《万有文库》。

《对于编写中国文学史的几点意见》一文，发表于1957年1月6日《光明日报·文学遗产》周刊上。文章结合新中国成立后大学中文系教学的实际情况，就中国文学史内容、体例和分期发表了自己的意见。游国恩的这些见解和1957年由高等教育出版社出版的《中国文学史教学大纲》，对此后中国文学史统编教材的编写有着深刻影响。

所谓“中国文学史的内容”，实即中国文学史叙述对象的选择问题。现代“文学”观念的核心内容是19世纪末20世纪初从西方移植过来的，在与中国传统的

“文学”观念经过大约20年的碰撞、冲突之后，于二三十年代确立了其在文学史编写中的主导地位。游国恩在20世纪50年代讨论这一问题，自不可能回避“什么是文学”这一严峻的提问。他充分注意到古今“文学”观的差异和中国文学的实际发展情形，力主将先秦诸子散文、先秦历史散文和六朝骈文等写入文学史，其处理是严谨而妥当的。“文学史叙述过去的文学发展的历史，可以有轻重详略之不同；对待文学作品本身，也可以作正确和谨严的批判，但不应该抹杀文学的历史，而且我们也无权抹杀它。”这些写于20世纪50年代的话，至今都没有过时。

中国文学史编写的体例问题，从更广的范围来看，首先涉及编年体文学史、纪传体文学史、纪事本末体文学史的比较以及相互之间取长补短的可能性。但自20世纪初年以来，纪传体文学史就一直是适应教学需要而广泛采用的一种体例，游国恩在纪传体的范围内讨论文学史编写体例，有其现实的原因。游国恩的基本观点是：“文学史的体例虽然是多种多样，但归纳起来，大体不外两种：一种是以作家为主的编写法，一种是以文体为主的编写法。这两种编写法究竟哪一种更好呢？”“一方面以作家为主，依时代先后叙述，必要时允许照顾到各种文学种类、文学体裁的发展，以及各个文学潮流的趋势，因而不妨采取以体裁、派别等为辅的办法来补救。”这一处理方式，可操作性强，因而被广泛采用。迄今为止，所有纪传体的中国文学史，通常采用这一体例，区别仅仅在于“补救”的程度和“补救”的位置有所不同。

游国恩把中国古典文学发展的历史分为这样的六个时期：

第一期　上古到春秋末（公元前18世纪—公元前4世纪）

第二期　战国到东汉（公元前3世纪—公元2世纪）

第三期　建安到盛唐（3世纪—8世纪）

第四期　中唐到北宋末（9世纪—12世纪初）

第五期　南宋到鸦片战争（12世纪初期—19世纪中叶）

第六期　鸦片战争到“五四”运动（19世纪中叶—1919年）

第一期的文学是从口头创作走向书面创作的时期。第二期的文学是诗歌、散文蓬勃发展的时期。第三期的文学是我国文学新生变化的时期。第四期的文学是我国文学史上再一次的转变时期。第五期的文学进入了一个大变化时期，那就是所谓“正统”文学逐渐走下坡路，市民文学逐渐抬头，特别是戏剧、小说的发展时期。第六期，从鸦片战争起，由于帝国主义的侵略，我国社会性质发生极大的变化，由完全的封建社会逐渐变为半封建半殖民地社会。随着时代的推移，文学也就发生了巨大的变化。

游国恩关于文学史的分期，虽然也留意社会形态的变化对于文学发展的影响，但更强调文学发展自身的阶段性特征，与文学发展的实际情形比较吻合。就目前的中国文学史教学而言，北京大学、武汉大学等校一向分为四段：先秦两汉；魏晋南北朝隋唐五代；宋元；明清。这种四分法其实是以游国恩的分期为基础变通而成的：先秦两汉以杂文学为主体；魏晋南北朝隋唐五代以诗和骈文等雅文学为主体；宋元是俗文学崛起的阶段，词、话本、杂剧等引人注目；明清以小说、戏曲为主体。由此可见，游国恩的分期确有其合理性。

附记：

1961年，中宣部、高教部联合召开了高等院校文科教材编选计划会议，成立了教材编选办公室，开始实行一个大规模的文科教材编著的规划。会议确定了三部"部颁教材"，一部是由游国恩、王起、萧涤非、季镇淮、费振刚为主编，游国恩为第一主编和编写组召集人的《中国文学史》；一部是中国科学院文学研究所的《中国文学史》，以余冠英为总负责人，上古至隋段由余冠英主持，唐宋段由钱锺书主持，元明清段由范宁主持；还有一部是刘大杰独著的《中国文学发展史》。

游编《中国文学史》的前身是北京大学中文系1955级集体编著的文学史。20世纪50年代中期，全国范围内展开了对所谓"资产阶级学术思想"的批判运动。北京大学中文系1955级同学决心写出一部"红色"的文学史，一部"马克思主义"的文学史，让中国文学史领域飘扬马克思主义的红旗。他们只用了三十几天的时间，就写成了77万字的书稿，这确实是一个"大跃进"的速度。这部文学史在1958年国庆前夕出版，共两卷，书的封面是红色的，内封还印上了"献给亲爱的党和伟大的祖国"的字样。其特点一是强调民间文学是文学的正宗，文学发展史的主线是现实主义和反现实主义的斗争，一是对王瑶、游国恩、林庚、刘大杰等古典文学权威进行了严厉的点名批判。这部书所理出的文学发展的线索是：先秦时期，《诗经》是现实主义的，《离骚》是积极浪漫主义的，也属于现实主义潮流；两汉时期，《史记》是现实主义的，《汉书》是反现实主义的；魏晋南北朝的形式主义是反现实主义的，唐代又回到了现实主义的道路；杜甫是现实主义，比李白的积极浪漫主义高一个级别，王维是消极浪漫主义，属于反现实主义潮流；元明清时期，关汉卿是现实主义的，四大小说名著是现实主义和积极浪漫主义的。

1959年上半年，北京大学中文系1955级同学集中精力来修改1958年版的红皮本《中国文学史》，北京大学中文系古典文学教研室的老师，如游国恩、林庚、吴组缃、季镇淮等实际上也都参与了修改。1958年版的《中国文学史》，每一编的第一章都是民间文学，如先秦的《诗经》特别强调《国风》，因为《国风》是民歌，唐代文学先谈民歌，再谈变文，再谈其他；每一章都专设一节批判“资产阶级学术思想”，点名批判林庚、刘大杰等学者的观点，所有这些都作了修订和调整。由于有老师们的参与，一些知识性的错误得到改正。字数也增加了，由77万字增加到120万字。这个修订本于1959年国庆前夕出版，封面是黄色的，一共四卷。

1961年，在中宣部和高教部的领导下，确定了游编《中国文学史》的主编成员。游国恩担任第一主编是周扬敲定的，王季思、萧涤非、季镇淮三位主编由游国恩提名，费振刚是北京大学中文系1955级学生，参与了1958年版、1959年版文学史编写修改的全过程，由周扬提名，作为青年教师代表，成为主编之一。《文艺研究》2013年第一期发表了方铭、马庆洲的“费振刚教授访谈录”，主题就是谈北京大学中文系1955级《中国文学史》及游国恩等主编《中国文学史》的有关学术问题。他认为:“北京大学中文系1955级学生编写1958年、1959年两套《中国文学史》的集体方式，我现在认为不值得提倡。因为，几十年后回过头去看，我们当时是一群没有经过很严格的学术训练、没有多少学术素养的在校大学生，仅凭一腔热忱，我们当时的做法只能是一种比较莽撞的行动。游先生主编的《中国文学史》也是集体编写，但那时候，情形就不一样了，老师提出框架，我们一些年轻人写作，如北京大学有我和孙静、沈天佑，北京师范大学有李修生、邓魁英，人民大学有吴文治，北京师范学院有廖仲安，中山大学有裘汉康，以及在北京大学等学校读研究生的张菊玲、孙玉石、孙文光、李银珠、陈铁民等。年轻教师在老师的指导下执笔写作，最后由老师修改。”“原来的北京大学中文系文学研究所1956年划拨到科学院，他们编的那部《中国文学史》，与游先生主编的《中国文学史》最大的一个不同点，就是文研所这部文学史是把不同的人写的合并在一起，并没有做很多的具体修改、统一和润色。它的章节很不整齐，有些章节写得很长很长，有些章节写得很短很小。似乎你乐意怎么写就怎么写，没有统一要求。游先生的《中国文学史》没有这个问题，规定你写多少就写多少，你不能随便乱写，不能超出这个范围。你差个二三百字可以，但是太多不行。每一章都是万八千字，很整齐，很适合教学。这是主编发挥了作用。另外，主编之间有讨论，如果争执不下，最后游先生有仲裁权。游先生仲裁的原则是谁写的，以他的意见为主，因为别人未必是此段的专家。”“这部文学史，应当说是总结了从1904年林传甲的文学史到1949年以后的高等学校教材的优点。由先生组织的学术队伍，集中了各个大学的力量，又特别强调体现教学规律，比如大作家要用五个小时，小作家用一个小时，这个在我们教材上都体现得很清楚。既符合高教部教学大纲的要求，同时也符合文学史实际。文学史到了游先生这儿，可以说是几十年来的一个集大成，也是1949年后文学史教学成果的一个汇总，纠正了1955级教材那些偏颇的、偏激的言论，而显得比较平实。所以游先生主编的文学史从1963年出版，有了1978年和2002年的两次修订，发行量超过200万册。现在，这部文学史虽然不是教育部的推荐教材，但每年还是以五千到一万册的数量加印，这也部分说明它的学术价值。”这是一个过来人的一家之言，可供读者参考。

游编《中国文学史》在内容上的一个特征是注重文学与社会生活的关系，对文学作品的评价强调它的思想意义。以1964年3月北京第一版为例，“汉乐府民歌的思想性”、“陶渊明作品的思想内容和艺术特色”一类章节标题时有所见。即使没有这类标题，叙述中的思路仍一以贯之。如第二章第三节讲《诗经》的“国风”，先分析“国风”的思想内容，再分析“国风”的艺术特点。思想内容包括三个方面：“‘国风’中的周代民歌以鲜明的画面，反映了劳动人民的生活处境，表达了他们对剥削、压迫的不平和争取美好生活的信念，是我国最早的现实主义诗篇。”“以婚姻恋爱为主题的民歌在‘国风’中占有较大的数量。在阶级社会中，婚姻制度是社会制度的有机组成部分，‘国风’中这类诗歌对此有强烈的反映。”“‘国风’中还有不少民歌是讽刺统治阶级的荒淫无耻的，如《新台》（‘邶风’）、《南山》（‘齐风’）、《株林》（‘陈风’）等都是。”游国恩这一代学者努力用马克思主义来分析古代文学作品，赋予了游编《中国文学史》鲜明的时代特色，在我国高等学校的文学教育领域发挥了深远而巨大的影响。

—— 延伸阅读文献

1. 中国科学院文学研究所中国文学史编写组编写：《中国文学史》，人民文学出版社1962年版
2. 陆侃如、冯沅君：《中国诗史》，山东大学出版社2009年版
3. 曹道衡、罗宗强、徐公持：《分期、评价及其相关问题——魏晋

南北朝文学研究三人谈》,《文学遗产》1999 年第 2 期
4. 罗宗强:《文学史编写问题随想》,《文学遗产》1999 年第 4 期

（陈文新撰稿）

—— 原文:《关于编写中国文学史的几点意见》

经典原文

关于编写中国文学史的几点意见

游国恩

一九五四年，高等教育部为了适应教学改革的需要，积极进行教材建设工作，曾指定几个高等学校中国语言文学系和文学研究所，分段草拟中国文学史教学大纲。一九五五年，中国文学史古典部分各段负责起草学校先后邀请部分高等学校及其他方面的专家进行讨论，取得初步一致的意见。今年七月和十一月里，在原有大纲草案的基础上，高等教育部又先后召开过两次会议，讨论中国文学史大纲，为编写中国文学史教科书做好准备。经过两次热烈的讨论和细致的修改，现在这份大纲全部已经最后通过，草案变成定稿，即将付印，作为编写教科书的依据和各综合大学中文系文学史这一课程教学的参考。至此，文学史教材建设工作，初步告一段落。

在历次讨论会中，我是始终参加的，大家虽然意见分歧，最后仍然取得协议。多数同志一面坚持自己的看法，同时也虚心考虑别人的意见；既有争执，又有协调；既坚持真理，也放弃成见，充分表现了百家争鸣、实事求是的精神。这种精神的发扬，是和党的英明领导分不开的，也和知识分子接受思想改造，努力自我教育分不开的。

对于这个大纲，我虽然也有一些保留的意见，但基本上是同意的。现在我愿意把我对于编写中国文学史的一些意见提出来，供同志们参考，并希望得到专家的指教。

■ 一、中国文学史的内容问题

中国文学史的内容究竟是些什么？这是一个关于文学取材的范围问题，也是必须首先明确的问题。过去有两种距离很远的看法：一种把文学的范围扩大到极为广泛，几乎无所不包；另一种则又缩小得异常窄狭，而多所遗漏。前者如清末光绪三十年（一九〇四）林传甲所编的《中国文学史》（京师大学堂国文讲义），全书十六篇，凡文字形体、古今音韵、名义训诂、群经、诸子以及二十四史都包括在内。甚至《素问》、《灵枢》、《九章算术》、作文修辞法、虚字用法等等，无所不讲。真是广大无边，包罗万象。一直到谢无量先生的《中国大文学史》，还是把佛教、反切和经学及其今古文学派都列入文学范围，一并讲述。后者如“五四”以来许多文学史只讲诗、文、词曲和小说，先秦诸子、《左传》、《战国策》、《史记》、《汉书》都不讲。其甚者如刘经庵的《中国纯文学史纲》就只讲诗歌、词、戏曲、小说四类，连散文和汉以后的辞赋都在排斥之列，就是最突出的例子。这种处理文学材料的态度，显然是受了外国资产阶级文学史家的影响。这种影响的残余，直到今天，在某些文学史著作中仍然或多或少地存在着。

诗歌、辞赋、词曲、戏剧、小说应该算文学，应该在文学史上叙述，这是大家公认的，没有问题。但所要讨论的是先秦时代的诸子散文和历史散文要不要讲呢？我的答复是肯定的。一般说来，先秦诸子的著作都是有关哲学、政治的理论文，应该归入哲学范围。但那些理论文特别是庄子、孟子、荀子、韩非子诸家的散文都是各有其特点的。他们的著作中，有很大一部分都不是干巴巴的只有概念式的推理或说教的哲学论文和政治论文，而是极为生动、富有形象性的优秀的散文。它们有民主性的进步思想，有比较严密的逻辑方法，同时也有恰当的表现形式：一般都是条理清楚，结构谨严，语言明白流畅，通俗朴素，说服力很强，特别是运用寓言故事和譬喻等表现方法，生动具体，形象鲜明，读者不但不觉得枯燥无味，不但不觉得抽象化、概念化，反而有极大的吸引力，使人感到愉快，感到一种“怡然理顺，涣然冰释”的愉快。我们不能因为先秦诸子的散文其目的在于说理，就抹杀它们的艺术性，就不承认它们有文学价值。何况在先秦时代这些理论文也和历史散文一样，都是我国散文的源头，如果不讲它们，则后来的所谓“古文”便没有根，韩、柳以后的古文都不应该讲。如果不讲先秦散文，而讲唐、宋古文，固然说不过去；如果由于不讲先秦散文因而索性连后来一切作家的散文都不讲，那就更说不过去。

其次，像《左传》这样的历史散文也是不能不讲的。理由也还是一样。它不仅仅是历史事实的记录，而且是丰富多彩的文学作品，因为它的作者不但记载事实，还要描写事实，在我国历史上开始出现给历史叙述涂上了浓厚的文学的色彩。它往往把历史的记录变成了极为生动的故事，甚至其中人物的形象也描绘得非常生动。所以《左传》不只是一种历史著作，同时也是一部优秀的文学作品。文学史不讲它，也是不应该的。近来有一种中国文学史第一卷就把《左传》抹掉了。大概因为《左传》是历史著作的缘故。可是这部文学史却又用了很多的篇幅讲司马迁和《史记》。——《史记》是必须要讲的，但无论作为一个伟大的历史学家或文学家，无疑的他是继承并发扬了《左传》、《战国策》这些历史著作的优良传统，为什么讲《史记》不讲《左传》呢？这也是说不过去的。布罗次基主编的《俄国文学史》叙述俄国十一世纪的文学，对于那时代的《俄罗斯编年史》大书而特书，它的性质和内容和我们古代的历史《左传》异常相近，然而《俄国文学史》把它作为文学作品提出来讲，我认为是对的。

其次就是骈体文要不要讲的问题。由于我国文字的特点，使我国的文学形式便于走向整齐和对偶的道路。所以骈体文的形成，中国文字本身的条件是它的决定因素。刘彦和说："造化赋形，支体必双；神理为用，事不孤立。夫心生文辞，运裁百虑；高下相须，自然成对。"（《文心雕龙·丽辞》）他只觉得我们的文章很容易"自然成对"，不知道这种现象原来是由我们的语言文字的特点所规定的。骈文这种体裁萌芽很早，从东汉起，逐渐形成；齐梁以来，发展达到了最高峰。整齐对仗之外，更讲求词藻、声律。所谓"五色相宣，八音协畅"，"宫羽相变，低昂互节"，不仅成为这一时期文学的主要形式，而且成为我国所独有的、具有特殊风格的一种文学体裁。到了唐代，更进一步发展为对偶更工整，声调更和谐的"四六文"。骈体文的发展规律和发展过程同律诗一样，它们在文学史上始终是并驾齐驱、双轨平行地向前迈进，追求形式，追求对仗工整、声调和谐。

骈体文在我国文学史上应该如何评价，这是另一问题，现在姑且不谈。可是"五四"以来，研究古典文学的人好像不约而同地置之不理，讲文学史的人就根本把它从文学史上抹掉，以致在六朝时期造成一大段空白。从此以后，骈体文的发展情况、它的特点和缺点是什么，在我国文学史上占个什么位置，有过什么影响，都不知道。久而久之，大家习而不察，视为当然。我想作为一个文学史的编者来说，这种对待过去的文学历史的态度是不对的。文学史叙述过去的文学发展的历史，可以有轻重详略之不同；对待文学作品本身，也可以作正确和谨严的批判，但不应该抹杀文学的历史，而且我们也无权抹杀它。骈体文有它的政治基础和社会基础，它的发展变化有着几百年的历史，这是我国文学史上一段重要的事实，也是一种主要的文学现象，如何可以凭着我们的好恶就轻轻地把它从历史上抹掉呢？我们历史上出现过许多值得歌颂值得赞美的人物和事件，也出现过不少令人憎恨令人诅咒的东西，如果单讲好的，或者单讲坏的，都是不应该。这不仅是叙述本身的全面不全面的问题，根本上乃是一个不尊重客观事实的问题。何况单讲好的，不讲坏的，只写正面现象，不写反面现象，对反面现象不作正确分析，不研究它的社会根源，就看不出事物的矛盾和斗争，因为既无比较，怎么能够更清楚地辨别哪些是好的哪些是坏的呢？如果不讲所谓"八代之衰"的骈体文，那末，唐、宋两代的古文运动是怎样起来的就无法说明，历代古文家同骈文作斗争的事实也无法理解。我实在不懂：骈文和律诗就其艺术的表现形式和表现手法来说，并无什么根本上的差别，为什么许多文学史家并不抹杀律诗，而独对于魏、晋、六朝的骈体文和唐、宋以来的"四六文"就毫无理由抹杀它？这是对待历史的一种粗暴的态度，应该及时纠正。

■ 二、中国文学史的体例问题

从清代末年起，直到现在为止，五十年来，所有中国文学史的著作，估计不下一百部。据我所知并且能够举出编者的姓名、出版的书店（包括印刷和代售处）和出版年月的，大约有五十来部。就这些文学史的体例看来，大致可分为五类：（一）以书名、作者、朝代、文体标目相错间出的，例如林传甲的《中国文学史》。（二）基本上以作家为主，但仍杂以书名、朝代、学术流派、文学种类、文学体裁、文学派别等标目的，例如谢无量的《中国大文学史》。（三）完全以文学的种类和体裁分编标目的，如谭正璧的《中国文学进化史》及刘经庵的《新编分类纯文学史纲》都是这样（刘著分为四编：诗歌、词、戏曲、小说，每编"竖切"到底，是名副其实的"分体合编"）。（四）把文学分成"传统文学"和"民众文学"两大部分，每个部分各以时代为纲，以各种文学种类、文体、作家、派别为目，而分叙在每一个或两个朝代之内，例如胡行之的《中国文学史讲话》就是这样。(五)不拘成格，作家与作品、体裁与流派，都按照实际情况来标目的，如刘大杰先生的《中国文学发展史》就是这样。上述这些不同的体例，第一类是文学史的草创时期，那时文学的概念还不明确，体例显得十分混乱。这种情况在第二类中还存在着一些残余，但体例上已有显著的进步。第三、第四两类的体例固然不妥当，但在某些观点和认识上也有所提高，这显然是受了外国文学理论的影响。到了第五类，在编写体例上才有了一定的创造性和独立性，比较符合于我国文学发展的客观情况，因为它没有按照什么外国的蓝本硬套。从以上各种各样的文学史编写体例来看，这也是一个历史的发展。它是逐渐发展而达到了比较完善的地步。

文学史的体例虽然是多种多样，但归纳起来，大体不外两种：一种是以作家为主的编写法，一种是以文体为主的编写法。这两种编写法究竟哪一种更好呢？我认为各有短长，各有利弊，不能一概而论。如果以作家为主，按照时代的先后来叙述，这样的好处是能够比较完整地了解每个作家的文学全貌，对于每个作家所反映的社会本质和某一时代的精神面貌也能够获得比较更全面的认识，乃至每一作家，特别是重要作家与当时社会的关系及其在文学发展中的作用也能够更好地加以详细说明。但它的缺点就是片片切断，过于细碎，往往不能更好地说明文学潮流和发展趋势以及某种文体的源流变迁。例如两汉的辞赋，东晋以后到初唐以前的诗文，叙述起来就会发生这样的困难。如果以文体为主，其得失利病恰恰与此相反，文学发展中的大潮流大趋势是能够比较明显地看得出来了，文体发展或衰退的现象也显得特别清楚，但往往只见四肢，不见全体，只看见一丘一壑，一溪一涧，看不见五岳千仞，层峦叠嶂，长江万里，汪洋浩瀚的伟大图景。例如中唐和北宋时代的一些大作家，如果分体叙述，如同破竹析薪，条条劈开，必有此种缺憾。我想，这是为客观事实所决定的，是无法避免的。正如从前历史家的撰述一样，编年体不能满足记载的需要，于是又创为纪传体；纪传体仍不能完全适用，于是又创为纪事本末体。单就某一种史体来看，究竟哪一种好，却很难说。它们各有优劣，既没有绝对的好，也没有绝对的坏。如果可以比拟的话，那么，以作家为主的文学史的体例，有点像纪传体：照作家的年代先后叙述，诚然有如刘知幾所说“显隐必该，洪纤靡失”的优点（《史通·二体》）；然而也有像皇甫湜所指出的像编年史那样的缺点，即“束于次第，牵于混并”（《编年纪传论》）。以文体为主的文学史的体例，有点像纪事本末体：源流可考，首尾具备；然而同属一人，分在数章，因果相同，前后重出。所以文学史的体例没有绝对的利弊，正如从前历史著作的体例没有绝对的利弊一样，必须根据具体情况，斟酌损益，作家、文体、派别、潮流，错见互出，灵活运用，才可以体现我们文学史上错综复杂的现象。

近来讨论到文学史的体例问题，有不少同志强烈反对“分体合编”的写法，主张必须以作家为主来叙述，才是唯一正当的办法，否则就是形式主义。这种主张，我是一半赞成，一半不赞成。一九五六年七月里，在高等教育部召开的中国文学史教学大纲讨论会上，我也和多数同志的意见一样：原则上赞成以“横切”为主，必要时还须参用“竖切”的办法，不能把“横切”绝对化，因为不这样，事实上就会发生困难，譬如周代的诗三百篇，汉代的乐府歌辞，唐代民间的曲子词、变文，宋元的话本等等，既不能指出作家的主名，也很难确定它们时代的先后，当然不能按照年代来“横切”。即如像唐人的传奇，虽然可以按照作者时代的先后来叔述，但这样做，章节就很多，就必然会过于细碎，反不如以“传奇”一体来标目，单独立一章叙在适当的时代还要妥当些。又如韩柳的古文运动是中唐时代一个文学改革运动，参加的还有韩门诸子一批人如李翱、皇甫湜、沈亚之、孙樵等，而且远在韩柳以前这个运动早就酝酿了。如果把这些作家一个个地叙述，韩柳各自分开，则古文运动的全貌和它的趋势就不很显著。因为顾到作家的整体，就顾不到运动的全面，顾到“横”的，就顾不到“竖”的，这也是为客观事实所限制，势必不能两全兼顾的。所以在这种情况下，与其把韩柳各自分章，连诗文一并在各人章节之内叙述，不如抽出古文运动单章标目叙述，来龙去脉就显得异常清楚，这样，韩柳的散文与诗歌就不能不分为两章或两节来讲，而一个作家就不可避免地前后出现两次了。由此看来，按照时代先后以作家为主的“横切”法之不应绝对化以及绝对“横切”法之行不通，不是很显然的吗?

文学史虽然是一种专史，它的主要目的无非是说明文学的发展规律，说明文学在各个历史阶段中的发展情况，它的具体任务无非是评论作家的成就，分析作品的思想和艺术。如果能够更好地达到上述的目的和要求，任何比较完善的体例和编写方法我们都欢迎，都乐于采用。可是目前除了“横切”和“竖切”两种写法之外还想不出更好的写法来，所以只能在两者之中，斟酌变通，一方面以作家为主，依时代先后叙述，必要时允许照顾到各种文学种类、文学体裁的发展，以及各个文学潮流的趋势，因而不妨采取以体裁、派别等为辅的办法来补救。

三、中国文学史分期问题

关于中国文学史的分期问题，至今尚未能解决。其所以未能解决之故，还不仅仅是由于我国历史的分期问题尚未解决，同时也由于我国文学本身的发展极为错综复杂，千头万绪，猝难骤理。我们认为，文学艺术的发展和社会发展有其辩证关系：一方面，文学艺术的发展不能离开社会历史的发展；而另一方面，文学艺术的发展又并不能与社会历史的发展完全相适应。因此，即使我国历史的分期已经确定，文学史的分期问题也并不是一下子就能够连带解决的。其次，由于我国古典文学几乎全部产生于封建时代，而二千多年来封建社会的基础还相当稳定，没有什么根本的变化，所以文学的发展变化也看不出十分显著的标志。如果我们企图比较圆满地解决这个问题，就必须既要考虑历史的分期问题，还要考虑我国文学本身发展的规律问题，这样，就未免难上加难了。

最近看到一些人对于文学史分期的意见，我觉得都有道理，但我仔细考虑的结果，也有一些不同的看法。现在把我的意见写出来，供大家讨论。

我打算把中国古典文学发展的历史分为这样的六个时期：

第一期　上古到春秋末（公元前十八世纪—公元前四世纪）

第二期　战国到东汉（公元前三世纪—公元二世纪）

第三期　建安到盛唐（三世纪—八世纪）

第四期　中唐到北宋末（九世纪—十二世纪初）

第五期　南宋到鸦片战争（十二世纪初期—十九世纪中叶）

第六期　鸦片战争到五四运动（十九世纪中叶—一九一九年）

第一期的文学是从口头创作走向书面创作的时期。大概西周以前，文学还处于萌芽状态，神话故事、歌谣等都是口头创作，在人们口耳之间流传。后来有了文字，某些口头创作被记录下来，《诗经》三百篇其中一大部分都是属于这一类的作品。西周初期有不少属于贵族作者的诗歌也在《诗经》中出现，这时他们已向民间文学学习，而且有一定的成就。散文从卜辞、铜器铭文到《尚书》中的周诰和《春秋》的策书，也逐渐由萌芽而成长，它们的作者已经能运用文字表达一定的思想感情。然而无论如何，那时的诗歌和散文都还没有脱离幼年时代。从社会发展的阶段来看，春秋战国之交显然是一个分水岭。在此以前，生产力还不十分发达，社会没有剧烈的变化，作为上层建筑之一的文学也是慢慢向前进展的。所以从上古起，到春秋末年止，文学是从语言走向文字、从口头走向书面、从社会走向宫廷的时期，也是文学从无阶级性走向有阶级性的时期。

第二期的文学是诗歌、散文蓬勃发展的时期。春秋战国之交，由于社会起了根本的变化，震荡了人们的意识形态，出现了各种不同的学术流派，形成了自由论辩、百家争鸣的世界，因而促进了散文的飞跃的发展。伟大的楚国作家屈原在其原有的土壤上接受了中原文化和时代思潮的影响，在民间文学的基础上进一步发展而为惊心动魄、丰富多彩的《楚辞》。于是我国文学史上开始出现了专门作家的诗人。

先秦诸子和历史散文，屈原和宋玉的诗歌，使文学的面貌为之一新。它们的影响一直到东汉末年。两汉文学在文人作品中以辞赋、散文为主，而辞赋显然是继承屈、宋的《楚辞》和荀卿的《赋篇》而加以发展的，它的发展过程也是极为清楚的。秦汉散文，其篇幅阔大，议论飚发，在风格气派上显然与战国诸子和纵横家相接近，李斯、贾谊、邹阳、主父偃、徐乐、庄安等人的文章铺张扬厉，又都有辞赋意味（邹阳以下，《汉书·艺文志》均列入“纵横家”）。汉赋是押韵的散文，章学诚说：“赋家者流，纵横之派别，而兼诸子之余风。”（《文史通义·诗教下》）所以枚乘、司马相如、扬雄等人总结辞赋，淮南子总结诸子，司马迁、班固总结史传，虞初总结小说，这些都是继承战国文学而更加发展的明证。到了东汉才稍稍转变，然而基本上还是一脉相承的。另外还有一种文学，就是乐府歌辞中的民歌和文人的五言诗，它们以异军突起的姿态出现在这一阶段的后半期。对于诗歌来说，这是一股承上启下的新生力量。所以从公元前三世纪到公元二世纪这五百余年间的文学是一个高度发展的时期。

第三期的文学是我国文学新生变化的时期。这一时期文学蜕变的最显著的迹象，就是四言诗和骚体诗到了文人手里逐渐僵化，而从乐府所采集的民间新体诗——五言诗（包括部分七言诗）颇受文人欢迎。于是从建安时代起，作家竞相模仿，诗歌开始获得了新生。五言诗成长以后，自身又经过许多变化，大抵由朴素自然走向华靡雕琢，对仗工整，声律和谐。同它配合发展的是散文的骈偶化。李白说："自从建安来，绮丽不足珍"，绮丽再加上铿锵，就是这一时期文学的基本特点。从历史方面看，自三世纪到六世纪，是一个长期分裂的时代。由于北方长期混战，南方成为经济政治的重心，交通发达，商业繁荣，贵族统治阶级生活奢侈豪华，荒淫腐朽，在文学上的反映便是词藻绮丽的宫体诗。加以东汉以来，佛教盛行，梵呗赞唱，使文章声律化的技巧更推进一步，到了沈、宋，终于完成了律体诗。在这样的历史条件下，六百年中的文学特点和趋势，就成为我国文学史上一个追求技巧、追求形式美的时期，也就是新体诗的表现方法由变化达到成熟的时期.

第四期的文学是我国文学史上再一次的转变时期。开元天宝之际，诗歌经过一番改革之后，风气为之一变，由绮丽而清真，由萎靡而壮健。就在这个文学和历史的转折点上出现了诗歌的最高峰，而李白和杜甫就站在两座高峰的顶上。从此以后，文学的浪头开始向另一个方向冲击：在散文方面出现了古文运动；诗歌方面涌现了各种派别不同的作风，涌现了元稹、白居易、孟郊、王建、张籍、刘叉等关心人民疾苦的诗人，还出现了长短句的新体诗，即后来所谓的"词"。小说方面出现了有情节、有人物性格的新型作品——"传奇"，还出现了寺院的"俗讲"和民间的曲子词。这一切都是文学上又一次的新发展。通过五代的纷乱到了北宋，文学随着中国的统一与政局的安定而逐渐繁荣，各派诗歌、词及古文基本上都是继承了唐代的遗绪而发展的，而词的变化尤为显著。这一时期三百二十年间的文学是我国古典文学的第二次的转变时期。

第五期的文学进入了一个大变化时期，那就是所谓"正统"文学逐渐走下坡路，市民文学逐渐抬头，特别是戏剧、小说的发展时期。这一时期的转折点是在南、北宋之交，诸宫调、话本、南戏都是在这时候起来的。以后便是戏曲、小说直线上升的时代。无论"正统"文学如何起伏变化，都不过是洪流中的泡沫。"日月出矣，而爝火不息"，仅仅是一种回光返照的挣扎现象而已。北宋灭亡以后，中国历史基本上就是少数民族统治的历史，一方面由于专制极权政治、种族压迫以及长期的科举制度的腐蚀作用，构成了古典文学没落的一个因素，一方面由于人民痛苦的加深，促使反映社会生活、讽刺社会丑恶的戏剧、小说飞跃地发展。所以这一时期的文学是"正统"文学的衰微，市民文学勃兴的时期。

第六期，从鸦片战争起，由于帝国主义的侵略，我国社会性质发生极大的变化，由完全的封建社会逐渐变为半封建半殖民地社会。随着时代的推移，文学也就发生了巨大的变化。这个时期文学的主流仍然是小说，而不是传统的诗和词曲，特别是讽刺小说风起云涌，充分反映了当时政治社会的丑恶面貌和人民的民主要求，鼓动人民反帝反清的情绪，对旧民主主义革命起着一定的作用，并且随着历史的前进，把文学引向新的道路。这一期八十年间，结束了古典文学，为五四运动以后的革命新文学作好了准备。

我国文学史从此就走上了崭新的、革命的现代文学的康庄大道。

以上只是就我国文学史上几个大段落简单地说明一下，至于大段中的小段，由于篇幅限制，不能详述。文学的发展不是突然的，前有前奏，后有尾声，我们只取其主体所在，其余就不能过于拘泥了。

一九五六年十二月二十八日

（原刊于 1957 年 1 月 6 日《光明日报·文学遗产》周刊 138 期，
此据中华书局 1989 年版《游国恩学术论文集》校录）

附录：

从“魏晋南北朝”一代谈文学史的编写问题

郭预衡

读了科学院文学研究所编写的《中国文学史》(以下简称《文学史》)，得到不少的启发，从而也思考了一些问题。有些感想，打算随便谈谈。但是，这部书很厚，可说的话也很多，从何说起呢？于是我想只谈其中一个时代，也许在一个时代里可以涉及全部文学史的共同问题。这里姑且从“魏晋南北朝”说起。从两方面来谈：

第一个方面，是关于社会环境的讲述。

古人读书，主张“知人论世”，在文学史上，要想了解一代文学和作家，也必须了解作家所处的社会环境。鲁迅在《魏晋风度及文章与药及酒之关系》一文中也说过：“研究某一时代的文学，至少要知道作者的环境、经历和著作。”这提法是符合历史唯物主义的。鲁迅所说的“环境”，包括社会、政治、思想和社会风俗各个方面，和文学的关系很大。因此我想，在一部文学史中，怎样写好社会环境这部分，是个很重要的问题。这部分决不是可有可无的一章一节，而是全部文学史的重要一环。它是与作家分论有机联系的章节，决不是可以截取“通史”的一些片断便可充数的。这一部分写得好不好的标志，我以为至少要看它是否对于了解这一时代的文学提供了必要的条件，看它是否概括了这一时代的社会特征。

文学研究所编写的这部《文学史》比较注意了关于社会环境的叙述，在“魏晋南北朝文学”这一段里，分别在“汉魏之际”、“魏末和晋代”、“南朝”和“北朝”四节论述了社会、政治、思想与文学的关系，其中讲到了阶级斗争和经济繁荣对文学的影响，讲到了政治改革和统治者的提倡与文学发展的关系，也指出了哲学思想对文学发展所起的作用。例如第一章第一节讲到曹操的政治措施时说：“曹操在选拔人才时，实行‘用人唯才’的政策，公开主张‘不仁不孝，而有治国用兵之术’的人也可录用。”这就使“各种‘异端’思想得到了发展，老庄思想和外来的佛教也日趋兴盛”。而在“文化思想方面”成为“一个转折点”，“在文学上表现得尤为明显”。这些叙述是有助于了解这个时代文学和作家思想特征的。再如第二章第一节讲到阶级斗争和政治情况决定文化思潮的发展时，既指出“当时的思想界主要趋势是崇尚老庄，高谈玄理，不管世务和行为放诞”，又指出在“崇尚老庄和玄谈的人们中，却有几种不同的人物，需要加以具体的分析和区别”。这也是有助于认识这一时代文学的思想倾向和作家的具体特征的。又如第六章第一节讲到南朝的经济繁荣和统治者的提倡对文学发展的影响时，指出：“经济的繁荣和比较安定的环境，保证了知识分子们进行精神生产的条件，促进了文化的繁荣。”又指出：“这种条件对文学的发展既有着积极的效果，也有着消极的影响。”这些论述对于了解南朝文学的发展都有帮助。总起来看，这几节的内容，给阅读作家分论各个章节提供了一些必要的条件，是阐述得比较全面的。

但初读之后，也还有一些不足之感。我觉得其中有些论述还不够充分，有些方面还有待补充，尤其是时代特点，很不突出。其实，这一时代的文学情况是相当复杂的，社会面貌也是很有特点的，应该有些突出的介绍。

首先，关于阶级斗争方面，《文学史》讲到黄巾起义和军阀割据，却没有讲到汉末的党锢之争。鲁迅是讲了两个方面的，因为这两方面对曹魏时代的政治和文学都有重大影响。鲁迅说：“汉末魏初这个时代是很重要的时代，在文学方面起一个重大的变化，因当时正在黄巾和董卓大乱之后，而且又是党锢的纠纷之后，这时曹操出来了。”接下去鲁迅讲到文风，一方面是与“大乱”有关，一方面就和“党锢”有关。文章的“清峻”的风格是受了大乱之后曹操尚刑名的影响，“通脱”的风格是受了党锢之祸以后曹操提倡通脱的影响。我觉得鲁迅的说法比较全面。如果不言党锢之祸，则不仅文风不好分析，连曹操的一些政治措施也不好理解。例如曹操的“用人唯才”的政策，就不是无的放矢的，而是要矫正汉末“清流”之弊的。《文学史》把曹操这一政策仅仅归于“以曹操为代表的中小地主们受儒家的影响较浅”，于是认为“他们为了扩大自己的统治基础”，才“在政治和文化两方面都采取兼容并包的方针”。其实这并不确切。因为，作为统治者，曹操所考虑的，主要在于如何使人替他办事情，怎样才便于他的统治，他既扬言“不仁不孝”的可以录用，却也以“不孝”之名判处死刑。从前事看，曹操所受儒家影响似乎较浅，从后事看，则他所受儒家影响又似乎很深。这矛盾怎样解释呢？我以为鲁迅的分析还是值得采取的，这里并不存在曹操受儒家影响的深浅问题。

其次，《文学史》在叙述曹魏经济发展的时候，还说道:“曹操和他的集团所以取得胜利的原因，就在于他代表着地主阶级中比较低微的阶层，能够在一定程度上向农民让步，实行抑制豪强兼并的政策，推动了生产的发展。”我觉得，曹操施行了进步的政策，推动了生产的发展，这是没有问题的。但是不是由于他代表着地主阶级中比较低微的阶层才向农民做了让步呢？这恐怕还要具体研究。在历史上，由于农民革命高潮的冲击，使继起的统治者不得不向农民让步，本是常有的事情；但是，曹操的时代，情况却不是这样。这是不能援例言之的。曹操当农民起义处于低潮和军阀混战之际，在农业上固然一面采取了防止豪强兼并的措施，但更有效的一面则是采取了“屯田制”。这是在土地无人耕种的条件下所采取的一种强迫劳动的剥削方式。这种办法，在曹魏初期，对于恢复生产起过积极作用，它改变了“白骨露于野，千里无鸡鸣”（曹操《蒿里行》）的状况，而出现“所在积粟，仓廪皆满”（《三国志·魏志·任俊传》）的现象。经济上的成功，有利于军事的发展，也有利于文化的繁荣。建安文学之盛，是和生产发展、生活安定的环境分不开的。像这样的积极作用在文学史上当然要讲，但我以为，讲的时候，最好避免一般化，而要从具体的史实出发。曹操在农业生产上的进步措施，不是什么对农民的让步，更不是由于他代表了地主阶级中比较低微的阶层才向农民做了让步。其实，历代统治者在政治或经济上所做的进步改革，不一定都要用“向农民让步”来解释。以“屯田制”而论，即使强迫了农民，也仍然是有进步作用的。还有，在曹操的统治下，生产发展，生活安定，立刻出现了文学的繁荣，这现象在文学史上也是自有其特点的，并非每个历史时期都是如此。例如在唐代，当贞观开元之世，文学并不算怎样繁荣，唐代文学之大放异彩是在经过了生产发展、生活安定的阶段，再遭到阶级矛盾、民族矛盾大爆发的时代，这就和建安文学发展的历史情况不同。由此可知，文学的发展和生产的发展之间的关系，还需要做进一步的研究。文学的发展既和当代的生产发展有关，也和前代文化积累的条件有关，和当代的阶级斗争的现实有关，也和当代统治者的提倡有关。文学史对这些情况应有具体的论述，在不同的历史时期，特点是不同的，未可一概而论。

当然，在不同的历史时期，文学的发展也有共同的规律。例如，物质生产在任何时代都是对上层建筑的发展起决定作用的；在任何时代，文学的发展也都是有经济的原因的。但经济原因并非都是直接的，有时甚至是很不明显的，而且常常要通过其他各种因素而起作用。当马克思和恩格斯讲经济原因的时候，总是提那最终的原因，并不是把物质生产关系看做直接原因。其实，文学的发展和政治的关系有时倒是更为紧密一些，像上面讲到的唐代文学的繁荣，首先是由于魏晋南北朝的文化发展做了准备，而贞观开元的经济繁荣和生活安定又给文化的继承创造了条件。杜甫之“读书破万卷”没有这样的条件是做不到的。有了这些条件，再赶上社会矛盾的总爆发，文人接触到可歌可泣的现实生活，于是有血有肉的创作才产生了。同样，建安文学的繁荣，也有汉代的经济发展和文化发展作为前提，而汉末的阶级斗争以及建安时代曹魏政权统治下的生活安定和曹操父子的提倡文学，又对文学繁荣起了直接的作用。建安不同于唐代，南朝又不同于建安，南朝虽然同样有前代文化积累的条件，也有经济繁荣的条件，但阶级斗争的情况不同，于是文学发展的面貌也就不同了。由此看来，规律是普遍的，但在特定历史时期的具体表现却千差万别。文学史如能根据不同的情况写出具体的特点来，则对于读者了解文学发展的规律性，将是更有帮助的。

《文学史》关于曹魏和南朝，都讲到了统治阶级对文学的提倡，但讲得不够全面，也有一些简单。我们承认，在历史上，统治者对于文化的关怀，是起作用的，他们对文学的好恶，是发生影响的。曹操父子提倡文学，和建安文学的繁荣大有关系。高尔基在《俄国文学史》中讲叶卡捷琳娜时代的文学的时候，很推重叶卡捷琳娜女王提倡文学的作用。我以为这是对的。同样，我们于建安一代的文学，也不能不讲曹氏父子提倡的功劳。不过，在具体阐述这一点时，必须有所分析，对于他们提倡文学的主观意图和客观效果都要看到。高尔基和鲁迅都是从两方面做了分析的。但本书分析得有些不够。例如说:“曹操和他的集团不但在政治上代表中小地主的利益，而且在文学上也体现了这一阶层的艺术兴趣。曹操和他的儿子曹丕、曹植都是诗歌的作者和提倡者。在他们周围，聚集了当时许多著名文人。他们向乐府民歌学习，创作了许多优秀的诗篇，打破了两汉以来辞赋独盛的局面，使诗歌成为文学创作上的主要形式。”这里编者的意图大概是想从阶级分析中得出曹操及其集团提倡文学的原因吧，但我看其中不无牵强。曹操在政治上究竟代表谁的利益，固然还值得讨论，在文学上也未必就是体现中小地主这一阶层的艺术兴趣的。历史上的统治者不见得只有代表中小地主这个阶层才从事诗歌创作和提倡文学，也不见得只有代表这个阶层才学习乐府民歌。曹操之提倡文学，一方面是自己爱好，一方面，而且是主要方面，是他想笼络一批文人。还是鲁迅讲得对，他说:“他（曹操）自己能做文章，又有手段，把天下的方士文士统统搜罗起来，省得他们跑到外面给他捣乱。所以他帷幄里面，方士文士就特别地多。”这一分析，是符合曹操用心的实际的。因此我想，关于曹操之提倡文学，最好还是从政治上看，不能只从一个阶层的艺术兴趣看。即使单从“他们向乐府民歌学习”这一点来说，也不能看做是一个阶层的艺术兴趣。我觉得建安作家之所以向乐府民歌学习，恐怕主要在于他们都经历了战乱生活，在痛定思痛中，从前代文学中找到了这种最适合表达自己的艺术形式。这里涉及了艺术形式的继承问题。一种艺术形式之得到继承，都是和继承者所处的特定的环境、思想情感以及文学修养有关的。很难说一个阶层对一种体裁或一种形式独具兴趣，同一阶层，如果异地而处，也许会有不同的艺术兴趣的。

《文学史》也讲到了哲学思想、社会风气和文学的关系。这一方面非常重要。尤其是讲到社会风气，往往更能够突出地显示时代环境的特点，更有助于了解一代文学的面貌。可惜本书讲到这一方面还不够完全，也不够具体，只是简单地讲:“当时的思想界主要趋势是崇尚老庄，高谈玄理，不管世务和行为放诞。”这方面还是鲁迅讲得好，他讲到魏晋风气的时候，概括了生动的时代特征。例如曹魏之尚刑名，晋代之重孝道，正始名士服药，竹林名士饮酒，这些叙述，对于了解这一时代特点和文学特点来说，都有极大的帮助。这是这个时代区别于其他时代的重要标志。从这样的社会风气的叙述中就不难了解为什么这个时代的文学具有异乎前后各代的许多特征的原因。当然，在一部文学史中，不可能也不应该写入一段社会风俗史，可是，如果只是抽象地介绍政治、经济等思想的概况，便不能使人感受“作者的环境”究竟是什么样子，于“知人论世”仍然是有些隔膜的。我觉得，要想把每一代的文学史的特点写得突出，最好是强调这一方面的叙述。在叙述社会状况时，关于统治阶级如何过腐朽的生活，人民如何受剥削的痛苦，可能每个时代都要讲到，但那关于独特的社会风气的叙述，却不可能各代雷同。这方面如果写得突出，就可以避免把社会环境写成千篇一律了。

还有，鲁迅在讲述了这一时代社会的主要思潮和主要风尚的同时，也没有忽略它的对立的一面。他一面指出魏晋人吃药饮酒，一面也指出魏晋人也不全是“宽袍大袖，大家饮酒”。他指出：“反对的也很多。”并且举出裴頠的《崇有论》和孙盛的《老子非大贤论》。这对于了解当时社会思想的复杂面貌有帮助，对于了解当时文学的复杂内容也是很必要的。只有这样全面地论述一代社会思想和风尚，揭示出它复杂的面貌，才有可能比较全面地了解一代文学的矛盾的发展和多样的特征。

此外，关于佛教思想，《文学史》在讲社会思想与文学的关系时讲得也不够，似乎也可以在这几节中多讲几句，而不必单设“佛经翻译”这个专章。这一章在全书结构上是游离的，因为其中有些可以分在社会环境各节来讲，有些则可以分在作品分论的各章中去谈。专章独立，于体例也是不纯的。还有，关于这一时代的艺术生产以及艺术生活，也最好在讲社会环境时讲到，以见文学和艺术的交互影响，从而了解文学发展的多种因素。本书在这方面略而不谈，看来也是不够全面的。

第二个方面，是关于作家的介绍和评价。

在文学史上占主要篇幅的，还是关于作家的介绍和评价。怎样从史的发展角度，全面地估计作家在历史上的成就，既论其“全人”，又指出其作品的特点，从而论定作家在文学史上的地位，这不是简单的事情。这是要在马克思主义观点的指导下充分地研究了材料才可能做到的。1958年以来各高等学校师生新编的文学史，在这方面曾经做了一些努力，也取得了初步的成绩，现在文学研究所编写的这部《文学史》在这些基础上又有所提高，观点更全面，材料也更丰富了。以“魏晋南北朝”一段而论，例子是很多的。首先，《文学史》评论作家的时候，较全面地注意了作家思想的矛盾和作品的特色。例如，讲到阮籍时，指出：“（他）一方面不满现实，另一方面又‘口不论人过’，这是阮籍的处世态度；一方面慷慨悲歌，‘使气命诗’，另一方面又善用比兴，‘归趣难求’，这是阮籍作诗的特色。”像这样从两方面看阮籍的为人和作品的特色，是比较全面具体的。《文心雕龙·才略篇》说：“阮籍使气以命诗。”而钟嵘《诗品》说：“厥旨渊放，归趣难求。”《文学史》把刘勰和钟嵘的看法综合起来，结合作者的为人，做出了更全面的结论。这是吸取了传统的评论而加以发展的结果。其次，《文学史》在考察作家时，也比较全面地注意了作家创作的各个领域，注意了各种文体。例如关于阮籍，既讲到他的诗，也讲到了他的文，指出他的诗文都有特点。对于其他作家，如曹植、嵇康、陶潜、鲍照，也都是诗、文、辞赋并举。像曹植的“表”，嵇康、阮籍的“论”，陶潜的“赋”，鲍照的“书”，这都是从前的文学史所容易忽略的，本书则有适当的评述。这一点大大改变了前此的某些文学史重诗而不重文的倾向。还有,《文学史》在全面介绍作家的同时，也很注意指出一个作家或一个时代的主要倾向、最高成就或代表作品。例如讲阮籍时，首先指出“阮籍的主要成就是诗歌，他的代表作品是历来传诵的八十二首《咏怀诗》”。讲左思时，说:“左思的诗精粹在五言，代表作是《咏史》。”而涉及“太康”一代文学的时候，则说:“代表太康文学主要倾向的是陆机，代表当时文学最高成就的是左思。”这些地方都是比较鲜明地概括了一个作家或一个时代的成就所在，这是比较研究了当代的作品、参考了历代的文论而后做出来的简要的概括，是很谨严的史笔，而不是泛泛的文章。再有,《文学史》在评论作家时，也注意到新的创造和新的发展。例如，谈到曹植的诗歌成就时，说:“诗歌到曹植手里，已逐步趋向华美，注意辞藻、对仗和警句的安排。”又如讲到陈琳和阮瑀的文章的时候，说:“这是从两汉散文转变为南北朝骈文的过渡时期的产物。”这些看法虽然不全是本书的新的见解，前此的文学史中也曾提到，但是，在本书中，这些看法却是更注意从史的发展观点提出来的。再如，关于王粲的《登楼赋》，指出它“一反汉赋雕琢堆砌的作风，为魏晋以后的抒情短赋开了先河”。关于鲍照的《拟古》，指出这种“大胆暴露虐政的诗，在六朝人作品中简直是绝无仅有的”。这些地方虽然也并非全是本书新的发现，可是，在本书中却能予以较多的注意，一加强调，使其在文学史上的意义格外分明。

总起来看，本书关于作家的介绍和评论，有很多优点是值得学习的。至于读后的不足之感，这里也想略谈两点。

首先，本书对于历史上有重大作用的作家，评价还有不够全面之处。例如曹操，在魏晋南北朝这个时代，是个开风气的作家，从理论到创作，都有较大的贡献和影响，但本书只讲了他的一些政治理想和几首诗歌，对于他的文学主张和散文作品都未提到。这样，曹操在文学史上的全部作用就没有能够充分反映出来。其实，关于曹操这个作家，前人的评论还是很多的，其中有些见解仍然值得吸取。例如关于他的文学主张，《文心雕龙》的《诏策》、《章表》、《章句》、《事类》以及《养气》各篇都曾提到。《诏策篇》说:“魏武称作敕戒当指事而语。”《章表篇》说:“曹公称为表不必三让,又勿得浮华。”《章句篇》说:“昔魏武论赋,嫌于积韵,而善于资(贸)代。”曹操的这些话今天虽不尽可考,但明见于前代文论之中,不能不加以留意。鲁迅论曹操,倒是注意了这个方面的,所以他说曹操是“改造文章的祖师”,而且指出曹操作诗作文都有不拘旧套之处。作诗用典敢于“引出离当时不久的事实”,而所作《遗令》的格式和内容,也都和别人两样。把鲁迅的话和刘勰的话结合起来看,可以看出曹操在一代文风的开创方面实有不可抹杀的功劳和影响,这在文学史上是不可避而不谈的。还有,曹操在创作上的主要成就固然是诗歌,但他的文章也很有特色,像《自明本志令》这样的作品,似也应该提到。无论从文风的特点或艺术的成就说,都值得注意。本书一字不提,是有遗憾的。

当然,从本书对作家的叙述安排看,曹操似乎不算重点,可能编者本来无意全面来讲他。因此,我在这里责备求全,未必是适当的。不过,我总以为,既然是写文学史,对于作家的取舍,就要具有“史”的观点,凡是在史的发展上有重大作用和影响的方面,就不可略而不谈。在这方面可以求全,在无关于史的发展的方面倒可以从略。这是个观点问题,也是个体例问题,值得注意。

其次,关于作家的介绍和评价,也有片面强调的地方,有的是赞扬过多,有的则是肯定不够。例如关于曹植,我就觉得好话说得太多了些。无论从思想方面或艺术方面,本书对曹植的称赞似乎都有些过分。曹植在思想上几乎是一代完人,在艺术上也毫无可议之处,但从文学史上看来,恐不尽如此。钟嵘《诗品》固然说他“骨气奇高”,不可企及,但刘勰就曾有不同的看法,不是一切肯定。《文心雕龙·才略篇》早已说过:“文帝以位尊减才,思王以势窘益价,未为笃论。”这虽是把曹植和曹丕比较时讲的话,并不意味着对曹植有什么贬抑,但是,这也指出了前人对曹植的推崇,未必完全是恰当的。在《文心雕龙》里具体评论曹植作品的地方很多,综合起来,可以看出刘勰对曹植的全面看法。他虽然一再称曹植是“群才之英”(《事类》)、“群才之俊”(《指瑕》),指出曹植作品的许多优点,同时却也在很多地方指出他创作上的缺陷。例如,《颂赞篇》说:“陈思所缀,以《皇子》为标,……褒贬杂居,固末代之讹体。”《杂文篇》说:“至于陈思《客问》,辞高而理疏。”《论说篇》说:“曹植《辩道》,体同书抄。”《封禅篇》说:“陈思《魏德》,假论客主,问答迂缓,且已千言，劳深勣寡，飙焰缺焉。”如此等等，不一而足。当然，刘勰所指为缺点的地方，不见得都是准确的，例如《诔碑篇》说“陈思叨名而体实繁缓，《文皇诔》末，旨（百）言自陈，其乖甚矣”云云，就未必恰当。因为，这样的文章，虽“乖”诔体，却倾诉了自己的感情。但总的看来，凡刘勰之所指责，还是有根据的。至少可供我们今天研究参考。

当然，对古人多说几句好话，也不算什么问题，而且，对待曹植这样的作家，似亦不该吹毛求疵，但我仍然以为，对于任何人，也最好是“坏处说坏，好处说好”（鲁迅《南腔北调集·我怎样作起小说来》）。尤其是古代作家，他们的世界观总不可能是十分完美的，像曹植这个人物，从作品中所反映出来的思想面貌，也不是没有消极的一面。他的作品虽好，却不是一切皆好；纵然认为皆好，也不应该强调到不切实际的程度。以他的《七哀诗》而论，这不过是“以充满同情的笔调写出了长期和丈夫分居的妇女的苦闷”，本书讲到这里我以为就够了，因为全诗的内容正是这样。当然，也还可以指出诗中可能寓有诗人的自伤之辞，因为这种表现手法和古诗十九首中的某些作品有一脉相通之处，而且显系受了古诗影响而写出来的，谓之“拟古”，也未尝不可。但是，本书为了强调这首诗的意义，乃至说：“曹植不但能看到民生的疾苦（承上文分析《泰山梁甫吟》而言），而且也能注意到某些社会问题。”指出：“全诗的情调不但哀婉动人，而且具有愤愤不平的情绪。”以为“君怀时不开，妾心当何依”这样的诗句，是“对丈夫的负心作了沉痛的谴责”。这样的分析对曹植就有些“不虞之誉”了。从《七哀诗》本身看，似乎看不出这么多的意义来，这些意义恐是编者联系到其他作品而另外加进去的。如果除掉这些，我想，对曹植的分析和评价，也许更加实际些。

又如，关于陆机的评论，与曹植相反，肯定又有些不够。从文学史的角度看，这也不够全面。比方关于陆机的“乐府”说：“他写了许多乐府诗，大都因袭旧套，按题敷衍，很少结合自己的生活感受，不过以繁富求胜罢了。”这就未免做了过多的否定，没有充分考虑陆机的作品在文学史上的成就和地位，从而做出具体的分析。陆机的诗固然多所因袭和模拟，但他的乐府还是有特点的。而且，像乐府这类体裁，在当时来说，互相模拟，乃是常事，只要在文学史上有特点，就应该适当地加以肯定。刘勰在《乐府篇》就曾指出：“子建士衡，咸有佳篇，并无诏伶人，故事谢丝管，俗称乖调，盖未思也。”刘勰把陆机的乐府和曹植的乐府相提并论，而且提出与世俗相反的见解，我看值得重视。他的话固然未必完全正确，但所言特点，仍值得参考。清刘熙载《艺概·诗概》也说："士衡乐府，金石之音，风云之气，能令读者惊心动魄；虽子建诸乐府，且不得专美于前，他何论焉。"这话不免誉之太过，但也不是毫无见地的，也值得参考。如果忽视前人的这些看法而一切否定，恐不符合作品在文学史上的实际地位。

当然，关于陆机，本书也讲到了他的文和赋，但是，关于《文赋》，从文艺理论的角度介绍得较多，而关于他的艺术成就以及其他各体创作的艺术成就，注意却嫌不足。在这方面，刘勰所作的评论，仍可吸取。他除了称赞陆机的乐府之外，《杂文篇》提到《演连珠》时说："唯士衡运思，理新文敏，而裁章置句，广于旧篇。"这一评语，我觉得比本书所说的"颇有好的议论"，更具有史家的眼光。因为《演连珠》是模拟的作品，模拟的作品在历史上是不值得赞许的；而陆机《演连珠》之所以值得赞许，还在于它虽系模拟旧体，却在思想和艺术上都有新的成就，不与旧篇雷同。又《檄移篇》说："陆机之移百官，言约而事显，武移之要者也。"这个评语也值得重视，因为陆机的诗文向来以"繁"见称，而檄移独能做到"言约"，自然也应该称赞。《书记篇》也说："陆机自理，情周而巧，笺之为善者也。"这也是对陆机为文的肯定。此外，刘勰在批评陆机文章繁缛和模拟的同时，也往往指出其可取之处。例如《哀吊篇》讲到《吊魏武帝文》，就说："序巧而文繁。"《论说篇》讲到《辨亡论》，说："效《过秦》而不及，然亦其美矣。"《议对篇》说陆机的断议："谀（腴）辞弗剪，颇累文骨，亦各有美，风格存焉。"《熔裁篇》说："士衡才优，而缀辞尤繁。"《才略篇》说："陆机才欲窥深，辞务索广，故思能入巧，而不制繁。"总起来看，刘勰既指出了陆机作品的繁缛和模拟的缺点，同时也指出了工巧的优点。并不是一概肯定，也不是一笔抹杀。刘勰的这些评论，今天看来，不一定都对，也不是都可采取，但至少在全面评论作家的时候，可以参考。

关于作家的全面评价，不只是写文学史才涉及的问题，而且，在文学史中也不能一律这样要求。不过，在文学史中，对于作家的评价，恐须比一般的作家评论更应该从史的角度来全面地估量得失，评定功过。因此，这里所说的全面评价，并不是对一部文学史责备求全，也不是把一切作家等量齐观。这一点是要附带说明的。

最后，我还必须指出，科学院文学研究所编写的这部《中国文学史》，是近年来古典文学研究中的新的成就，它对于中国古代的文学做了比较准确的介绍和评价，基本上体现了马克思列宁主义对待文化遗产的精神。其中吸收了过去的文学史著作中某些好的经验，也吸收了1958年以来科学研究上的若干新的成果，成绩是显著的。我在这里所谈的一些优点，恐怕还没有说到佳处，所谈的问题，也未必中肯。而且本文只谈了一代，未及其余，片面性更是难免的。絮絮多言，非敢妄论得失，只不过提出一二问题来，向读者们请教而已。

1962年12月

（据北京师范大学出版社1981年版《古代文学探讨集》校录）

吉川幸次郎与《中国文学史·中国文学的特色》

经典导读

吉川幸次郎（1904— ），字善之，号宛亭。1923年，考取日本京都帝国大学，选修中国文学，师从著名汉学家“京都学派”创始人狩野直喜教授，1926年毕业于京都帝国大学文学部文学科。1928年到中国留学，在北京大学拜杨锺义为导师，从马裕藻、钱玄同、沈兼士专攻中国音韵学。1947年任京都大学文学部教授。出版的著作有《唐宋传奇集》《支那人的古典与他们的生活》《胡适传》《唐代的诗与散文》《中国文学与社会》《中国散文论》《杜甫笔记》《新唐诗选》《中国的智慧》《唐代文学钞》《汉武帝》《中国的宋元画》《日本文明中的“吸收”与“能动”》《三国志实录》《元明诗概论》《论语译注》《中国散文选》《中国文学论集》《中国古典论》《中国诗史》《中国文学史》《陶渊明传》《吉川幸次郎全集》等。

吉川幸次郎与狩野直喜、青木正儿、小川环树等人并为日本“京都学派”著名代表人物，被称之为“汉学泰斗”。1967年在人文科学研究所所长任内退休，改聘为名誉教授，获国家文化勋章；1975年任日本政府文化使节团团长访问中国，1978年任京都日中学术交流座谈会顾问；1979年4月再次应邀访华。

本篇《中国文学的特色》是上述《中国文学史》的第一章。昭和二十三年（1948）至二十四年（1949）吉川在京都大学讲授《中国文学史》，编者黑川洋一正是吉川当时的学生。二十余年后，黑川根据自己的笔记与记忆整理出了这本《中国文学史》，并于昭和四十九年（1974）由岩波书店出版。本书虽然是吉川四十多岁时的授课记录，但它涉及了中国文学史的全部领域，“已经包含了先生在此以前所发表的著作、论文以及此后所发表的许多著作和论文的雏形。就此而言，这部讲义可以说是先生全集的总括”（黑川洋一《编者绪言》）。本书之受学界的重视也就不无理由了。

虽然吉川“是把中国文化不当作异域文化，而当作自己国家的文化来研究”的，但到底吉川有着不同于中国学者的文化背景与知识系统，因而常常能够敏锐地发现我们往往视而不见的东西。在本篇中他用八节的篇幅论述了中国文学的如下七大特色：

1. 文学传统的悠久和持续性。他认为从《诗经》、《尚书》中产生于周朝初期即公元前1000年左右到1917年的文学革命，中国文学传统之悠久与持续是世界文学史上所罕见的，“体裁与日俱增，而且一度产生的体裁原则上不归于泯灭”。

2. 文学地位的崇高性。中国文学传统之所以悠久和持续，是因为文学在中国历史上具有崇高的地位；而文学崇高地位的确立则有赖于中国文明的特色，即“彻底的人本主义”，“人为万物之灵长”就是其最好的表述；“人的行为中，最为重要的是语言文化，而语言文化是宇宙秩序的最好代表”，“在此基础上产生了无文学才干则不能做官的制度”。中国的科举制从6世纪到清末的实行也有力地保证了文学的崇高地位，尽管科举的内容形式每朝不断变化，但“在中国社会里尊重文学的空气浓厚”却丝毫不曾变化。

3. 文学内容的日常性。与希腊、罗马文学相比，中国文学在内容上不重视表现超凡越俗的世界，而注重凡俗的日常生活与素材。之所以如此，是因为在中国人看来“被现实地感觉地把握的是客观实在，只有在现实世界中，而不是在空想中，才有陶冶人情操的美好之物”。

4. 文学描写的精确性。中国人这种现实的特点，在文学描写上也得到有力的表现，即尊重那些历历在目似的、精确的情景叙述。由此也延伸为表现的丰富性与比喻多的特点。

5. 文学高度的修辞性。对于作为语言艺术的文学来说，修辞仅是附属之物，“然而中国文学修辞性之强，在世界文学中亦属罕见”。其修辞性强的典型例子便是“律诗”——讲究韵律、对偶、形态。中国文学的这一特点大概是基于“汉民族那根深蒂固的对感性之物的信赖心理”。另外，修辞是将日常素材上升到新高度的表现手段，但中国却并不流行异想天开的修辞，而是严密性常常成为修辞的中心。就此来说，中国文学不仅在内容上尊重理智，而且在修辞上也表现出对理智的尊重。如此一来，“尊重理智的修辞决定了成为中国文学中心的，与其说是所歌咏之事，所叙述之事，倒不如说是如何歌咏、如何叙述”。

6. 文学强烈的政治性。极度的修辞性使中国文学具有唯美主义倾向，但却不能认为中国文学就是在唯美主义倾向中形成的。而实际上中国文学又表现着对政治的强烈关注。这一特点从《诗经》毛氏大序到现代文学都是如此。究其所以，当与中国儒家“仁”与“中庸”思想关系至深。因此中国文学“在摈弃极度美的作品的同时，又反对只以伦理的感动为目的的作品；在中国文学中，伦理的感动必须要伴随着美的感动”。

7. 尊重文学典型。在中国文学史上有一个极为明显的现象，那就是典型作家一旦出现则会被长久地尊重、祖述。如唐前的司马相如、扬雄、曹植，唐后如诗歌之有杜甫，散文之有韩愈，等等。此种现象，“倘若加以精神史的解释，则可以说这也是由于尊重现实、尊重感觉之物而引起的”；而“尊重典型之所以在汉民族心理上普遍形成，其深刻原因是中国的地理环境和政治环境”。

在该章的第九节中吉川进而阐明了“中国文学在将来人类文学的建构上会为我们提供种种经验”。一是，一般认为尊重空想的文学往往忽视现实，而中国文学则告诉我们空想是建立于现实经验之上的同时，还告诉我们现实中也有美好的世界。二是，文学中修辞是不可或缺的。而要弄清修辞的意义，中国文学将是最重要的材料。三是，伦理的感动或理智的感动与美的感动在今天的文学中往往分离，而其一致总有值得回顾之处。四是，人类不能没有典型而存在；在其他文学中缺乏典型问题的自觉意识，而中国文学则清楚地认识到这一点，这有助于他国文学考虑典型问题。五是，由于中国文学历史进展缓慢，所以，中国文学留意于他国文学所忽略的、创作出他国文学所没有的精心撰构之作。六是，虽然中国文学在客观上只不过是以中国本土为中心的地方文学，而实际上却是具备着丰富的世界性的世界文学。

—— **延伸阅读文献**

1. 吉川幸次郎：《中国诗史》，复旦大学出版社 2001 年版

2. 宇文所安著，田晓菲译:《他山的石头记》，江苏人民出版社 2003 年版

（陈顺智撰稿）

—— 原文:《中国文学史·中国文学的特色》

中国文学史·中国文学的特色

［日］吉川幸次郎

■ 一

中国文学有着三千年历史，作为古老而有确切年代的是《诗经》、《尚书》等书籍中的一部分，其时约为周王朝初期即公元前一千年左右。中国文学具有如此古老的历史，却又不只是古老而已。就古老而言，欧洲文学也有悠久的历史，但在欧洲，文学传统不断变化着，语言、内容也随之而变。与此相反，在中国，文学传统并没有中断，可以说其中断较日本文学更少。另一方面，体裁与日俱增，而且一度产生的体裁原则上不归于泯灭。不过，直到最近，中国文学经受着巨大的冲击，那就是兴起于一九一七年的文学革命。这是一场割断中国过去的文学传统，迫使自己纳入世界文学轨道的运动。而在此之前的文学，却未曾中断过传统。

■ 二

中国是个具有如此古老文学传统的国家，可是，文学在这个国家里有着怎样的地位？又是怎样认识它的呢？在考察之前，必须就中国人世界观中的人的地位作些论述。

倘若用一句话来概括中国文明的特色，那则是彻底的人本主义，如果可以将人道主义一词换为人本主义，那么，没有比中国更尊重人道主义的了。“人为万物之灵长”一语出自中国。可以说中国最有力的是，人是世界的中心存在的思想、生活感情。在公元前二、三世纪周末汉初的《孝经》中，有孔子“天地之性，人为贵”的话，这种想法在中国产生很早，与《孝经》作于同时的

《礼记·礼运》篇有“故人者，其天地之德，阴阳之交，鬼神之会，五行之秀气也”。《孝经》将人置于生物之中来考察，而到《礼记》，人被看作是世界的中心了。这种思想再迈进一步，就成了唯有人才体现出世界这种思想。而这种思想古来便有，不过表现为语言的是后汉的刘陶。《后汉书》的刘陶传里，他说：“人非天地，无以为生。天地非人，无以为灵。”人若无自然，便不能生存，天地若无人，便不能成其功用。另外，《尚书》的“泰誓篇”并不像传说的那么早，而是刘陶百年之后的作品，其中也有“惟天地万物父母，惟人万物之灵”。

像上述引文所昭明的那样，唯有人才是世界的中心，世界的枢纽，这种彻底的人本主义，在中国从很早就作为哲学而存在了。在中国，神佛之所以不兴盛，是因为存在着这种哲学。《论语》的“述而篇”有“子不语怪力乱神”之语，所谓怪、力、乱、神，都是指超自然力的存在，不过孔子没有说出。从怪、力、乱、神看，这种观念实际上存在着，而孔子自然轻视其存在。又据《论语》的“先进篇”，子路问事鬼，孔子答道：“未能事人，焉能事鬼。”在神佛没有登上中国人意识舞台的同时，死后的生活也没有引起中国人的关心。子路接着问孔子死，孔子答道：“未知生，焉知死。”我们不能笼统地将孔子看成无神论者，但他却是最先视人为充实的存在的人。本世纪初的文学革命实质上是一场伦理革命，旧时的种种观念遭到否定，而在宗教问题方面却无须操心。在西方，文艺复兴运动削减了宗教的价值，而在中国，一开始便有否定宗教的倾向：神一出现，就遭到孔子的抵制，佛教一输入便受到宋学的彻底抵制。因此，中国的人本主义不像经过否定宗教的西洋的人本主义那么尖锐而强烈。中国的人本主义是未经过否定神的本来的人本主义。

汉代儒者的学说，是所谓天人相关。按汉儒之说，成为宇宙中心，即世界的根本的，不只是人，另一方面还有“天”这一概念。所谓天，是头顶上广袤的天空，它便是宇宙秩序的显现，他们认为其规则之正确是世界秩序的根本。天不是基督教中的上帝。不用说，天就是秩序，然而实行天的秩序的却是人。总之，人是天的象征，天是世界秩序的保证者，所以人本主义与天自然不会相互矛盾。在天人感应说看来，人的行为能直接作用于天，君主或行善，或行恶，其影响会相应地显露于天。这尽管是畸形的，但可以说是极端地强调人的地位的。

认为人是世界的中心存在，是中国人的世界观；人的行为中，最为重要的是语言文化，而语言文化是宇宙秩序的最好代表，这是中华民族的信念。六世纪，六朝梁代的刘勰有部《文心雕龙》，开卷第一便是《原道》篇，述写道："故两仪既生矣，惟人参之，性灵所钟，是谓三才，为五行之秀，人实天地之心，心生而言立，言立而文明，自然之道也。"当然，这种逻辑对我们来说是不十分严谨的，但至少对当时的中国人，可以说是深信不疑的。在此基础上产生了无文学才干则不能做官的制度，即科举制度，从六〇〇年持续到本世纪初的制度。所以，希望出仕的在经义（五经、四书的解释）、策论（政治意见）之外，还要应试诗赋（诗和诗化的散文）的才智。所以宋代王安石认为在官吏录用的考试中没有必要以诗赋为科目，并废除了它。于是，经义、策论受重视，后来，它们也诗赋化了。所谓八股文即是如此。这也是由于在中国社会里尊重文学的空气浓厚的缘故。中国非常尊重具有文学能力者，不论是消极的读者，还是有敏捷的创作才思的人，这大概是由于用汉语遣词造篇十分困难的原因。苏轼坚决反对王安石的意见，也是以创作诗赋非常困难并要求精通其他知识为理由的。

■ 三

与其他民族相比较，中国文学的内容又怎样呢？姑且不论现代文学，在中国空想文学（小说文学）产生极晚，即使产生之后也没被看作是地道的文学。而最初的西洋文学，荷马史诗和希腊的悲剧喜剧，就表现了英雄、神、妖怪，并能在海上作战。总之，史诗的内容不是凡俗日常的世界，而是超凡越俗的天地。西洋文学正是发轫于这种虚构的文学。荷马史诗产生于公元前一千年左右，载以文字则是在前五百年左右；而在公元前一千年，中国最早的诗歌《诗经》中的最早部分已经完成，在前五百年是孔子出现、《诗经》成书的时期。但是，《诗经》的内容与荷马史诗以非日常世界为素材不同，而以日常生活为素材，原则上不表现英雄，例外地就英雄后稷的成长歌颂了其神秘性，而这位英雄长成后是位农业英雄。仅此例外，其他都是现实的日常生活中所产生的喜悦和悲哀。其中心是各国民谣《国风》诸卷，所表现的是赞美村女，祝贺新婚，或为幽会桑中、怨恨爱人不相从之类恋歌，或为征夫怨妇的咏叹，或欢欣于凯旋，或斥责穷兵黩武，或诅咒徭役的繁重，这都是以我们现实凡俗之人的日常生活和其中的悲欢离合为题材的歌诗。《书经》所载也是以政治为中心的人类的营生，并且只关心实际存在的事情。

不过，无意识的空想力•仍然暗中作祟。我们不能认为《书经》的“尧典”、“舜典”就是历史事实，但孔子在编纂它时一定认为尧舜时代是确实存在过的。孔子之后，在列国混战中产生过很多空想的故事，而在前一世纪司马迁出现，又一举击退了这些空想的故事。中国最早的小说是八世纪中唐的传奇，那只不过是片断、短小的东西。正式的大规模的虚构文学，是十三四世纪的元代杂剧，十四五世纪的《水浒传》等明代小说。但是，直到本世纪的文学革命为止，它们并没有获得正统文学的地位，即使予以承认，也不过被看作是轻文学。此类作品大体都以匿名创作，正说明其创作之受蔑视。

中国虚构文学很不发达，而取材于日常经验的诗文作为文学主流繁荣起来。这里可说有着中国文学的特殊状况。如果问虚构文学为什么没能占文学的主流，那是因为它与中国人的哲学有着深切的关系。正如中国人被誉为现实的国民那样，他们认为，被现实地感觉地把握的是客观实在，只有在现实世界中，而不是在空想中，才有陶冶人情操的美好之物。这种哲学决定了将平凡人日常生活中所表现的事作为素材的文学，并以此作为其文学传统。

四

中国人这种现实的特点，不仅在素材方面，而且在描写上也得到有力的表现。确实的描写在中国文学是必要的条件，这与日本文学有很大距离。在日本文学中往往尊尚一些极不明确的叙述，而在中国文学中则尊重那些历历在目似的情景描写。司马迁的《史记》之所以作为文学被尊重，是因为它富于准确描写之故。现以《项羽本纪》鸿门宴一段为例：

> 项羽即日因留沛公，与饮。项王项伯东向坐，亚父南向坐。亚父者范增也。沛公北向坐，张良西向侍。范增数目项王，举所佩玉玦示之者三，项王默然不应。范增起出召项庄，谓曰，君王为人不忍，若入前为寿，寿毕，请

以舞剑，因击沛公于坐杀之。不者，若属皆且为所虏。庄则入为寿，寿毕曰，君王与沛公饮，军中无以为乐，请以舞剑。项王曰，诺。项庄拔剑起舞，项伯亦拔剑起舞，常以身翼蔽沛公，庄不得击。

首先真实地刻画坐位，再清晰地描写对话。

再看看明代嘉靖时归有光的《寒花葬志》。“寒花”是女佣之名，“葬志”为墓志铭的一种。

婢魏孺人媵也。嘉靖丁酉五月四日死。葬虚丘。事我而不卒，命也夫。婢初媵时，年十岁，垂双环，曳深绿布裳。一日天寒，爇火煮荸荠熟，婢削之盈瓯，予入自外，取食之，婢持去不与。魏孺人笑之。孺人每令婢，倚几傍饭。即饭目眶冉冉动，孺人又指予以为笑。回想是时，奄忽便已十年，吁，可悲也已。

确实栩栩如生地刻画出寒花这位少年女佣人那种可爱的举动。

这种倾向在散文里表现得更为显著。有关散文和诗不同的认识，晋代陆机《文赋》有“诗缘情而绮靡，赋体物而浏亮”之语。正因为如陆机所说，散文是以写实体物为主，诗是以抒情为要，所以诗不像散文那样写实，但其描写仍然明确。如果与日本诗歌相比较，那么中国诗描写之明确就更清楚了，至少其第一流诗歌的表现是明确的，譬如杜甫诗“四更山吐月，五夜水明楼”，李白诗“柳色黄金嫩，梨花白雪香”，即是如此。

像叙述财政、建筑、地理，在其他国家是不会成为文学素材的，而在尊重明确表现的中国，则只要它们被加以明确记述，就能看作为非常漂亮的文章。试看宋代曾巩的《越州鉴湖图序》一文：

鉴湖一曰南湖。南并山，北属州城漕渠，东西距江。汉顺帝永和五年，会稽太守马臻之所为也，至今九百七十有五年矣。其周三百五十有八里，凡水之出于东南者，皆委之。州之东，自城至于东江，其北堤，石楗二，阴沟十有九，通民田。田之南属漕渠，北东西属江者，皆溉之。州之东六十里，自东城至于东江，其南堤，阴沟十有四，通民田，……总之，溉山阴会稽两县十四乡之田九千顷。非湖能溉田九千顷而已。盖田之至江者，尽于九千顷也。

这篇文章是叙写水利。但具有一种见于工厂的机器排列一样的整饬美。

中国文学重准确的描写，然其构成准确的方法，首先是指出事物自身的中心。为使中心明确，就要消除傍枝杂叶。譬如“四更山吐月，五夜水明楼”，“柳色黄金嫩，梨花白雪香”，都突现出事物的中心，而削减其余。日本文学尊尚余韵。而中国文学则是利索地突出中心，即使女人，日本文学也是注意描写其身体的外围部分，譬如描写裙裾，中国作品则直接描写面部。这在日文译本中难以得到充分的体现。日文呈线状：“柳の色は黄金のごとく嫩かに、梨の花は白雪のごとく香し”，而中国语则将中心词一个一个连续地排列开来：“柳色——黄金——嫩，梨花——白雪——香”，一个个词语的声音有很强的抑扬，由此来突出事物；基于此，声音也是拟态性的，每个声音可说是追逐着事物的形态。如《寒花葬志》，要写还能写，但仅取二个插曲，由此形成强烈的印象。这种手法在中国文学里被普遍吸收。

另外，还有丰富性。细腻、锐利、清新被视作为日本文学的理想，中国文学并非如此，而是十分爱好丰富。赋是最好的例子，但此处以韩愈《南山》诗为例，作者连用十八个“或若”来形容南山。

前低划开阔，烂漫堆众皱。或连若相从，或蹙若相斗；或妥若弭伏，或竦若惊雏；或散若瓦解，或赴若辐凑，或翩若船游，或决若马骤……

这丰富得如同陈列着的豪华的中国名菜一样。丰富，也是中国文学的一大特色。《水浒传》的价值在于一百〇八豪杰错综复杂的活动，《红楼梦》中林黛玉等十二钗曲折纠缠的故事情节之复杂，其容量之丰富，都受人喜爱。即使在现代文学里，短篇小说虽不如日本文学那样耐人品味，而长篇则是饶有情趣。当然，这种丰富性也是以准确性为基础的。

其次，还有比喻多。上面韩愈的诗就是如此。再以曹植《洛神赋》为例，其形容游洛水的女神：

其形也翩若惊鸿，婉若游龙。荣耀秋菊，华茂春松。仿佛兮若轻云之蔽月，飘飖兮若流风之回雪。……肩若削成，腰若约素。……丹唇外朗，皓齿内鲜，明眸善睐，靥辅承权。……

由于比喻伴随着夸张，结果远离准确性，但这也是主观上要求准确性的一个表现吧！

■ 五

作为第二个特色，要算修辞性。文学是以语言为媒介的艺术，对于文学，修辞仅是附属物，然而中国文学修辞性之强，在世界文学中亦属罕见。其修辞性强的例子之一便是称为“律诗”的诗体，如杜甫《返照》诗：

楚王宫北正黄昏　白帝城西过雨痕
返照入江翻石壁　归云拥树失山村
衰年病肺惟高枕　绝塞愁时早闭门
不可久留豺虎乱　南方实有未招魂

这种律诗从最初的《诗经》开始经二千年方在唐初形成。其特征是声音抑扬顿挫有着严格的规则，抑扬规则较之于此前的中国诗也更为精致。当然，抑扬在西洋诗歌中也有，但在抑扬之外，律诗还有其他国家诗歌所缺乏的修辞特点，那就是对仗手法。就《返照》诗而言，“返照入江翻石壁”和“归云拥树失山村”，“衰年病肺惟高枕”和“绝塞愁时早闭门”就各自对仗。律诗至少中间四句必须这样对仗，这不能不说是非常讲究修辞性的了。在中国对仗之所以发达，是因为汉语是孤立语，一个字为一个相应的一个音节之故。而在日语中，即使将“**うめ**”二个音与“**かきつばた**”五个音并列，也仍然不会形成有韵律的偶句。

中国文学的修辞性在诗歌中得到最完美的表现。然而，诗歌之有修辞的倾向，不独中国，他国亦然，不过略有程度之别而已。中国文学显明的修辞性在散文中常常表现为对韵律的讲究，这在他国文学中是没有的。如梁简文帝的《与湘东王令悼王规》(《梁书·王规传》)：

> 威明昨宵，奄复殂化，甚可痛伤。其风韵遒正，神峰标映，千里绝迹，百尺无枝。文辩纵横，才学优赡，跌宕之情弥远，濠梁之气特多。斯实俊民也。……去岁冬中，已伤刘子，今兹寒孟，复悼王生。俱往之伤，信非虚说。

全文由四字句和六字句构成，像“去岁冬中，已伤刘子，今兹寒孟，复悼王生。俱往之伤，信非虚说”也注意到抑扬。不仅运用和谐稳定的语词，而且还运用了像“濠梁之气”（本于庄子语）这类有典故（classical allusion）的语词。以梁武帝时代为中心，这种倾向盛极一时，并臻于顶峰，而从三国到唐初的散文也可以说都是极度修辞化的。这时的散文受到极大束缚，一句字数必须连缀为四音节或六音节。这就是所谓四六文，由于文章对偶句多，有如两马并驾，所以又称作骈体文或骈俪文。

当然，前此的中国散文并非全都是装饰性的。从历史上看，两汉前的散文其装饰性就不那么强，但是，仍然具有相当的装饰性，譬如《论语》便是：“父母之年，不可不知也，一则以喜，一则以惧。”这类文章中，不仅四字句成为基本格调，而且像“一则以喜，一则以惧”二句作为中国的对偶句，既是最朴素的形式，又是地道的偶句。唐中叶韩愈文章在韵律上没有特别的规定，但仍然追求音节的整齐。用典以六朝文章为最，而在其他文章也用，不过仅有强度之别。用典的最大结果是文学语言，无论诗还是散文都有了特殊的书面语。口语文学在元代与虚构文学前后兴起，至本世纪文学革命后才占支配地位。中国书面语与口语相分离，走着自己的发展道路。一般认为《论语》较接近口语，但也不是地道的口语。散文文体与口语文体总存有区别，这正揭示了中国文学具有极强的修辞性。

这种修辞性是如何产生的呢？大概是因为汉民族那根深蒂固的对感性之物的信赖心理吧。对这种对于语言表面形态的完整的刻意追求，中国人也曾探寻过它的哲学依据。《文心雕龙》认为，人类可以通过连缀华丽的文辞而能动地参与宇宙的调和，这即是其哲学上的解释。这种思想不仅在六朝时代占支配地位，而且在其他时代人们的意识中也是根深蒂固。中国人之所以有此思想，是因为中国语言先天地存在着导致这种思想产生的因素。欧洲人说汉语像读德语的“Ein Man Ein Wort”(各执己见)一样，每个词语都有重音，这说明汉语是声音抑扬顿挫很强的语言。汉语可以通过各种声调的曲折变化，用同样的复合韵母来构成不同的字。其声音系统是颇复杂的。不仅每个音节发音重，而且每个发音或平缓舒畅，或前低后高，或高低曲折，或急促下降，可见在中国尽可能易听易说地组织语言的先天意识十分强烈。即使日常用语也格外留意。“几时”和“什么时候儿”是同一词，但如果用“几时”说，你何时来这儿，就成了“你几时到这里。”如用“什么时候儿”，便为“你什么时候儿到的这里”，一般要加“的”。因为上面用长语“什么时候儿”，而下面不加“的”来延长，就不适称了。说“今天天气好”时，一般说成“今天天气很好”，即使天气不是那样好也这样说。另外，这一点从文字形态来看，也体现得十分强烈。譬如“威”字的笔画组成就给人以恐惧感；小泉八云曾在漫步日本街头时说，招牌忽而哭忽而笑。汉字的文字形态确实具有某种感情，“春风”，不仅当读它时其声音有着春风之情，而且其文字形态也与春风的形象紧相联系。无论从声音抑或从形体来说，汉语都是世界上无与伦比的意味浓厚的语言。可以说正是这种意味浓厚的语言滋生出浓厚的修辞性。

也许这种修辞性与前述确实性并不矛盾。为什么呢？因为只有不受音律等束缚而用朴直的语言，才能写得确实。在中国古代，也不一定认为两者相矛盾，而认为，为表现得更确实，必须以意味更浓厚的语言来描摹。《左传》中孔子有言，“言以足志，文以足言”，言使观念充实，文使语言充足(襄公二十五年)。这说明观念之为观念，当被存于脑中时并不确实，只有用语言来表现时才确实，由于语言也有规则，所以必须要将它作为文来完成。《左传》中孔子又接着说：“言而无文，行之不远”，这揭示了孔子有这种思想：修饰之所以重要，是因为为了使语言充分地起到语言的效用。当然，这不一定就抓住了文与志的关系。“言而无文，行而不远”是见于《易·系辞》的孔子之语。这是认识的一个方面。但在中国文学中常有这样的意识，即努力修饰而使事物更加确实。因此可以说，中国不一定认为修辞是游戏，而形式即行为这种想法却很强烈。

话说回来，艺术是自然的模仿，然而复写自然决非艺术。歌德似曾说过“有选择，那里就有艺术”(《箴言与省察》)，这说明他不是只依靠简单的模仿。为将自然艺术化就要施行修辞，而语言作为艺术的媒介，不能像绘画那样绿色就描之以绿，要像绘画那样通过追踪自然来升华为艺术，而这只有依靠特殊的有效方法，才能升华为艺术。

在中国当然意识到，修辞是将日常素材上升到新高度的表现手段。但中国文学里并不怎么流行异想天开的修辞，而严密性常常成为修辞的中心。因此，中国文学有着像算式般的严密性。算式总是期待着理智的检验，而中国文学也具有依靠理智来追踪的严密性。如前引杜甫“返照入江翻石壁，归云拥树失山村”二句，泛泛读来，不仅音调宛转，而且像“返照——入江——翻——石壁，归云——拥树——失——山村”每字相对，同时“返照入江翻石壁，归云拥树失山村”还表现出·（仄）◦（平）错综交替。中国文学在内容上尊重理智，可以说在修辞方面也表现出对理智的尊重。杜甫诗在这点上，可说是达到了中国文学的理想。

尊重理智的修辞决定了成为中国文学中心的，与其说是所歌咏之事，所叙述之事，倒不如说是如何歌咏、如何叙述；换言之，往往常识性地理解文学素材，却依靠语言来深切感人，这可说是中国文学的理想。正是在这点上，中国文学的总体方向是诗歌化的，至少以我们现在的文学范畴来看是如此。如果说在捕捉以前的理智方面别开生面的是散文，描写既存经验细微之处的是诗歌，那么中国人所意识到的文也实际是在诗歌的方向之中了。

■ 六

中国文学具有高度的修辞性，这就能说其文学有唯美主义倾向，但不能说其文学就是在唯美主义倾向中形成的。一方面是唯美主义倾向，另一方面，中国文学又有着对政治的强烈关注。当然，从中国文学中选拔出抒情性极强的作品，这也并非不可能。佐藤春夫的《车尘集》便是专门从中国诗中选出的抒情性作品，法国人朱迪·冈蒂耶（Judith Gantier）的《玉书》（*Le Livre de Jade*）、《玉笛集》（*La Flûte de Jade*），以及德国人汉斯·贝特格（Hans Bethge）的《中国之笛》（*Die chinesische Flöte*）等等都是。然而中国文学的实际却并非如此，在诗中这也十分明显。《诗经》毛氏大序说：“诗者，志之所之也。”诗是心理的表白，同时诗也是对君主实行某种政治道德的进谏之物。又如“关关雎鸠，在河之洲，窈窕淑女，君子好逑”这一卷头诗，毛氏序说是赞美美好的夫妻生活，同时是对社会全体或对未来社会指出美好的夫妻生活，又说男女是体现着宇宙和谐的象征。读《诗经》时，若不按毛氏序来理解，就会有难于理解的诗，由此看来，中国诗早在其产生时就已带上了政治的伦理的特点。这种传统一直保持到以后，尤其杜诗就是如此。表现个人感情该是抒情诗吧？但杜甫似乎认为自己的诗并非是纯感情的。如果看看杜甫的力作《北征》，就能知道他对政治有着何等强烈的关心！人们一般认为，李白的诗带有强烈的唯美主义倾向，但他的诗中没有不带政治倾向的。其诗集始于《古风》，而《古风》正是为批评政治和文化而创作的。

这种倾向在散文中更明显。如前述曾巩的《越州鉴湖图序》，与我们认为的文学素材大相径庭；水利无非是对政治的一种关心。宋代是最关心政治的，但即使在修辞性最强的六朝时代，文学仍然有力地起到关心政治的作用。看看此时编纂的《文选》的内容便可知一二：开始的赋、诗、骚、七是极少关心政治的韵文，其次诏、册、令、教、策秀才文则是政治性的，再次的表、上书、启、弹事、笺、奏记、书……论、碑文、墓志、吊文、祭文等文体辞藻华丽，但其所述之事却是极其政治化的。文学具有政治性，是贯穿中国文学的极大特点，这种传统直联系到现代文学。作为觉悟的现代文学与过去的文学是不连续的，但现代中国的小说在目的小说很多这点上，与过去的文学又是连续的。这一点，现代中国小说与美国小说颇为相似，而与日本小说绝然相反。

中国文学具有政治性的特点，也与中国人的哲学有关。在历来为中国人哲学中心的儒教中，总是强烈地意识到人是社会的存在。人类不只是一人，而与他人互为共存，人们之间有必要调和关系，即是至关重要的仁。这就是儒教的思想。本世纪的思想家辜鸿铭认为，儒教与基督教的不同在于：基督教是想将人变成“一个好人”(a good man)，与此相反，儒教是想将人变成“一个好臣民”(a good citizen)，非常恰当地言中了儒教的特点。正因为背后有这种思想，所以在中国是不允许过分追求感动而盘桓在自己的世界的。

若从他方面来看，这是由于汉民族的哲学尊重中庸之故。中庸即平衡，在中国是最高的伦理，无论何事都不能偏倚一方，这种思想很强烈。因此，即便过于抒情的作品出现，人们也总是为此感到危惧。唐代诗人中有位李贺（长吉），他有首《苏小小墓》诗：

幽兰露，如啼眼；无物结同心，烟花不堪剪。草如茵，松如盖；风为裳，水为佩；油壁车，久相待。冷翠烛，劳光彩；西陵下，风雨晦。

现在我们一般认为这首诗匀称，浅近易懂，但中国自己的批评不一定认为它是最好的诗歌，因为它仅仅以美的感动为宗旨，而于伦理的感动有所欠缺。另外，在中国，中庸还表现为，过分的感动也会破坏平衡。作为对前引《诗经》“关雎”的批评，《论语》有“子曰：关雎乐而不淫，哀而不伤。”《左传》季札批评各国诗的话里也有“……而不……”之类，这说明诗的价值不仅在感情这一方面。

在摈弃极度美的作品的同时，又反对只以伦理的感动为目的的作品；在中国文学中，伦理的感动必须要伴随着美的感动。《文选》是最好的例证。即使看看经书，也可知道，经书里有《易》、《书》、《礼》、《春秋》，同时还有《诗》、《乐》。这种思想在选择最高经典著作方面得到表现。在中国，语言若不华美便算不得是语言，不带文学性的语言在汉民族中是没有的。日本法律语言不属华丽语辞，而在中国，就连法律条文也不拒绝文学因素，唐代的判决书就是用四六文写的，这种形式一直持续到民国前。哲学著作更是如此。最先的《论语》，语言的华美便为其魅力之一，像这样伦理的感动与美的感动一致，可说是汉民族文学的最高理想。对未来人类文学的发展，这将有些启发。

■ 七

还应指出的是尊重典型，可表现为典型的作家一经出现，就会长久地被尊重、祖述。唐以后的诗歌典型是杜甫，散文则是韩愈；唐以前，司马相如、扬雄、曹植等人的文学是典型；当然这是大略而言。在北宋，祖述杜甫、韩愈，随后在不同时代出现了小典型，诗歌方面北宋有苏轼，南宋有陆游，元代有虞集，明代有李东阳等，清代有王士祯；散文方面，宋代有欧阳修、苏轼。在中国承认并祖述这些或大或小的典型的倾向是很明显的。

当然，尊重典型，不独中国，日本也如此。《古今集》被作为诗歌典型而长久祖述便是一例，但中国更为强烈。其后果是，中国文学史的发展速度远比欧洲缓慢，而且还每每使文学变得千篇一律。唐以后意识到文学是个人的心声，而在唐以前却未必如此。《文选》的作品有的弄不清是谁的，文体、内容也没有变化，缺乏个人特色。平安朝的散文不一定保持了文体紧密的平均性，而《文选》的文体紧凑平均。唐代以后文体略变，而那也是整个时代变了，倒不是因为个人在文体上有很大差别。

这种现象怎么会出现呢？倘若加以精神史的解释，则可以说这也是由于尊重现实、尊重感觉之物而引起的。对于汉民族来说，有价值者是从感觉世界带来的既存事实，汉民族是从来不将其信赖建立在不能从感觉世界中带来的空想，诸如他民族的Idea和神等等之上的。社会必须规范，但中国人并不向神祈求规范，而是认为彻底实现了的治国之道就在现实社会中。杜甫被誉为“诗圣”，但“诗圣”不止于最高的诗人这层含义，而且含有是诗歌世界里的完美存在的意味。在杜甫诗中诗道得到了彻底的体现，所谓“诗圣”一词也揭示出这种意蕴。在其他国家也许认为诗道幽远难测，并无完美的诗人，而在中国却并非如此，尊重典型正是产生在这种思想基础之上的。

不仅文学尊重典型，其他方面也是如此，譬如尊重圣人，周公、文王、武王、孔子、殷汤王、夏禹王、五帝的尧、舜等古代圣人就是人类的典型，他们被看作是尽善尽美的完人。尊尚《五经》也是尊重典型的一种，它们被当作为语言中的典范，完美无缺，故而尊重它。另外，汉民族的人本主义也是因为尊重典型而形成的：人与万物同位，但人又是万物中之佼佼者，所以认为人是万物之灵长。中国从无数同位之物中取其一作为典型而加以尊重，可以说这与欧洲将人类都归结于神的思想大不一样。

■ 八

尊重典型之所以在汉民族心理上普遍形成，其深刻原因是中国的地理环境和政治环境。先说地理环境。中国在最近以前并无机会接触外国文学，它是依靠自己的智慧发展起来的。日本文学则从发生之日起就意识到外国文学，西洋文学更是在与其他地区对比交流中发展向前的。中国意识到有国外文学，实际是在进入本世纪后，这在世界文学中也是极为罕见的。因此，文学典型不得不从本国过去的文学中去选择，而无法依靠外国作家来动摇、取代其典型。

中国文学独立发展，是由其使内部相对抗的异族文化难以产生的地形所制约的。中国地形四方有要害为屏障，中部为平原，西半部是渐次升高的高原，平原和高原的全面积相当整个欧洲，但不存在着像把欧洲分割成多块文化圈的众多海岛和阿尔卑斯山脉，所以一地产生的文化容易立刻传遍四方。这似乎成了地理决定论，但其中确有很多必须探讨之处。中国被清一色的文化所覆盖，与其地形不无关系。结果产生这样一种感觉，中国文化是全人类共同的，另一方面，中国地域之广也使人相信自己的文化是世界唯一的文化。

另外，从国界以外看，大致是无文化地带，没有能够给中国文化以影响的国家。周围有好多部族，但它们至少在我们所谈的问题——语言文化方面都不能给中国以影响，因为它们大多连文字也没有。当然，稍远点有印度，但以古代交通状况而论，印度要给中国以影响是困难的，仅有佛教例外。日本较近，与中国隔海相望，但日本的存在尚未上升到中国人的意识，即使意识到了日本文化的存在，也只是认为，日本的文化能力越强，它在吸收中国文化方面就越顺从，朝鲜、安南更甚于日本，日本在吸收中创造独自的东西，而朝鲜、安南也许顺从中国文化的时期更长些。周围的其他国家也是如此，中国是无法受到他们的影响的。

当然，在文学以外未尝没有受到外来影响，如佛教便是。但是，接受佛教，却未意识到印度就有文学，翻译佛经也未将它看作文学。佛经的传入改变了社会空气，但这并非自觉的。从十七世纪明末到清代时，耶稣僧侣渡海而来，把欧洲科学知识传入中国，才给中国文化、文学以不自觉的影响，清朝对古典学的科学性研究就是其影响之一。但是，他们国家也有文学，这完全未进入中国人的意识。这大概是耶稣僧侣漠视、敌视文学之故吧！至到本世纪才意识到西洋有文学，由此兴起一场文学革命。所以，总是从本国过去的文学中选择文学典型而不依靠外国作家来动摇、取代其典型，是因为这种地理环境的缘故。

其次，使典型牢固的内部原因是，文学在其社会被视作决定人们社会身份的尺度而加以利用，如科举制度就是如此。在科举考试中，常常课试文学，尤其唐代，作诗至关重要。唐代祖咏及第时的试题为《终南山望余雪》，下面是其答卷的一部分（《唐诗纪事》卷二十）：

终南阴岭秀　积雪浮云端
林长明霁色　城中增暮云[①]

唐代钱起考试时题为《湘灵鼓瑟》，以下为其诗一部分（《唐诗纪事》卷三十）：

流水传湘浦　悲风过洞庭
曲终人不见　江上数峰青

唐朝是极端的以诗决定身份的时代，其他时代也不尽然如此。唐以后文学考试虽趋减轻，但依然存在。重视文学课目尽管难以判断道德能力，但不仅易于判断文学本领，反过来，对文学不敏感的人也总会被认为是冷酷的。在中国，不能说门第与金钱势力不能使人成为士，进入士大夫阶层，但文学仍然是必不可少的。之所以如此，是因为士大夫既被选拔出来就负有维持社会的文化和道义的责任，而庶民于文化、道德既无义务也无责任。

在决定社会身份方面重视文学，这对社会有益，但对文学却不一定好。由于文学成了身份的尺度，所以若尺度频繁地变更，人们就难以适应。因此不希望出现打破尺度的天才。像李贺那样的鬼才，被人嫌弃地称做“可以有一，不可有二”；李白多抒摅个人情怀，所以即使承认他是大诗人，也不认为他是典型的尺度。杜甫取日常生活素材作诗，其诗具有谁都能模仿的特点，所以他受到尊重。这使文学典型容易建立，又使文学史的发展极为缓慢。

■ 九

我们指出了几个中国文学的特色，尽管特殊，但与其他文学不无关系。凡

① 原文如此——译者。

是人类的文学都有这些特色，不过略有程度差别而已。但上述几点在中国比在其他文学中表现得更加显著则毋庸置疑。就此而言，中国文学在将来人类文学的建构上会为我们提供种种经验。譬如:（1）一般认为，尊重空想的文学往往忽视现实，而中国文学在告诉我们空想是建立于现实经验之上的同时，还告诉我们现实中也有美好的世界。（2）文学中修辞是不可或缺的。而要弄清修辞的意义，中国文学将是最重要的材料。（3）伦理的感动或理智的感动与美的感动在今天的文学中往往分离，而其一致总有值得回顾之处。（4）人类不能没有典型而存在；在其他文学中缺乏对典型问题的自觉意识，而中国文学则清楚地认识到这一点，这有助于他国文学考虑典型问题。（5）由于文学历史进展缓慢，所以，中国文学留意于他国文学所忽略的，创作出他国文学所没有的精心撰构之作。（6）虽然中国文学在客观上只不过是以中国本土为中心的地方文学，而实际上却是具备着丰富的世界性的世界文学。《论语·子罕篇》说:“子在川上曰，逝者如斯夫，不舍昼夜。”这是孔子把人类使命或命运喻于河水的沉思之言。正如中国“百川东流”一语所示，河水一定东流，孔子此语正是在这种认识基础上产生的，但在河水不向东流的地方，这句话仍然是恰当的吧！

（据四川人民出版社1987年版陈顺智、徐少舟译本《中国文学史》校录，该中译本据日本岩波书店1974年第一版日文本译成）

范宁与《论研究中国文学史规律问题》

经典导读

范宁（1916—1997），江西瑞昌人。1942年毕业于西南联大，随即考入清华研究院，师从闻一多研究魏晋南北朝文学，同时受到朱自清等的悉心指导。1946年从清华研究院结业后，任清华大学国文系助教、讲师。1951年任天津津沽大学副教授。1953年调中国科学院文学研究所古代文学研究组工作，任副研究员。1979年起受聘为研究员。在文学所工作期间，曾任图书室主任、古代文学研究室副主任、《文学遗产》常务编委等职。

作为著名的文学史家，范宁的学术活动大致可分为两个阶段：新中国成立前到成立后最初几年，主要从事魏晋文学的研究；1955年后，重点转移到宋元明清。在这两个阶段里，他的研究又侧重小说方面。同时，对文人作品包括诗文、戏剧和文学理论也有深入的研究。

还在清华研究学习时，范宁就因发表第一篇学术论文《风流释义》（《文史杂志》1944年）而一举成名。该文发表后，即得到当时学界名流顾颉刚、冯友兰、汤用彤、朱自清等的一致赞许。他一生发表过许多著名论文。除《风流释义》外，1949年前他还发表了《魏文帝〈典论论文〉“齐气”解》《陆机与山水文学》等论文，这些论文在当时及以后都产生过不小影响。1949年后，范宁关于魏晋小说的重要论文，可以《论魏晋知识分子的思想分化及其社会根源》和《论魏晋志怪小说的传播和知识分子思想分化的关系》两篇为代表。二文皆曾引起学界的注意和称述。前一篇发表不久，即被日本转载。此外，《牛郎织女故事的演变》也是一篇力作。国内外研究牛女故事的文章常见引用。关于宋元明清文学的研究成果，则以《〈宋元明清白话小说选〉序言》《〈水浒传〉版本源流考》《元代文学流变及其特征》为代表作。

除众多单篇力作外，范宁尚有《博物志校正》《异苑校订》《白居易》等专门著作。其中以《博物志校正》最为国内外学者所注重。我国台湾有人将此书编译，发行岛内外。日本京都大学也曾予译介。

范宁以研究六朝文学起家。后因工作需要，他把主要精力转移到宋元明清文学。他所研究的范围很广，其全部学术论文涉及从先秦到晚清的各个时期的作家和作品。虽然他是研究古典小说的名家，但他不把自己的研究囿于某一文体，或是某一时期的文学。像他那样的古典文学研究中的“通人”并不多见。他晚年在《中国社会科学》杂志上发表的《论研究中国文学史的规律问题》一文，曾引起学术界的广泛注意和讨论。他不仅对整个中国古典文学有全面而深刻的了解，还有广博的历史知识（他曾在《历史研究》杂志上发表过颇有影响的论文，并曾为《中国通史》撰写过重要篇章）。他又是文学所《中国文学史》第三卷的主持人。因此，他有资格有能力来谈这个涉及数千年文学发展历史的大题目。

此前他虽不乏关于中国文学史规律问题的断句零章，但还不曾有过类似的专题论文。

在《论研究中国文学史的规律问题》一文中，作者首先对文学史作了明确的界定。他指出，文学史是一门历史科学，其研究对象是文学发展过程中的规律性问题。但过去的文学史著作大都是作家作品研究的汇编，最初的草创阶段的文学史甚至是历代正史《文苑传》的摘抄。范宁从自己编著文学史的实践经验出发，认为以往的文学史写作只重视作家作品本身的分析探讨，而忽视文学发展的规律。只有克服这种弊病，文学史编写才不至于堕入作家作品论的窠臼，即把文学史研究工作局限在“时代背景、作家生平、作品的思想性、作品的艺术性这四个框框里”，也不至于仅抓住了“文学”，而忽略了“史”。必须把文学发展过程中的各种规律探索出来，文学史方能成为一门真正的科学。

其次，作者对文学发展的规律作了比较全面深入的分析。他把文学发展规律解释为文学现象和其他社会现象之间的联系，文学里的这一现象与那一现象之间的联系；并且这些联系是必然的，而非偶然的。他十分赞成马克思主义的反映论观点，强调作家作品及文学流派同社会生活、政治经济的密切联系，强调先有社会生活的变化，而后才有反映这种变化的文学作品。他引述了文学史上的许多事例说明，不仅文学作品的内容随社会生活的改变而改变，文学流派间的斗争（如桐城派与“三袁”的“雅”、“俗”之争）也与政治经济的变动有着千丝万缕的联系。作者还主张，在文学的自身运动中，需要认真研究民间文学和文人创作之间的密切关系。许多文章体裁都产生于民间，而后落入文人之手，这种关系十分明显，例外的情形很少。如诗、词、曲等，最初本是歌谣形式，最早的小说也多由口头故事发展而来。

再次，阐明文学史与作家作品论的区别和联系，也是范宁在文学规律问题上的理论贡献之一。他认为，作家作品的研究，只是文学研究的初步或某种基础性的工作，其成果对于文学史研究当然是必要的，有益的，但远不是文学史作为一门科学的终极目的。文学史须在作家作品研究的基础上，找出这些作家作品的独特性和共同性，并探讨出产生这种个性及共性的内在和外在的原因。文学史编著者不仅需要研究同一时期不同体裁的许多作品，也要将不同时期同一体裁的作品加以比较研究，从其中找出带有规律性的东西，如何为因袭，何为革新，以及二者之间的关系。作者认定，把文学史当作科学来研究，主要就是找寻规律。但在文学研究中，由于研究对象和范围的不同，应当区分为各个不同的学科（包括作家作品论）。文学史只是这些学科中的一科，不可能包罗万象。唯有确定文学史的特殊对象，探究文学演进的规律，才有望编写出较好的文学史来。

在论述文学发展的规律性问题的同时，范先生还特别说明，文学现象是很复杂的，它们比文学发展规律更为丰富。他以古代文学里的许多事例证明，文学现象十分繁芜多样。如民间文学与文人创作之间的关系即是这样。各种文学形式或体裁在不同地域、不同时代广泛流传，被记录，被改编。在这个长期的过程中，不仅文人创作要受到民间文学的影响，而且民间创作有时候也可能在文人创作的推动下发展起来。如从武松故事、牛郎织女故事的流传过程中，都可以看到这种复杂关系。

作者不同意把文学史规律绝对化。他又明确指出，任何规律都是不完全的，近似的，不能把规律的概念加以绝对化的理解，而现象则特具丰富性。某一现象除了它和别的许多现象所共有的同一本质外，还包含不同于其他现象而只为某一现象自身所固有的纯粹个别的因素。因此，作家作品的考证、讲解、分析、鉴赏等，都是必要的，因为这些工作不特可以丰富文学研究的内容，也有助于揭示文学发展的规律，使之更加完善。作家作品的研究，同文学史规律的探索，是可以并行不悖、相辅相成的。

范宁的这篇论文问世于改革开放初期，它作为专门论述文学史规律问题的开山之作和重要成果，对后来有关论著都有一定影响。

—— 延伸阅读文献

郭颖颐著、雷颐译:《中国现代思想中的唯科学主义》，江苏人民出版社 1989 年版

（李少雍撰稿）

—— 原文:《论研究中国文学史规律问题》

经典原文

论研究中国文学史规律问题

范　宁

■ 一、文学史研究的对象是文学发展中的规律性问题

文学史是一门历史科学，研究对象是文学发展过程中的规律性问题。我们编写文学史，必须把文学发展中各种规律性的东西反映出来，把文学发展和社会经济、政治、文化各方面相互之间的关系，以及文学本身发展的规律等等，力求弄清楚。可是目前我们在这方面做的工作还很不够。有的文学史编研工作者没有把文学史的研究和文学作品的研究各自的对象和范围区别开来，把研究工作局限在时代背景、作家生平、作品的思想性、作品的艺术性这四个框框里。研究文学作品如此，研究文学史也如此，只抓住"文学"，忽略了"史"。文学史既然是一门历史科学，就应该研究文学发展过程，作家与作家之间、作品与作品之间的历史连贯性，研究文学发展的规律性。只把作家作品论按年代次序排列一下，不能成为文学史。作家作品评论加"历史背景"，即孤立地写上一段"社会背景"，不与作家作品本身的特点紧密结合起来，也不能成为文学史。这样做，不能说明为什么这个作家这个作品只能在这个时期出现，不能产生在别的时代，也就不能说明文学发展的规律。

什么是文学发展的规律？规律是客观事物之间内在的和必然的联系。列宁说："规律就是关系……本质的关系或本质之间的关系。"（《哲学笔记》第 135 页）也正如斯大林所说：马克思主义把规律"了解为不以人们的意志为转移的客观过程的反映"（《斯大林文集》第 572 页）。文学发展规律即是文学现象和其他社会现象，文学的这一现象与文学的那一现象之间的内在联系，一种必然的而不是偶然的联系。例如，历史上发生过大大小小的政治事件，也有用诗歌或散文描写这些政治事件的作品。这些政治事件和描写政治事件的文学作品的联系如何？从历史上看，没有秦汉之际的大变动，刘邦不会有《大风歌》。没

有安禄山的叛乱，杜甫写不出“三吏”“三别”，李白也不会写《永王东巡歌》。没有黄巢的起义，韦庄无法写《秦妇吟》，杜荀鹤也不会有《山中寡妇》、《乱后逢村叟》的写作。没有元末的红巾军，就不会有《松江谣》。这样，我们就得出先有生活中的政治变化，然后才有描写这个政治变化的文学作品这样一个结论。这个结论是事物客观规律在人们头脑中的反映。恩格斯说过：“一切历史上的斗争，无论是政治、宗教、哲学的领域中进行的，还是在任何其他意识形态领域中进行的，实际上只是各社会阶级的斗争或多或少明显的表现。”（《马克思恩格斯全集》第 21 卷，第 291 页）一般说来，在阶级社会里，有些文学作品反映了阶级斗争而又参与阶级斗争。文学创作活动与阶级斗争之间发生直接或间接的、不是表面而是内在的联系。这种联系不是主观臆造的，而是存在于客观生活实际中。生活要求有被表现的权利。奴役和反奴役，奴化和反奴化，历史上各个阶级都要求表现他们那个阶级的生活，不论是直接的还是间接的，总之，通过文学反映这种生活和争取反映这种生活，反映被压迫者要求生活的权利，和压迫者宣扬他们那种建筑在别人不幸的基础上的所谓幸福生活。表现各自阶级的生活，就是文学创作活动。这种创作活动有时和作者参与阶级斗争是同时的，交织在一起的。但是生活还是在前，创作在后，“著作家可以献身于这个历史运动，成为它的表现者，但是，不言而喻，他不能创造运动。”（《马克思恩格斯全集》第 4 卷，第 352 页）物质决定意识，正如马克思在《德意志意识形态》中说：“我们的出发点是从事实际活动的人，而且从他们的现实生活过程中我们还可以揭示出这一生活过程在意识形态上的反射和回声的发展。甚至人们头脑中模糊的东西也是他们可以通过经验来确定的，与物质前提相联系的物质生活过程的必然升华物。因此，道德、宗教、形而上学和其他意识形态，以及与它们相适应的意识形式便失去独立性的外观。它们没有历史，没有发展；那些发展着自己的物质生产和物质交往的人们，在改变自己的这个现实的同时也改变着自己的思维和思维的产物。”（《马克思恩格斯全集》第 3 卷，第 30 页）文学作品是思维的产物，是上层建筑，它的思想内容，归根到底要随着时代和作者世界观的变动而变动。鲁迅说：“各种文学，都是应环境而产生的，……都是政治先行，文艺后变”（《鲁迅全集》第 4 卷，第 107 页。1957 年版，下同）。文学与经济的关系和生产力状况之间的联系不是直接的，而是通过政治斗争，随着现实社会生活的改变而改变。这种依附性就使得文学史有了规律。这个规律为文学史这门科学奠定了基础。如果一部文学史是“乱烘烘，你方唱罢我登场”，那就没有什么规律了，文学史也就不能成为科学。当然文学史的规律不只是一个，文学现象和其他社会现象如宗教、美术和哲学等也是相互影响的，其间也可以找到内在的联系。至于文学体裁的产生、发展和变化，也是有规律的。不过这种规律是特殊规律。文学体裁的变化和政治事件的变化并无先后因果关系。作为诗歌体裁说，安史之乱以前和安史之乱以后并没有变化。但诗歌由四言而五言，而七言；由古体而近体；又由诗而词，而曲，确实是有变化的。这种变化不是产生于它和政治之间，而产生于它和语言、音乐之间，也是有规律的。总之，文学史上目前还有许多规律没有找出来，比如说，一个文学流派、倾向及风格体系的发展和变化，同另一个文学流派、倾向及风格体系的相互关系，以及文学流派的产生、发展、变化和历史社会变动之间的关系等等，都需要我们探索。只有把文学史的各种规律探索出来，文学史才能真正成为一门科学。

一部文学史，必然是文学发展史。我们知道，“一切发展，不管其内容如何，都可以看作一系列不同的发展阶段，它们以一个否定另一个的方式彼此联系着。”（《马克思恩格斯全集》第 4 卷，第 329 页）也就是说，发展就是新的代替旧的，成长中的事物替换行将衰谢事物的过程。《文心雕龙·明诗篇》说：“宋初文咏，体有因革，老庄告退，而山水方滋”。一个时期有一个时期的特殊的文学思潮，情况总是不断变化的。在有阶级的社会中，阶级间的关系的变化就是历史的变化，而这种变化总是在斗争中进行，反映这种斗争的文学，往往是经过斗争，新生的战胜衰朽的。“任何领域的发展不可能不否定自己从前的存在形式”（《马克思恩格斯全集》第 4 卷，第 329 页）。古往今来，莫不如此，这就是规律。因此可以说，一部科学的文学史，如果正确反映出文学发展的客观规律，那就必然具有革命性和斗争性。因为历史上进步文学和保守反动文学总是并世共存的，互相对立的。编写文学史也应是革命事业的一部分，要把科学性和革命性或者说战斗性结合起来。要批判作家和作品中的那些维护剥削阶级利益的思想。文学作品，特别是长篇巨制，总是广泛地反映出社会生活各个方面。恩格斯曾经说他从巴尔扎克的《人间喜剧》里学习到的东西，“比从当时所有职业的历史学家、经济学家和统计学家学习到的全部东西还要多”。这就是说，文学作品所显现的生活画面，比其他资产阶级学者的著作都详尽、广泛而深刻。我们编写文学史应该掌握文学的这个特点。私有制使人们的意识中浸透了私有感。我们编写文学史应该把那些不同程度地浸透了私有感的东西加以分析，并指出它对共产主义事业的危害性。例如侠义、义气这种东西，什么“仗义疏财”，表面看起来好像是破坏私有感，其实是私有制的产物，没有私有财产，也就无财可疏了。不分敌我的人道主义、人性论，虽然对奴隶主、封建主阶级的残酷剥削和压迫有冲击作用，有反抗性，在历史一定阶段中有进步性，但对今天来说，它那种不分是非的慈悲博爱，使人丧失对阶级敌人的警惕性，有坏影响。像这样的作品，我们要一方面充分肯定它的历史作用，一方面要指出它的局限性。高尔基说：“在资产阶级文化的遗产中，蜜糖和毒药是紧紧混合在一起的。”（高尔基《论文化》）这同样适用于我国古代文学。如《聊斋志异》里的《席方平》，一面曲折地反映了封建地主阶级的政治黑暗和残暴，一面又夹杂着因果报应和封建道德观念。作者有力地揭露冥王的惨无“人道”，同时又颂扬二郎神“聪明正直”，冤枉终于得雪，散布不切现实的幻想。像《席方平》这样的作品，就是蜜糖和毒药混在一起的。“因为新的阶级及其文化并非突然从天而降，大抵是发达于对旧支配者及其文化的反抗中，亦即发达于和旧者的对立中，所以新文化仍然有所承传，于旧文化也仍然有所择取。”（《鲁迅全集》第 7 卷，第 581 页）我们今天编研文学史，对古代文学中的封建糟粕固然要批判，而对于其中散布的对封建秩序起破坏作用的东西，如风流放诞、玩世不恭等等，也不能不加分析地予以歌颂。我们编写文学史既是革命事业，对于那些浸透私有感的作品，都要加以分析，认真处理。不过我们要采取历史主义的态度，区别对待。

当然，我们这样做，并不是把今天的政治、道德、标准强加到古代作品和古人身上，而只是从发展的观点来观察历史社会事物。列宁说得好，“判断历史的功绩，不是根据历史活动家没有提供现代所要求的东西，而是根据他们比他们前辈提供了新的东西”（《列宁全集》第 2 卷，第 150 页）。《红楼梦》中的宝黛之间的爱情在要求恋爱自由和婚姻自主方面，的确继承了《西厢记》中的“愿天下有情人终成眷属”的思想，但宝黛间的爱情却摆脱了崔张式的情欲追求，有较深刻的思想内容，更接近于近代爱情观。它以这种新的爱情观代替了旧的郎才女貌、一见钟情的爱情观。这两种爱情观是“以一个否定另一个的方式彼此联系着”，也是“一系列不同的发展阶段”的一个阶段。他们的爱情都是有时代局限性的，这点和我们今天就不同了。

我们历史上文学作品很多，文学规律也不只是一两个。我们为了革命的需要，总是要有所选择，有所侧重。突出什么，宣扬什么，反对什么，目的要明确。毛泽东同志曾经指出：“对中国和外国过去时代所遗留下来的丰富的文学艺术遗产和优良的文学艺术传统，我们是要继承的，但是目的仍然是为了人民大众。对于过去时代的文艺形式，我们也并不拒绝利用，但这些旧形式到了我们手里，给了改造，加进了新内容，也就变成革命的为人民服务的东西了。”（《毛泽东选集》第3卷，第877页）这是对古为今用的一个很好的说明。对待古代文学要批判地吸收其中有益的东西，“以利于推进中国的新文化”。毛泽东同志还说：“一切带原则性的军事规律，或军事理论，都是前人或今人做的关于过去战争经验的总结。这些过去的战争所留给我们的血的教训，应该着重学习它。这是一件事。然而还有一件事，即是从自己经验中考证这些结论，吸收那些用得着的东西，拒绝那些用不着的东西，增加那些自己特有的东西。这后一件事是十分重要的，不这样做，我们就不能指导战争”（《毛泽东选集》第1卷，第174页）。这里讲的是军事规律，我以为对于文学规律也是适用的。我们研究文学史的规律不单纯只是为了找寻规律，而要让这些规律在当前文学运动中起点作用。本来，让前人的文学作品在当前对读者起良好的作用，今天我们这样要求，古人何尝不是这样做？任何时代，任何国家，任何阶级提倡读什么书，反对读什么书，岂有不重视这本书在当时会起好的影响或坏的影响吗？所以，古为今用实际上也是文学史上的一个客观规律。古为今用是有阶级性的，不同的阶级有不同的用法，立场不同，要求也不同。这里重要的是用在什么阶级利益上。

我们编写中国文学史，就应该表现中华民族的特点。每一个民族都有它自己的特点。而这种特点只属于这个民族而是其他民族所没有的。毛泽东同志说过：“我们这个民族有数千年的历史，有它的特点，有它的许多珍贵品。”又说：“中华民族不但以刻苦勤劳著称于世，同时又是酷爱自由，富于革命传统的民族。”我们编写文学史应该体现这种精神，要把从古到今表现民族的性格特征、心理状况、精神面貌和各个方面的独特性的文学作品发掘出来。追求光明和自由，反抗黑暗和压迫，可以说是我们古代文学中一个突出的表现。我们这个民族的人民生活一向是崇尚朴素的，我们文学作品中，不少是歌颂纯洁真朴的。《庄子·天道篇》说："朴素而天下莫能与之争美。"唐朝的韩愈由于反对六朝那股华而不实的文风，被人颂扬为"文起八代之衰"。朴素，反对矫饰和造作，是我们民族文学中的一个优良传统。有人主张文章要写得十分"雅洁"；桐城文派就是把这个作为好散文的标准。"雅洁"也接近朴素。德国人爱克曼在《歌德和爱克曼的谈话录》中，谈到歌德看过中国小说《好逑传》，说中国小说的特点是人物性格比西方文学更"明朗些，纯洁些，符合道德些"，也就是说纯朴些。这的确是中国民族文学的一个特点。我们知道，文学最有民族特点的是真实地描绘了特定历史时代中社会生活最有特征的东西。而文化中这种特色鲜明的东西往往从各民族之间互相比较时表现出来。我们研究中国文学史要尽可能寻找出我们民族文学的特点。列宁说规律是"本质之间的关系"，而本质是对事物或现象的特征的完整描述。因此对事物特性的认识和探讨规律之间的联系是十分密切的。

毛泽东同志在《中国革命战争的战略问题》中提出研究战争的规律时说："我们不但要研究一般战争的规律，还要研究特殊的革命战争的规律，还要研究更加特殊的中国革命战争的规律。"对于我们研究文学史来说，也有类似这样的情形。我们要研究文学史的一般规律，也要研究革命的或者说在历史上起进步作用的文学特殊规律，而更其重要的是研究更加特殊的中国革命的，或者说在历史上起进步作用的文学特殊规律。当然，要研究中国文学发展的特殊规律，首先要弄清楚中国文学的民族特点，所以民族文学特点的发掘正是为了研究中国文学发展的特殊规律的需要。

二、文学史研究对象与作家论作品论研究对象应当加以区别

我们说过，文学史是研究文学发展规律的科学。研究对象不是作家生平和作品的思想性与艺术性。但这并不是说文学史不讲作家生平和作品的思想性与艺术性，而是说文学史不研究这些问题的本身，而要研究每个时期新的作家和作品如何产生以及创作中新的思想新的艺术技巧如何出现。并且要研究新的如何替代旧的，其中种种变化及其原因。至于作家作品本身的研究，只是文学史研究工作的初步。单纯地就一个一个的作品考察它的思想性和艺术性，是另

一门学科，即作家作品研究。对文学史这门学科来说，它必须吸取作家作品研究的成果，与此同时，它还要研究同一时期不同体裁的大量作品，研究不同时期同一体裁的作品，找寻出这些作品的各自特点和共同现象，并探讨出产生这种现象的原因。此外还要研究文学作品中的因袭和革新，因袭和革新的关系的各种形式，这也就是说要找寻规律。拿宋代来说，特别是南宋，一百多年中无论是诗是词，或者散文，或者小说，都有一个共同的现象，即对北方女真族金政权的侵略，对南来小朝廷的妥协退让和腐朽衰弱以及镇压农民起义等错误政策，表示出强烈的不满。文学上的这种情况完全是由民族斗争和阶级斗争的客观存在所决定的。毛泽东同志说过："在汉族的数千年的历史上，有过大小几百次的农民起义，反抗地主和贵族的黑暗统治。而多数朝代的更换，都是由于农民起义的力量才能得到成功的。中华民族的各族人民都反对外来民族的压迫，都要用反抗的手段解除这种压迫，他们赞成平等的联合，而不赞成互相压迫。"（《毛泽东选集》第2卷，第586页）我们研究文学史，也应和历史学家处理民族矛盾一样，以此为准绳。在民族的关系中，赞成平等联合，反对压迫。要肯定陆游等人反对屈服于金人压迫的诗歌。

同样，汉朝"自孝武立乐府而采歌谣"，有人把这些配乐的歌谣叫做乐府诗。到了魏晋，曹操一批人用乐府题目写诗，也入乐，当作歌辞用。唐朝白居易等人写诗标名新乐府，已经不入乐了，名称还袭用乐府诗。这些作品产生的时代不同，但有一个共同的特点，就是其中不少作品都记述时事，触及民生疾苦。文学创作有一个特殊现象就是作者同时又是读者，作者往往受到他所读到的作品影响。作者读别人的作品，有时模仿，有时潜移默化，致使自己的作品和别人的作品存在一定的联系。写时事，写神仙生活，就这样成了乐府诗重点的题材。

至于因袭和革新，也可能表现于作家的个别作品，如汤显祖的《牡丹亭》。但往往同时出现于许多作家一系列的作品，如萧子显《南齐书·文学传论》所说："在乎文章，弥患凡旧。若无新变，不能代雄。"齐梁的诗文变革不用说，与《牡丹亭》同时的小说如《金瓶梅》和"三言"（其中部分是明代作品），诗文如公安三袁，都和前代不同，思想和写法都有所因革。而诗文和小说在革新和因袭的关系的形式上，也不完全相同。韩愈所说的"惟陈言之务去"，黄山谷所说的"脱胎换骨"，也都是希望处理好因袭和革新的关系，但他们解决两者之间的关系的形式，彼此是不同的。鲁迅说："没有冲破一切传统思想和手法的闯将，中国是不会有真的新文艺的。"(《鲁迅全集》第 1 卷，第 332 页) 30 年代如此，古代也不能例外。就是因为这样，我们编研文学史，要把一些特定时期的文学作品和在它们之前的文学传统以及它们当时的文学进展里程联系起来，加以研究。葛洪在《抱朴子 · 钧世》中说："今诗与古诗，俱有义理，而盈于差美。"这里"盈于差美"就是说有所革新。沈约《宋书 · 谢灵运传论》把所谓"差美"讲得更具体，并且吹嘘说："自骚人以来，多历年代，虽文体稍精，而此秘未睹。"他们对晋宋齐梁新兴文体都是肯定的，而且是赞扬的。拿鲍照来说，他的作品就体现了这个时代的特点。他的散文《登大雷岸与妹书》，小赋《芜城赋》、《游思赋》、《伤逝赋》等，诗歌《代白纻曲二首》、《玩月城西门廨中》，都是格律精细而辞藻富赡，清新纤丽的。他在思想和技巧两方面都提供了新的东西，像刘勰《文心雕龙 · 定势》所说："厌黩旧式，故穿凿取新。"钟嵘所谓"跨两代而孤出"。鲍照诗的成就主要的是那些拟乐府。这些诗中他一面承袭汉魏乐府诗写时事、揭露社会黑暗的传统精神，一面由于他所处的社会地位较低，官职小，"才秀人微"，他用瑰丽奇伟的字句愤愤不平地抒写了个人胸中块垒，抨击门阀制度和统治阶级对人民的掠夺，成为他那个时代的最强音。

总之，文学史要研究一个一个时代文学的总的特征，以及各个时期的相互关系等等，这就使它和单纯的作家作品研究区别开来。

三、中国文学发展规律是可以找到的

我们在前面曾谈了文学史研究的对象不是探讨作品的思想性和艺术性的本身，而应是找寻文学思想和艺术技巧发展中新的如何代替旧的一些规律性问题。这点在理论上容易解决，而在实践中却往往南辕北辙。现有的中国文学史著作差不多都是开宗明义就提出文学史是关于文学发展规律的科学，而在实际论述中不是弄成作家作品汇编，就是变成文学的大杂烩，几乎把文学中各种问题都加以叙述和讨论。这样，文学史发展的规律就体现不出来。当然探索文学史的规律会要遇到一些困难，但困难应该是可以克服的。马克思说："真理通过论战而确立，历史事实从矛盾的陈述中清理出来”（《马克思恩格斯全集》第 28 卷，第 286 页）。我们迎着困难前进，“充分地占有材料，分析它的各种发展形式，探寻这些形式的内在联系”（《马克思恩格斯全集》第 23 卷，第 23 页），规律是可以发现的。

这里我打算就文学流派的产生、发展、变化和历史社会变动之间的关系，来粗浅地谈一谈其中是否有合乎规律的东西。历史上阶级的变动，阶级力量对比的变化，以及统治阶级内部各阶层各派政治势力的斗争和消长，同文学流派的兴起与衰落有没有联系？我想是有的。阶级斗争（主要是农民起义）和统治阶级内部的矛盾和斗争（主要是由财产和权力的再分配而引起的生产关系方面的调整）对于文学创作的影响，无疑是存在的。我国从奴隶制过渡到封建制的春秋战国时代，人民群众显示了力量，有人认识到这个力量。荀子在《王制篇》说：“君者，舟也；庶民者，水也。水则载舟，水则覆舟。”群众的力量是不可轻视的，统治阶级中某些人士注意到了这一点，他们发现“兽恶其网，民恶其上”，为了巩固政权，他们除了主张使用暴力镇压，像《韩非子·奸劫弑臣篇》所说“夫严刑重罚者，民之所恶也，而国之所以治也”外，还用收集歌谣的办法，通过歌谣，了解情况。但正式成立机构，直到汉朝才设置乐府。有人说，楚国《九歌》是改写各地民谣所组成的歌舞剧，这个说法如能成立，那么《国殇》正是歌颂人民群众勇于公战的诗篇，很可能是秦地民歌改编的。

汉朝统治阶级是利用农民起义夺取政权的。他们很懂得人民群众的力量。成立乐府，搜集歌谣，企图通过歌谣以观民风，了解民间疾苦，制定法令时参酌行事。这就是乐府诗的创作和搜集的社会根源，也是长期阶级斗争的结果。

中国历史上朝代更替，大都跟农民起义有关。刘邦就是在农民纷纷起义的行列中夺得政权的。东汉末年的黄巾，唐代后期的黄巢，元末的红巾军，明末的李自成，这些人和农民军的活动，影响当时的经济生活、政治生活，对文学创作当然是有影响的。刘勰说建安时代的文风上不同于秦汉，下不同于齐梁，原因是“世积乱离，风衰俗怨”，这里所说的“乱”虽然不完全指的是农民战争，但看来和黄巾起义多少有些关系。鲁迅关于文艺创作的变化总是紧跟政治斗争的论述是有道理的。我们历史上各个时期的文艺创作和阶级斗争的关系是值得我们进一步探讨的。至于统治阶级内部斗争，主要是政治斗争，有些作家直接卷入斗争，如宋代王安石变法和苏东坡反对变法，在政治斗争的同时，还使用文学作为武器，有名的“乌台诗案”就是一个例子。欧阳修于庆历新政失败后，写了一篇《醉翁亭记》，说“醉翁之意不在酒”，表现他对于当时政治的不满，也是一种斗争的方式。明人马中锡所写的《中山狼传》，据说是讽刺李梦阳对康海的负恩，又是一种方式。在中国文学史上，特别是散文发展史，唐代古文运动是一个重要的篇章。对于这个运动的发难人韩愈，苏东坡称他“匹夫而为万世师”。韩愈自己也作《师说》，以师道自居。柳宗元说，“独韩愈奋不顾流俗，犯笑侮，收召后学，作《师说》，因抗颜而为师”。事实表明，韩愈在文坛上要成立一个宗派，而且要把他这个宗派变为文章正宗。为了要成为正宗，他把文和孔孟之道结合起来，争取正统的地位，要把居正统地位的时文即骈文排挤下去，取而代之。骈文就是柳冕所谓“惜乎王公大人之言，而溺于淫丽怪诞之说”的那个东西。众所周知，唐代诏令公文，多为骈俪。所谓燕许大手笔，就是写骈文的能手。李商隐从令狐楚学习“今体章奏”也就是四六偶语。写骈文成为升官的条件之一，不过写骈文就得多读书，以便作为“典故”之用。虽然有人替他们编类书，但写起文章来，还是不够用的。所以写骈文得有较长的读书和学习以至练习的时间，这个条件在唐代还不是一般人能够具备的。而作古文只是“气盛则言之短长与声之高下者皆宜”，“惟陈言之务去”，不用掉书袋。这样写骈文还是写古文的争论就和做官联系起来了，不单纯是一个文章体裁的问题。一般的而非“王公大人”及其子弟，那些普通地主阶级知识分子的读书条件是不太好的，要收藏丰富的典籍聚而读之，写好骈文比较难。他们自然乐意写散文，拜“狂人”、“罪人”为师，冒他人之非笑而搞宗派活动，实际上是一种斗争。韩愈本人就几次被斗出长安城。古文运动是在斗争中成长壮大的。但这个斗争当时并没有得到胜利。宋代初年官场文字用的还是骈文。有一个故事很有意思。一个叫做林逋的隐居西湖不做官，名声很大，弄得皇帝都知道了，派人去找他。他给找他的人写了一封骈体文的信，收信人说:“草泽之士，不友王侯，文须枯古；功名之事，俟时致用，则当修辞立诚，今逋两失之矣。”他讥笑林逋既不想做官，何须用官场文字，应当老老实实地用民间的枯古散文。这个故事充分说明地主阶级当权派和普通地主对文章体裁的好尚是不同的。古文运动是要把散文变为官场文字的运动，是地主阶级在野派要夺地主阶级当权派的权力的运动，这个运动的成功直到范仲淹、欧阳修这些原是普通地主而骤然显贵后搞了一个庆历新政，夺取了部分权力时才得到决定性的胜利。他们这批人出来，把古文塞进科举考试中，过后真德秀就可以编《文章正宗》了。所以唐宋古文这种文学体裁，实际上是地主阶级内部矛盾的产物。

前面我们说乐府诗的产生和汉代阶级斗争之间有联系，这里又指出唐宋古文运动的产生和地主阶级内部矛盾的联系，但它们的发展与衰落是否也和阶级斗争或地主阶级内部斗争有联系？大家知道，乐府诗在东汉末年和中唐都有所发展，中唐以后便衰落了。东汉末年和中唐都是阶级变动比较剧烈的时期，黄巾和黄巢起义的前夜。乐府诗在这时再度出现新面貌和阶级斗争新的形势应该是有联系的。中唐出现的两税制和均田制的破坏固然有关系，但这种改革和商业经济也不能说无缘，它显示商业经济的发达。白居易、张籍、王建等人的“新乐府”中对于商人生活的描写，如《估客乐》、《盐商妇》等篇值得注意。“西江估客珠百斛，船中养犬常食肉”，他们对此表示不满。这就是说新乐府的出现和当时政治经济的变动是有千丝万缕的牵连的。至于散文的发展，桐城文派的产生的原因，在地主阶级内部矛盾之外，还有新的内容。桐城文派正式打出旗号是清代初年，但他们和明后期的归有光、唐顺之等人对唐宋古文的改革活动是分不开的。归有光等人在文学史上被指摘为“以时文为古文”。就是说他们把写八股文那一套方法照搬来写散文。八股文这种文体要求写文章必须注意前后照应，段落分明，叙事议论，层次清楚。归有光等人拿来作为散文写作的借鉴，使散文公式化，就是后来姚鼐、方苞等所谓桐城文派的义法。方苞等人提倡写文章要“言之有序”，使人容易看懂，是企图延长古文的生命，抵制口语化文体的传播。这从他们标榜散文要写得“雅洁”那个“雅”字上，看得出来。他们拿“雅”来反对“俗”。姚鼐《复曹云路书》说：“当唐之世，僧徒不通于文，乃书其师语以俚俗，谓之语录。宋世儒者弟子盖过而效之。然以弟子记老师，惧失其真，犹有取尔也。明世著书乃亦效其辞，此何取哉？”他所说的“明世著书”指的大概是袁宏道等人。袁氏兄弟写文章主张“宁今宁俗，不肯拾人一字”，要求文章口语化，和桐城派提倡“古雅”，是对立的。他们和三袁等“雅”、“俗”之争，不是一个单纯文体问题，而同时是保守与革新之争，问题是赞成不赞成让新的代替旧的。

“五四”时期骂桐城文派为“谬种”，而对三袁等人的小品文则大加赞扬，从这里我们也能看出桐城文派在阶级斗争和地主阶级内部斗争所起的作用和他所扮演的是什么角色。这里我们发现一个规律，即文学史上不仅文学作品内容随着社会生活的改变而改变，就是文学流派也在一定程度上受到阶级斗争和地主阶级内部斗争的制约。

■ 四、要懂得现象是复杂的，它比规律丰富

如上所言，文学史中有的规律还是不难找出来的。但有的编著者在实际编写时往往不太热心去找，甚至有的规律已经被大家公认，而在文学史中却不肯认真论述。如民间文学和文人创作之间的关系，大家都承认多种文章体裁都是在民间产生，而后落入文人之手，这种关系被认为是固定的，很少例外的。如诗、词、曲等最初本是歌谣中的形式，后来文人模仿着写，渐渐变俗为雅，就不再是歌谣，而成为文绉绉的诗、词了。至于小说也一样，最初是民间流行的口头故事，经过都市艺人的说说唱唱，再落入文人手中就成为文字精练的小说了。许多文学史在口头上都承认人民群众是文学各种体裁的创造者，但叙述各种体裁的出现时，并不作这种追溯。当然人民口头创作和书面文学的关系，在文学史上呈现多样性和复杂性，但也是有规律可循的。一般说来，各个民族没有创造文字以前的文学都是口头的。创造文字以后，进入阶级社会，劳动人民被剥夺了享受文化教育的权利，繁重的体力劳动占据了每日可以工作的全部时间，他们不识字，当然无法搞书面创作，像鲁迅所说："人民在欺骗和压制之下，失了力量，哑了声音，至多也不过有几句民谣。"(《鲁迅全集》第6卷，第226页）看来文字虽然有了，而广大的劳动人民还只有口头创作。口头创作的保存和传播，靠唱歌和讲故事的方式，一代一代往下传，容易失传和走样。有时偶然被识字的先生们记录下来，还不免要遭受篡改。如同《水浒传》就是。所以今天我们要研究古代人民口头创作，困难是很多的。但是我们还得研究，去伪存真，我们相信物质财富的创造者同时也创造出来了精神财富。虽然他们创造的精神财富，没有大量地被保存下来。我们仍然要研究中国各民族原始口头创作，和进入阶级社会后各历史时期的人民口头创作。要研究人民口头创作和书面文学的相互关系。我国最早的一部诗集《诗经》，其中有的就是记录人民口头创作的。像《狡童》、《伐檀》、《硕鼠》、《有狐》等等。这些歌谣

产生在奴隶社会，发出了被侮辱被损害者的抗议声音。文学起源于劳动，如同“杭育杭育派”。反映远古原始没有阶级的社会生活的歌谣，大都失传了，今天我们几乎看不到。《吕氏春秋·淫辞》引翟翦的话说：“今举大木者，前呼舆謣（《淮南子·道应训》作‘邪许’），后亦应之。”《淮南子·道应训》在这句话后面，加上一句说：“此举重劝力之歌也。”秦汉时劳动人民用以“劝力”的歌谣“舆謣、舆謣”，说不定是从远古一代一代流传下来的。歌声中也许能反映出原始社会中人民的劳动生活场面。

这里我们谈一谈我国早期的文学形式。《诗经》里的诗歌，绝大多数是四言。一些散见于先秦两汉人的作品中所引用的歌谣，也都是四言，如《礼记·郊特牲》记载的伊耆氏的《蜡辞》，《易》卦爻辞中的“屯如邅如，乘马班如。匪寇，婚媾。”《吴越春秋》中“断竹，续竹；飞土，逐肉”。《左传》引谚很多，如“辅车相依，唇亡齿寒。”看来四言诗无疑是我国诗歌最早的形式。为什么四言诗成为我国诗歌最早的形式？我们把《吴越春秋·弹歌》和《吕氏春秋》所载的举重劝力歌，比较一下，马上明白过来。原来四言诗是在劳动中产生，集体劳动为了步调一致，动作互相配合，需要前呼“舆謣”，后亦应之。和我们今天集体劳动，喊着一二、一二，四声一停，道理完全一样。劳动者在劳动中习惯于四字一句的歌唱，在生活的其他方面表现他们喜怒哀乐之情，冲口而出的也就是四言。过后，知识分子也跟着这个腔调写，四言诗就成为书面文学的主要形式。《世说新语·文学篇》说：“谢公因子弟集聚，问‘毛诗何句最佳’？遏对曰：‘昔我往矣，杨柳依依。今我来思，雨雪霏霏。’公曰：‘讦谟定命，远猷辰告’。谓此语偏有雅人深致。”这些贵族官僚所欣赏的只是知识分子所作的诗篇，书面的“雅”的文学。但也是四言。

中国文字创始于何时？现有的实物是刻在殷墟出土的甲骨上的卜辞。比卜辞更早的有山东大汶口文化遗址三种器物上，山东城子厓陶器上，西安半坡遗址和临潼姜寨陶器上，青海乐都县柳弯陶器上都有类似文字的符号。这些符号文字比卜辞要原始而幼稚。卜辞中像“今日雨。其自西来雨？其自东来雨？其自北来雨？其自南来雨？”算是文字完整而意义明白，和有些铜器铭文比较，字句要多一些，但还算不上文学作品。一般认为比较早期的文学作品是《尚书·盘庚篇》。《盘庚篇》现今流行的是汉朝人记录下来的。据说有一种用科斗文写的版本，和我们今天所见的甲骨上的文字不一样，大概是伪造的，这也就是说，殷人虽发明了文字，但像《盘庚》这样重要的事件，并没有用文字刻写出来。可能还是靠口头传诵，所以真真假假很难说。《尚书·毕命》说（周）“康王命作册毕”似乎是书面的，但没有保留下来。孟轲说，尽信书不如无书，他是见到过记录帝王将相言行的书面东西的。《左传》里也提到《周书》。所以至迟春秋战国时已经有书面文学出现。但与此同时，口头创作仍然继续存在，鲁迅说古代劳动人民，劳动时唱歌，坐下来休息时就讲故事，所以散文的出现也是很早的，不过记录下来却很晚。他们讲的大都与劳动有关的故事，像《山海经·大荒南经》所记：“有人名张弘（长臂）在海上捕鱼，海中有张弘（长臂）之国，食鱼使四鸟。”和《海外南经》记“长臂国在其（指焦侥国）东，捕鱼水中，两手各操一鱼”。在人们还没有发明捕鱼的工具时，到深水中去捕鱼，只能希望手臂生得长一些。或者像另一个故事说，有的人脚也长，长脚人背着长臂人捕鱼，而且两手各操一鱼，还能利用四只鸟，真是一些捕鱼能手。他们讲这些故事以激发劳动热情，当时也是口头创作。所以散文故事这种体裁也是劳动人民创造的。事实上也只有这些故事有文学味道，一部《尚书》除《金滕》有点故事性外，其余全是枯燥无味的说教。

劳动人民在劳动时唱歌，在休息时讲故事，创造了文学的最初表现形式。早期的口头讲述内容，多半是人与自然的斗争。如《夸父逐日》和《精卫填海》。过后进入阶级社会，阶级斗争和统治阶级内部的斗争渐渐多了起来。讲故事也就讲起阶级斗争来。如蚩尤作兵伐黄帝的故事，《大戴礼·三朝记》说蚩尤是“庶人之贪者也”。蚩尤以“庶人”而伐黄帝，不就是造反吗？无怪乎奴隶主阶级恶狠狠地记录下这件事说：“若古有训，蚩尤惟始作乱，延及于平民。罔不寇贼鸱义奸宄，夺攘矫虔。苗民弗用灵，制以刑”（《尚书·吕刑》）。“制以刑”就是血腥镇压，而且是“流血百里”。奴隶主对于这些故事是害怕的，他们在记录人民口头创作时就加以篡改。如“俗说天地开辟，未有人民。女娲抟黄土作人，剧务，力不暇供，乃引绳絙于泥中，举以为人。故富贵贤智者，黄土人也；贫贱凡庸者，絙人也（《太平御览》卷七十八引《风俗通（佚文）》）。这个故事把造人的说成一位女神，显然是母系社会的反映。而黄土、绳絙是陶器制造的原料和工具，人们认为制陶器的发明家，既可以用黄土制陶器，也就可以用黄土造人，而在母系社会里，制造人的只有女神了。等到进入阶级社会，奴隶主为了替他们这个骑在人民头上的掠夺者辩护，说他们是黄土人，而奴隶，甚至部分自由民都是绳子外面涂上一层泥的人，贤愚贵贱是女神制造的，谁也改变不了。这种企图用精神的枷锁来束缚被压迫阶级的反抗，竟至于窜改人民口头传说，让古老的传说为压迫者阶级所用，屈原首先出来反对，他质问说："女娲有体，孰匠制之？"屈原是不相信人的贵贱贤庸是天生的，他凭他一生的经历，证明这种黄土人是贤能的，絙土人是该当贫贱的，这种说法完全是颠倒黑白。在《离骚》中，他一开头就说他是既有"内美"，而又有"修能"的，但是为人排挤而成为贫贱，不是什么天生的。宋玉也说："贫士失职而志不平"，不平就要发牢骚。有人说《离骚》就是牢骚，我很同意这个说法。《汉书·艺文志》就说屈原是"贤人失志"，才作赋的。

奴隶主以及后来的地主，他们不仅窜改劳动人民的口头创作，而且伪造民歌民谣，所谓造谣，就是指他们说的。这点我们翻开"谶纬"和史书《五行志》就可以收集不少这类谣言。造谣的确十分可恶而卑鄙，但却有一个意外的收获，那就是统治阶级在散布谣言时，把人民口头创作的表现形式也同时传播开了。鲁迅说：人民口头创作，"因为没有记录作品的东西，又很容易消失，流布的范围也不能很广大，知道的人们也就很少了。偶有一点为文人所见，往往倒吃惊，吸入自己的作品中，作为新养料。旧文学衰颓时，因为摄取民间文学或外国文学而起一个新的转变，这例子是常见于文学史的。"（《鲁迅全集》第 6 卷，第 76 页）其实文人所见的，真正劳动人民口头创作是很少的，多半是谣言。有些胆子大点的文人模仿这些创作的形式写诗作文，就在书画文学范围里添加些新的品种。如鲁迅所说："歌诗词曲，我以为原是民间物，文人取为已有，越做越难懂，弄得变成僵尸，他们就又去取一样，又来慢慢绞死它。"（《鲁迅全集》第 10 卷，第 175 页）这就是说真正有创造才能的是劳动人民。地主阶级的文人只能从劳动人民口头创作中学习一点东西，加以发挥，在技巧上有些提高，使得他们的作品中稍露一些清新活泼的风貌。

当然，这并不是说文人作品没有写得很出色的。这里只是从人民口头创作和书面文学的关系这个角度谈，不是全面评价书面创作，我们古代有许多伟大的文学家，他们写出了大量为人传诵的作品。有的作品像李白的《静夜思》，还相当广泛地在人民中传播。也有民歌受到书面文学的影响的。如《三冈识略》卷三说："吾松旧有谣云：秀野原来不入城，凤凰飞不到华亭。明星出在东关外，月到云间便不明。"《辍耕录》卷三十亦谓"松江古有此语"。看来元代已有这个民谣，但是我们拿来和元至正《松江民谣》比较一下，就可以发现它们之间有“文野之分”，松江旧谣明显地接近文人创作了。有篇《海山记》载隋炀帝杨广去扬州的路上，听到的一首民歌，“我兄征辽东，饿死青山下”，一共十六句，差不多就是一首文绉绉的诗了。元吴师尹做江西永丰县丞，任满当去，“民歌之曰：我有田畴，我既治之。我有徭役，谁其除之。”一看就知道是模仿《左传》郑舆人诵的。凡此，都说明一件事，那就是人民口头创作，有时也在一定程度上受到书面创作的影响。当然，这里还有一个算不算民间歌谣的问题。至于说到民间故事，像“武松打虎”，宋代的“街谈巷语”没有留下记录。但据罗烨《醉翁谈录》记载，当时的确有人讲说武松故事。元代初年有个艺人叫红字李二编了一本《折担儿武松打虎》的杂剧，也没有保存下来，到了明代初年有人把这个故事收进《水浒传》里，成了书面文学。以后各地人民又根据《水浒传》把这个故事变成口头创作。明张岱《陶庵梦忆》卷五说：“余听其（柳敬亭）说《景阳冈武松打虎》白文，与传（《水浒传》）大异。”就是一个明证。今扬州评话、山东快书、长沙弹词都还有人能口头宣讲，情节更加细致，语言也生动，它的内容比《水浒传》更丰富了。现在又有人把它整理记录下来成为书面文学，无疑地它对创作小说仍旧有借鉴作用。于此可见口头创作与书面文学的复杂关系。民间故事像“武松打虎”这样的还很多，如“牛郎织女”就是。“牛郎织女”故事在我国各地，各个时代，各种文体都广泛流传、改编和记录，表现了人民口头创作与书面文学十分繁复的关系和相互影响。文学史工作者打开这个宝库，将会见到琳琅满目，美不胜收。

如上所言，民间口头文学和文人创作的关系，表面看来，的确比较复杂。但总的说来，人民口头创作给文人创作输送了起死回生的血液，却是无疑的。要是我们再联系五言诗、七言诗、词、曲等体裁的作品最早的形式都是歌谣，看来，我国许多文学体裁最初是在民间产生，而后落入文人之手，这个规律是可以成立的。当然，“任何规律都是狭隘的，不完全的，近似的”。我们“反对把规律的概念绝对化，简单化，偶像化”。因为“现象比规律丰富”，（以上均见列宁《哲学笔记》第132—134页）某一现象除了它和许多现象所共有的同一本质以外，还包含有不同于其他现象而只为某一现象所固有的纯粹个别的因素。

■ 五、应该把文学史研究对象转移到规律研究方面来

上面我只是提出文学史应该以研究文学发展规律为对象，而文学发展规律是可以找寻出来的。当然，关于文学史的研究和编写还有很多问题可谈。如同文学作家作品的编年问题，文学史究竟应该按世纪年代还是按朝代叙述问题，文学史的分期问题。这些问题都很重要，解决都需要付出辛勤的劳动。把文学当作科学来研究，主要是找寻规律，我这个意见是否正确，希望能够引起大家讨论。但文学研究中由于研究对象和范围不同，应当区分为各个不同的学科。文学史只是这些学科之一，不能包罗万象。只有确定文学史的特殊对象，探索文学史的发展规律，才能建立文学史这门学科。目前我们有些文学史的工作者把全部精力耗费在研究作家生平和作品的思想性和艺术性，不研究规律，这样就不可能编写出科学的文学史来，只能编写作家作品汇编式的文学史。文学作品的鉴赏、评论、讲解，对文学史研究是必要的，但是这只能是文学研究的起点，而不是终点。文学史研究的终点是探讨出来文学发展的客观规律。

既然大家都不满意那种作家作品汇编式的文学史，那末对于单纯只研究作家作品的思想性和艺术性，不研究规律的倾向，应该改变一下，把文学史的研究重点转移到探索文学发展的规律性的问题上来，把文学史的研究和编写工作推进到一个新的阶段。让我们迎着科学文化的高峰向前迈进。

（原刊于《中国社会科学》1980 年第 2 期，

此据中国社会科学出版社 2007 年版《范宁集》校录）

邓绍基与《我对探索文学史规律的看法》

经典导读

邓绍基（1933—2013），江苏常熟人，历任中国社会科学院文学所古代文学研究室主任、副所长、学术委员会主任、文学所学术顾问、中国社会科学院荣誉学部委员，曾任全国古籍整理出版规划领导小组成员、中国近代文学学会会长、杜甫研究会副会长、《红楼梦》学会常务理事等。

邓绍基五十余年的学术研究涉及文学史、学术史的多个领域，尤其是在文学史编纂的实践方面，积累了非常丰富的经验。20 世纪 60 年代，他参与了文学所三卷本《中国文学史》的写作；80 年代曾担任多卷本《中国文学通史系列》的编纂委员会主任，并主编其中的《元代文学史》；90 年代又参与主持了多卷本的《中华文学通史》。这几种文学史各有特点，从某种程度上来讲，都可以说是 1949 年以后中国学人在文学史编纂方面的代表性成果，受到海内外学界的广泛关注。

正是通过长期而丰富的文学史编纂的实践，以及对马克思主义文艺理论基本原则的理解，邓绍基形成了他自己关于文学史研究、编纂的诸多体会、观念或理想；尽管这些体会、观念或理想并没有，也不可能完全落实到他所参与或主持的文学史编纂之中，甚至也没有形成系统的专论性的著作，但是，我们通过他的一系列相关文章，可以感受到这位年辈上属于新中国第一代学人，长期活跃在文学史领域内的重要研究者对于“作为学科的”文学史的深切关注。

近三十年来，学界关于文学史写作的各种讨论、争鸣从来没有断绝过，可谓“理论意识”不断精进，“问题视域”不断拓展，反馈于文学史编纂的实际，则是各类著述的层出不穷，其“内容”、“观念”、“体例”等等均在推陈出新，出版的数量、频率乃至规模都已经达到了令人目不暇接的地步。面对这样一个中外罕有的“大繁荣”的学术景观，人们不能不反思一个看似平常，却不能不先预设在那里的疑问：“文学史”究竟为谁而作，又为何而作?

在一次访谈中，邓绍基曾表达过这样的看法：很多学人都注意到，多数文学史其实都有个初衷，即服务于中文学科的教学，适应大学教育的需要，这固然为一种事实，但另一方面也有必要强调的是，新中国建立以来文学史著述的繁荣，既与我国悠久的史学传统分不开，也与1949年以后我国思想文化建设的整体性转型有关。

邓绍基以文学所早期学术活动的组织者、著名马克思主义文艺理论家何其芳为例，指出何其芳很早就有这样一个愿望，即“通过对中国文学史的研究，特别是研究其中带有规律性的现象，做出科学说明，上升到理论，形成系统，就可能丰富乃至发展已成的文艺理论”，尽管从文学史编纂的实际来看，“或许要有几辈人来做这件事，或者说，这还是文学史研究者的一个奋斗目标”，但是，“何其芳的愿望，不仅是他一个人的，也不只是文学所与他共事的人和在他指导下工作的人的，实际上是所有文学史研究家和文学理论研究家的愿望”。（程芸:《文苑学林缘识广，鸿濛微象问精深——邓绍基研究员访谈录》,《文艺研究》2008年第4期）显然，不仅仅是为了客观地呈现中国文学发展的历史面貌，也不仅仅是为了总结诸多文学史现象背后的规律性特点，而是要通过文学史研究、编纂的实践来丰富、发展马克思主义的文艺理论，在为马克思主义文艺理论基本原则的普遍性寻找中国个案的同时，更要为马克思主义文艺理论的“中国化”提供经验和借鉴，这既是作为理论家的何其芳先生的理想，也可以说是深受何其芳影响的作为文史专家的邓绍基最基本的一个文学史理念。

然而，对于以何其芳为代表的这种“中国文学史学”，或者说这种很高远的学术期待，从事具体专门研究的文史工作者或也有不同的看法。对此，邓绍基在另一篇文章中还曾指出，文学史家未必是文艺理论家，文学史的理论属于文艺学的范畴，但文学史研究者论说文学发展史中的重要现象，提供文学史发展中的这样那样的具有规律性的现象，他们在不同程度上所提供的理论或具有理论色彩的论说，可以被美学家、文艺理论家吸收和借鉴，从而有助于他们作出更全面的学理性概括。（邓绍

基:《永远的文学史》,《文学遗产》2008年第4期)

本书所选的这篇文章，发表于思想解放、学术争鸣活跃的20世纪80年代初期，较早地反映了邓绍基对于如何探讨“文学史规律”的看法。文章本身是为了回应那个时期学界的某些关切，因此集中于当时较为关注的两个焦点问题，一是“中国文学史研究（或中国文学史学）的对象和范畴”，二是“编写文学史的体例”。在前一个问题上，他认为，“应当避免只从概念出发来规定它应有什么，或不应有什么，而应当在科学理论指导下，从研究文学史编写的实际（历史和现状）中得出结论”。这个看法在20世纪80年代初期提出，具有一定的针对性。当时西方各种现代文学观念、艺术理论、美学思想蜂拥而入，反馈于中国古代文学的研究和文学史教学、编纂，出现了一种以西方观念尤其是现代文学、美学观念为依托来框范、剪裁中国的传统文学实际的倾向；另一方面，当时还有些研究者认为以往的文学史写作过于侧重于作家、作品的叙述，缺乏“规律”的总结和宏观的“整体”观念。针对当时的这类倾向，邓绍基认为晚清以来的文学史编纂作为一种历史过程，已经形成了大致可接受的主要内容，因此，既应该尊重晚近以来文学史写作的已有成果，不能简单地从理念或理想出发，也要不断地通过文学史编纂的实践来丰富文学史编纂的内容、范畴。至于第二个问题，他的意见也很明确，即提倡多样性。

我们注意到，近三十年来这两个问题并没有（或许永远也不会）获得文学史编纂者、研究者的“广泛共识”。通览邓绍基在其他相关场合的论述，可以发现，他其实存在着“一以贯之”的基本看法：肯定文学史理论探讨之于文学史写作的重要价值，鼓励各类形式的探索，提倡文学史写作的多样性，主张通过文学史写作的实践特别是多样性的实践，来推动文学史写作的整体性创新。总之，在他看来，文学史写作的创新，不只是一个理论探讨的问题，更是一个如何实践的问题。

延伸阅读文献

1. 邓绍基:《回顾百年文学史研究的一点想法》,《文学遗产》1997年第3期

2. 邓绍基:《永远的文学史》,《文学遗产》2008年第4期

3. 邓绍基:《文学史写作纵横谈》,《中国社会科学院院报》2008年1月29日

4. 邓绍基:《记胡乔木同志对三卷本〈中国文学史〉的意见》,《新文学史料》2003 年第 2 期

5. 程芸:《文苑学林缘识广,鸿濛微象问精深——邓绍基研究员访谈录》,《文艺研究》2008 年第 4 期

(程芸撰稿)

原文:《我对探索文学史规律的看法》

经典原文

我对探索文学史规律的看法

邓绍基

我怀着很大的兴趣阅读了光明日报《文学遗产》自第五九五期开始登载的讨论文学史研究和编写问题的文章，在受到教益的同时，也有些想法，现在写出来向大家请教。

在理论上提倡和在实践中探索我国文学历史的发展规律，不自今日始。可能是我国最早的企图应用历史唯物论编写的《中国文学史纲》(谭丕模著，一九三六年出版）的“绪论”中就说：“把中国每一个时代的作家和其作品，作一有系统的记载；同时，并把各时代的文学变迁的轨迹和变迁的因子找了出来；这就是中国文学史唯一的任务。”由于种种原因，这部著作在探索规律时流于机械，而且也并不流行。但著作者呼吁并作出探索规律的实践，则为事实，并有一定的历史意义。

建国以来，大致是从五十年代中期开始，研究界对探索文学历史中带有规律性的问题有了较前更明确更自觉的认识，不仅是从编写文学史著作的角度，而且是提到丰富和发展马克思主义的文艺理论这一重要命题来认识。中国文学历史悠久，内容丰富，与世界上几个文学历史也属灿烂光辉的国家相比，有着不少特殊的现象和观念，也就有特殊的规律。在马克思主义的一般原理和它的文艺学说的基本原理的指导下，探索和总结这些特殊的规律，反过来就可以丰富马克思主义的文艺学说。也大致是从五十年代中期以来，在古典文学研究和文学史编写的实践中，有不少同志在这方面作过努力。虽然对具体成果有争议，乃或被认为不甚成功（如“民间文学主流说”)，但探索规律的积极用心和主观努力则为学界所肯定。

提倡探索中国文学的发展规律虽然不是新问题，但我认为这一次《文学遗产》展开的讨论还是很有意义的，在某些问题上也有新的见解，开拓了思路。如果我的理解不错，这次讨论实际上包含着两个主要内容：一是从强调宏观研究的角度要求加强对文学发展规律的探索；二是探讨中国文学史研究的对象和范畴以及与之有关的编写文学史的具体问题。这两者虽有联系，但立论的角度不同。很明显，这次呼吁加强文学史规律问题的探讨的文章中对近年来研究界的一种偏颇表示了不满，指的是把微观研究“当作文学历史研究的不二法门或是最有学术价值的”偏颇，并举出对“一部书”（我想可能是指《红楼梦》）的某些考证为例。“微观研究”并不就是考证工作。但前几年确有“只有考据才是学问”的说法，还曾影响到青年学生，所以前年有几位著名教授提出呼吁，要求改变相当一部分语言、文学研究生把大量精力和时间用于考证和辑佚的现象，要求改变这种偏颇。我始终认为，这几位前辈专家爱护青年的精神是十分可贵的。古典文学研究本身就是一门科学，在全局上衡量古典文学研究水平的主要标志是看它在理论上的建树。所以，无论从为了要求纠正上述偏颇（这种偏颇至今尚存在），还是从促进古典文学研究的理论建树来说，提倡加强对文学发展规律的探索无疑是恰当和正确的。我想一般也不会有争议。

这次讨论中提出的文学史著作要加强叙述文学发展过程中的大大小小的规律和带规律性的问题，这也不会有争议。因为事实上过去也有提倡和实践，即以有的文章中所列举的若干规律性现象或特征来说，过去也不是毫无接触到，有的问题还曾有过讨论。

就我读了讨论文章和听到议论后的印象，现在有争议的可能是以下两个问题：一、中国文学史研究（或“中国文学史学”）的对象和范畴；二、编写文学史的体例。这两个问题也是既密切相关，又不能混为一谈。

我想，如果要探讨中国文学史的范畴和对象，应当避免只从概念出发来规定它应有什么，或不应有什么，而应当在科学理论指导下，从研究文学史编写的实际（历史和现状）中得出结论。至于说到“文学史学”，那末任何一门“学”的形成也总有它的历史过程，任何一门“学”的范畴也总是在这个历史过程中经历了不断积累、扬弃和发展逐渐形成的。当然，探讨中国文学史研究或“中国文学史学”的对象、范畴也可以从外国文学史著作的历史和现状中得到借鉴。现在我们面临着知识更新的问题，现代的一些科学统计归纳方法有助于我们来概括社会科学、人文科学的一些概念的具体内容。但凡是够得上称作科学的统计归纳方法，无一不是从已有的实际中进行科学测定的。大家都知道，中国文学史写作的历史并不很长，但从已有的文学史的实际，可以看到比较一致的约定俗成的内容和范畴。二十二年前，何其芳同志在《少数民族文学史编写中的问题》一文中说："文学史需要讲述到的是文学发展的过程和规律，在发展过程中发生过作用和影响的有历史地位的作家、作品和其他文学现象，以及为了说明这些过程、规律、作家、作品和其他文学现象而必须涉及的社会经济基础和其他上层建筑的状况。"更早一些，何其芳同志在《文学史讨论中的几个问题》中说："我想我们对于文学史著作的内容可以提出许多要求，但这几点总是应该努力去做的：一、准确地叙述文学历史的事实；二、总结出文学发展的经验和规律；三、对作家和作品的评价恰当。"我认为，这些意见不是何其芳同志的主观要求，而是他从已有的文学史著作中归纳出来的"约定俗成"的主要内容。当然，约定俗成的并不注定是一成不变的，但如果脱离了或者很少考虑到在文学史编写的历史过程中形成的主要内容，只强调"规律"和"整体"的研究，乃至把作家、作品、流派和文学史断代、编年研究等排斥在中国文学史研究（或"中国文学史学"）的范畴以外，那是缺乏说服力的。

现在有"宏观史学"的说法。从这次讨论中有的同志的意见来看，他们提倡和强调的文学研究的对象和范畴，似乎是从"宏观史学"角度立论的。当前学术界对"宏观史学"这个名称的内涵阐述得还不甚清楚，但至少它的规定性和通常说的"史学"的规定性是有差异的。前者范畴小，后者范畴大。就我所理解的，"宏观史学"的提出也不是为了用它的研究范畴来规定和框住史学著作（如中国通史）的范畴。

从这次讨论中可以明显地看到，对文学史著作的现状大多数同志都不满足，要求改进。这一点我想也不会有多大争议。但现有的文学史著作也都是"历史的产物"，对它们的评价自不能离开历史的具体的条件，否则是不公允的。当然，如果沾沾自喜地满足于已有的若干成绩，也是不对的。不是在这次讨论文章中，而是在与研究者的交谈中，我知道对"后来者并不居上"的著作议论颇多，但我觉得也要作分析，即使在整体上并不"居上"，在不少具体论述中多少是有更稳妥的见解的。至于"文革"期间出现的个别为大家所不满的著作，那也从反面为我们提供了教训。

那末，我们又应怎样寄希望于未来的各种文学史著作呢？我想首先还是鼓励和提倡多样性。比如，我们不妨祈求出现类似中国文学思潮史一类的著作，我们也不妨希望更多地出现各种断代、编年和分体的文学史，我们还不妨写出一部规模大一点的文学通史。著作的多样性，往往易于表现体例的多样性，而不同的体例有利于反映侧重点不同的内容。思潮史一类著作就可以着重从探讨和总结文学思潮的角度（作家、作品和流派等诸文学现象的叙述都从这个角度来统率）来阐述中国文学发展的规律。分体史在阐述规律上也有它的方便之处，即如这次讨论中有的同志提出的抒情诗和叙事诗的发达和不发达、散文由实用性向抒情性变化的倾向和戏曲起源的综合考察等等问题，在不同的分体文学史中尽可作充分的阐述。文学通史包含的内容更多，既要叙述思潮，又要介绍作家、作品，既要有“横”的文学现象（内容与形式）的说明，又要有“纵”的阐述。文学通史可以有不同的体例，过去常见的是两种：“分体合编”和“以时代为序，以作家为纲”。这两种说法本是就这两种体例的大体而言的，并不是说“分体合编”的文学史就没有关于作家的叙述，“以作家为纲”也不是没有文学诸现象的记叙。而且两者各有优缺点，谈不上哪一种“最好”，我想目前也很难找出公认的“最好”的体例。所谓体例，固然是一种结构，一种形式，但必然体现科学性，不仅它本身体现着科学性，也是为了表现内容的科学性。现在提出的“多层次结构”，我想也无非是吸收以上两种体例的长处，力求避免它们的短处的一种形式。所以也只是说它是适宜的，不能说它是唯一的。据我了解，现在有一些同志有一种关于断代文学史的编纂方法的设想，打算更多地吸取我国古代传统正史的体例的某些成分，分作几大块，有更接近“列传”形式的关于作家、作品的记述，也有便于阐述文学发展线索和规律的“史论”的部分，几大块之间尽量避免重复，采用“互见”法，求得相互呼应。这种设想虽还没有付之实践，但不妨尝试。还有些同志主张编写文学通史要打破“王朝体系”，我想也不妨尝试。无论成败得失，对实现多样化，总是有好处的。

有一位同志说得很好，中国文学史的编纂方法不仅需要在理论上探讨，更需要通过实践才能恰当地解决。我想补充说的是，要通过多样化的实践，通过更多方法的比较，才能由不完善走向比较地完善。现在多少有一种误会，文学史著作中揭示规律不够，主要是由于现有文学史体例的不适宜。事实恐怕不完全如此，从这次讨论中看，恰恰说明文学史著作揭示规律不够是我们对规律性问题的研究不够。

曾经听一些同志说：目前编写一部要求揭示规律的高质量的文学史著作，

条件还不具备。这里所说的条件主要指的是文学史家对文学史的规律性问题研究不够，还有就是研究界对规律性问题的研究重视不够。一部文学史著作无论是一个人撰写还是集体编著，总是要吸收学术界的研究成果，在这方面，“一家之言”只能是相对地说的。这几乎又是文学史著作的一种“约定俗成”的惯例。

最近还听到一位同志对这场讨论的一种看法，他认为从我们文学史研究和文学史编著的历史和现状这个实际来看，现在要求产生一部如这次讨论中提出的揭示规律的那样高的标准的文学史特别是文学通史，是不现实的。别的不说，如有的同志提出的“综合研究法”，即要把与文学发展有密切关系的其他艺术史、政治史、思想史、经济史、宗教史等等进行综合的考察来说，这本是马克思主义研究方法所要求于我们的，但做到这一点（不是肤浅的而是深刻的）谈何容易。中国文学的历史如此之长，内容如此之丰富，头绪如此之纷繁，一个研究者能全部精通已非易事，何况不能“单打一”，还要考察与之有关的社会经济基础和上层建筑诸现象。毋庸说，还要努力掌握马克思主义的科学理论。

这样说来，我们是否就此畏难却步呢？当然不是。我们还是应当从实际出发，在现有的主客观条件下，努力地追求和探索，在文学史研究和编写的实践中努力追求和探索。所以，尽管我对上述“不现实”的说法多少具有同感，但还是由衷地认为这次讨论对文学史的研究和编写是有积极意义的。

马克思主义要求研究事物最终要寻求它们的规律，寻找文学史发展的规律又是为了有助于建设我们今天的文学。我们永远要提倡、呼吁并努力地去实践。现在我们面临“现代主义”思潮的挑战。西方现代派有好多特征，反传统是特征之一。在当今中国提倡的“现代主义”理论也是轻视、排斥和拒绝民族文化遗产的。加强对中国文学史的研究，增强民族自尊心和自信心，也是对这种错误倾向的一个有力的回答。

（原刊于1983年10月4日《光明日报》，

此据邓绍基先生生前手定稿校录）

程千帆与《唐五代文学编年史·序》

经典导读

程千帆（1913—2000），原籍湖南宁乡，出生于长沙。叔祖十发居士颂万，著有《十发居士全集》。父名康，字穆庵，著有《顾庐诗钞》，为陈衍采入《近代诗钞》，又与十发居士同著籍于汪辟疆先生《光宣诗坛点将录》。程千帆幼秉家学，少年时代便喜爱诗歌，又广泛阅读了四部典籍，打下传统学问的根基。

1932 年，程千帆考入金陵大学中文系，师从黄季刚、吴瞿安、胡翔冬、胡小石、汪辟疆、刘衡如诸先生。从 20 世纪 30 年代后期到 40 年代初，撰写了一系列文献学论著，陆续发表《校雠目录辨》《〈别录〉〈七略〉〈汉志〉源流异同考》《杂家名实辨正》《〈汉志诗赋略〉首三种分类遗意说》《杜诗伪书考》等论文。此后的史学著作《史通笺记》及文学史通论《汉魏六朝文学散论》三篇，正是在此基础上加以深入研究的力作。

1941 年起任武汉大学中文系讲师，一度任金陵大学、四川大学中文系副教授。1945 年调任武汉大学中文系副教授，1947 年晋升为教授。1978 年被南京大学校长匡亚明延聘为中文系教授，后兼任古典文献研究所所长。“文革”之后，被迫中断学术研究二十年、历经磨难的程千帆年事已高，健康已大不如前，但仍然不知疲倦地治学著述，他渊深的学术修养、超卓的学术眼光以及对新知识的热切关注，使他的学术活动在 80 年代以后焕发出夺目的光芒。指导古典文学、古典文献学两个专业的硕士、博士研究生，主编《全清词》，还兼任各级学术机构的重要职务，在不到20年间先后出版著述二十余种，尤其在诗学研究方面，达到了很高的成就。《唐五代文学编年史·序》用了三句古话来总结傅璇琮的学术与追求，分别是“善与人同”、“学不可以已”、“在止于至善”，其实这三句话，也是程千帆自己的毕生所愿。

此《序》是1998年程千帆应傅璇琮之邀，为其主编的《唐五代文学编年史》所作的序文。此时的程千帆已是86岁高龄，但依然敏锐、谦逊。他在给本书的编者的信中，自谦此序“恐不能成佳文”（《闲堂书简》，上海古籍出版社2004年版）。但这短短三千字的序文，贯彻了程千帆一贯的学术精髓。早年的程千帆，曾与沈祖棻合著《古典诗歌论丛》，沈祖棻在后记中说：“在这些论文中，他尝试着从各种不同的方面提出问题，并且企图用各种不同的方法加以解决，是因为在过去的古代文学史研究工作中，我们感到有一个比较普遍和比较重要的缺点，那就是没有将考证和批评密切地结合起来。”（《古典诗歌论丛》，上海文艺联合出版社1954年版）所以，那时的程千帆就开始尝试着一种“将批评建立在考据基础上的方法”。这一学术思想延续了他几十年的治学之路，并且在实践和理论中不断完善丰富。

程千帆在序文中赞赏《唐五代文学编年史》将叙事、说理、时间、空间熔于一炉，是傅璇琮为文献学和文艺学的有机结合找到的一个合适的载体，并为此感到非常高兴。这个肯定看似平易，其背后却有着其学术思考与实践。程千帆曾在一次访谈中提及对文学史编写问题的看法，认为文学史不应拘泥于以人为中心这一种编写方法。在与程章灿合写的《程氏汉语文学通史》中，程千帆尝试了以时代和问题为中心的编写方法。与吴新雷合写《两宋文学史》时，程千帆对文学史编写的处理更加灵活多变，有的以问题为主，有的以流派为中心，也有的以人为中心。程先生提到文学史还有一种写法，与刘师培《中国中古文学史》、刘永济《十四朝文学要略》类似，先列一条条大纲，下面分系很多材料。程千帆认为文学史的编写，应借鉴史家的列传、编年、纪事本末等多种体式，因写作主体的视野、角度变化，来描摹文学史实的别样风景。除此之外，还强调文学研究不能离开文献学、历史学以及其他学科方面的知识，不能离开作家行年考订、作品搜集诠注，搜集材料的阶段绝对不可忽视。（《程千帆沈祖棻学记》，巩本栋编，贵州人民出版社1997年版）

《唐五代文学编年史》正是一部以文献材料整理见长，却又不乏文艺学思考的文学史作品。它以编年的方式著史，采用“纲目体”的形式来组织材料。用纲和目互见互联的方法，先以概括的语句叙述一件事，作为纲；然后引用有关材料，注明出处，有时还另外引资料对事实作必要补充。在编年史的安排之下，时间这条“纵”的线索和文学地理及人才分布的“横”的线索，同时有所兼顾。只是按年月编排的文学编年史，看似只要把事件、人物、作品按时间编列即可，其实背后的剪裁判断却煞费苦心，傅璇琮先生在这本书中注入了自己思考多年的“大文学观”（傅璇琮主编《大文学史观丛书·序》，现代出版社 1990 年版）。它充分尊重各个时代对文学范畴的界定，全面、辩证地对待文学史现象，遍搜文学史料，自然也把那些在历史上有所建树的文学文体包括了进来。同时，那些被之前文学史边缘化的文体和作家，也以更明晰的面目进入到了文学研究的视野。

《唐五代文学编年史》扎实细密的文献整理，与不乏创见的编写方式，与程千帆平日提倡的文献学与文艺学相互支持、相互补充的主张相合。正因为两位学者在文学史编写方面同样高屋建瓴的思考，程千帆对傅璇琮编写文学史的考虑与尝试，知之甚深。这篇序正体现了两位前辈学者的一段文学因缘。

—— 延伸阅读文献

1. 程千帆：《唐代进士行卷与文学》，上海古籍出版社 1980 年版
2. 程千帆：《史通笺记》，中华书局 1980 年版
3. 程千帆：《古诗考索》，上海古籍出版社 1984 年版
4. 程千帆、程章灿：《程氏汉语文学通史》，辽海出版社 1999 年版
5. 曹道衡、刘跃进：《南北朝文学编年史》，人民文学出版社 2000 年版
6. 傅璇琮主编：《唐才子传校笺》，中华书局 2002 年版
7. 陶敏、李一飞：《隋唐五代文学史料学》，中华书局 2001 年版
8. 陈文新主编：《中国文学编年史研究》，中华书局 2009 年版
9. 程千帆著，吴志达修订：《元代文学史》，武汉大学出版社 2013 年版

（胡文娣撰稿）

—— 原文：《唐五代文学编年史·序》（节录）

经典原文

唐五代文学编年史·序（节录）

程千帆

不久前，畏友傅璇琮先生来信，告知其与陶敏、李一飞、吴在庆、贾晋华四位学侣历时多年惨淡经营的《唐五代文学编年史》不久将定稿付印，希望我能写一篇序。

我自五十年代中期由北京大学浦江清先生介绍和傅先生订交，其间虽然经过“扩大化”与“史无前例”，踪迹曾有离合，但求道问学大体相同，近二十年切磋更密。现在傅先生既然有此美意，我虽近年耳全聋，目半盲，而思维尚无大损，因而也就不敢推辞。谨就所知，略陈所见。

即使是对现代中国学术动态不十分留意的人，也不会忽略傅先生的学术活动，特别是他在唐代文学研究方面的活动和成就。总的说来，在本世纪最后三十年中，傅先生所取得的成绩是卓著的，影响也是非常巨大的。从他的实践来看，几十年中，他是在不知疲倦地有目的地追求。他的追求看来很明确，用成语来说，就是《孟子》所说的“善与人同”；《荀子》所说的“学不可以已”；《礼记》所说的“在止于至善”。

《孟子·公孙丑上篇》：“大舜有大焉，善与人同。舍己从人。乐取于人以为善。”这位好辩的邹人当日和门徒讨论，提出这一命题，当然是属于伦理的、道德的范畴。但对善于用古、善于通变的傅先生来说，却探骊得珠地使之成为能发挥集体力量、提高成果质量的有效工作手段。我们看到傅先生在这方面作出的最早成果是《唐五代人物传记资料综合索引》。此作收书八十余种，书中载有唐五代近三万人的传记资料，由同在中华书局工作的张忱石、许逸民两先生和傅先生共同编成，为唐五代人物现存资料的检索，提供了极大的方便。无论就三位编者来说，还是就千万使用此书者来说，这都是善与人同。他们做了一件功德无量的事。可以想象，如果历代史料都被编入了这种索引，学术的发展当达到一个什么样的程度。

此书受到学术界的欢迎，也鼓励傅先生更积极地从事这类极有意义的集体工作，于是就有了《唐才子传校笺》的出现。这部集二十余位专家的精力，历时十年左右才完成的集体著作，使几百位唐五代诗人的生平事迹，获得了空前细密准确的清理，也使唐五代文学的研究随之而提高到一个空前的水平。

这种工作方式不但效率高，而且有益于形成良好的学风，达到“乐取于人以为善”的作用，所以傅先生也乐于运用。于是在《唐才子传校笺》获得成功以后，又有《唐五代文学编年史》的尝试。

《荀子·劝学篇》以“学不可以已”这么一句极其斩截简单的话，概括了治学的要点。假如将其翻译成现代汉语，也许可以说是“做学问应当走不断持续发展的道路”。从傅先生几十年在学术上的追求看来，他正是在这么做，并且取得了辉煌的业绩。一般地说，学术研究属于理性思维，它基本上是带有功利性质的思考。但它并不排斥其中具有感情色彩。我至今记得亡室沈祖棻说过的一句话：“只是在无可奈何之境，万不得已之情中，才有好诗。”其实，创作冲动并不限于文艺作品，研究工作，真诚的研究工作，其中往往含有使人非研究不可的那种“不得已”的感情。这就使学者们，从事艰苦探索的人们产生一种使命感和勇气，一种非好好地完成决不甘休的信心。

我读傅先生的著作，无论是专书或单篇论文，也无论是文献考订或艺术评论，都有一种《荀子》所说的“不可以已”和《孟子》所说的“岂好辩哉，予不得已也”的感觉。正因为如此，傅先生才在命题上敢于攻坚，在学术是非上，敢于提出新见。他写于八十年代前期的《唐代科举与文学》和《李德裕年谱》两部专著，都表现了这种“不可以已”和“不得已”的深衷。就前者而言，我曾写了一本“浅尝辄止”的习作，只有六万字；而傅先生在唐代科举与文学这个可持续发展的问题上，却对学术界提交了一部近四十万字的十分详尽的答卷。就后者而言，《李德裕年谱》的编写，不仅对张尔田、陈寅恪两位大师的权威性著作有所商榷，对牛李党争这个历史上的重大问题提出了独特而又平实的看法，而且也为后来要写的文学编年史，做了某种程度的尝试。至于《唐诗论学丛稿》及《濡沫集》两书中的一些文字，可以证实傅先生在多年的学术跋涉中，不仅没有重复他人，并且也从来不重复自己，只是一直在踏踏实实地实现自己的追求。

任何一位学者都有所追求，而说到底，所追求的是产生最好的成品。这可以用《礼记·大学》上的一句话来概括："在止于至善。"朱熹《四书集注》释"至善"为"事理当然之极"。既称"当然之极"，那就是显然还有许多并非"当然"，或者未臻于"极"之处。学术研究必然要经过许多层次，许多过程，才能达到"至善"，而这正是古今中外学者的共同追求，傅先生的工作就是这种追求的典型表现。

文献学与文艺学是两种具有独特性质的学科，各有自己的对象、内容和方法。学者们在研究上往往各有偏重，各有取舍，因而也各有不同的成就。但这两种学科又可以互相支持，互相补充，合则双美，相得益彰；两者兼备，每每能更接近"事理当然之极"。傅先生早年曾对文献学下过极深的功夫，但从不放弃对文艺学的摄取，对泰纳《艺术哲学》以及马克思主义经典著作都反复阅读，因而能够两者双修，运用自如。其收在《唐诗论学丛稿》中的一些论文，尤可见出这种特点。看了《唐五代文学编年史》的设想和样稿，更觉得傅先生已为文献学与文艺学的有机结合，找到了一个合适的载体，这是令人十分高兴的。

编年史是一种十分宏大宽容的历史载体，不论叙事、说理乃至写景、抒情，都可以在其中随意处理；而且又可以通过时间、空间的纽带将其熔于一炉。《左传》，特别是《资治通鉴》，为我们提供了丰富的范例。是否可以说，从文学的角度看，我们对古代编年史的杰作学习得还是很不够的。我从傅先生所写的初唐三十年的初稿来看，似乎还有点拘束，缺乏《左传》、《通鉴》中不时出现的波澜壮阔、淋漓尽致的大块文章。我们期待书中写杜甫、元结、韩愈时能出现《通鉴》写淝水之战、李愬雪夜入蔡州那种好文章。编年史必须有极强的可读性，不仅是翔实可信的记事簿。通过文献学与文艺学的高度有机的结合，又有文学编年史这样一种"旧邦新命"的载体，我相信傅先生及其学侣们这一创造性的尝试，必然会获得成功。虽不能说"止于至善"，但至少可以进一步迫近"事理当然之极"。

衰年八十有六，实已无力为文，勉成短序，以祝傅先生之好学不倦。

…………

（据辽海出版社1998年版《唐五代文学编年史》校录）

附录：

中国文学史的演进：范式的视角

董乃斌

将近一百年前（1902 年），受国外学术和高等教育体制的影响，在《钦定京师大学堂章程》中，文学被作为一门专科与政、农、工、理（格致）、医、商等科并列了起来。随即在文学门里，便确定了中国文学史为必修的课程，并在 1904 年颁布的《奏定大学堂章程》中制定了相当详细的《中国文学史研究法》①，中国文学史从此成为一门大学课程，成为高等教育中的一门学科，特别是中文系的一门主课，直到今日还是如此。同时，很自然地，它又成为教授学者和许多文学工作者的一种研究理路、一种著述方式。一百年来产生了数量可观的讲义和专门论著②。拿最初的文学史讲义或论著与今日的同类著作相比，任何人都不难发现那变化的巨大。中国文学史的一百年，走过了从草创到成熟、从混沌到科学、从样式单一到形态多样、从数量有限到家族庞大，归根到底，是从传统到现代的艰辛历程，其间的曲折反复、成败利钝，已足以形成一部关于文学史的专史。为了对百年来的文学史演变发展进行梳理和分析，也为了建设一门与文学史原理有关的专门之学，本文引入范式这一概念——众多的文学史著作可以在范式的名义下进行概括分类，从这个角度探讨其特点和长短优劣，从而提炼出关于文学史原理的某些基本问题，既描绘出文学史学科的现状，又对它的发展趋势作出瞻望和预测。

① 参见璩鑫圭等编《中国近代教育史资料汇编·学制演变》，上海教育出版社 1991 年版。

② 陈玉堂《中国文学史书目提要》（黄山书社 1986 年版）收 20 世纪初至 1949 年各类文学史 346 种。吉平平等编《中国文学史著版本概要》（辽海出版社 1992 年版）收 1949—1991 年各类文学史 578 种，其中 1976 年后出版者 523 部。黄文吉主编的《中国文学史书目提要》（台北万卷楼图书有限公司 1996 年版）收 1949—1994 年海内外学者的各类文学史 1606 种，内含台湾地区部分博士硕士论文。1995 年以来大陆新出版的各类文学史不下 150 种。

一

范式，是英语词 Paradigm 的翻译，也有人译为范型、示范或典范等。当代美国科学哲学家 T.S. 库恩在探讨科学史、科学知识的增长和科学革命的动力、标志等问题时，从维特根斯坦的哲学中引出了这个表达方式。所谓范式，意味着一种为科学家们所具有的共同理念，所共同关注的问题，他们所共同遵守的操作规程和解决问题的方法，以及在科学实践中产生的某种公认的范例，等等。库恩认为，一门学科要成其为科学，范式的成立很重要。他甚至强调，范式的确立与否乃是划分科学与非科学的依据。在他眼中大部分社会科学之所以还只能算“前科学”，就是因为它们至今尚无范式可言。他还认为，科学的进步主要不表现于渐进的演化发展，而是靠激烈的革命，其标志也就是范式的更替。至于革命怎么会发生，范式何以会变更，就不可预卜也说不清楚了，用库恩的说法，可能是“突如其来”，也可能是某个科学家的“恍然大悟”①。这样一些观点，我们当然不能全盘接受和照搬硬套，但受其思路的启发，经过理解和扬弃，却仍然不妨试用于文学史学。

据笔者了解，学界普遍认为用范式的演变来总结百年来中国文学史的发展历程，不失为一种富有概括力、比较科学的方法。当然，这里首先就要有一个前提，那就是我们决不认为中国文学史至今还处于前科学状态，也不认为文学史无范式可言。其实，实在不必把范式看得那么神秘，也不需要给范式制定僵硬的条条框框。范式只是具备了某些基本属性的一种用于科学研究的框架，在我们用以审察、分析具体文学史著作时，范式只是一种观照角度、一种思维工具而已，没有必要为了它本身的含义而锱铢必较、胶柱鼓瑟。另外，根据中国文学史的百年发展，我们觉得其范式有一个逐步形成、渐进演变的过程，这个过程主要体现为累积性的渐变，而不是莫名其妙的突变（当然也不排斥突变的存在），而其变化的原因也是可以探究、可以阐明，至少可以作出科学假设，而不是纯属偶然、无法知晓的。应该说，我们的范式观来自库恩的理论，又与他不尽相同。

---

① 库恩的主要著作《必要的张力》、《科学革命的结构》均有中译本，分别由福建人民出版社、上海科技出版社于 1981 年和 1980 年出版。此处请参见施太格缪勒《当代哲学主流》下卷，王炳文等译，商务印书馆 1992 年版，第 710 页。

当我们试用范式理论来观察中国文学史的百年史，分析形形色色的文学史著作的时候，首先就会碰到一个问题，便是怎样来分辨一部文学史属于何种范式，或换一种说法，一部文学史属于何种范式，是由什么来决定的呢？而为了说明这个问题，就又必须首先弄清文学史的性质，也就是给文学史下一个定义。

何谓文学史？中外学术界曾有过许多从不同角度提出的说法，概括起来无非两种。一种重视文学的外部关系，把文学看做人类社会生活和心理、感情的反映，文学是人类文化的一个重要方面，而文学史便是人类文化史的一部分。研究文学史就是要弄清文学作品产生的社会生活渊源和不同时代背景。法国文论家朗松持此观点最力①。丹麦文学史家勃兰兑斯声言："文学史，就其最深刻的意义来说，是一种心理学，研究人类的灵魂，是灵魂的历史"②，显然是他的同调。他们研究文学史比较多地从制约文学发展演变的外部因素着眼，其观点被人视为"他律论的文学史观"。

另一种与他们不同，强调文学的内部联系。以俄国形式主义论者为代表，更愿将文学史看成文学形式（体裁、语义、音韵、修辞、结构、手法等等）发展变化的历史，"文学史的对象是文学形式的演变本身，社会文化与作家传记对文学史的影响不在研究之列"，"研究文学史的方法应排除心理学和社会学，不应当把文学史放在其他文化系列的范围内加以研究"。③他们的文学史观常被称为"自律论的文学史观"。中国的文学史家虽与形式主义论者的哲学基础与理论背景不同，但也有不少人将文学史看做各种文体兴衰隆替的历史，认为应该而且可以从文体流变的角度来写文学史。

还有很多人从作用、功能、效应等角度来说明文学史的性质，如说文学史乃大学的一门课程，教育体系中的一门学科，是研究文学的一种思维理路，是学术著述的一种形式，或认识历史的一种特殊角度和方法，等等。更有一些人从肯定和传承民族的传统文化，从破除对外国文化的盲目崇拜、鼓舞民族自信

---

① 参见朗松《文学史方法》，昂利·拜尔编《方法、批评及文学史》，徐继曾译，中国社会科学出版社 1992 年版，第 3~4 页。

②《十九世纪文学主潮》第一分册，张道真译，人民文学出版社 1988 年版，第 2 页。

③ 参见陶东风《文学史哲学》第四章第一节"形式主义的文学史理论"，河南人民出版社 1994 年版，第 147 页。

心，甚至从争夺文化话语权的角度来给文学史定性，真可谓说法纷纭，不一而足[①]。

文学史究竟是什么，这是一切文学史家工作的逻辑起点，中国早期文学史家对此不能不有所思考。中国最早的两位文学史编著者之一黄人，在其《中国文学史》的总论中就是从文学史与历史文学之关系与区别、文学史之效用谈起的；不过，这位身为南社成员的热烈爱国者当时更为热衷的是将文学史作为唤醒国民意识、宣扬革命的教科书，所以他更为重视文学史的社会功用而并未从学理方面阐述文学史的性质。后于他的谢无量，在其《中国大文学史》的《绪论》中，对“古来关于文学史之著述”举出“流别、宗派、法律、纪事、杂评、叙传、总集”等七例后，只说：“今世文学史，其评论精切，或不能逮于古，然实奄有以上诸体以为书。”[②]仍然未对今世文学史之性质作进一步明确的解说。直到 20 世纪 30 年代，许多文学史家也总要在书中首先对文学史的性质论述一番。钱基博在 1917 年草创其《现代中国文学史长编》及后来在无锡国学专门学校、光华大学讲学时，把对文学、文学史、现代中国文学史的义界作为一个先决问题在其《绪论》中做了阐述，这种做法在当时颇具代表性，其对文学史所下的定义，既概括了同时代人的看法又具有较长的时效性。在论述了文学的特性之后，钱氏说到了文学史：“推而论之，文学史非文学。何也？盖文学者，文学也；文学史者，科学也。文学之职志，在抒情达意。而文学史之职志，则在纪实传信。文学史之异于文学者，文学史乃纪述之事、论证之事，而非描写创作之事。以文学为记载之对象，如动物学家之记载动物，植物学家之记载植物，理化学家之记载理化自然现象，诉诸智力而为客观之学，科学之范畴也。不如文学抒写情志之动于主观也。”后面又提到：“盖文学史者，文学作业之记载也；所重者，在综贯百家，博通古今文学之嬗变，洞流索源，而不在姝姝一先生之说；在记载文学作业，而不在铺叙文学家之履历。”并提出文学史的“事”“文”与“义”的问题：“夫文学史之事，采诸诸史之文苑；文学史之文，约取诸家之文集；而义则于文史之属有取焉。”进而对他视为灵魂的文

① 参见黄霖《近代文学批评史》第九章《中国文学史学》，上海古籍出版社 1993 年版。

② 谢无量：《中国大文学史》卷一，上海中华书局 1918 年版，第 43 页。

学史之“义”作出阐说：“文学史者，则所见历代文学之动，而通其变，观其会通者也。此文学史之所以取其义也。”① 概而言之，钱氏强调了文学史的科学性，认为它的职志在记叙（实证），功能是在观其会通（探寻演变线索和规律）。应该说，这是早期中国文学史家对文学史性质认识最明晰的表述，实际上也一直反映了当时和后来许多文学史家的共识。

说到文学史的社会功用，当然可以是多方面的，传播知识，弘扬传统，鼓舞民气，助益政治等等，就看具体如何运用；但它的功效只能建筑在其性质的基础之上，而不能无限夸大，更不能随意滥用。若要超过限度，利用文学史充当政治斗争的工具，使之超负荷地承载，那是后来人们对它的不正当利用，会逼迫它走上歧路。

近年来，对于文学史性质的反思，其基本思路是回到学术上来。在作为“面向21世纪课程教材”的四卷本《中国文学史》的《总绪论》中，主编袁行霈对“何为文学史”提出了“一个最朴实无华的、直截了当的回答”，那就是：“文学史是人类文化成果之一的文学的历史”，“文学史属于史学的范畴”，其具体意思则有以下几层：文学史应立足于文学本位，重视文学具有感染力和审美价值的特点；应紧紧围绕文学创作来阐释文学的发展历程，文学文本处于文学史的核心地位；文学的社会背景、创作主体、批评和鉴赏、传媒和接受等等，也是文学史的题中应有之义。② 这些观点大体上反映了近年来学界对文学史性质问题的思考。此外，在近年来发表的许多有关论著中，对文学史的职志、目标、内容等也颇多论述，然而对于“文学史究竟是什么”这个文学史学原理的最基本问题，却总还没有从学理上给出一个明晰的回答，也就是没有一个明白的、可以为大家所接受或哪怕是可供讨论的定义。

但为了建设一门学科，这个关涉到其研究的对象、方法、具体内容和成果性质的基本定义又是必需的，因为它是此后一切运作的基本出发点。

那么，文学史的定义究竟应从哪里来？笔者以为，大量的文学史实践、实践中的成败得失，正是提取文学史定义的丰厚源泉。根据对百年来各个时期、各种类型中国文学史的研究分析，笔者觉得似可将文学史定义为：

---

① 钱基博：《现代中国文学史》，岳麓书社1986年据旧本重印，第4~7页。

② 袁行霈主编：《中国文学史》第一册，高等教育出版社1999年版，第3~4页。

> 依据一定的文学观和文学史观，对相关史料进行选择、取舍、辨正和组织而建构起来的一种具有自身逻辑结构的有思想的知识体系。

这里，处于最关键地位的是“建构”二字，指的是文学史研述主体的创造性活动，包括写作前的阅读、思考、设计和按某种体例把研究所得对象化的整个过程。在“建构”一词之前的“文学观、文学史观和被处理的相关史料”，是建构文学史的基础与条件，是它们的综合作用决定着文学史的模样，也就是范式。分辨文学史范式，主要就是分析渗透于史著中的文学观和文学史观，以及由其所决定的史料的范围、性质和处置办法等等。当然，这三个方面并非同时等量地在起作用，所谓辨析文学史范式，正需按照每部此类著作的实际情况对它们作具体分析。

在“建构”一词之后的“具有自身逻辑结构、有思想的知识体系”，则是文学史家建构活动的结果，是文学史的根本性质和特点所在。一部文学史总有其自身的结构——历史是漫长的、无始无终的，而史述却必须有起有讫，并且要确定起于何时，讫于何时，还需对历史作出一定的分期，勾勒出其发展变化的曲线；它还必须确定自己的叙述以何为主体，是把文学史写成作家系列呢，还是作品系列，抑或是文体类型、风格流派、创作方法的系列？倘若有交叉，又如何地交叉？再具体地说，倘若是将文学史写成作家系列（像勃兰兑斯的《十九世纪文学主潮》、中国社会科学院文学研究所主纂的通史系列和袁行霈主编的《中国文学史》大体上即属此型），那么就得确定如何选择叙述对象，如何来安排他们的位置，哪些单讲，哪些合论，给每个作家多少篇幅等等。上述种种都决定着这部文学史本身的结构，而不管史家如何操作，其中必须体现出前后一贯的逻辑，否则就不成其为有序的历史，不成其为科学的知识体系。然而，这里存在着一个悖论：历史发展固然有合乎逻辑，即有规律的一面，但历史更有随机、偶然，即非逻辑、无规律的一面；而且即使是前者，历史的逻辑或规律也并不总是呈现为显性状态而往往是隐蔽的模糊的，往往表现得曲折而复杂，甚至存在许多假象。因此历史事实虽是客观存在，但历史研究和著述却离不开史家的认识、判断和思想的贯穿。文学史研究也完全是这样一种探索的过程。然而，文学史的性质又不允许仅仅罗列史料而不涉及它们之间的联系或因果承传关系，于是，史家往往是带着某种理论预设，去努力发明出或构筑起一个在逻辑上充分自足的体系，并用种种史料来捍卫其合法性，结果愈是构建得完整周密、似乎无懈可击的体系，其中史家个人主观想象和推理、设计的成分可能愈重，而距历史真实倒不一定更近。归根到底，一部文学史具有怎样的逻辑结构，离不开编者本人所拥有的和意欲表述的“思想”。文学史属于何种范式，往往就于此显现出来。

■ 二

如果以文学观为基本观察点，笔者以为，中国文学史可以根据文学观的宽窄新旧大致分为三种范式，即泛文学观范式、纯文学观范式和新的大文学观范式。

文学观的内容固然丰富，但其核心则是何谓文学，即对文学本质和特性的认识，对文学内涵与外延的确定，对怎样的文本才算是文学文本的判断，而这就决定了文学史家取舍史料的范围和处理史料的态度，决定了他们将会把哪些文本和作家写入文学史中，从而从根本上制约着文学史的面貌，区分出文学史的范式和发展的阶段。笔者在《文学史范式的新变——兼评傅璇琮主编的〈唐五代文学编年史〉》一文[①]中，曾对此做过分析，认为林传甲、黄人、谢无量、曾毅等诸家文学史所持的是传统的泛杂文学观，他们将许多被后来的新文学观所排除的“非文学”文体（如经术、小学、子史和某些应用文）也阑入书中，鲜明地显示出本学科草创期文学观尚囿于传统、比较混沌的特点。而从胡适的《白话文学史》到刘经庵的《中国纯文学史纲》，再到陆侃如、冯沅君、刘大杰、林庚等人以及20世纪60年代两部著名的集体编写的中国文学史，则表现出接受西方近代文学观念，即所谓纯文学观，而大力删汰所谓“非文学”或“已死亡”的传统文体，使文学史研述趋于科学化的努力。这也就形成了与前一阶段明显不同的文学史的新范式，可以划出一个新的阶段。度过十年动乱，中国文学史研究事业重新繁荣起来，经过20年左右的反思和探索，人们开始觉得应将西方近代纯文学观的科学要求和本土古代文学实践与理论的历史传承

① 该文发表于《文学遗产》2000年第5期。

进行适当的互补和结合，建设一种新型的、既具科学性又具民族特色的大文学观。这种认识不同程度地表现于20世纪90年代出版的许多文学史著中，如程千帆与人合著的《两宋文学史》和《程氏汉语文学通史》、袁行霈主编《中国文学史》和傅璇琮主编《唐五代文学编年史》等。目前，中国文学史范式正在发生深刻变革，表面看来似乎有些回归传统的意味，其实是标志着文学史研述向科学化、现代化的坚实迈进。

文学观还包括对文学特质和功效的理解，文学是载道辅教的还是言志抒情的？还有文学的评价标准，即什么样的文学才算好文学、美文学？对这些问题的不同回答也决定着文学史的建构——把什么置于正统主流，把什么视作变格甚至旁门？给谁以褒？给谁以贬？这些都足以导致对整个文学进程的不同看法，使不同作者所写的文学史呈现出不同面貌，从而使文学史分居于不同的范式之中。

文学观的不同决定了文学史的基本面貌和范式。进一步，便要看文学史观了。文学史是历史著作的一种，文学史观是历史观在文学领域的体现，其中心问题是：什么是历史？已逝的历史过程与书写的历史文本是什么关系？历史的实在性体现于何处？历史的主人是谁？历史的动力是什么？历史的发展是否有规律可寻？如果有，又是否能够把握，并如何加以表述？等等。文学史家不一定在书中正面回答这些问题，但却不能不在其叙述和分析中或显或隐地表现出对这些问题的认识。而史观的不同，就更足以决定一部文学史所属的范式。罗根泽在1934年回顾中国文学史的简短历史，曾有一段非常精彩的议论。他认为“在这短短的二十年间，治文学史者之态度与观点，一向是随着社会的急变而急变”。“五四”以前是传统的封建意识为主，“五四”以后一度是资本主义意识占了上风，近来则是社会主义革命意识发展起来，反映到文学史的观念和编撰上，情况便是：

“五四”以前泰半是用观念论的退化史观与载道的文学观来从事著述，例如谢无量的《中国大文学史》和曾毅的《中国文学史》，“五四”以后则泰半是用观念论的进化史观与缘情的文学观来从事著述，例如陆侃如和冯沅君合编的《中国诗史》、郑振铎的《插图本中国文学史》以及本书（指郑宾于《中国文学流变史》）。最近大出风头的是辩证的唯物史观与普罗文学观，本此以写成的有贺凯的《中国文学史纲要》和谭洪的《中国文学史纲》。[①]

这段话不但清楚地概括了中国文学史作为一种“有思想的知识体系”在20世纪30年代所体现的主要思想及其各自思想的来源、性质和特色，而且实际上也揭示了文学史范式的一个重要侧面和它们前后演化替代的状况。在不同史观的指导下，文学史家所建构出来的“知识体系”必然是具有不同“自身逻辑结构”的，各部文学史面貌的不同，除所用史料和表述语言有别外，最根本的差异就在其体现史观（含价值观）的逻辑结构上。有意思的是，文学史观的守旧往往与文学观的混沌有缘，而文学观的科学趋向也往往带来史观的革命性变化，这就使我们前面依据文学观所做的三段分期，如从史观的变异上来分析，竟也大致可以适用。

中华人民共和国成立后，确立了以唯物主义和辩证法为根本特色和指导地位的历史观，即通常称为历史唯物主义的史观。这是一种科学进步的史观，可惜在很长一段时间内被机械化和庸俗化地理解了，造成文学史范式多元化状态一度消失。出版于1949年以前的一些文学史著，也纷纷修改重订，在史观和对作家作品的评价上向这单一的范式靠拢。这种范式一度走上极端，那就是1958年大跃进、厚今薄古、拔资产阶级白旗运动中由青年学生编著的一批文学史[②]，而60年代初由大学教师和科研人员分别集体编写的两部中国文学史则成了这一范式成功的典范。这个范式的哲学基础，是将人类一切活动的本质视为阶级与阶级的斗争，进一步则是路线与路线的斗争。因此，一部人类史乃是阶级斗争史，甚至是路线斗争史；文学史是人类文明史的一部分，自然不能例外。于是，对于作家作品的阶级论观点和阶级分析方法，便是这种范式的根本特色。无论是1958年还是1962—1963年出版的文学史，都是依照对人民态度如何，在历史上有无进步意义这样的政治标准来衡量作家作品，而将艺术水准置于第二、实际上是很次要的地位。表面看来这两种文学史有明显的不同，

① 罗根泽:《郑宾于著〈中国文学流变史〉》，原载《图书评论》1934年第二卷第10期，收入《罗根泽古典文学论文集》，上海古籍出版社1985年版。

② 如北京大学和复旦大学1955级同学分别集体编著的《中国文学史》，由人民文学出版社和上海中华书局先后于1958年9月和12月出版。北京师范大学1955级同学集体编著的《中国民间文学史》，亦于同年由人民文学出版社出版。

但从史观的角度严格说来，二者基本上属于同一范式。只是前者更为绝对，更强行地将阶级斗争、路线斗争观念移植到文学史中来，并杜撰出带有文学色彩的“现实主义与反现实主义”两条路线斗争的历史规律，它们所建构的文学史发展的逻辑结构，不是文体的演进更替，也不是风格的因继变化，而是阶级或路线的不断斗争；而后者也并没有从根本上改变这种逻辑，但取消了某些过于绝对的说法。另外，前者是更为简单地以人为单位，对历代作家做阶级成分和政治路线的划分，大批古代作家受到否定，汇总起来也就从整体上贬低了中国文学；而后者则比较强调具体问题具体分析，放弃以人划线的办法，改为以作品为单位，对作品作具体剖析，尽量寻找值得肯定的东西。这样，即使某些基本上要被否定的作家，也就有了一些可供肯定的作品，中国文学史也就改变了只见斗争而成就寥寥的状况。60年代两部集体编著的文学史在斗争史观范式的笼罩之下，虽不能从根本上改变突出阶级斗争路线斗争的“逻辑结构”，但却努力将“知识体系”建构得尽可能地稳妥平实，把比较准确可靠的文学史知识传授给学生和读者，它们之所以能风行30年之久，自非偶然。

“文革”结束，拨乱反正，文学逐步回到文学自身。出现了一系列新编文学史，它们不但在文学观上逐渐显示出新范式的品质，在文学史观上也同样有所变革。从批判“文学史是儒法斗争史”开始，文学史大都不再简单地用阶级斗争路线斗争史观来贯穿（当然也不是一概否认文学上的分歧与论争），不少学者著文比较深入地批判了以斗争史观贯穿文学史的那种范式。80年代中，“重写文学史”的口号提出，虽然是从现当代某些作家的评价问题入手，但其实质是在于改变文学史观，并从这个方面推动范式的新变。90年代出版了多种中国文学史，有的虽是旧作或以旧作为基础加以修订改写，但在新的历史条件下出现，却令人有耳目一新之感。如程千帆的《两宋文学史》（与吴新雷合著）、《程氏汉语文学通史》（与程章灿合著）、刘大杰《中国文学发展史》40年代的初版和林庚的《中国文学简史》等，这可以说是新时期文学史范式多元化的先声。

■ 三

文学史应该是一个知识体系，而且是有思想的知识体系。这里所谓的“思想”，范围不限一端，而是很广，既可以包括文学史家的人生观、世界观，也可以包括伦理道德观念、价值取向准则、一般的社会思想乃至个人的审美趣味、人格情操以及上述种种的交融汇合，不过，论核心则还是文学观和文学史观，尤其是史家对文学史的总体看法、对文学史发展规律的认识等等。文学史因史家的思想不同，也就会形成不同的面貌，归于不同的范式。

胡适 1928 年写《白话文学史》，是“要大家都知道白话文学史就是中国文学史的中心部分”，“要大家知道白话文学是有历史的，是有很长又很光荣的历史的。……国语文学若没有这一千几百年的历史，若不是历史进化的结果，这几年来的运动决不会有那样的容易，决不能在那么短的时间内变成一种全国的运动”。原来用白话文学史为提倡白话文的新文学运动张目，这就是胡适编撰这部文学史的动机和指导思想，《白话文学史》这个知识体系，就是依照这个思想建构出来的。

钱基博“积十余岁”之功创写“起王闿运以迄胡适”之《现代中国文学史》，固然是要记述清末民初文坛诸耆宿之成就，而其一个重要的思想动机则是要载录其时某些革命弄潮儿（如章炳麟、康有为、梁启超、严复、章士钊、胡适等）的“另一面”，特别是他们后来的思想转向，所谓“康南海，维新之先锋，而垂老有笃古之论”，“严又陵与南海、任公同时辈流，早年声气标榜，抵掌图新，倡予和汝，而临绝哀音，乃力诋康、梁，以为‘社会纲纪之灭裂，少年心性之浮薄，谁生厉阶？二公实尸其咎’，感慨恻怆，言之雪涕。”所以他特意点明：“读者以此一帙为现代文人之忏悔录可也。”[①] 忏悔成了这部文学史的贯穿性思想，其范式意义当然与后来许多推崇文学革命的近现代文学史不同。

1958 年出版的一些文学史贯穿着斗争史观，把文学史看成是“现实主义与反现实主义”或“民间文学与文人文学”的斗争史，这种对“文学史规律”的概括也是一种思想，根据这个思想，当时的学生们也构筑起了某种知识体系，形成一种富于彼时时代气息的文学史范式。它为现实政治服务的主观企图和客观效果，都是明显的。而以人性的发展为文学史主线，则是章培恒、骆玉明主编的《中国文学史》的贯穿性思想，依此思想构建的文学史知识体系，具有浓厚的新时期思想解放的气息，自然也就具有了不同的范式意义。上述几种

① 见岳麓书社 1986 年重印《中国现代文学史》所附的 1932 年跋语。

文学史，作为知识体系，其科学的程度和某些不足，显然与作者的思想密切相关，而思想的差异也就成了区分范式的极重要的依据。

在新出的文学史著作中，章培恒、骆玉明主编的《中国文学史》在范式变革的意义上很值得注意[①]。此书长篇《导言》追本溯源，从最基本的文学观问题“文学的定义”讲起，对“耳熟能详”，即现代以来已形成传统的文学定义提出质疑，突出了文学“以情动人”和“以美悦人”的特质，论证了应以“体现人类本性的成分”多少浓淡衡量文学价值和艺术成就，“文学的进步是与人性的发展同步的”，以及“就人性的发展与文学形式演进的间接联系来看，则审美意识与文学观念是主要的中介”等观点，并对文学史的内容做了具体的规定：“一部文学史所应该显示的，乃是文学的简明而具体的历程：它是在怎样地朝人性指引的方向前进，有过怎样的曲折，在各个发展阶段之间通过怎样的扬弃而衔接起来并使文学越来越走向丰富和深入，在艺术上怎样创新和更迭，怎样从其他民族的文艺乃至文化的其他领域吸取养料，在不同地区的文学之间有何异同并怎样互相影响，等等。”这当然也就是他们这部文学史所追求的学术目标，而从人性发展的角度论文学之演变，也就成了贯穿于本书所建构的知识体系中的思想。《导言》举出许多实例来说明这种思想，并据此对一系列传统的说法提出异议，如认为“至迟从周代起，贬抑个人就成为我国文化——特别是中原地区文化——的主流”，“基于这样的文化背景，我国先秦的文学作品没有从个人——具有独立人格的个人——出发的反抗挑战之声，只有当诗人以群体利益的代表的身份出现时，才敢于愤激地抨击对方”，《诗经》中就有许多这样的作品；甚至像《将仲子》这样追求爱情的歌声，也是“严格克制”的，而《秦风·蒹葭》、《古诗十九首》等，虽是千古名篇，但“并没有对人的内心世界作任何具体描绘”，“没有显示鲜明的个性特色”，由此引申到：“当这种不具体、细致地开掘人的内心世界的做法成为文学的普遍现象时，就会限制叙事文学（特别是虚构的叙事文学）的发展”，中国的长篇小说和戏剧之所以晚熟，即与此有关。而对《牡丹亭》、《拍案惊奇》等作品中描写的个人爱情追求和由此导致的对专制礼教的反抗，则给予了高度的评价。此外，对李商隐诗、柳永词爱情内容的阐述，特别是对辛弃疾词所蕴含的英雄失路意识和“乱臣贼子

① 章培恒、骆玉明：《中国文学史》，复旦大学出版社 1996 年版。

气”的剖析，都体现了这种思想。如果这部文学史能以此思想贯穿全书各个章节，那么它所呈现的价值评判体系和“自身逻辑结构”，将从根本上不同于前此所有的同类著作，创造出一种新的文学史范式。可惜现在做得不够理想，虽然如此，但还是透露出不少新鲜的气息。

由于“知人论世”、“时运交移，质文代变”、“文变染乎世情，兴废系乎时序”[①]之类思想深入人心，也由于社会—历史批评方法影响深远，迄今为止，体现于文学史中的史观以属于他律论者，即将文学发展变化之因归结为文学外部原因者居多，而像西方形式主义者那样有意搁置文学与社会的联系而专从形式角度研究文学史，即持自律论文学史观者很少，从这种史观的角度去构筑中国文学史体系而成为一种范式的，还不多见。但在新时期中，也开始有学者朝这个方向努力了，1999年出版了一部《中国近百年文学体式流变史》[②]，就是按小说、诗歌、戏剧、散文、批评五种文学体式分卷撰写，从细致剖析它们各自文体特征的角度来建构文学史的。分开来看，它的每一卷也就是一种小说史、一种新诗史、一种现代散文史等等，但其“自身逻辑结构”和所阐发的思想，却跟我们常见的小说史、新诗史或现代散文史大异其趣，讲出了许多前此同类文学史所没有讲过、在以往范式中也不可能讲到的内容。以其小说体式卷对鲁迅小说的分析来看，它基本上不讲鲁迅小说的思想、主题、艺术风格之类一般现代文学史或现代小说史中重复过无数次的内容，而是抓住鲁迅小说的体式，从其根本不同于古典小说的现代性，着重从小说表现技巧的层面作了虽然简略初步却具有开创性的论述。此书认为现代小说基本可分为情节—性格类和心理—情绪类两种，鲁迅均有尝试，且有上乘之作；在此基础上，又将鲁迅小说细分为以叙述具有一定故事性质的事件为结构主体的情节小说（如《药》、《风波》、《离婚》）；以写实性生活片断为结构主体的片断小说（如《一件小事》、《示众》）；以刻画人物性格、勾勒人物命运线索为结构主体的性格小说（如《孔乙己》、《阿Q正传》、《祝福》、《端午节》、《肥皂》）；以对人物心理过程的展示为结构主体的心理小说（如《狂人日记》、《伤逝》、《白光》、《弟兄》）；以特定的氛围渲染和情感、意蕴表达为结构主体的意绪小说（如《故乡》、《在酒楼

① 《孟子·万章》：“颂其诗，读其书，不知其人，可乎？是以论其世也。是尚友也。”“时运”、“文变”两句出自刘勰《文心雕龙·时序》。

② 冯光廉：《中国近百年文学体式流变史》，人民文学出版社1999年版。

上》）等五类。对每一类都举出实例进行具体剖析，如谓性格小说尚可再分为片断联缀型和细节放大型两种，《祝福》、《阿Q正传》属前者;《端午节》、《肥皂》属后者。又云心理小说还可分为往往采用第一人称手法表现的主观心理体验性和多用第三人称手法的客观心理剖示型两种。通过如此的分析，便论证了"在中国小说由古典艺术形态向现代艺术形态的转变过程中，鲁迅小说无疑应该是一块被特别提及的里程碑"①。该书的其他几卷也都紧扣"体式"的演变来梳理文学史，为此提出了不少新的概念和范畴，如批评体式卷参考阿尔贝·蒂博代《六说文学批评》将批评分为自发的、职业的、大师的方法，将30年代的文学批评分为职业批评（以周扬、冯雪峰、胡风为代表）和教授批评（以周作人、梁实秋、朱自清、朱光潜、李健吾为代表）两类等，然后对各自的体式特征做了具体分析。这部《文学体式流变史》所表现出来的从形式乃至技巧演变视角研究历史发展的理论趋势，是一种新的文学史范式将在中国兴起的重要信息。中国古代文论中的文体（从体式、风格到文字技巧）研究，从曹丕《典论·论文》、陆机《文赋》、挚虞《文章流别论》、刘勰《文心雕龙》以来，其实有着极为丰富的遗产，今日的学者一旦有了从文学内部发掘文学史动因的自觉意识，并参考汲取西方文论的有关方法，一定能够在前人提供的良好基础上创造出更新更具时代气息的文学史范式。

形形色色的西方文论思想必然会对文学史范式的新变产生重大影响。目前出现的《中国古典文学接受史》一类著作，显然就是在接受美学理论的启发下产生的。该书作者有感于"在以往的文学研究中，人们往往注意了文学作品是如何产生的，而忽略了它们是如何被接受的，忽略了读者的接受在文学生产过程中的作用，从而将丰富复杂的文学现象简单化、片面化"，特意"打破了过去以作品为中心的固定角度，转而从读者接受的角度来重新审视文学史"，通过"考察研究者文学接受活动的特点借以总结一个时代的文学接受倾向"，"从读者反应的角度探讨历史上的文学作品在某一特定时代的特殊效应"。②这部文学史与一般文学通史的相同之处，是从先秦按王朝更替一直讲到清代，但由于它是从接受、传播的角度来讲的，而且对"接受"又细分出文人接受、大众

① 冯光廉:《中国近百年文学体式流变史》上册，人民文学出版社1999年版，第89页。

② 尚学锋等:《中国古典文学接受史·绪论》，山东教育出版社2000年版。

接受，诗歌接受、小说接受、散文接受、戏剧接受，垂直接受、水平接受，参与性接受、阅读性接受、观赏性接受，以及实用、审美、批评和艺术再创造等接受层次，因此其内容就跟一般通史有了很大的不同，如“隋唐五代的文学接受”一章讲到李白杜甫，就主要不是论述他们的创作，而是介绍唐人对李杜的种种评价，以及“李杜优劣论”的产生；又如“元明的文学接受”设“娱乐传播：戏剧演出和说书活动”一节，通过对明万历至崇祯间三份剧目的比较，分析了不同阶层、不同地域戏剧观众的接受特点，等等。这些在一般通史中往往不提或语焉不详，而接受史则予以专述，遂成为一部视角新颖的文学史。该书目前的叙述还比较简单粗糙，但在创造一种新的文学史范式上却着了先鞭。

为了说明在文学史研述中思想制约范式的问题，这里还可举出一部新出的文学史为例，那就是朱寿桐主编的《中国现代主义文学史》。把书名中的“主义”二字拿掉，它就成了“中国现代文学史”。事实上，无论从时间的起讫，还是叙述的对象而言，它也确实就是一部讲述中国现当代文学史的书。然而，它与一般常见的现当代文学史范式大异其趣，它是依据鲜明的现代主义文学观念（思想）来构筑其知识体系的。著者的基本观点是：现代主义不但是中国现代文学史上的客观存在，而且应与一向被视为正宗的现实主义、浪漫主义“鼎足而立”，该书的任务就是要“将现代主义当作中国文学史特定过程中的一脉传统来理解，并注重对这脉传统的发生机制、发展阶段和基本规律作尽可能清晰的描述。”[①] 著者相当自觉地意识到自己的写作“寓含着一种可能的观念更新”——事实上，不是“可能”，而的的确确就是观念更新，没有思想上的进境，就不会有这部文学史。该书《导论》论述了现代主义的概念内涵和现代主义文学在中国的命运及其演进的大致脉络，作为全书叙述的理论前提。由于全书有了这样一个贯穿性的思想，中国现代文学史就被叙述成了另一番模样。首先，最显眼的是一大批以往现代文学史上根本不提或一掠而过的作家登上了舞台并成了主角。如王独清、穆木天、于赓虞、李金发、施蛰存、梁宗岱、戴望舒、徐讦、袁犀、张爱玲、钱锺书、冯至以及袁可嘉等九叶诗人，还有一批名字更为生疏的台湾作家，也在“偏隅发展期”的名义下得到了评介。以这样的一些作家为主体而构成的现代文学史，当然与人们戏作简括的“鲁郭茅、巴老

①《中国现代主义文学史·导论》，江苏教育出版社 1998 年版。

曹”式的现代文学史大异其趣。其次，极为引人深思的，是本书在像鲁迅、曹禺这样向来被判定为现实主义文学大师的身上和作品里发现了不少现代主义的东西，而且阐释剖析得相当深刻细致；至于田汉、郭沫若这样的浪漫派，徐志摩、闻一多这样的唯美派，本书对他们现代主义面目的揭示就更加无可怀疑了。许多以往争论不休、难以解释的问题，如鲁迅《狂人日记》、《药》、《孤独者》等小说、散文诗《野草》和《故事新编》中某些篇章的思想倾向、艺术特色，如曹禺话剧《原野》的主题和艺术师承，本书均作出了较为清晰妥帖的论析，走出了只持现实主义浪漫主义理论武器者在此类问题上捉襟见肘的困境，表现出一种实事求是的科学态度，从而使文学史达到了新的科学高度。再次，十分难得的是，在处理现代主义与现实主义、浪漫主义关系的问题上，本书并无扬此抑彼的成见，尤其没有因其书要着重写现代主义，便对它有所偏袒。在许多章节的叙述中，倒是让读者明白了所谓现代主义其实并不与现实主义绝缘，无论现代主义者如何大力运用象征的、心理的、感觉的、意象化的、意识流的，乃至弗洛依德精神分析的手法，他们的作品无论多么神秘唯美、怪异荒诞，甚至表面看来难以理喻，却总是这样那样、曲折隐晦地反映着一定时期的社会现实和人们的心理现实。现代主义是现代社会或至少是正在走向现代的社会的产物，而不是空穴来风，也不是某些人头脑中凭空产生的东西。《中国现代主义文学史》在许多具体问题上也许尚可商榷，但它创新范式的意义却是无可争议的。

朱自清曾经在为林庚《中国文学史》作序时批评当时的某些文学史：“这些文学史大概包罗经史子集，直到小说剧曲八股文，像具体而微的百科全书，缺少的是‘见’，是‘识’，是史观。”[①] 这话自是有的放矢而言，但深究起来却有缺陷，因为按照我们上面的分析，一部文学史总隐含着某种思想，哪怕是最起码、最简单的文学观和文学史观，而毫无思想的文学史倒很难找到。从范式的角度而言，根本无法归入某种范式的文学史，也是不存在的。当然，文学观也好，文学史观也好，确有原创因袭、科学混沌、精切粗陋、深刻浅薄、新颖陈旧、先进落后、现代传统之别，也就有优劣高下之差。我们理解，朱自清所希望于文学史的“见”、“识”和“史观”，应是原创的、科学的、精切的、深刻

① 见林庚《中国文学史》，厦门大学出版社 1947 年版。

的、新颖的、先进的、现代的；这与我们对文学史所含“思想”的具体期待，实质上是一致的，因为这样的文学史才不是史料的堆砌，而成为具有科学性的知识体系。中国文学史的范式，从最初的混沌、传统发展到今天，经历了从单一到多元、一度重又单一、而今再度走向多元的曲折道路。目前，文学史研述的状况是日益趋于更健康更富有活力的范式多元和类型增扩①。文学史研述的繁荣前景是没有疑问的。

（据《中国社会科学》2001 年第 6 期校录）

① 文学史类型与范式既有密切关系，又属不同问题。类型的区别更多地表现于史体和编例。类型的分法有多种，或以史体分为编年、纪传、本末、章节诸体，或以编者情况分为独著型、合著型、集体编著型，或以品位功效之别分为讲义型、专著型、普及型等，或以表述倾向之别分为叙述型、阐释型，等等。比较常见的则是按时间原则分为通史、断代史，按地域原则分为全国史、区域史，按民族原则分为全民族史、单个民族史，按文体类别分为各种文体史，按文学的题材、主题、人物、撰写者和接受者乃至上述各因素的交叉分为各类专史。目前的情况是文学史类型正在日益增多，当个人著史愈趋繁荣之时，文学史类型的增扩将表现出比范式新变更强劲的发展趋势，因为创建范式毕竟比尝试类型困难得多。

袁行霈与《中国文学史·总绪论》

经典导读

袁行霈（1936—　），江苏武进人。北京大学中文系教授、人文学部主任、国学研究院院长。1957 年毕业于北京大学中文系，留校任教至今，1984 年晋升教授，1986 年取得博士生导师资格。1982 年 4 月至 1983 年 3 月任日本东京大学外国人教师；1992 年 7 月至 1993 年 9 月以及 1998 年任新加坡国立大学客座教授；1997 年 9 月至 12 月任美国哈佛大学哈佛燕京学社访问研究学者。2004 年 9 月至 11 月任香港城市大学客座教授；2005 年 9 月开始兼任新加坡南洋理工大学教授（与北大联聘）。此外，还先后在日本爱知大学，美国哈佛、耶鲁、哥伦比亚、华盛顿、夏威夷等大学，以及香港大学、台湾大学讲学。第八、九届全国政协常委，第十届全国人大常委，民盟中央副主席，中央文史研究馆馆长，国务院学位委员会委员。主要著作有《陶渊明集笺注》、《中国诗歌艺术研究》、《中国文学概论》、《陶渊明研究》、《中国诗学通论》（合著）、《当代学者自选文库·袁行霈卷》、《中国文学史》（主编）、《中华文明史》（主编）、《中国文学作品选注》（4 卷本）（主编）等。

1995 年，袁行霈受国家教委委托主编面向 21 世纪教材《中国文学史》。他约请了聂石樵、李炳海、罗宗强、莫砺锋、黄天骥、黄霖、袁世硕、孙静各担任一编的主编，经过两年半的努力，完成了全部书稿，共四卷九编。该书于 1999 年由高等教育出版社出版，2000 年获北京市第六届哲学社会科学优秀成果特等奖，2001 年获第五届国家图书奖，2002 年又获全国普通高等学校优秀教材一等奖。至今已修订一次，印刷多次，是目前使用量最大的中国文学史教材。

关于《中国文学史》的编写方针，袁行霈“总绪论”中提出了“守正出新”四字。所谓“守正”，首先是以辩证唯物主义和历史唯物主义为指导，贯彻批判继承的精神，实事求是，具体问题具体分析。其次，是吸取已有的各种文学史的编写经验，吸收各方面新的研究成果，使这部书能够体现当前的研究水平。所谓“出新”，就是以严谨求实的态度，挖掘新的资料，采取新的视角，做出新的论断，力求有所突破和创新，并把学生带到学术的前沿。守正是这部书的基点，如果不能守正，就会走上歧途，也不能适应教学的需要。出新是这部书的生命，如果不能出新，就失去了编写的意义。“守正出新”的编写方针，是《中国文学史》作为一部教材取得成功的基本前提。

袁行霈特别重视史与论的结合。除了在中国文学史的具体描述中加强论的内容外，还增加了绪论部分。全书有一篇总绪论，由袁行霈执笔，各编也有一篇绪论，由各编主编执笔。绪论不同于以往文学史教材中的概说，不是一般性的叙述说明，而是提出几个重要的问题来讨论。全书的绪论就整个文学史的一些重要问题展开论述，各编的绪论抓住各个时期文学发展的特殊问题来论述。其内容包括社会政治经济的变迁、社会文化与思想的演变、社会的风俗习惯、文人的生活风貌和心理状态、文学的嬗变轨迹、新的文学现象和文学特点、文体的兴衰、文学的承传、文学的思潮等。例如第三编魏晋南北朝文学绪论，不像过去的文学史先讲这个时期的历史概况，然后再讲文学的发展概况，而是找出这个时期最重要的几个问题来讲：文学的自觉与文学批评的兴盛，动乱中文人的命运与文人的风尚，门阀制度与门阀观念下的文学创作，玄学对文学的渗入，佛教与佛经翻译对文学的影响，其中有些是过去的文学史里很少涉及的。在第二节里对这个时期的文学作了总的概括，即乱世与乱世文学，讲了文人多遭杀戮的命运，讲了生死主题、求仙主题、隐逸主题。第五节讲佛教与佛经翻译对文学的影响，用了中国佛教协会当年确定的佛教初入中国的年代，搜集了一些文人和佛教发生关系的原始资料，并从五个方面说明佛教对文学的影响，即想象世界的丰富、故事性的加强、四声的发现、词汇的扩大、文学观念的变化。袁行霈相信，这样一篇绪论可以帮助学生从总体上把握住这个时期文学的特点了。又如第五编宋代文学，莫砺锋执笔的绪论着重讲了宋代文学的总体特征即忧患意识和爱国主题；讲了宋代作家的性格特征和审美情趣，一种新型的文人生活态度的形成；还讲了宋诗对唐诗的因革，唐诗之外又一美学范式的建立。这样就把宋代文学的特色讲清楚了。

袁行霈将整个古代文学分为上古期、中古期、近古期，这叫三古。在三古之下又分为七段：上古期包括两段，先秦、秦汉；中古期包括三段，魏晋到唐中叶、唐中叶到宋末、元初到明中叶；近古期包括两段，明中叶到鸦片战争、鸦片战争到“五四”。中国文学史如何分期，见仁见智，说法颇多。以前比较流行的一种是分为上古文学、中古文学、近古文学、近世文学，历史的分期是重要的参照系；目前有一种新的分法，根据书写工具的变化来分期，分为东汉以前（以简帛为书写工具的时代）、东汉末至北宋（有了纸作为书写工具的时代）、南宋至清末（活字印刷的时代）、清末以后（机器印刷的时代）。各种分法，理由不同，但都把握住了某一方面的特点。孰长孰短，还需要时间的检验。

袁行霈主编的《中国文学史》，所约请的分卷主编和主要执笔者，都是各个领域的优秀学者，所以就每一部分单独来看，水平很高；但因每个学者都有自己的特点，所以全书的总体风格，尚有不统一之处，篇幅的分配，也有不够均衡的地方。高等教育出版社即将出版这套文学史的第 3 版，以上的这些问题会有所改进。

—— 延伸阅读文献

1. 袁行霈:《守正出新及其他——关于中国文学史的编写与教学》,《中国大学教学（教学与教材研究）》1999 年第 6 期
2. 陈文新:《编年史:“狐狸”与“刺猬”如何共处》,《南京师范大学学报》2007 年第 3 期

（陈文新撰稿）

—— 原文:《中国文学史·总绪论》

经典原文

中国文学史·总绪论

袁行霈

■ 第一节　文学本位、史学思维与文化学视角

文学史与文学史学　文学本位　史学思维　文化学视角

文学史著作的当代性　文学史史料学

中国古代的史学家和文学家早已注意到文学的发展与变迁，并作了许多论述。这些论述散见于史书、目录学著作、诗文评、文学总集或选集的作家小传中；在一些序跋、题记及其他文章中也有所涉及[①]。

就现在所能看到的资料而言，史家的记述是比较早的。司马迁的《史记·屈原贾生列传》不但为屈原、贾谊这两位文学家立传，而且笔墨涉及宋玉、唐勒、景差等屈原之后贾谊之前的辞赋家，已经算是有了文学发展过程的初步描述。此后，（东汉）班固在《汉书·司马迁传赞》中对司马迁《史记》以前史官之文的发展过程有简单的追述；齐梁时的沈约在《宋书·谢灵运传论》中，回顾了南朝宋以前诗歌的发展历程，可以看成是关于诗歌史的比较详细的论述。（南朝宋）范晔撰《后汉书》，始创《文苑传》，将22位文学上有成就的人的传记合在一起，按时代先后排列，提供了文学发展的线索。此后，一些正史中的《文苑传》或《文艺传》，大都沿袭《后汉书》的体例。在目录学著作方面，班固在刘歆《七略》的基础上撰成《汉书·艺文志》，其中的《诗赋略论》对诗和赋的发展有初步的描述。此后，一些目录学著作，

① 黄霖《近代文学批评史》第九章《中国文学史学》将中国古代"具有文学史性质的作品"按体例分为六类：题辞体、传记体、时序体、品评体、派别体、选录体。此外，"还有一类侧重在论述文学史有关原理的论著，如《文心雕龙》中的《通变》及叶燮的《原诗》等。"（《近代文学批评史》，上海古籍出版社1993年版，第754~755页）

如《隋书·经籍志》、《旧唐书·经籍志》、《新唐书·艺文志》大都继承《汉书·艺文志》的传统，在著录书目的同时考辨源流。（清）纪昀《四库全书总目提要》可算是这类书中的集大成者。在诗文评方面，（梁）刘勰《文心雕龙》中《明诗》以下20篇论及许多文体的形成过程，《时序》等篇也有关于文学发展的精彩论述。（梁）钟嵘的《诗品序》，对文学的发展作了相当详细的论述。此后，在一些诗话、词话，以及诗纪事、词纪事之类的书中，也有关于诗词发展的论述[①]。

此外，（东汉）郑玄《诗谱序》追述诗歌的起源，历数周文王、周武王、周成王以至懿王、夷王、厉王、幽王时政治的变迁与诗歌的关系，从政治的角度对诗歌的发展作了较细致的描述。（西晋）挚虞的《文章流别论》从文体流变这个新的角度，论述了文学的发展。（唐）白居易的《与元九书》对《诗》、《骚》以来诗歌发展的历程作了总结。（宋）李清照的《词论》追述了词的发展概况。（元）辛文房的《唐才子传》为398位唐代诗人作传，间有评论，从中可以看出唐诗发展的因革流变。（明）张溥所辑《汉魏六朝百三名家集》的题辞，已经勾勒出汉魏六朝文学发展的脉络。（清）钱谦益的《列朝诗集小传》，对明代诗人一千六百余家作了评述。清代所修《全唐诗》，为唐代诗人逐一作了简介，从中可以看到唐代诗歌的发展线索。

毫无疑问，上述种种著述都是我们今天撰写文学史应当借鉴的。然而，这些还不能算是对文学发展过程的系统完整的论述，因而还不是专门的文学史著作，更不能说已经建立了独立的文学史学科。中国学者所写的文学史著作，是20世纪初受了外国的影响才出现的，一般认为林传甲在京师大学堂编写的讲义《中国文学史》为滥觞之作[②]。谢无量的《中国大文学史》[③]、胡适的《白话文学

---

① 如（宋）严羽《沧浪诗话》、（宋）计有功《唐诗纪事》、（明）胡应麟《诗薮》、（清）叶燮《原诗》、（清）厉鹗《宋诗纪事》、（清）张宗橚《词林纪事》等。

② 本书是林传甲于光绪三十年（1904）在京师大学堂师范馆任国文教员时所编的讲义，有宣统二年（1910）武林谋新室排印本，书名前冠以“京师大学堂讲义”。全书分为16篇，其内容不限于文学，还包括文字学、音韵学、训诂学、修辞学、群经文体、诸史文体、诸子文体等。

③ 谢无量《中国大文学史》，上海中华书局1918年初版。

史》上卷[①]、郑振铎的《插图本中国文学史》[②]、刘大杰的《中国文学发展史》[③]、中国科学院文学研究所的《中国文学史》[④]、游国恩等主编的《中国文学史》[⑤]，分别代表了20年代、30年代、四五十年代、60年代文学史著作所能达到的成就。王国维的《宋元戏曲史》[⑥]、鲁迅的《中国小说史略》[⑦]，在分体文学史中是最早的、最有影响的著作。

由此我们可以说，进入20世纪以后，特别是二三十年代以后，文学史才成为一门独立的学科。然而，各家对这门学科的理解并不相同，因此文学史的写法也有很大差异。只要是严肃的学术研究，因不同的理解与不同的写法而形成各自的特色，都可以从不同的方面丰富和完善文学史这门学科。即使现在或将来，也不可能只有一种理解、一种模式、一种写法，而只能是百家争鸣、百花齐放。

那么，我们对文学史是怎样理解的呢？我们认为：文学史是人类文化成果之一的文学的历史。

这是一个最朴实无华的、直截了当的回答，意思是强调：文学史是文学的历史，文学史著作要在广阔的文化背景上描述文学本身演进的历程。它包括以下几方面的意思：

把文学当成文学来研究，文学史著作应立足于文学本位，重视文学之所以成为文学并具有艺术感染力的特点及其审美价值。当然，文学的价值在很大程度上取决于它反映现实的功能，这是没有问题的，但这方面的功能是怎样实现的呢？是借助语言这个工具以唤起接受者的美感而实现的。一些文学作品反映现实的广度与深度未必超过史书的记载，如果以有“诗史”之称的杜诗和两《唐书》、《资治通鉴》相比，以白居易的《卖炭翁》与《顺宗实录》里类似的

① 胡适《白话文学史》只有上卷，上海新月书店1928年初版。

② 郑振铎《插图本中国文学史》，北平朴社出版部1932年初版。

③ 刘大杰《中国文学发展史》，中华书局于1941年出版上卷，1949年出版下卷。全书由古典文学出版社于1957年重版。1963年中华书局上海编辑所出版新1版。

④ 中国科学院文学研究所中国文学史编写组的《中国文学史》，是供高等学校文科有关专业使用的教材，人民文学出版社1962年版。

⑤ 游国恩、王起、萧涤非、季镇淮、费振刚主编的《中国文学史》，是高等学校文科教材，人民文学出版社1963年版。

⑥ 王国维《宋元戏曲史》，上海商务印书馆1915年初版。

⑦ 鲁迅《中国小说史略》，是作者1920年至1924年在北京大学讲授中国小说史课程时的讲义，由北京新潮社于1923年印行上卷，1924年印行下卷。北京北新书局于1925年印行合订本。

记载相比①，对此就不难理解了。但后者不可能代替前者，因为前者是文学，具有审美的价值，更能感染读者。当然也可以以诗证史，将古代文学作品当成研究古代社会的资料，从而得出很有价值的成果，但这并不是文学史研究，文学史著作必须注意文学自身的特性。

紧紧围绕文学创作来阐述文学的发展历程。文学史研究有几个层面，最外围是文学创作的社会政治、经济背景。背景研究很重要，这是深入阐释文学创作的一把必不可少的钥匙。但社会政治、经济背景的研究显然不能成为文学史著作的核心内容，不能将文学史写成社会发展史的图解。第二个层面是文学创作的主体即作家，包括作家的生平、思想、心态等。应当充分重视作家研究，但作家研究也不是文学史著作的核心内容，不能将文学史写成作家评传的集成。正史里的《文苑传》、《文艺传》不是现代意义上的文学史。第三个层面是文学作品，这才是文学史的核心内容。因为文学创作最终体现为文学作品，没有作品就没有文学，更没有文学史。换句话说，文学史著作的核心内容就是阐释文学作品的演变历程，而前两个层面都是围绕着这个核心的。

与文学创作密切相关的是文学理论、文学批评和文学鉴赏。文学理论是指导文学创作的，文学批评和文学鉴赏是文学创作完成以后在读者中的反应。文学的发展史是文学创作和文学理论、文学批评、文学鉴赏共同推进的历史。这并不是说要在文学史著作里加进许多文学理论、文学批评和文学鉴赏的内容，在文学理论史和批评史已经成为一门独立学科的今天，撰写文学史更没有必要这样做了。我们只是强调撰写文学史应当关注文学思潮的发展演变，并用文学思潮来解释文学创作，并注意文学的接受，引导读者正确地鉴赏文学作品。

与文学创作密切相关的还有文学传媒。古代的文学媒体远没有今天多，只有口头传说、书写传抄、印刷出版、说唱演出等几种，但已足以引起我们的注意。文学作品靠了媒体才能在读者中起作用，不同的媒体对文学创作有不同的

---

① 韩愈《顺宗实录》卷二："旧事：宫中有要，市外物，令官吏主之，与人为市，随给其直。贞元末，以宦者为使，抑买人物，稍不如本估。末年不复行文书，置'白望'数百人于两市并要闹坊，阅人所卖物，但称'宫市'，即敛手付与，真伪不复可辨，……名为'宫市'，而实夺之。尝有农夫以驴负柴至城卖，遇宦者称'宫市'，取之，才与绢数尺。又就索'门户'，仍邀以驴送至内。农夫涕泣，以所得绢付之，不肯受。……"（《昌黎先生外集》卷七，清同治己巳江苏书局重刊东雅堂本）

要求，创作不得不适应甚至迁就这些要求，在一定程度上可以说文学创作的状况是取决于传媒的。从口头流传到书写传抄，再到印刷出版，由传媒的变化引起的创作的变化很值得注意。先秦两汉文学作品之简练跟书写的繁难不能说没有关系。唐宋词的演唱方式对创作的影响显而易见。印刷术发明以后大量文献得以广泛而长久地流传，这对宋代作家的学者化，进而对宋诗以才学为诗这个特点的形成有重要的影响。宋元说话艺术对小说创作的影响，宋元戏曲的演出方式对剧本创作的影响，更不容忽视。传媒对创作的影响以及传媒给创作所带来的变化，应当包括在文学史的内容之中。

总之，文学创作是文学史的主体，文学理论、文学批评、文学鉴赏是文学史的一翼，文学传媒是文学史的另一翼。所谓文学本位就是强调文学创作这个主体及其两翼。

从某种意义上说，文学史属于史学的范畴，撰写文学史应当具有史学的思维方式。文学史著作既然是“史”，就要突破过去那种按照时代顺序将一个个作家作品论简单地排列在一起的模式，应当注意“史”的脉络，清晰地描述出承传流变的过程。文学史著作既然是“史”，就要靠描述，要将过去惯用的评价式的语言，换成描述式的语言。评价式的语言重在定性，描述式的语言重在说明情况、现象、倾向、风格、流派、特点，并予以解释，说明创作的得失及其原因，说明文学发展变化的前因后果。描述和评价不仅是两种不同的语言习惯，而且是两种不同的思维方式。描述并不排斥评价，在描述中自然包含着评价。文学史著作既然是“史”，就要寻绎“史”的规律，而不满足于事实的罗列。但规律存在于文学事实的联系之中，是自然而然的结论，而不是从外面贴上去的标签。

我们不但不排斥而且十分注意文学史与其他相关学科的交叉研究，从广阔的文化学的角度考察文学。文学的演进本来就和整个文化的演进息息相关，古代的文学家往往兼而为史学家、哲学家、书家、画家，他们的作品里往往渗透着深刻的文化内涵。因此，借助哲学、考古学、社会学、宗教学、艺术学、心理学等邻近学科的成果，参考它们的方法，会给文学史研究带来新的面貌，在学科的交叉点上，取得突破性的进展。例如，先秦诗歌与原始巫术、歌舞密不可分；两汉文学与儒术独尊的地位有很大关系；研究魏晋南北朝文学不能不关注玄学、佛学；研究唐诗不能不关注唐朝的音乐和绘画；研究宋诗不能不关注理学和禅学；保存在山西的反映金元戏曲演出实况的戏台、戏俑、雕砖、壁画是研究金元文学的重要资料[①]；明代中叶社会经济的变化所带来的新的社会环境和文化气氛，是研究那时文学的发展决不可忽视的。凡此等等，都说明广阔的文化学视角对于文学史的研究是多么重要！有了文化学的视角，文学史的研究才有可能深入。

文学史的存在是客观的，描述文学史应当力求接近文学史的实际。但文学史著作能在多大程度上做到这一点呢？这实在是一个很大的问题。由于文学史的数据在当时记录的过程中已经有了记录者主观的色彩，在流传过程中又有佚失，现在写文学史的人不可能完全看到；再加上撰写者选用资料的角度不同，观点、方法和表述的语言都带有个性色彩，纯客观地描述文学史几乎是不可能的，总会多少带有一些主观性。如果这主观性是指作者的个性，这个性又是治学严谨而富有创新精神的，这样的主观性正是我们所需要的。如果这主观性是指一个时代大体相近的观点、方法，以及因掌握数据的多少有所不同而具有的某种时代性，那也没有什么不好。我们当代人写文学史，既是当代人写的，又是为当代人写的，必定具有当代性。这当代性表现为：当代的价值判断、当代的审美趣味以及对当代文学创作的关注。研究古代的文学史，如果眼光不局限于古代，而能够通古察今，注意当代的文学创作，就会多一种研究的角度，这样写出的文学史也就对当代的文学创作多了一些借鉴意义。具有当代性的文学史著作，更有可能因为反映了当代人的思想观念而格外被后人注意。但是无论如何，决不能把主观性当作任意性、随意性的同义语。

撰写《中国文学史》应该借鉴外国的文学理论，但必须从中国文学的实际出发，不能将外国时髦的理论当成公式生搬硬套地用于解释中国文学。有志气的中国文学史研究者，应当融会中国的和外国的、传统的和现代的文学理论，从中国文学的实际出发，具体问题具体分析，以实事求是的态度阐述中国文学的历史，而不应先设定某种框架，然后往里填装与这框架相适应的资料。

---

① 如山西省侯马市金代董氏墓中后壁上端砖砌戏台与戏俑、山西省稷山县马村段氏金代墓群中的杂剧砖雕、山西省洪洞县明应王殿元代戏曲壁画、山西省新绛县吴岭庄元墓杂剧砖雕。

文学史史料学是撰写文学史的基础性工作[1]。所谓文学史史料学，包括与文学有关的目录学、版本学、校勘学，作家生平的考订，作品的辨伪，史料的检索等等，是以资料的鉴定和整理为目的的资料考证学。这是撰写文学史必不可少的基础性工作，没有这个基础，文学史所依据的资料的可靠性就差多了，但严格地说，文学史史料学并不完全等于文学史学。着眼于学科的分工，为了促进学科的发展，应当在文学史学之外另立一个分支学科即文学史史料学；然而就学者而言，史的论述和史料的考证这两方面不但应该而且也可以兼顾，完全不懂得史料学是很难作好文学史研究的。

■ 第二节　中国文学的演进

文学演进的外部因素与内部因素　中国文学发展的不平衡

俗与雅　各种文体的渗透与交融　复古与革新　文与道

推动中国文学演进的因素，既有外部的，也有内部的。所谓外部因素是指社会经济、政治、文化的影响，民族矛盾的影响，以及地理环境的影响，等等。例如，春秋战国之际社会经济政治的大变革带来文化上的百家争鸣，与之相适应，文学也出现了繁荣局面。汉代大一统的政治背景以及汉武帝“罢黜百家，独尊儒术”的政策，对汉赋的出现和汉代散文的特点有直接的影响。汉末的黄巾起义及军阀混战，影响了建安时期一代人的思想观念，造就了建安文学的新局面。南北朝的对峙造成南北文风的不同，隋唐的统一以及唐代广泛的对外文化交流又推动了唐代文学的繁荣。宋代理学的兴起，士人入仕机会的增多，以及印刷术的发展，对宋代文学产生了重要的影响。元代士人地位低下，他们走向市井，直接推动了元杂剧的发展。明代中叶以后，商业经济繁荣，市民壮大，反映和适应这种新的社会状况，文学发生了划时代的变化。清朝初年

① 近年来已有中国文学史史料学的著作出版，例如：潘树广主编《中国文学史料学》，黄山书社 1992 年版；徐有富主编、程千帆校阅《中国古典文学史料学》，南京大学出版社 1992 年版；傅璇琮主编《中国古典文学史料研究丛书》，其中穆克宏《魏晋南北朝文学史料述略》已由中华书局于 1997 年出版。

民族矛盾突出，在文学创作上也有反映。1840年鸦片战争之后，中国沦为半殖民地半封建社会，更引起文学的重大变化。凡此种种，都是很容易理解的。

关于中国文学演进的内部因素，是一个很复杂的问题。

首先要考虑到文学发展的不平衡。由于中国历史悠久、幅员广阔，所以中国文学发展的不平衡性特别突出。这表现在以下几个方面：

一、文体发展的不平衡。各种文体都有一个从萌生到形成再到成熟的过程，所谓文体发展不平衡，包含这样两方面的意思：一方面，各种文体形成和成熟的时代不同，有先有后。诗歌和散文是最早形成的两种文体，早在商周时代就有了用文字记载的诗文。在中国文学的各种文体中，诗和文是基础。到了魏晋南北朝才有了初具规模的小说，唐代中期才有了成熟的小说。而到了宋金两代，出现了宋杂剧和金院本，才标志着中国戏曲的形成。以上所说是文体的大概轮廓，如果细分，骈文是魏晋以后才形成的，词到唐代中叶才形成，白话短篇小说到宋代才形成，白话长篇小说到宋元之际才形成，散曲到元代才形成。中国文学的各种体裁形成的时间相差数百年甚至一两千年，可见不平衡的状况是多么突出。另一方面，各种文体从萌生到形成再到成熟，其过程的长短也不同。例如小说，从远古神话到唐传奇，历经了极其漫长的时间；而赋的形成过程就短得多了。

二、朝代的不平衡。各个朝代文学的总体成就是不一样的，有的朝代相对繁荣些，有的朝代相对平庸些，这很容易理解。而且各个朝代各有相对发达的文体，例如：汉代的赋、唐代的诗、宋代的词、元代的曲、明清两代的小说。这并不是说这些朝代的其他文体不值得注意，例如宋诗、清诗、清词也都很重要，但作为代表性文体还是上面所举的那些。其实在一个朝代之内文学的发展也是不平衡的，有些年代较长的朝代如汉、唐、宋、明，其初期的文学比较平庸，经过两代或三代人的努力，才达到高潮。有些小朝廷倒有可能在某种文体上异军突起，如梁、陈两代的诗，南唐和西蜀的词。

三、地域的不平衡[①]。所谓地域的不平衡包含两方面的意思：一是在不同的朝代，各地文学的发展有盛衰的变化，呈现此盛彼衰、此衰彼盛的状况。例如：

---

① 参看袁行霈《中国文学概论》总论第三章《中国文学的地域性与文学家的地理分布》，高等教育出版社1990年版，第33~47页。

建安文学集中于邺都；梁陈文学集中于金陵；河南、山西两地在唐朝涌现的诗人比较多，而明清两朝则比较少；江西在宋朝涌现的诗人特别多，此前和此后都比较少；江苏、浙江两地在明清两朝文风最盛，作家最多；岭南文学在近代特别值得注意。二是不同的地域有不同的文体孕育生长，从而使一些文体带有不同的地方特色，至少在形成后相当长的一段时间内是如此。例如:《楚辞》带有明显的楚地特色，五代词带有鲜明的江南特色，杂剧带有强烈的北方特色，南戏带有突出的南方特色。中国文学发展中所表现出来的地域性，说明中国文学有不止一个发源地。

中国文学发展不平衡的状况是应该充分重视的，当说明文学的演进时，应当在突出主线的同时进行立体交叉式的描述。

其次，在中国文学的演进过程中，有一些相反相成的因素，它们的互动作用值得注意。

例如，俗与雅之间相互的影响、转变和推动。《诗经》中的“国风”本是民歌，经过孔子整理，到汉代被儒家奉为经典并加以解释之后，就变雅了。南朝民歌产生于长江中下游的市井之间。本是俗而又俗的文学，却引起梁陈宫廷文人的兴趣，从一个方面促成了梁陈宫体诗的产生[①]。词在唐代本是民间通俗的曲子词，在发展过程中逐渐变得雅了起来。宋元时期当戏曲在市井的勾栏瓦舍中演唱时，本是适应市民口味的俗文学。后来的文人接过这种通俗的文学形式加以提高，遂有了《牡丹亭》、《长生殿》、《桃花扇》这类精致高雅的作品。在俗与雅之间，主要是俗对雅的影响和推动，以及由俗到雅的转变。由雅变俗的例子也是有的，宋代有些诗人有意地以俗为美，表面上是化俗为雅，实际上是将本来高雅的诗变俗，在俗中求得新的趣味。

俗雅之间的互动，使文学的长河陆续得到新鲜活水的补充和激荡，而保持着它的长清。

再如，各种文体的相互渗透与融合。各种文体都有其独特的体制与功能，这构成了文体之间的界限。曹丕早在《典论·论文》里就说:“奏议宜雅，书论宜理，铭诔尚实，诗赋欲丽。”后来新的文体越来越多，分类越来越细，对不同文体的体制和功能的认识也越来越精确。文体辨析是一个值得注意的问

---

① 参看商伟《论宫体诗》,《北京大学学报》1984年第4期。

题，但文体之间的融合更是一个关系到文学发展的大问题。例如诗和赋的区别本来是很明显的：诗者缘情，赋者体物；诗不忌简，赋不厌繁；诗之妙在内敛，赋之妙在铺陈；诗之用在寄兴，赋之用在炫博。但魏晋以后赋吸取了诗的特点，抒情小赋兴盛起来，这是赋的诗化；而在初唐，诗又反过来吸取赋的特点，出现了诗的赋化现象[①]，例如卢照邻的《长安古意》等。再如，词和诗不但体制不同，早期的词和诗的功能、风格也不相同。“词之为体，要眇宜修。能言诗之所不能言，而不能尽言诗之所能言。诗之境阔，词之言长。”[②]词本是配合音乐以演唱娱人的，是十七八岁女孩儿在绮筵之上浅斟低唱、佐欢侑酒的娱乐品。有关政治教化、出处穷达的大题目自有诗去表达。词不过是发泄诗里不能也不便容纳的背面的感情，诗和词的界限本是清楚的。可是从苏轼开始，以诗为词，赋予词以诗的功能，诗和词的界限就在相当大的程度上模糊了。周邦彦吸取赋的写法，以赋为词，在词所限定的篇幅内极尽铺张之能事，诗和赋的疆域又在一定程度上突破了[③]。而辛弃疾以文为词，词和文的距离也在一定程度上缩小了。又如，诗和文的界限本来也是清楚的，宋代以后却模糊了。宋人之所以能在唐诗之后另辟蹊径，打开一个新的局面，正是他们以文为诗，在一定程度上打破了这个界限的结果。又如，中国的小说吸取诗词的地方很多，唐人传奇中的佳作如《莺莺传》、《李娃传》、《长恨歌传》等，无不带有浓厚的诗意。宋元以后的白话小说，也和诗词有密切的关系。宋代说话一般都是有说有唱，那些唱词就是诗。所以有的小说索性就叫“诗话”、“词话”。在中国戏曲的各种因素中，唱词占了十分重要的地位，唱词也是一种诗，离开唱词就没有戏曲了。

一种文体与其他文体相互渗透与交融，吸取其他文体的艺术特点以求得新变，这是中国文学演进的一条重要途径。

又如，复古与革新之间的交替与碰撞。这是文学体裁内部的运动，主要

---

① 关于诗赋之间的关系，林庚在《略谈唐诗高潮中的一些标志》中已经提出，见《社会科学战线》1982 年第 4 期，后收入其《唐诗综论》一书，人民文学出版社 1987 年版，第 51～55 页。

② 王国维：《人间词话删稿》，见徐调孚注、王幼安校订《人间词话》(与《蕙风词话》合订)，人民文学出版社 1960 年版，第 226 页。

③ 参看袁行霈《以赋为词——清真词的艺术特色》，《北京大学学报》1985 年第 5 期，后收入其《中国诗歌艺术研究》一书，北京大学出版社 1987 年版，第 354～367 页。

表现在诗文的领域里。魏晋以后文学走上了自觉的道路，文学创作不断自觉或半自觉地进行着革新。在这种情况下，刘勰在《文心雕龙·通变》中专门就文学的通与变，也就是因与革、继承与创新的问题进行了论述，这已经涉及复古与革新的问题。齐梁以来诗歌过分追求声色，出现一些弊病，（梁）裴子野的《雕虫论》予以激烈的批评。初唐的诗人陈子昂又大声疾呼恢复汉魏风骨，成为中国文学史上第一次有影响的复古呼声。陈子昂的复古实际上是革新，促成了声色与性情的统一，是盛唐诗歌达到高峰的因素之一。到了唐代中叶，韩愈和柳宗元又在文的领域内举起复古的旗帜，反对六朝以来盛行的骈文，提倡三代两汉的古文。韩、柳的复古实际上也是革新，是在三代两汉古文的基础上建立一种与“道”合一的新的文学语言和文体。韩、柳之后古文一度衰落，骈文重新兴起，直到宋代欧阳修、苏轼等人再度提倡和写作古文，才确立了古文的不可动摇的地位。

可见，复古与革新两者的互动也是中国文学演进的一条途径。

又如，文与道的离合。这主要是指文学与儒家伦理道德、儒家政治理想的关系。自从汉代确立了儒家思想的统治地位以后，文学和儒家思想的关系一直制约着文学本身的演进。文学或与道离，或与道合，离与合又有程度的不同。此外，道家思想、佛学思想以及反映市民要求的思想又先后不同程度地渗透进来，给文学以不同方向的外力，影响着文学的发展。文学适合儒家思想，出现过许多优秀的作家，如杜甫、韩愈、白居易、陆游等。文学部分离开儒家思想，也出现过许多优秀作家，如陶渊明、李白、苏轼、曹雪芹等。唐代以后围绕着文以“明道”、“贯道”、“载道”有不少论述[①]，“明道”、“贯道”、“载道”之类的说法，与强调独抒性灵、审美娱乐的要求，相互碰撞相互补充。当市民兴起之后，反抗封建伦理道德的思想抬头，在情与理的对立中发出一种新的呼声，从戏曲、小说里很容易听到。这些不同的因素及其互动推进了中国文学的演进。

在文与道或离或合的过程中，中国文学得以演进。

---

① 唐柳宗元《答韦中立论师道书》：“文者以明道。”唐李汉《昌黎先生集序》：“文者，贯道之器也。”宋周敦颐《通书·文辞》：“文所以载道也。”

■ 第三节 中国文学史的分期

三古、七段 文学发展变化的九个方面 上古期
中古期 近古期

如果将中国文学史比作一条长河，我们从下游向上追溯，它的源头是一片浑茫的云天，不可详辨。我们找不到一个起源的标志，也不能确定起源的年代。那口传时代的文学，应当是十分久远的，后来的文字记载不过是对那段美丽梦幻的追忆而已。最保守的说法，从公元前11世纪，也就是《诗经》中的一些诗篇出现的时候起，这条长河的轮廓就已经明朗起来了，后来逐渐汇纳支流，变得越来越宽广。这中间有高潮也有低潮，但始终没有中断过。若论文学的悠久，只有古希腊文学、古印度文学可以与中国文学相比；若论文学传统的绵延不断，任何别的国家和民族的文学都是不能与中国文学相比的。

河流有上游、中游、下游，中国文学史也可以分成上游、中游、下游，这就是上古期、中古期、近古期[①]。三古之分，是中国文学史大的时代断限。在三古之内，又可以细分为七段。

三古、七段的具体划分如下：

上古期：先秦两汉（公元3世纪以前）

　　第一段：先秦

　　第二段：秦汉

中古期：魏晋至明中叶（公元3世纪至16世纪）

　　第三段：魏晋至唐中叶（天宝末）

　　第四段：唐中叶至南宋末

　　第五段：元初至明中叶（正德末）

近古期：明中叶至“五四”运动（公元16世纪至20世纪初期）

　　第六段：明嘉靖初至鸦片战争（1840）

① 郑振铎《插图本中国文学史》也将中国文学分为三期：古代文学、中世文学、近代文学。其所谓中世文学“开始于晋的南渡，而终止于明正德的时代，其时间凡一千二百余年（公元317—1521）。”其所谓近代文学“开始于明世宗嘉靖元年（公元1522），而终止于五四运动之前（民国七年，公元1918年）。共历时三百八十余年。”

第七段：鸦片战争至“五四”运动（1919）

三古、七段说主要着眼于文学本身的发展变化，体现文学本身的发展变化所呈现的阶段性，而将其他的条件如社会制度的变化、王朝的更替等视为文学发展变化的背景。将文学本身的发展变化视为断限的根据，而将其他的条件视为断限的参照。一种根据，多种参照，也许最适合于描述整个中国文学的历史过程。文学发展变化的阶段性可以和社会制度的变化以及王朝的更替相重合，但社会制度的变化或王朝的更替，只是导致文学变化的重要原因，而不是这变化的事实本身。

所谓文学本身的发展变化，可以分解为以下九个方面：一、创作主体的发展变化；二、作品思想内容的发展变化；三、文学体裁的发展变化；四、文学语言的发展变化；五、艺术表现的发展变化；六、文学流派的发展变化；七、文学思潮的发展变化；八、文学传媒的发展变化；九、接受对象的发展变化。三古七段就是综合考察了文学本身这九个方面的因素，并参照社会条件，而得出的结论。以往研究文学史，对文学传媒和接受对象这两方面很少注意，尚不足以对文学的发展变化作出全面的考察。文学传媒和接受对象深刻地影响着文学的创作，实在是不容忽视的。

一、上古期

上古期包括先秦、秦汉。

我们首先注意到中国文学的各种体裁几乎都孕育于这个时期。散文可以追溯到甲骨卜辞；诗歌可以追溯到《诗经》、《楚辞》和汉乐府；小说可以追溯到神话传说，《左传》、《史记》等历史散文，以及诸子散文中的寓言故事；辞赋可以追溯到《楚辞》。骈文中对偶的修辞手法，在这个时期也已出现；就连戏曲的因素在《九歌》中也已有了萌芽。其次，中国文学的思想基础也是孕育于上古期的。特别是儒道两家的思想影响着此后几千年作家的世界观、人生观和价值观。第三，中国的文学思潮以儒道两家为主，儒家注重文学的社会功能，道家注重文学的审美价值，这在上古期也已经形成了。影响着整个中国文学的一些观念，如“诗言志”、“法自然”、“思无邪”、“温柔敦厚”等等，都是在这个时期提出来的。第四，从文学的创作、传播、接受来看，士大夫作为创作的主体和接受对象，文字作为传播的主要媒介，中国文学的这个基本格局也是在上古期奠定的。直到宋代出现了市民文学，才使这个格局发生了变化。

上古期的第一段是先秦文学。在这个阶段，文学的创作主体经历了由群体到个体的演变，《诗经》里的诗歌大都是群体的歌唱，从那时到中国文学史上第一位诗人屈原出现，经过了数百年之久。上古巫史不分，史从巫中分化出来专门从事人事的记录，这是一大进步。而士的兴起与活跃，对文学的发展又起了关键性的作用。先秦文学的形态，一方面是文史哲不分，另一方面是诗乐舞结合，这种混沌的状态成为先秦的一大景观。所谓文史哲不分，是就散文这个领域而言，在讲先秦散文时我们无法排除《尚书》、《左传》、《国语》、《战国策》等历史著作，也无法排除《周易》、《老子》、《论语》、《孟子》、《庄子》等哲学著作，那时还没有纯文学的散文。至于诗歌，最初是和音乐、舞蹈结合在一起的，《吕氏春秋》里记载的葛天氏之乐[①]，以及《尚书·尧典》里记载的“击石拊石，百兽率舞”[②]，都是例证。《诗经》、《楚辞》中的许多诗歌也和乐舞有很大关系。风、雅、颂的重要区别就是音乐的不同，据《史记·孔子世家》，《诗》三百五篇都可以和乐歌唱。《楚辞》中的《九歌》是用于祭祀的与乐舞配合的歌曲。

秦汉文学属于上古期的第二段，秦汉文学出现了不同于先秦文学的一些新的特点。首先是创作主体的处境有了变化，战国时代游说于列国之间的士，聚集到统一帝国的皇帝或诸侯王周围，形成若干作家群体，他们以歌功颂德或讽喻谲谏为己任。如武帝时的司马相如、东方朔，吴王刘濞门下的枚乘、邹阳。这些“言语侍从之臣”正好成为大赋这种汉代新兴文体的作者。与汉代大一统的政治局面相适应，汉代文学以大为美，铺张扬厉成为风尚。与“罢黜百家，独尊儒术”的政策相适应，汉代文学失去了先秦文学的生动活泼与多姿多彩，而形成格式化的、凝重板滞的风格。然而，对于中国诗歌来说，汉代是一个极其重要的朝代。《诗经》那种四言的躯壳到汉代已经僵化了，楚辞的形式转化为赋，汉代乐府民歌却以一种新的姿态、新的活力，先是在民间继而在文人中

① 《吕氏春秋·古乐》：“昔葛天氏之乐，三人操牛尾投足以歌八阕：一曰载民，二曰玄鸟，三曰遂草木，四曰奋五谷，五曰敬天常，六曰达帝功，七曰依地德，八曰总万物之极。”（《吕氏春秋》，陈奇猷校释本，学林出版社 1984 年版，第 284 页）

② 《尚书·尧典》：“帝曰：‘夔！命汝典乐，教胄子。……诗言志，歌永言，声依永，律和声，八音克谐，无相夺伦，神人以和。’夔曰：‘於！予击石拊石，百兽率舞。’”（见皮锡瑞《今文尚书考证》，中华书局 1989 年版，第 82~85 页）

显示了不可抗拒的力量，并由此酝酿出中国诗歌的新节奏、新形式，这就是历久不衰的五七言体。

二、中古期

中古期从魏晋开始，经过南北朝、隋唐五代、宋元，到明朝中叶为止。

为什么将魏晋作为一个新时期的开端，并将魏晋到明中叶这样长的时间划为一个中古期呢？这是考虑到以下事实：第一，这时开始了中国文学的自觉时代，并在南北朝完成了这个自觉的进程。第二，文学语言发生了划时代的变化，由古奥转向浅近。第三，这是诗、词、曲三种重要文学体裁的鼎盛期，它们分别在中古期内的唐、宋、元三朝达到了高峰。第四，文言小说在魏晋南北朝已初具规模，在唐代达到成熟。白话短篇小说在宋元两代已经相当繁荣，白话长篇小说在元末明初也已出现了《三国志演义》、《水浒传》等作品。第五，文学传媒出现了印刷出版、讲唱、舞台表演等各种新的形式。第六，文学创作的主体和对象，包括了宫廷、士林、乡村、市井等各个方面。总之，中国文学所有的各种因素都在这个时期具备了而且成熟了。

中古期的第一段从魏晋到唐中叶。这是五七言古体诗繁荣发展并达到鼎盛的阶段，也是五七言近体诗兴起、定型并达到鼎盛的阶段。诗，占据着文坛的主导地位。文向诗靠拢，出现了诗化的骈文；赋向诗靠拢，出现了骈赋。从“三曹”、“七子”，经过陶渊明、谢灵运、庾信、“四杰”、陈子昂，到王维、孟浩然、高适、岑参、李白、杜甫，诗歌的流程清楚而又完整。杜甫既是这个阶段最后的一位诗人，又是开启下一阶段的最早的一位诗人，像一个里程碑矗立在文学史上。“建安风骨”和“盛唐气象”这两个诗歌的范式，先后在这个阶段的头尾确立起来，作为一种优秀的传统，成为后代诗人追慕的极致。这又是一个文学创作趋于个性化的阶段，作家独特的人格与风格得以充分展现。陶渊明、李白、杜甫，他们的成就都带着鲜明的个性。此外，这个阶段的文学创作，宫廷起着核心的作用，以宫廷为中心形成若干文学集团，文学集团内部成员之间相互切磋，提高了文学的技巧。以曹操为首的邺下文人集团在发展五言古诗方面的作用，齐梁和初唐的宫廷诗人在建立近体诗格律方面的作用，都是有力的证据。在这个阶段，玄学和佛学渗入文学，使文学呈现多姿多彩的新面貌。在儒家提倡文学的政治教化作用之外，玄学家提倡的真和自然，已成为作家的美学追求；佛教关于真与空的观念、关于心性的观念、关于境界的观念，也促进了文学观念的多样化。

中古期的第二段是从唐中叶开始的，具体地说就是以天宝末年“安史之乱”爆发为起点，到南宋灭亡为止。唐中叶以后文学发生了一些值得注意的变化：韩、柳所提倡的古文引起文学语言和文体的改革，宋代的欧阳修等人继续韩、柳的道路，完成了这次改革。由唐宋八大家共同实现的改革，确定了此后的文学语言和文体模式，一直到“五四”才打破。诗歌经过盛唐的高潮之后面临着盛极难继的局面，诗人们纷纷另辟蹊径，经过白居易、韩愈、李贺、李商隐等中晚唐诗人的努力，到了宋代终于寻到了另一条道路。就宋诗与唐中叶以后诗歌的延续性而言，有这样两点值得注意：由中晚唐诗人开始，注重日常生活的描写，与日常生活相关的人文意象明显增多，到了宋代这已成为一种普遍的风气；由杜甫、白居易开创的反映民生疾苦积极参与政治的传统，以及深沉的忧患意识，在晚唐一度减弱，到了宋代又普遍地得到加强。就宋代出现的新趋势而言，诗人与学者身份合一，议论成分增加，以及化俗为雅的美学追求，也很值得注意。作为宋诗的代表人物，黄庭坚与江西诗派具有比较明确的创作主张与艺术特色。苏轼、杨万里、范成大、陆游等也各以其自身的特点，与江西诗派共同构成有别于唐音的宋调。唐中叶以后曲子词迅速兴盛起来，经过五代词人温庭筠、李煜等人之手，到了宋代遂蔚为大观，并成为宋代文学的代表。柳永、苏轼、周邦彦、李清照、辛弃疾、姜夔等人的名字也就永远镌刻在词史上了。唐中叶以后传奇的兴盛，标志着中国小说进入成熟的阶段；而在城市文化背景下，唐代“市人小说”的兴起，宋代“说话”的兴盛，则是这个阶段内文学的新发展。

中古期的第三段从元代开始，延续到明代中叶。从元代开始叙事文学占据了文坛的主导地位，这是具有重大意义的。从此，文学的对象更多地从案头的读者转向勾栏瓦舍里的听众和观众。文学的传媒不仅是写在纸上或刻印在纸上的读物，还包括了说唱扮演的艺术形式。儒生社会地位降低，走向社会下层从事通俗文学的创作，先是适应群众喜闻乐见的文学形式，继而提高这些文学形式，于是出现了关汉卿、王实甫、马致远、高明等一大批不同于正统文人的作家。元代的文学以戏曲和散曲为代表，以大都为中心的杂剧与以温州为中心的南戏，共同创造了元代文学的辉煌，而明代流行的传奇又是对元曲的继承与发展。元末明初出现了《三国志演义》、《水浒传》这两部长篇白话小说，成为这个阶段的另一标志，它们的出现预示着一个长篇小说的时代到来了。

三、近古期

明嘉靖以后文学发生了划时代的变化。这变化主要表现在以下方面：一、随着商业经济的繁荣、市民的壮大、印刷术的普及，文人的市民化和文学创作的商品化成为一种新的趋势；适应市民这一新的接受群体的需要，文学作品的内容、题材、趣味，发生了一系列的变化。同时，在表现正统思想的士大夫文学之外，反映市民生活和思想趣味的文学占据了重要的地位。《金瓶梅》的出现就是这种种现象的综合反映。二、在王学左派的影响下，创作主体的个性高扬，并在作品中以更加强烈的色彩表现出来；在文学作品中对人的情欲有了更多肯定的描述；对理学禁欲主义进行了强烈的冲击，从而为禁锢的人生打开了一扇窗户。汤显祖的《牡丹亭》所写的那种“生者可以死，死可以生”的爱情，便是一种新的呼声。晚明诗文中所表现出来的重视个人性情、追求生活趣味、模仿市井俗调的倾向，也透露出一种新的气息。三、诗文等传统的文体虽然仍有发展，但已翻不出多少新的花样。而通俗的文体显得生机勃勃，其中又以小说最富于生命力。这些通俗文学借助日益廉价的印刷出版这个媒体，渗入社会的各个阶层，并产生了广泛的影响。从以上各方面看来，明代中叶的确是一个文学新时代的开端。

从明嘉靖初到鸦片战争是近古期的第一段。明清易代是一个巨大的变化，特别是对那些汉族士人的震动极其强烈，但清代初期和中期的文学创作基本上沿袭着明代中叶以来的趋势，并没有发生巨大变化。在近古期第一段，文学集团和派别的大量涌现以及它们之间的论争，是一种值得注意的现象。在诗文方面有公安派、竟陵派、神韵派、格调派、性灵派、桐城派的主张和创作实践，在词的方面有阳羡词派、浙西词派、常州词派的主张和创作实践，甚至在戏曲方面也有以“临川派”和“吴江派”为主的两大群体的论争。在不同流派的相互激荡中，涌现出一些杰出的作家，清诗、清词取得不可忽视的成就。值得特别注意的还是戏曲、小说方面的收获。汤显祖的《牡丹亭》、洪昇的《长生殿》、孔尚任的《桃花扇》，共同达到传奇的顶峰。近古期的第一段是白话长篇小说的丰收期，吴承恩的《西游记》、兰陵笑笑生的《金瓶梅》、吴敬梓的《儒林外史》、曹雪芹的《红楼梦》，是这个阶段的巅峰之作。蒲松龄的《聊斋志异》是中国文言小说的一座高峰。

近古期的第二段是从鸦片战争开始的。与明清易代相比，鸦片战争的炮声是更大的一次震动。鸦片战争带来千古未有之变局，从此中国由封建社会沦为半殖民地半封建社会。西方文化开始涌入中国这片古老的土地，而中国许多有识之士在向西方寻求新的富国强兵之路的同时，也寻求到新的文学灵感，成为一代新的作家，龚自珍、黄遵宪、梁启超便是这批新人的代表。与社会的变化相适应，文学创作也发生了变化。救亡图存的意识和求新变于异邦的观念，成为文学的基调。文学观念也发生了变化，文学被视为社会改良的工具，在国民中最易产生影响的小说的地位得到充分肯定。随着外国翻译作品的逐渐增多，文学的叙事技巧更新了。报刊这种新的媒体出现了，一批新的报人兼而具有作家的身份，他们以报刊传播其作品，写作方法也因适应报刊这种形式的需要而有所变化。在古文领域内出现了通俗化的报刊文体，在诗歌领域里提出了“我手写我口”这样的口号。

近古期的终结，也就是中国古代文学的终结，我们仍然划定在“五四”运动爆发的1919年。这是因为“五四”作为一次新文化运动，不仅在社会史上开启了一个新的时期，也在文学史上开启了一个新的时期。在“五四”运动之前虽然出现了一些带有新思想与新风格的作家，但那仍然属于古典文学的范畴。“五四”运动中涌现出来的那批作家才有了质的变化。我们既注意19世纪末以来文坛发生的渐变，更注重“五四”这个大的开阖。“五四”阖上了中国数千年古典文学的门，同时打开了文学的一片崭新天地。

最后要说明的是，三古七段说虽然打破了朝代分期，但我们仍然认为，朝代分期在目前的文学史教学和研究中符合长期以来的习惯，更便于操作。而且，朝代的更换有时也确实给文学带来了兴衰变化，汉之盛在赋，唐之盛在诗，宋之盛在词，元之盛在曲，上文已经涉及。再以唐、宋两代诗文的创作而论，随着本朝之内时间的推移，都有一个从渐盛到极盛再到渐衰的发展过程。其中似乎存在着与朝代兴衰有关的某种原因，值得我们注意。因此，朝代分期自有其不可完全替代的理由。三古七段是我们处理中国文学史分期问题的一种新的视角，我们仍然愿意保留朝代分期（如本书四卷、九编的划分），作为另一种视角，并将二者结合起来，使之互相补充相得益彰。这就是说，我们主张用双视角来处理中国文学史的分期问题。因此，三古七段说更全面的表述是：三古七段双视角。

（据高等教育出版社2005年版《中国文学史（第二版）》第一卷校录）

章培恒与《中国文学史新著·导论》

经典导读

章培恒（1934—2011），生于浙江绍兴。1954年毕业于复旦大学中文系，留校工作。先后任中文系主任，古籍整理研究所所长，教育部人文社会科学重点研究基地复旦大学中国古代文学研究中心主任，国务院学位委员会第二、三、四届中国语言文学学科评议组成员。1996年获复旦大学杰出教授称号。

章培恒长期从事中国古代文学研究，兼治现代文学。自20世纪90年代以来，致力于中国文学古今贯通研究，力倡打破中国古代文学与现代文学的学科壁垒，将古今文学作为有机的整体来加以考察，探寻中国古代文学本身的演化特征和中国文学古今演变的内在联系。其平生治学以严谨而富于创见著称，既注重文献实证，又着眼于原创，成绩卓著，著有:《洪昇年谱》、《献疑集》、《中国文学史》（与骆玉明共同主编）、《中国文学史新著》（与骆玉明共同主编）等。其中《洪昇年谱》荣获上海市第一届哲学社会科学优秀成果著作一等奖；1996年出版的《中国文学史》，被视为最早突破现有文学史研究格局的一部标志性的著作；而2007年出版的《中国文学史新著》，以人性的发展作为文学演变的基本线索，并吸收西方形式美学的成果，着力于文学形式的考察，其独特的研究体系获得学界的高度评价，荣获上海市第九届哲学社会科学研究优秀成果著作类一等奖、上海市第十届哲学社会科学优秀成果学术贡献奖等重大奖项。又自20世纪70年代起，章培恒相继应邀在日本、韩国、美国及中国台湾、中国香港等国家和地区的著名高校从事讲学和学术交流活动，其学术思想和研究成果也在海外产生重要影响，受到更多国外学者的关注。特别是《中国文学史新著》，被译成日文在日本出版（现已出版第一卷）。这是新中国成立以来大型的中国文学史著作首次被译介到国外。

章培恒为《中国文学史新著》撰写的《导论》，不仅是对该书叙述理路与研究方法提纲挈领式的介绍，也是他个人对中国文学发展历史总体认知的一种高度概括。《导论》在开端部分指出："我们的描述基本着眼于在人性的发展制约下的文学的美感及其发展。这既牵涉到文学与人性的关系，也离不开文学的艺术形式。"即总括出《中国文学史新著》一书的论述要旨和基本立场。

文章首先对文学的基本功能作出明确的界说，其重点结合柏格森有关艺术美形成过程的阐释，指出文学的基本功能是将美感带给读者，为读者提供美的享受，而不在于所谓的"教育意义"。并认为，文学的这一基本功能的构成，既有赖于作品蕴涵的感情及根植其中的人性，也有赖于作品的艺术形式。由此，《导论》进一步对涉及有关人性的问题进行讨论。文章认为，在这一问题上，马克思关于"首先要研究人的一般本性，然后要研究在每个时代历史地发生了变化的人的本性"的论述，不仅未否认"人的一般本性"，而且显示，"每个时代历史地发生了变化的人的本性"和前者构成一种既相通又相异的个别与一般的关系。就此而言，文学作品在不同时代、不同阶级的人们中产生感情的共鸣，并引起美感，其基础则是人性的共同点。相较于以往文学史更多注意作品思想意义和社会功能的研究理路，《导论》提出的文学与人性密切相关联的命题，无疑是对传统路径的重要突破，其着重关注的是文学的审美功能，旨在确立起以人性的发展来观照文学演变基本脉络的一种重写文学史的研究立场。因此，文章遂顺这一思路，阐析了文学的发展与人性的发展所构成的难以分割的关系，对不同历史阶段文学的演变特点及人性的状态作了严密而明晰的梳理，凸显了中国文学在历史发展进程中的各个转折点。作者认为，如自汉末建安至南北朝时期，随着个人意识的初步觉醒，执着于自我和美感成为文学中最值得重视的主题，也使之从内容、体裁、表现方法到文学思想皆取得重大成就。再如金、元时期，士大夫中的个人意识较前又有所进展，并受到自宋代以来发展成长的市民力量的影响，其人性状态发生了重要变化；而至元代，对个人欲望的肯定，对个人意志的尊重及自由的追求，均有相应的表现，并接近于近代的人性，这些也反映在该时期诸宫调、诗词、戏剧、小说等不同类型的作品之中。又自明代中期以后，无论如王阳明主观唯心主义哲学的出现，还是如李贽“童心”的提出及对“好货好色”要求的肯定，意味着与元末明初相比其时人性状态的进一步发展，而以《金瓶梅词话》、《牡丹亭》、袁宏道前期“性灵说”为代表的晚明文学新思潮，乃是其相应的产物。《导论》正是通过如此的基本梳理，来强调说明人性本身并非固化，在不同历史阶段呈现不断变化的状态，而文学的发展藉由美感的媒介与人性的发展构成紧密的联系。

与此同时，《导论》又论及关于文学的艺术形式的问题。作者指出，文学作品要感动读者，作为感情依托而具有美感的艺术形式是不可缺少的，而形式与内容本为一体，不可任意分割，综观中国文学的演进历程，艺术形式本身乃经历了一个悠远的发展过程。从《诗经》注重直观性和主观感受，到汉大赋以美作为追求目标之一，倾向客观事物的描摹，再自汉末建安时期始，对美的追求成为诗、赋乃至所有文学作品表现在艺术形式上的重要特征，尤其是从金、元以来，戏曲、小说文学门类中因为虚构性的加强，以至在表现人性、人的精神世界各个方面具有了更大的容量等，即显示了艺术形式不断演进的历程。而艺术形式的逐步丰富和完善，也同样与人性的发展有着密切的关联，成为前者的根本动力。在此，《导论》有关文学艺术形式及其发展历程的阐论，又显然是从另一层面对文学与人性二者关系所作的诠释，或者说，是基于人性的观照视角对艺术形式性质所作的一种新的界说。

不仅如此，还值得注意的是《导论》关于文学史分期问题的解析。长时间以来，以王朝更替作为分期依据是不少文学史著述采用的方法，这种分期法固然有简便明了的一面，但同时也会因此而忽视文学的自然发展过程，难以准确反映文学的演变界限。与通常采用的文学史王朝分期法有所不同，《导论》根据《新著》的文学史分期架构，提出将 19 世纪末之前的中国文学分为上古、中世、近世三个时期，而这一分期的基本框架则更多考虑到了“文学自身的特点”，即各个时期“文学的美学特征”以及与此相关联的人性的发展状态。也鉴于此，《导论》有关文学阶段的划分，脱出了通常王朝分期法的套式，包蕴着作者对文学发展特点及演变轨迹的独到思考和精心梳理。如关于中国文学近世时期的划分，在作者看来，如果说最早集中体现中国现代文学特色的是 1917 年“文学革命”开始的新文学，自 1917 年至 1927 年这一阶段新文学的基本精神则是追求“人性的解放”，那么，文学史上的近世作为现代文学的酝酿期，乃是追求“人性的解放”的文学的前奏，而金末元初则为中国近世文学开端的时间界线，董解元的《西厢记诸宫调》，元好问的诗词，关汉卿、王实甫等人的杂剧，可以视为体现近世文学精神的代表之作。凡此，皆反映了《导论》在文学史分期问题上发前人所未发的新思维。

总之，作为《中国文学史新著》的一篇总纲，《导论》凝聚着作者关于文学史研究的一系列独特思路，尤其是从人性的发展出发探讨文学演变特征的立场，为文学史提供了一种新的研究范式，体现了作者改造乃至于颠覆传统研究模式的鲜明的学术个性。

—— 延伸阅读文献

1. 章培恒、骆玉明主编:《中国文学史》，复旦大学出版社 1996 年版
2. 章培恒、骆玉明主编:《中国文学史新著》，复旦大学出版社 2007 年版
3. 章培恒、陈思和主编:《开端与终结——现代文学史分期论集》，复旦大学出版社 2002 年版
4. 章培恒:《关于中国文学史的宏观与微观研究》，《复旦学报》1999 年第 1 期
5. 章培恒:《关于中国现代文学的开端——兼及“近代文学”问题》，《复旦学报》2001 年第 2 期

（郑利华撰稿）

—— 原文:《中国文学史新著·导论》

经典原文

中国文学史新著·导论

章培恒

■ 一

中国文学史可以有多种写法。我们的工作是以作品本身的演化为依据，描述中国文学的历史。在多数情况下，作家是作为某一作品群的代表而出现在书中的。

我们的描述基本着眼于在人性的发展制约下的文学的美感及其发展。这既牵涉到文学与人性的关系，也离不开文学的艺术形式。

从这样的视角考察的结果，我们把现代以前的文学划分为三个阶段：上古文学、中世文学、近世文学。第二阶段包括发轫、拓展、分化三期；第三阶段则有萌生、受挫、复兴、徘徊、嬗变五时期的区分。

■ 二

读者为什么要阅读文学作品？就多数人来说，是为了获得精神上的享受，寻求愉悦。尽管我国古代也有些文学作品存在“教育意义”，但大部分古代作品都没有；而后者仍拥有广大的读者。

那么，文学作品给予读者的精神享受是怎样形成的呢？这在严肃的美学研究者中早就达成共识：它源于作品所蕴含的美感。上述的所谓“精神享受”，也可说是美的享受。而这就牵涉到了什么是艺术美的问题，当然最根本的还有美是什么的问题。但这在美学研究上迄今并无统一的认识，我们既无力判断各美学流派的谁是谁非，更不能任意采取一种意见作为我们的依据。所以我们在这里只引述柏格森的如下描述，而撇开其为美和艺术美所下的定义。

……艺术家把我们带到情感的领域，情感所引起的观念越丰富，情感越充满着感觉和情绪，那末，我们觉得所表现的美就越加深刻、越加高贵。[①]

关于艺术美形成过程的这种描述，虽然并不全面，但在其所论及的范围内却是正确的。如果艺术家能“把我们带到情感的领域”，我们就能感受到美；至于美的程度，则是由“情感所引起的观念”的丰富程度及其所蕴含的“感觉和情绪”的程度决定的。而艺术家之“把我们带到情感的领域”，也就是使我们“同情那被表达的情感”。[②] 倘若没有这种“同情”，我们是不会被带到艺术家所要带我们去的那种“情感的领域”的。因此，凡是其感情能打动读者的文学作品，也就是能够给予读者以美感的作品；打动得越深，美感也越强烈。然而，美离不开形式。艺术作品之能给人以美的享受，是因为其感情都是通过包含着一定程度的美感的形式而表现出来的。而这样的形式越是自觉的创造性工作的成果，在一般情况下其包含的美感也就越丰富。

总之，文学的基本功能是将美感带给读者，为读者提供美的享受；这也正是广大读者对文学的要求。至于那些兼具启发意义的杰出作品（例如鲁迅的小说），则不但不违背这一基本功能，而且在这方面显示了高度的成就；因为读者在阅读时所获得的丰富观念是“情感所引起”的。倘若离开这一基本功能而去追求文学的教育作用或别的目标，那也就剥夺了文学的生命力。

这一基本功能的构成，既有赖于作品所显示的感情以及处于感情的根底里的人性，也有赖于作品的艺术形式。

■ 三

根据唯物主义原理，文学是社会生活的形象反映，用以反映的工具则是语言。关于后一点，大家都能理解；前一点则曾被误解为作家对于生活只要被动地反映就够了，所以须对之稍加说明。

---

① 见柏格森《时间与自由意志》第一章（《心理状态的强度》），吴士栋译，商务印书馆1958年版，1987年第四次印刷本第12页。

② 见《时间与自由意志》第一章（《心理状态的强度》）第10页。

在这一定义中的“社会生活”，是由广大的人群构成的。人们的行为、思想、感情及其相互关系都包括在其中。如果没有人类的社会生活，就不可能有文学。就此点言，社会生活是第一性的，文学是第二性的；也可以说社会生活决定文学。而在被决定者身上，总这样或那样地反映了决定者的若干特点。同时，“反映”本身也是各色各样的，例如，人在镜子中的映象和在流水中的映象就各不相同，但两者都是“反映”。从准确性看，通常的镜子中的映象较胜；从灵动多姿看，则在流水——乃至被风吹动着的流水——中的映象却更有风趣。何况文学作品中的“形象”（这是与抽象的概念相对而言的）本是由作家哺育而成；没有作家的主体意识，也就不可能有文学的“形象”；作家的主体意识越弱，“形象”也就越平庸。所以，以这一定义为依据，文学创作也并不是作家的被动行为，而是需要高度的主体意识的创造性活动。

文学作品能否打动人，即能否使读者“同情那被表达的情感”，并不取决于它反映了什么，而在于它是怎么写的。在这里起作用的首先是作家的感情。例如，《水浒传》里的潘巧云和迎儿被杀与《儒林外史》里的王三姑娘绝食自杀，都反映了封建社会里妇女的悲惨命运，但作者的感情却截然有别，因而其在今天的效果也就很不一样。

《水浒传》的有关情节如下：潘巧云与人有私情，石秀告诉了她的丈夫杨雄，杨雄酒后流露出要杀她之意，她就反诬石秀调戏她。“石秀却自寻思道：‘杨雄与我结义，我若不明白得此事，枉送了他的性命。’”（第四十五回）接着，石秀杀死了她的情人，与杨雄一起把她和知道内情的丫环迎儿骗至翠屏山，逼问出真情，把她们都杀了。杀潘巧云时尤其残酷。而且，《水浒传》的这种描写实在起着引导读者肯定杨雄、石秀的凶残行为的作用。从而我们在阅读这些段落时，不但不能发生共鸣，反而感到厌恶；当然也就不能有美的感受。

《儒林外史》里的王三姑娘死了丈夫，决心殉节。她的公婆“惊得泪下如雨”，但她的父亲、深受封建礼教之毒的王玉辉却说：“亲家，我仔细想来，我这小女要殉节的真切，倒也由着他行罢。”又对王三姑娘说：“我儿，你既如此，这是青史上留名的事，我难道反拦阻你？你竟是这样做罢。”尽管“亲家再三不肯”，却当不得“王玉辉执意”。他的妻子为此“痛哭流涕”，指责他“越老越呆了”，他反而说“这样事你们是不晓得的”。而当女儿真的死了以后，他还以为“他这死的好，只怕我将来不能像他这一个好题目死哩”，“因仰天大笑道:‘死的好！死的好！’”（第四十八回）在这段将王玉辉与其妻子、亲家的截然相异的态度加以对照的描写中，渗透着作者对王玉辉的憎恶和怜悯：憎恶他的冷酷，怜悯他的愚蠢。因而我们今天读来，仍深受感动。这同时也就是作品带给我们的美感。

杀害“淫妇”和制造“烈女”本是封建礼教残害妇女的两种互为辅助的手段；潘巧云（以及迎儿）和王三姑娘都是被害者。但《水浒传》作者和《儒林外史》作者对这类杀害妇女事件的感情是不同的:《水浒传》作者即使不是拥护，至少也是冷漠;《儒林外史》作者却是悲愤。应该承认，这两部书的作者都善于写实，而上述的两个段落之所以会在今天的读者中引起差别很大的反应，就在于其感情的不同。

像小说这样的文学门类，作家的感情尚且起着如此重要的作用，抒情作品当然更其如此。所以，感情在文学中的巨大意义是必须予以充分估计的。

至于在“怎么写”方面的第二个问题——艺术形式问题，我们将留到后面去叙述。

■ 四

从上面谈到的我们今天对《儒林外史》中王三姑娘殉节的段落的反应，可知读者与文学作品所体现的感情之间的共鸣能够超越时代和阶级；因为吴敬梓乃是封建时期的地主阶级的士人，而我们显然不是。这种超越时代和阶级的感情共鸣，其基础不能不是人性。

但是,《水浒传》的上述段落，在当时大概也引起过广泛的赞赏。证据之一，是冯梦龙所编《古今小说》中有一篇《任孝子烈性为神》，那是一个更残酷的惩罚“淫妇”的故事。这一女人为了掩饰自己的通奸行为，也像潘巧云似的反诬别人，不过其所诬陷的乃是丈夫的父亲；其结果，不但她和情人被丈夫所杀，而且其娘家全家也都无辜被戮。她的丈夫成了疯狂的杀手。而仅仅从标题的“烈性为神”四字就可了解他在作品里受到了怎样的赞美。该书的编者冯梦龙在当时还是思想颇为开明的文人，但却把这样一篇血腥气很浓的小说收了进来，由此可见这种残害通奸妇女的行为在那个时代是得到社会的认同的。

《水浒传》的上述描写的血腥气比起《任孝子烈性为神》来还要淡一些，自然不会招致反感。证据之二，是根据《水浒传》的这一段落改编的京剧《翠屏山》，在中华人民共和国成立前是颇能叫座的经常上演剧目之一，该剧对杨雄、石秀残杀潘巧云、迎儿同样没有加以否定。可见这样的故事直到建国前夕还没有丧失其魅力。换言之，在某种范围内，它也曾经获得过不同时代、不同阶级的人们的感情共鸣；而其基础也仍然只能是人性。

也正因此，文学作品之所以能使读者在感情上产生共鸣，从而在读者中引起美感，其依据虽在于人性，但这方面的情况十分复杂，因而需要略加说明。

从马克思的“首先要研究人的一般本性，然后要研究在每个时代历史地发生了变化的人的本性”[①]的论述中，可以知道：第一，马克思主义并不否认“人的一般本性”。第二，“每个时代历史地发生了变化的人的本性”既然仍被称为“人的本性”，它与“人的一般本性”就只是个别与一般的关系，因而总有其相通点；但又必然有其相异点，因为它已“发生了变化”。第三，人的阶级性乃是“每个时代历史地发生了变化”的“人的本性”在不同阶级身上的体现，所以也都有其与“人的一般本性”相通之处与相异之处。这一阶级的读者可以对另一阶级的作家撰写的作品产生共鸣，这一时代的读者也可从遥远世代的作品中受到感动，其原因正在此。

那么人性演进的线路又如何呢？马克思和恩格斯曾直截了当地说过：“在任何情况下，个人总是‘从自己出发的’……他们的需要即他们的本性。”[②]因此，马克思把“自我克制，对生活和人的一切需要克制”视为对人性的剥夺[③]。这里的所谓“需要”，不仅是维持生命所必需的温饱，而且包括享乐和显露自己的生命力[④]，后者是一个非常广泛的概念。其最终则是达到“每个人的全面而自由

① 见《马克思恩格斯全集》第23卷（《资本论》），人民出版社1972年版，第669页。

② 见《马克思恩格斯全集》第3卷（《德意志意识形态》），人民出版社1961年版，第514页。

③ 见《马克思恩格斯全集》第42卷（《1844年经济学哲学手稿》），人民出版社1979年版，第135页。

④ 马克思和恩格斯指出：“关于享乐的合理性等等的唯物主义学说，同共产主义和社会主义之间有着必然的联系。”“应当……使每个人都有必要的社会活动场所来显露他的重要的生命力。”见《神圣家族》，人民出版社1962年版，第166、167页。

的发展”[①]。这也就意味着：随着社会的发展，个人的需要——包括个人的权利、自由、尊严、快乐、幸福等等——将日渐提高其满足度，最终获得全面、充分的实现，人的个性也必然越来越丰富而强烈。而这样的演进过程，同时又是不断地克服其相反的现象的过程。因为，越是处于生产力水平十分低下的人类社会的早期，个体对于群体的依赖就越严重，甚至离开群体片刻就会被野兽所搏杀。在这样的情况下，个体意识必然受到人类的自觉的压抑，但这仍是“从自己出发”的结果，是为了维护“自己”的生命和最低限度的生活。而在社会的生产力和科学技术水平已能保证满足较高的要求并提供较多的产品的时候，个人“从自己出发的”其他“需要”也就逐步地呈现，人性也就随着发展；如此往复，以至无穷。因此，所谓发展，就社会而言，是保障作为群体基础的个体的不断增长的需要的实现[②]，就人性而言，则是不断地发现、肯定个体的需要并为其实现而努力，在这样的过程中，人性就日益完全，个性也日益丰富，具体人性与“人的一般本性”的差别则日益缩小。

正因人性发展的线路是这样的，我们也就可以理解：对个体需要的否定和对个体生命的虐杀，本来是违背人的一般本性的，假如这些行为在某些历史时期曾为具体的人性所认同，那只是社会限于生产力水平而不得不采取的相应措施所导致的人性的变异。社会生产力水平一旦超越了这一阶段，具体的人性也必随之改变，进而反对这样的行为。所以，今天的读者和观众不能从《水浒传》的虐杀潘巧云的描写和京剧《翠屏山》中感受到美，实在是很自然的事。至于《儒林外史》在反对妇女殉节这一事件上所体现的珍视个体生命价值的精神，则显然是符合“人的一般本性”的，因而仍为今天的读者所接受。

由此可知，“在每个时代历史地发生了变化的人的本性”中，其适应于特定时代的历史条件的部分，是随着历史条件的变化而变化的，文学作品中与此

① 马克思指出：共产主义社会是以“每个人的全面而自由的发展为基本原则的社会形式”。见《马克思恩格斯全集》第 23 卷（《资本论》），第 649 页。

② 关于群体与个体的关系，马克思、恩格斯在《神圣家族》中引述过边沁的如下意见，并认为这是“18 世纪的唯物主义同 19 世纪的英国和法国的共产主义的联系”的实例之一，今转引如下：“你们所人格化了的这种社会利益只是一种抽象：它不过是个人利益的总和……如果承认为了增进他人的幸福而牺牲一个人的幸福是一件好事，那末，为此而牺牲第二个人、第三个人，以至于无数人的幸福，就更是好事了……个人利益是唯一现实的利益。”（见该书第 169、170 页）

相应的感情，也就只能为该时代的读者所接受；但另一部分是与“人的一般本性”相一致的，它可以长久地体现在不同时代的人们身上，尽管其表现形式有所不同。换言之，作品所表达的感情之得以打动读者，从而引起美感，首先是由于在作家和读者之间存在着以人性为基础的共同点。在这种共同点或其中的一部分继续存在时，作品就能继续或在某种程度上打动读者；当这种共同点随着历史的发展、人性的变化而消失时，作品所表达的情感就不再能引起读者的“同情”，从而也就引不起美感了。

■ 五

文学作品与人性的关系既然如此密切，文学的发展也就与人性的发展分不开。

就我国情况来说，在人类早期，我们的祖先由于生产力和知识水平的低下，再加上黄河流域长期、频繁的水灾，不得不极度地自我克制，压抑人性，以求得生存。所以，从上古时期的文学作品《诗经》来看，个体意识尚未觉醒，人们所有的只是个人的朴素的需要和对群体的关心。在涉及前一点时，感情往往是委婉的、收敛的，别说是关系到个体与群体的矛盾，即使是纯粹的个人间的矛盾，也绝不出以剧烈的抗争。在涉及后一点时，虽然也有感情愤激的，但一般是出于对现体制和秩序的爱护，而不是相反。所以，重群体而轻个体的倾向很鲜明。如果衡以霍尔巴赫的“人在他所爱的对象中，只爱他自己；人对于和自己同类的其他存在物的依恋，只是基于对自己的爱”，“人在自己的一生中一刻也不能脱离开自己，因为他不能不顾自己”等观点[①]，这类情况正是对于人性的自我压抑，但那是为了个人的生存所必需的，是历史的正常要求。

从春秋中、后期起，随着社会经济的发展，个人纯粹为群体附庸的局面初步有所变化；老子、孔子、墨子等人似乎有些以群体的指导者自居，但他们的主张都是重群体而抑个体的，所以他们并不是把个体凌驾于群体之上或将两者加以割裂，也没有把个体作为群体基础的意思；他们至多不过把自己视为群体

---

① 马克思和恩格斯曾在《神圣家族》中引述过霍尔巴赫等人的这些观点，并认为其中存在着“同19世纪的英国和法国的共产主义的联系”。见《神圣家族》第169~170页。可见马、恩并不认为这些观点是错误的。

中最优秀的一分子，含有显示个体的生命力的要求。

战国时期，屈原作品之能够在将个人奉献于群体的前提下追求自身的价值，坚持自己的选择，一方面固然由于南北方文化的差异，同时也与人性发展的上述现象有关。至于宋玉作品之重在“自怜”（《九辩》），同样也是对自身的重视，只不过没有采取屈原作品那种激昂的形式而已。

到了秦汉，随着中央集权的专制独裁政体的建立，思想统制的加强，除了作为独裁者的君主可以随心所欲以外，包括上层阶级在内的个人所受的压迫较前严酷，但经济的进一步发展又使人觉得个体对群体的严格依附并无多大的必要。汉宣帝时的杨恽声称“人生行乐耳，须富贵何时”（《报孙会宗书》），也就意味着个人不依附统治集团——群体的代表——以取得富贵，仍然可以快乐地生活。尽管杨恽因这些不驯的话最终招致了腰斩的悲惨结局，但专制独裁并不能扼杀个人对自身的重视，这种意识仍在夹缝中生长。大致说来，要求建立功名以显示个人的生命力依然是重要的一环，这也许是先秦诸子以及屈原的传统；但由于压力的沉重，也常转化为进一步的“自怜”和追求享乐的形式，在某种特殊的情况下则转化为反抗。所以，汉代的文学有几个很值得重视的现象：第一，文学中对个人生命的意义与价值的思考、对人生短暂的悲慨都加深了，对个人情感的抒发较前细腻，对个人命运的关心也较前加强。最后一点还影响到汉代叙事文学的兴起。第二，文学中的享乐意识有所抬头，供享乐——精神享受——之用的文学形成，那就是体物大赋与故事赋。第三，显示个人反抗性的作品开始出现。

自汉末建安（196—219）至南北朝时期，个人意识有了初步的觉醒，在南方尤其如此。由于经济的力量这一基本原因，君主的专制独裁政权不得不有所改变，君主独占的权力中的一部分交由士族阶层分享。特别在晋室南渡以后，君主必须取得士族的支持才能巩固其地位。由此，出现了一个相对自由的阶层。在这个阶层里，追求自身的价值、个性的自恣、精神的超越成为相当普遍的倾向，执着于自我和美感也就成了文学中最值得重视的主题。这是我国文学在各个方面——从内容、体裁、表现方法到文学思想——都取得重大成就的时期。

自南北朝统一直至唐代天宝末年（755），南朝那样的士族阶层及其特权虽已不复存在，但他们那种尊重自我的精神却在广大的士人中扩散，连看来颇受儒家思想熏陶的杜甫都以“清狂”来形容自己青年时期的生活[①]；而“清狂”也正是以前的士族个性自恣的表现形态之一。当然，唐朝士人的尊重自我的精神与士族阶层的相较，在某些方面有所削弱，在君主权力和位高权重者之前的自卑成为较常见的现象；但唐代士人的人数远远超过士族阶层，因此，尊重自我的精神有了较前广大的社会基础。同时，由于唐代士人没有士族那样的特权和物质条件，也即没有天然的优越性，他们的追求自我价值偏重于显露自己的生命力，以建功立业来超脱凡俗，与士族的偏重于心灵的超越有别。从而在文学题材上多着眼于现实的社会生活及其与个人理想的冲突，不同于士族文学的沉湎于脱俗的心灵，但就其文学思想及创作实践来看，实是魏晋南北朝文学传统的继续和发展，在原有成就的基础上达到了新的高度。

从那以后，随着安史之乱的爆发和蔓延，藩镇的跋扈，五代十国的割据，乃至北宋的国势衰弱，南宋的北方沦陷，士大夫被推上了尴尬的处境。在这样的社会危机面前，只有牺牲众多个体的利益，壮大群体的力量，才能克服重重困难。这就要求加强社会规范，克制自我；但精神发展的定势又难以逆转。所以，自中唐时期起，在士大夫中有一部分人开始了复兴儒学的努力，强调“仁义”；但另一部分人仍沿着尊重自我的方向前进，强化了与群体的矛盾，由与群体的疏离，进而将自己的感情世界放到了更为突出的地位。同时，以商人和手工业者为主体的城市居民的俗文化，从中唐时期起也逐渐对士大夫产生影响，这更使他们的尊重自我逐渐向世俗的欲望方面倾斜。但这两部分士大夫并非截然对立，且有相互吸收之处；甚至像韩愈那样倡导儒学的人，也存在着服药以满足欲望的一面。所以，从中唐时期起，不但在士大夫阶层中出现了分化，连士大夫个人——特别是一些尊崇儒学的士大夫——也有发生分裂的。因此，在中、晚唐的文学中，既有白居易等人的新乐府、韩愈的古文运动，力图使文学成为群体的喉舌，也有李贺与李商隐那样使诗歌进一步回归内心、孟郊那样从自我出发斥责社会的作家，连白居易也写作了“有风情”的诗。大体说来，在后一类文学中，对个体——不仅是作家自我，而且包括作为个体的其他人——的关心加强了[②]，对心灵世界的体会更趋细腻、丰富，对爱情的歌唱更为

---

① 见杜甫《壮游》：“放荡齐赵间，裘马颇清狂。”那是指他青年时期的漫游生活。

② 例如唐蒋防《霍小玉传》所显示的对霍小玉的同情，显然是对于作为个体的人的关心，而霍小玉并非作者自我。

热烈，作品中的欲望也日渐注入了世俗的内容。

上述的分化在五代时期暂告中止，儒学的复兴停顿了，新乐府、古文运动的声音听不见了。享乐生活、男女之恋、人生的悲哀——离情别绪、凄凉孤独、生命短促等等——成了文学中常见的主题。这是中晚唐文学中尊重自我的倾向与城市居民的俗文化结合的产物，有助于文学的进一步贴近人生。它主要体现于词这种文学门类中。

但五代只是中国历史的一支短小的插曲。宋王朝成立后，儒学的势力日渐抬头，终于形成程朱理学，以“存天理，去人欲”的主张抹煞个体的人的欲望。在文学上占据主流地位的诗也处于儒家思想的笼罩下，执着于自我的、感情热烈的作品极其罕见。但宋代的词却不但继承了唐五代词的传统，并且发展到了新的高度。以北宋的作品来说，对爱情的歌唱，对人生悲哀的倾诉，对美的追求，都能撼动人的心灵。这是一个纯粹以自我为中心的世界，它所展示的是人性的独特的表现形式，因而其感情在在与普通人相通。倘若要了解人性在北宋时期的状态，词实是最好的读本。但如果把同一人——例如欧阳修——的诗和词比较一下，我们就会发现两者存在着很大的差别。这是因为诗被认为是高尚的文学，作者不敢掉以轻心，必须处处严格要求自己，不越儒家思想的定规；词则是供酒宴间歌唱用的，不登大雅之堂，作家可以自由挥洒，不必考虑自己的身份。这种诗词分流的情况，说明中唐时期开始的士大夫的自我分裂，到宋代成了普遍的现象。到了南宋，词逐渐进入了文学的殿堂，因而作品中言不由衷的门面话也多了起来，但仍然产生了辛弃疾那样的词人，在作品里显示了实现自我价值的强烈的渴求，以致陈廷焯说：“稼轩有吞吐八荒之概，而机会不来，正则可以为郭、李，为岳、韩，变则即桓温之流亚，故词极豪雄而意极悲郁。”（《白雨斋词话》卷六）在封建社会里，东晋桓温是被作为逆臣的（《晋书》即把他列入“叛逆”），可见辛弃疾的悲慨实在不是为了忠君爱国，而是为了个人理想的破灭。总之，到了宋代，尽管有理学的出现，但个体的欲望——从男女之情到政治抱负——却在暗暗地滋长起来。宋词的成就，就是与这种人性演进的状态相关联的。而且，在南宋时期还出现了陆象山的心学，鼓吹“我心即是宇宙”，公然与程朱立异；到明代中期经过王守仁的推衍，终于成为一股与程朱对抗的思潮。

在金、元时期，士大夫中的重视个人的意识较前又有所进展，其下层士人并进一步与市民相结合。这主要是因为市民力量从宋代起已有了令人重视的发展，其生活方式和观念已开始对一部分士人发生影响，加以在金元时期的少数民族的君主统治下，汉族士大夫地位下降（在元代尤其如此），这对推动部分士人依靠市民来谋生，并参与市民的俗文化的创造也起了一定作用。由此，市民的俗文化的水平固然得以提高，士大夫的意识和感情也进一步受到了市民的影响——从下层逐渐向上推移，从而金、元的人性状态发生了重要变化。到了元代（甚至有延续到明初的），对个人的欲望（饮食、男女、富贵、享乐等等）的肯定，对个体生命力的颂扬都到了违背伦常也在所不恤的地步，对个人意志的尊重和对自由的追求均有相应表现，这些显然也接近于近代的人性。董解元的《西厢记诸宫调》，元好问的诗词，王实甫、关汉卿等人的杂剧，《三国志通俗演义》、《忠义水浒传》等长篇小说，杨维祯、高启的诗，就是这一时期里的不同阶段的人性状态的体现。

然而，在朱元璋统一全国以后，在打击经济富庶地区、富民和工商业经济的同时，重建了专制独裁政体，并说元的统治太宽松了，他的统治必须严酷[①]。明成祖在这方面比他并不逊色。程朱理学在思想界取得了统治地位，人性遭到扼杀。文学界也一片黯淡。到明代中期以后，工商业逐渐复苏，市民力量也逐渐抬头。于是先有王守仁的主观唯心主义哲学出现，继承并发展陆象山之说，以个人的“心”作为宇宙的本体，这是一种可以与尊崇自我的观点相通的意见。其后李贽在这基础上进而提倡“童心”，反对以儒家思想和各种传统观念对它加以戕害，并肯定“好货好色”等等要求，这实际上是从物质欲望和精神要求两个角度来阐释人性，企图使它从程朱理学束缚下得到解放。这也意味着当时的人性状态较元末明初有了进一步发展。以《金瓶梅词话》、《牡丹亭》、袁宏道前期“性灵说”为代表的所谓晚明文学新思潮正是这种人性状态下的产物。而晚明文学新思潮实可视为“五四”新文学的先声。本书在论述该部分时将作具体说明。

晚明的新思潮（包括哲学上的和文学上的）在明末清初虽有一个停滞的时期，但并未出现像朱元璋统一全国后那样的倒退。从思想方面来说，有金圣

---

①《四部丛刊》影印明隆庆本《太师诚意伯刘文成公集》卷一《皇帝手书》：“胡元以宽而失，朕收平中国，非猛不可。然歹人恶严法，喜宽容，谤骂国家……”联系上下文，其所谓“猛”，即指“严法”。

叹、廖燕等继续李贽的传统，在文学上则有吴伟业、王士禛等人仍能坚持自我。到了乾隆时期，戴震在哲学上反对以“理”杀人，袁枚在文学思想上标举“性灵”，曹雪芹写作小说《红楼梦》，分别恢复了李贽、袁宏道、《金瓶梅》的传统。这也就意味着从明末到乾隆时期，我国的人性状态似乎并未逆转，只是在某些方面有所收敛。及至龚自珍出现，提出“众人之宰，非道非极，自名曰我”的观点，并把“我”作为宇宙的创造者（《壬癸之际胎观第一》），这就已跟后来鲁迅在《摩罗诗力说》里的主张“任个人而排众数”相接近了。而他的反对束缚个性的《病梅馆记》，也显然为“五四”新文学作品《花匠》的先声[①]。

从以上的叙述，可见人性本身就并不是凝固不变的，它一直处在发展的过程中，而文学的发展又通过美感的媒介而与人性的发展存在紧密的联系。至于我国古代文学的发展趋势，则是以体现现代性的文学——与“五四”新文学的性质相类似的、以追求“人性的解放”为核心的文学[②]——为不可避免的指向的。当然，如果没有域外的营养，要从龚自珍发展到“五四”新文学那样的文学，必须经历较长的时间。

■ 六

除了感情以外，文学作品藉以打动人的另一主因是其艺术形式。但这两者在作品中是无法分拆的，只是我们在进行阐述时，不得不分开来说而已。

在这里，首先要明确文学形式的概念。先看实例：

> 剑外忽传收蓟北，初闻涕泪满衣裳。却看妻子愁何在，漫卷诗书喜欲狂。白日放歌须纵酒，青春作伴好还乡。即从巴峡穿巫峡，便下襄阳向洛阳。（杜甫《闻官军收河南河北》）

---

① 鲁迅所选《中国新文学大系·小说二集》，先收他自己的作品，接着就是俞平伯的《花匠》。至于《花匠》与《病梅馆记》的关系，参见本书论述龚自珍的部分。

② 鲁迅把“文学革命”开始以来的第一个十年的新文学概括为“要求”“人性的解放”的文学，见其《且介亭杂文·〈草鞋脚〉小引》。

锦瑟无端五十弦，一弦一柱思华年。庄生晓梦迷蝴蝶，望帝春心托杜鹃。沧海月明珠有泪，蓝田日暖玉生烟。此情可待成追忆，只是当时已惘然。（李商隐《锦瑟》）

若问这两首诗的形式是什么，也许有人会脱口而出：“是七律。”但七律只是这两首诗的体裁；它对作品的形式起到某些制约作用，却不等于作品的形式。如就这两首诗来说，那么，其形式就分别是自“剑外”到“洛阳”、自“锦瑟”至“惘然”的各五十六个字。所以，形式乃是由作品的语言所构成的体系。而作品的内容（包括感情）则不但是由形式所体现，而且形式的变动必然会影响内容本身。例如，倘将陈子昂的《登幽州台歌》“前不见古人，后不见来者。念天地之悠悠，独怆然而涕下”改为“前既不见古人，后亦不见来者，余念天地之悠悠，因独怆然而涕下”，诗的原意毫无改变，但诗的气势却松懈了，原来所具有的那种压得人喘不过气来的感情力量也削弱到近乎消失了。在这样的情况下，还能说作品的内容是与原先一样的吗？由此可见文学作品的内容和形式是不可分割的。以前，曾有研究者把文学作品的内容与形式比作酒与酒瓶的关系，实在并不确切，因为酒与酒瓶是两种不同的事物，可以任意分离。

正因如此，形式的包含面非常丰富。这里，我们只能就形式演进的一些原则问题稍加说明。

我国最早的一部文学作品是《诗经》，所收诗歌上起周初，下讫春秋中叶，均系以四言为主的抒情作品。从这里我们可以看出构成艺术形式的两项基本原则：注重直观性和注重主观感受。这是由我们民族早期的思维特点所决定的。

《诗经》中的作品采用得最多的是直叙其事的方式，这些叙述多数都具有直观性。即使像《芣苢》那样极其简单的诗，也是如此[①]。但有些事物是很难通过这样的叙述方式而达到直观性的要求的，于是就有“比”（比喻）、“兴”（象征）的手法。如《关雎》的“参差荇菜，左右流之；窈窕淑女，寤寐求之”，其前两句是用来象征“君子”对“淑女”的追求的（“流”是求取之意）。因为这种追求过程很难用简短的诗句具体说清楚，而在当时的农业社会里，采荇菜的情况大家都熟悉，读者见到这两句就会恍然大悟：“哦，君子追求淑女，原来

① 参见本书第一编第二章第二节的有关论述。

是这样地辛苦而努力！”这也就增加了叙述的直观性。至于“比”，也具有这样的作用，如《硕人》写妇女之美，有“螓首蛾眉”的话，用当时人习见的螓和蛾来比拟其头部和眉毛，也是为了使读者通过联想而对其“首”、“眉”有较明晰的了解。

不过，在这里也就出现了另一方面的问题：采荇菜与追求“淑女”有多少相通之处呢？头部像螓，眉毛似蛾，到底是怎样的一种形状？其共同点究竟何在？所以，在这样的句子中，作者告诉读者的，只是他的主观感受，并不一定含有客观上的确切性。换言之，在这里体现了注重主观感受的原则。这倒不是把主观置于客观之上，而是没有意识到主观感受并不都符合客观实际。

这种注重主观感受的特色，还表现在《诗经》的如下两点：第一，《诗经》都是抒情诗，也即都是抒发主观感受的诗；第二，《诗经》中的其他手法，如假想和对比、语词的选择和调配、复沓方式的使用、自然景色的描写等，都是用来强化和烘托其感情的[①]。

在《诗经》中就已出现的这两个基本原则，对中国文学的艺术形式的构成长期起着极其巨大的作用。不过，由于《诗经》是我国最早的文学作品，还只能朴素地显示这些特色，尽量地运用自然的、现成的事物，而很难看到再创造的迹象。具体地说，在抒发主观感受方面，作者只是把那些最使自己感动的事情和景物写入诗中，而没有对这些东西重新塑造；其所蕴含的，是一种朴素的美。在呈现直观性方面，也是尽量择取其对象中的具有直观性的事物，或以比、兴的手法，择取别的具有直观性的事物来代替，同样不进行重新塑造的工作。即使如《秦风·蒹葭》那样的优秀之作，其“溯洄从之，道阻且长。溯游从之，宛在水中央”之句，虽似运用象征的手法，但其实不过是不惯使用舟船的秦地人民面对着三面皆水，只有一面可在陆上通行却又道路险阻的“伊人”居处时的慨叹；这样的居处也许并非写实，因而显示了丰富的想象力，但尚未达到在现实事物的基础上加以再创造的高度。

《诗经》以后的屈原和宋玉的作品，在继承这两个原则的基础上，有了重要的发展。第一，屈原运用大量的比兴手法，不仅是为了加强直观性，而且是为了强化其感情。例如《离骚》中写他的欲见天帝而为阍者所拒，三次求女都

① 参见本书第一编关于《诗经》部分。

告失败，欲出国追求理想的实现而最终不忍远行，全都出以象征的手段，也杂以比喻，富于直观性；但更重要的是：在这样的描写里，他的痛苦、抗争、渴望显得更为强烈而感人。由此，比、兴的重要性就得到了极大的提高，成为中国诗歌表现、强化感情的主要方式之一。第二，屈原在表述其感受、追求直观性时，已经离开了以择取自然、现成的东西为主的方式，而进行再创造；其所凭借的，则是幻想和虚构。在《离骚》最后写他即将离国远行的一段，这一特色最为突出。从此以后，我国的文学超越了朴素的方式，进入了新的阶段，并显示了虚构的能力，尽管我国的虚构性文学作品（戏曲、小说）出现很晚。第三，屈原和宋玉所写的虽然仍是抒发主观感受的作品，但在这前提下开始注意对景物的客观描写。屈原的《招魂》和宋玉的《九辩》在这方面都有代表性。试以《招魂》中写美人的部分或以《九辩》中写自然景色的部分与《诗经》中的相关描写加以比较，其区别就很明显[①]。

汉代的文学以赋——特别是大赋——为主，在形体上是楚辞的演化。它在文学史上的最大贡献，在于第一次把美作为自己的追求目标之一，并以描摹客观事物为主，打破了诗歌以抒发主观感受为限的格局。但其中仍含有幻想、虚构的部分，例如司马相如所写《上林赋》中的有些植物，是上林苑中根本没有的[②]。可见汉代大赋既继承了屈、宋作品中描写客观景物的传统并加以发展，也未能摆脱屈赋中的幻想、虚构的影响。

与此同时，汉代的诗歌与散文也有重要成绩。在诗歌方面，除吸取先秦诗歌中原有的五言成分，演变而为五言诗以扩大其表现力外，并继承、发展了屈原、宋玉作品中以比兴来强化感情和描摹客观景物等手法，来抒写人生的感慨，将抒情诗提到一个新的阶段。又逐渐增加抒情诗中描摹客观景物的部分，以致发展成为叙事诗。从此，中国诗歌出现了抒情、叙事分流的局面，虽然仍以抒情为主。在散文方面，由于《史记》的出现，中国的叙事文学正式形成。由这一点说，汉代可说是中国文学的体物、叙事时代。

---

① 以写美人来说，《诗经》的《野有蔓草》等都极简略，《硕人》虽较繁富，但以比喻为主，非客观的描写；《招魂》则以客观描写为主，又远较《诗经》的丰富细致。又，《诗经》中写自然景色的，都是就一二事物作粗线条的勾勒；《九辩》不仅写自然景物处较多，且较《诗经》为细。

② 见本书第二编中论述司马相如辞赋的部分。

从汉末建安时期起，汉代大赋中的对于美的追求逐渐扩大而成为诗、赋乃至所有文学作品的追求目标，在一部分文学家中并成为文学的唯一目标。所以，这在文学上是一个特别热衷于追求美的时代，它一直延续到天宝末年。这时期在文学形式上的许多创新以及在艺术手段上的重大进步（参见第三编《概说》的有关部分）都是从美的追求出发的。而就基本原则来说，则仍是屈原、宋玉传统——以抒发主观感受为主，在这前提下注重客观的描写——的新发展。具体地说，就是在吸收汉代辞赋、诗歌的有关成就的基础上，对客观对象——无论自然景色、女性、游侠、歌舞或其他事件——力求作生动、细腻的描写，但这一切都是为了抒发诗人自己的心灵或表现他的某种感受（包括美感）。

自中唐开始直到宋末，文学在形式上的进步，第一在于作家对人的感情的挖掘与描写越来越深入、细致，从而追求一种更为适合的载体，并导致词的繁荣。其次在于抒情能力的不断提高，情景进一步融合：一方面在意象的营构中主观进一步驾驭甚至改造客观，同时又使读者感到其具有高度的客观真实性，张继的“月落乌啼霜满天”（《夜泊松江》[①]）就是这样的名句（霜不是从天上降下来的）；另一方面逐渐出现了抒情、叙事混合的特点——就作家自述其情这一点来看，固是抒情，就其所写的深、细来看，又似叙事。如柳永《雨霖铃》的上片：“寒蝉凄切，对长亭晚，骤雨初歇。都门帐饮无绪，留恋处，兰舟催发。执手相看泪眼，竟无语凝咽……”视为抒情或叙事均无不可。这就在形式上为代言体的戏剧——杂剧和后来的传奇——的出现准备了条件。第三是有意识的小说创作的产生。这里首先要注意的当然是唐传奇，其源头纷繁殊甚[②]，但它是我国文学长时期发展的产物则无疑义；其次是民间的“说话”。这两者在流传的过程中逐渐地结合，终于成为艺术水平较高的一个品种。

也正因此，从金、元以来，戏曲、小说遂成为那个时代最值得重视的文学门类。这是因为它们大力加强虚构，从而在表现人性、人的精神世界及其内部的冲突，人的追求、抗争及幻灭等各个方面都具有了远远大于以前的文学样式的容量，适合金、元以及明代中、后期开始的文学所要表现的内容；而中唐

---

① 此诗之现存者最早见于《中兴间气集》，题为《夜泊松江》；今通作《枫桥夜泊》，并非原题。本书所引均据《中兴间气集》。

② 参见本书有关唐传奇的部分，此处不赘述。

至宋末的文学发展固已为它们的兴起打下了基础，中国文学从先秦以来的注重直观性、注重主观感受与感情，汉代以后的重视对对象的客观描写，也都为金、元以后的戏曲、小说的发展提供了丰富的养料。加以“五四”新文学也以小说、戏剧为大宗，它们就成了中国古代文学各门类中与新文学距离最短的环节。

总之，文学要感动人，离不开文学的艺术形式；没有美的艺术形式，感情就无所依托。而艺术形式本身又必然有其悠远的发展过程；没有长期的积累，很难突然出现较美好的艺术形式。

不过，艺术形式的逐步丰富与完善，其最根本的推动力，仍是人性的不断发展。由此所导致的感情的不断丰富、细致、强烈及其相互冲突的更为尖锐、急剧，也就要求并推动其表现形式不断作出相应的调整。

■ 七

现在，回过头来说一说本书的分期问题。

在西方的文艺复兴时期，彼特拉克[①]把历史划分为古代、中世纪和近代三个时期。这种分期法不但在西方被长期沿用，在日本明治维新以后，这种分期法也用来划分日本乃至中国的历史时期。不过，日本学者考虑到东方的特殊情况，在中世至近代之间又划出了一个近世期，而“近世”与“近代”的英译都是 modern age。今以日本辞书《广辞苑》的相关解释——那是日本学术界的一般意见的反映——为例：“近世（modern age）：历史的时代划分之一。承续于古代、中世以后的时期。在广义上与‘近代’同义，就狭义言则与‘近代’有别，多指其以前的一个时期。一般在西洋史上指文艺复兴以降，在日本史上特指相当于封建制后期的江户时代（也有包括安土桃山时代的）。”“近代（2）

① 彼特拉克（Francesco Petrarca，1304—1374），意大利诗人，人文主义的先驱之一。他在把西方历史划分为古代、中世纪和近代时，把中世纪作为人类历史发展的中间期，是黑暗、愚昧的时期，近代则是打破中世纪的黑暗、愚昧，复兴古代文化的灿烂的时期。以后的西方学者虽然采用了古代、中世纪、近代的历史分期法，但对中世纪逐渐有了新的看法，认为在中世纪也存在着推动文化发展的一面。

(modern age):历史的时代区分之一。广义上与‘近世’同义,一般系就承续于封建社会以后的资本主义社会而言,在日本史上通常指称明治维新至太平洋战争结束的时期。”①日本学者不仅将这样的历史分期法用于日本史的研究,而且也用于研究中国史,包括日本的文学史和中国的文学史。从20世纪初开始,中国学者所撰的《中国文学史》(包括郑振铎先生的《插图本中国文学史》)很多都接受了这样的分期法;但对于中国中世文学的起讫时间(包括近世文学的开始时间)的意见则不尽一致。当然,也有些学者不使用这样的分期法而使用王朝分期法,例如刘大杰先生的《中国文学发展史》和20世纪50年代以降的若干中国文学史著作(包括章培恒、骆玉明主编的,1996年由复旦大学出版社出版的《中国文学史》)。

这种古代、中世、近世、近代的分期法,是与把人类社会的历史划分为原始公社时期、奴隶制时期、封建制时期、资本主义社会时期的学说相应的。尽管历史学界现在已有新的分期法(例如分为农业文明时代和工业文明时代)出现,但以此为参照来划分中国文学史的时期至少在目前还存在太多的困难,而且历史学界迄今也尚未在这方面取得共识。所以我们对于中国文学史的分期采用了古代、中世、近世、近代的划分法。因为一则这较之王朝分期法更能反映时代的特色,再则由于中国封建社会的漫长,在封建制时代再分出一个近世期是合理而必要的。不过,汉语在习惯上常将“古代”作为“现代”以前的时期的统称,为了免于误解,我们把中国文学史分期中的“古代”改称为“上古”。

当然,这样的分期法本身仍然“不是依据文学自身的嬗变规律”(见《原序》所引孙明君先生语)来制定的。所以我们在对中国文学史上的这几个时期加以说明时,同时还必须述及各时期的文学情况。以下就是我们的说明。

上古时代是以奴隶制(及其以前的原始公社制)为基础的时期,其下限似应划在封建制形成的前夕。尽管春秋战国之交常被作为我国封建制开始形成的时期,但直到秦始皇建立集权的大帝国之后,专制独裁的封建政体的实质才充分显示出来并影响到文学。在这以前,我国的思想和文学都还处于较自由的时期。虽然重群体而抑个体已成为根深蒂固的观念,在仅仅涉及个人利益时,感

---

① 分别据日本新村出《广辞苑》(岩波书店1979年10月第二版补订版)第603、604页相应条目译出。

情都较克制，但那原是在严酷的自然条件下为了求得生存所必需的，以后又作为传统而延续下来，并不是严酷统治的结果。相传周厉王曾命卫巫监视民众，不让他们发表不利于自己统治的言论，最后反而被推翻（见《国语·周语》），可见当时还不具备严酷统治的条件。而在秦始皇统一全国后，就建立了十分严厉的思想统制；代秦而起的汉王朝开始时在思想上尚较宽松，到汉武帝时又以罢黜百家、独尊儒术的方式继续对思想进行严格的控制。而且这种以儒学作为唯一统治思想的政策，虽然中间有所变化，但在宋代和明、清仍然继续执行，足见其影响的深远和巨大。参照欧洲中世纪的情况，我们把秦、汉作为我国中世文学的开始，而把秦始皇统一以前的时期作为文学上的上古时代，想来尚无大谬。

至于从文学本身的情况来看，那么，上古文学也可说是我国文学的自发阶段。正如我们在前面已说过的，文学的基本功能是给予读者以美感；上古时期的文学作品虽也有符合这条件的，但却显然不是作家自觉追求的结果。这点我们将在本书第一编《上古文学》的《概说》中进一步加以说明。

我们将秦至东汉建安以前的文学作为中世文学的发轫期，一方面固然因为秦汉是中世的开始，另一方面也因这是我国文学从自发走向自觉的过渡阶段。汉代文学的主流是赋，汉宣帝对赋所作的如下评价很能代表当时的意见："'不有博弈者乎？为之犹贤乎已。'辞赋大者与古诗同义，小者辨丽可喜，譬如女工有绮縠，音乐有郑卫，今世俗犹者以此虞说（娱悦）耳目，辞赋比之，尚有仁义风谕、鸟兽草木多闻之观，贤于倡优博弈远矣。"（《汉书·王褒传》）他已认识到辞赋的审美功能，也即所谓"女工有绮縠"，这与后来萧绎在《金楼子·立言》里以"绮縠纷披"来形容文学之美有其相通之处；但另一方面，他又强调"仁义风谕、鸟兽草木多闻之观"，那却已经是非文学的功能了。所以，汉代虽已意识到了文学的审美功能，但却还没能真正认识文学的实质。

文学的进入自觉时期，是从建安间曹丕提出"诗赋欲丽"（《典论·论文》）开始的；到《金楼子·立言》提出"至如文者，惟须绮縠纷披，宫徵靡曼，唇吻遒会，情灵摇荡"，这才对文学的审美功能及其与非文学的区别有了较成熟的理解。与此相应，从建安时期直到唐代天宝末期，文学创作一直向上发展，在各方面都取得了重要成就，所以我们把这一时期作为中世文学的拓展期。由于自中唐至宋末的时期文学上发生了分化，一部分作者遵循前一阶段文学发展的航向继续向前推进，另一部分作者则企图后退，甚或在同一作者身上分别具有这两种倾向（见本书第二编相应部分），所以我们把它定为中世文学的分化期。当然，其结果是文学仍然前进，不过行进迟缓而已。

所谓近世，乃是中国封建制的后期。中国历史上的近世时期应从何时开始，在历史学界存在不同看法；但作为中国文学史上的近世，我们认为必须考虑到文学本身的特点。正与历史发展中的近世乃是近代——或称现代[①]——的酝酿期相似，文学史上的近世也应是近代——现代文学的酝酿期。如所周知，最早集中地体现了中国现代文学的特色的，乃是由“文学革命”开始的中国新文学。鲁迅在1934年所作的《〈草鞋脚〉小引》中早就指出：“最初，文学革命者的要求是人性的解放，他们以为只要扫荡了旧的成法，剩下来的便是原来的人，好的社会了，于是就遇到保守家们的迫压和陷害。大约十年之后，阶级意识觉醒了起来，前进的作家，就都成了革命文学者。”（《且介亭杂文》）文中所谓的“文学革命者”——包括鲁迅自己在内——就是1917年“文学革命”开始以来投身于新文学的人们。由此而言，从1917年到1927年的新文学的基本精神就是追求“人性的解放”。这既是“文学革命者”的奋斗目标，同时也就是这一阶段新文学的特色所在。正因中国现代文学最早阶段的特色最集中的体现就是追求“人性的解放”，作为中国现代文学酝酿期的近世文学，也就应该是追求“人性的解放”的文学的前奏。尽管有人认为新文学乃是在西方文化影响下中国的文化（含文学）传统断裂的产物，但也正如鲁迅所指出的：“新主义宣传者是放火人么，也须别人有精神的燃料，才会着火；是弹琴人么，别人的心上也须有弦索，才会出声；是发声器么，别人也必须是发声器，才会共鸣。”（《热风·随感录五十九“圣武”》）当时的中国如不是已具备了接受西方文化影响的基础，西方文化又怎能产生影响？所以，新文学其实是中国文学自身发展的必然结果，西方文化的影响只不过促使它提早出现而已。

在我们看来，作为追求“人性的解放”的现代文学的前奏，中国的近世文学至迟在金末元初就已开始，前述的董解元《西厢记诸宫调》，元好问的诗词，

---

① 在“近世”与“近代”分别指封建制后期与资本主义社会时，“近代”实为“现代”的同义词。至于将1840年鸦片战争以后至“五四”运动以前（或俄国十月革命以前）的一段时期称为中国的近代时期，乃是“近代”的另一义项。本书除特地注明者外，都是把“近代”作为“现代”的同义词来使用的；有时为了论述的方便，也直接使用“现代”一词。

王实甫、关汉卿的杂剧等就是其最早的代表。但它并不是直线发展的，不但在明初遭到重大的摧残和挫折，导致了长期的萧条，至明代中叶才获得振兴；而且从万历三十年（1602）稍前到大约清代乾隆十年（1745），又处于徘徊的状态，虽有少数作家——如吴伟业、蒲松龄——取得了显著的成就，文学创作在总体上却并无重大的突破。自那以后，文学才较明晰地呈现出向现代文学嬗变的态势。也正因此，我们把金末至元末作为近世文学的萌生期，明初开始为受挫期，明代中叶至万历三十年略前为复兴期，自此至大约乾隆十年为徘徊期，其后为嬗变期。

至于我国的近代——现代——文学究从何时开始，目前已成为学术界颇有争议的问题。我们认为那始于20世纪初[①]，所以本书的叙述即结束于19世纪之末，以与下一阶段的文学相衔接。

不过，这种分期法的大框架——上古、中世、近世——仍易与社会整体发展的分期法相混淆，尽管在某些方面——例如中世、近世文学的开始时间的确定——已经考虑到了文学自身的特点。所以，还必须对这种分期法所蕴有的文学的内涵作相应的说明。这可分为两个方面。

从人性发展的角度说：上古文学是人的自我意识的自觉尚未萌发的时期，尽管有少数人已意识到个人——包括其自己——的重要性，但都是以群体利益为本位的，其所在意的是个人在维护这种利益中的非凡能力、品格以及失败后的反抗或自我怜惜。仅有极个别的人（例如庄子和杨朱）才把个体利益置于群体利益之上。中世文学就总的趋势而论是作品中对个人的重视逐步从以群体利益为中心转向以自我为中心的过程，但其间充满了矛盾和斗争。在其开始阶段曾出现过企图把上古文学末期的那种对个人的重视也予取消的倾向，对屈原的否定就是明显的迹象；从建安至南北朝时期个人意识才有了初步的觉醒，并与文学的自觉相结合而导致了文学的空前繁荣；但从中唐开始的文学的分化，又使文学发展过程中的矛盾重又较清晰地暴露出来，这种矛盾在宋代有了进一步的发展。但唐五代词的出现和词在宋代的一枝独秀（乃至宋词被王国维和受到“五四”精神熏陶的文学史家作为宋代文学的代表）已可说明这一时期文学的

① 参见章培恒《关于中国现代文学的开端——兼及“近代文学”的问题》，原载《复旦学报》（社会科学版）2001年第2期，后收入章培恒、陈思和主编《开端与终结——现代文学史分期论集》，复旦大学出版社2002年版。

前进方向。近世文学则是自我意识在前两期的基础上进展、个人与环境的冲突在文学中日益显示其重要性的时期，这种冲突尤其体现在戏曲和通俗小说中。

就文学的美学特征而言。上古文学是文学的自发阶段，中世文学是文学从自发进到自觉并逐步演进的阶段，已如上述；这里需要补充的是：中世文学的从自发进到自觉，不仅意味着文学以美为目的的观念开始形成，而且也意味着美的追求从外在的向内在的渗透[①]，但这种追求主要限于抒情诗所能容纳的范围。同时，直到中世文学的末期，要把文学从自觉的道路拉回来的力量仍然在发挥作用。到了近世文学阶段，就大的趋势言：一方面对美的追求无论在广度或深度上都较之中世文学有了重大的发展，中世文学的抒情诗虽也涉及了个人与环境的冲突，叙事诗中个别像《古诗为焦仲卿妻作》那样的杰构在这方面尤有卓特的表现，但就总体而论，在近世文学的戏曲与通俗小说中经过虚构而出现的个人与环境的冲突却更为广阔、集中与尖锐，因而感情更为具体、激烈，更能突入读者的内心而引起深刻的共鸣；与此相应，作为主流的文学样式已从诗歌转变为戏曲和通俗小说（尽管它们在当时的社会地位还不如诗文，但在一般民众中的影响却已超过诗文），而那些企图把文学从自觉方向拉回来的力量，除了从外部加以禁毁外，在文学内部的抗衡作用已日益衰落。所以，近世文学乃是我国文学在总体上进一步迈上自觉道路，并在美的追求上取得了新的、重大发展的时期。但就具体发展过程而言，则十分缓慢，充满了曲折乃至挫折。因为在近世文学以前的中世文学的分化期，两种力量——把文学引向前进的力量和拉向后退的力量——本就处在矛盾斗争之中，这就决定了近世文学只能在矛盾斗争中前进；何况在文学的近世期阻碍文学前进的社会基础和现实力量又十分强大，所以近世文学在其行进过程中不得不一再出现倒退、停滞。而且这预示了现代文学的发展也必然要遭到蹉跌乃至经受严重的摧残。

但如撇开这些具体的过程，仅仅从文学的美学特征方面去考察，那么近世文学是在中世文学拓展期和分化期的文学的自觉逐步发展的基础上所形成的文学的自觉性进一步强化的时期，其突出标志是虚构文学的重要性和地位的飙升，在某些时段甚至占据了文学的主导地位。

---

① 汉代大赋那样的“譬如女工有绮縠”的美，就是外在的美，因为没有接触到文学作品的核心——感情；陆机所说的“诗缘情而绮靡”，就已接触到“情”了，不过把外在的美限于“绮靡”，仍显示了其局限。

也正因此，上述的文学史分期方法就我国文学本身的发展而言，也有其充分的依据。①

（据复旦大学出版社 2011 年版《中国文学史新著》
第二版增订本上卷校录）

① 日本藤田丰八氏所著《支那文学史稿·先秦文学》（明治三十年东华堂刊）的《序论》曾把中国文学史分为三期：古代文学（上古至秦）、中世文学（汉代至宋）、今世文学（元、明、清）；因为明治三十年为 1897 年，当时的清代文学仍处于近世阶段，故其称之为“今世文学”的实即“近世文学”。由此言之，本书的文学史分期实与之相近。但其分期的依据，是法国泰纳（Hippolyte Adolphe Taine，1828—1893）的文学史观（参见陈广宏教授《泰纳的文学史观与早期中国文学史叙述模式的构建》，原载韩国汉城大学《中国文学》第 40 辑，2003 年；后收入复旦大学中文系编《卿云集续编》，上海古籍出版社 2005 年版），本书的分期依据则是马克思主义中关于人性的理论和形式美学，二者显然有别。至于将中国的中世文学分为发轫、拓展、分化三期，将近世文学分为萌生、受挫、复兴、徘徊、嬗变五期，均为前人所未曾涉及。

附录：

文学史的核心价值与古今演变

骆玉明

一

在新文学兴起不久、也就是"现代文学史"这样的概念尚未形成的时候，新文学的理论家们其实颇注意到它与中国既往文学传统的关联，曾经产生过两部观点有所不同的重要著作——胡适的《白话文学史》(1927；其前身《国语文学史》作于1921—1922)与周作人的《中国新文学的源流》(1932)[①]。他们各自还写过类似主题的文章。这样的溯源工作，其背后存在着一种隐忧吧，即必须找到"新文学"在中国文学史上的合法根据。这对久已习惯了"古代文学"与"现代文学"各守家门之状态的我们而言，一度是全然不存在的问题，但在当时的胡适一班人，却不能不应对：你们那个"新文学"，岂非是个凭空从西洋搬来的东西？所以他们一边要说"新"，它的主要依据是自清末以来势力日盛的权力话语——所谓"世界通则"，一边要说"故"——黎锦熙《国语文学史·代序》说："这是'文学革命'之历史根据，或者也含有一点儿'托古改制'的意味。""托古改制"云云，似不无戏谑，正经说来，这其实也就是大的社会与文化变革产生以后通常会发生的对历史与传统的重新阐释。

虽然不是很令人满意，但仍应该说胡适、周作人等做了重要的工作，他们的不少观点至今尚能给研究者以有益的启发。但这项工作没有能够很好地持续下去。在经过了漫长的变化迟缓的历史以后，20世纪的中国突然出现在时间之链上的热烈跳跃的舞蹈。以欧美文化为思想资源的"文学革命"在中国文学史上本身就是跳跃性的，但它兴起不过十年，说实话也尚未来得及孕育丰富

① 关于两书观点的异同比较，可参见拙文《古典与现代之间——胡适、周作人对中国新文学源流的回溯及其中的问题》，《中国文学研究》2000年4期。

的果实，依托苏俄社会主义思潮的“革命文学”就已宣布了它的过时……而最终，由于政治革命如通俗语言“翻天覆地”所表示的那样被解释为时间的重新开始[①]，或者说具有“正”价值的历史的开始，文学也依照它的模式作了切割：在前者是旧民主主义（1840—1919）、新民主主义（1919—1949）、社会主义（1949之后）的三个革命阶段，在后者是大体相应的近代、现代、当代三个文学阶段；旧、新民主主义革命作为社会主义革命的前奏而存在，近、现代文学也只是充当了当代文学的先声。而古代完全被视为一种过去式的存在，它即使尚有可供借鉴与利用之处，在新的时间之链上也已完全脱落了；从而它也就似乎是不知不觉地丢失了跟新文学的联系。

但不管人们怎样通过自己的切割而宣布了对时间的占有，且因这占有而实际地造成某种历史变化，但历史作为如马克思所言“合力”作用下的运动，其结果总是出人意料的；它在根柢上仍是有自己深层次的连通。因而时间的不断地被切割和重新链接也就成为人们按不同愿望和规则进行着的周而复始的活动。[②]在中国文学史的研究领域，八十年代以来我们看到不少人在做重新链接的工作；关于“二十世纪中国文学史”的概念，“中国新文学整体观”的提出，无不试图打破“近、现、当”的“三段论”，在更高的立足点上展望一个广大视野里中国文学百年来曲折的流程。之后又有去秋在复旦召开的“中国文学古今演变研究国际学术研讨会”和章培恒、陈思和先生主持在复旦学报上展开的关于同一问题的进一步讨论。

不过，中国文学古今演变研究的命题和近百年中国文学史整体研究的命题不仅在时间跨度上区别甚大，在性质上也应该有很大不同吧？在新文学经历了长期的曲折变化以后，这一命题的提出，一方面意味着重续新文学兴起之初就试图要做的工作，即寻求新文学的历史根据和对历史与传统的重新阐释，同时又回过头来审视近百年间文学的纷纭变化，在历史的深层次的连通上寻求其脉络。

---

① “时间开始了！”胡风曾哲学而激情地讴歌，这个“开始”与秦始皇的“始”就哲学意义而言是相同的。只是他并未料到时间于他而言马上就要结束了。

② 顺带说一句，像“现代”、“后现代”、“后后现代”这样的时间切割，让人感觉到占有时间的欲望正变得愈发地迫不及待。

■ 二

实际问题无可回避地横亘在人们面前，它自身直接地提出了需要展开打通古今文学的界域从事研究的理由，这首先是：由于长期以来古、今文学分割为不同的学科，研究者渐渐习惯于各守一方，加上同样是长期以来所谓“左”的思想（这是一个内涵杂乱的概念）和教条主义观念的影响，造成了文学史研究方面可说是“古无所趋，今无所源”即古代文学没有它的历史趋向、现代文学（我这里用的是泛义）没有它的历史根源的状况。

长久以来，研究中国古代文学史的人，常常面临一种苦恼：所谓“文学发展的规律”究竟是什么？按照通行也是权威的观念，人类社会的发展在根本上表现为几大不同社会模式的更迭，但按照同样是通行和权威的中国历史分期法，中国古代文学的内容，却几乎全部落在封建社会的历史范围；在这个很长的过程里文学被什么力量推动、发生了什么样的重大变化，实不易说清楚。当然人们也试图讨论“阶级斗争”、“民生疾苦”在文学中的反映，但结果只是找出若干不相关联、在文学史上意义也不大的散点；人们也确实相当认真地研究了古代各种文体萌生发展、互代为雄的情形，但这似乎也只是一系列偶发现象相互串联在一起。胡适曾经把“白话文学”的萌生与发展过程作为中国文学史的主线，周作人曾经用“载道”与“言志”两种文学潮流的起伏与循环解释中国文学的全过程，他们试图给出古代文学的趋向。但不仅他们的理论早已被人们淡忘，在实际的研究上要完全回到他们那里也是不可能的。于是，不仅古代文学发展过程的描述成为一种困难，与此相联，人们也不能回答：在古今文学的关系上，如果说“现代文学”之发生是合理和必然的，“古代文学”又孕育着什么样的东西能够证明这种合理和必然呢？——幸好因学科的分裂，讲授古代文学史的人并不承担回答这一问题的责任，就像隔壁教研室先生的儿子是否合法出生与己无干。

而现代文学史的描述由于不得不依托于政治革命史，它大抵以一连串的否定来开头：封建制度的腐败与糜烂、向西方学习的迷失，然后是——“一声炮响”。因为时间是重新开始的，在这样的描述里现代文学并不像胡适所担忧的那样需要找到自己的历史依据。问题是这样的描述需要而且只能通过把原本是繁盛的文学之林砍削为若干枝条并再度加以修整涂刷来实现，它只是概念和意欲的证明而非对事实的阐述。而在大陆以外的中国现代文学史研究中，就“今无所源”而言，也存在着与此多少相似的情况。因为，“现代文学”的概念原是隐含着“现代性”、“现代意识”的意味，而后者似乎只能是产生于西方的，所以中国的现代文学史很容易被描述为植入西方文化的过程，或者说是西方的“现代”在中国文学中部分或片断的实现，这同样造成古今文学的脱钩。

然而中国现代文学若不是放在中国文学的整体中来观察，有很多东西是看不清楚的。举些最简单的例子来说，譬如鲁迅与周作人都喜爱六朝文学，讨厌道学家，而鲁迅偏爱嵇康的峻洁刚烈，周作人则偏爱《颜氏家训》所传达的温和、清通、“常识性”的气质，这种历史文化的根源在他们的为人与为文中都有明白的显示。批评鲁迅的人常说他性格褊狭，但嵇康早就自称“促中小心”(《与山巨源绝交书》)，他的意思是不能容忍所厌恶的人事，鲁迅必然有同感的吧。又如：自明清至“五四”前后再至上世纪80年代，多次集中出现关于恋爱与婚姻的文学创作，却少有善于写“两人世界”的感情内容的，一般对爱情心理的体验都不大深细，原因是这类作品对个人受家庭与社会压迫的关注更甚于对两性之间关系的关注。在中国文学里，选择异性对象的自由和自然情欲的满足，是个人走向其自由权利的一道门，只要社会取消了个人的自由权利，文学总是首先敲这道门。所以，这一类型的作品会反复出现。经过“文革”，历史就某些方面而言回到了遥远的出发点，像《男人的一半是女人》、《北极光》、《被爱情遗忘的角落》等小说，它们的特点和在当时所引起的社会反响，同“三言”、“二拍”中的一些作品是可以对照来看的。

以新儒家为代表的对“五四”新文化[①]的否定性批评——指责它断裂了中国文化传统，使得中国人在世界上失去了文化自主性等等，也可以理解为对展开古今文学演变研究的一种催促。很多年来，中国人被“传统”与“现代”的对立所困扰：一说起现代，那好像只能是背弃传统而投向西方文化怀抱的，不可能就中国文化自身取得资源；一说起传统，那好像就只能是不断地退守，似乎中国文化的现代化绝非其自身所蕴涵的要求。同时，以各种面貌出现的真真假假的民族主义也常常发出对“传统”的求救。但传统是什么呢？是尧舜之道、三王之治，还是袁枚在《子不语》里嘲戏过的那只敲得乱响的空“稻桶”

① 研究者已多次指出“新文化运动”和“五四运动”不宜混为一谈，此处故仍其旧。

（道统）？传统本来就是不断变化的东西，一种文化中变异的成分开始也许是异端，当它的合理性被认可以后，它自身就成为传统的一部分。毫无疑问，自清末以来、至“五四”而愈烈，中国文化深受西方文化的影响与冲击，文学的面貌堪称是日新月异。但是，如果不是中国文化自身已经蕴涵变异的成分、变异的要求，这种迅疾的变化又怎么可能产生呢？反过来说，尽管新文学的“新”带着那么斑斓的西方文化色彩，但如我曾在《中国文学史》之《终章》中所强调过的，它仍然是由自身的历史、自身的处境所产生，面对着自身的生活、自身的问题，并且还带着自身的隐患。要摆脱上述“传统”与“现代”之对立的困扰，恐怕必须要对历史与传统作出重新阐释，尤其对传统的变异，这种变异固有的方向与方式以及它在西方文化的刺激下发生的转化进行深入的探讨。简言之，我们有必要重新确认传统，并且重新阐明现代文学与传统之间固有的内在联系。

说到这一点，最近出版的张新颖的《20世纪上半期中国文学的现代意识》所做的工作颇值得注意，其书突出地关注并深入地分析了中国现代文学之“现代性”的“中国”特征。如第一章《中国现代意识的发生与原有文化资源的考掘与重造》，就章太炎如何“创造性地阐发中国文化传统，并以佛学思想相济、相照”，建立起一种可与西方文化共证共鸣却又并不顺附于它的、甚至在许多重大问题上作出了强烈批判的极端强调个人尊严与思想独立性的主张，进而得出“章太炎是中国现代意识的觉醒者、探索者与倡言者，而不是西方现代意识在中国的投影”的结论，所言颇可发人省思。

我想对此稍作补充。佛学的一些基本观念（佛性为世界本原，我性即佛性）中包含着可以引发强烈的自我意识的因子，它在中国文人那里怎样逐渐得到发挥，是值得注意的现象。早在北宋喜将佛与儒相混融的吕希哲那里，就有“尽大地是个自己。山河世界一切物象皆是自己建立”之论（《吕氏杂记》卷下）。这大抵是关于世界本原的一种唯心主义哲学的表述，但未必没有“以我为主”的意识在内。其后在龚自珍的《壬癸之际胎观第一》文中，同样的意思又有进一步的引申：“众人之宰，非道非极，自名曰我。我光造日月，我力造山川，我变造毛羽肖翘，我理造文字言语，我气造天地，我天地又造人……”这仍与佛学的世界本原观有关，但参照龚氏的其他论著，不难发现，他如此热烈地歌颂“我”，其意义已经越出了佛学范围。① 而后章太炎再度将这种从佛学转化而出的意识与西方哲学互证，构成一种系统化的“大独”、“依自不依人”之说，已经呈现出明显的现代色彩，章氏自己亦将其与尼采“超人”说相提并论（参见张新颖前揭书）。确实，章太炎对包括佛学在内的中国文化传统的阐释是否贴近“原义”颇有可疑之处，但重要的是这种阐释将沿承与创造有力地结合在一起了。尽管后来的人们大多不再依托于佛学而直接运用采自西方的语言，但仔细审察，可以认识到这本是相连贯的思想过程。②

■ 三

文学史是广义的历史的一个分支，文学也是许多历史著作阐述的对象。

在世界早经“解构”，“现代”被“后”而再“后”的年代，还来谈历史的趋向、其内涵价值的变动，实在是又土又愚拙。但如果我们不能认为它的一切变化都是偶然和无意义的，它只是荒诞现象的堆积，那么关于历史的描述就必然包涵了价值判断。在我协助章培恒先生主编的复旦版《中国文学史》和因为不满意又重做了一次的《中国文学史新著》中，就试图在文学史中建立一种核心价值，如《新著》的《导论》所言：“我们的描述基本着眼于在人性的发展制约下的文学的美感及其发展。这既牵涉到文学与人性的关系，也离不开文学的艺术形式。”

这种观点的理论本原主要是马克思关于人性的论述。这方面的问题不可能展开来说，简括而言，依据马克思在《资本论》、《经济学哲学手稿》和他与恩格斯的《共产党宣言》诸书中所论，大体可以说，人的本质是自由，人类历史的理想结果是达到“每个人的全面而自由的发展”；人既有“一般本性”，这种“一般本性”又是在“每个时代中历史地发生了变化”的，这意味着人的本质的实现必然要经历漫长的历史过程，在这过程里，人性会有不同程度的异化；

---

① 郭沫若《女神·湘累》中“我效法天地的精神，我自由创造”以下一大段，气质与语言均与此相近。

② 晚清思想界更广泛地借助佛学沟通“西学”的情况，葛兆光先生《中国思想史》第二卷有关章节作了深入的讨论。

人通过劳动创造来实现自己的自由，生产力的发展水平制约着自由可能实现的程度。因为有关论述近些年来人们已经普遍熟悉，恕不一一引证。

本原于马克思自然借重了他的权威地位，但事实也是关于人性和人类社会的理想没有更值得珍重的表述。

问题是如何将这种历史观可信地运用在文学史的描述里。我愿意格外强调的是，文学是人类求证其自由本质、创造其自身生活的一种特殊方式。文学固然根源于并反映了现实生活，但在这同时，它更多地表现了意欲的生活、想象的生活，而这种意欲和想象的内容如果是合理的，便会改变现实生活的内容乃至人自身[①]，所以它是人类求证其自由本质、创造其自身生活的一种方式；并且，一般社会意识形态或证明和维护现实秩序的合理性，或意图用另一种预设的秩序来取代前者，文学却是直接从感性出发，而优秀的作品总是能深刻地揭示人性的困境、人性欲求与社会规制的矛盾，它以潜在方式提出的给予人的发展以更大自由空间的要求，和生命的本真直接相联，所以它是人类求证其自由本质、创造其自身生活的一种特殊方式。——需要说明的是，我说的这些，必定有从前阅读的来源，但这来源很纷乱，那些具体的阅读经验也已忘却，我只是把它作为一种经过长久考虑的想法来提出，并不宣称这是独创的“理论”。

如果说这种核心价值是存在的，古今的根本界隔实无存在的理由，以此为主线，我们或许可以更清楚地分析中国文学的古今演变。这里的问题包括：首先，中国古代文学在经过长期的发展以后，怎样出现了某种潜在的“现代”指向，它如何预设了“现代”问题，以及中国古代文学由于其所产生的社会的约制而难以摆脱的缺陷，又必然会给现代文学的发展带来何种困难？日本一些学者在中国古代思想研究领域使用了一个“前现代”（日语原文为“近代”，意即“现代”）的概念，中国文学史上，是否也存在一个“前现代”？如果有，它本来会怎样生长？而后是，当“新文学”发生之际，它面对的问题和自身的历史处境究竟是怎样的？当国门已开、西方思想大量涌入时，中国的文人分别对它基于什么样的理由作出什么样的选择？由于西方文化的影响，新文学如何获得跳跃式的前进，以及这样的前进方式必然隐含何种危机？将中国古代与现代、西方文化这三方面因素放在一起来研究的时候，也许会得到跟原来的描述很不

① 沈从文一篇长篇回忆散文的标题是:《水云——我怎么创造故事，故事怎么创造我》。

相同的结果。

或许可以拿《红楼梦》作一点粗略的分析[1]。在这部小说里由于作者不愿回避自己在理性上未必赞许的真实情感和由此产生的人性困境，出现了一些在古代文学中显得特别的内容。如少年人的性早熟与性敏感。最典型的如第五回写宝玉在秦可卿房中入梦，与警幻仙子之妹字“可卿”者体验“云雨之事”，这显然是以秦可卿为性对象的潜意识的完成（那时宝玉大约十一二岁），只是作者在这里用笔很隐晦。到了新文学中，像向培良的《飘渺的梦》、叶灵凤的《姊嫁之夜》，则是进一步从正面写出了少年人的性幻想。郭沫若的自传，更近乎把自己童年时代的性敏感作为天才的证据。现代心理学的研究告诉我们，少年人的性意识是正常的现象，但人类许多正常的情感常常是被隔离在黑暗地带的。在中国古代文学中，这种意识如果有所表现，通常只是被描述为一种异常的邪恶天性，到了《红楼梦》才试图把它描绘成美丽的幻梦。在这里文学企图通过美的创造伸张情感的权利——即使它在生活中不能被容纳，也希望被正视。而新文学之所以表现得远为大胆，则显然与西方文化带来观念的改变有关；郭沫若的回忆，令人很容易想起卢梭的《忏悔录》。

《红楼梦》中秦可卿的形象也很特别。虽然小说对她几乎没有作正面的描绘，但从侧面的交代、烘托可以看出来，作者试图把她描绘成一个美丽、温柔、聪慧，却并非被动地沉入淫靡生活的贵族女性。作为一个作者无意给予丑化的人物（否则她不可能成为这部自传性小说主人公性幻想的对象），这一形象所具有的复杂意味在中国文学中是难见的，它通常只能在西方文学中看到。据脂砚斋评语，关于秦可卿原有所谓“淫丧天香楼”的情节，因他的提议，被作者删去了。这关于写作的故事同样饶有意味，它也许应该理解为作者对自身过于越规的创作冲动的无奈的放弃。虽然我们不能够在新文学中找到可与秦可卿直接对应的人物形象，但单就女性形象的复杂化来说，像莎菲女士之类例子可谓不胜枚举。

关于《红楼梦》可说的话题很多，在此只好打住了。但还有二点需提及：一是从《红楼梦》可以看出，白话文学的出现和初步成长固然离不开它的通俗性、大众性，但它能发展到相当高的艺术水准，真正的动力却并不在此。像

---

① 此处分析部分出于章培恒先生所言。

《红楼梦》还有《儒林外史》这样的白话小说，其内涵有绝非通俗化大众化的地方。古代小说的艺术发展到一定高度，作为纯粹书面语的文言已无法承载，作品企图达到的人性深度和它的感染力，唯有白话文才能实现。前所言文学的美感受人性发展的制约，这可以作为一个例证。二是王国维为什么以《红楼梦》为对象来用西方哲学作现代性的文学评论，以我的见识寡陋，似乎很少有人注意。这仅仅是偏好或偶然，还是《红楼梦》实有预设的“现代”问题？看来实该是后者——不管王国维本人是否意识到这一问题的存在。

■ 四

最后写几行，就算是结语吧。我在读到有些以捍卫“中华文化传统”自居而苛责“五四”新文化运动的文字时，常常想起这样的事：晚清时一些人对西方人的生理结构有一种奇妙的看法——他们的腿是不能够弯曲的，因为他们没有膝盖。我曾经在某个鸦片战争时期主战派人士的奏疏里读到如何利用洋人这一弱点加以攻击的严肃的建议，其办法大要是暗暗接近（避其枪火之威）后以长杆击其胫，敌乃立仆。这认识是由西方人拒绝行叩拜礼的僵硬态度推断出来的。中国人能够叩头而洋人不能，这也曾是一些人引以为骄傲的事情吧。但下跪并非膝盖天赋的功能，而只是它的“异化”；人不喜爱给别人下跪，这是一种天性。就此根本事实而言，中西并无区别。如果大多数中国人最终在西洋人的刺激下不再以跪叩为“天然”为“中华文明”的荣耀，那并非只是因为学习了西方文化的关系，谁也没有权力指责中国人数典忘祖，丢弃了他们的“传统”。

（据《复旦学报（社会科学版）》2002 年第 5 期校录）

袁世硕与《文学史的性质问题》

经典导读

袁世硕（1929—　），山东大学终身教授，教育部哲学社会科学重大课题攻关项目《中国古代文学史》首席专家，研究和讲授中国古代文学几近60年，研究重点在元明清小说、戏曲。著有《孔尚任年谱》《蒲松龄事迹著述新考》《文学史学的明清小说研究》；主编有《元曲百科辞典》《王士禛全集》《中国古代文学作品选》（人民文学出版社四卷本）。

袁世硕研究中国古代文学，兼重传统的训诂考证和现代文学理论批评，诠释古代文学作品不重单向的或抑或扬的价值评判，而偏重在解析文本结构，从历史演变中把握其基本的创作特征，有时会引申出某种深层次的文学现象。这成了他阅读、诠释古代文学作品的惯性思维方式。本书所选《文学史的性质问题》一文，就是在此实践基础上，对文学史这门学科的性质、对象、方法问题作出了理性思考，所表述的意见都是经验之谈。

文章首先将文学史界定为研究和书写文学的历史，是针对以往多种说法和著作而发的学理性的表述。这里面有几层正、反两方面的意思：（1）认定文学之为物，也就是文学的存在，是中外古今都有许多不同类型的文学作品，文学的历史就是由历史上相继而出的文学作品构成并体现出来的。文学史研究和书写的主体对象是文学作品和在文学的历史进程中起过作用的具有一定文学性的文字著作。将文学史研究和书写的对象拓展到一切文字著作，说文学史应当以作家为中心或以文学传播接受为中心，都是不切实际的。（2）认定作为人类一种精神产品，文学作品都表现一定的社会内容，或是人生图像，或是精神图像，蕴含一定的思想，而表现方式方法、语言形式，也是决定作品的品位的重要方面，只取其所表现出来的社会内容而不顾文学作品的表现方法、语言形式方面，那就没有文学的历史内容，不是文学的历史了。文学史不应是社会史的印证材料，说文学史应成为社会思想、人类心灵，也是不切实际的。

文章第二节认定文学史是一种历史，也应有史学的属性，研究和书写文学的历史要遵守历史主义原则。这也有两个方面：一是研究和书写文学的历史，涉及作家身世、创作背景、题材来源、作品传播等史实，要务实求真；二是承认作品的语言结构、感性图像及其意思，都是既定的、具体的，具有历史的客观性，在流传过程中并不因读者理解、诠释的多样而有所变异，通过阅读、解析，各自的基本情况和倾向性，是可以从不同角度如实地认知和表述出来的。

文章第三节明确地提出了文学史与通常说的以已经消逝了的社会人事活动为研究和书写对象的历史不同。过去时代的人事活动，也就是历史本体，历史学家要借助当时和后来的文字记述，即所谓史料，经过辨析、考察、推断，进行文字记述的“复原”。记述的历史与历史的本体并不等同，也不完全相合。构成体现文学历史主体的历代的文学作品，却没有随同时代而完全消失，标志着各个时代的文学成就、特色的文学作品现在依然存在，文学史家面对的就是文学历史的基本对象，史料和对象是合一的，基本不存在史料与历史本体相符不相符的问题。这是文学史及哲学史、艺术史得天独厚的优越性。所以，文学史研究主要不是通过辩证、考察，追求历史本体的真相，做历史的“复原”，而是解析历史上相继而出的文学作品，揭明各自的成就、特色，进而显示出文学发展演化的历史面貌。

文章第四、五两节是承上而出，说明文学史的基本属性是文学研究——动态的文学批评。这里有几层意思：（1）文学史的研究对象是历史上相继而出的文学作品构成并体现出来的文学的历史，与文学理论、文学批评同属文学研究学科。（2）文学史研究的基本工作是解析不同时期、不同类型的文学作品，等同于文学批评，区别在于批评的对象只是过去时代的作品，批评目的主要不在于鉴别优劣，抑扬褒贬，而在揭示作品文本结构的基本特征。（3）文学史不能是历代作家作品的评论集，即便是按历史顺序排列起来，那还不足以显现文学发展变化的过程及其内在的历史脉络。文学史研究书写要提示出作家作品之间的承传因果的关系，方能成为文学的历史。（4）解析作品的结构与揭示作品之间的承传因革的历史联系，两者是相辅相成的。从历史的联系中解析作品，能够更深层次地把握其创作特征，文学发展演变的历史脉络也从中显现出来，还可以进而获得对文学发展现象的深层的认识。

文章最后一节阐述由于文学作品有从语言结构形态到所表现的图像及其思想倾向几个层面，相继而出的历史联系是错综的，文学历史的建构书写，可以是多种多样的，可以有历史跨度不同的通史、断代史，就体裁、题材、作法的建构的文体史、类型史、风格流派史；文学史家的文学观念、价值取向的差异，入史作家作品的选择，对作品的思想倾向和艺术成就的认定，也会是有所差异的。虽然不能限于一格，但就以往已出的许多文学史著作看，也还是有精粗深浅，对作家作品的基本特征的把握和定位，以及对文学发展的历史脉络的认知、揭示，是有偏正深浅的差别，研究的深入也会有所变化，意义更加增大。

作者思考文学史的问题，还发表有《文学的历史与历史的文学》(《沈阳理工学院学报》)、《文学史与诠释学》(《文史哲》)、《文学史中的哲学与文学》(《齐鲁学刊》）等论文。

延伸阅读文献

1. 刘勇强:《重建文学史的坐标体系与叙述线索》,《北京大学学报》2005 年第 4 期
2. 方维规:《时代与创新》,《人民日报》2007 年 3 月 12 日

（袁娣撰稿）

原文:《文学史的性质问题》

经典原文

文学史的性质问题

袁世硕

在中国，文学史的编写发轫于上个世纪之初。一百年来，相继出版了数以百计的文学史，林林总总，甚是丰赡。文学史家在其所编文学史的“绪论”里总少不了讲到文学史的任务、对象等问题，文学史界也曾就此开展过一些讨论。虽然几乎众口一词地认为文学史是叙述文学发展的历史面貌，而所做的申述、发挥，却颇有些分歧。这些分歧也往往反映在他们书写的文学史中。

这里就文学史的性质问题做一番粗略的研讨，所表述的意见是对已有人表述过的意见的辨析、整合，使之更加明晰和条理化，其中也包括了一些驳论。

一、文学史是文学的历史

文学史是文学的历史。这个句子的谓语没有增添任何一点新的成分，与主语的内涵近于一致，类乎一句空洞无物的“大实话”。其实，对文学史是什么的问题做此简单之极的表述，是有十分明确的定性的意思，就是强调文学史是“文学”的历史，而不应是非“文学”的别的什么事物的历史；缺乏文学的历史内容，则不足以称作文学史。

文学是什么？过去的中外文学理论著作里曾有过许多种解答，甚至被认为这是个不容易解答的问题，这里也不想强作解答。但有一点却是无可置疑的，就是文学之为物，也就是文学的存在，是因为古今中外有无数的文学作品。没有文学作品，便没有文学。文学的历史，文学发展的面貌及其历史轨迹，基本上是由历史上相继产生的文学作品及其创作和传播、功用的情况构成的。没有历史上相继产生的文学作品，也便没有文学的历史可言。

文学作品与哲学、史学、法学、社会学等文化部门的著作一样，都是以语言文字为媒介，有一定的思想内容，有一定的表现形式，思想内容是重要的方面，没有引人向上向善的内容，没有高雅的审美意蕴，便不能成为优秀的作品。但文学作品较之哲学、史学、法学、社会学等类的著作，其作法和形式方面则更为重要，可以说至关重要，是作家刻意追求的使命、目标的一个方面。哲学、史学、法学、社会学著作，其论说、叙事固然有好坏之分，然其价值、意义基本取决于其内容的丰实和思想的精到、深邃程度。近世的哲学史评论古代的哲学著作，史学家评论古代的史书，宗教史家评论古代的宗教典籍，便基本不论及它们的作法、辞章。文学作品的作法和形式因素，却直接决定着其品位、价值之高低，以及其影响之大小。文学作品作法和形式方面的造诣、特征，也正构成了文学发展演变的历史内容的重要方面，自然也应成为文学史家所应注目的重要方面。否则，也就不能显示出文学发展的面貌及其历史轨迹。

回览百年来出版的文学史，最早以文学史之名编写的书中，由于当时的文学观念尚未明确起来，论述的对象有经书、史书、子书，主要不是文学作品，稍后便被认为“侵入了哲学、经学和史学等的领域”，“不能算作文学史”[①]。这自然是文学史编写初创时期的事情，后来的文学史家都不再依从之了。重新讲及此事，是因为对此问题现在还有些不同的认识，显然不应当再回到往昔的那种凡文字著作都谓之文学的观念上来。

在对文学史问题的讨论中，还有要求文学史承担它不能承担的非文学的任务的意见。这是应当做些辨析的。文学作品是人类精神活动的产品，其中自然或直或曲地反映出人的生存环境、生活状况和心灵世界的内容，优秀的作品往往折射出一定的时代精神。文学史家的任务并不仅限于编写出一部文学史，他们对历史上作家作品的研究可以是多种取向，就一位作家或一个时期的作品，揭示出那个时代的进入文学的人群的生活状况、道德意识、宗教信仰、心理状态，也是很有意义的。前一辈的学者就做出过不少有价值的成果，对理解那特定时代的文学现象和作品的文化底蕴、艺术取向，有着直接的引导、启发作用。但是，如果这种研究的指向和归宿只在于通过作品揭出其中表现出来的社会状况、作家们的社会文化心理，对文学说来，仍然是外部的研究；对文学史而言，

① 刘经庵:《中国纯文学史纲》卷首《编者例言》、陈介白《序》，东方出版社 1996 年 3 月重印。

无疑只是一种激素和辅助材料，并不是全都可以吸收进来，那样会使自己的本性变得模糊起来。文学作品反映出来的社会状况、文人的社会文化心理，揭示出来可以为其他部门的历史著作吸收，对读者也是一种生动的历史文化知识，但不能以此作为文学史的基本职责和最高目标，那样就会导致将文学史作成社会史、文明史的印证材料。事实上，文学史家在解析作品之中自然会显现出多类人群的心灵状态，但单靠文学作品是作不成融合着哲学、宗教、道德内涵的人类心灵史的。要求文学史作成人类心灵史也只能是一种一厢情愿的愿望而已。

附带说一点：近代西方接受美学家不满意一般文学史著作依年代顺序孤立地评论作品，提出要从读者接受的方面观察、描述文学的历史，认为读者的"期待视界"（the horizon of expectations）与作品的矛盾、融合、变化，是文学的历史性的基本内容。[①] 然而，所谓"期待视域"是个假定的由读者群的社会观、文学观所形成的概念，接受理论家说的可以"客观化"，也就是难以捉摸、把握和表述。实际上还是由作品归纳出的文学类型和文学思潮。一位作家作品或一种文学流派的接受史，是可以加以描述的，而整体的以接受为中心的文学史却是难以作出来，何况接受史也不等同于文学史。

二、文学史的史学品格

文学史是一种历史。通常所说历史指的是关系到社会演变过程的人事活动，文学史与哲学、宗教、艺术等多种的历史，同属于文化史。一切历史的研究和编著都应具有史学的品格，文学史也不能例外。

历史上相继发生的人事活动，也相继随着时间的推移而消逝，不复存在。史书之产生是缘于有必要让人知道那些过去曾经发生过的人事，了解其重要的情况，以史为鉴。史学的本性就是认定历史是客观存在，记述历史上发生过的人事以求实求真为原则。史学家记述的历史并不等同于所记述的历史本体，前者是对后者的认知性的文字表述。所有的人事活动都是错综复杂的，中间有隐

---

① 据［德］汉斯·罗·尧斯《文学史作为对文学理论的挑战》（中文译本），《美学文艺家方法论续集》，文化艺术出版社 1987 年出版。

藏于人事活动背后的内容，即使是当事者也难以窥知，所谓“实录”里也多有所溢美、回避。由于史料的缺漏、识见的偏执，后世人的记述更不可能与历史本体完全吻合。但是，古代史书中记述的历史，虽然有缺漏、偏颇，甚至笔调混杂着偏见，但基本的历史事实还是保存在记述中。近世发现和发掘出来的古文献、文物，证明了古史书中记载的人事是存在过、发生过的。史书中的记述与历史事实的差异，多是表现于人事的细节和倾向性方面，以及附加的评议中。近世所谓历史是“效果历史”甚而是史学家编造的“神话故事”之说，是强调说明史学家记述的历史与历史本体是不可混淆的两种性质的事物，不能等同，不可尽信，却不能认为一切的史书、史文都是由史学家虚构出来的。正是由于历史学的基本准则是求实求真，这才使史学家远离主观主义、实用主义的误区，使史学富有无止境的学术生命力。

文学的历史虽然不具有人事活动一样的实体性，而体现着文学的历史的文学作品，作为阅读、阐释的对象，也具有客体性。不论是一首小诗，还是数十万字的长篇小说，其文字结构形态、其中所显现的图像，或者说作家的心像，都是固定了的，由于语词内涵的基本确定及其所蕴涵的意思也是确定了的。评论者所做的诠释虽然不尽一致，甚至甚为不同，是发生于评论者对其意义层面的理解的不同，并不是作品本身的形态、肌质有所异样，也不因不同的诠释而发生本体的变化。历史上所有的传世之作，作为阅读、诠释的对象，古今并无不同。至于不同版本中文字上的差异、内容上的增减，那是另一种性质的问题。因此，文学的历史，文学发展演变的情况，诸如文体的兴替、题材的转移、写作范式的蜕变、意象的积累，以及前出的与后出的作品在这些方面的因革关系，都具有客观存在的性质。文学史既然是史学的一个分支，而不是对文学的鉴赏批评，自然也要认定文学的历史有其既定的客观的历史内容，文学史家要力求保持与历史学家一样的客观态度，用历史的方法去认识并揭示出来，不是可以凭主观的爱恶取舍作家作品，以某种外在的需要虚构文学的“历史”。

■ 三、文学史的史学特性

文学史是一种“史”，不能不具有一般史学的共同品质。文学史是“文学”

的历史，文学是人类精神活动的现象，具体的存在形态是文学作品。它与通常所说的以社会人事活动为内容的历史，研究对象的性质是不同的，又不能不有自己的特性。

史学通常是指对过去时代的相继不断的社会人事活动状况的研究，特别是指事关社会发展的军政大事。梁启超在《中国历史研究法》中开宗明义地说："史也者，则所以叙累代人相赓续作业之情状者也。"①"累代人相赓续作业之情状"，是历史的本体。由于历史的本体已经消逝，后世的史学家要依据遗存的文献，包括当时的公私文书及后来的记述，经过辨证、考索，追寻其真相，做出文字记述性的"复原"。这就是史学的基本使命。在那里，史学的研究对象和史学家藉以进行研究的史料，本体上是两码子事，史料在认识意义上也不尽与研究的对象相一致。所以，考证索隐就成为历史研究的一种基本方法，解释、评论是要在弄清史实的基础上做出的。中国古代史籍中的"论""赞"，都是附于"纪""传"之后。

文学的历史基本上是由历史上相继产生的以个体形态存在的文学作品构成的，文学发展演变的历史轨迹，部分显现、部分隐含于呈历史系列文学作品之间的传承关系、因革现象中。前后文学作品之间的传承关系、因革现象，并没有自在的实体性，文学史家要通过对文学作品的解析，进行历史的比较，方才获得认知，揭示出来。历史上产生的大量文学作品，其中富有创造性的、在文学史上有影响的优秀作品，现在依然存在，这才使文学史的研究得以进行，并得以成为一门学科。自然，历史上产生的文学作品有许多没有流传下来，没有传世也就没有对后来的文学产生影响，它们的佚而不存，基本不碍于对文学的历史的研究。从这个角度说，文学作品既是文学史研究的基本史料，又是文学史研究的基本对象，史料和对象是合一的。所以，文学史研究的基本工作主要不是通过对史料的辨伪、考实，作历史事实的"复原"，而是运用历史批评的方法解析文学作品，揭示出文学发展演变的历史内容，进而在此基础上构成文学的历史面貌，显现出其历史的轨迹。文学史家建构的文学史，由于其文学观、学养和视域的不同，必然是多种多样的。

文学史研究的这种特性，也影响到文学史编写的体式问题。"叙累代人相

---

① 梁启超:《中国历史研究法》，上海古籍出版社 1998 年 12 月出版，第 2 页。

赓续作业之情状”的史书，重在社会人事活动自身，即所谓历史事实。所以，古代史书有以人为目的纪传体，以事为目的纪事本末体，还有逐年记人事活动的编年体，各有其功用。文学史的主体是文学发展变化的情况，不重在与之有关的人事。文学史的体式，可以有史书纪传体式的作家论、作品论，作家论也是以评论其作品为主要内容；有纪事本末体式的文体史、文学类型史，叙出一种文体、文学类型的兴衰始末。而编年体在文学史研究中则有所不适应，有所局限：一是有许多作家的行迹，许多重要作品的写作、成书年代，不能十分确定，难于准确系年；二是即便是详密的文学史实的编年，那也缺少文学史的主体内容，不足以称作文学史。陆侃如以十年的研究积累作成一部《中古文学系年》，把那一历史时期152位文人的生平事迹和作品，按年考定排列，至为详密翔实，他认为这只是研究、编著中古文学史的准备工作，不取“文学史”之名，正缘于这个道理。①

■ 四、文学史的基本属性是文学研究

文学史是文学的历史，其基本属性是文学研究，也就是以文学作品及其有关的现象为对象的业务、学科。文学研究一般分作文学理论、文学批评和文学史三个分支。这三个分支的性质、任务是有区别的。文学理论研究的是文学本质特征、创作原理、批评标准、社会作用等方面的问题，说明对文学的认识和应遵循的批评原则，在中国古代，著作如刘勰的《文心雕龙》、叶燮的《原诗》等。文学批评是对具体的作家作品进行解析、评论，揭明其特点，评判优劣长短，以及发扬其内蕴，著作如元好问以诗评诗的《论诗三十首》、金圣叹对《水浒传》的评点、王国维的《红楼梦评论》等。文学史研究的既不是文学

① 《中古文学系年》卷首《序例》：“我认为文学史的工作应包含三个步骤；第一是朴学的工作——对于作者的生平，作品年月的考订，字句的校勘训诂等。这是初步的准备。第二是史学的工作——对于作者的环境，作品的背景，尤其是当时社会经济的情形，必须完全弄清楚。这是进一步的工作。第三是美学的工作——对于作品的内容和形式加以分析，并说明作者的技巧及其影响。这是最后一步，三者具备，方能写成一部完美的文学史。”人民文学出版社1985年出版。

的基本原理，也不止是对具体作家作品的评论，而是文学的历史，即文学发展演变的面貌和过程。中国古代没有形成整合诸文体的文学观，所以没有文学史著作，只是有人提出一个极简括的“一代有一代之文学”的观念。史学十分发达，记述朝代之鼎革、政事之变迁、人物之功德业绩，著作丛出不穷，而文学的史学意识则只散见于对作家作品创作的“师宗”、“正变”等问题的片断评述中。史学意识没有延入文学部门。诗歌虽然极悠久繁盛，诗论诗评也颇不乏见，却没有人有意作诗史。前有六朝钟嵘《诗品》，简要品评自汉魏至齐梁的五言诗作者122人和一组《古诗》，含有明其源流之义，然以上中下三品为框架，仍重在显优劣，定品位，无意作成一部诗史。后有清代史学文学兼擅的赵翼的《瓯北诗话》，依时代顺序分别评论了盛唐至本朝十多位大诗人，其中不乏卓见，却仍未突破诗话的窠臼。自上个世纪初，中国始有文学史之著作，虽说是起步较晚，但却甚兴盛，逐渐成为了一门大学科。

文学理论、文学批评和文学史，虽然各有所司，但由于研究的对象都是文学，又不能断然隔离开来，不会各行其是的，其间有互渗互用的关系。文学理论发生于对文学作品及与之有关的现象的感悟、认识。过去的文学理论大都十分贴近文学的实际，就已有的文体、文类和作品做出理论概括，不十分抽象。可以说对文学作品的解析、认识，是文学理论生成的基础。文学批评自然也要一定的观念、术语、原则方才能够进行，但是，基本属于文学批评性质的文章，也往往从对于具体作品的分析论断中，抽绎出一些原则原理来，文学理论和文学批评是双向互动的。所谓已有的文体、文类和作品，自然不只是当代的，也包括历史上流传下来的，文学理论和文学史的关系亦应是这样。美国韦勒克、沃伦著的《文学原理》中论述了这个问题，书中说：“文学理论不包括文学批评或文学史，文学批评中没有文学理论和文学史，或者文学史里欠缺文学理论与文学批评，这些都是难以想象的。显然，文学理论如果不根植于具体文学作品的研究是不可能的。文学的准则、范畴和技巧都不能‘凭’空产生。可是，反过来说，没有一套课题、一系列概念、一些可资参考的论点和一些抽象的概括，文学批评和文学史的编写也是无法进行的。”[①] 文学史研究多个时代、

① [美] 雷·韦勒克、奥·沃伦：《文学原理》(中译本)，生活·读书·新知三联书店1984年出版，第32页。

多种文类的作品，共时性和历时性的交融互渗，更能从中抽绎出一些新的认知，丰富、发展文学理论。

五、文学史是历史方法的文学批评

文学史与文学批评在名称上就表明了两者的区别：一是文学史研究的对象是文学的历史，也就是过去了的时代的文学，所以在学科名称上，文学史与古代文学往往是同义词，可以互相代用。文学批评通常是指对于当代新文学的评论。二是文学批评之名就意味着其任务是品评文学作品的优劣，做出价值判断。文学史研究的是过去时代流传下来的一个或多个系列的文学作品，主要的不是对它们鉴别优劣，品评等级，做出价值判断，或对优秀的作品进行鉴赏，而是通过解析，揭示出其间的因革关系，显示文学的发展变化的历史轨迹。西方有人强调地说："文学史的特定对象是文学的这种可变性。"[①] 这便要求文学史要突破孤立地解析、评论具体的文学作品的格局。

不过，文学史要展示文学的发展变化，还是要以解析一个个的具体作家作品为起点和基础；没有对一个个具体作家作品的内容和形式的特征的深知，便不能察知其间的异同、变化，只是不能满足于对具体作家作品的内容和形式的特征的认识、把握，在方法上不能是孤立的、静态的。这里面有个循环互应的问题：从联系比较中解析具体的作品，才容易看出其内容或形式的特点；反过来，深层次地把握了各个作品的内容和形式的特点，也才容易发现与同类先出的作品的差异，联系起来便显示出了文学的发展变化，而这一切都没有离开对具体作品的研究。所以，文学史的研究是建筑在对于呈历史系列的文学作品的研究的基础上，文学史对入史作家作品的选择和阐述、文学发展变化情况的显示，连同文学史的框架结构，都是由对于各个作家作品（至少是有代表性的作家作品）研究和认识的程度决定的，文学史著述的质量、价值是与此成正比的。梁启超在《中国历史研究法补编》里强调了作文化文物专史"最为困难"，

---

① [德] 兹·托多罗夫:《文学史》(中译文),《美学文艺学方法论续集》，文化艺术出版社 1987 年出版，第 131 页。

"非有专门研究的人不能做"，"做文学史要对文学很有兴趣、很能鉴别的人才可以做，他们对于历代文学流派，一眼望去即知属某时代，并知属某派。譬如讲宋代诗，哪首是西昆派，哪首是江西派，文学不深的人只能剿袭旧说，有文学修养的一看可知道。"[①] 韦勒克、沃伦著的《文学理论》中也引用过别人说的同样意思的话："文学史家必须是个批评家，纵使他只想研究历史。"[②] 强调作文学史者应有良好的文学修养，"文学史家必须是个批评家"，正表明文学批评在文学史研究中的重要性。

对历史上一篇篇、一部部的作品做出评论，即便按照历史顺序排列在一起，还不足以构成文学史。这样的"文学史"至少可以说不是一部最理想的文学史，其中还缺少历史联系，尚未显示出文学发展演变的历史脉络。从对具体作家作品的评论到构成一部文学史，中间既要有共时性的归纳、整合，揭示出一个时期表现于文体、主题、写作范式、风格多个方面的文学现象，更要有历时性的联系、比较，发现呈历史系列的文学作品之间在上述几个方面存在的因革现象。这些现象是错综复杂的，有形态、作法方面的因袭、变易，也有肌质深层的转化。有的是以前的文学史家已经揭示了出来，或者还须修正、深化，更有以前的文学史家没有察觉到的，研究的进展必须要有新的认识、新的揭示。文学史著作的深度、新意及其学术价值，就取决于从文学作品的共时性和历时性的联系中抽绎多少具有文学史意义的规律性的现象。

文学史中的文学批评，既然不能停留在做文学价值的论断上，要重视文学作品之间的因革关系，这就发生了这样的问题：一篇或一部作品的文学价值、意义，与其在文学史上的价值、意义是不等同的。千古传诵的名著自然文学造诣极高，在所属的文体、文类中，既有所师承，又有所创新，对后世的文学也必然有所影响。而对后世文学发生了影响、在某个方面起了先导作用的作品，未必在创作上有较高的成就，足以称之为优秀。文学的历史是错综复杂的。文学史家建构文学的历史，虽不能放弃文学批评的职责，文学史不能没有对文学作品的价值、意义的判断，却不能混淆历史上各种作品自身的价值、意义与其在文学的历史进程中的价值、意义之差异。杰出作品的影响是深巨的，随之而

---

① 梁启超:《中国历史研究法》，上海古籍出版社 1998 年 12 月出版，第 315 页。

②［美］雷·韦勒克、奥·沃伦:《文学原理》(中译本)，生活·读书·新知三联书店 1984 年出版，第 38 页。

出的因袭、仿效之作，往往是平庸拙劣的；其开创的文学素质，往往是在相当长的时期之后方才结出另一种新的硕果。历史的文学批评对在文学的历史进程中有着先导、桥梁作用的并不完美的作品，既不应嫌弃、忽视，那样便使文学的历史链条有了缺口，又不应因为它们在文学的历史进程中有着某些方面的创新、开拓意义，而过度地评价其文学价值、意义。

■ 六、文学史是文学史家建构的

文学史是对文学的历史的认知、表述。客观存在的呈历史系列的文学作品，如同依照历史的顺序陈列着历代绘画作品的画廊，连续演奏历代乐曲的演奏会，只是提供了认识绘画、音乐的历史的材料、依据，研究者要借助本部门已形成的一些理念、原则、术语，对大量的作品进行鉴别、分析、判断、归纳，抽绎出蕴涵于其间的历史现象，进而有机地组合为一个历史系统，这才成为一部知识形态的文学史、绘画史、音乐史。所有表述文学的历史的文学史，都是文学史家建构的，所以，即使同一种文学的历史，文学史家作出的文学史，也是各不相同的。百年来，相继出版了许多部中国文学史，各不相同，就说明了这个问题。

文学史的建构性，文学史著作的结构、内容的不一致，并不意味着文学史家可以随意虚构，认为文学史只不过是文学史家随意编撰出来的，勿须计较长短、是非。自然科学家对研究对象，借助一定的工具（仪器）和本学科特定的手段，获得认知，也是要用文字符号表述出来，于是有公式、方程式、图表、图谱等，指代物质的性质、特征、变化的过程和规律性。社会人文科学对研究对象的认知、表述，虽然不具有自然科学的认知、表述的同一性，其中有模糊、误解的成分，但也包含有真实性的内容。文学史著作的多样不一，部分缘于文学作品融合着几种相互联系着的素质：最外层的是语言组合形态，即文体；其中显现的是意象、图像层面；意象、图像都蕴含着一定的意蕴、思想；最游移不定的是在被阅读中产生的意义。文学作品结构中的这几个层面，大都在文学发展的进程中自成一种历史系列。文学史家也自觉或不自觉地会单独着眼于某个层面的演变情况，建构一部文学史。所以，文学史著作中不仅有历史跨度不同的文学史，还有多种文学体裁的文体史、多种特定题材或主题的类型史，以及从综合中抽绎出的风格史、文学思想史等等。这种文学史建构的多样性，是由文学自身的多样性及其发展的多线性而发生的，各有其实在历史内容。已出的各种文学的专史，虽然不是都有新的开掘、发明，有的只是简单地将现有的文学史中某个部分独立了出来，依旧是组合在整体的文学史中的那种样子，但是，既然已经离析、独立，其趋势必将走向深化，文学专史的价值、意义会更加显示出来。

文学史建构的多样性，部分是由文学史家作文学史的观念、文学修养的差异所造成的。百年来中国文学史的历史就表明了历史观念、文学观念的更新对文学史的研究影响至关重要。上个世纪初期，由于文学观、历史观的更新，戏曲、小说进入了严肃的学术研究的殿堂，才有了王国维《宋元戏曲考》，鲁迅《中国小说史略》，陆侃如、冯沅君《中国诗史》等开山之作出来。但是，观念的更新也往往产生以观念改制文学的历史的现象，削足适履，难免有违实际，捉襟见肘。胡适作《白话文学史》是为提倡白话文学提供历史的根据，立意很好，但为了显示白话文学原本有“很长又很光荣的历史”，“把‘白话文学’的范围放得很大”，[①] 把陶渊明、杜甫、白居易的大部分的诗都算作“白话文学”，便模糊了白话文学与非白话文学的界限。执其标准而论，其排斥在“白话文学”之外的《诗经》、《楚辞》里何尝没有“白话文学”？陆侃如、冯沅君《中国诗史》执着于“一代有一代文学之胜”的观念，唐以后不论诗，宋以后不论词，则不能见宋元明清诗歌之全貌。上世纪五六十年代，将阶级斗争论、文学是现实生活的反映之说引入文学史研究和编写，机械地突出了政治标准，文学史便成了人民性与反人民性、现实主义与反现实主义两种文学的斗争史，文学作品的思想和艺术的深层次的历史内涵都被遮盖了起来，遭到了曲解。

文学史的建构性，自然赋予了文学史家进行建构的权力。但是，这种建构的权力毕竟要建筑在对文学的历史的认识、再认识的基础上，以逐渐由表及里地揭示出文学发展演变的真实现象及其内蕴为归宿。受社会上的流行观念的影响而改制文学的历史的著作，自然也并不是全然没有价值、意义，偏执有时也会包含一定的合理性，至少可以引起研究者思考，做出平衡。任何学科对研究

①《白话文学史》，《胡适学术文集·中国文学史上》，中华书局 1998 年 2 月出版，第 142~144 页。

对象的认识都是没有止境的，绝对的完好是不存在的。文学史的研究和编写，随着历代作家作品研究的开拓、深化，及文学史料的新发现，也是要继续深化、更新的。研讨一下文学史的性质问题，明确其中的一些基本的原则，应该是有意义的。

（原刊于《山东大学学报》哲学社会科学版 2003 年第 4 期，此据人民文学出版社 2006 年版马瑞芳、邹宗良主编《中国古典文学研究》校录）

陈文新与《中国文学编年史·总序》

经典导读

陈文新（1957— ），湖北公安人。毕业于武汉大学，获文学学士、文学硕士和哲学博士学位。现为武汉大学文学院教授，兼任《历代科举文献整理与研究丛刊》主编、《中国学术档案大系》主编、教育部哲学社会科学重大课题攻关项目《中国古代文学史》首席专家、《湖北省志》总纂委员会副总纂、中国俗文学学会副会长、中国儒林外史学会副会长等。主要研究中国小说史、明代诗学和科举文化。有《传统小说与小说传统》、《文言小说审美发展史》、《韩国所见中国古代小说史料》（与韩国闵宽东教授合著）、《中国小说的谱系与文体形态》、《明代诗学的逻辑进程与主要理论问题》、《中国文学流派意识的发生和发展》等著作。

自20世纪80年代末、90年代初以来，有关中国文学史的大型工具书、大型总集和大型著述，不断出现，由于它们或开辟创新，或规模空前，或在继承前人成果的基础上具有这样那样的新面貌、新特色，所以也就在很大程度上成为我国进入新的历史时期后的重要文化成就的标志之一。由武汉大学陈文新教授为总主编的十八卷本《中国文学编年史》，就是规模空前的大型著述。

“文学史”这个名称最早由国外传入，“中国文学史”这类名称的著作最早也由国外传入，与此有关，近代以来我国出现的大量文学史著作大抵相袭沿用这个名称。而编年体史书在我国却古已有之，这种传统的形式也必然在众多的文学史著作中不时出现，近二十年来数量更多，但大多是断代文学编年史。现在这部贯通古今、新旧一冶的大型文学编年史的出现，昭示着编年体这个有着古老传统的史书形式在文学史著作中开创了新局面，也就铸就了它的重要历史定位。

我国是一个十分注意历史传统和重视历史著作的国家，史学著作浩如瀚海，所以在早期的文学史写作中，必然自觉不自觉地受到这种传统的影响，比如早期不少文学史著作实际是作家传记或作家小传的合编，同传统的历史著作的影响就有关系。郑振铎《插图本中国文学史》的例言中提倡文学史著作要附“年表”，也在一定程度上表现出传统影响的痕迹。大致是从20世纪30年代开始，由于受到外国文学观念和文学史理论的影响，文学史家注意分期，并强调寻找文学发展的因子和文学历史发展的轨迹，而不仅仅满足于对作家、作品作这样那样的评价。在体例上则有分体合编（在一个朝代或历史时段内按文体论述）的“竖切”式和以时代为序、以作家为纲的“横切式”。50年代以后，由于更加强调论说文学的发展，“横切”说占了上风。

通常史家论说编年体史书，总是上溯到《春秋》(当然还有《竹书纪年》)。20世纪80年代初，学人曾有一种设想，分三大块来编写文学史著作，有更接近“纪传”形式的关于作家作品的论述，有“编年”形式的文学大事记述，有便于阐述文学发展线索和规律的“史论”形式。

编年体易于见出同时期各事件之间的联系，但由于纪事前后分隔，作家的生平行事，作品的变化发展，还有一些文化现象不易详其原委，也就是说，长处和短处都很明显，在近代以来的文学史写作中，它受到冷落或许也并不偶然。

这部十八卷本《中国文学编年史》在继承编年体形式并自觉发挥其长处和优势的同时，还借鉴了纪传体在人物和事件叙述方面的长处和优势，也还借鉴了目前通行的贯穿着这样那样的评论的文学史著作的现代格式，在这方面，他们设立了每一历史阶段、历史时代的引言和绪论，而这些“言”和“论”主要就是展开对文学思潮的变迁、文学流派的兴衰和其他重要文学现象的论述。为了有助于人们把握文学发展的具体历史语境，编著者又有意识地增加了诸多思想文化内容的记述，《总序》中说得很明白：“中国文学进程是在中国历史的背景下展开的，与政治、经济、军事、思想文化等均有明显联系，而与思想文化的联系往往更为内在，更具有全局性，考虑到这一点，我们有意加强了下述三方面材料的收录：重要文化政策；对知识阶层有显著影响的文化生活（如结社、讲学、重大文化工程的进展、相关艺术活动等）；思想文化经典的撰写、出版和评论。这样处理，目的是用编年的方式将中国文学进程及与之密切相关的中国思想文化变迁一并展现在读者面前。”

毫无疑问，这样的设计正是适应着近代以来文学史研究的总体格局，这种“适应”实际上也使编年体文学史形式显示了一种新的“个性”。

这样，这部《中国文学编年史》实际上已不局限于传统编年体的古旧格式而有所变化乃或有所突破。如果考虑到近百年来文化风习的变异，文学史观念之更新，文学史体式之增加，这些变化当是不可避免的，古旧的体式不能框住新的变异，这是客观形势的促使，也是编著者们的自觉改进。最终又是一个古旧的编年体格式的发展变化问题。也就是说，在新的历史时期，在我们的文学史研究实践中，沿用编年体这种古老体式，而又有变化和发展，这是十分可贵的尝试，也是这部《中国文学编年史》的一大收获。

附记：陈文新主编的十八卷本《中国文学编年史》是我国首部系统完整、涵盖古今的编年史，荣获首届中国出版政府奖提名奖（2008 年）和湖北省第六届人文社会科学优秀成果奖一等奖（2009 年），入选教育部重点研究基地十年建设标志性成果（2000—2010 年）、“新中国六十年高校哲学社会科学成就展”（1949—2009）和“党的十六大以来出版业发展成就”代表性成果（2002—2012）。2006 年 11 月 11 日在人民大会堂举行的出版座谈会上，冯其庸誉之为“文学史的万里长城”。

—— 延伸阅读文献：

1. 鲁小俊：《〈中国文学编年史〉与文学史的重新建构》，《北京大学学报》2007 年第 2 期

2. 陈文新：《编年史：一种应运而生的文学史范型》，《社会科学论坛》2007 年第 6 期

3. 陈文新：《编年体文学史如何建立统一性》，见《中国文学编年史研究》，中华书局 2009 年版

（邓绍基撰稿）

—— 原文：《中国文学编年史·总序》

中国文学编年史·总序

陈文新

纪传体、编年体是中国传统史学的两种主要体裁，而编年体的写作远较纪传体薄弱。《四库全书总目》卷四七史部编年类小序已明确指出这一事实："司马迁改编年为纪传，荀悦又改纪传为编年。刘知幾深通史法，而《史通》分叙六家，统归二体，则编年、纪传均正史也。其不列为正史者，以班、马旧裁，历朝继作。编年一体，则或有或无，不能使时代相续。故姑置焉，无他义也。"[①] 与古代历史著作的这种体裁格局相似，在20世纪的中国文学史写作中，也是纪传体一枝独秀，不仅在数量上已多到难以屈指，各大专院校所用的教材也通常是纪传体，这类著作的核心部分是作家传记（包括作家的创作经历和创作成就）。编年类的著作，则虽有陆侃如、傅璇琮、曹道衡、刘跃进等学者做了卓有成效的工作，但就总体而言，仍有大量空白，尤其是宋、元、明、清、现、当代部分，历时一千余年，文献浩繁，而相关成果甚少。这样一种状况，自然是不能令人满意的。这套《中国文学编年史》的编纂出版，即旨在一定程度地改变这种状况。

文学史是在一定的空间和时间中展开的。纪传体的空间意识和时间意识以若干个焦点（作家）为坐标，对文学史流程的把握注重大体判断。其优势在于，常能略其玄黄而取其隽逸，对时代风会的描述言简意赅，达到以少许胜多许的境界。若干重要的文学史术语如"建安风骨"、"盛唐气象"、"大历诗风"等，就是这种学术智慧的凝结。但是，由于风会之说仅能言其大概，"个别"和"例外"（即使是非常重要的"个别"和"例外"）往往被忽略，不免留下遗憾。一些跨时代的作家，如李煜、刘基、张岱等人，在文学史中的时代归属与其代表作的实际创作年代也常有不吻合的情形。例如，李煜被视为南唐作家，

① 永瑢等撰:《四库全书总目》，中华书局1965年版，第418页。

而他最好的词写在宋初；刘基被视为明代作家，而他最好的诗、文写在元末；张岱被视为明代作家，而其代表作多写于清初。比上述情形更具普遍性的，还有下述事实：我们讲罗贯中的《三国志演义》，往往以毛宗岗修订本为例；我们讲施耐庵的《水浒传》，往往以百回繁本为例；我们讲兰陵笑笑生的《金瓶梅》，往往以崇祯本为例。这就出现了两方面的问题：第一，我们讲的并不是作家的原著；第二，我们忽略了读者的接受情形。这类涉及风会与例外、作家时代归属与作品实际创作、传播与接受两方面的问题，以纪传体来解决，由于受到体例的限制，往往力不从心，采用编年体，解决起来就方便多了：不难依次排列，以展开具体而丰富多彩的历史流程。

与纪传体相比，编年史在展现文学历程的复杂性、多元性方面获得了极大的自由，但在时代风会的描述和大局的判断上，则远不如纪传体来得明快和简洁。作为尝试，我们在体例的设计、史料的确认和选择方面采用了若干与一般编年史不同的做法，以期在充分发挥编年史长处的同时，又能尽量弥补其短处。我们的尝试主要在三个方面。其一，关于时间段的设计。编年史通常以年为基本单位，年下辖月，月下辖日。这种向下的时间序列，可以有效发挥编年史的长处。我们在采用这一时间序列的同时，另外设计了一个向上的时间序列，即：以年为基本单位，年上设阶段，阶段上设时代。这种向上的时间序列，旨在克服一般编年史的不足。具体做法是：阶段与章相对应，时代与卷相对应，分别设立引言和绪论，以重点揭示文学发展的阶段性特征和时代特征（现当代文学因时间周期较短，拟省略阶段，不设引言）。其二，历史人物的活动包括“言”和“行”两个方面，“行”（人物活动、生平）往往得到足够重视，“言”则通常被忽略。而我们认为，在文学史进程中，“言”的重要性可以与“行”相提并论，特殊情况下，其重要性甚至超过“行”。比如，我们考察初唐的文学，不读陈子昂的诗论，对初唐的文学史进程就不可能有真正的了解；我们考察嘉靖年间的文学，不读唐宋派、后七子的文论，对这一时期的文学景观就不可能有准确的把握。鉴于这一事实，若干作品序跋、友朋信函等，由于透露了重要的文学流变信息，我们也酌情收入。其三，较之政治、经济、军事史料，思想文化活动是我们更加关注的对象。中国文学进程是在中国历史的背景下展开的，与政治、经济、军事、思想文化等均有显著联系，而与思想文化的联系往往更为内在，更具有全局性。考虑到这一点，我们有意加强了下述三方面材料的收录：重要文化政策；对知识阶层有显著影响的文化生活（如结社、讲学、重大文化工程的进展、相关艺术活动等）；思想文化经典的撰写、出版和评论。这样处理，目的是用编年的方式将中国文学进程及与之密切相关的中国思想文化变迁一并展现在读者面前。

《中国文学编年史》是一个基础性的重大学术工程，文献的广泛调查和准确使用是做好编纂工作的首要前提。《四库全书》、《续修四库全书》、《四库存目丛书》、《四库禁毁书丛刊》、《丛书集成》、《笔记小说大观》等是我们经常使用的典籍，近人和今人整理出版的别集、总集，大量年谱（如徐朔方《晚明曲家年谱》），以及文、史、哲方面的编年史，均在参考范围之内，限于体例，未能一一注明，谨此一并致谢。在使用上述文献的过程中，我们采取的是一种如履薄冰、如临深渊的谨慎态度。这是因为，相当一部分典籍是由我们第一次标点，这一工作的难度是不言而喻的。即使是前人已经整理的典籍，我们也并不直接采用，而是根据自己的理解再整理一次。这样做当然增加了工作量，但确有许多好处，若干错误就是在这一过程中得到纠正的，有些错误的纠正涉及基本事实的澄清。比如，张大复《皇明昆山人物传》卷八记梁辰鱼晚年情形，有云："（梁氏）当除夕遇大雪，既寝不寐。忽令侍者遍邀诸年少，载酒放歌，绕城一匝而后就睡。曰：'天为我辈雨玉，可令俗人蹴踏之耶？'时年已七十矣。亡何，中恶，语不甚了。有老奴李用者，颇省其说，尚有注记。得岁七十有三。"一位学者将"中恶，语不甚了"标点为"中恶语，不甚了"，并就此推论说："梁辰鱼七十岁时遭遇暧昧不明的事件。""《皇明昆山人物传》的上述记载本意是为贤者讳，事实上倒很可能为统治者隐盖了迫害异已文人的一件罪行。"这就不免弄错了事实。"中恶"即突然患急病，正所谓"老健春寒秋后热"，老年人得急病是常见的情形。而"中恶语"的表述，明显不符合古人的语言习惯。再如，陈田《明诗纪事》将正德时期的傅汝舟与明末的傅汝舟混为一人，将两人的生平搅在一起，其按语云："丁戊山人诗初矜独造，晚遁荒诞，择其入格者录之，亦是幽弦孤调。山人享大年，具异才，谈佛谈仙，亦作北里中艳语。初与郑少谷游，晚乃与茅止生、卓去病、张文寺、文太青倡和，支离怪诞，无所不有。少谷集中无是也。论者乃专谓山人刻意学少谷，何哉？"《明诗纪事》近三百万言，卓有建树，是研究明诗的必备案头书。但关于傅汝舟，陈田的确弄错了。郑善夫（1485—1523）号少谷，以学杜著称，学郑少谷的是正德年间的傅汝舟；文翔凤号太青，万历三十八年（1610）进士，与文太青等唱和的是明末的傅汝舟。两个傅汝舟之间相距约百年，陈田想当然地将二者合为一人，说他“享大年”，又说他前期学郑少谷，后期学竟陵派，曲意弥缝，令人哑然失笑。其他种种，如部分文学家辞典对作家生卒年的误注，若干点校本的断句错误等，我们都在力所能及的范围内做了纠正。提到这些情况，不是想证明我们的水平多高，而意在告诉读者：我们的工作态度是认真的，有志于为读者提供一部值得信赖的编年史著述。

（据湖南人民出版社2006年版《中国文学编年史》
校录，原作者稍有修改）

陈平原与《史识、体例与趣味：文学史编写断想》

经典导读

陈平原（1954—　），广东潮州人。1982 年毕业于中山大学，获文学学士学位；1984 年毕业于中山大学，获文学硕士学位；1987 年毕业于北京大学，获文学博士学位，是北京大学首批两位文学博士之一。先后任北京大学中文系讲师（1987 年起）、副教授（1990 年起）、教授（1992 年起）、系主任（2008—2012 年）。现为北京大学中文系教授、教育部“长江学者”特聘教授、香港中文大学中国语言文学讲座教授、北大二十世纪中国文化研究中心主任、中国俗文学学会会长。先后出版《中国小说叙事模式的转变》《千古文人侠客梦》《中国现代学术之建立》《中国散文小说史》《中国大学十讲》《触摸历史与进入五四》《大学何为》《北京记忆与记忆北京》等著作三十余种。

近三十年来，陈平原在文学史研究方面影响甚巨。1985 年，黄子平、陈平原、钱理群三位学者提出了“20 世纪中国文学”的概念，引起广泛关注。作为一种文学史叙述，“20 世纪中国文学”在摆脱“现代文学”、“当代文学”等时段概念的同时，也摆脱了某种价值判断，为 20 世纪的中国文学研究展开了许多新的可能性。其意义至今还能感觉到。

1989 年，陈平原著《二十世纪中国小说史》第一卷由北京大学出版社出版。在这部著作的“卷后语”中，陈平原提出了“注重进程，消解大家”的写作要领。“消解大家”是为了免去必须给作家排座次的尴尬，因为座次的安排并不取决于学者的个人看法，而早已“约定俗成”，或者说，早已在体制内确定下来了；而“注重进程”，则便于关注“内部研究”，而适度降低“外部研究”的比重或“外部研究”思路的干预。与“20世纪中国文学”概念的提出一样，陈平原旨在获得一个相对宽松的阐释空间。这样的阐释空间，对于一个有思想、有才情、有个性的学者来说，不可或缺，否则他就没有办法施展拳脚。

陈平原的《史识、体例与趣味：文学史编写断想》一文是为2006年11月底在武汉大学召开的“中国文学编年史研究学术研讨会”而撰写的，次年5月发表于《南京师范大学学报（社会科学版）》（2007年第3期）。陈平原在本文中提出了一些重要理念。一、在著述体例上，陈平原呼吁让“三驾马车”相得益彰，在文学史著述中兼容纪传、编年与通论。就陈平原的著述而言，他其实更长于通论，对历时态的观察也深有体会（“注重进程”本来就是一种编年性质的考察），他感到厌倦和腻味的也许是纪传体，因为纪传体是以“大家”为核心展开的。但他没有从理论上否定和不满于纪传体，这里正显出陈平原温厚的一面。需要指出的是，作为教材的文学史著作，用纪传体来写不仅具有深厚的传统，较之编年体与通论体，也确有其优势。《二十世纪中国小说史》在陈平原的第一卷之后，难以顺顺当当地往下写，这件事并不令人感到奇怪。这不仅因为“北大的学者”有个性，而且因为，通论体的著作比较适合于一个人独立写作，多人合作是很难成功的。二、对编年体文学史的长处和短处做出了评判。英人柏林（Isaiah Berlin）曾将学者分为狐狸与刺猬两种类型。狐狸型的学者博学多识，刺猬型的学者则追求以一驭万的境界，他们倾向于将所思、所知、所感纳入一个宗旨明确、始终一贯的系统。按柏林的分类，从事编年史研究的学者属于狐狸型，他们关注的更多的是事实而不是对事实的解释。这种关注潜藏着一个危险，即“博而寡要”、“繁琐是真”。在中国学术史上，两汉是一个重视知识的时代，而章句繁琐的弊端即出现于两汉；乾嘉时期是又一个重视知识的时代，而清代考据家的支离繁琐之弊亦与汉儒相同。如何控制编年史的“文献库”倾向，如何将日益增长的知识置于一种体系中，使这些知识变得有意义，从而使文学史研究得以进一步深入，这是一个必须重视的问题。20世纪中期崛起的法国年鉴学派认为，史学家工作的好坏同提出问题的质量高低有直接关系。史学研究同其他任何学科一样，不能纯粹靠搜集和罗列事实来进行。我们不能满足于基于某种学术立场选择事实，还要从这种学术立场出发来“疏通”事实与事实之间的联系。《中国文学编年史》致力于在关注细节的同时也关注“古今之变”，就是为了既发挥编年史的固有长处，又借鉴纪传体的长处，但作为一种体例，编年体不可能全部容纳纪传体的长处。陈平原对这一事实给予关注，提醒学界关注各种体例的长短，无疑是必要的。三、建议《中国文学编年史》的各位作者，在《中国文学编年史》现有成果的基础上，大胆立论，回到虚拟的历史现场做出精彩阐释。史学研究中可能出现的弊端有两种：一是条理过于清晰，系统过于分明，一是材料过于庞杂，毫无秩序可言。前一个弊端常出现于纵横捭阖的理论阐释中，后一个弊端常出现于编年史这一类注重排比史料的著作中。陈平原建议《中国文学编年史》的作者们在大量史料的基础上，从事理论阐释，以期臻于更为高远的学术境界，确实是有眼光的。

最近十年，陈平原对学术史研究给予了较多关注，对鲁迅、胡适等人的文学史著述，常有体贴入微的心得。他认为，鲁迅的文学史著述，其优胜处在于史料功底扎实、艺术感觉敏锐，另外就是对“世态”与“人心”的深入理解以及借助这种理解来诠释文学潮流演进的叙述策略；胡适重“史”轻“诗”，对小说的艺术表现兴趣不大；即便论及，也都不甚精彩。以史家眼光读“诗”说“诗”，有其偏颇，也有其深刻之处。重要的是引进了“历史演变”这一观念，打破了此前诗品、文论、小说评点中常见的随意鉴赏和直觉评论，找到了理解文类发展和作品形成奥秘的关键。由于有着深厚的学术史研究的背景，陈平原关于文学史研究的论述，常有卓见，值得重视。

—— 延伸阅读文献

1. 黄子平、陈平原、钱理群:《论“二十世纪中国文学”》,《文学评论》1985 年第 5 期

2. 陈平原:《中国现代学术之建立》, 北京大学出版社 1998 年版

3. 郭英德:《悬置名著——明清小说史思辨录》,《文学评论》1999 年第 2 期

（陈文新撰稿）

—— 原文:《史识、体例与趣味：文学史编写断想》

经典原文

史识、体例与趣味：文学史编写断想

陈平原

■ 一

凡写史，不能不考虑“著述体例”。所谓“著述体例”，不仅仅是章节安排等技术性问题，还牵涉到史家的眼光、学养、趣味、功力，以及背后的文化立场等，不能等闲视之。

20世纪20年代，梁启超在南开、清华等校讲学，其讲稿分别整理为《中国历史研究法》(商务印书馆，1922)和《中国历史研究法补编》(商务印书馆，1930)。前书第三章“史之改造”称：“史学范围当重新规定，以收缩为扩充也。”具体说来，就是突出专题史的研究。“治专门史者，不惟须有史学的素养，更须有各该专门学的素养”，这与“作普遍史者须别具一种通识”，大不相同[①]。在后书中，梁启超具体论述了五种专史：人的专史、事的专史、文物的专史、地方的专史以及断代的专史[②]。

20世纪30年代，罗根泽著《中国文学批评史》(北平：人文书店，1934)，绪言部分专论“编著的体例”，倡言在中国传统史学的基础上，兼揽众长，创立一种“综合体”。具体分为三步：“先依编年体的方法，分全部中国文学批评史为若干时期”；“再依纪事本末体的方法，就各期中之文学批评，照事实的随文体而异及随文学上的各种问题而异，分为若干章”；“然后再依纪传体的方法，将各期中之随人而异的伟大批评家的批评，各设专章叙述”[③]。

---

① 梁启超：《中国历史研究法》，上海古籍出版社1987年版，第32、38页。

② 真正完成的，只有“人的专史”和“文物的专史”；但梁的大思路，在《中国历史研究法补编》总论第三章“五种专史概论”(《中国历史研究法》172~180页)中，有相当清晰的表述。

③ 罗根泽：《中国文学批评史》，上海古籍出版社1984年版，第34页。

梁、罗二君，都是力图将传统史学与西洋史学相嫁接，前者视野宏阔，目光如炬，后者更具可操作性——实际上，日后中国许多文学史的撰述，都是这么做的。依照罗先生的设计，实际上是以“纪传体”为中心——所谓编年体以及纪事本末体，只在设计阶段起作用。这与今日颇受非议的大小作家排座次，可谓一脉相承。梁启超注意到了晚清以降“专史”迅速崛起的意义，大力提倡文学史、美术史、宗教史等，并申明撰写专史“更须有各该专门学的素养”，这是很有见识的。但专史（专门史）与通史（普遍史）之间的缝隙与接榫，需要重新辨正。在我看来，对于“专史”的撰写者来说，“通识”的眼光与趣味，同样十分重要。这里所说的“通识”，既是体例，也是精神。

其实，在某一“专史”（比如“中国文学史”）的研究与撰述中，还可以仿照梁启超的说法，分出若干类型——或断代，或分区，或关注作家，或注重作品。所有这些撰述，都必须面对同一个难题：如何在具体写作中，有效地协调史家的“功力”与“学问”。换句话说，经历百年风雨，作为学科的“文学史”，再也不是当初林传甲、黄摩西草创时候的那个状态，单靠排比繁复的史料，解决不了问题。随着资料的积累以及学术的推进，包括各种电子数据库的形成，我以为，那个广义的“通识”，将变得越来越重要。

我的基本思路是：文学史确实属于“专史”，但在具体的撰述中，有无“通识”、能否在史料的精细甄别以及事件的精彩叙述中，很好地凸现史家特有的“见地”，以至“通古今之变，成一家之言”，将是至关重要的。撰写文学史，无法完全抛开具体的作家作品；否则，再精微的论辩，都成了七宝楼台。可在具体的撰述中，如何协调具体的作家作品与普泛的文体、风格、流派、思潮等，是个难题。有各种解套的办法，其中之一便是：在文学史撰述中兼容纪传、编年与通论，让这“三驾马车”相得益彰。

此前，我一直顺着这个思路在思考，也有过若干尝试，得失兼具；没能取得大的进展，本不好意思吹牛。可有两个因素，促使我收拾飘散的思绪，重新加入关于“文学史写作”的对话。一是北大中文系李杨教授应某杂志之邀，对我进行学术专访时，再三追问：为何没能完成当初被寄予厚望的《二十世纪中国小说史》？李教授的解释是，我的文学史观有点“另类”，不以寻找“大家”或确立“经典”为目标，而是希望“弄清小说作为一种知识的谱系”，这种方法与“福柯的知识考古学方法有一致的地方”[①]。另一个直接的刺激是，陈文新主编十八卷本《中国文学编年史》(湖南人民出版社，2006)的出版。在谈及这套大书的编纂主旨时，陈文新称，在20世纪的中国文学史写作中，“纪传体一枝独秀”；而在他看来，“与纪传体相比，编年史在展现文学历程的复杂性、多元性方面获得了极大的自由”[②]。

所有这些，都促使我回首往事，重新思考18年前那一追求“注重进程，消解大家”的文学史实践。

二

在《二十世纪中国小说史》第一卷的“卷后语”中，我写下了这么一段话：

> 我给自己写作中的小说史定了十六个字：“承上启下，中西合璧，注重进程，消解大家。”这路子接近鲁迅拟想中抓住主要文学现象展开论述的文学史，但更注重形式特征的演变。“消解大家”不是不考虑作家的特征和贡献，而是在文学进程中把握作家的创作，不再列专章专节论述。……鉴于目前学术界对这一段文学历史的研究尚很不充分，本卷特借助“作家小传”和“小说年表”两个附录，一经一纬展示阅读这卷小说史时不能不掌握的基本史料。[③]

说白了，就是嫌以往的文学史太啰唆，纠缠于众多人所共知的“常识”，不得要领，淹没了史家独有的“洞见”；因而，希望把必不可少的史料考辨以及人物介绍等，甩到附录中去解决。这样的处理方式，属于枝节性的，学界没有多少异议。争议较大的是，写文学史，是否可以不给作家排座次，转而“注重进程，消解大家”。

不要说整个学界，就连我们课题组内部，对这个问题也有不同看法。《二十

---

① 李杨：《“以晚清为方法”——与陈平原先生谈现代文学研究中的晚清文学问题》，《渤海大学学报》2007年第2期。

② 陈文新：《〈中国文学编年史〉的编纂主旨及特点》，《文艺研究》2006年第9期。

③ 陈平原：《二十世纪中国小说史》第一卷，北京大学出版社1989年版，第300页。

世纪中国小说史》第一卷出版后，我们内部开过一个小会。会上，我主要谈了三个问题（小说史体例、小说史写作的重心、小说史研究的方法），并特别推崇鲁迅的借典型文学现象展开论述的思路，反对那种巨细无遗、眉毛胡子一把抓的论述策略。严家炎、洪子诚、钱理群等先生对我撰写的第一卷，有赞赏，也有批评；批评主要集中在以下几点：行文太紧，即便给专家读，也都很吃力；“消解大家”，在晚清可以，“五四”以后不合适；论的成分大，史的性质弱；附录太小，何妨干脆扩大，变成独立的作家论[①]。同时期发表的众多书评，大都就书论书，不若我们内部讨论，关注“著述体例”背后各自不同的文学史想象。

有感于此，我根据录音整理成文，经大家过目，再送出去发表。先是以《小说史体例与小说史研究——〈二十世纪中国小说史〉讨论纪要》的面目，出现在《文学评论家》1990 年第 4 期上；因排印中出现了不少错误，杂志社不好意思，又改题《论小说史体例》，重刊于 1991 年 1 期。如此难得的“校订本”，被《新华文摘》1991 年第 5 期转载，后又收入我的《小说史：理论与实践》（北京大学出版社，1993），读过的人较多。很难说谁对谁错，更像是不同学术思路的展演与交锋。

香港中文大学的王宏志教授，注意到我们课题组内部学术思路上的差异，日后曾专门撰写《“注重进程，消解大家”——二十世纪中国文学史重要作家的评价问题》予以辨析。王文认可以“进程”而不是“大家”为主体来撰写文学史的思路，理由是：“大家”地位的确立，受制于意识形态，配合“国家论述”以及政治教化的需要，很可疑。而“注重进程，消解大家”之所以值得重视，在于“它实际上是指出了一个打破政治论述的可能性：不突出大家，便没有排座次的烦恼，也没有树碑立传的问题，更不须注视个别作家为党为国而作的贡献”；另外，此举“也提供了打破旧经典的可能性”，“应该可以是文学史论述的一个新的方向”[②]。

为筹备 1990 年夏天在北大召开的“二十世纪中国小说史”国际学术研讨会，我撰写了长文《小说史研究方法论》，其中论及“小说史体例”部分，先以《小说史体例与小说史研究》为题，刊日本《中国古典小说研究动态》第 4

① 陈平原：《小说史：理论与实践》，北京大学出版社 1993 年版，第 286～297 页。

② 王宏志：《“注重进程，消解大家”——二十世纪中国文学史重要作家的评价问题》，见《中国现代文学论集：研究方法与评价》，香港中文大学 1999 年版。

号（1990年10月），后收入我的《小说史：理论与实践》。文章引章学诚《文史通义》，称记注之书“体有一定”，撰述之书“例不拘常”。撰史的目标，追求的是“学问”而不是“功力”，前者讲究“决断去取，各自成家”，后者则言必有据，“以博雅为事”。这里主要针对的，是中国学界颇为流行的将“文学史”写成了“资料长编”。当然，此举也带有自我辩解的成分。明眼人很容易看出来，我之立说，受鲁迅影响很深。1932年8月15日，鲁迅致信台静农，称郑振铎的治学“盖用胡适之法，往往恃孤本秘笈，为惊人之具”。鲁迅讥评《插图本中国文学史》为“文学史资料长编”，那是被书商广告误导；但主张区分“文学史”与“资料长编”，却是很有见地的。虽然鲁迅再三谈及，编文学史最好先从史料长编入手，却断然否定此类“长编”即是“史”[①]。

文中提及自家的《二十世纪中国小说史》第一卷，称其基本思路是：“它不以具体的作家作品为中心，也不以借小说构建社会史为目的，而是自始至终围绕小说形式各个层面（如文体、结构、风格、视角等）的变化来展开论述；同时，力图抓住影响小说形式演变的主要文学现象（如报刊发行与稿费制度、政权的舆论导向与文学控制、战争引起的文人生活方式改变等），在韦勒克所称的‘文学的内部研究’中引进文化的和历史的因素，以免重新自我封闭，走到另一个极端。”[②]如此小说史体例，有利于把握和描述小说发展进程，史的线索清晰，整体感强；可也留下了不小的遗憾：强调整体的综合考察，对具体作家作品的评述自然大为削弱。在这个意义上，所有的小说史都不可能包打天下，所有的小说体例也都不可能尽善尽美。

回到李杨的问题，为何《二十世纪中国小说史》第一卷1989年就出版了，而第二卷以下则泥牛入海无消息。不是我们偷懒，也不是同事之间闹矛盾，问题可能出在理论框架及著述体例。或许，正是因为我的“注重进程，消解大家”，害得这套被寄予厚望的大书半途而废。作为主编，严家炎先生给了我充分的写作自由；可没想到，第一卷是定调子的，课题组同仁学术思路不太一致，后面几卷便难以为继了。

这倒是给我们提出了一个很有趣的问题：什么叫有效的学术合作？现在学

---

①《鲁迅全集》第12卷，人民文学出版社1981年版，第102、184页。

② 陈平原：《小说史：理论与实践》，北京大学出版社1993年版，第102页。

界通行“造大船”，很多人在一起攻关，做大项目，出大成果。以我们的经验，如果是资料性质的，只要统一体例，通力合作，就能“多快好省”地达成目标。如我们六卷本的《二十世纪中国小说理论资料》，便是这样完成的。至于撰史，除非是一位长辈领着自己的一批学生，否则很难协调。学术个性越强的学者，越不合适此类“大项目”——委曲求全，有违本心；各说各话，又实在“不成体统”。北大学者大都有自己的一套，这是优点；但既要互相尊重，又不做违心之论，这可就难办了。与其互相妥协，弄成个平淡如水的“大拼盘”，还不如像我们这样，不凑合，干脆各做各的。

■ 三

此后十年，关于文学史的著述体例，我曾做过三种不同类型的尝试。第一个尝试是，1994 年为百卷本《中华文化通志》撰写《散文小说志》(上海人民出版社，1998)，此书日后改题《中国散文小说史》，2004 年由上海人民出版社单独刊行。因题目及体例所限，此书只能大刀阔斧，粗线条勾勒，抛弃许多具体史料及作家作品的精细考辨。偶尔也有写得痛快的时候，但大都如履薄冰，没太有把握的地方，不敢放开来写。这才特别怀念梁启超所说的清初学术之“在淆乱粗糙之中，自有一种元气淋漓之象”[①]。身处“学术规范”期的我们，即使想跑野马，也都显得有点拘泥，无法真的特立独行，来去自由。

第二个尝试是，1999 年应报刊之邀，采用“纪事”的体式，来“浏览”20 世纪中国文学[②]。拒绝居高临下的阅读姿态以及似是而非的“经验教训”，转而引导读者回到现场，亲手触摸那段刚刚逝去的历史。依旧是专家的立场，只不过透过万花筒，眼前的风景开始晃动起来，在一系列的跳跃、冲撞与融合中实现重构。如此“百年回眸”，少了些严谨与浑厚，却能多几分从容、洒脱甚至幽默。区区万把字，并没想做大，只是小试牛刀而已；写作中，腾挪趋避，感觉颇为愉悦。最近十年，从学术史角度，多次涉及鲁迅、胡适等人的文学史著

---

① 夏晓虹编校:《中国现代学术经典：梁启超卷》，河北教育出版社 1996 年版，第 127 页。

② 陈平原:《二十世纪中国文学纪事（上）》,《当代作家评论》2000 年第 1 期。

述，思路相对来说更加开阔，趣味也多元化了。“鲁迅的文学史著述，其优胜处在于史料功底扎实、艺术感觉敏锐，另外就是这对‘世态’与‘人心’的深入理解以及借助这种理解来诠释文学潮流演进的叙述策略”；“胡适重‘史’轻‘诗’，对小说的艺术表现兴趣不大；即便论及，也都不甚精彩。以史家眼光读‘诗’说‘诗’，有其偏颇，也有其深刻之处。重要的是引进了‘历史演变’这一观念，打破了此前诗品、文论、小说评点中常见的随意鉴赏和直觉评论，找到了理解文类发展和作品形成奥秘的关键”[①]。以上的论述，自以为还是站得住脚的。只是此类“学术史论”，居高临下，不太近人情；对于具体的研究者来说，如何张扬自家个性，似乎更为要紧。

文学史编写不仅仅是一门技艺，更与学者个人的遭际、心境、情怀等有密切的关联。换句话说，这个“活儿”，有思想，有抱负，有幽怀，有趣味。因此，得失成败，没有一定之规。在近年所撰《小说史学的形成与新变》中，我写下这么一段感慨遥深的话：

> 在我看来，兼及“小说”与“历史”的小说史研究，需要博学通识，需要才情趣味，甚至还需要驰骋想象的愿望与能力——这样，方才能真正做到“体贴入微”。可是，作为具体的学者，性格才情无法强求，关键在于最大限度地发挥自己的长处。在这个意义上，即便郑振铎真的“往往恃孤本秘笈，为惊人之具”，也无可厚非。反过来，像俞平伯那样专注于具体的文本，而不太考虑历史背景等，也是用其所长。[②]

名物训诂，资料考辨，确实可以做到“每下一义，泰山不移”；但宏大的历史论述，或者幽微的哲理辨析，则只能追求“自圆其说”。在这个意义上，每种学术思路，各有利弊，只要能发挥到极致，就有可能获得成功。就好像写文章，能雅能俗都是好事，怕的是雅俗都不到位。承认学问的发展方向与学者的天性密不可分，关键是认清自己，尽可能自我完善，而不是听从某位高明的

---

① 参见拙文《作为文学史家的鲁迅》(《文学史的形成与建构》第48页，广西教育出版社1999年版)以及《作为新范式的文学史研究》(《中国现代学术之建立》第210页，北京大学出版社1998年版)。

② 陈平原:《小说史学的形成与新变》，见《现代中国》第四辑，湖北教育出版社2004年版。

师长或专家的“指点”。

■ 四

想得多，做得少，拟想中大展宏图的“文学史”或“文学纪事”，都没能真正展开。因此，我读十八卷本《中国文学编年史》，感觉很惭愧。当然，单说这书体积很大，是“皇皇巨著”，这远远不够。因为，谁都知道，“体积大”，那属于“出版工程”，只要肯投钱，下大功夫，千军万马一起上，准能行。大部头的书，不见得真有价值。因此，我更看重的是“编年史”背后的学术思路，即：文学史原来可以这么写。此举起码提醒我们关注文学史撰述的多样性。只要想清楚了，完全可以轻装上阵，而不必像我们当初那样左顾右盼，因而举步维艰。当初我设想的“三驾马车”，或者“三位一体”，现在看来还嫌保守。完全可以“千里走单骑”——你专论作家，他注重作品，我则只关注文学思潮，更有单就文体、风格立论的。你十几万字，蜻蜓点水，阅尽人间春色；他千百万字，浓墨重彩，绘制出瑰丽的万里长江图。所有这些论述策略，都可行；只要本色当行，就能博得一片掌声。

说实话，在仔细审读这套“编年史”之前，就贸然大加称赞，这太危险了。稍为翻阅这套大书，我反倒有几点想法，提出来，供参考。

第一，拥有如此丰富、庞杂的文学及文化史料，略加排比，很容易就会有峰回路转、豁然开朗的感觉。建议编者在此基础上，纵横捭阖，由考辨而论述，由集萃性质的“编年史”，进而发展成以“编年”为骨干的“文学史”。这比起从某一理论预设出发，胡乱剪裁历史，会更有发展前景。当初撰写《二十世纪中国小说》第一卷时，我就是这么做的——先编“资料集”，再编“小说年表”和“作家小传”，接下来略做考辨，最后到了撰史，就显得游刃有余了。而这，其实是在偷鲁迅先生的招数。鲁迅借助于《古小说钩沉》《唐宋传奇集》《小说旧闻钞》来考异搜遗，订伪存真，这才保证了《中国小说史略》的学术性。再往上推，司马光也是这么做的：先为长编杂陈史料，再作考异说明去取，最后才是正式成史的《资治通鉴》。只考不论，或者只论不考，当然也可以成家；但我更期待集“功力”与“学问”于一身的“著述”。

第二，记得章太炎说过，病实者宜泻，病虚者当补。做学问的，极少十项全能，或十全十美，多少都有“病”。关键在于，知道自家“病”在哪里，及时调养。编资料集，或者做“编年”、“纪事”久了，容易养成“往小处看”、“从细微处入手”的习惯；好处是体贴入微，缺点则是过于拘谨，不敢大胆立论。我们都知道，相对于曾经存在过的“大历史”，你再详细梳理，所得者也不过是“九牛一毛”。如何在面对“文明的碎片”时，能够且敢于驰骋想象，回到虚拟的历史现场，并作出精彩的阐释，对于做过“编年史”的人来说，是个极大的挑战。1900年的章太炎，正处于学术转折期，故自称：“鄙人夙治汉学，颇亦病实。数年来，以清谈玄理涤荡灵府，今实邪幸已泻尽。”[①] 我建议诸位从事《中国文学编年史》的朋友，暂时跳出来，不再纠缠于历史细节，像太炎先生说的，“以清谈玄理涤荡灵府”，胡思乱想一通，或许能有出人意表的宏论。

第三，随着大部头“文学编年史”的出版，还有各种专业数据库的涌现，研究者很容易在不同的作家、作品、文体、风格之间，建立起原先很可能并不存在的“关联性”，并由此展开各种论述。我有点担心，此举可能导致对于历史人物或文学作品的“过度阐释”。我们都知道，古人的生活方式与今人大不相同，尤其在互相沟通（口头的以及书面的）这方面，远不及今人便利。当初闭塞环境中各自独立存在的人事与诗文，一旦平面铺开，确实会有许多相似性；但这并不等于说他们/她们/它们之间存在着确凿无疑的“合作”、“共谋”或“互文性”。我的感觉是，过去资料分散，同时代人在日常生活及精神创造方面的“关联性”，没有得到相应的重视；而现在则相反，查书太容易了，这种“关联性”又可能被过分渲染。过犹不及，对于人文学者来说，“度”的掌握，是最难的。

2007年1月24日于京西圆明园花园

（原刊于《南京师范大学学报（社会科学版）》2007年第3期，
此据中华书局2009年版陈文新主编《中国文学编年史研究》校录）

---

① 章太炎：《致宋燕生书三（1900年10月1日）》，见《中国哲学》第九辑，生活·读书·新知三联书店1983年版。

杨义与《重绘中国文学地图的方法论问题》

经典导读

杨义（1946—　），广东省电白县人。1978—1981 年在中国社会科学院研究生院文学系学习，获硕士学位（2000 年获武汉大学文学博士学位）。1981 年毕业后留文学研究所工作。1991 年获政府特殊津贴，同年获国务院学位委员会颁发的有突出贡献的学位获得者荣誉。1994 年获国家人事部有突出贡献的中青年专家称号。1998 年出任中国社会科学院文学研究所所长兼学术委员会主任、少数民族文学研究所所长兼学术委员会主任、《文学评论》主编，《文学年鉴》主编，《中国社会科学院文学研究所学刊》主编（2007 年），全国《格萨尔》领导小组组长。2004 年出任国家社会科学基金重大项目首席专家。2006 年获评中国社科院学部委员。2009 年被选为中国鲁迅研究会会长。2010 年任澳门大学社会科学及人文学院中文系讲座教授。主要著作有《中国现代小说史》（三卷）、《中国叙事学》、《中国古典文学图志——宋、辽、西夏、金、回鹘、吐蕃、大理国、元代卷》、《楚辞诗学》、《李杜诗学》、《重绘中国文学地图》、《20 世纪中国文学图志》、《重绘中国文学地图通释》、《读书的启示》、《感悟通论》、《现代中国学术方法通论》以及《杨义文存》（7 卷 10 册）等 40 余种，发表论文 500 余篇。所著图书曾获国家图书奖、中国图书奖、中国社会科学院优秀科研成果奖等奖项。

《中国现代小说史》（三卷，150 万字）是杨义的代表作之一，1986 年起由人民文学出版社陆续出版，1991 年出齐。此书列为高校文科教材，已出十几版，被中国社会科学院文学研究所列为建所四十周年最有影响的十部著作之一，荣获中国社会科学院首届（1979—1991）优秀科研著作奖、新闻出版总署首届（1978—1990）“国家图书奖”提名奖。

“重绘中国文学地图”是杨义近年来所关注的一个领域。他以“生命诗学”、“文化诗学”、“感悟诗学”为纲，试图在探索和融通多区域、多民族、多时段、多文体的基础上，“重绘中国文学地图”。他认为：中华五千年和多民族的文化，是具有充分的魄力和元气涵养自己的文学之大家风范和大国气象的。在我们以大文学观体认文学与文化生命整体性的时候，也应该注意到，文学是一个格外聪明而调皮的孩子，往往童心未泯，很难预测它下一步要走到哪里，采用何种步态去走。但既然它是一个完整的生命历程，它必然会在大文学观念下返回自己的本性、本位、本体，并开拓自己广阔自由的运思空间，使文学成为千古文明和真实生命的现代倾诉，从而以一批里程碑式的创作，实现新世纪的辉煌。从这种意义上说，大文学观不仅是一种知识构成或知识重组，它更重要的是一种世纪性的文化胸襟。“重绘中国文学地图”所展现的正是这样一种学术自信 。

杨义认为，百余年来的中国文学史，不同程度地存在三个重要缺陷：第一，基本上是汉族的书面文学史，相当大程度地忽略了占国家土地 60%以上多民族的文学的存在和它们相互间深刻的内在联系；第二，忽视了地域的问题、家族的问题，忽视了作家的人生轨迹的问题；第三，忽视了文学口传的传统、雅俗互动及与之相应的物质生活、民间信仰、世人风习等等。“重绘中国文学地图的方法论问题”就是针对这三个缺陷提出来的。

在杨义所说的三个问题中，第一个问题是特别突出、也特别难以解决的问题。这是因为，少数民族的文学以口传为主，在不同时代、不同地域呈现出不同的形态，换句话说，众多少数民族文学作品是没有定本的，而今人的整理本又难以归属于历史上的某个时段。要将少数民族文学作品写入文学史，可操作性不强。但从研究的角度而不是从编写文学史的角度而言，关注少数民族文学，关注少数民族文化在多元一体的中华文化形成过程中的影响，尤其是关注其中蕴含的特殊文化意味和特殊思维方式，对于解读历史上用汉字书写的文学作品，对于理解和阐释文学史的演变情形，其意义是显而易见的。杨义举了《莺莺传》《西厢记》等作品为例，阐幽发微，新意迭出，拓展了文学史研究的思维空间。

在以往的文学史研究中，对时间的关注较为充分，对空间的关注相对不够。杨义敏锐地发现了这一事实，致力于探索文学史空间研究的方法，强调地域文学研究、家族文学研究、作家人生轨迹研究、文化中心转移研究的重要性，并举例说明了这种研究方法的可行性。杨义明确提出了“文学地理学”的概念。“我所说的文学地理学一方面接受了历史地理学的部分观点，另一方面又在地理的变革中加上了人的体温，所以它是一种有体温的地理学。这种有体温的文学地理学主要涉及四个方面的问题。”近年来，文学地理研究蔚成风气，这与杨义的大力提倡是分不开的。

—— 延伸阅读文献

1. 何其芳:《少数民族文学史编写中的问题》,《文学评论》1961年第5期
2. 张炯、邓绍基、樊骏主编:《中华文学通史》，华艺出版社1997年版
3. 杨义:《重绘中国文学地图》，中国社会科学出版社2003年版
4. 刘勇强:《文学编年史研究的两个意义》,《南京师范大学学报》2007年第3期
5. 张炯:《中华文学的主要特征与文学史研究的基本原则》,《河北学刊》2012年第2期

（陈文新撰稿）

—— 原文:《重绘中国文学地图的方法论问题》

经典原文

重绘中国文学地图的方法论问题

杨　义

近些年来，我一直在思考重绘中国文学地图的问题，目的是想用大文学观来考察在中华民族共同体形成的过程中文化的本质所起的作用，即用大文学观考察我们这个民族共同体形成的经验过程在文学上是如何体现出来的。

我们过去基本上都是侧重从时间维度研究文学，对空间维度重视不够。我使用“地图”这个说法的用意，就是想在文学研究比较侧重时间维度的基础上强化空间维度。在地理学上，地图这个概念关系到一个民族的版图、管理范围、人口、资源等等，地图的变化反映了人对自己生活环境的认识过程。同时，地图跟国家朝代的兴亡也是紧密联系在一起的。《管子》里专设了“地图篇”，在古代，没有地图是打不了胜仗的。《论语》中写了孔子“式负版者”之事，遇见拿国家图籍的人，就俯在车前横木上，对地图行礼。荆轲刺秦王时带了两个礼物，一个是樊於期的人头，另一个就是燕国督亢之地的地图，那里是燕国最肥沃的土地。萧何入咸阳时，首先也是“收秦律令图书”。西方人称地图为“阿特拉斯”，在希腊神话中，阿特拉斯是一位用身体当作柱子顶着天地的巨人，他因与宙斯交战失败，被罚顶天和画地图。可见，地图是天地交泰，具有极大神圣感的人类生存的重要空间。地图也是文学赖以生存和发展的文明根据和生态环境。因此，把“地图”纳入到文学研究的视野中是非常必要的。

从1904年林传甲写第一部文学史算起，至今已有一百零几年了，中国人写了一千六百多部文学史。这对中国文学学科的培育、建设及学科人材的培养都发挥了很大作用，其中也有很多部写得很精彩，但是，这些文学史都不同程度地存在三个重要缺陷：第一个缺陷，我们的文学史基本上是汉族的书面文学史，相当大程度地忽略了占国家土地60%以上多民族的文学的存在和它们相互间深刻的内在联系；第二个缺陷，我们的文学史相当大程度地忽视了地域的问题、家族的问题，忽视了作家的人生轨迹的问题；第三个缺陷，我们的文学史相当大程度地忽视了文学口传的传统、雅俗互动及与之相应的物质生活、民间信仰、世人的风习等等。忽略掉这么丰厚的文化资源，把文学提纯了，实际上也就把文学阉割了。所以，经过反省，在当今全球化大潮之中，中华民族正在崛起之际，我们这样一个现代大国，应有一个非常全面的、非常深厚的、非常精彩的同时又是非常体面的文学地图，作为我们民族精神的依据，作为我们与世界对话的身份证。下面我主要从三个方面来谈谈重绘中国文学地图的方法论问题。

■ 一、文学地理学：文学研究的空间维度

第一个是关于文学时空结构的问题，就是要在过去习惯了的时间维度上强化空间的维度。

我们过去研究文学比较注重时代、思潮以及作品的艺术性和思想性。我们经常讨论的问题是一个时代的文学是进步了还是后退了，是发展了还是滞后了。这种侧重时间维度的文学研究，常常以文学上的进化论代替具体而丰富的文学研究，从而遮蔽了文学背后丰富的文化内涵。这种单一维度的文学研究是谈不上全面、深厚和精彩的。所以我认为我们的文学研究有必要强化空间维度，把“地图”的概念纳入到文学中，这样，我们的文学研究才不会流于简单和片面。我觉得自己这么多年在做研究时自觉不自觉地对空间维度还是比较重视的。早期我写《中国现代小说史》时，也是比较看重时间维度的，如研究“五四”时期的文学革命、革命文学、“左翼”文学、抗战文学这些涉及民族历史的东西，就比较侧重时间维度上的考察。但那是在总论里面，在分论层面，我比其他文学研究还是多了一点空间维度。后来我写古典文学研究著作《楚辞诗学》和《李杜诗学》时也秉承了这种思路。我研究先秦文学，不从《诗经》开始而是从楚辞开始，是想表明中国诗歌有两个文明源头，一个是黄河文明，一个是长江文明，而长江文明的作用还远未被充分估计。我将李杜合论，也是想要从空间维度来观照黄河文明与长江文明甚至胡地商业文明对作家文学风格的影响。

强化文学研究的空间维度，我提倡“文学地理学”。我所说的文学地理学一方面接受了历史地理学的部分观点，另一方面又在地理的变革中加上了人的

体温，所以它是一种有体温的地理学。这种有体温的文学地理学主要涉及四个方面的问题。第一个是地域文化。中国的地域文化几起几落，战国之后的具体地理文化板块埋下了地理文化的基因，几经变迁，产生了文学地理。这一点是很明显的。第二是家族文化。可以说不研究家族文化就讲不清楚文学问题。很多家学、家教、家风都是通过家族传承下来的。宋代家庭妇女诗中写得最好的第一是王安石家，第二是曾巩家。王安石的夫人、妹妹、女儿、媳妇都写得一手好诗。曾家曾朴的夫人卫夫人的词也写得很好，李清照都很佩服。王安石的弟弟，一个十二三岁的少年就能写非常老到的诗。如果没有家教，他们是不可能有如此之高的文学修养的。

家族不仅是血缘的单位，还是政治与文化的单位。王安石变法中的党争，固然有政见原因，但南北家族文化的差异也是一个相当重要的原因。王安石的身份基本上是江西福建派，王安石周围的南方家族都很厉害，比如蔡京家族、曾巩家族。南方家族多是迁移过去的，如王安石的祖先是太原人，后迁移到江西。迁移本身就是一种家族精神。迁移家族的性格中具有开拓性、冒险性和投机性。其对手司马光及其周围的家族多是北方中原家族，他们安土重迁，根基深厚，同时他们又是既得利益者，所以就趋向守成，性格上较为保守。南北家族的家族性格与家族文化的不同必然会在文学上表现出来。我们如果注意到了这些家族文化的因素，就找到了理解文学的另一把钥匙。

文学地理学涉及到的第三个问题是作家的人生轨迹问题。研究中国古代文学，“北关文化”应该引起我们特别的关注。“北关文化”就是流放文化。本来一个人正在飞黄腾达之时，仕途一下子断掉，被流放到边远的地方。穷山恶水，世态炎凉，新的历史眼光，新的自然风貌、风土人情，甚至也碰到一些阻力，此时真是心潮澎湃，百感交集，个人所体验到的一切都充满了历史的沧桑感，这种充满历史沧桑感的情感体验也体现着自己生命的坎坷瞬间。苏东坡如果没有到黄州，就没有现在我们所理解的苏东坡。《赤壁赋》等很多作品，都有着深厚的历史沧桑感，有着他个人生命的丰厚体验在里面。再比如明代的杨慎（其父杨廷和，是明武宗时的内阁首辅，权重一时），二十多岁就中了状元，三十多岁就做了翰林学士。在“大礼议”事件中，他因在左顺门跪谏而得祸，被流放至云南三十五年，至死也没被召回京城。在云南流放的三十五年中，杨慎写下了许多感愤之作及佳妙诗文。那些作品里难道只有思想性与艺术性吗？

那是有生命的代价呈示在里面。“北关”是作家人生轨迹的重要转折之地，也是文学地理学中非常重要的地理概念。

另一个是文化中心转移的问题。中华民族最早的文化中心是在中原，而谁要想夺得政权也往往会在中原逐鹿，战争一起，烽烟弥漫，黄河决堤，锦绣山河顿时变得满目疮痍。为避战祸，北方的一些大户就跑到江南，他们把苏杭开发出来，甚至比北方更为富庶，文化中心也随之转移。文化中心的转移实际上是以空间的形式显示了历史的变化。我们研究文学，应十分重视文化中心的转移这一事实对文学深层结构的影响。

下面以老虎的故事为例，从空间维度来探讨空间因素对文学叙事的影响。这些老虎的故事因为加进了空间的因素，叙述也就随之发生变化了。

战国时有三个比较成熟比较著名的关于老虎的故事。一个是“苛政猛于虎”。从政治角度来看，这则故事是在批判苛政，但从另一角度看，这则故事也反映了人的活动侵犯了老虎的生存环境。第二个是《战国策·魏策》中记载的魏国“三人成虎”的故事。大意是说街市上不会有老虎，可是经过三个人一说，好像真的有了。魏国处于山西南部与河南交界处，那里街市上不会有老虎，但远郊还是有的。从这则故事中我们可以看到，战国时中原黄河流域的老虎就已经很少了。第三个是楚国的江乙给荆宣王讲的“狐假虎威”的故事。这个故事中，人对老虎还是抱着敬畏的态度，老虎周围的生物链也没有被破坏，有各种各样的动物。这说明，在长江流域，人与老虎和其他动物还是处于共生的状态。

这是中国南北两个系统的老虎故事，北方是人虎对抗，南方是人虎共生，这源于南北文化的不同。这种情况影响了我们两千多年的民风民俗，也影响了两千多年南北方关于老虎的书写方式。

晋朝干宝在《搜神记》里写了一个江西老虎的故事。有一个老虎到村子里叼了一个会接生的老太太，母老虎难产，老太太帮助母老虎生下三个虎仔，老虎把老太太送了回去，以后每天叼些小动物送到老太太的门口。(《搜神记》卷二十）这个故事里老虎会知恩报恩。唐朝的刘禹锡讲了一个南方老虎的故事。江浙一带有一个老太太，一天在山里行走，突然看到一个老虎非常痛苦地在地上爬，爬到她面前伸出前掌向她露出哀求的目光，原来它的掌上钉了个大芒刺，老太太帮它拔掉了芒刺。过了两天之后，老虎开始给她叼食物，老太太吃得白白胖胖，亲戚问她原因，她告知了实情。老虎好像有灵性，当天晚上给她叼了一个死人，害得老太太差点吃了一场大官司。后来老虎又给老太太叼小动物来，老太太扒在墙头上对老虎说："大王啊，可千万不能再叼死人来了。"（《太平广记》卷二五一"诙谐"七）

这两个南方的老虎故事中，人虎之间是一种很神秘的、带有人情味的关系。这样一种人虎关系的描写已不是英雄主义的，而是消解英雄主义的。南方的老虎故事多与老太太有关，老太太心慈，没有力气，因而不是英雄主义的。明人的笔记小说中就写了一个消解英雄主义的老虎的故事。黄山那里有个水碓，一个壮士在那里守夜，夜里来了一只老虎，壮士非常害怕，老虎一下子把那个壮士坐在了屁股底下。老虎看到水碓一起一落，发出咚咚的声音，很是好奇，忘记了屁股下还坐了个人。壮士起先吓晕了，后来醒过来就想着怎么逃生，看到老虎的阳物就在他的嘴边，就一口把它咬住，结果老虎疼得跑掉了。这个小说后面还有评点：过去的英雄捋虎须，现在的壮士咬虎卵。（谢肇淛《五杂组》卷九"物部"一）消解英雄主义的意味非常明显。

而北方的老虎故事中，老虎很厉害，英雄也很厉害。比如说，三国时曹操的儿子黄须儿曹彰，力大无比，武艺高强，当时乐浪郡（今平壤）送了一个大斑虎，凶猛无比，就是装进铁笼子里，不少英雄好汉们也会见之色变。黄须儿胆气十足，进入笼中，把老虎的尾巴缠在胳膊上甩几下，吼几声，老虎就被治得服服帖帖。这是英雄主义书写方式。武松打虎的故事大家都很熟悉了，《水浒传》中，老虎一扑、一掀、一剪，天动地摇，武松与老虎的搏斗写得惊心动魄，充满了英雄主义气息。武松打虎的故事流传很远，进入不同的地域体系，叙述也就发生变化了。传到绍兴，就变成了人打老虎，老虎也咬人，北方惊心动魄的故事变为诙谐幽默的逗笑，壮举变成了谈笑；传到扬州，扬州评弹将千钧一发、你死我活的人虎搏斗写得如顽童捉迷藏，凶猛的老虎变得非常顽皮。北方的老虎故事传到南方就不再是英雄主义了，甚至是消解英雄主义。北方的老虎故事继续往北走，到了如今的外蒙古，武松打虎就变成了蒙古式摔跤。

可见，空间的因素能动员许多新的元素，影响文学的书写方式。同一个老虎故事加入空间的因素就变成了南北两个系统，同样题材的故事从空间维度进行解读，我们可以读出不同的文化内涵。

■ 二、文学动力系统：对边缘文化动力的考察

第二个方法涉及到文学的动力系统问题，我主张在深化中原文化动力考察的同时强化对边缘文化动力的考察。

在中国古代，中原地区首先发展起来，周时分封天下五十一国，有三十几个同姓（即姬姓）国，还有十几个异姓国，包括外戚、功臣及前朝王族后代的分封国。分封了的部族就为华夏，接受我们的中原文化，但还有很多部族不在分封之列，没被分封的就成了夷。事实上，所谓的夷就在华夏之中，狄在太原，戎就在洛阳旁边，莒在山东。后来诸侯兼并，把他们又并在华夏了，其实他们在周初是为夷的。可见，在中国夷夏是互相交错的。这就是陈寅恪所说的"文化大于种族"，不管种族所属，文化都能将他们包容成为一体，只要是接受华夏文化的部族就可成为华夏一族。"文化大于种族"是我们"有容乃大"的文化哲学的一个基本原则。中华文化也不是汉族关起门来自己创造出来的，而是汉族和许多古民族，包括现在还存在的少数民族一起创造的。不讲少数民族讲不清楚汉族，不讲汉族也是讲不清楚少数民族的。而且据DNA检测，相对于南方汉族人来说，北方汉族与北方少数民族血缘的相近程度更高。比如说鲜卑族，从东汉到隋一直是北方实力很强大的部族，后来怎么就不存在了，到哪了呢？融入到汉族中了。唐朝就有二十三个宰相都是鲜卑族人。

这样，不同地域，不同的材料，不同地域的文化多样性，就结成了多元一体的中华民族文化共同体。这个共同体必须存在多元性才能展示它内在的统一性，而将多元文化整合成一个具有统一性的文化共同体又需要多种动力的推动。所以，中华民族这么一个多元一体的结构，自然就形成了它自己的文化动力系统。第一个是中原文化动力系统。如果一个文化能产生辐射与吸引作用，它的文明程度就比较高，中原文化就是如此。但中原文化的一些东西是模式化甚至僵化了的，忌讳较多，要变很难。中华民族另一个文化动力系统是富于活力的边疆文化。因为边疆文化有原始性，有浮动性，有不同文化板块之间结构的相互作用力形成的开放性，它的忌讳就比较少。佛学的出家与儒学的忠孝观是有冲突的，佛教是通过西域的少数民族进入到北朝的少数民族，再渗入民间，后来在乱世中得到王朝的认可与供奉的。在西晋以前，当和尚的都是胡人，到了八王之乱以后，少数民族进入中华，才有汉人也去当和尚。几大石窟

如山西的云冈石窟、洛阳的龙门石窟、敦煌的莫高窟，主要是少数民族建的。在中国传统文化中，佛学是我们主流文化中的重要一维，实际上它是经由少数民族而进入中原的。

由于不同文化“质”的差异，中原文化的理性比较强，边缘文化的原始性比较强。所以我们过去写文学史，基本上是汉族的书面文学史，相当程度地忽视了少数民族的口传史诗的历史。西方文学史中，史诗是从口传文学《荷马史诗》开始的，中国文学史的史诗却是在《诗经》中寻找，找来找去也就只有几首短诗，加起来不过三百多行，与西方相比显得相形见绌。难道我们的史诗传统真的逊于西方吗？不然。之所以会产生上面那种令人尴尬的差距，是因为我们的眼睛没有关注到少数民族文学。西方引以为豪的《荷马史诗》不过一两万行，而我们的《格萨尔王传》就有六十万行，是世界上五大史诗长度的总和。如果我们认识到这一点，现在流行的史诗的发生学与类型学观点都将会受到挑战。中国史诗不仅量多，且类型更加丰富，有高原史诗、草原史诗、山地史诗，很多史诗现在还在少数民族中间传唱，而我们以前只有汉语书面文字的文学史没关注到这些东西。在公元11世纪，苏东坡正在写简短美妙的诗词时，维族有一个诗人写了一首诗，一万三千行，但丁的神曲也才这么长，我们的文学史为什么不讲这个，为什么不给他在文学史上写上一笔？我在我的《古典文学图志》中就写了刘三姐。刘三姐是中唐人，古代时广东阳江那里就有碑刻了，后来清人王渔洋的《池北偶谈》中就收录了她的对歌十几首，那些对歌语义双关，妙不可言。我们的文学史为什么不写写她呢？写刘三姐，比翻来覆去地写一些二三流的诗人、二三流的诗有意义得多。写了她，就沟通了汉族文学与南方的少数民族文学。只重视汉族的书面文字文学，忽视少数民族的口传文学，这样的文学史是残缺不全的。其实，即使是汉族史传文学最精彩篇章《史记·项羽本纪》的最精彩的章节“垓下之围乌江自刎”也是口传文学。口传文学对文学的发展更带有原文学性，或者说对文学的发生作用带有本体论的意义，口传诗学为语言的变革作了充分的准备。所以，我们应把更多少数民族的充满活力的口传文学编选进文学史。少数民族文学对中国文学及中国文学的发展的影响是无处不在的，如果展开来讲会有很多，下面我就只讲一下《莺莺传》是如何演变成《西厢记》的。

唐人《莺莺传》写的是“始乱终弃”的故事。崔莺莺与张生一见钟情而乱性，未结婚就偷偷摸摸在一起，后来张生上京高中，抛弃了莺莺。这种行为，唐人是认可的。根据历史学的研究，在唐代，做官都要从进士出身，娶妻必须娶大户人家的女儿，才为世人所赞同。莺莺家不是大户人家，顶多只是一个“财产甚厚，多奴仆”的富户，再则唐律讲“娶则为妻奔则为妾”，在这样的情况下，张生抛弃莺莺是很正常的，而莺莺也没有过于执着。

这个故事流传到宋代，宋人非常同情莺莺，即使风流如才子秦观，也为莺莺洒一把同情之泪。但是在宋代，《莺莺传》中“有情人终成眷属”的理想在汉族是完不成的。汉族《周礼》规定婚前有“六礼”要完成，像崔张二人这样六礼还未完成就做事实夫妻是不行的。况且宋代理学对人的欲望禁止得更加厉害，私奔为理学家深恶痛绝，莺莺不守女贞，简直是罪大恶极。崔张故事发生变化是在金朝。金朝金章宗时代，董解元创作了《西厢记诸宫调》，不仅增加了许多草根人物，如红娘、闯出去搬救兵的莽和尚等，而且使崔张有情人终成眷属。崔张故事在“董西厢”中为什么会发生这些变化呢？这跟金人的风俗有关系。据《大金国志》和《辽史拾遗》记载，金朝有一个风俗：家境较为贫穷人家的女儿，到了结婚的年龄，就到街头去卖唱推销自己，男的将她接回家中，两人一起过了一段时间，男方觉得合适，才去女方家下聘书。这是金人的试婚习俗。还有一个风俗：正月十五，政府放假，允许民众抢别人的财物和妻妾，官府不予过问。这是金人的抢婚习俗。在这样一种习制下，所谓始乱的问题就不成为问题，试婚与抢婚的习俗制度也为崔张有情人成为眷属提供了合理性依据。后来蒙古人入主中土，忌讳更少，崔张结合就更不成问题了。

“董西厢”在流传过程中，艺术上不断得到成熟。至王实甫的《西厢记》，艺术成就达到了很高的程度，在人们不断的改编过程中，《西厢记》越来越完美，成为了经典。其实，《西厢记》在艺术上确实是越来越完美了，但是《崔莺莺》变成《西厢记》的过程，背后正是一个婚礼观念的非经典化的过程。文本中体现出的婚礼观念的非经典化，不是汉民族婚礼观念自身演变的结果，而是少数民族的少有忌讳的婚俗在文学创作中的自然体现。所以，今天我们将《西厢记》当作经典文本，将其思想内容阐释为“崔张二人勇于反抗封建礼教”，事实上，文本之后所隐含的观念根本不是如此。今天很多被我们奉为“经典”的文本，我们对它们从艺术上与思想上都进行了经典性的解读，并总结出若干有普适性的原则，而文本之后的信息却远非如此。

三、文学的精神深度：把握文学的深层文化意义

最后谈谈深化对文学精神深度的考察问题，即在对丰厚文献认证的基础上强化对其深层文化意义的认识。

我们研究文学，看到不同文学文本中出现一些类似的东西，就应该追问一下“为什么”，追问重复背后的无形之手是什么？为什么不知不觉就重复了？比如《三国演义》、《水浒传》、《西游记》，三者的人物结构都有“主弱从强”的现象，第一把手比较懦弱，但辅佐他的人比较精明强大。《三国演义》中刘备与诸葛亮、关羽、张飞、赵云是这种关系；《水浒传》中宋江与吴用、林冲、李逵之间也是这种模式；《西游记》中唐僧和孙悟空、猪八戒、沙和尚四者之间的关系亦是如此。如果一两部小说也就罢了，但是中国古代三部出于民间的最重要的著作都有这种现象，还不止如此，以前瓦岗寨故事的人物结构也是如此，那我们就要问问这是为什么？这背后无形的手是什么？

当然，“主弱从强”的人物结构关系有审美的要求，并且也是出于叙事上的谋略。《西游记》如果把唐僧写得像孙悟空那样法力无边，那就不用历尽八十一难，一个跟斗就到了西天。唐僧长着一个娃娃脸，还有一身据说是吃了能长生不老的嫩肉，惹得一路上的男女妖精垂涎三尺，加上他还会念紧箍咒，就把这个祸惹得越来越大，靠孙悟空他们来破灾解难。这就显出了叙事张力，写出了曲折。孙悟空是个野神，本事大但野性难驯，猪八戒是个俗神，世俗的七情六欲都非常发达，鲁迅说写猪八戒不是把猪写成人，而是把人写成猪。因为有了猪八戒，故事才充满了喜剧性。还有一个沙僧，他的作用就是无用，如果他也像孙悟空那样有本事，像猪八戒那样有七情六欲、疯疯癫癫，那这个经是取不下去的。师傅被抓去了，没有沙和尚居间调停磨合，孙悟空回花果山去了，猪八戒回高老庄去了，还取什么经？就是有个沙和尚，没有什么本事，但是说话很在理，这里磨一磨那里磨一磨，八十一难磨完了，到了西天，完成了取经历程。他这就是无用之用，如果他太有用了，四个之间的关系是无法平衡的。

为什么要这样设计“主弱从强”这样的人物结构，难道只是为了好看吗？只是审美的要求及叙事的谋略吗？深层那只无形的手是什么？实际上这种人物结构涉及到中国文化的一个深层的问题，那就是中国民间社会中怎样看待

“仁”与“自由”的关系。第一把手代表的是仁，仁赋予自由以价值，没有唐僧那种坚定的信仰赋予孙悟空和猪八戒他们的行为以价值的话，那么孙悟空和猪八戒充其量只是两个妖精。没有刘备的仁政思想赋予诸葛亮、关羽、张飞、赵云他们的行为以价值的话，他们只不过是些谋士和有勇之匹夫而已。仁赋予自由以价值，自由才能进入历史。同时自由又反过来赋予仁以动力，没有这个动力，仁就是空话。而在中国哲学里，仁对自由的制约和驾驭是以柔克刚，以柔来驾驭刚的。这就是破解这种人物结构模式所以如此的密码。

深化对文学精神深度的考察的另一要义是要“破解精彩”，破解文学作品最精彩之处的奥妙。精彩是一把锁，要找到破解它的钥匙，这样，我们的文学研究就会深入到文学的内部，从而把握到作品深层的文化意义，达到对文学内在精神的深度考察。我就以《水浒传》为例谈谈这个问题。

《水浒传》最精彩的篇章是写武松的十回，即“武十回”。这十回中除了写武松景阳冈上打虎，显示他的威武与英雄气质之外，主要是写他与五个女人的关系。第一个是潘金莲，年轻漂亮的嫂嫂，同一屋檐下抬头不见低头见、还不断对武松进行骚扰的淫荡的家庭里的女人，在这种情况下武松怎么处理二人之间的关系？这是个很大的问题，花了几条人命都没有解决。

第二个女人是十字坡的孙二娘，江湖上的女人。武松杀嫂之后，被押解孟州，走到十字坡，进了孙二娘开的黑店。这个卖人肉包子的凶悍女人，鬓边插着朵野花，两颊搽着浓浓胭脂，眉横杀气，眼露凶光，活脱脱一个打扮恶俗而又戾气十足的母夜叉。武松如何处理与这样一个女人的关系？武松先对店里的馒头进行挑剔“我见这馒头馅内，有几根毛，像人小便处的毛一般”，接着武松又说：“娘子，你家丈夫却怎地不见？”孙二娘说：“我的丈夫出外做客未回。”武松道：“恁地时，你独自一个须冷落。”一个男人对一个女老板讲这话就是调戏人家。喝了有蒙汗药的酒后，两个差人倒下，武松把酒泼了假装醉倒，两个伙计来搬他不动，孙二娘脱下外衣，甩开膀子来抱武松，武松“就势当胸抱住压在腿下，那妇人杀猪也似叫将起来”。这时菜园子张青出现，澄清误会，武松赔礼道歉“却才冲撞阿嫂，休怪”。刚刚杀死了个嫂嫂，这会又在江湖上认了个嫂嫂。

第三个女人是市场上的女人，快活林的老板娘。武松施义于施恩，来到快活林挑衅。蒋门神不在，他喝了几十碗酒就疯疯癫癫地斜着眼睛看着老板娘，问人家为什么姓蒋不姓李，让人家陪他喝酒，老板娘气得跟他打，他把人家扔在大酒缸中。对市场上的女人可以使用疯癫的方法，但对潘金莲是不能这样的。

第四个女人是官场上施美人计的女人。怜香惜玉是英雄好汉的软肋，张都监就是利用这一点陷害武松的。他受了张团练的买嘱，替蒋门神报仇，假意施恩于武松，武松把他视为恩公，毫无疑心。中秋节与张都监内眷同桌喝酒，武松羞得连头都不敢抬，张都监指着养娘玉兰对武松说要把玉兰嫁给他，武松说“枉自折武松的草料”。面对这样一个女人，他把自己当作牲口，结果中了美人计，被当作盗贼打入囚牢。

第五个是野地里的女人。武松血溅鸳鸯楼之后，扮作头陀前往青州二龙山宝珠寺，去投奔花和尚鲁智深和青面兽杨志，走到蜈蚣岭，听到林中坟庵里一个老道和一个女人调笑，他就把那个老道杀了。那个女人是张太公的女儿，张太公也死了，她无家可回。这女人请武松庵中喝酒，还要将金银献给武松。在此野地里，前不着村后不着店，远离道义与法律的束缚，武松会怎么对待这个女人？结果他喝了这女人的酒，不要女人的金银，让女人他处谋生，放火烧了坟庵走了。

这五个女人，有美有丑，有爱有恨，有真有假，有贞有淫，涉及到的社会层面有家庭，有江湖，有市场，有官场，也有野地。中国古代的小说不是不注重写人物的心理活动吗？但是它把你最敏感最避讳的东西拿出来不断地挑逗你，看你怎么样应付。绿林英雄好酒不好色，最敏感最要逃避的就是女人，但是《水浒传》作者却偏偏从此处着笔，偏偏用这世俗生活中最敏感的东西挑逗着这些英雄们的神经。为什么这样写？我们就要深入思考，破解这精彩之处的深层文化意义。那就是在宋人、在施耐庵们看来，他们有一个社会道德和文化道德标准：山中的老虎可怕，心中的老虎更可怕。他们把女色当作心中的老虎，武松不仅要能降伏山中的老虎，还要能降伏心中的五虎，才能被中国社会包括社会的底层人士认可，认可他是堂堂正正的英雄好汉。金圣叹评《水浒传》，说武松是上上人，鲁智深也是上上人，但总觉鲁智深在某些方面有点比不上武松，说武松像神人，实际上就是因为武松比鲁智深更具有道德的神圣感。“武十回”从武松与不同层次的五个女人的关系着手来塑造武松，让人内心欲望与生存法则、精神意志之间不断地产生冲突，从而产生了令人震撼的艺术魅力，也弥补了中国古代小说对人物心理活动描写不足的缺陷。

中华民族的文化博大精深，中国的文学悠久灿烂，但由于过去我们的研究视野狭窄，方法单一陈旧，还有很多文学尤其是少数民族文学的矿产还没有被开发出来。我们应把民族的精神资源变成我们现代人的精神脉络，变成一种智慧，这种智慧会赋予我们明亮的双眼、开阔的视野，会让我们全面地认识自己，认识我们的文学，认识到文学的研究不只有时间维度，还有空间维度，认识到文学的发展有多个动力系统，文学的精神深度比我们看到的更深。这些认识会给我们的文学研究提供新的维度、新的方法，这些新的维度、新的方法必然会促使我们重绘我们的中国文学地图，也只有如此，我们绘出来的文学地图才是博大、辉煌、体面、从而也是完整的。

（据《学术研究》2007 年第 9 期校录）

索 引

（词条后的页码，代表该词条在书中首次出现的页码）

书名、篇名

人名

术语

后 记

“中国文学史经典”的范围是相当广泛的，凡 1911 年以来古代文学研究领域那些卓有建树的代表作都应包括在内。只是，要在一部不到 50 万字的书中容纳如此广博恢弘的内容，无疑是不切实际的。不得已而求其次，本书在设定编纂体例之初就特意缩小了“中国文学史经典”的范围，确定以中国文学通史著述为中心来收录相关论著。换句话说，只有那些在文学通史著述方面卓有建树的学者，他们的相关成果才是本书关注的对象。这样处理当然留下了许多遗憾，但也是一件无可奈何的事。

中国文学史著述是在现代学术分科的体制下产生的。如果从 20 世纪初国人第一部以“文学史”命名的著述算起，中国文学史的编写至今已有百余年的历史。著述之丰富，仅据陈玉堂《中国文学史书目提要》和黄文吉的同名书，就已令人称叹。其间，学者对文学史编写方法的研究也在不断进行。如 20 世纪五六十年代，有徐群法的《中国文学史编写中的两个问题》、陆侃如的《文学史工作中的三个问题》等文；20 世纪 90 年代以来，有戴燕的《怎样写中国文学史》，罗宗强的《文学史编写问题随想》，袁世硕《文学史的性质问题》《文学的历史与历史的文学》等文。陈平原、陈国球主编的辑刊《文学史》也发表了多篇相关论文。这些论文从不同角度对文学史编写方法作了阐述。胡适、郑振铎、刘大杰、林庚、程千帆、袁行霈、章培恒、郭预衡、张炯、邓绍基等先生为其中国文学史著述所撰写的绪论或导论等也都涉及这个问题。近年来，傅璇琮、曹道衡、刘跃进等学者则对编年体文学史投入了更多关注。著作方面，如戴燕著《文学史的权力》，陈国球著《文学史书写形态与文化政治》，董乃斌、陈伯海、刘扬忠著《中国文学史学史》，董乃斌著《文学史学原理研究》等，或选择有代表性的个案，或致力于总体观照，对 20 世纪中国文学史的编写方法从不同角度作了考察。

《中国文学史经典精读》的导读，其写法主要采用比较研究和历史分析的方法。其一，注重在比较中发现问题，总结经验。比较的内容主要包括：中国古代文学的历史面貌与中国文学史著述所叙述的文学史的比较；古今文学观和文学史观的比较；不同的中国文学史编写体例的比较。概言之，比较研究对总结文学史编写的得失，对提出更具长处和优势的文学史编写方法都是必须的，也是可行的。其二，注重对文学史著作生成背景的把握并采取“同情之了解”的态度。文学史著作总是烙印着时代的痕迹。邓绍基先生曾举例说，20 世纪三四十年代的文学史著作，有的明显受进化论的影响，有的则受历史唯物论的影响，还有的受郎松文学史理论和弗里契文艺观的影响。这种情况又同“五四”新文化运动和左翼文艺运动的历史背景相关，表明当时左翼学人理论素养尚不完善。只有考虑到这种历史特点，我们的导读才能切中肯綮，才不会流于苛刻批评。研究的目的是为了推进学术，而不是为了贬低前贤。

《中国文学史经典精读》希望引起读者对下述三个问题的关注：第一，中国文学史编写的个性问题；第二，中国文学史编写的实践性问题；第三，中国文学史编写的创新性问题。对这三个问题的关注，既是为了总结历史，又是为了启发后学，以期有助于文学史著述的推陈出新、稳健发展。

《中国文学史经典精读》由于受到篇幅的限制，一些在文学史著述领域成果丰硕、素为我所敬仰的学者，他们的大著或者未能选入本书，或者虽然选入了本书，却列为附录，遗珠之憾，敬请各位先生谅解。至于选目不当、导读不切等问题，也一定不少，期待得到读者诸君的指教。

在《中国文学史经典精读》编撰过程中，邓绍基、唐翼明、李少雍、郑利华、陈顺智、程芸、杨旭辉、鲁小俊、王炜等学者给予了宝贵支持，谨一并致谢！

陈文新

2013.6.10 于武汉大学

出版说明

经典文本阅读是学术训练的基础。任何一门学科都有其必须研读的经典，作为该学科全部知识的精华，它凝聚着历代学人不间断的持续思考和深入的探索。我们组织编写的这套“现代学术经典精读”系列丛书，旨在提升研究生教学水平，提高研究生的学术鉴别能力和学术素养，向需要开拓学术领域的年轻教师和研究人员提供研究读本，帮助学生和青年教师为将来的研究奠定基础。更为重要的是，通过阅读这些学术经典，读者非但可以摸清治学门径，领悟写作和研究范式，也能拓宽学术视野，见识学术研究的高下之分，在研究起始阶段即能站在学术的制高点上。

这套丛书内容涵盖文、史、哲、艺术等学科。丛书中每卷主编都是该学科领域有较大学术影响的专家。每卷的选文为该研究领域学生所应读、必读的经典论文（或经典著作的节选），时间跨越 20 世纪，并以读者较难获得的论著为优先；而且，这些所选论著大体上构成了该学科研究的学术史体系，展现了该学科研究的发展历程、主要代表人物以及标志性成果。在每卷前，该卷主编撰写前言，介绍该领域学术史概况及论著遴选标准等，以开放的视角和批判性的思维，对所选论著进行简要介绍和点评等，在如何阅读学术经典、如何培养问题意识等方面，也殊多新意和创见。每篇选文前的导读，使每一卷都成为一本该领域最新的核心论著，选文后列出的推荐阅读文献也是编者们精心遴选的，可作为扩展阅读和参考。

为保护知识产权，我们向尚在版权期内的选文权利人寄去了授权协议书，部分作者收到了协议书并签订了授权协议。可能由于种种原因（如联系方式变动），一些权利人没有收到协议书，希望看到本书后主动与我社取得联系。在此，先对给各位造成的不便表示道歉。

在编辑过程中，为保留选文的原貌，我们只对个别原文和注解按编辑规范进行了改动。原文中的注解，如无特殊说明，均系原注。虽然这套丛书即将付梓，但一定还有不完善之处，希望读者们多提意见，以便重印和再版时更正。最后，向这套丛书的编者以及选文授权者表示谢意，也希望读者多提宝贵意见，以便我们今后把“现代学术经典精读”这套丛书做得更好。

高等教育出版社

2013 年 6 月

郑重声明